狄青全传

全传

佚名 著

凤凰出版社

图书在版编目（ＣＩＰ）数据

狄青全传/(清)佚名著；城宁点校. --南京:凤凰出
版社,2008.9（2020.4重印）
ISBN 978-7-80729-183-1

Ⅰ.狄… Ⅱ.①佚…②城… Ⅲ.章回小说-中国-清
代 Ⅳ.I242.4

中国版本图书馆CIP数据核字(2008)第099484号

书　　　名	狄青全传	
著　　　者	(清)佚名著　城宁点校	
责 任 编 辑	卞　岐　韩凤冉	
出 版 发 行	凤凰出版社(原江苏古籍出版社)	
	发行部电话025-83223462	
出版社地址	南京市中央路165号,邮编:210009	
出版社网址	http://www.fhcbs.com	
照　　　排	南京理工出版信息技术有限公司	
印　　　刷	北京天恒嘉业印刷有限公司	
	北京市朝阳区豆各庄乡水牛坊村村南218号	
开　　　本	850毫米×1168毫米　1/32	
印　　　张	19.875	
字　　　数	553千字	
版　　　次	2008年9月第1版　2020年4月第5次印刷	
标 准 书 号	ISBN 978-7-80729-183-1	
定　　　价	40.00元	

(本书凡印装错误可向承印厂调换,电话:010-87331836)

出 版 说 明

    《狄青全传》是一部历史人物的演义小说,分《狄青前传》和《狄青后传》两部分。作者佚名,生平事迹无从查考。本书叙述北宋仁宗时期著名将领狄青抵御北方民族入侵中原,捍卫宋室江山的故事,依据史实,加入神怪传奇,在民间流传甚广。

    狄青(1008～1057),字汉臣,汾州西河(今山西汾阳)人,《宋史》有传。行伍出身,后应诏戍边,任延州指使。他骁勇善战,屡建战功,对抗西夏赵元昊"凡四年,前后大小二十五战",深为戍边名臣范仲淹、韩琦器重,累升至彰化军节度使、枢密副使。皇祐四年(1052)广源州(今越南高平地区)部族首领侬智高称帝,五年(1053),狄青平定叛乱,"帝嘉其功,拜枢密使"。狄青一生征战,严于治军,喜读兵书,以范仲淹赠言"将不知古今,匹夫勇尔"自勉。嘉祐元年(1056)去职,次年三月卒,仁宗"帝发哀,赠中书令,谥武襄"。

    《狄青前传》又名《狄青演义前传》、《征取珍珠旗五虎平西前传》,凡十四卷一百十二回,不题撰人,首序亦不题姓氏。有清嘉庆六年(1801)坊刻本,当是初刻。《狄青后传》又名《狄青演义后传》、《五虎平南》,凡六卷四十二回,不题撰人,初刻于嘉庆十二年(1807),首序末署"小瑯环主人题",可能便是作者。《前传》卷十四结束云:"今日二取珍珠宝旗,得胜班师,事事已毕,后话甚多,实难统述。若问五虎如何归结,再看《五虎平南后传》,另有着落详言。"而《后传》第一回正从"却说前书五虎将征服西辽边夷歌班师,回朝见主"说起,可见二书为同一作者编成的演述狄青故事的前后传。两书既有分刻单行本，亦有合刻本。从两书初刻本的时间来看，其书大约成于此前不久。

《狄青前传》叙述狄青等五虎将两次征伐西辽国，在八宝公主的帮助下，终于战胜西辽国，征取到西辽国传国之宝珍珠旗凯旋，捍卫了大宋江山。狄青等五虎将因战功显赫，被封王赐爵，合家欢聚。遍检《宋史·狄青列传》，并无平西的事迹，民间小说家将狄青与西夏赵元昊的战争演绎成对西辽的征伐，这是古代演绎小说常见的创作手法。而《后传》即《五虎平南》的主要内容，《宋史·狄青列传》中有载：

> 皇祐中，广源州蛮侬智高反，陷邕州，又破沿江九州，围广州，岭外骚动……仁宗犹以为忧。青上表请行，翌日入对，自言："臣起伍行，非战伐无以报国。原得蕃落骑数百，益以禁兵，羁贼首致阙下。"帝壮其言，遂除宣徽南院使、宣抚荆南北路、经制广南盗贼事，置酒垂拱殿以遣之。

然书中大部分情节，正反面人物形象，都是小说家的艺术加工。正因如此，小说显得波澜起伏，跌宕有致，具有很强的可读性。

此书版本有多种，《狄青前传》有聚锦堂本、福文本、敬业堂本、渔古山房本等，本次整理以渔古山房本为底本，参校了聚锦堂等本；《狄青后传》有聚锦堂本、启元堂本、同文堂本、大文堂本、宝华顺本等，本次校点整理，以渔古山房本为底本，参阅了启元堂等版本。

整理中，尊重原书的称谓及遣词用字，以存原貌。鉴于整理者才疏学浅，疏漏讹误在所难免，尚祈读者指正。

目　录

目 录

目　录

目 录

目　录

狄青前传

第一回　赈民饥包公奉旨
图谋害庞相施计

诗曰：

圣主登基天下宁，万民欢乐兆升平。

妒贤国贼开端衅，导引君王费饷兵。

话说大宋开基之主太祖赵匡胤，此位天子原乃上界赤龙临凡，英雄猛勇，豪侠情怀，创开四百年天下。陈桥兵变，黄袍加身，代位于后周而归一统。前书已有《两宋》表明，兹不絮谈。

且说大宋相传继统四世仁宗嘉祐王，当时天子英明，群臣为国，四方宁靖，百姓安康。前者宋太祖既殁之后，杨家父子众英雄相继而亡。今者又得五虎英雄佐弼，保护江山，扫除国敌。后话休题多表。

忽一日，仁宗天子临朝，但见祥光灿烂，瑞色辉煌。是时众文武百官朝参已毕，文归文位，武列武班。有值殿传宣官说："万岁有旨，众臣有事启奏，无事卷帘退班。"不一会，有陕西本章一道启奏天子，奏本官呈上奏表，天子展开御案观看。只为着陕西地禾稻失收十分，饥馑之岁，万民冻馁，苦楚难堪。天子看罢一想，复又开言呼声："包卿啊，此一段忙劳，又要你代朕施行。只为陕西饥年，延缠不得，要准日起程，到后开仓，以救众民。"包爷说："臣沐我主隆恩，虽粉身难报，何独小小之劳！"天子大悦，拂袖退班，众官归府。

次日，天子降旨，金銮殿大排筵宴，与包爷钱别。众大臣俱到金銮，与包龙图钱别之际，百官各敬三觞，也有一番行别之言，不须细表。宴毕，包爷、众官谢过君恩，退朝。

单说包爷回转府中，不敢停留，即要登程，有夫人早已安排钱别宴。夫妻对酌，夫人说："愿相公一路平安，完了公务，及早回来。"包爷称是。吃酒数盅,抽身辞别,即日行程。众文武官员俱来送别,包爷一一辞谢。相别众官,三声炮响,一路渡水登舟而去。所有都城内外众百姓,一闻包爷起程,水陆二路俱有香花焚烛送行。这包公非是汴京众民知他是个铁面无私的忠臣,就是普天下也知他断明多少疑案奇冤事,救尽不堪枉屈被陷人,或有鬼魂告状,或夜梦诉冤情。有传说他日断阳间屈,夜察阴府冤,倘枉死尸骸未腐,还能救活回阳。此话也难辨真与否。但当时百姓知他是个大忠臣,是以恭敬如神,一路香烟不绝,不多烦说。这包公一路而去,有各地方上文官武职迎送纷纷,包爷倒觉安然,径往陕西延安府去了。非止一日程途,暂且不表。

再说此时大宋朝内,九王八侯以下,文武官员忠诚为国居多。独有一党权官居群上,位压百僚。此人姓庞名洪,仁宗王选了他的大女儿为贵妃,侍御宫中,隆宠非凡,他正是仁宗王的国丈,现为宰相钧衡之位。他之为人,立着妒贤嫉能的狠心,怀着诡计凶谋的恶念。在朝所惧包公一人,与着狄青素不相睦。又有二女婿,姓孙名秀,此人也为兵部之职,与狄青有杀父宿仇。这狄青何故与他结下此仇?只因狄青之父狄广在朝与孙秀父亲不睦,后孙秀父亲被宋帝所诛,是故孙秀怨恨狄青,所以翁婿串通一党,二人独畏包公。当日见他领旨赈饥去了,却中二人陷害之怀。

忽一日,孙兵部摆道来到相府,家人传进,这庞洪吩咐:"请进相见。"孙兵部下轿走入中堂,见礼毕,吃过香茗,二人闲谈一会,庞国丈叫一声:"孙贤婿啊!想起三关狄青这小畜生,与老夫作对,贤婿你也尽知。前者西辽国王兴兵侵犯瓦桥关,包拯这老儿保举他提兵前往救瓦桥关。此时老夫与着王天化女婿商酌要夺此功劳,当殿比武,王天化死在他金刀之下。我女婿身亡,皆因这小畜生而来。圣上怒责他误伤之罪,又被狄太后救了他,赦其斩罪,领了兵马,大破辽兵。后来西辽复兴兵犯境,所以老夫仍荐他出敌,料知此日兵强,辽将勇猛,意欲借刀杀人,消了胸中忿恨。不想这小畜生本事果然厉害,更有一班小狗才亦是凶狠不过的,西辽兵将依然又被他杀得大败,杀却赞天王、子牙猜、大孟洋、小孟洋、薛德礼等,辽兵数十万杀个尽罄尽绝。

圣上十分大悦，封他为平西总镇大元帅，镇守三关，威风显耀，隆宠非凡。其实想来气他不过。前时包黑子在朝碍手碍脚，不能算账得他。如今黑子去了，我想下一计摆布他了。"孙兵部说道："岳父，小婿原为着狄青这小畜生，故此特来商议，不知岳父有何妙计摆布他，说与小婿得知。"国丈说："贤婿，明日只消如此如此，上本奏闻，圣上必然准奏。那时岂怕狄青好汉，四将英雄？管叫他身丧番邦之地！他纵是三头六臂的英雄，焉能保全？"孙秀说："岳父且慢快活！倘若西辽国果然兵微将寡，杀他不过，情愿投降，岂非他的功劳又更大了？此一节也要算到，方为妙用。"国丈说道："若然狄青一去，则三关必调别人镇守。待老夫在圣上驾前保举贤婿调往三关，如此如此摆布他，你道如何？"孙兵部这才大悦，说道："岳父果然好妙计！待我明日奏知圣上罢了。"此时，孙兵部告别，出了相府，转归府中不表。

　　且说次日天色黎明，五更鸡报晓，百官谒龙颜，文武官员聚集朝房内。少停间，万岁登了金銮殿，排开龙案，文武朝参已毕，分列两行。有值殿官传旨说："万岁有旨，众文武有事启奏，无事卷帘退班。"旨意一传，忽见左班里闪出庞太师，俯伏金阶说："陛下，臣有事启奏天颜。"万岁开言说："庞卿有何事，且奏上来。"国丈奏说："臣因西辽国去年曾经兴兵侵犯我中国，全亏得五虎将军英雄，尽把他人马杀得大败而去。虽然目下安然无事，想来这辽王念头不小，一时未必肯倾心归服，恐防有再起风波。况西辽乃偏邦下国，理合年年纳贡，岁岁来朝，岂敢擅动干戈，兴兵犯上，有损天威，与叛逆可比。虽经狄青杀退，不过暂解一时之患耳。望陛下龙心详察。"万岁开言说："依卿主见若何？"庞国丈说："陛下在上，臣思下国冒犯天朝，律该兴兵问罪，岂容轻恕！依臣愚见，莫若及早兴师问罪，使各番王知道陛下天威严御，强立中国，则我邦中国永无侵凌之患。臣虽不才，但忧国之心太重，伏乞陛下准臣所奏。天下安宁，臣之愿也。"嘉祐王闻奏，开言说："卿所奏者，无非使各夷邦畏服，知道大宋有人故耳。依卿主见，保举何人提兵前往？"庞洪说："臣思西辽国雄兵猛将尚还不少，我邦虽有几家武将，奈何不堪往的。呼千岁、高千岁已经年迈，以下看来亦无可当此任之人。况且前日杨宗保如此英雄，尚且亡于此地。如今天波无佞府只剩得这些寡妇孤零的裙钗。杨元帅虽有子文广，奈他年少，武艺未精，舍此之外，别无可往之人。想来除非雄关狄元帅与四虎将，若然差他前往征剿，必然成功。"

万岁听罢，就开言叫一声："庞卿，朕思这西辽小国虽然无礼，他还为一国之主，一时愚见，兴兵犯界。朕意想他败去以后，未必敢再来了，可略宽饶。且命狄青提兵前向西辽去，见景生情便了。"庞洪说："抚恤小邦，仰见陛下圣德仁慈，但国法森严，焉可草草宽恕！将来各小邦见陛下国法从宽，效着西辽，终为不美。伐国问罪，乃照律而行，以正国法，为何陛下命狄青前往见景生情？微臣所不解，伏乞圣上谕臣知之。"万岁说："庞卿有所未知，朕意差狄青前往，如若西辽王畏罪求降，则准其年年献贡，岁岁来朝；若不畏服求降，然后征讨便了。"这等分说，原是嘉祐王一点仁慈不忍之心。庞洪听了，也不敢多言再奏，俯首不言，又生一计，奏说："陛下，臣闻西辽国曾有一扇珍珠烈火旗，乃是人间至宝。如若归服求降，须要此旗贡献，方可准其投降。若无此旗，不准他降，仍以兵征伐。伏乞陛下准臣所奏。"万岁说："依卿所奏。但思三关要地，狄青五将提兵去了，差何人前去镇守才好？"庞洪说："臣思兵部尚书孙秀可往。此人足智多谋，用他守此关，万无一失。"万岁点头，对孙秀开言说："卿是朕的御连衿，你去守关，朕才放心。"即忙降旨：杨户部往三关调取狄青，孙兵部奉旨守关。二人领旨谢恩既讫，万岁拂袖退朝，各臣回府。此时庞洪得计，孙秀也要打点行程，前往三关代守。此回有分教：

　　英雄虎将边关去，嫉妒奸臣陷害来。

第二回　孙兵部到关权印
　　　　　狄元帅奉旨征西

诗曰:

> 忠佞从来各异途,一人误国一人劳。
>
> 奸谋唆主干戈动,五虎兴师枉用劳。

　　且说三关狄元帅平生梗直,铁性无私,智勇双全。自从幼年山西家乡遭逢水难,王禅老祖救了他,带上水帘洞,传授兵书武略,知他仙道无缘,王侯有位。学艺数年,命他下山扶助宋君,原是一条国栋金梁,与单单赛花公主有宿世良缘。自从押送征衣,上年大破西辽,仁宗天子知他英勇,杨宗保败亡,便封他镇守此关。号令威严,兵遵将应,就是朝中文武,何人不看重这小英雄?又是狄太后娘娘的侄儿,外有包拯、潞花王提弼,所以庞、孙屡害不遂。这狄元帅不独一人镇守此关,还收得四位英雄与他结义拜为兄弟,如同亲情手足。一名张忠,一名李义,一名刘庆,一名石玉,四位英雄与狄元帅为五虎将。若各小邦闻得五虎将之名,闻风而惧。帐下又有二位英雄,一姓焦名廷贵,他是焦赞之后;一孟定国,是孟良之后,二人亦在狄元帅帐下,多是情同意合。自从前时狄元帅箭杀了赞天王等,大破辽兵之后,狄元帅仍令四虎将天天哨探,以防辽兵复作。

　　忽一天,元帅升帐,与范仲淹、老将杨青谈言,一会二人辞别去了。原来范仲淹职司御史,仁宗任命他到此同守雄关。老将军杨青是当日杨延昭的家将,跟随守关,立了多少汗马功劳。二人在此与狄元帅同志合心,是以常常在此叙谈国务。当时元帅独自静坐,计念前时,叹声说:"可惜杨宗保元帅当世英雄,沙场丧命,化血身亡,忆想起令人实乃惨伤也。本帅叨蒙圣上洪恩浩荡,简授都总,已守边关三载了。细想本帅前时当殿考武，只为伤了王天化，几乎身亡。幸亏狄太后救了性命，死里逃生。不想这庞洪与孙秀二人结为一党，计害多般。幸托上苍庇佑，屡害本帅不成，皆吾之造化。又思前日西辽国兴兵犯界，难得杀他大败逃回，犹恐这辽王一时未必肯倾心畏服，还防有干戈之患，是以本帅天天令四位贤弟前往哨探，日日操习军兵，以防不测之虞。又得兄弟四人不惜辛劳，与本帅分忧，真难得也。但愿得四海升平，君民安泰，本帅深望也。所虑者庞、孙二人，贪婪财贿，拨弄朝纲，久后犹恐国家不宁。"

狄元帅正在计思，忽有小军进来说："启上元帅，四位将军进来交令，候元帅爷将令。"元帅吩咐进来，不一刻四虎将军一齐到了，来至帐前，参见元帅，说道："启上元帅，末将等奉令操军已毕，如今来交令了。"元帅说："众位将军多受辛劳了！"传令各将士、兵丁俱有犒赏酒筵。出令毕，又说："你们众兄弟且往后营吃酒罢。"四将与焦、孟六人谢过元帅，往后营而去，卸下盔甲兵器，有小军抬去，牵出马匹喂料，六位将军然后开怀畅饮。当时元帅又请至杨、范二人同酌，此夜关内众将大小三军一同吃酒。这狄元帅缘何忽又犒赏众军？只因众军奉令操军，乃军情过于劳苦，故有此犒劳，乃元帅一点爱将恤兵之心。

当晚众将欢欣，各无挂念。独有石玉小将军一心怀念母亲，思念妻子，二人在汴京城岳丈赵千岁府安身。自从随着元帅在此关三载有余，不知母亲身体康健否？思妻郡主身怀六甲，未卜生女生男，身心两地，好不愁烦。

慢言石玉是夜思念着母亲及妻子，却说狄元帅威镇三关，名扬敌国，不独边夷畏服，就是关城内外鼠辈毛盗也不敢动兴，众百姓安靖。此日关中无事，这狄元帅与杨老将军、范大人对坐，说起西辽王屡次兴兵侵犯，有四将说："元帅，末将想这西辽国人马已经杀得片甲不回，未必敢复来侵犯了。"元帅听罢，微笑说："众位将军有所不知，凡事备求未至，况乎为将用兵！必以慎重为先。且西辽乃强悍蛮邦，彼虽一时败去，雄兵猛将还多，焉肯罢休侵凌之念！本帅既领君命把守边疆，倘有疏虞，恐有丧师辱国，罪及非轻了！"众将闻言齐说："元帅高见不差,非末将等所及也!"众将言毕,帐下忽闪出一人高声呼:"元帅勿忧!若防番狗再来,我们何不先点齐人马,做个先动手为强,直攻进西辽,索性杀他一个尽罄尽绝,斩草除根。省得零零碎碎,杀得这班番奴不爽不快,元帅又防他复兵侵扰的!"你看那将是谁?原来是焦廷贵。此人生来品质鲁莽,是粗心愚蠢之徒。当下元帅闻他说,喝声道:"胡说!这辽王虽是一时犯界,妄想天朝,但如今圣上也宽恕了他,又何用你多言!倘若兴兵征伐,一者未奉圣旨,怎生前往?二者辽王原为一国之君,他若不来就罢了,再来时奏知圣上,请旨征讨才是。"焦廷贵说:"元帅到底是个善良人,造化了这番奴了。"言谈之际,不觉金乌飞坠,玉兔升空。晚膳毕,各归营帐不表。

次日,狄元帅仍令四将出关抄探。是日闲暇,把兵书观看。忽有小军报:"圣旨到!"元帅吩咐大开中门,恭迎到中堂,排开香案。元帅俯伏阶下,钦差开读:"圣旨到,跪下听宣。"

诏曰:兹有首相庞卿陈奏,西辽兵犯中原,虽经狄卿杀退,但这西辽既一小国之君,焉敢兴兵犯上!即同叛逆相等,重罪非轻,岂可宽恕!今命狄卿率同众将统领精兵,前往西辽征伐问罪。若辽王畏罪求降,彼邦有一镇国之宝,名曰珍珠烈火旗,要将此旗贡献,年年进贡,岁岁来朝。如其不顺,即行征讨平定,班师回朝,论功重赏,以报卿劳。但因三关无主,今差兵部孙秀来权理。毋违朕意,即日提兵,肃此,钦哉!

元帅谢过君恩,起来与杨钦差见礼毕。杨户部不敢久留,连忙辞别。元帅送出关外,杨钦差回朝复旨不表。

再说关中众将尽知,个个咬牙切齿骂道:"庞洪这老狗才,哄奏圣上,轻动干戈,差遣元帅及我等,真乃令人可恼!将他一刀两段方消此恨!"元帅说:"你们不必多言。虽庞洪所奏,然今圣上所差,你等不可独怪着庞洪。待等孙兵部到来,即要起兵前往了。"范大人说:"元帅,庞贼真是江山易改,本性难移,真乃奸臣只为奸臣,那贼心狠性哪里改得?这场干戈之患,又是由他来的!"杨青老将军说:"我想这庞洪忽奏圣上,要差元帅出师,料必有什么奸计,元帅须要提防他为妙。"元帅说:"老将军,目下兵权多在下官秉持,谅他有计难以施行,何足为惧！老将军但请放心！"焦廷贵说："元帅！小将前日曾讲过这西辽兴兵，应前去杀个爽快才是。元帅说没有圣旨不能前往，如今奉了圣旨，前去西辽，见一个杀一个，杀得这些番狗干干净净，方才晓得焦将军的本事！"元帅闻言大喝："好匹夫，何用你多言！还不速退！"焦廷贵说："元帅不必动怒，小将说差了。"即忙往内去了。

是夜，元帅暗说道："我想那珍珠旗乃是西辽传国之宝，如何圣上听信庞洪之言，要他贡献出来？倘或西辽吝惜不肯，下官难以复旨，眼见得干戈不息，奏凯难期，如何是好？"此夜元帅闷闷不乐，惆怅一夜，直至天明。

再候三天，孙兵部才到。原来这孙秀是个贪财好酒之徒，一路而来，多有地方官迎接他，请他吃酒送礼，一概收领。有此缠延，所以杨钦差先到了数日，他方才得到。狄元帅原与他不相善，此时闻报，只得同杨、范二人与众将大开关门出迎，同至帅府。四人分宾主坐下，两行立着四虎将军，不免四人客套闲话。一杯香茶饮过，兵部开言说："元帅既领王命征伐西辽，为何至今尚未起程？"元帅说："孙大人有所不知，只为此关乃边疆要地，岂可一天无主！大人一日不到，下官一日不离。大人今既到了，下官明日即便兴兵。"孙秀不答，点头辞过元帅，与范、杨二人进关内去了。是夜，元帅查点明兵粮马匹及平西所用一切之外，其余的即晚造成册子交付孙兵部权掌。

次日，元帅对范大人、杨将军说："奸臣孙秀在此，二位须当留心打点侍候，本帅托圣上洪福，平西回来再与二位大人叙首。"二人听了，点头说："但愿元帅此去一路旗开得胜，马到成功，及早回来再叙。"元帅微笑称谢。

此日元帅升堂，便问众将中何人熟识西辽道程，可为向导官。焦廷贵说："元帅，小将前者与父亲曾到过西辽，熟识此程。"元帅说："既如此，点你为先锋，孟定国解粮。"当时元帅与四将领兵五万，分开队伍，别过孙、范、杨三人，祭了帅旗，高高树起一扇大幡，上书着"五虎平西"四字。三声炮响，马壮人雄，威威武武，出关望西而去。关外众居民香烟不断，齐齐跪送，元帅大悦。

只说西辽犯界,狄青杀败了不敢再来侵犯,此乃君王坐享民安逸。不料被庞洪哄奏君王,征伐西辽问罪,须要他献出珍珠旗,自愿投降。这西辽国乃强悍之邦,焉肯献旗?这场干戈杀戮只为庞洪、孙秀算计狄青之由,究竟不知征战何时得息,且看下回分解。真乃:

家生逆子家颠倒,国出奸臣国不宁。

第三回　火叉岗焦先锋问路
安平关秃总兵阵亡

诗曰：

> 向导先锋焦莽夫，火叉岗上错征途。
>
> 从今单单干戈动，虎战龙争枉用劳。

话说狄元帅奉旨征伐西辽，倚着本事高强，所以只带得五万雄兵，四员虎将。点兵三千，令焦廷贵为前部先锋，点孟定国领兵三千为后队解粮官，大队人马排开行伍向西辽大道而行。且喜天色晴明，风和日暖，正是行兵的时候。一自出了雄关，行有十余天，人烟稠密地方还属中原辖管，也有文官武职，接送纷纷，不绝不断。元帅一路甚是安然，日行程，夜睡宿，不再烦谈。

又已行得了半月，人居渐渐地稀疏了，多是荒郊野地，但看高山叠叠，古树森森，虎啸猿啼，禽鸣兽聚，却是凄凉枯槁的光景了。焦廷贵为向导官，带领三千人马，逢山便要开山岭，遇水还须搭水桥。一路行走了三十余天，到了一个地方，名为火叉岗。一条道路分出两条来，一路向西北，一路向东北，中央一带是高山，走不通路的。两条大路如此光景，焦廷贵一见，便有军士禀知。他想一会，说道："俺认不来的，但不知这条大路为何分作两路，不知从哪一方走才是。"呆想一会，说："罢了！待等一个乡民到来，问个明白。"遂吩咐众兵暂住。

岂知地方上乃是人烟稀疏之所，等望半日不见一人来，此时焦廷贵等得十分烦恼，急起来。再等一会，方才有个白发公公，七十开外的年纪，远远而来。焦廷贵一见，忙忙催开坐骑，飞马赶去，急急加鞭赶近这老人，向他对面冲来，勒住坐骑，摆开铁棍，横拦住去路，大喝道："你这老头儿，俺家问你西辽国两条大路从哪一条去的？若说得明明白白,饶你老狗命;若不速急说明,俺将军就照头一棍,把你的脑浆打出来,无处讨命!"当时那乡民是本处山上人,看见这位马上将军恶狼似的形容,暗说:"从来问路没有这样问法,你看这人是难以言语相争的。罢了!待我作弄他错走别国便了。"此时这老人叫一声:"将军爷,你且耐着性子,既然问路,何必动怒!你且望着那东北上这条大路,八十里之外乃是孩儿岗,再过一百五十里便是棋盘岭,又行一百二十里是麒麟埔,又过一百五十里之外是安平关,就是西辽地面了。"焦廷贵大喝一声:"你这老狗才,俺问到西辽国去,因何说得许多岗岭、许多里来!"原来这焦廷贵是个粗心愚蠢之人,听闻那老者说得几个地名,就恐要忘记了,所以动恼起来。此时焦廷贵说:"老头儿,你不必多言得许多吱唔,此去向那东北上还有多少路方得到西辽?"那老者又说:"将军,小民指引这路途,说得明明白白,为何这等着忙?向此东北至西辽境界,还有四百余里,到安平关是西辽头座关了!"这焦廷贵信以为真,老者退去,吩咐众兵起程,望着东北大路而行。不觉又是红日归西明月上东,安扎营盘,埋锅造饭。次日,拔队起程。此回不独焦廷贵一人走差了国度,狄元帅大兵在着后队,多随错路而行。一路旗幡招展,剑戟如林。一连走了七八天,已到了安平关。一口难分两处事,按下宋军慢表。

　　且说安平关乃单单国头座关,守将名唤秃天龙,国王封他为总兵之职,命他镇守此关。那一日在关中吃酒,半酣之际,忽有小军来报说:"宋朝天子不知什么缘故,差遣大队人马,移山倒海地杀奔来了!"秃将军听罢说:"有这等事!离关还有多少路程?"小番禀道:"只有三十余里。"秃天龙喝声:"再去打听!"心中大怒,气冲云霄,立起身来说道:"我那狼主是个顺天知命之君,自数十年来归服宋朝,岁岁贡献无亏,为何忽然无事兴兵,前来惹气,是何道理!若不出关与他理论,不算本帅英雄!"此时这秃天龙,一来是饮酒半酣之际,二来因他也是性急之徒,不待宋兵安营下寨,投递战书,即忙顶盔贯甲,上马提刀,带领一千精壮人马,炮响一声,大开关门,一马当先冲出关外。

　　此时宋兵正在安营之间,有番将秃天龙带兵杀来,高声大喝:"宋将有能者快来纳命!"早有军士报知。焦廷贵闻报,不觉吃上一惊,说:"可恶番奴,尚未安营就来讨战,待俺前往送他到阎王老子去处罢!"连忙飞马冲去,一见番兵,一字排开,杀气腾腾。来将脸如朱砂,眉浓眼大,赤发红髯。焦廷贵一见,大喝道:"番奴,你且通名来!"秃天龙说:"俺乃安平关总兵秃天龙是也!但上邦下国久已相和,为何忽地兴兵犯界,是何道理?你且快快通上名来,待本将军取你首级!"焦廷贵大喝一声:"谁教你狼主从前无国法,兵犯上邦!所以兴兵征伐你国,早献上头来,待俺老爷立头功!"只因秃天龙此时酒已醉了,听得焦廷贵之言,糊糊涂涂两处未曾说明,所以秃天龙大怒,喝声道:"胡说!你宋王昏君也!我狼主归顺宋朝数十年,你邦无故兴兵,贪利忘义,好生可恶!"提起大刀,当头就劈。焦廷贵全然不惧,呵呵发笑,把铁棍往上架开,二人杀起来。一场龙争虎斗,有三十回合。

再说狄元帅后队大兵已到,早有军士报知。元帅大怒,说:"尚未安营,这焦廷贵不奉军令,怎敢私自开兵!"传令速速鸣金收军,把焦廷贵捆绑起来。令一出,即时不住地鸣金。谁知焦廷贵杀出了神,由他连连不住地鸣金收军,只是不听,说道:"我焦廷贵不挑得番将下马,不为好汉!"果然秃天龙被酒醉了,招架不住,却被焦廷贵铁棍削开大刀,拦腰捣去,打翻了跌下马,割取首级,以为头功。焦廷贵满心欢喜,提起铁棍,踢开大步,把番兵乱扫,打得七零八落,各自逃生,四散东西,多往正平关飞报去了。焦廷贵哈哈大笑,回顾后队高叫道:"安平关已到手了,众人快些来进关!"他一马当先,抢入关中去了。狄元帅又恼又喜,只得传令众兵丁挨次而来。元帅大兵进了城中,这些番兵走散,百姓一并逃生,只剩得一座空城。

元帅进到关中,升了帅堂,众将兵参见毕,又到了焦廷贵,要报头关功劳,走到帅堂元帅跟前,提过首级来请功。元帅一见大怒,喝道:"焦廷贵,你好生胆大!因何不奉军令,私自开兵?本帅传令,还不收兵。不从将令,军法难容!"喝声:"刀斧手斩讫,以正军法!"两旁刀斧手一声答应,正要动手,焦廷贵急称一声:"元帅你在后队,不知前队事情。小将正在安营间,忽有番将秃天龙带兵杀来,不许安营,即要交锋踹营,来势十分凶勇。若被他踏破营盘,元帅的威风灭尽;若请得军令,已来不及了。方与他交战,正在性命相关之际,顾不得鸣金了。若然元帅要杀我焦廷贵,分明要赖我功劳的了。得了安平关,我焦廷贵原有功无罪,如何元帅要杀我?你好不公心!"这几句话,倒说得元帅哑口无言。忽闪出四虎将军,上前一同力保焦廷贵,说:"元帅!这焦廷贵不奉军令,私自开兵,虽然有罪,但番将不投递战书,即日杀来,亦是凶狠之辈。焦廷贵原是不得已开兵,望乞元帅念他取关有功,赦其斩罪罢。"元帅见四虎将军保他,便说:"焦廷贵虽取关有功,但不遵军令,功罪两消。"焦廷贵起来谢过元帅,又谢四位将军保救。此时元帅吩咐,将人马安顿关中,所有粮草马匹,金银什物,查点分明。一面出榜安民,又将秃天龙的首级尸骸埋葬了。暂停三天,留偏将二员、三千兵丁守关,元帅与众兵将又要西行,按下慢表。

再说正平关主将,名唤秃天虎,他生得身高一丈,勇力异常,使一把丈八蛇矛,万人莫敌,秃天龙是他胞兄,年纪只得三十光景。原来这正平关与安平关离有二百五十里路程,所以此时并不知道失关之由。且岁岁平宁,并无探子在外。这一天关中无事,夫妇正在闲谈,忽有安平关上奔来了几个官儿,几百兵丁,慌慌忙忙前来一一报知。秃天虎吃了一大惊,怒气冲冠,咬牙切齿,说:"罢了!我邦与宋朝未曾动过一兵一卒,两国久已相和,狼主岁岁入贡,天朝为何突然起兵前来征伐?破了关,把我哥哥伤害,此恨如何得消!待我带兵前去,见一个捉一个,拿回关砍为肉泥,方泄我胸中之恨!"多花夫人说道:"无事兴兵,果然无理。但大宋五虎,威名素重,相公需要小心。"秃总兵应允,又连忙写表,即差小番奏达狼主。次日天明,点齐人马,放炮出关,带了五千惯战貔貅士卒,杀往安平关而来。

此时若不是这焦廷贵问路不得,走错此路,如何战杀伤害这许多生灵?这也原是狄元帅、八宝公主有宿世良缘之故。合着:

气运遭逢开劫杀,姻缘会合应佳期。

第四回　正平关焦廷贵大败
单单国秃天虎原因

诗曰：

莽汉先锋逞勇刚，岂知番将更猖狂。

沙场大败奔逃窜，方信强中复有强。

却说秃天虎带兵出关，要与哥哥报仇。此日天气晴明，狄元帅正要催兵前进，忽有探子报进，说："启上元帅，今有正平关番将秃天虎领兵前来，要与元帅爷答话，请令定夺。"元帅说："再去探来！"探子说声"得令"去了。不多一会，小军又来报："番将讨战！"

元帅正要点将出马，旁边闪出焦廷贵。因他前日杀了秃天龙，自道英雄，不知厉害，连忙上前说："元帅，不怕死的番奴又来送命，且容小将出关，将他首级取来报功！"元帅说："上阵交锋，休得轻狂，小心才是。"焦廷贵说："元帅勿忧！想那秃天龙尚且死于小将之手，谅这秃天虎本事也不过如此。小将也不伤他，待我活捉他回关，献与元帅看看。"元帅说："既然如此，你领兵一千出关会战，须要小心。"焦廷贵忙说声："得令！"即时上了花鬃马，提了镔铁棍，耀武扬威，带领一千精兵，一声炮响，一马飞出，来到阵中。

只见番将生得凶恶异常，人高马骏，番兵列成阵势。焦廷贵便高声大骂："番狗乌龟，快来纳命！你可是秃天虎么？"秃天虎怒道："正是。你这南蛮，狗头狗脑，口出大言，且通过名来！"焦廷贵说："爷爷老子乃大宋狄元帅麾下前部先锋焦廷贵，你若献关投降，饶你狗命；如若半个不字，多照着秃天龙榜样的，死在俺铁棍之下了！你好不怕死的狗番奴，不以性命为重，看棍！"提起铁棍打去。秃天虎大怒："原来是你这狗南蛮伤害我哥哥，极大冤仇，不取你命，誓不为人！"把长枪架住铁棍,回枪当心就刺。二人兵刃交加,大战三十合。这秃天虎本事果然高强,杀得焦廷贵浑身冷汗,招架不住,看看不好,架开长枪,大喝一声,拨马就走,败入关中。秃天虎追赶不上,只得勒马回营。

且说焦廷贵败进关来交令,说:"元帅在上,这番将秃天虎果然厉害,小将杀他不过,捉他不得,求元帅宽限一天,明日准拿来!"元帅说:"你且退去,休得多言。"焦廷贵退去。

到次日,有小军报说:"秃天虎讨战!"元帅即令石玉出马,带领精兵一千,大开关门,一马当先。二将会面,各通姓名。秃天虎一见来将不是焦廷贵,便开言说:"石南蛮,你且听着!我邦狼主,最是英明有道,两国久已相和,未曾动过刀兵,年年入贡天朝,为何上国白白兴无名之师,前来征伐,不知何故?古人有言:日月虽明,难照覆盆之下;钢刀虽利,不斩无罪之人。你兵犯安平关,杀害我胞兄,从此冤如深海。快些献出焦廷贵,待俺将他心肝来祭了兄长,消了仇恨,再作道理!但你师出无名,犯我边疆,其中必有个缘故,也要说个明白。"

石玉听了番将之言,冷笑说道:"秃天虎,依你说来,句句有理之言。但你邦狼主,好无分晓,妄想天朝锦绣江山,几次兴兵侵犯上国,岂不罪名深重!故我主万岁命狄元帅提兵到来征伐,问个犯上之罪,何谓出师无名?"秃天虎说:"石玉,休得胡说!我邦数十年来,归顺天朝,从不曾兴过一兵一卒,怎说起屡次兴兵犯上之言?"石玉说:"秃天虎,你休得巧言,怎不认罪名?前数年屡次兴兵侵扰,幸得杨元帅屡屡杀退你邦人马,不计其数。自去年秋季,你狼主大兴人马,赞天王、子牙猜等围困瓦桥关,声声要夺取中原。全亏得我狄元帅杀得你邦人马大败,雄兵猛将一齐消灭,至今才得干戈止息,怎言并不兴过一兵一卒?莫不是你初到番邦,新做官的不成?故不晓得从前缘故,胡说无理之言?"秃天虎听罢,哈哈大笑,说:"如此是你们走差了路,这里不是西辽地方。"石玉说:"既不是西辽,是什么地方?"秃天虎说:"我这里是单单国,与你大宋无仇,忽然兴兵前来,夺关斩将,令人可恼。既然西辽国犯了你们,也该前去征伐西辽才是,为何不去寻它,反来兵犯我国?这是宋王的主意,还是狄青胆怯了西辽,欺侮我单单国中无雄兵猛将不成！"石将军听了,心中明白,连忙欠身打拱,叫道:"秃将军！如此说来,是我们走差了路?"秃天虎说:"不是你差是我差么?"石玉说:"将军请息怒,待末将回关禀知狄元帅,前来与将军赔罪便了。"秃天虎说:"石南蛮,休得胡思乱想！杀我胞兄,赔罪也消不了我的怒气。"喝声:"南蛮看枪！"石将军见他动手,也把银枪架开,自知理亏,不与交锋,带转马如飞奔回关去。番将赶他不上,住马带怒,仰天长叹说:"哥哥呵！大宋要去征伐西辽,误来我国,可怜把你一条性命白白送了。如今他肯甘休退兵,但害了我哥哥,必要拿住焦廷贵,碎尸万段,方消我恨！但正平关兵微将寡,不免通知吉林关添兵相助,再上本奏章奏知狼主,打点迎敌罢了。"

不表番将回营。且说石玉回到关中,低头丧气,面色无光。元帅见此光景,即问:"胜败如何?"石玉说:"启上元帅,这场事情错了！此处不是西辽,乃是单单国,走差国度了。杀错这番将,这秃天虎声声要报仇,原来是我们的不是。故末将不好与他交战,奔回关来,禀知元帅,商量如何定夺才好。"元帅听罢说道:"怎见得这里是单单国?"石将军说:"方才末将与秃天虎答话,他说这番王最是英明有道,数十年来归顺天朝,从不曾兴过一兵一卒,何故上邦忽兴人马前来征战?末将又说起西辽侵扰缘故,这秃天虎说明此处乃单单国,不是西辽。他口口声声要与胞兄报仇,不肯甘休之言,必要捉拿焦廷贵,想来此事,如何是好?"元帅听罢,怔呆了一会,还是将信将疑,吩咐传令焦廷贵来。

不一会,焦廷贵来见元帅,说:"元帅在上,呼唤末将有何差遣?"元帅说:"焦廷贵,你说熟识西辽路途,故本帅点你为向导官。你因何不走西辽邦,来单单国是何缘故?"焦廷贵闻言,吃了一惊。想一会,呆一时,叫声:"元帅,这话哪里来的?"元帅说:"今日石将军出战,秃天虎说此处不是西辽,乃是单单国。这便如何?"焦廷贵说:"元帅不要信他,这番奴自知杀我们不过,故虚言哄弄的。"元帅喝道:"胡说,你走差了别国,还说强言,欺着本帅！"焦廷贵说:"元帅,小将实认得路途,明明白白,哪有此事！若果走差别处,小将理当军法。"这焦廷贵一口咬定不差,元帅听得心中疑疑惑惑,说:"且罢了,待本帅来朝亲自出马,便知明白了。"吩咐是夜埋锅造饭。

到来日天明,有小军报上元帅说:"番将秃天虎,坐名要焦廷贵出马。"元帅喝声:"再去打听!"自己连忙穿过黄金甲,戴上紫金盔,上了现月龙驹马,手执定唐金刀,气宇轩昂,真好一位少年英雄! 扶助宋室江山,乃社稷所重之臣。点了五千人马,带了四虎英雄,分为左右,随后有铁甲步军五百。三声炮响,冲关而出,旗幡招展,来至关外,队伍摆开,秃天虎一见来将,比众不同,真乃威风凛凛,杀气森森,便把枪一摆,喝声:"来将通上名来!"狄元帅说:"本帅乃大宋天子驾下敕封平西元帅狄青是也。你可是秃天虎么?"秃天虎说:"既晓得本总兵威名,何劳动问!"元帅叫声:"秃天虎,你邦原是西辽国,因何称为单单国? 莫不是你邦原无雄兵猛将,怕死贪生,虚言哄着本帅不成!"秃天虎说:"狄南蛮! 我邦猛将如云,雄兵似雨,狼主驾下尽是英雄豪杰,哪有诈言贪生畏死之理! 本总兵可笑你身为主帅之职,统六师重任,作事甚是糊涂,以桃为李,以羊为牛,出无名之师,侵犯我国。你官又杀害我哥哥性命,全无道理。掌什么兵权,何不及早回头,做一个农夫罢了!"元帅说:"秃天虎,据你如此说来,此地既不是西辽,有何为凭?"秃天虎说:"我也知你等必从火叉岗走差路的。"元帅说:"怎见得在火叉岗走差的?"秃天虎说:"你一定到了火叉岗不向西北而去,却到东北而来,岂不是走错了路,到我邦单单国么?"元帅闻言,暗说道:"曾记得到了火叉岗有两条大路,向导官从东北方而走,此事乃焦廷贵这匹夫弄坏了。本帅也欠主张,点错这鲁莽之徒为向导官,走差别国,惹起祸殃,圣上必然归罪于本帅,无可分辩"想罢,即欠身打拱说:"秃将军,请息平空之怒,听本帅奉告一言。"秃天虎说:"狄南蛮,有何话说,慢慢讲来!"不知狄元帅说出什么言语解劝他,且听下回分解。正所谓:

不是英雄真长敬,却缘莽将便差途。

第五回 秃总兵生擒二将
狄元帅认错求和

诗曰：

> 天朝虎将被擒拿，只为当时走路差。
>
> 逞勇倚强终自失，偏邦到底弱中华。

当日狄元帅自知理亏，在马上欠身打拱说："秃将军，向导官走差路途，误来贵国，错犯你关，原乃本帅之失。秃将军且请息怒，待本帅来日亲到贵关，赔了错失之罪，即日收兵前往西辽便了。"秃天虎说："狄青，你休得妄想！你身为主将，执掌兵符，事事全凭你指挥，差使向导，如何走差得路程？不到西辽，反侵我邦，无端杀害了我哥哥，说什么赔罪息怒之话，于情理上断难容你这匹夫！"说罢，把手中丈八长矛向心窝刺来。狄元帅即忙把金刀架开，放下笑脸，叫声："秃将军，本帅已走差了，赔罪也罢了，因何你还不甘休？到底主意若何？"秃天虎喝声："狄青！你若误走国度，不伤我邦人口，还情有可原。你兵一到，便夺关斩将，伤了我哥哥。此仇此恨，与你冤如深海，今朝与你必要见个雄雌！"又是一枪刺来，元帅又用金刀拨在一旁，复开言说道："秃天虎，你全不依理论定，如此凶狠。只为本帅一时走差了你国，误伤了你兄，乃本帅差错，所以三番两次不与你动手，也不较量。若问误伤，你兄既死，已不能复活。本帅已经殓殡埋葬，待平定西辽，回朝奏知圣上，超度他的灵魂，封坟墓以补报他。我劝秃将军休得认真起来，古言山水也有相逢时，将军你可想得来！"秃天虎喝声："胡说，无故侵犯，你把我兄杀害了，就是这等罢了不成！若要俺干休，除哥哥复活还可，休想别的求和。有仇不报枉英雄！"说声："看枪！"又刺过来。元帅金刀架住，暗想："看他如此硬性，料想以善言相劝，未必和谐,不免与他交战,杀败了他,方知我兵厉害,然后讲和,自然允诺了。"复高声说:"秃天虎!今本帅自知理亏,以理而言,你却执一之见,不听木帅之言。如若必要交兵,倘有差迟,悔之晚矣!"秃天虎说:"狄青!你既伤我胞兄,俺便与你势不两立,不是你死,便是我亡,有何悔恨之理!"元帅听罢,回顾左右说:"哪一位将军与他交手?"闪出扒山虎张忠说:"元帅,待末将拿他!"

元帅与三将一起退后,此时张忠一马当先,提起大刀砍去,秃天虎长枪急架相合。二将交锋,杀到六十余回合。秃天虎果然武艺高强,张忠抵挡不住,被他拦开大刀,生擒过马,喝令众兵丁捆绑了。元帅一见大怒,正要出马,旁边又闪出一将,是李义,说:"元帅不必心烦,待末将拿这个番奴!"说罢一马飞出,提起长枪,当心就刺。秃天虎把长矛架开,大杀一阵,战有五十个回合,李义招架不住,又被秃天虎活捉捆绑了。石玉心中大怒,不待元帅将令,拍马上前,舞起双枪乱刺。秃天虎连拿二将,哪里看得起石将军!在此战到三十余合,不分胜败。原来这石郡马乃是王禅鬼谷的徒弟,与元帅同拜一师。前者老祖把枪法传授与他,比众不同。因赞天王部将薛德礼的混元棍厉害,故赐他风云扇破他混元棍立功。但风云扇只破得混元棍,别样物件破不来的。况且此时乃用力战斗,纵有法宝也不中用的。秃天虎实有万夫不当之勇,石玉哪里是他的对手?但他是仙传枪法,所以还抵挡得住。此时沙场内杀得烟尘滚滚,日色无光。冲锋到八十个回合,元帅见二将杀得难解难分,恐防石玉有失,传令鸣金收军,二将退回。

秃天虎得胜回营坐下,吩咐小番绑过二员宋将。张忠、李义二人英姿勃勃,立在一边。秃天虎叫声:"二南蛮,你既已被擒,何不下跪?"二英雄喝声:"秃天虎,休得大言!俺乃天朝上将,焉肯屈膝跪你!"秃天虎说:"我且问你,两国从来相和,为何兴兵侵犯,恃勇称强,夺关斩将,是何道理?今日被擒,尚且强项!"张忠听了冷笑一声说:"秃天虎!这是你的糊涂,反说俺的无理。"秃天虎喝声:"好花言的南蛮!你们无礼,反来说俺的不是。"张忠说:"秃天虎!可见你外国之人,不读孔圣之书,不达周公之礼,古云:正理一条,蛮行千样。你的强蛮,令人可杀。"

秃天虎听罢,气得火烟直冒,怒跳如雷,立起身来,须眉倒上,双眼圆睁,喝声:"你这等说,难道本总差了么?"张忠说:"为何不差!"秃天虎说:"俺怎生差处?你且说来!"张忠说:"我们奉旨征伐西辽,误走路程到来你国,也是平常之事。我兵初到来,营寨尚未安扎,你的哥哥秃天龙若问明情由,说明此处不是西辽,自然即日收兵前往西辽,如何不好!谁叫他恃着强蛮,领兵杀来,把天兵看得如同儿戏,定要即刻交锋。岂不晓得刀枪乃是无情之物,二虎相争,必伤其一。论起来,不说明即要战杀,还是你来犯上,还是你兄自来寻死,叫哪人偿他的命?俺今日好言劝道,你不明白,可细细思量得来。俺二人乃是顶天立地的硬汉,既被擒拿,要斩就斩,要杀就杀,何惧之有!"李义在旁,见他说此硬话,连忙说道:"张哥哥何必教导这番奴,既被擒来,谅情要做刀头之鬼,何必与他较量许多言词!"秃天虎听了喝道:"要杀也不为难!"二将说:"秃天虎!你可晓得我邦元帅为人有大将之才,前者一人杀败西辽数十万雄兵,你邦纵存雄兵猛将,哪里是俺元帅的对手!征灭扫平你邦,有何为难!若杀了我二人,就是狼主求降也难依了。况且焦廷贵误伤你兄,与我二人何干!"

原来这些外国之人,虽是强蛮,到底愚直。这秃天虎听了二将之言,不觉想了一会,暗道:"俺听这回南将之言,也觉有理。论起来我哥哥好不狂莽,俺与他原有几分不合之处,但无端被杀,总要报仇的。既然焦廷贵杀我哥哥,想来哪里要他二人偿命!罢了,待明日拿了焦廷贵,然后放还他二人便了。"秃天虎主意已定,吩咐小番:"将张忠、李义二犯打入囚车,押在后营好生看守。待等拿了焦廷贵,然后放他们回去。"二将听了秃天虎不杀之言,方才安心,只虑不拿得焦廷贵,二人也放不成了。

不表番营二将。且说狄元帅收兵到关坐下,传令吩咐焦廷贵来见本帅。不一时,焦廷贵得令,还不知元帅何事,立刻上前说:"元帅在上,末将打躬。不知呼唤有何吩咐?"元帅大喝一声:"匹夫!你说到过西辽地,熟识路途,故此本帅点你为向导官。你行到了火叉岗,不向西北走,却从东北而行,混来单单,走差国度,罪于本帅。你又不问明缘由,便杀无辜的秃天龙,怪不得秃天虎不肯甘休!"焦廷贵说:"吓,元帅,当真走差了么?"元帅喝声:"该死的匹夫!若不走差了,本帅焉能怪着你!单单国向来与我国相和,如今忽动起这场刀兵,祸端皆由你这匹夫之人!刀斧手上来,拿去斩讫!"两旁一声答应,这焦廷贵心中着急起来,倒身跪下,说:"元帅请息怒,末将还有辩言。"元帅大喝:"匹夫有何辩言,快快说来!"焦廷贵说:"元帅,你为一个千军万马之主,事事多要听从元帅,选他的才干调用。你用末将为向导官,若是末将不从,又恐违了军令。元帅应该查明果然谁人熟识西辽路途,为何乌乌糟糟点小将做个向导官、开路先锋?大兵一到了火叉岗地方,小将就有些疑惑起来,两条大路像个火叉的形模,想去思来,记得不清,不知哪条路是走西辽。只见山脚下有一老乡民,故小将随即问他,这老人指点的路,我一一照依而行。就是走差了国度,乃元帅错用了人之过,若将我焦廷贵斩首,甚是不公平。"元帅听了高声说道:"本帅怎样不公平?你且说来!"焦廷贵说:"方才说过,大凡行兵调将,统凭元帅量才拨用,末将做不来的,元帅不该点我为向导官。"元帅喝声:"匹夫!你说到过西辽,故此本帅才点你的!"焦廷贵说:"元帅,我虽然到过一次,只因月久年多,就忘记了。走差国度,仍平常事,难道将末将斩首!"元帅大喝道:"好利口的匹夫!走差国度,本帅已有欺君不细之罪;妄杀秃天龙,他的兄弟不肯干休,本帅再三赔罪,他却执一之见,不肯依允。况且二将被擒,不知性命如何,皆因你断送了。照依军法,断难宽恕!"喝令:"刀斧手斩讫来!"刀斧手一声答应,登时把焦廷贵捆绑,推下阶来。不知焦廷贵性命如何。正是:

> 莽将难逃严法律,阴魂从此绕边疆。

第六回　石郡马沙场斩将
多花女雪恨兴兵

诗曰：

　　烈烈轰轰逞勇强，番军难免阵中亡。

　　与夫雪恨多花女，未报夫仇先被伤。

　　当下狄元帅要将焦廷贵推出关外斩首，焦廷贵心下着急，高声说："元帅请息雷霆之怒，末将还有分辩！"元帅吩咐推他转来，大喝道："有分辩快些讲来！"焦廷贵说："元帅，你责末将走差了路途，元帅与四虎将军还有多少兵丁在后，难道内中没有一人惯熟路途的？若内有知者，应该说一声不是这条路上走的。为何号炮一声不响，随着这条错路而来？若说众将兵皆不熟路途，众人多要杀了，连元帅也要斩首。此时到了安平关，营尚未安，就有秃天龙杀到营来，也不问明缘由，难道此时由他割去首级不成！他又不说这里是单单国，不是西辽。此时他不说明，小将哪里知道？所以大战起来，斩了秃天龙。元帅说小将不奉将令，私自开兵，赖了我的头功。次日应该差末将前去建二功才是。为何元帅差张忠、李义去出马？这两人又不是真材实料的英雄，自然一并去了。此乃元帅行兵不通、调将不才之故。若今朝杀了我焦廷贵，众夷邦外国闻知，也耻笑着元帅屈杀将士的了。"

　　狄元帅听了他这些七颠八倒的鬼话，不觉呆了，答应不来。旁边闪出笑面虎石玉、飞山虎刘庆，上前打拱说："元帅在上，焦将军走差路途，理该问罪，但秃天龙不说明缘故，混行交战，也难分辨谁是谁非。错走路途，望元帅法外从宽，饶他初次犯界，留在军中将功赎罪，望乞元帅准末将之言。"元帅见二将讨饶，便喝道："饶了这匹夫死罪，活罪难饶！"吩咐捆打四十大棍。小军领令，把他打了四十。焦廷贵起来谢了元帅不斩之恩，往后营去了。

　　且说元帅十分烦闷，只因误杀秃天龙，几番劝解，自认差错，秃天虎总是不允相和，反被他捉去了张忠、李义，倘有差迟，失了英雄两弟兄，如何是好？便与刘庆、石玉商议此事。二将同声说："元帅今日阵上认了多少差处，秃天虎总是不依，如今没有别的什么打算，且到来天，待小弟二人杀败秃天虎，他自然和伏了。"元帅说："二位兄弟，算来实是我们理亏，杀了秃天龙，怪不得秃天虎不允。虽然焦廷贵这匹夫走差了国度，算来原乃本帅之过，不该点这鲁莽之夫为向导。如今主上得知，本帅罪已非轻。"二将说："依元帅的主意如何？"狄元帅说："本帅欲意修书一封，着人送与秃天虎，再以理讲。他如若允从，便收兵往西辽；若不允从，另行计较便了。"二将说："元帅之意不差。"此时元帅定了主意，即日修书一封，连忙差军士送到番营。秃天虎接过书一看，上写：

　　　　平西总帅狄青书拜秃总戎麾下：伏以大宋、单单，天朝偏国，向日相和，毫无构怨。缘因征伐西辽，误来贵国，乃本帅之差错。杀无辜将士，乃本帅之失，追悔无及。将军胞兄与各番兵皆非可杀之人，本帅好生不忍。既死难生，平西还国之日，奏闻我主，墓顶荫封，以偿无辜被陷；免贡三年，以修向日相和。伏望将军海涵允诺，不较前非，足见情长。肃参投达，翘望好音。

秃天虎细细看罢来书，不觉呵呵冷笑说："这狄青如此胆怯，哪里做得主帅！"就在书后批回：

　　　　哥哥复活，两国相和；既然不若，永动干戈。

写罢打发来军回复狄元帅去了。原来这狄青乃是依理而行，所以修书讲和；岂知这秃天虎说他胆怯，也是意思会差了。

　　且说狄元帅观见回书大怒，说道："秃天虎如此狂妄，全无一些礼律之言。本帅只为自知理亏，所以忍气求和。谁知他执一不悟，无理逞强，我何惧他！也罢，明日必要与他见雄雌。但得张忠、李义二将无害，本帅才得放心。"是夜不必细表。

　　且说次日各将士饱餐战饭，又有秃天虎前来讨战。元帅命石玉领兵出马，笑面虎便一马当先，冲到番军阵前，把双枪一起，喝声："番奴看枪!"秃天虎闪回,举手急架相迎。二人犹如龙争虎斗,杀得天昏地暗,沙卷尘飞。战了八十余回,石将军看看抵挡不住,败将下来,飞马逃走。秃天虎拍马赶去,喝声:"你哪里走!"紧紧追上。早有飞山虎在关前看见,连忙驾上席云帕,看定一箭射去,正中秃天虎的左颊,负痛一声,转马逃走。石玉在马上一枪刺去,中他肋下,疼痛难当,翻身跌落马下。石将军拔剑取了首级,刘庆叫声:"石四弟,趁此打破营盘,杀散番兵,放了张忠、李义,去见元帅罢!"石将军说声:"有理!"喝令众兵杀上前去,二虎将一同杀去,把番兵犹如砍瓜,各自逃生四散。二将打入番营,放出张、李二人,说明缘故,四人哈哈大笑,命军士放火把番营烧得干干净净。张忠说:"众哥弟,趁此天色尚早,我们带兵去赚了正平关,你道如何?"石玉说:"不奉元帅将令,不可妄动。且自收兵缴令,再行区处才好。"三将说道:"既然如此,且收兵罢了。"

众将收兵回关,下马入见元帅缴令,说明杀了秃天虎情由。元帅听了纳闷昏昏,说:"走差国度,妄动刀兵,连伤两员番将,只怕番国君臣怀恨,不肯休息干戈。本帅千军万马,何足畏惧! 只忧征错无辜单单国,纵然得胜还朝,本帅终须有罪。想到其间,实难处置。"说罢低首不言。无奈只得吩咐秃天虎首级不必号令,配尸骸备棺盛殓,与秃天龙的棺柩安放在一处,杀的番兵好生掩埋。等候三天,如若番兵没有动静,然后回兵,复往西辽;若他又有兵马到来,再作道理。

闲话休题。再说正平关秃天虎的夫人名唤多花女,在关内心中不安:"狄青兴无名之师,杀害我邦兵将,相公起兵前往退敌报仇,不知胜败如何?"夫人在关正在思想,只见众小军报说秃总兵阵亡。夫人一闻此报,悲哀大哭,骂声:"狄青,杀害我亲夫,我与你势不两立!"原来这多花女是番王驾下兵部尚书脱伦之女,也有些武略。他闻得丈夫阵亡,要报仇雪恨,等不到明日,连夜点齐人马杀奔安平关而去。两关相隔有二百五十里之程,一夜不能得到。且说狄元帅在安平关候了几天,忽有探子报知多花女杀奔前来。元帅闻报,长叹一声,传令四虎弟兄且不必开兵,以礼讲和为妙。四虎将齐说:"元帅之言有理,末将等焉敢不遵!"忽闻号炮震响连天,停一会有小军报上:"元帅爷,多花女讨战!"元帅即差石玉出马,吩咐先以礼讲和为是。

石玉得令,连忙上马提刀,英气凛凛,领兵杀出关前。跑到阵中,看见这番女手持双刀,满面怒容,石将军暗说道:"元帅叫我与他讲和,料想杀他丈夫,焉能听从?说之无益,不必讲,不免与他见个高低罢。"提起手中双枪刺过去。多花女双刀架开,一男一女战杀,一去一来,胜负不分。这多花女虽然是将门之女,有些本事,到底不是石将军的对手。这石玉一则见他丈夫已亡,二则他是女流之辈,所以让他几分。岂知这番女要报夫仇心急,认做石玉本事平常,被他舞起双刀战到六十余回合。石将军一想,如此看来,让他不得了。忙把双枪一连挑了几枪,多花女两臂酸麻,眼花力微,却难抵挡,被石玉一枪正中心窝,翻身落马而亡。

李义、张忠大喜,假传元帅有令,快些前往抢关。三将喝令众兵杀上前来,把番兵大杀一阵,四散奔逃,尸横遍野,满地鲜血成河,死者甚多。大小三军进了关中,满城百姓四散逃生,不必多谈。石玉连忙安了众民,然后恭迎元帅进关,要把金银粮草点查。元帅说道:"错杀番邦无辜将士,抢占他的城池,本帅已经差之万倍,悔之不及。关内之物,不可妄动,尽数交还才是。"元帅军令森严,谁敢不遵!此时元帅心下十分烦恼,双眉紧皱,面带忧容,说道:"如此罪名越大了,如何是好?种下祸根,乃是这莽夫弄来的。纵将他斩首,也不中用的。本帅之罪,仍复不免,好不令人烦难也。"只得吩咐将番兵尸首好生埋葬,又把多花女的尸首一体备棺盛殓,与秃天虎的安放在一方,待等干戈平定,再行超度灵魂,稍尽本帅之心。是夜,狄元帅闷闷不乐,不知后事如何。正是:

　　胜败已分终有碍,战征虽是不为功。

第七回 狄元帅求和受辱
乌麻海中箭身亡

诗曰：

> 阵上求和似可羞，只缘莽将少筹谋。
>
> 火叉岗上行差道，致与东番单单仇。

再表吉林关主将名唤乌麻海，乃是单单国头等有名的一员上将，年方四十余岁，脸如锅底，环眼浓眉，身高体胖，武艺精通，力敌万人，持一柄宣花大斧。前十余天得闻秃天虎的飞报，气得他二目圆睁，双眉倒竖，说道："狄南蛮，你这等无礼！我邦狼主归顺宋朝已久，狄青你为何无风自浪，前来寻事，杀了安平关秃天龙？我想正平关秃天虎，他武艺高强，胜过胞兄，必然无败。但愿他杀败南邦人马，把狄青拿住，方消得俺家此恨。"正烦恼之间，忽有秃天虎的夫人差小番如飞报到，称说秃总兵阵亡，要求将军爷提兵火速前往破敌，不然正平关有失。次日，乌麻海正要整顿军马兴兵，忽又报道："多花女已被杀，正平关已失。"这乌麻海闻报，大怒如雷，气得面色如土，说："可恼！你狄南蛮无故连伤我二将，尚且容你不过，那多花夫人乃是女流之辈，为何也伤他性命？这还了得！狄青啊，前两关由你夺去，若要到我吉林关上，就万难了，若容得你一兵一卒过此关，誓不为人！"他又想一回，说道："秃天虎尚且死于狄青之手，大宋这主将不是好惹的，须要提防一二才是。"天色已晚，埋锅造饭，是夜不题。

再说次日，乌麻海点起一万雄兵，顶盔贯甲，上了一匹乌龙豹，手持一柄开山大斧，领了一万番兵，一声炮响，大开关门，杀奔正平关来。喊声讨战，早有宋兵飞报入关。狄元帅亲自出关，来到阵前，四虎将军在后跟随，元帅一见番将，在马上欠身打拱，开言叫声："马上将军尊姓何名?"番将说道:"本将乃吉林关主将是也,你是何人?"狄元帅说:"本帅乃大宋天子驾下平西主帅狄青是也。"乌麻海说:"原来你是狄青!俺且问你,既然宋君差你征伐西辽,为何兵反向我国?况且我邦狼主久顺天朝,年年入贡,你忽兴兵马,妄动干戈,连伤二将,眼底无人,欺我单单国,是何道理?"元帅听罢,放开笑颜,说:"将军且请息怒,听本帅告诉一言。本帅奉旨征西,只因向导官走差国度,错走东方,误来贵国。本帅罪无容辩。到了安平关,误杀秃总兵,悔恨无及!"乌麻海说道:"既不知地理,为什么点他向导官?若不识贤愚,做什么元帅!今日宋王差你总军元帅,前八百年倒运了!"乌麻海数言说得狄青面上无光,脸红耳赤,把头一低,开言说:"将军,这也原是本帅的理亏,所以亲自出来见将军,万望海涵,不较前非,足见将军大德也。"乌麻海说:"狄青你可是做梦吗?连伤我将,夺我城池,莫说是你要求和,就是宋王亲来说,也不能了。既然你亲来出马,俺与你见个高低!"说罢,提起宣花大斧,当头劈将下来。元帅想道:"说也徒然,谅他必然不允了。"忙把定唐金刀往上架开。二员大将在沙场杀得天昏地暗,东西难分,战鼓之声不绝,冲锋到八十余合,不分胜负。自辰时杀至午刻,再战时:

> 沙尘滚滚惊天地,刀斧交加各逞奇。
>
> 豺狼虎豹藏山洞,野鹊乌鸦不敢飞。

当时又杀了一百个回合,你我不休。狄元帅自知杀他不过,又不肯失势与他,只退后数步,取出金头鬼脸戴起,念一声:"无量佛!"只道拿他下马,岂知这法宝全然不灵验。这乌麻海见他戴上鬼脸,不知何意。赶上数步,把大斧当头劈下,狄元帅全不知觉。只因他的金盔上藏着血结鸳鸯,一道毫光冲起,大斧不能下。四将一见,飞马上前,奔至元帅马前,除其鬼脸,一同跑回关去。乌麻海追赶不上,也自收兵回营,坐下说道:"那狄南蛮杀俺不过,取出一个鬼脸的东西戴在脸上,也觉可笑。但俺用一斧,只道结果他的性命。不知何故,他盔上冲起一道红光,不能下斧,这是什么缘故?也罢,待他今夜再活一天,明日擒来,也要死的。"

不表乌麻海之言。且说狄元帅败进关中坐下,四虎弟兄安慰一番。元帅闷闷不乐，说道："乌麻海这番将本事高强，几乎失手于他，亏得众弟兄杀退。但不知因何法宝不灵验起来？如今杀败，如何是好？"四虎将军说声："元帅勿忧，胜败乃兵家常事，何必烦心。且到来日，末将等出敌便了。"元帅说道："众位兄弟，本帅尚且不能取胜，只怕你们也不济了。如之奈何？"四将说："元帅，如若末将不能取胜，只消用计伤他便了。"元帅点头，吩咐众贤弟且回营，到来日再作商议。四将回营去了。此时狄元帅说道："想来那人面兽既不灵验，这穿云箭只怕也不中用了。但这二物乃神人所赐，不可轻毁。目下虽然无用，且好收藏吧。"

若说狄青的人面兽既是法宝，为何今日不灵验？只因元帝殿下的神将，化生于西辽国内，故神圣将两件法宝赐于狄青，待他收回各将立功。只因单单国的番将，不是元帝殿前神将化生，所以这人面兽用不得了。此时元帅心下十分不乐，自忖身负欺君重罪，恐防庞洪弄权来暗算，纵有南清宫姑娘，又忧他不晓得内里缘由，难作主张。罢了，我忧不得许多，听天而已。此夜元帅纳闷，不必细表。

次日天明，众将来参见元帅。正与众将商议，忽报番将杀奔关下讨战，元帅即差飞山虎刘庆出敌。刘将军得令，领兵出关与乌麻海交手。战不上四十合，败进关中。元帅又差张忠、李义，又不是乌麻海的对手。连战数天，宋兵大败。狄元帅不悦，说道："既是番人不肯和，惟要杀败了他，情愿求降，方能前去征西。岂知乌麻海本事厉害，与他力战不中用了，必须用计除他，方可使得。"是夜元帅见风清月明，卸下戎衣，穿起便服，带了张忠、李义两人，步行出关数里外，四面观瞻。只见关左有座黄石岩，石岩高耸，林木森森。三人看罢，回转关中。此时已有三鼓更深，即与四虎弟兄商议定计。命刘庆往山后埋伏，石玉引战，此计必然成功。四将奉令，领兵分头而去，此夜三军不睡。

次日天明，闻报乌麻海讨战，元帅令石将军出马，杀出关外，与乌麻海大战六十余合，石玉大败而逃，乌麻海紧紧拍马追赶。石玉奉了元帅将令，且战且败，诱他到了黄石山，败进山中去了。乌麻海不知是计，奋勇当先，追赶上去。忽听得一声号炮惊天，喊杀如雷，宋兵杀奔而来。此时乌麻海方知不好，急急回马，早有飞山虎在山后一马赶上，喝声："番奴，你往哪里走？今日休要活了！"乌麻海大怒，举斧正要打去，岂知张忠、李义喝令兵马杀上，三军箭如雨落，好不厉害。乌麻海看来不好，把大斧舞起，左挑右拨，就如蛟龙取水，宛如二凤穿花。乌麻海挡箭约有一个时辰，果然没有一箭着身，无奈不敢杀出，恐防被伤，此时危机，心慌力竭之际，手略慢了一慢，肩上早中了一支。顾得肩上一箭，肋下又中了一支。而后一支支，支支多中，可怜单单国一个头等上将，今日在黄石山下遭此一劫，中箭七十余支。乌麻海自料不能活命，大叫一声："狼主啊！臣乌麻海不能扶助你了！"说罢就在腰间拔剑自刎，翻身落马而亡。石将军看见，回马会同三将，带领兵马，乘势抢了吉林关，众兵逃散，余者皆已投降。四将一同回关交令，恭迎元帅进了吉林关，埋葬了番将尸首，出榜安民不表。

且说石亭关主将，名唤巴三奈，也是英雄无敌，手下将广兵多。是日闻报，心中大怒，骂声："狄青，你好逞强也！"即日带兵杀到吉林关讨战。狄元帅闻报，差焦廷贵出关迎敌。战了三十余合，焦廷贵抵挡不住，正要逃走，却被番将大刀拦开铁棍，生擒去了。次日复战，又拿去李义。巴三奈得胜回关，把二员宋将一并囚在后营，说道："待等拿尽南蛮，把狄青等解上狼主，定罪开刀。"自此日日交锋，胜败不等。狄元帅此时欲回兵，只为焦廷贵、李义被擒，番人不肯和息，只得在吉林关守候。终朝不悦，夜闷沉沉，不知何日东国干戈休息，西辽降伏，这是后话，不必烦谈。正是：

　　一月光阴容易过，巴三上表达番君。

　　风火鸳鸯关两座，添兵助杀宋朝人。

第八回 巴三奈坚守石亭 八宝女兴师议敌

诗曰：

巴三番将也称能，坚守营关与宋争。

表达狼君添勇将，召宣公主领兵临。

话说单单国虽是外邦番地，这国王知达天时，登基以来三十余载，皈顺天朝，岁岁无亏贡礼，就是本国诸臣，多是忠肝义胆之臣，匡扶这番君。狼主看待群臣，也无差处。邻邦各国相和，从无干戈侵扰，君臣共享太平，百姓安康。忽一天，闻知大宋兴兵犯界，人马到来征伐，势如破竹，夺去安平关，杀了守将秃天龙，此时番君闻报，怒气冲霄。凡为人知情达理的，凡事必然知情理为先，情理差了，必要动气。这番王一想，并无差迟于大宋，如何无端兴兵到来，夺关杀将，是何道理？越想越怒，说："孤家立位以来，并未亏贡于大宋，如今无故兴兵犯界，杀害大将，此恨难消！"即日降旨，着令："鸳鸯、风火、石亭、吉林、正平各关主将为一路，与他交战。必要把狄青活的拿来，待孤家亲自开刀。孤家并无过犯，宋君为何大兴兵马到来，夺关斩将？且看狄青怎样，然后兴兵杀上汴京，并非孤家去寻他，别国未必有说孤家不是的。"

降旨不上八九天，又闻报占了正平关，秃天虎夫妇一起阵亡。狼主闻报，忿愁难当。又至第三天，飞报到："吉林关总兵被害，城关被宋将夺去，狄青一连夺去三关，狼主须当打点迎敌才好。"番王一闻此报，大惊，一发心头大怒，说："狄青，你这等猖狂也！"

是日会同众文武商量，众臣多说道："吉林关乌麻海，正平关秃天虎，乃是我邦头等的上将，尚且死于狄青之手，看来以下武将虽多，只怕一个也不是他的对手。"番王听了大怒，喝道："难道由他杀到银安殿上不成？"文武官员各不回言，独有兵部尚书脱伦，只因狄青杀了他女儿多花女，深恨狄青入骨，即便出班奏说："惟望狼主，依臣所奏。"狼主说："卿家有何主见，就奏上来。"脱伦道："臣闻西辽国几次兴兵，要夺大宋江山，赞天王、子牙猜等，还有多少英雄上将，俱死于狄青之手。他把这些西辽人马杀得片甲不回，所以西辽畏惧，不敢再犯。他的本领果算高强，南邦五虎英名素重，能伤我邦乌麻海，果然名不虚传，料此人不是好惹之辈。我邦虽有武将，差去迎敌，却也不济。要捉拿宋将，有何难处，须得我狼主的公主娘娘前往，不用吹灰之力，个个南蛮多要捉尽。"这狼主盛怒之际，一闻此言，说道："依卿所奏。"即宣公主上殿。

不一时，公主出来朝见父王，说："愿父王千岁、千千岁。不知父王宣儿臣上殿，有何吩咐？"番王就把宋君差狄青无事兴兵犯界情由，细细说明。公主娘娘闻言说道："父王，宋朝狄青虽称英雄无敌，任他五虎威名素著，哪里在儿臣心上！待女儿提兵前往，拿尽众南蛮。"番王说道："女儿，救兵如救火，明日就要起程了。"公主说："谨依父王之命。"拜辞父王，回宫去了。番王吩咐退朝，群臣各散。

退进后宫，有番后娘娘接驾，说声："狼主，方才臣妾闻女儿说，大宋君臣无故兴兵，杀到我邦，抢关杀将，这等猖狂，可有其事么？"狼主道："怎说没有？连伤四将，夺取三关，所以孤家深恨这狄南蛮。但他英雄无敌，曾经杀得西辽军马大败，我邦乌麻海尚且被他伤害了。目今武将虽多，却难与敌，孤家故差女儿前往拿捉这狄青。"番后说："狼主，倘若女儿前去，仍不是狄青对手，如何是好？"狼主听了，说："御妻不必心焦。女儿本领，何人可及？得圣母传授他的法力、八件宝贝，领兵到石亭关，何愁宋将英雄？"娘娘听得，点头说："待来朝女儿前往，但愿退得狄青。女儿回家，奴家方才放得下心。"

若讲得单单国王，年登五十，生下二个太子，一个公主。大太子五岁夭亡，二太子十一岁时上北樵山，须臾被虎负去了。如今单存公主，名唤双阳，因他貌美超群，宛若嫦娥下降，故名赛花公主。十二岁时被庐山圣母收为徒弟，在仙山学法三年，传授许多武略。临命他回国下山之时,圣母又赠他八件法宝,驾云还国。回见爹娘,说明缘由,父王、母后十分欢喜。如今有了这八件宝贝,更名"八宝"。圣母赠宝时曾对他说:"你虽生东番,身属中原,倘遇刀兵起日,是你婚姻之期。"公主谨记在心,从不说与爹娘知道。这公主常在御花园内试演仙法、武艺,教习女兵三百人,勇猛胜似健兵。摆列阵图,多是训练精熟,已经三载。这脱伦明知公主有此仙传武艺,更兼法力精通,料想狄青不是他的对手,启奏请公主提兵出敌,报了杀他女儿之仇。这公主一因父王之命,二因有法不用,学也徒然,愿意前往与南蛮比比手段。意见已定,传令女兵三百,吩咐一回,众人领命。

　　到了次日,狼主升坐,众番臣朝参已毕,有兵部尚书脱伦启奏狼主:"今臣已点足雄兵五万,伺候公主娘娘了。"狼主即宣公主上殿,少停间,公主上殿:"见过父王,父王千岁、千千岁。"狼主说:"我儿平身,兵部脱卿已经点起兵马五万,候我儿起程。我儿速速前往走一遭。但此去须要小心,你虽然学得仙法,切不可自恃英雄。况且南邦五虎将,非比寻常将士,也须防他有神通妖术,事事务要小心。但愿我儿此去旗开得胜,马到成功,把狄青生擒活捉了,方消为父的恨。"公主说声:"父王,休得介怀,且自放心!任他五虎将纵有通天本领,多要生擒活捉。儿臣如今前往,就此拜别父王。你休要挂念,女儿不待三天五日,就班师回来了。"公主辞出,百官齐送,说:"臣等请公主娘娘就此起驾。"公主说:"知道了,卿等回去吧,不必在此伺候。"此时公主转回宫内,拜别母后娘娘,这番后叮嘱再三,公主一一应诺。取出八宝囊藏在怀中,辞过母亲,带了三百女兵,步出朝门外。文武俯伏相送,说:"请公主娘娘上马。"

　　公主上了宝麒麟,手持一柄梨花枪,头带百合冠子,雉尾翎毛分开左右,金圈珠环皆是海外奇珍。五色鲜明,光彩夺目。怀中压了护心镜,腰挂龙头宝剑,威风凛凛一位女英雄,桃花粉脸,国色天姿,看来这公主浑如昭君出塞一般,独是梨花枪与琵琶不像。闲话休题。此时各官俯伏相送,公主说:"众位卿家请起,不必远送了。"众番臣应诺退去。公主吩咐队伍摆开,五万番兵,一路旗幡招展,炮响三声,向石亭关而来,三百女兵紧紧随着公主左右。

先说石亭关巴三奈早已闻报，打点关内，备着地方，待公主安歇。此时公主路上威威武武，到了鸳鸯关，又无耽搁，风火关中也不停留。一日，到了石亭关。巴总兵带领众副将、兵丁到关外三十里恭迎。公主进关，巴总兵参见毕，公主传令分开男女兵，然后开言问巴总兵："近日交兵，胜负如何？说与俺家知道。"巴三奈说："臣启公主娘娘：大宋这等无礼，兴无名之师，连抢三关，伤害四将，损了数万人马。石亭关臣日夜留心把守，头阵两场，把他二将生擒了，牢禁在后营内。近日交兵，不分胜败。今日公主娘娘驾到，必然成功了。"公主又问："这狄青手下共有多少人马？战将几员？"巴总兵说道："启奏公主娘娘，那狄青手下焦廷贵、李义被臣拿了之外，只有张忠、石玉、刘庆这三员战将，与臣曾交敌几场。兵马却有限的，不过五万余光景。"公主娘娘说道："哎！我想他兵微将寡，能连伤我邦四员大将，占去三关，料不是无能之辈。且待俺家明日出关，与他对敌，一定把南邦五将生擒了，才晓得俺家的手段。巴将军你且暂退，明日待俺家出敌便了。"巴三奈点头称是："微臣告退了。"

此时公主独自一人坐下，二十四个宫娥分伴左右。三百女兵排列两行，听着公主娘娘教习武艺、枪刀之法。是夜二更时候，公主方才吩咐众女兵往后营安歇，四鼓将鸣，便要起身听令。此回公主领兵到来，明日开兵不知胜负如何，且看下回分解。正是：

　　　秦晋未谐仇敌至，姻缘惹出甲兵来。

第九回 乾坤索生擒宋将
石亭关大破南兵

诗曰：

八宝多能法力高，擒拿宋将众英豪。

石亭关外施仙术，五虎将军尽捉牢。

再说这八宝公主奉了父王的旨意，仗了仙传的法宝，要拿尽五虎英雄。到了石亭关上，耽搁一宵。次日五更时候起来，传令男女兵丁饱食战饭，枪刀锐利，盔甲鲜明，放炮出到关前讨战，指名要狄南蛮出马。早有宋兵飞报入关中，狄元帅思想一回，说道："本帅与番将巴三奈交兵一月有余，胜负未分。本帅意欲收兵回去，一来番邦只道我畏惧了他兵，反为不美；二来焦、李二将被拿去，虽然未见首级号令，到底不知生死如何。所以权在吉林关安扎守候，这番王如何不差战将提兵，只打发女儿到来？不知有何缘故，令人难解。毕竟他来者不善，善者不来。故不差战将，却令女儿到来迎敌。"就与三将商量说："大凡行军对敌，须防僧道女流。不是妖术伤人，就是练成暗施刀箭，须要小心提防这员女将才是。"三位将军点头说："是。"元帅即差刘庆出马说："刘将军，着你领兵三千，前去会这番女。须要小心，不可粗心逞强，马不可乱追，须防他有什么暗物伤人。"刘庆说声："得令！"即顶盔贯甲，上马提枪，领了三千人马，气昂昂，一声炮响，飞马出关。

来到沙场，果见一班女兵，中间马上一员青年女将威风凛凛，但见花容俊丽，身材窈窕。刘庆暗想："谅他有甚本事？单单国番王真倒运了，差他来送死何益？"公主一见关内冲出一支人马，为首一员大将，便问："来将何人？通上名来。"飞山虎暗说："俺不是好色贪花的，听了这样声音,却也有趣。何须用力与他交手,只消伸手拿他回关见元帅吧。"便说道:"俺,飞山虎刘庆是也。"公主说:"你叫刘庆?为何狄南蛮不来会俺家,难道惧怕了不成?"刘庆说:"小贱人,你就是八宝吗?"公主说:"你既晓得俺家的大名,应该早早送过首级来,免俺动手。"刘庆哈哈大笑道:"我看你这小小年纪,倒会说大话。你是女儿家,理应拈针刺绣。而今不知死活,难道不知自己没鸡巴的?还来交锋对敌,你好不顾廉耻也。"公主道:"咄!刘庆,你休得胡言!俺家看你是一鲁莽之徒,不是俺家的对手,快唤狄青出来下马受缚,拿他回去见俺的父王。"刘庆闻言大怒,二目圆睁,大叫道:"小贱人!休得把我元帅这等小觑了!他曾杀得西辽大败,番兵番将胆丧魂消,盖世英雄多要丧命,岂惧你这小小弱质的小贱人!只消俺将军一枪,你就要翻身下马,杀鸡焉用牛刀!"公主听罢大怒,举起梨花枪,照面就刺。刘庆急架相迎,却被公主一连几枪,几乎把刘庆捺翻下马。刘庆一连晃了几晃,想道:"这小丫头,看不出果然好气力。元帅吩咐俺小心交战,不可粗心杀败了,待俺用力抵敌便了。"此时:

　　　　一来一往分高下,又迎又架定输赢。

　　当下公主想道:"伤他有何难处?但父王也曾吩咐俺家,把宋将生擒活捉回去,不若先将刘庆拿住,再算账便了。"主意已定,战得二十余合,带转马退回数步,按下梨花枪,向宝囊中取出一条乾坤索,往空中一抛,只见万道霞光闪烁,罩在空中旋旋飞舞,落将下来。刘庆一见,说声:"不好!"眼花昏乱,正要取席云帕子逃走,岂知乾坤索已落下来,把他身躯捆绑,拖下马来。公主喝令女兵押捉回关而去。

　　公主复又讨战,说:"大宋还有哪一个南蛮出来受绑?"早有败兵飞报入关,元帅闻报大惊,说道:"本帅原知道此女将来者不善,却不料真乃手段高强。拿去刘将军,如何是好?"张忠大怒说:"元帅,让俺率军出去拿他!"元帅吩咐说:"八宝女英勇厉害,须要小心。"张忠说声:"得令!"提刀上马,赶出关外。威风抖擞,来到公主跟前,不问情由,提刀乱劈。公主长枪急架相迎,刀枪并举,杀不上四十合,张忠大败,逃走入关。元帅心中烦闷,免战牌高挂,不出交锋,来日商量。

　　且说公主见挂出免战牌儿,吩咐收兵,洋洋得意,回进关中。巴总兵迎进坐下。女兵抬过长枪,吩咐将刘庆解下乾坤索来,仍把他押进后营,囚禁到焦廷贵、李义之所。焦廷贵一见说:"刘将军,为何你也来了?"刘庆说:"不要讲起,气煞人也,失在没鸡巴阴人之手。"李义说:"怎样没鸡巴阴人?"刘庆说:"李三弟,我们元帅意欲收兵回去,一来只恐被蛮兵看轻了,二来因丢你二人不下,故此忍耐留住,在吉林关等候。岂知这番王便差女儿领兵前来,名唤八宝,俺看他轻躯弱质,小小年纪,决不是英雄武勇之辈。岂知这娇娆番女十分作怪,不消二十合之外,就被他擒了。我想这贱丫头如此厉害,一定有些来历的。"焦廷贵听了,发声大叫:"八宝!你这小贱人!若捉得完五虎英雄,方算你本事高强!刘将军席云帕的本领何人可及,何不腾云走脱了?"刘庆说:"焦将军你有所不知,俺正要席云逃走,岂知这贱丫头抛起一条小小索子,好不厉害,登时被他捆绑下马,羞愧难当。"焦廷贵说:"刘将军,我们在此二十三天,十分寂寞,得你来了,倒也热闹了。"

不提三将之言,且说八宝公主,次日出关复来讨战,有石将军自恃英雄,请命带兵出马,舞动双枪,与公主战在一处,杀在一堆,好不厉害。但见:

交加刀斧惊天地,杀气腾腾逐鬼神。

战鼓两边频彻耳,双枪并举刺纷纷。

这石玉小将也是仙传枪法,与公主杀了八十合,还没有分高低。公主一想,把梨花枪架开双枪,退后数步,向八宝囊取出乾坤索,丢起空中。石玉一见,连忙回马跑走,谁知这法宝快同闪光,把石玉捆绑下马,小番押入关中去了。一切枪马,多已抢去,宋兵不敢上前追夺,大败回关。报与元帅得知,元帅心中愈加烦恼不乐。

到次日,张忠出战,也被擒了,一并禁在后营。焦廷贵大笑道:"好!好!一个个被这贱丫头拿了,单剩得元帅一人,还不快快逃回本邦去,在此空关做什么?"四虎将军同说:"我们四人多害在你手内,还有什么快活发此大笑?"焦廷贵说:"哎,你们说哪里话来!古言:万事不由人计较,一生都是命安排。应该死在东番地,所以不走西辽。走来单单国,被他一刀两段,仍复去中原投胎,何等不美?你们要如此埋怨俺岂不差了,这乃是命该遭此劫数。"四虎弟兄闻他之言,好不气恼，按下四人囚禁不表。

再说狄元帅又见拿了张忠，心中烦恼，叹声："罢了，我狄青误走他国，原是我万分差处。从前本帅还想去征服西辽，取了珍珠旗回朝，还可将功抵罪，不为官职也自愿了。岂知这番王差女儿领兵到来，把五将拿去了，却不见首级关前号令，莫非此时尚未开刀？想他乃是一个小小丫头，为何如此厉害？我想一定有些蹊跷的。莫非他是个旁门左术的？兴妖作法拿去众将？若是个旁门妖术之人，倒也不妨。他妖法必须神法破。本帅的师父乃王禅老祖，也曾学得些仙法、咒语、真言，况且还有人面兽、穿云箭，曾伤过西辽几条番将性命。如若这番女果然有妖法，本帅还有正法可破，待等明天，本帅亲自会阵便了。"主意已定，闷沉沉又过了一天。

次日，正用过战饭，有小军报上："元帅，有番女八宝坐名要元帅出马，十分猖獗，请令定夺。"元帅吩咐："再去打听。"此时带领大小三军随着出关交战。先吩咐孟定国："你且暂为把守吉林关，本帅今日出敌，倘能得胜，不必言了；如若有甚差迟，速带人马回返国中去吧。"孟定国说道："元帅出兵，自然大获全胜的。"元帅说："孟定国，本帅吩咐之言，须要谨记。"孟定国允诺，说："小将领命。"此时元帅顶盔贯甲，手持定唐金刀，跨上现月龙驹马，领了大小三军，吩咐放炮开关，杀到阵中，与公主对敌交锋。不知胜负如何，且看下回分解。正是：

　　雄心岂畏番蛮女，御敌还须大宋戎。

第十回　狄元帅出关迎敌
八宝女上阵牵情

诗曰：

　　姻缘非是今生定，五百年前宿有因。

　　暗里情丝牵挂碍，虽然仇敌复相珍。

　　且说狄元帅因番女捉拿了四虎弟兄，是日亲自出马。炮响三声，关门大开，催开坐骑，加上三鞭，那匹龙驹十分作怪，一连三鞭，不肯跑走。狄元帅好生疑惑，想了一回，说声："马哎，今日本帅正在计穷力竭之际，若是困守关门不出，束手待毙不成？况且四弟兄已被擒拿，不由不出，纵有什么吉凶祸福，本帅也去走一遭的。"将马加上几鞭，又是不走。狄元帅此时心中烦恼，说："莫不是今朝本帅临阵多凶少吉、有性命之忧吗？你莫若听着本帅主意，纵有祸福吉凶，不干你事，快走吧！"又加上几鞭。这龙驹此时听了吩咐之言，前后蹄一纵，元帅方得出关。大小众将跟随左右，一马跑到战场。

　　公主早已排开队伍相待，二人马上一见，各自想象，元帅想："本帅只道番邦外国，生来丑陋，男女皆非中国貌容，岂知这八宝番女……"但见：

　　含情一对秋波眼，杏脸桃腮画不工。

　　小口樱桃红乍启，纤纤玉手逞威风。

当下狄元帅看这公主身材窈窕，丰姿秀丽，全无一点凶狠相貌。"如此看来，有什么英雄本领？只好在深宫内苑闲来刺绣，怎生能上阵交锋，拿捉了本帅的众兄弟？"此时元帅暗赞番女花容，又想他未必有此本事，竟忘却交锋事情。这公主凤目一瞧，看这宋将，比前数天几个被擒之将大不相同，但见生得：

　　杏脸生辉双目秀,清奇两道卧蚕眉。

　　口方鼻直长梳耳,背厚肩宽八面威。

此时公主看这狄元帅,年方弱冠,颔下无须,堂堂仪表,白袍相衬锁子黄金甲,心想:"他既然出阵交锋,有刀不举,因何事有意无言,却尽着发呆?只把俺家看着?我想本国男子,多是粗俗,生来奇形怪状,何曾见有及得这南邦小将的容颜!俺家想来,前日拿来数将难及他,中原男汉,还算他魁首。"此时公主看这狄元帅也呆了,忘他是敌人。

　　但闻两边战鼓不停催战,众女兵见公主住马,不言不语看着宋将,个个难以猜测:"若不交锋,何不带马回营,莫非他两人有些意思,公主娘娘看中了这南将,所以交兵事情,心灰意懒起来?不知他两人看到几时,我们空自陪他。"内中有几个忍不住的,上前禀道:"请娘娘答话交锋。"此时提醒公主心事,不觉满面含羞,粉脸泛出桃花,便把手中梨花枪一摆,说声:"南蛮!通下名来。"元帅听了,只为走差路途,总是自认差错,为此在马上欠身打拱,答道:"本帅乃大宋天子驾下平西主帅狄青也。"公主一想,说道:"原来此将就是狄青,真好气概也!"元帅也问:"女将军是谁,莫不是八宝公主吗?"公主说:"狄青,你既知俺家大名,还敢前来会阵?"狄元帅说声:"公主,本帅有言奉告,所以亲自出关面告。"公主说:"既然有话,你且说来。"元帅说:"请公主暂止女兵喧哗。"

　　公主吩咐止了喧哗,两边战鼓不响,此时刀按金鞍,枪擎玉手。公主开言说:"狄青有话快些说来。"元帅说道:"公主,本帅奉旨征伐西辽,并不是到你贵邦侵扰。"公主说:"既然你去征伐西辽,因何兵犯我界?是何缘故?"元帅说:"只因兵到火叉岗上,不从西北去,反向东北而行,一差百错,误到贵邦,原是本帅之失。"公主说道:"胡说!你既知误走我邦,因何不早早收兵回去,又连伤四将,占夺三关,这般狂妄?明是有意而来,今见势头不好,巧语花言哄得谁信?"元帅说:"公主,你屈煞了本帅。大兵到了安平关,营尚未安扎,有秃天龙不问因由,提兵杀来,刻日即要交战,猖狂不过。偶遇莽夫焦廷贵,也不问明缘由,伤了安平关秃天龙。本帅心中不忍,好生埋葬了。杀错秃天龙,怪不得秃天虎不肯甘休,大兴人马,要报兄仇。本帅自知理亏,三番五次求和,他却不依,不免刀枪相向,伤了他。至吉林关求和于乌麻海,他亦不允和息。连夺三关,伤了四命,皆本帅之罪,愿公主大量,恕我狄青前非,明朝亲到朝见狼主,剖明心事,请罪求和,收兵前往西辽,感恩不尽了。"公主听罢,暗说:"行军乃重事,为何如此粗心?到底后生家人,宋王为何用少年之人为主将。"此时公主越看这狄青越可爱,又叫道:"狄青,你若走差我国,不伤我邦大将,不占我关城,有何妨碍?自然允你回兵,我邦另差大臣护送你出疆,送你的礼,两国平和,何等不美?如今休说徒然话,可晓冤家结得深。你既伤我邦人口,今朝总要见个高低。"说罢,把梨花枪慢慢摆弄。

元帅见此光景,暗说:"这番女却也奇怪,口中说些硬话,何故枪上似有留情?莫非他女儿家一念慈心,容我回去,把假言恐吓我。待本帅再将好话与他,说得情意恳切,或者肯和,放还擒将,那时收兵前往西辽,有何不可?"复又开言说:"公主,我狄青果然身负千斤重罪。只求公主大量慈悲,念恤本帅身为中原上国之臣,即有千差万错,还求公主宽恕,放还被擒五将,此德此恩,没齿难忘今日之情。"公主听罢这一番言,暗想:"这狄青不是等闲之辈。俺家曾记得下山回国之日,师父有言吩咐:虽然生长番邦地,该配中原上国人。狄青正是中国大臣,堂堂仪表,是俺家心中所愿。他看我不做声,我看他枪也懒举。他若有情,我也有意,莫不是此终身该属这员小将?俺家若放了他回去,谅情决不再来了,岂不当面错过?不免将他活捉回去,另行处置便了。"此时公主假作怒色,开言说:"狄青,何必多言!你前者曾杀得西辽国大败,原是个英雄无敌的好汉,为何今日见了俺家,就未进而先退?且来见个高低看看,何必絮絮烦言,把时刻延挨!"元帅说:"公主既知本帅杀败了西辽,可见英雄好汉不是怕人的,无非本帅自知于情理上亏了几分,故此向列位说明。你今既不肯甘休,也说不得了,本帅就与你见个高低,定个生死。"提起定唐刀,金光闪闪,公主也摆开梨花枪,两边战鼓复响,一男一女杀将起来。但是公主有意南邦将,虽在交锋,不甚认真,二人枪去刀迎,叮当并响,一连战了五十个回合,各无胜败。

狄元帅暗说道:"本帅今朝已在计穷力竭之际,只这一战之下以决生死。况且他是番邦之女，本帅又不想他为妻，管他什么有情没情。既不肯和息，与他决一个胜负便了。"紧拿着定唐刀，只见金光闪闪，不见人形，或一上，或一下，砍个不住。公主见此，想道："俺家不过道他丰姿飘逸，故不忍伤他，却有怜惜之心。不料你认真起来，如此模样，俺家岂可饶过他？"梨花枪一摆，梅花万朵齐开，左一挑，右一刺，恰是蛟龙取水，宛如二凤穿花。又战了三十余合，仍不分胜败。公主想道："他的本事果然骁勇，五虎英名果不虚传。与他力战，延挨时刻，费尽多少力气，不若用法宝拿他吧。"连忙架开大刀，喝声："狄青，俺家战你不过了！"虚晃一枪，勒马诈败而走。狄元帅提起大刀，拍马赶上，喝声："番婆！杀不过本帅了，你休走！"公主回马喝声："狄青，休得夸口！看俺家的法宝来了。"元帅听他"法宝"两字，料必是妖法，急取出穿云箭在手。公主向八宝袋取出一条乾坤索，向空中抛起，霞光一道，在空中转旋。狄元帅发出穿云箭，要伤公主的宝贝。岂知元帅这神箭，只收得西辽之将、旁门妖术。此宝是庐山圣母的法宝，穿云箭、人面兽多不能破得。公主见他发出一支箭，微微冷笑，把手往上一扬，倒被他收去这穿云箭。狄元帅一见，心中大惊，连发出三支，都被公主收去。不知狄元帅被擒如何，下回便知端的。此时：

　　　　四虎已遭罗网陷，宋帅争强倒又危。

第十一回　狄元帅被捉下囚牢
八宝女克敌思佳偶

诗曰：

五虎英雄虽被擒，天生女将助贤君。

姻缘定后称心愿，护众帮夫建大勋。

当下狄元帅的穿云箭，尽被公主收去，急得心忙意乱，倒亏得金盔血结玉鸳鸯，两道霞光冲起，故此这乾坤索不能落下。此时公主见法不灵验，心中着惊。没奈何只得收了乾坤索，仍提枪相杀。元帅想道："神箭既不中用，不知人面兽灵验否？且取来试一试吧。"此时狄元帅戴上金面，念声："无量佛！"公主笑道："什么无量佛？"把手一招，此物即到了公主手中。此时元帅心中越加着急，舞起金刀乱砍。公主长枪急架，又杀起来。公主心想一计，回马诈败而走，去取圣母法宝一件，乃是锁阳珠，撒在空中，有霞光万道。这颗宝珠非同小可，全然不畏玉鸳鸯，一声打下来，狄元帅此时头晕眼花，跌下马来。公主一见，满心欢悦，急唤兵丁："好好将他绑了，决不可伤他。金刀、马匹一概收拾藏好。"女兵应诺。

谁想这现月龙驹，见擒了它主，好生着急，发开四蹄跳跃，大吼三声。公主说："马哎，你不须着急，好随俺家回去，也不把你为难。主将虽然被擒，不得被害。"此马听了公主之言，便不跳不叫。公主心中大喜，说道："此马性灵真真是好的。"吩咐小番："好生收管喂养它，金刀不许闲常玩弄。"吩咐已毕，又向宋营队伍中大叫："南兵听着，俺家念你等是上邦人马，故不忍伤你等之命，愿降者，投于我邦；不愿降，听各自还去吧。"宋兵皆不肯投降，奔回吉林关，报知孟将军。

孟定国闻报，长叹道："我父孟良也是宋朝一员名将，随着杨元帅建立多少汗马功劳，生下俺来，虽然颇晓武略，但想五虎英雄尚且如此，俺孟定国出敌，哪得济事？不免收拾残兵，弃关去吧。再与附近安闲之所，打听元帅的吉凶如何，再作道理便了。"遂带了众兵出关而去，又过正平、安平二关，觅得空闲之处，名曰白杨山，此山可能屯聚得众兵马。按下孟定国在此山屯聚。

再说公主拿尽来将回关，有巴三奈总兵参见毕，公主吩咐说："卿家，三关无主，你暂去掌管便了。"巴总兵说："是！"作别退去。公主又传令带过狄南蛮，两旁响声答应，把狄元帅押至公主跟前。公主微微冷笑道："狄青，你乃上邦一员名将，因何没些道理？宋王差你去平西辽，不往西辽，反来寻我无犯之邦，夺关斩将，自恃英雄无敌，欺人不是这等极情。前日的威风今者何在，看得俺家如同草莽？只道女流之辈有何本领，今日被擒，可见我的武略原是不低的。"狄元帅听了呵呵冷笑，说："前事也曾一一说明苦劝，说尽多少，你只是不依，自然要在刀枪之下见个高低。如今失手于你，我既不能回朝，有什么挂怀？要杀何容多说，再言前事？"公主说："狄青，要俺家杀你，非为难事，可惜你丢下堂上双亲、房内妻子。"此时公主说到这句，乃是试探狄青有妻无妻之故，要引出他的口气来。狄青是心中无意的，焉省得其中缘故，圆睁虎目，说道："番婆！何必你多心！俺狄青父死娘存，若然侍奉母亲，有姐姐侍奉；妻房未娶，有何牵挂？要杀快些开刀！"直言随口冲出，公主听罢，不觉喜溢于色："幸得他还未有妻室，正好与俺家配偶。"心花大开，此时吩咐小番："把南蛮打入囚车内，与前擒来宋将，一同解送狼主，听从正法。侍候俺家明早启程，不得有误。"

众小番遵旨，押送狄元帅往后营，有焦廷贵大喝："好了！"刘庆闻得元帅也来的，四虎弟兄呆了，说："元帅为何也到这里来？"元帅说："列位兄弟，这八宝番婆法术厉害，故此失手于他。"众弟兄说："不想番邦有此贱人，如今怎生是好？"元帅说："众兄弟，事到其间，说不得了，生死由天便是。"焦廷贵说："元帅，我们众人怎能变个神通法儿逃去，就活得成了。"元帅大喝道："狗才！我们众人性命多被你断送了，还说此无根之话，岂不恼人吗！"焦廷贵不敢再说。四弟兄说："元帅，你有两件法宝，是神人所赐，因何在阵上不用，任他拿捉了？"元帅说：

"众兄弟有所不知,本帅如今必然是绝了仙缘,这两桩宝贝多用不灵验,反被番婆收去。"四弟兄叹说:"真倒运了。"正说之间,只见四个小番送到两席酒馔与众英雄吃。众人说:"我们在此挨了几天,都是粗肴淡酒,不堪下食的。因何元帅到来,有盛肴款待?这倒也猜它不出什么缘故。"焦廷贵说:"不要管他,且吃得干干净净,明日好做个饱鬼。"

　　不题众英雄吃酒,且说公主这日得胜,拿完宋将,干戈休息,犒赏三军。公主一心怀念着狄青,故送这酒筵与他。番营各将士开怀乐饮,公主帅堂上独自一桌,宫女旁边侍酒。公主吃酒之际,想到心中爱慕之人,想道:"狄青这员小将,生得唇红面白,神威浩气,雅度非凡,莫说我邦从不见过这等气概,只怕中原也是无双的。幸得我胸中主见有定,将他拿了,待等回朝去见过父王,保举不要伤他性命,暗暗托母后暗中调停,方能成事。谅父母必然依允,独难于启口。如若早放他还国,须与他面定明白,也难猜度得英雄之心。想来这狄青不是等闲之辈,又闻他是太后娘娘的侄儿,当今宋王的至亲,乃金枝玉叶,中国的大臣,他虽然去平服了西番,若失却俺家的计较,岂不枉费我热肠一片、爱慕之心?虽然赤绳系足,乃五百年前所定,到底不可当面错过。一旦父王赦他还国,不依俺家,轻轻放去了……曾记得他在阵前再三认错,哀告俺家,并非我无情不恤这小英雄,一则父王着我前来破敌保国,若私自放他还国,于理不合。若使放去,又不能面订此事,岂不永无相见了?今将他拿住,若得成事,与这员小将结为夫妇,就吃口清汤淡饭也是称快。狄青哎,我在这里想念你,不知你在那里可想念俺家否?看你在阵上时,并无怒色,一声称叫公主,恳恳告诉俺家,不是我定然要你争杀,只因众眼相看,须提防旁人猜测,便硬着心肠拿了你,自知无礼。方才闻你无妻室,好不令人开怀也!自想俺家的容貌,不为丑陋,虽然抵不过中国,我本邦番国定是少有的。若我两人得成鸾凤之交,岂不两家有庆?"此时公主呆想了一会:

　　　　放下杯儿全不举,抛开箸子总无声。

此时侍酒宫娥见公主娘娘如此光景,心想:"莫非他今朝上阵损了精神,故此酒肴不用了?"上前禀道:"请娘娘用酒,恐防冷了。"公主含笑饮上一杯,想念难会的心上人。

此时红日西坠天色晚,关中各处点明灯。公主吩咐即撤去酒筵,各兵丁将士用酒已完。是夜公主"酒不醉人人自醉,花不迷人人自迷"。回归罗帐,睡卧不宁。正是:

二更时分朦胧眼,梦见年轻小狄青。

双双携至鸳鸯枕,共吐知心说话长。

公主正在作云雨巫山之梦,却被更锣冲散了。长叹一声,耳底闻敲四鼓,挨了一会,只得起来,传令起程回朝。早有巴总兵同众将一齐送出关外。公主又令押送六架囚车,一车内坐着一位将军。焦廷贵一路高声大骂:"八宝番婆,淫贱小妖精,欺负天朝将士,拿得如此精光,真乃狠毒心肠的狗番婆!保佑他万世千年不转轮。"元帅喝声:"匹夫!休要骂得大呼小叫。"众人都说:"焦呆子莫要高声。"焦廷贵说:"死在目前,骂他一个痛快也心甘的。"不言宋将囚车去。且谈公主起程,带了三百女兵,众番兵、巴三奈远送十里之外。公主传令说:"卿家不必远送了,回关去吧。"巴三奈领旨带兵回转。

且说公主一路起程,风火关有人接,鸳鸯关有将迎,这公主越过两关,多不停留,一程直至锦霞城。狼主一闻此报,龙心大悦,即降旨,众文武出城迎接。所有城厢内外的众居民,多是香烟喷鼻,灯烛辉煌,摆开衢侧伺候。这公主一到城外,把这些番兵交还脱伦兵部,吩咐女兵:"随着俺家入朝见父王去吧。"此时众番兵押至六架囚车,有番官众文武来观看,骂辱不停声。狄元帅塞埋两耳由他骂,英雄四虎不答言。只有焦廷贵听得心头火起,也骂着番狗番畜死乌龟,骂不绝口。狄元帅喝道:"我等六人俱乃笼中之鸟,已经死在须臾,何必与他斗骂!"不知焦廷贵如何回答。此时若是五将不是被擒,何等威风,破敌如龙似虎,被擒坐在囚车内。好比:

蛟龙源困沟河内,鹏鸟缩埋岩穴中。

第十二回　美公主得胜班师
硬将军断头不降

诗曰:

　　班师得胜女英雄,退敌回朝父宠隆。

　　暗保南邦忠勇将,只缘匹配悦心中。

当下焦廷贵见元帅说他不必与番臣相骂,死在目前,且由他吧。焦廷贵说:"元帅,我焦廷贵全不吃亏于人的。他骂我们,我骂还他,此乃公平相交之理。我焦廷贵不像你们这等好性儿,由得番奴,骂不回言。"

不表宋将之言,且说公主入见狼主,下马步行,来到银銮殿上,俯伏尘埃,朝见父王。这狼主一见女儿,满面笑颜,开言说:"王儿,你起来,赐坐,把交战的事一一说与为父知道。"公主谢恩起来,坐下说:"父王,这狄青乃是奉宋王之命,前往征伐西辽,错点先行官,走差国度,并不是有意前来我邦争战。"狼主说:"女儿,你休听信他的巧语花言。既然走差国度,乃是平常之事,何不早自收兵回去,因何占关斩将?明是有意而来寻我邦的。"公主说:"父王,此是三关四将自家不好,不许狄青分辩,定要与他厮杀。这狄青出于无奈,与他们争战。谁料杀他不过。这宋将占去三关,四将丧命,想来是他自取的。在阵前狄青细细说明缘故,苦苦哀求,女儿不敢私自放去,今将宋将俱已拿来,现在朝门外。父王,但是狄青众将,非是无名小将、等闲之流,皆是英雄无敌、武艺超群,不可将他伤害了,免得可惜了大宋擎天栋柱的英雄。如今难得到来我国,但得宽容处,且赦他几人。"狼主说:"女儿,若依你的主意,放他回去吗?"公主说:"父王,依女儿的主意,莫若用良言劝解投降我邦,有何不可?"这番王听了,微微笑说:"女儿之言有理。你且进宫内安养精神，为父且问明他，然后劝他投降便了。"公主说声："女儿领旨。"拜辞父王，先安顿三百女兵，然后得意洋洋，往宫内去朝见母后。娘娘亲为更换宫服，母女另有一番言说，不必细表。

再说番君传旨："带上南邦五将，单叫狄青来见孤家。"番兵领旨，即推囚车。狄青一见推上囚车，与番王对面，在囚车内说："狼主，念狄青刑具在身，不能朝见了。"番王暗说道："这狄青原是个有礼之人。"定睛把狄青一瞧，见他乃弱冠之年，唇红面白，双目神威，气宇昂昂，堂堂一貌，心想："这宋王真倒运灭福，为何差他往外邦，死也不归，生也不回。岂非折了国家栋梁之将？"即开言说："狄青，你无事寻端，从来两国相和，因何起兵到来，占关斩将？今已被擒，可知罪否？"狄元帅说："狼主在上，狄青已曾在公主跟前细细说明。只因奉旨要往西辽，走差路途，误来贵邦。尚未安营，先有秃天龙领兵杀至，猖狂不过，所以误伤他命。后来向秃天虎夫妻、吉林关乌麻海几人认差赔罪，他却不肯依允，所以伤了三关主将，原是罪孽渊深。"狼主说："你既然走差国度，后来知了，连伤四将之后，何不收兵回去？尚敢占住吉林关，又与石亭关主将争战？明明是倚着上邦，欺孤下国，借伐西辽之名，要夺我邦。今日被拿，无奈何巧语花言，哄骗孤家。"若议到狄青，不是贪生畏死，说这些软话，只因果然自己差了，是以认罪不讳，免得番王疑他无端侵扰，便说："此时若伤了四将，私自回兵，非是丈夫所为。又因焦、李二将被擒，故不得已在吉林关守候。"

番王听了，想一会，暗想："孤家与大宋，本无相犯，想必误走到来，狄青也不是虚言的了。不如依了女儿之言，劝他投降便了。"说声："狄青，你的前事，孤家不与你理论。但是还朝二字，休得妄想。往西辽之念，也要息了。无故夺关斩将，罪大如天，将你斩首不为过。孤家念你天朝将士，免你死罪，投降孤国中为臣，你意下如何？"元帅闻言，说声："狼主，我狄青身为天朝上将，深沐君恩，怎肯投降你邦为臣？宁可一刀两段，决然不把臭名遗于后日。"狼主说："狄青，你不肯投降，不独你一人有身首分开之苦，还连累五将。且你正在青春年少之时，该及早图高官显爵，如若在我邦丧了性命，五虎的英名何在？

就是你走差路途,妄伐无辜之国,已有欺君之罪。孤家发怒起来,兴兵杀上长安,也要把你问罪。此地活不成,回邦也活不成,纵使孤家放你,还不免为刀头之鬼。不如听了孤家之言,一人投降,保全五人性命,何等不美?"狄元帅听他一番劝降之言,激得心中大怒,说道:"本帅乃中国大臣,误到你邦,自知不合,既已被擒,甘心待死。要我投降,万万不能!快些开刀,本帅尚为刀下鬼,何妨五将尽遭殃?"

番王听罢,暗说道:"只因方才女儿有言叮嘱,要留存他六人性命,所以孤家用好好良言劝解这狄青投降。怎奈这南蛮执意不依,如何是好?"番王正在踌躇之际。只因兵部恨着狄青杀他女儿,恨不得立刻一刀两段,将他斩首,与女儿报了仇。脱伦即忙俯伏奏道:"臣脱伦奏启狼主:臣思狄青为主帅,走差国度,是个无能之辈,留他何用?不如斩首才好。"番王听了脱伦之言,心中一想:"女儿方才叮嘱之言不能依了。孤家若不听这脱伦之言,恐众文武再奏,又是一番议论。我想谁人不贪图性命,今看这狄青如此光景,句句说得斩钉截铁,谅情未必肯依投降了。"连忙传旨:"捆绑六将,押出西郊之地,斩首号令。"即着脱伦为监斩官。

此时脱伦十分遂意,吩咐小番,把六架囚车打开,把六员宋将紧紧捆绑起来,一路押往西郊而去。四虎将军甘同元帅受死,独有焦廷贵心中不服,被他所害,大骂:"番狗,畜类,伤害天朝将士,少不得有日大兵到来,报仇问罪,把你国扫为平地,虫蚁不留!"不表焦廷贵之言。此时公主娘娘虽有留恋狄青之心,惟是难以向父母跟前说"我要他做丈夫"之话,是以当殿叫父王不可伤他六人,那时慢慢打算成亲之法,此是他的本意。此时在宫中没想到父王原要把他六人来斩首,若是公主得知,焉能杀得他,偏偏不晓其事,所以难得救解六位。正是:

> 卤莽先锋走路差,英雄五虎遭擒拿。
>
> 虽然身丧东番地,臣节无亏足羡嘉。

且说六位英雄押至西郊,是尽头之路。此处不是做到危急之处,无中生有,做出仙家来救,然而果有其事,故照此而书。在八宝公主未进锦霞门的时候,王禅老祖正坐在蒲团之上。忽有清风一阵,吹到耳边,老祖即袖卜一卦,已知二个门徒有难:"因误走单单国,大徒被八宝公主用镇阳珠擒去。但这八宝乃庐山圣母的徒弟,看他师父面上,又不好前往与八宝理论;但徒弟狄青、石玉俱被拿去,贫道为师,有何面目?岂可坐视不救?不免前去见庐山圣母,看看如何。若是置之不理,然后伤情便了。"王禅老祖神通广大,驾起祥云,不消一刻,来到玉枢宫,通知仙姑,圣母出来迎接。二位仙师进内,分宾主坐下,老祖就把徒弟被擒因由一一说知。圣母微笑,说声:"老祖休得着忙,他二人原是预定夫妻配合的。若非八宝公主,这狄青一对夫妻焉能今日得会?"老祖说道:"原来如此,贫道怪差八宝了。他二人既然一对夫妻宿有良缘,还该圣母前去说明救解才好。"圣母说:"不待老祖到来,贫道早已打点抽身了。"此时老祖心安无挂虑,即刻相请出洞门,驾上云端而去。

且说圣母吩咐仙女守宫,将着一根拂尘拐,一路驾上云头而来,片刻间已到单单国地。只见怨气冲云,圣母已知武曲星与众星官有难了,忙把拂尘一拐,喝声:"刀下留人! 若杀了南邦六将,先杀监斩官。贫道是庐山圣母,前来有话与狼主说明缘故。"此时脱伦一见云内来了一位仙母,称说庐山圣母,原来是公主娘娘的师父来了。连忙立起身来,说:"仙母在上,容下官参见了。"圣母说道:"这也不消。但公主娘娘与宋将狄青有宿世良缘之份,目下正该完叙,不可胡乱杀得的。待贫道前去见狼主。"脱伦说道:"依仙母之命。"此时圣母去见番王。脱伦听了仙母之言,叹说:"狄青,你杀害我女儿,理该一刀两段,岂知仙母到来,说他与公主有宿世良缘,只得不敢违旨。"此时若不是仙母到来,宋将六人已经斩讫。正是:

　　捐躯只为全臣节,杀死无怨报国恩。

第十三回　证姻缘仙母救宋将
依善果番主劝英雄

诗曰：

烈士英雄只有君，岂容投降作番臣。

捐躯赴难成全节，喜得仙师到解分。

再说仙母到来，狄元帅、五将都看见他是道姑打扮，也闻吩咐脱伦之言，众将听了，不觉哈哈大笑，说："元帅，我们只道缓一刻就做刀头之鬼，如今看起来杀不成了。只因元帅与八宝公主有宿世良缘之份，倒要在单单国来做驸马了。"元帅喝道："休得胡说，死了为妙。"焦廷贵听了，哈哈大笑，说："元帅你为人好无见识，岂不闻在生一日，胜死千年。在单单国招了驸马，总是我们众人天天要吃喜酒了。元帅好不快活也，岂不是两全其美。"元帅听了，大骂："好狗才！说什么鬼话！此事是你之过，害了本帅，还敢再言！"焦廷贵不敢再说。狄元帅想道："本帅只道这番婆学得旁门法术，原来他乃庐山圣母的徒弟，所以有这样神通。倚着仙传法宝，拿捉将士，如同反掌。本帅只道我的师父神通广大，岂知庐山圣母法力更是高强。拿了本帅，我师父罪之无及。若还不是圣母到来，此时众人已分为两段，如今谅情，六人性命无妨，虑只虑要本帅成亲，如何是好？"

不题狄元帅有虑，且说圣母来到外朝门，门官一见，喝道："你这道姑，哪里来的？这是什么所在，你好没分晓也！"圣母道："贫道乃庐山圣母，公主娘娘之师，有事而来，快去报知狼主。"门官一闻此言，连忙入报狼主得知。狼主想道："女儿师父有何事情，离却仙宫来到孤国？"即忙降旨，众文武出迎。停一会，圣母已到银銮殿，正要稽首，狼主一见，下殿还礼，请圣母坐下，有小番献上净茗。狼主开言说道：

"不知仙母到来,有何见教?须当指示明白。"圣母说:"狼主,贫道到来,非为别事,只因宋将狄青奉旨征西,走差路途,此乃平常之事。占关斩将,是他差处,我徒弟拿他不为过。但这狄青,一来乃是宋朝保国之臣,二来与公主凤有姻缘之份,目下正是完叙之期。故此贫道特地前来说明白,祈狼主须听贫道之言,把公主娘娘配与狄青,好接承后代,两国永不动刀兵,单单从此亦永康矣。"狼主听罢大悦,微笑道:"承蒙仙母到来指示说明,方知因由,险些误杀南邦小将。"即忙降旨:"着小番往西郊赦了六员宋将,来见孤家。"小番领旨,飞奔出朝去了。此时圣母也要辞别,回归仙府。狼主相留,说道:"待孤家宣女儿上殿陪侍,以尽师徒之情。"圣母说:"狼主,无别的话叙谈,不消劳动公主了。"说完,抽身拜辞出朝门而去,把拂尘一展,驾上云头。君臣频频相送,圣母回归仙洞,将言复达王禅老祖师,不必细表。

且说番王放了狄青六人,原在朝外,番王独宣狄青上银銮殿,狼主一见,说声:"狄青哎,今日本该把你斩首,只因公主的师父到来,说你与公主有宿世良缘,所以赦你转来,说个明白。你不必推辞,在吾邦作个驸马,岂不贵似玉叶金枝?"狄元帅听了,说声:"狼主,君臣之义,狄青略知三分。臣身为天朝将士,奉旨征西,身受王命,虽有庐山圣母之言,岂可忘公而先为私事乎?狼主,此事决然难依。"番王听了,哈哈冷笑,说:"好一个硬性之人!难道你生长中原不读诗书?一些时务不识,不达权变。在我邦贵为驸马,岂不胜身丧外邦?真乃匹夫也!"狄元帅说:"狼主自己不知君臣之义,反怪我不识时务,不达权变。休得轻见于我,我狄青一点丹心报国,何人希罕你外邦玉叶金枝之贵?却不知道我何等之贵!南清宫狄太后是我姑娘,我乃当今万岁御表亲,你这里下国荣华,如泥如土,只好自夸自赞。待我征服得西辽,完了公事,还朝复旨,奏知圣上,免你入贡三年,可能做得来。若要在你邦为驸马称臣,除是红日出西,铁花开放。"番王听罢,说:"狄青,你征西还国之念休想!活也活在我国,死也死在我国,仙母之言,岂得违误!你征西还国,孤家决然难容。"狄元帅听了,说:"狼主,你要我投顺成亲,不如依然斩了我狄青,以全臣节,免得遗臭万年,感恩不浅了。"

　　此时番王听了仙母之言，要招赘这狄青，奈他心如铁石，执意不从，甘心待死。这番王苦劝他不依，又罢不得的。忽左班中闪出一位大臣，乃丞相，名唤达垣，启奏道："待臣同归府内，从缓而言，劝他从顺便了。"番王闻奏说道："既然如此，凭卿家劝从他，孤家所深愿。"众臣退班。

　　达垣太师带回六位英雄，请往衙内，整顿衣冠，以礼恭迎进府，一同坐下。众弟兄五人，问着元帅："番王放了我们，有何言语？"元帅把他要招亲之由，一一说知。张忠听了，说："元帅，外国招亲，原非礼也。但是仙母前来吩咐，料必是姻缘所定。识时务者为俊杰，不如权且应允了，然后再作道理，如何？"元帅说："张贤弟，你说哪里话来？国度走差，应该有罪，正中庞洪陷害机谋。若平服得西辽，还可将功抵罪。如若成了亲，在此为臣，万年遗臭。"张忠不敢再言，五人也不做声。有达垣宰相，重重解劝，元帅全然不允。此时天色将晚，达垣吩咐摆上酒筵相待。英雄六人是夜在相府住宿，慢表。

　　且言狼主还至贤德宫，番后母女俯伏迎接。狼主坐下，番后娘娘说声："狼主，女儿拿来南朝六将，未知如何发落？"狼主说："御妻有所不知，女儿曾对孤家说过，不可伤害了狄青六人，所以孤家劝他投降为臣。岂知这狄青铁石心肠，执意不允投降我邦。"番后说："若此，如何处决？"狼主说："孤家劝他不从，正在没主意时，有兵部脱伦奏说：'狄青奉旨提兵，征伐西辽，走差国度，是个无能之辈，要他投降何用？'所以将他斩首……"狼主说话未完，公主好不着急，忙说："父王不知可曾将他斩首否？"狼主说："脱伦这句话，孤家若然不依，犹恐满朝文武不服，所以将他六人押至西郊去了。"公主听了，一发着急起来，满身犹如烈火焚炙一般，坐立不安，说："父王哎，并不是女儿护庇南朝将士，只因他赫赫威仪，英雄无敌。前者大破西辽，外邦远国，谁人不知，乃大宋栋梁之将？我邦将士，没谁及得这等英雄。六人降顺我邦，何为不美？父王为何定要把他斩首？女儿之言不准，外臣之言却依，可惜六位英雄了。"这公主是个智人，若单说狄青，犹恐父王起疑，故把六人统说，番王焉能醒悟其意，说声："女儿哎，并非你言不是，依了臣言。只为他不肯投降，甘心待死，叫为父也没奈何。"公主说:"父王,只恐大宋知道了,中原上国,岂少英雄猛将,兴兵前来征伐,如何是好?结怨已成仇敌,我国干戈永无宁息。"狼主听罢,摇首道:"女儿你不必心烦。幸得六人尚未开刀,亏得你师父圣母到来,说你与狄青有宿世姻缘之分,劝为父饶了六人,招赘狄青为婿。仙母之言,岂可违逆?所以六人还在。"那公主听父王说要招赘狄青之言,无限羞愧,粉脸泛出桃花来,低头不语。

狼主正要开言,番后说:"狼主,妾想仙母之言,谅非虚谬。但不知狼主意下如何?"番王听了,微微笑说道:"仙母指示,怎能不依?姻缘乃前生所定,愿把女儿与狄青配偶。"番后说:"狼主,你虽如此,狄青不肯如何?"番王说道:"他执意不从。孤家苦劝他多少,只是不依。如今交与承相达垣劝解去了。"番后说:"狼主,到底狄青生得人品如何?"番王哈哈发笑说:"御妻,这狄青生来人材出众,器度魁雄,岩岩气概,磊磊丈夫,慷慨宜人,不似我邦单单国中的人,我邦谁人及得这员南邦小将?如若与女儿配合,却是佳偶相当。"番后说道:"狼主,但狄青必不允从,如之奈何?"番王说:"如若不是姻缘,难以勉强。古言姻缘该配合,琴瑟可调和。"番后听了,微微含笑,独有公主羞惭不语。是夜天色已晚,叙谈一会,公主辞别父王母后,回到自己宫中。公主闻知父王允婚,这狄青却至死推却不婚,心中闷闷不乐,怨着狄青。正是:

　　人情难比鸳鸯义,物谊无如并蒂亲。

第十四回 却姻缘公主报怨
暂合卺宋帅从权

诗曰：

　　事到其间无奈何，英雄勉强结丝罗。

　　虽然仙母临凡示，前定姻缘配合和。

　　且说公主回到宫中，坐下想道："想哀家二九之年，姻缘注就，犹恐配着本国之人，不称哀家之意。常常想起，烦闷不过，情愿终身孤独，再不想到与天南地北的狄青凤有良缘之份！哀家一见这英雄，是心中所愿，奈非父母媒妁作合，哀家实是打算不来，难以明言，喜得师父前来说合。所恨者脱伦好无分晓，谁要你出言妒忌，师父不来解说，险些杀了这小英雄，误哀家终身大事了。"又呆想一会儿，自说道："狄青哎，哀家实恐父王伤了你性命，所以预先在父王跟前设言护庇，保全你六人性命。哀家却有你在心，你因情分太薄，不肯投降，我也不深怪；成亲配合，为何也不允成？若是别人说的闲话，劝君推却不允也罢了。哀家的师父，圣母之言，也违逆不依，莫不是嫌着哀家外邦弱女，蒲柳之姿，怪着把你擒拿？狄青哎，你若允了成婚，与哀家结为夫妇，要到中原也去得成。如若执一之见，推却不允，休想回朝之日！"公主是夜闷闷不乐，愁恨满胸，不必烦述。

　　再说狄元帅六人在达垣府上，安宿一宵，心烦不悦，思去想来："只怨焦廷贵走差路途，想来进退两难，祸患不轻。困在此地，纵有三头六臂的英雄也难逃脱。谅孙秀知了情由，必然有本奏知主上，国法无情，难以徇情。南清宫纵有姑娘，只恐公事公行，做不得私情。若能征伐得西辽，取得珍珠旗回国，还可将功抵罪。如今在这里，好似鸟在笼中，飞不得出，如何前往征得西辽？又可恨这庐山圣母，说本帅与八宝番婆有宿世姻缘之分,特来说知。番王劝尽多少言语,只是本帅一心在着中原。若与番婆成了亲,怎生回朝见君?若在番邦为臣,臭名万载。况且在众弟兄前,怎好面允,联成婚事?犹恐他私议本帅,所以由他蜜语甜言,我耐定性子,情愿抵死,为刀下之鬼,死后无有臭名沾染。"烦闷思量,不觉又是城头五鼓。有达垣丞相上朝去了,停一会儿,朝罢回来,又有右丞相奇哈,请去议事。

五将一同说些闲话,无非与元帅消些愁闷。元帅只是叹息而已。焦廷贵呆头鬼脑,说声:"元帅,你为人好呆也,不允成亲,情愿肯死。不如允了,在此做个驸马,岂不胜似死的?"元帅听罢,大喝一声:"匹夫!休得妄言!本帅允与不允,何容你说?"焦廷贵说:"元帅,末将总不开口的,开口就是'匹夫',若依了'匹夫'之言语,包管有个回朝的日子。"石玉听了,接口道:"依你便怎样的?"焦廷贵说:"依我的主见,应允与他成了亲,乐得睡它几夜,快快乐乐,报了活捉之仇。做了驸马,哪个敢来欺侮元帅?那时打点逃走,见机行事,并力同心去伐西辽,有何不妙?"众人听了,哈哈大笑:"此话说来倒也不差。元帅若要回中原,今日须当依着此言。"你一声,我一句,说得元帅心乱如麻,说道:"罢了,罢了。列位弟兄,本帅今日事到其间,只得依你们之言,将计就计。但是多言必败,切不可走漏机关为妙。"众将说:"元帅放心,这个自然。"焦廷贵说道:"如今不是'匹夫'了。"说说谈谈,已是辰时了。

达垣回来相见六位英雄,谈说几句闲话,又吩咐排设早膳。众人用毕,达垣又来劝解狄元帅,说道:"元帅,你在上邦,身为主帅,奉旨平西,理不该在我下国招亲。惟是走差国度,误伐无罪之邦,任你有大功劳,宋王也要加罪,料难宽恕。况且既在我邦不能逃去,更有庐山圣母特地前来说元帅与公主有姻缘之份。若在我邦作了驸马,谁人不敬,谁敢欺侮?上国也做官,下邦也为臣。一来成了姻缘美事,二来不逆仙母之言,百官敬仰,狼主心欢。望元帅依了下官之言,乃是成其美事。"劝解再三,狄元帅只是呆呆不语。有张忠在旁假劝说:"元帅你为何心如铁石?你一人要做忠臣,累了我五人性命。我们众人做了刀头之鬼,总要怨恨元帅。你既不听丞相之言,须依仙母吩咐。"又有石玉、刘庆、李义三人齐说:"元帅,你且回心转意,允了吧。我等众人性命,多活数十年。"你一言,我一语。焦廷贵接言,高声说:"南北两朝皆是吃饭,中原外国也是穿衣。为何元帅苦苦要还朝,莫不是中原乃不死之地?元帅定然要归本国,我们决不跟随元帅的,死也死在这里,活也活在此地,做一个逍遥自在官员,也是好的。"达垣听罢,呵呵大笑,说:"元帅,众位将军俱不肯回朝,想你一人哪里去得征西?望你听我劝言,依了仙母的话,从权处事,乃是英雄之作用,请自三思。"狄元帅低头想了一会儿,只得勉强应允。达垣心中大悦。停一会儿,又是天色将晚,摆上酒筵,六位英雄用过。

来朝达垣上朝,奏知狼主。番王闻知,甚是欢喜,吩咐择日成亲。不独番后娘娘大悦,公主更是欢天喜地,从此不埋怨这狄青了。且说文武众官员,人人私议此事,有的说道:"狄青真乃是名将,杀得西辽片甲不回,名声远震。如今弄得这般光景,真是他倒运了。"有的说:"若无圣母到来,已作刀头之鬼。如今身为驸马,哪个敢去推拒他?说什么倒运之话,这个是他的造化。"有说:"公主美貌超群,若招了别人为驸马,犹如一朵鲜花插至牛粪之上。如今配与狄青,真是一对好夫妻。"有的说:"'姻缘非是偶然'这句话,方是真言。如今我们倒要奉承狄青了。"众官员说:"这话自然。"

一切众官闲话休题。再说狄元帅一日见达垣不在衙中,与众将议论说:"本帅成亲之后,先把你们安顿了。只在一月之后,当心打点逃走,休得各生异志。"众人应诺。元帅又说道:"三关孙秀必然有本进京,庞洪岂不竭力加攻,朝廷谅必不相容。想来虽有太后,料必周全不得。本帅母亲又远在山西,想本帅不在此当刑,灾殃必及亲母了,犹恐未卜存亡。刘兄弟,你有随身本事,三五日到得汴京,烦你前往打听得分明长短,速速前来通知,免得本帅心中长念!"刘庆说:"元帅,些须小事,何足挂怀。待小将即往汴京便了。"

不言宋将商量。且说一日吉期已至,国王降旨在太平殿上排列花烛,与公主完婚。大排筵宴,一二品官在于某处饮宴,三四品官在于某处饮宴,文武排列班位,又有王亲、国戚、公侯等扶从驸马成婚,其余宋将即在达垣衙内饮宴。此时太平殿上花烛煌辉,挂灯结彩,笙

歌彻耳,音乐悠扬,好生热闹。且说公主是夜更衣,穿过大红吉服,金钿异宝,装扮得仙姬相似。此时:

　　宫房未晚灯先挂,异宝奇珍各处排。

　　当下一口难分两话,再说狄元帅无奈,满身穿过番邦国服,王亲国戚一路多到相府内来伺候,狄元帅只得随着众番官。一路奢华,已来到殿上,朝参狼主千岁,狼主御手相扶请起,又参见过番后娘娘。狼主吩咐宫娥,往宫中请起公主娘娘。宫娥与太监领命,双双分开左右,伺候公主出殿来了,与狄青参拜天地,又同参拜狼主千岁、番后娘娘。狼主又吩咐宫女,将他二人送进宫房。太监、宫娥领命,送至宫中,众宫女各出宫去了,扣上宫门。公主开言说:"上阵交锋,如同仇敌,焉知有今日和谐之事?从前奴家身犯之罪,切望驸马宽洪大度,饶恕罢了。"狄青说道:"公主,我狄青误走贵邦,得罪得罪,蒙狼主宽恕,招赘了我,不记前愆,此乃感恩不浅了。"公主说:"说哪里话来?你言太重了。"狄青说:"前愆怨恨,既成夫妇,且自了却此念,丢去不题。但闻更鼓三敲,夜已深了,请睡吧。"公主说:"驸马请。"此时夫妻二人双双携手,同归罗帐,解带宽衣,兴云布雨,共效于飞之乐。八宝公主趁了一见钟情之愿,狄元帅愁闷暂消,此夜欢娱快乐,难以形容,不多烦述。此时若不是焦廷贵走差单单国,狄青、公主乃是天南地北之人,焉得结为夫妇,所以合着古语云:

　　有缘千里来相会,无缘对面不相逢。

第十五回　假哄娇妻番王封爵
真嗔烈将张忠说因

诗曰：

> 假投单单哄番妻，达变从权智不低。
>
> 强顺外邦非宿愿，能伸能屈丈夫为。

前说狄元帅误点先行向导官焦廷贵，走差国度，错动刀兵，被公主捉拿，有庐山圣母前来与公主合了姻缘。狄元帅思算逃不出单单国，只得勉强听众人劝戒。成了亲之后，夫妻二人千般恩爱，万种风流，都不在话下。三朝已过，狄元帅对公主商议说："公主，前被擒五将，难以回转中原，若在此处，又无官职，无事情可管。下官想来，目下三关无主，可着五将去此把守，不知公主意下如何？"公主说："驸马所言有理，待妾说与父王知道便了。"狄青说："公主，还有一说：三关主将无故受戮，须经盛殓，埋土为安，下官欲烦公主一并说知狼主，差人择地安葬，免我心怀挂念。"公主听了含笑说："驸马作事，常存天理，所谓不忘好生之德，亡魂在九泉之下，也无怨恨了。"

此时公主别过丈夫，往贤德宫来拜见父王，参见母后，就将此事说知父王。狼主允准，传旨封张忠为正总兵，刘庆为副总兵，镇守安平关；李义封正总兵，焦廷贵封副总兵，镇守正平关；石玉封正总兵，镇守吉林关。给回枪刀马匹，专心办事，有功之日，另加升赏。五将得旨，各带番兵而去。阵亡四将，各受追封，该家属领棺埋葬。狄元帅的盔甲、马匹、金刀，公主娘娘早已令人收拾藏过，不表。

此时南邦五将，权在外国为臣，分守三关。独有刘庆，前时奉了狄元帅之命，回归三关打听孙秀及往汴京探听庞洪算计如何。到了安平关，就与张忠说知，张忠说道："此事要紧，休得耽搁。但此去须要小心,决然不可露着奸臣之眼。"刘庆说:"三弟不消挂怀,自然小心的。"此时已是红日归西,晚膳已到,趁着夜静无人,刘庆即带了干粮、银两,驾上席云帕子,驾云而去不题。

再说孟定国自从元帅被擒,即弃了石亭关,带了人马,在白杨山屯扎,天天小心打听元帅的消息,一连数日,打听不出,到底不知生死如何。那一日,探听得分明,张忠在安平关做了总兵,料想已投降了。孟将军仰天长叹一声,说:"元帅啊,你乃一个顶天立地的汉子,从来不畏凶狠厉害的,曾经立下多少汗马功劳,天朝五虎将享过多少雄名,食了天朝奉禄,往日行为何等英烈。因何今日没一点主意,投降外邦为臣,臭名万代。"想罢,一番怒气腾腾,说声:"罢!待俺家带兵前往安平关与张忠答话,把这些狗乌龟一刀两段,方消我恨!"意思一定,即日带兵,一路杀到安平关,对张忠大骂,喊战如雷。早有番兵进内报知,说:"启上总兵爷,关外有一员宋将,自称姓孟,带了许多人马,耀武扬威,要与总兵答话,请令定夺。"张忠说:"知道了。"想道:"姓孟者必然是孟定国。他只道我等六人真已投顺了。所以心中不服,前来寻我。不免出去说明缘故,待他心中明白便了。"即忙顶盔贯甲,上马提刀,领了番兵,一声炮响,大开关门,冲出关来。

孟定国一见,怒冲霄汉,喝声:"张忠,你这狗强盗!生是中原人,死是中原鬼,方是英雄豪杰。为何你等食了宋朝禄,做了宋朝臣,不思忠君保国,怕死贪生,投降下国称臣?有何面目还来见我!"张忠说声:"孟定国,休得发狂,为将者多是听从元帅指挥的,如今元帅投降于此,我等自然一同投顺了,你却要怎样的?"孟定国喝声:"狗强盗,我要你这个头。"张忠说:"不必逞强,快快送首级过来,免我动手。"孟定国激得怒气难消,提起大刀当头就砍。张忠把刀一隔,战不上十合,张忠诈败而走,拍马加鞭,向荒野逃去。孟定国喝声:"狗畜类,休走!"催开坐骑,提刀飞马,一路紧紧追来。

约有五里程途,张忠勒马呵呵大笑,拍手说道:"孟将军你好愚莽也。且住坐骑,待俺说与你知道:我是个天朝大将,怎肯投顺外邦为臣!只因身已被擒,不能逃脱,这番王苦逼元帅成亲,投降他国。元帅思量无计,只得诈降他邦,哄骗番王,限在一月之内,见机行事,一同逃去,仍去前往征伐西辽。"孟定国听罢,说声:"将军,这句话可是真的吗?"张忠说道:"谁来哄你。但不知孟将军连日住在何方?"孟定国说:"俺在白杨山头住兵,打听元帅的消息。只道你们当真投降了,恼得我怒气难消。若不说明,哪得知道?直到此时,方得明白,正所谓水清方见底。"张忠说:"孟将军你且耐着性子,屯扎众兵,在白杨山等候元帅,来时自有日期。"孟定国说:"张将军,前时冒犯,休得见怪。"张忠说道:"不晓情由,也怪不得。但是你到白杨山,切勿泄漏机关与众将兵得知才好。"孟定国说:"这个自然。我今诈败,你且赶来。"张忠允应,孟定国一路败走,张忠拍马追来,到关下已追不及了。张忠带兵入城,脱下盔甲,小番扛去大刀,牵去马匹。张忠坐下思量:"这孟定国也是忠肝义胆之人,但愿元帅逃走得成,离了此地,众人同心并力,仍去征伐西辽便好了。"

不题张忠之话。再言公主夫妻二人新婚,却有无穷之乐。那日在宫中无事,夫妇闲谈,公主含笑开言说:"驸马,看你年少,官高爵显,因何丝萝未定?"狄青说:"公主有所不知,既为夫妇,岂不实言相告?下官世代住在山西,年幼之时,父亲早丧,无亲无族,无人照管。亏得娘亲用心抚育,到了九岁,家乡忽遇水患,母子分离,不知去向。此时山西地遭此一劫,害了百姓不少。下官在波涛之内,几乎性命不保。幸得王禅老祖救至仙山,学习了数年武艺。师父指点说:下官仙道无缘,不能享受清福,仍要下山前往汴京,保佐宋君。此时奉了师命到京,未得身荣,先有奸臣妒害,几次三番被他算计。岂知下官全叨上天护庇,逢凶化吉,颠颠倒倒,直至如今。我想君亲之恩尚未报答,岂可先将家室成了?"公主听罢,含笑说道:"可敬,可敬。全忠全孝真君子,知仁知义是丈夫。只可惜婆婆白首漂泊得无踪无迹,不能埋土为安。"狄青说:"公主啊,萱亲幸赖皇天怜悯,得人救起,未为波涛之鬼。"公主说:"既然未死,在于何处居住?"狄青说:"前岁有令,解送征衣,隆冬时与娘亲得会。他如今在山西家乡小杨村与姐姐同居。"公主闻言贺喜:"婆婆幸赖尚全,但未知他寿元多少?"狄青说:"公主啊,娘亲今岁已有五十又九了,十月十九是他生辰。"公主说道:"如此,来岁冬闲时与你同往山西,贺贺婆婆六十寿诞,你道如何?"狄青说:"深谢公主盛心了。"公主说道:"夫妇之间,说什么相谢,况且前往拜贺婆婆,理当如此。"狄青暗想到:"我狄青心怀报国,恨不能插翅高飞,回归故国见主,死也死在中原,活也活在上邦,如何等得来年与你同行!"正是夫妻各说胸肠,按下慢表。

却说三关孙秀自从狄元帅领兵征西,误走国度,才入了单单国三座关头,已经打听得明明白白。此时孙秀得报,满心欢喜,暗自大笑说:"狄青,你一班狗党,不该死于西辽,应该死于单单国。由你五虎英雄纵然灭了单单国,也有欺君之罪。若是单单国兵强将勇,众小狗才尸首无归,本官之幸也。待本部先将狄青走差国度、误陷无罪之邦缘故奏上一本,看是如何!"便于是晚修本章一道,有书一封传于岳丈庞太师,差家人进京投递。

此时范仲淹、杨青二人心中着急,杨将军说声:"范大人,我想孙秀劾奏狄元帅这一本,圣上必然要加罪了,如何是好?"范仲淹大人说:"我想为元帅之任,应该件件小心才是。这个向导官原是点差了,你点这个呆头呆脑、鲁莽匹夫的焦廷贵为先锋,当时与下官之意已不合了,又不能明言他做不来的。既然走差国度,就该早日收兵转回,罪名还小。咳,我想后生家有勇无谋,也是不希罕的。"不表二人叹息。

光阴似箭,日月如梭,不觉又是两月有余。忽一日,又是闻报。此时孙兵部一闻此报,更加大悦,杨、范二人心中大骂。此时不知为何奸臣喜、忠臣忧,乃十分蹊跷,且看下回分解。正是:

　　图害忠臣今日遂,保扶良将此时忧。

第十六回　闻飞报图害中机关
强奏主奉旨拿家属

诗曰：

> 佞党联谋屡害忠，乘机就隙算英雄。
>
> 高年狄母天牢禁，狠毒生成一片胸。

话说孙秀闻报狄青走差国度，攻入单单国，势如破竹，连夺三关，杀却四将，正中他机谋，已经连夜差人上本去了。忽这一天得报，他已被八宝公主拿去，狄青众人已经投降了，又在他国招为驸马。此时报到三关，孙秀更加大悦，说："狄青啊，你奉旨平西，反去征剿别国，已有欺君逆旨之罪；又投降敌人，背国招亲，这是你差之远矣。待本官再上一本，先把你的母亲取了首级，然后待圣上差人提兵来拿你。"遂呵呵大笑说："如今看你怎生逃得脱的。"即忙具表一道。杨青心中好不焦急，暗说："元帅，你岂不晓得庞洪、孙秀屡屡要图害于你。走差路途，及早收兵才是，有智的人为何投降下邦称臣？招亲于仇敌，罪逆浩大，如今臭名难免了。孙秀此一本上了，萱亲之命丧在你手，免不得千古皆传不孝。"范大人心中也是烦闷不乐。二人几番劝他，谅情阻挡他不住的，本章且由他奏闻主上吧。

按下二人忧虑。再表庞洪自那日接得孙秀书一封，本章一道，他此时思量："若劾奏他走差路途，误伐无罪之邦，须有欺君之罪。到底圣上心慈，况且又是爱宠他的，必然宽恕了，仍命他去平西的。"所以庞洪思想劾奏他不倒，故此本隐而不奏，误伐单单，看以后还有别事陷于他，再行算计。是日又接到此信，果不出他所料。好不欢喜，说道："贤婿有本说他误伐无辜之国，欲扳倒他，老夫总怕做不来，所以不上此本。如今他罪大如天，定断送这小畜生之命了。"

　　到次日，见驾已毕，奏上此本。嘉祐王闻奏，龙颜不悦，开言说："此事狄青应该问罪，只恐南清宫母后不肯甘休，寡人且自由他罢了，省得狄母后与朕作对。"庞洪一听万岁之言，复奏道："狄青误走国度，罪之一也；大杀无辜，不奉旨而行剿，罪之二也；投降敌人，背国招亲，罪之三也。陛下若置而不取罪，何以正国法而服忠臣之心？伏乞圣裁。"原来嘉祐王岂不知狄青之罪重大，只因碍着太后，此时想庞洪之言，狄青罪已深了，免不得的，便说道："庞卿如何定他之罪？"庞洪一想，暗说："你做了万乘之尊，主意不定，反叫我想一主张起来，不免奏上，先把其母伤了。纵然狄太后得知，也难怪老夫，此乃公事公行的国法。"即便奏道："依臣愚见，狄青三罪并为一律，原该全家诛戮。一面差使前往单单国拿了狄青。若单单国抗拒，然后大兵征讨便了。"嘉祐王一想，说："庞卿所奏，虽然不差。到底狄太后之面，总要从宽一二。"庞洪听了，摆布不来，只得随着天子，降旨一道，差官前往山西，把狄青之母扭解回来，监禁天牢；又差一官，降旨前往单单国，着令狄青带罪平西，有功抵罪。倘再抗逆朕旨，再行擒拿，以正国法，决不姑宽。

　　此时天子降旨陈年前往山西，差遣张瑞前去单单国召取狄青。二位钦差领了圣旨之命，即日束装，骑马分道而去。庞洪见圣上如此分断，好生着急不说，若然再奏，恐防圣上嗔怒，只得罢了。

　　天子拂袖回宫不表。狄太后早已得知，长叹一声说道："我想侄儿你既然奉旨平西，重任非轻，如若走差路途，也该早早走兵，罪还小些。如今投顺外国招亲，罪也该斩。幸得当今仁慈，法外从宽，不听庞洪之言，不肯加刑。所虑者嫂嫂真乃苦命的，颠颠倒倒有十余年，今日才得安身，忽又白白起此风波。老身回想侄儿自小看他烈烈威威，好一个男儿汉，只道狄姓香烟已有托赖，谁想又做断魂无后之客！岂知侄儿你君亲之恩尚未报答，忽改变了心肠，当今若听了庞贼之言，祸灾不小，累及萱亲了。但能平服得西辽，还可将功抵罪，倘若贪图欢乐，还不醒悟，岂非中了奸臣之计？"

　　不表狄太后忧虑之言。再说陈年钦差一路不停，一日到了山西太原府，早有知府、知县来迎接钦差。陈爷吩咐一声，带他到小杨村狄府内去。原来狄太君的大女儿金鸾小姐配与本省守备张文,只因狄青自从镇守三关,远离太君,所以张文常常在狄府内管理。此时正值钦差奉旨来拿犯人,狄太君听了大惊,张文夫妇魂飞天外,老少几人战战兢兢,小姐惊得面如土色。太君说:"我儿,你两个不必惊慌。吉凶祸福皆由天命,我儿既犯了重罪,自然累及于老身。你夫妇且在家中看守,莫为我伤损了精神。或者苍天一念,一路到得汴京,候圣上怎生处置便了。我儿不必伤心。"金鸾小姐纷纷下泪,叫声:"母亲啊,想你年已花甲,风烛之期,焉能抵得风霜劳苦?叫女儿焉能舍得母亲远去!我也要与母亲一路同往。"张文听罢说:"贤妻,你去不得。况且家中无人管理,你是女流之辈,即使与母亲前去也济不得什事。我今一同前往,送岳母到京,此是实言。"太君说道:"不必贤婿同行了,老身带得两个家人足矣。"张文说:"岳母啊,正要小婿送你到京的,若非小婿同往,你女儿也放心不下。"说完转出外堂,求恳钦差:"大人宽容我伴岳母同行进京,感恩不浅了。"陈爷不是庞洪党羽,便说:"张文,我有王命在身,不得久留。既要伴送同行,快些收拾,立刻就要动身。"张文应诺,转入内厢,叫声:"贤妻,快些收拾。"打好衣包,带了白金百两。

　　此时金鸾小姐无限悲惨,意乱心忙,包整衣被。太君一见,流泪不止,说:"女儿不可为娘悲伤过度哭坏了,相见自有日期。"今日可怜母女分离,好不痛心也。小姐扯住娘袖,依依不舍,切切伤肝。在旁观者,铁石肝肠也流泪。张文看见他母女光景,忍不住滔滔下泪,劝道:"贤妻不必如此痛苦。吉人天相,母子相逢,自然有日。如今且免愁烦,莫多增母亲烦闷。但你秉性贤良,我也深知,还须慎重才好。小使丫头,须禁他穿街行里;一切女尼道姑,不必招接进门。"金鸾小姐说:"相公,一切家中事务,妾身自为,不必挂怀。但此去须要好生携伴母亲进京方好。风霜路程,相公也要保重前行。"太君要起程,此时叫一声:"女儿!"喉中咽噎。钦差知府又频频催促,太君只得出至外堂,金鸾小姐呼天哭地。钦差吩咐将太太上了刑具,打入囚车。只因国法难以徇情,张文武职细小,只是步行随着太君后头。两个家人挑着行李,一同行走。知府、知县远送钦差起程,小姐倚门观望母亲去远,肝肠寸断,哭进内庭。只是世上万般凄楚事,无非死别与生离。小姐坐在内庭,想来兄弟犯了滔天大罪,今日累及娘亲,只望苍天怜念,无有大灾,早日得见娘亲之面,妾身方能放得下愁怀。

按下不表小姐愁苦。单表陈爷带至狄太君进京复命,此时圣旨发下,狄太君下天牢也。此事慢题,下文自有交代说明。

再说飞山虎前者奉了元帅命,回归打听汴京消息、孙庞计害如何。是日探听得明明白白,仍自席云走路。一连走了五六天,复到单单国来寻候元帅,按下慢表。

且说狄元帅身在番邦,心在中原。一日,心中思量:"这公主举止端严,知情达理,文武双全,今日为了我妻,不辱我天朝将士。只可惜他生在外邦,父母双双单靠一女,谅情不肯与我同转中原。我在此间住一日,犹如住一年,如若他不愿同行,我自当永别了他,回归故国的了。前日叮嘱了兄弟,叫他前往汴京打听消息,不知他一去如何不见回音,令人好生愁闷也。"是日风和日暖,狄爷独自来到御花园游玩。

莫道北方无景致,奇花异草比南边。

亭台水阁如图画,巧笔难描别有天。

此时元帅正在游玩,忽有一人在云端上轻轻叫声:"元帅!"若论此时,并不是刘庆知道了元帅在此游园,因他腾云了三天,寻觅元帅,见他总在宫中,眼目甚多,不好说话,故在空处现身,寻个机会,方好相见。这一日,已是第四天,恰遇元帅游园,刘庆一见,满心欢喜,四下无人,按下云来。不知有何话说。

英雄受困原思主,虎将奔逃只念亲。

第十七回　飞山虎汴京探听
狄元帅痛母囚牢

诗曰：

探知母被禁天牢，不忍伤亲暗哭号。

当道虎狼难躲避，分明报应后焉逃。

却说飞山虎前次往汴京打听明白消息，找寻着狄元帅，四顾无人，落下云来，口称："元帅，小将奉令回来了。"遂打了一拱。狄元帅说声："刘兄弟，你我俱在患难之中，何须如此！快往这里来吧。"二人一同悄悄来至空静处波亭内，元帅说道："刘兄弟，你可曾到汴京与否？打听得奸党如何？"刘庆说："元帅，不好了！小将奉命，不辞劳苦，到了三关。这孙秀好奸刁，一连上了三本。圣上已经出旨，钦差官到山西要捉拿太君，收禁天牢，但不知吉凶如何。"元帅一听此言，五内皆崩，说："不好了！既有此事，娘啊，多是孩儿不孝，累及你了。好不痛煞人也！"纷纷下泪，又不敢高声痛哭，只是心内犹如刀刺，说："刘兄弟，罪及母亲，为子之心何安？"刘庆说："元帅且免心焦，小将又打听得，圣上差张瑞前来了。"元帅说："若他前来，敢是来拿我吗？"刘庆说："非也。圣上仍要命你为元帅，前去征伐西辽。如若平服得西辽，将功抵罪；若是抗违天子诏命，即时捉拿，决不姑宽。"元帅说："既有此诏，本帅还有生机也。刘兄弟，见机逃走，仍去平西，在本帅未成亲时，早已立下此意。如今恐有人来不稳便，你且去吧。"刘庆允诺，驾上席云帕去了。

又往吉林、正平、安平各处关头，通知众将，好待元帅逃走。张忠又使刘庆，悄悄前往白杨山，知会了孟定国，整顿人马，候元帅到来。说完，飞山虎仍到安平关，与张忠叙话，不必多题。

却说狄元帅见刘庆去了，心中烦闷，说："圣上，念臣误走国度，勉强招亲，实出于无奈，若照萧何六律，罪该全家诛戮。今蒙圣上宽宥，仍命臣去征服西辽，将功抵罪，粉身碎骨，难以报答天恩了。今日虽然已有生机，无如公主怎肯放我去了。须要骗回刀马，预先埋了地步，方能脱身，所虑者，内有三关阻隔，但出得三关，逃走便成了。细想母在天牢受苦，为子任他水火刀山，也须要赴了，岂虑这三个关城。待有机会逃走，再作算计便了。"

此时狄青也不游宫园，转回宫内去了。公主一见，立起身微微含笑，说："驸马，你今朝往哪里去玩耍？"狄青回说："园里百花齐放，啼鸟喧哗，百般热闹，妙不可言。下官去游赏一会，久而不厌。"公主说："只怕及不得你中原花鸟景致的。"狄爷说："下官虽在你邦未久，各俗例、日用民物，已看得几分了，惟有人物不雅，其余常物，各项相同。"公主说道："妾的容貌如何？"狄爷说："公主的花容美丽，就是中原也少有。"公主说："驸马休得谬言哄我，只恐哀家的容颜不称你心怀。"狄青笑说："公主哪里话来，你的花容既然不合下官之意，为何交战之时看呆了？正是：三更魂梦思相会，恨少冰人月老翁。"公主说："驸马，你总是虚言哄我，谁信得你来。既然有心于哀家，为何到了我家，父王重重劝你投降，你却不依？"狄爷说："公主你有所不知。那日狼主只要我投降，未有招亲之言，自然不允了。"公主又说："哀家师父圣母之言，你为何也不依？"狄爷笑道："你好愚也。只因此时众将多在身边，他们乃是结义的兄弟，若下官轻易允了，犹恐众人耻笑。等待他众人劝我，方可允成的。"公主听罢笑道："原来你有此缘故，妾身错怪你了。"狄爷说道："公主，我两人相处，多少情浓，你贪我爱，并无半点违忤。怪不得仙母到来说前定夫妻，故此南北相逢。"公主说道："若不是师父到来解说，我二人焉得和谐？险些又被脱伦这匹夫出言伤害了。但不知驸马你在此边还想念家乡、愿回朝否？"狄爷说声："公主，下官已经身负千斤重罪，还有何面目回见宋王？我在这里，一般荣华过日，有何别的不足之处？"公主说："如此说来，不想回朝了？"狄爷说："回朝就要做刀头之鬼。我想上下两邦，多是做官，在此有何不美？只有一件事情放心不下：有母在着家乡，母子分为两地。或能用计,把娘亲悄悄携到此处,娘儿叙会,乐度芳辰,我的心头就放下了。"公主说道:"这亦容易。待想出一个计较,搬取婆婆到来,使你心安便了。"狄爷说声:"多谢公主。"

此时狄青说得言辞恳切,公主哪里知他别的心肠。对坐言谈许久,狄青又说:"公主,我是王禅老祖的徒弟,你师是仙山圣母,为何你的法宝却好,我的武艺平常?欲求公主教导,不知可否?"公主说:"驸马呀,哀家的身体尚属于你,些须小技有何难处?明日同往花园演习便了。"说着天晚,夜膳用过。不一会,是夜夫妇双双同归罗帐。公主说:"驸马,妾今日已有重身,以后欢娱,且缓些吧。"狄青允诺,暗想:"我已定了远走高飞之志,像做假夫妻一般。"暗叹说:"可惜他待我一片恩情了。"只是暗中闷闷不乐。

再说到次日,夫妇双双来至花园内,公主演武一番,狄元帅演习一回,看来公主武艺果然不低。演习一会儿,天色尚早。此时狄青坐在霞亭内,公主偶然将丈夫一看,但见他愁容不语,似有所思。公主问道:"驸马,你好好玩乐,为何忽然愁容忽起?莫不是有什么别样心事?"狄爷说声:"公主,下官身居大宋,想着南清宫内,与我姑娘相会之时,盔甲金刀,乃是姑娘赠与我的,更有一匹坐骑,名称为现月龙驹,下官平日随常所用的。今朝演武,回想起来,未晓得在于何处?人在物遗,所以心中不悦,负了姑娘之心事。"公主听罢,微微含笑道:"原来你为这几件东西,妾早已着人收好在此。你且放心,待我一并送还你吧。"元帅爷说:"我还只道失去了,原来尚在公主这里。"公主说:"哀家明知驸马惯用之物,理当收拾,岂可轻毁?"狄爷听了,说:"多谢公主了。"公主此时即忙差人往取。

少停间,刀马盔甲俱已取到。公主说声:"驸马,你的刀法甚好,何不试演一回,与妾观看?"这句话正中了狄青之意,当时应诺。即换盔甲,提起金刀。那龙驹见了主将,连吼三声,四蹄不住的跳,狄爷说:"马啊,与你分离一月光景了,见了面,你就如此叫跳吗?"即忙跨上,那龙驹就不叫了。公主笑道:"此畜真乃性灵,比哀家的赛麒麟,却是依稀。"此时狄元帅头戴上金盔,盔上血结玉鸳鸯,霞光灿灿。身穿上黄金甲,手执定唐金刀,园内并着太阳影射,照得这狄青遍身金光闪闪,满体光色森森,更兼这现月龙驹,又高又大,比往常加倍神威气宇。公主看见丈夫光景,好不开怀。想道:"这驸马少年美貌,赫赫威风,轩昂气概,哀家得与这员小将为夫妇,方能称了平生意愿。看他今日在马上玩乐,更胜前番。须天长地久相处,就清汤淡水度苦,也甘心。"莫言公主心中快乐,就是众宫娥,看是狄爷舞起金刀来,但见金光射目,只见刀闪,不见人形,龙驹奔前奔后,看得眼花缭乱,也是得意洋洋,不绝称赞。狄爷舞了一回下马,小番便抬过金刀,带了马匹。狄爷说:"公主,你呆呆看下官,却是何故?"公主含笑说:"妾今日看你这般操演,比往常更加威武,从今尽可随常用了。"狄爷说:"承公主你褒奖。"暗想:"如今有了马匹、盔甲,可以逃走得成了。"此时公主又着小番收管盔甲、马匹、金刀,就放在东宫空房,以为驸马取用之便。小番领命往收,此时天色已晚,夫妇携手进到宫房,宫娥内里已排宴侍候,夫妻就席。正是:

　　欢娱好比鸳鸯鸟,契合真如并蒂莲。

第十八回　八宝女真情待夫主
　　　　　狄元帅假意骗娇妻

诗曰：

　　公主真诚信待夫，妻情一片事英豪。

　　只缘烈士忠君国，一月夫妻骗走逃。

　　却说狄元帅是日骗回盔甲、刀马，假冒演武为名，到了次日，仍往园中演习武艺。此时，狄爷又问道："公主，你平日说庐山圣母曾有八件宝贝赠你，内中法力无穷，神通广大，今日闲暇无事，可试演一回与下官一看，未知可否？"公主说道："演弄不得仙家之物，非比寻常，无事而耍弄，临事就不灵验了。"狄爷说："原来如此。"又说道："公主，下官还有一事相求，前日的人面兽与穿云箭两般物件曾经公主收去，谅必好好收藏。过日后，终须有用之处。"公主说声："驸马你在这里安居过日，又没有刀兵杀伐之患，还有什么用处？"狄元帅一想失了言，转言说："公主，我今在此处，虽然安居自得，犹恐怕大宋君王不肯干休，倘或兴兵到来，干戈复动，就是有用的。必须要此二物为防身之宝，出阵交锋方得利用。"公主说道："这也虑得长远。原来妾与你收拾好在宫房内，如今无事不必动它。"狄爷点头称是。此时又是一日光景，天晚回转宫房。

　　次日狄爷对公主说道："自到你国，不知外边景致。今日天气晴朗，欲往郊外打猎一回。"公主信以为真，吩咐二十四个小兵跟随驸马出郊打猎。又说："驸马，你须换了盔甲前去，以壮其威。"元帅暗暗心花大开，此言正中他机谋。即时换了盔甲，上马提刀，十二对小番跟随左右，转出宫来。一路出到荒郊野外，看见一座高山，岩岩高峻。狄爷问小番："这座大山是什么名？"小番禀道："驸马爷，这座山名为狮子山。"狄元帅说："山上可有兽物否?"小番回说："很多。只怕驸马爷收捕不完的。"又问道："这边丛林是什么的所在?"小番说道："是万花林。"又问道："林内可有禽鸟么?"小番说道："这是飞鸟所聚,只怕驸马打捉不尽。"元帅又问："前面粉壁是何方?"小番说："这是卧虎岗。左边大路是直通鸳鸯关的。"又问："有多少路程?"小番说："约有三四十里光景。"又问："东边这壁厢是何名?"小番说:"名为落雁台,那一处直通乌龙场、青牛岭等处地方。"这狄元帅一心要做离笼鸟,所以屡问地方去路,先将路程记明白,然后放心打猎慢表。

再言公主独坐宫内细细思量,丈夫人材出众,上邦名将招赘了哀家,足称心怀,暗想："父母生下我弟兄三人,单养成哀家。若然丈夫肯同白首相处,一心愿在我邦,或得生下三男两女,父母终身有靠。"公主正在思想,只见宫娥走入,禀上说："国母娘娘有些病恙,特来禀告。"公主听了说道："母后娘娘有病,待哀家前去请安便了。"公主即忙抽身,吩咐宫娥道："你等只在宫门伺候。若然驸马回来,只消叫他略坐片时等我。"说完,带了两个宫女来到贤德宫,见了母亲。参朝毕,开言问道:"不知母后娘娘身体欠安,问候来迟,孩儿有罪,望母后宽恕。"番后说:"孩儿,我不罪你,且宽心坐下。"公主说:"多谢母后姑宽。但不知有何不耐烦,说与女儿听。"番后说道:"女儿啊,娘昨日尚是平安,到了黄昏,身中寒而转热,今朝起来喉干舌燥,此刻还是气闷不过的。"公主说:"想必母亲受了些风寒。待女儿见过父王,速招太医官来看治便了。"娘娘说:"孩儿,些须小恙,不用看治了。"母女言言谈谈慢表。

且说狄元帅回到宫中,问过公主那里去了。宫女宫娥禀道:"只为王后娘娘有恙,前去看问,尚未回来。请驸马少坐片时。"狄爷说:"好,取茶过来。"宫女送上茶来,驸马饮过想道:"我已一心安排地步逃走,但今夜已来不及了。且到来日见机而逃,必须离了此地,暂且将公主丢开便了。"停一会,公主已到,狄爷起位,夫妇一同坐下。公主开言道:"驸马,今日出郊打猎玩耍,可有兴么?"狄爷说:"公主,下官只道你邦风景平常,岂知景致与我中原仿佛相象。各处游玩更觉有兴,山川岩穴里,各路飞禽十分多,捕取不尽,多藏穴巢之内。今日一天玩耍不尽,待下官明日再去玩乐便了。"公主说:"驸马啊,想你在中原总与国家出力,日夜辛勤,劳心国政。如今在此,大小事情你不干涉,自在安闲,逍遥快乐,岂不好么?"狄爷说:"想来前时,我已追悔不及了。"公主说:"你悔恨着何事?"狄爷道:"悔却从前出仕,勤于国务,破败西辽,杀害番兵番将多少生灵性命,遍地尸骸,满江红血,看来好生不忍。阴魂地府,岂不怨恨于我?还防罪过深重。早知今日在此逍遥快乐,何必去平西?立的汗马功劳,辛苦不堪也。"公主说:"驸马,你说什么话?若不是助宋平西,怎生到得这里来。"狄爷说:"公主之言有理。"又说:"公主,我早听公主说,母后娘娘有疾,未知有何不耐烦。下官也须前往请安才是。"公主说:"母后是感冒风寒,些须小恙,待妾与你转达便了。"夫妇言谈一会,不觉天色已晚。宫中排上夜宴,二人对饮。已将二鼓,宫娥收拾残馔,闭上宫门。原来这狄青果然在此快乐,身心两地,心内好不愁烦忧虑。是夜,所以多吃几杯,沉沉酒兴。说声:"公主,夜深了,请睡罢。"此时,彼此宽衣同归罗帐。又是过了一宵。

　　次日起来,闲暇无事,这狄青此时立心逃走,立下脱身地步,急欲远走高飞。奈何人面兽、穿云箭二物不知公主藏在何处。时时意欲开口与他讨取,又怕公主动疑不稳当,猜测出情由,未必逃走得成。此时虽在说说笑笑,但满胸不悦,闷闷加倍。公主在旁把眼一瞧,问道:"驸马,妾见你日日开怀自得,今日为何满面愁容?妾想男子汉须要常常宽泰,因何驸马却似小孩子之见,忽然欢怀,忽然愁烦,你有何不悦在心?"狄青听了,低头想了一会儿,开言叫一声:"公主啊,下官前时在本朝解送征衣的时节,路逢真武帝君。赐赠两桩法宝,曾有言叮嘱,叫下官须当好好收藏,百灵百验。独有吩咐得一言,下官不好说的。"公主道:"夫妇之间,有话就说为是,若半吞半吐,含糊隐讳,非为丈夫也。"狄爷说:"若是讲求,犹恐公主动恼。"公主曰:"妾身决不恼的。你且说来罢。"狄爷说道:"那日帝君赠宝时,曾吩咐这两桩法宝,如若入于他人之手,下官的罪过不轻;如若入于妇人之手,下官必有三年灾晦。想到其间,十分烦闷。"原来这公主一则心爱丈夫,二来性直心粗,不想及到他原要逃走的念头。当时听了他言,微微含笑说道："谁人稀罕你这两件东西？为此两物心烦太重，待哀家拿来送还你罢。"狄爷说道："公主啊，下官不要也不要紧，要紧的只恐违了上帝圣命，犹恐有甚么祸事的。"公主说道："我要它也是没用，省得你有甚的小小病恙，也怨恨于我。不如交还你的好。"

公主连忙把小箱开了，取出这两件法宝，交还了丈夫。狄爷此时得法宝交还，欢喜说道："法宝啊，只为从前劳你收了几员辽将，目下抛疏一两月光景有余，乃是下官亵渎神物了。若得帝君神圣降凡，一并将二宝收回去了，好待下官心无挂虑才好。"公主听罢，也笑着丈夫痴呆之言。

此时早膳已到，双双共桌同餐，用膳已毕，公主立起抽身道："驸马啊，昨日母后娘娘有病，今日未知安否，待妾去看看就回来。你且少坐片时。"狄爷说道："有烦公主与下官代言请安才好。"公主答声："晓得。"即带了两个宫娥辞过丈夫，往宫中请安去了。狄元帅此刻满心欢悦，此时不走，更待何时！不知以后逃走如何，且听下回分解。正是：

　　拆散鸳鸯从此日，分开连理是今朝。

第十九回　全大义一心归宋
　　　　　怨无情千里追夫

诗曰：

　　君亲不负是英雄，骗走西行全孝忠。

　　公主情丝难割爱，追夫千里急匆匆。

　　当下狄元帅与公主同用过早膳已毕，夫妇闲谈一会。公主想起母亲有病，别过丈夫，说声："驸马，哀家去看看母亲病体如何，你且坐片时。"狄爷应诺，公主进宫内去了。狄元帅心中大喜，暗说："趁此机会要走了！"想起长叹一声，自说："若然私自走了，犹恐公主追来。我也不怕他的武艺高强，只怯他的法宝厉害，必须要藏过他的为妙。"此时，又见众宫娥在此，便心生一计，便叫众宫娥："我身体困倦，你们且往外边去罢，待我打睡片时。"众宫娥领命去了。狄爷即时闭上宫门，各处搜寻这八宝囊，直搜至第三只箱子内，仙法正在这箱中。想道："今日拿了它去，就做了薄情薄义之人，非为大丈夫。且把它收藏好，放在暗处。公主没有这件法宝，他就追来，本帅不防有害了。"即将八宝袋收过一个暗处。急急忙忙，心慌意乱，又将自己两件法宝藏好怀中，性急匆匆开了宫门，出屋而去。宫娥问道："驸马爷，因何不打睡？"狄爷说道："身体欠安，欲思打睡不能安稳，往外边玩一会就回转。若公主回房，说不在花园就在近地玩耍去了。"宫娥说："驸马爷，玩耍一会，须要早些回宫才好。"

　　此时，小番哪知其意，即忙将盔甲、金刀、马匹取到，说声："驸马爷，今日出郊游猎，用小的跟随不用？"狄爷说道："如今路途已熟，不用你们了。"狄爷连忙上马提刀，穿戴盔甲，催开坐马，一路出了宫来。恐防迟久公主闻知，就走不成了。所以狄青一路出了城外，向前日出猎时小番指明的往鸳鸯关的路途,奔走如飞。一路心中不安,叹息道:"公主与我夫妻相处之际,甚是情浓,一片真情,一团和悦。今日不是我狄青薄情无义将你抛弃了,只因人生天地,为臣要尽忠,为子要尽孝,岂可轻轻投于单单招赘外邦?背君弃母,贪图欢乐,不忠不孝,叫我有何面目立于世上?今日本帅私自抛弃了公主,算来原是我狄青辜负了你,使你终日怨恨于我,也出于不得已,还望公主不要怨恨苦坏了才好。罢了,今日夫妻难到底,来生与你再相逢。"

顷刻间,走了二十余里,再走一程已是鸳鸯关了。狄爷想道:"前面是鸳鸯关,不知可有阻隔否?"来到关下,大叫道:"关下人快些开关。"小番看见说道:"原来是驸马爷?"小番叩头。狄爷说:"我要出关游玩,快些开关!"小番说:"请驸马爷少待,等小的禀知主将才开关。"原来守关主将名唤士麻其。此人是个粗心不细之辈,说:"他既在我邦为驸马,要出关游玩,下官岂敢不遵?"吩咐小番把关门大开,亲自出来迎接,说声:"驸马爷,卑职有失远迎,伏望恕罪。"连忙拱手。狄元帅说:"将军少礼,我不来罪你。关外可有好玩的么?"士麻其说:"关外好玩的去处甚少,风火关外的地方好玩耍的甚多。"狄爷说道:"我要往风火关外游玩,未知打从哪一条大路去的?还有多少路途?"士麻其说:"驸马爷,这路途共有五十多里,行走的快才有玩耍的时候。此去地头弯曲甚多,你一人难以走路,待下官差两个小番,随驸马爷到风火关。不知驸马爷意下如何?"狄爷暗想:"我不认得路途,又恐公主追来,又怕走错了,耽搁时间,反为不美。不如允了小番同行。"说道:"就叫小番快些引路去罢。"士麻其即差小番两人把关开了,亲自送出关去,说:"驸马爷,前去玩玩片时,早些回来。"狄元帅应允,说:"将军不必远送了,请回罢。"士麻其听罢,只得回关去了。

且说狄元帅得小番引路,果然前边路途十分弯曲,若不是小番指引,只怕要走差了。不觉走了十八里,狄爷这宝驹走得快,小番赶他不上,只得又要下马等他。狄爷想道:"一路要等这小番,犹恐误了时辰,不免问明前面路程,吩咐他二人转回。"狄爷飞马走一个时辰,已到了二十余里。再走一回,前面已是风火关了。狄元帅至关下通知,有守关番将名唤哈蛮,知驸马叫关,想一回说道:"他关内有几多好玩处,今要出关去,倘有什差迟,岂非公主要归罪于我?"这位番官倒有些深见,即悄悄传令,关门上了锁,然后出来迎接,说:"驸马爷,鸳鸯关内地方还广,多好玩耍的去处,何不在里面玩耍?"狄元帅说:"关内地方多已玩尽,所以要往关外走走。"哈蛮叫声:"驸马爷,你不知详细,风火关外没有什么风景,不必出关去了。"狄爷说:"好胡言!鸳鸯关士麻其说风火关外十分好耍乐的,你因何阻挡于我?敢是把我看得甚轻么?还不快快开关,放我前去!"哈蛮说:"驸马爷,但是鸳鸯关可出,风火关难开。驸马爷不要前去罢。"狄元帅说:"为何难开?"哈蛮说:"此关若是别人把守的,听由驸马爷出入。如今下官奉了狼主之命把守的,不敢轻轻开放,请驸马爷转回便了。"狄爷听罢,心头着急,心想:"若是迟滞耐久,难以脱身。如若再阻耽一回,公主追来,就逃走不成了。也罢,待我略略行凶用势,他或者害怕,然后肯放行,也未可知。"想罢,即摆开金刀,金光烁烁,喝声:"哈总兵,你有多大前程?你今若不开关,人虽有情,刀没有情的!"

哈蛮见他如此光景,一发动了疑心,暗想:"他既要玩耍,因何顶盔贯甲,手内提刀,一个人也不带随?不肯开关,竟是这样着忙,好生可怪,一定有些蹊跷。莫非他思想逃走的?未晓公主知也不知,狼主闻也未闻?若开关放了他,犹恐干系于下官了。"主意已定,开言叫声:"驸马爷,莫要烦怒,莫要怪着下官。你要出关,非为难事,只要有些凭证,下官就开关送你过去。"狄爷说:"你要怎样凭据?你且说来。"哈蛮说道:"或是狼主的旨,或是公主的令一到,小将即开关了。"狄元帅说道:"我是何人?你敢是如此强拗么?"哈蛮说:"驸马之言差矣。下官既奉狼主之命,职司此关之主,不论何人,总要有了路凭,然后开关出入。"狄爷越是心中着急,怒目圆睁,提起金刀,心想:"罢了!待我杀了他,方能出得关去,平得西辽。"欲想动手,又大叫道:"哈总兵!你的头颅可是生得坚牢么?"哈蛮道:"小将的头虽然生得不坚牢,总是驸马爷无凭证,小将就不敢开关。驸马爷且请回转罢。"狄元帅大喝道:"好大胆的官儿!本官就砍你的头颅下来有何难处?只因万物皆贪生,并且与你同为一殿之臣,何忍伤你性命?你若再违拗不肯开关放行,叫你性命难保!"

　　哈蛮正欲开言,只听得远远娇娇的声音叫道:"狄青,慢些走,哀家来也!"狄青回头一看,吓了一惊,只见公主远远赶来。狄爷说声:"不好!"忙忙纵马向关左斜路而行。狄元帅因见妻子追来,羞颜见他,因此急急逃走。哈蛮一见,发声冷笑,说道:"下官持定主意,不肯开关放他,果然迟一刻公主赶来,原是逃走的。下官见识却也无差。"此时番将大悦,自夸其能,即开关上前跪接公主娘娘。公主吩咐道:"你快些将关加上锁罢,若骟马爷出去了,是你的罪。"哈蛮诺诺连声。

　　此时,公主怒气满胸,着令女兵紧紧同追。这现月龙驹原是好马,公主的赛麒麟也是宝驹,走得也快。况且元帅是人生路不熟,转弯十分不便,怎经得公主一路赶来,逼迫这狄元帅走得浑身冷汗。正所谓:

　　　追夫千里缘情寡,骗妇一心报国深。

第二十回　狄元帅明言心迹
八宝女感义从夫

诗曰：

> 一月夫妻不忍分，为存忠孝只离情。
>
> 英雄表白明心迹，贤女从夫成就仁。

话说狄元帅要骗出风火关，有守关将猜测狄元帅逃走，不肯放关。正在嗔论之际，却被公主知了，一路追来。元帅心中着急，又觉惭愧，不分前途有路没路，催开坐骑而走。若论公主焉能知他逃走，如此一人追来？只因母后病体好些，谈讲几句话，即时回宫。只见宫娥禀道："驸马爷说他身体不安，往外游耍去了。"这句话公主也不介怀。忽见桌上不见了人面兽、穿云箭。此时，公主细细搜寻，又见他的箱子金锁开了。此时狄元帅心急走路，忘记与他依旧扣上金锁。所以公主开箱一看，件件多已在此，单单不见了八宝囊，满心大怒，方知丈夫脱身而去。此时，恨恨之声，不及禀知父王，取过枪马，带了女兵，一路急急追来。到了鸳鸯关，方知他出风火关去了。此时并不是公主前来拿捉丈夫，只因恨他没一些夫妻情分，要问个抛弃他的情由，并要讨回八宝袋。所以一路紧紧追来。远望见狄青，急急赶来。

狄元帅料想逃走不成了，只得回马抢刀，叫声："公主，下官出外玩耍，你赶来何事？"公主喝声："你休来哄我！你平日之间说，生长中原的人氏在外国招了亲，这般姻缘非是偶然，不是今生所定，正是五百年前结下来的。今朝既然结为夫妇，不回中原做官，勤于国务，日夜劳心，在着你邦逍遥快乐，件件满足，今生再不想回去了。这是你常常所说。哀家信了你的真情，岂知一片的巧语花言，竟被你瞒得颠颠倒倒,到底你抛弃了哀家,有何缘故?"狄元帅说:"公主啊,这原是下官身负重罪,负了你一片真情,望求海量宽恕。"公主喝声:"匹夫!你原是一个奸滑心肠之徒,世间薄情之汉是你为首。平常夫妻尚有三分情义,你竟把哀家抛弃,到底你有何不足之意?快些实说!"狄元帅说声:"下官多承恩爱了。"公主说:"既然如此,因何抛我而行?"

狄爷说:"公主啊,事到其间,下官不得不说了。我是生在中原之地,祖上世代扶助宋室江山,几代相传,忠良自许。家门不幸父母单生下官一人。自小立定了主意,一点丹心报国。前日投降于你国,并非我所愿。勉强与你成了亲,乃是一时权变。身虽在此,心在中原。"公主说:"既然你一心归宋,何不早早说明?口是心非,岂大丈夫之所为?"狄元帅听了,说:"公主,下官从前原是不肯投顺的。多是你父王不好,苦苦逼我成亲。下官只是事到其间无可奈何,勉强允承了,不过权与你作伴。"公主听罢丈夫之言,纷纷下泪,咬牙切齿,恨声不绝,骂道:"你真乃一个无情薄幸之人,全不念与你成亲一月恩情多少,全不念我腹内的亲骨血,全不念哀家待你义重如山。当初,只道你是真情重义的男子汉,岂知你是不情不义的蠢汉。今日与你一月夫妻,抛弃我回归大宋,弄得我青不青白不白。哀家虽是番邦之女,决不肯再抱琵琶的。今日你既一心归宋弃我,料也难留于你,总是青灯独对,乃我命所招。"公主此时说到伤心处,泪如雨落,湿透衣衿。早有女兵抬起枪递上公主。

狄元帅见此光景,心下好生不安。想起他侍奉之恩情,今日骗走,果然辜负了他,也觉惨然,不觉忍不住下泪一行,马上打拱说:"公主啊,这原是下官之罪。我劝你休得伤怀罢!"公主叹道:"哀家一心真诚待你,你却无半点夫妻之情,好不恨煞人也!"元帅说:"公主,下官若未与你成亲,也不多讲。今既为夫妇,彼此多存夫妇之情了。"公主说道:"若念夫妇之情,也不该弃我归宋了。你不该一片虚情鬼话来哄骗于我。"元帅叫声:"公主啊,并不是下官虚言哄你,望你万不可伤心苦坏了。下官与你一个商量。"公主说道:"怎样讲?你且说来。"公主吩咐女兵退后些。狄元帅把刀按在鞍桥上,把马催上一步,马头对马头,人面对人面,叫声:"公主啊,这不是下官今日没意于你,辜负你一月夫妻万种之情。只因下官奉旨平西还未成功,反投你国招了亲,五虎将岂非不忠? 我在此贪图欢乐,母禁天牢,又惊又苦,岂非不孝? 不忠不孝,何以为人? 今日公主不放下官出关,我愿在公主马头请以一死,以谢公主前日看待恩情便了。"

公主含泪说:"若放你出关便如何?"元帅说:"公主,你若放我出关,待下官与众将去平复得西辽,取得珍珠旗回国,将功赎罪矣。天子最是英明,岂不放还我娘亲,离却天牢之罪? 这是忠孝两全了,免得臭名遗后,足见恩妻大德矣。如若下官征西回来,此时国务已完,母子已安,那时为官不为,自得其便,回来与你白发相处的。"公主听言,止不住地两目滔滔下泪,说道:"此言若是你早早来商酌,自然与你好好调停。因何虚言哄我,私自奔逃,全不念夫妇之情? 往日多少真言还算不真,你今要出关休得想望。如若再多言,刀枪上与你是个情分。"说罢,把梨花枪略略一摆,狄元帅金刀轻轻架开,说声:"公主啊,你平日为人最是有情,今日下官好好良言哀告于你,因甚总是不依? 望公主大发慈悲,速速回兵,容我起行。如若执意不从,休得怪我刀枪相向,惟恐有伤。"

公主正欲开言,忽听空中有人,乃是飞山虎也。他连日驾席云帕打听元帅消息,元帅此时被阻,听得明明白白。这刘庆也是鲁莽之徒,遂大喝一声:"贱妖!"一棍打将过来。公主慌忙闪开,棍尖早已稍中,公主觉得疼痛,提枪要刺刘庆。刘庆飞奔空中,还是大骂。元帅大喝一声:"这莽夫不该如此无理!"飞山虎说:"元帅,这样无情无义之人,要他何用? 既然与你为夫妇,应该前往帮助平西才是。因何苦苦牵留你,不愿放行? 无非贪图风月开怀,不怕旁人说短长。这样东西,稀罕他什么? 就将他一棍打死,有何妨碍!"元帅大喝一声:"匹夫休得乱说,快些下来赔礼罢。"刘庆说:"要我赔罪,今生休想。"说完,仍驾席云逃走了。

此时,公主听了刘庆之言,倒也醒悟了,想道:"此人说话倒也不差。哀家不放丈夫去平西,旁人个个说我不贤,贪图风月罢了。我今且自由他罢。"把娥眉一蹙,开言说:"驸马啊,此将何人? 因何在空中? 驾在云雾中,莫不是有仙术的异人么?"元帅说:"公主,此人姓刘名庆,为人粗莽,曾受得异人传授席云之法,来去如飞。"公主说:"好一件帕子!"元帅又道:"公主,你如今莫要留我。待下官前往征西辽成了大功,好再来迎你,人人赞美你贤德。宋天子定然钦褒你了。"公主说:"妾也不想这些好处,总是自怨红颜薄命。父王作主把你招赘,又被庐山圣母前说与你宿世姻缘。如今正在成亲一月,指望共你连理和谐,相依白首。岂知你一心归宋,可怜今日此地分离,仙母之言莫不是一月夫妻的姻缘么?好似棒打鸳鸯,各飞一处,今生料想后会无期了。只可惜你腹中根苗骨肉,后来不知是男是女,没有爹爹称叫的,好与我苦命娘亲相伴寂寥。"此时,公主说到伤心无限之处,止不住的秋波珠泪千行,苦切不堪。

元帅摇手说:"公主啊,你且莫愁,放开怀抱。下官虽然一匹武夫,也是知你一片心情。况且公主为人情义两全,何人可及?下官岂肯将你抛弃?但愿我早建得此段功劳,罪也消了,恰似云翳吹开,磨明古镜,仍归来与你相会,断然不做薄情之徒。况且,你腹中已有了香烟之种,下官岂有舍却明珠抛在半途?公主啊,下官只这一言是实,如今即要与你分别了。"

此时,公主难舍得与丈夫分离,流泪叫一声:"驸马啊,你今前往西辽,只恐兵微将寡,待妾助你几员番将番兵。若然粮饷不敷,也须带足前往。你意下如何?但愿你马到成功。"说罢,又令番女兵前往各关通知,休得阻拦,让驸马爷出关,休得延迟。狄元帅感激相谢,不知夫妇分手如何,下回便知端的。正是:

割断情丝劳国务,分离恩爱救萱亲。

第二十一回　出风火夫妻分别
离单单五虎征西

诗曰：

> 风火关前夫妇离，鸳鸯拆散会何时。
> 平西救母心头恋，连理分开不缓迟。

当下狄元帅得公主醒悟为孝忠之言，情愿放行，又说他兵微将寡，要添兵助粮之说，元帅听了，满心大悦，说："公主啊，此言足见你一月夫妻心迹了。你回去不要为着别离心中烦恼，且须开怀。下官此言切要紧记莫忘。我粮草丰足人马多，扎屯在白杨山等候，公主不必费心。你且请回，下官去也。"公主说："驸马且住，你还有两件法宝，我吩咐去拿。"元帅说："现已藏在身边。"公主说："驸马要的八宝囊之物，你不会用，带去也无益。"元帅说："公主啊，就是下官用得，也不敢私取你的。此宝在宫中床头之上，你可取回收拾。公主请回，下官就此告别了。"公主说："驸马啊，你且慢去，妾身还有一言相告。"此时，公主凤目忍不住的珠泪沾襟，噎声说："驸马啊，虽则你是英雄无敌，须知西辽兵强将勇。他国一个天宝将军，名为黑利，国王的公主飞龙与他为配。这员番将名声远振，你此去须要谨慎提防才好。"说完，心如刀刺，肝肠欲断，粉面流泪，不胜凄楚，依依不忍分离。元帅见妻如此，好生不忍，说："公主啊，今朝暂分离，后会有日，何必如此心烦，切记下官前告之言。"夫妻正在十分难舍之际。飞山虎又在空中叫声："元帅，他不放你出关，小将又要将棍打下来了。"元帅大喝一声："匹夫！不得无礼！你还不走！本帅就此出关罢。公主你且请回，下官去了。"此时，少年夫妇分离之际，公主好生凄惨，看着丈夫悲切痛苦难言。元帅虽然称是虎将，见他如此不忍分离，虎目中暗暗泪垂，无可奈何，只得硬着性子，叫声："公主，且免愁烦，请回便了，下官去了。"催开坐骑。哈蛮番将得公主吩咐，早已关门大开。哈蛮恭迎驸马爷，送出关外。

此时，狄青出了风火关，又到吉林关。巴总兵因有公主的令在先，不敢拦阻，遂大开关门，送驸马爷起程。是日，又到前三关，是五将把守。此时，就在石亭关会齐五将。众将一见元帅大悦。早有飞山虎知元帅出了关，先往白杨山通知孟定国前来相会。有焦廷贵说："元帅，这个向导官，还是小将做罢。"元帅喝声："匹夫！用你不着。"孟定国上前说："元帅，这向导官，待小将做罢。"元帅说："你既愿为向导官，要小心认明路程，若走差了，即按军法，决不姑宽。"孟定国说："得令！"传令焦廷贵押送粮草。此时，元帅略略开怀，又令四虎将兵分开队伍，祭过大纛旗，三声炮响，杀气腾腾，一路起程，出了三关而去，暂且不表。

再说八宝公主看见丈夫出关去了，好不凄惨，一路转回，长叹一声："可惜一个青春虎将，谁能够及得他烈烈威威的气概？只望与他同偕白首，岂料成亲一月就要分离。自今朝一别，未知何时再会？又不知他心地如何，虽然声声许我平西之后，仍旧回来，犹恐未必心口相对。如若不来，哀家有个主意，他若在大宋为官，把我抛弃于此，定要奏于父王，兴兵杀上汴京，与他理论便了。但这刘庆看得哀家如同草芥一般，辱骂我几声，又敢把哀家打了一棍，此恨焉能得消？罢了，如今且由他，日后有甚机会，终须要雪此恨的。"

此时一程回朝，直进宫中，将丈夫逃去情由说与父王母后。狼主一闻此说大恼，怒气冲冲，说声："狄青啊，你的罪大如天，孤家尽行不究，把你招赘，原不亏负你的。岂知你一心逃走归宋，把孤家的年少女儿抛却了，误他终身，情理难容。你这小狗才！"公主说："父王，且免愁烦，骂也无益。他说奉旨征西，走差国度，罪已难免，目下娘亲禁囚天牢，若是在我邦贪图快乐，背君弃母，是为不忠不孝，难以为人。故此，女儿且由他去了，但愿平伏得西辽，待他回归大宋去罢。"狼主听罢，只是叹恨。番后也是不乐。此时，公主辞过父王母后，自转宫中。怀念丈夫，放心不下，往床顶上取出八宝袋，收拾放好。公主在御园中夜夜烧香，拜求天地神明，庇佑丈夫早早平伏得西辽，奏凯而回。

按下不题公主怀抱伤心。且说五虎大兵以孟定国为向导先锋，一路出了单单，望西北大路进发。狄元帅犹恐扰掠百姓，所以，一路预出早榜安民，毫无扰犯，百姓安宁。此乃狄元帅一点爱民之心。此时大军一连行走二十余天。阴雨三天，人马不走，约有一月光景。却说孟定国开路先锋，这一天有手下兵军报道："启上将军爷，今有我邦天使张大人奉旨前往单单国诏取元帅，因在火叉岗误走西北，到了西辽国，方知错走路程。如今转来，闻知元帅大兵已到此，故请元帅接旨。"孟将军说："有这等事。"连忙飞马来至大营，将此事禀明。

元帅听得大喜，说道："既在火叉岗走差路程，又有天使作为证凭，搭附奏明天子，本帅十分大罪可减三分。"传齐众将，迎接圣旨，跪听宣谕毕。元帅谢过君恩，起来与钦差见礼，说声："张大人，下官从前不细心，走错国度，既已有罪，单单招亲，罪重如山。如今原要去征西，不想圣旨到临，与大人在此相逢，多多有劳了。"张瑞说："狄王亲，不要说起。下官行走到了火叉岗，即动问土人指引明白路程，他说要到单单国，须打从东北上走，岂知一程错到了西辽。下官想来方知错走。所往西北而行，历尽风霜劳苦，方知不是单单，正在烦恼转回，幸得此处与列位相逢。"元帅道："原来是大人也在火叉岗走错了路程，下官若得班师回朝，必须立一石碑，省得行人错走路途。"张瑞说："狄大人言之有理。"元帅说："张大人，下官还有一句不知进退之言，欲劳烦大人之力，未知可否？"张瑞说："狄大人，有何吩咐，下官无有不依。请教何事？"元帅说："下官罪重如山，已蒙圣上恩宽，仍命前往征服西辽，将功抵罪。但今不能回达天颜，意欲修本一道，劳烦大人还朝上呈御览，以表下官心迹。不知可否？"张大人微笑说道："这有何妨？你且修来。"元帅听了，令取过文房四宝，修了本章，一道转交张大人。此时张爷接了收藏，登时告别起身。狄元帅与众将一路相送出营，张大人还朝去了。此话休题。

再说狄元帅送出钦差，一路起程，催赶大兵，出了火叉岗。此地原系大宋边疆，一连大兵行走了十余天，此地方渐渐人稀地广，尽是

沙漠程途,就是番邦地面了。此地是:

　　　山高岭峻烟疏地,虎聚狼生草满芳。

　　此时,又行走几天,已近西辽头座关城。原来西辽国番王几次兴兵杀到中原,要夺大宋江山,势如破竹,直抵雄关。幸得杨宗保把守坚牢,后来又被狄元帅率同四将,杀得西辽兵将片甲不回,反夺回三关外一带地方。所以西辽王把狄元帅恨如切齿,一心要夺中原,誓不罢休。况且他又要拿住狄青,消了胸中之恨。只因目下未有大将提兵,所以番王日夜忧怀。番王有一女唤飞龙,生得容颜如花,招一驸马黑利,实有万夫不挡之勇,官封天宝将军。番王意欲差他提兵侵宋,到底忌着狄青。倘然仍照赞天王等,有甚差池,岂非误了女儿的终身?因此略略罢却此念,所以对大宋兵戈略息。如今正欲另择能征惯战英雄,装束锐兵待等粮草丰足,然后发兵,占取中原。岂知今日五虎兴兵先来征伐。正是:

　　　方欲兴兵侵上国,先来五将伐偏邦。

第二十二回 景花沙献关投降
张将军斩将立功

诗曰：

五虎英雄大国军，旗幡招展似天神。

背君辽将知难敌，投顺中原免戮身。

却说西辽国第一座关名唤七星关，守关主将名景花沙，武艺不算高强。这一天正坐关中无事，忽有小番来报："启上将军爷，今日有大宋遣五虎将统领雄兵前来征伐我邦，请令定夺。"景花沙听了大惊，说："有这等事！离关有多少路？"小番禀说："只有百里之遥了。"便说："再去打听。"当下，景花沙听报，呆想了一会，暗道："我邦狼主好贪心妄想，要夺取大宋江山，奈何夺不动中原，反自损兵折将，耗费钱粮。到了今日，宋主却不肯甘休，前来征战，差五虎将督兵前来。我想本邦有名的英雄上将赞天王、子牙猜、大孟洋、小孟洋、薛德礼五将，有万人莫敌之威，尚且死于狄青之手。俺景花沙莫想出敌取胜，必定被他伤害了。俺今何苦白白送命？不如献关投顺，免得满城百姓受尽灾殃，有何不可？"主意已定，即传令众番兵打开七星关，恭迎元帅入城。

狄元帅此日到了关下，见此光景，心中还疑惑说："这番将有何计较？"忙传令捆绑了他。五虎大兵一同进关，查点内外，无什么奸细。元帅方才放心，登时放炮安营，放了景花沙，然后问道："景将军，你邦关城有几座？能征惯战之将还有多少？"景花沙说："启上元帅，小番除了这座七星关，还有乌鸦关、白鹤关、黄花关、碧霞关四座关头。过了八百余里是和平城，就是狼主的宫院了。四关主将虽然英勇，能征惯战，焉能及得元帅、众虎将的英雄！大兵一到，自然成功。"元帅说：

"你邦狼主有珍珠烈火旗一面,是镇国之宝,可是真么?"景花沙说:"元帅,果然有的。"元帅说:"景将军,本帅奉旨前来征伐你邦,你帮助一臂之力,成功之日,另行升赏。"景花沙说:"我愿效犬马之劳。"

是夜,元帅吩咐大摆宴席,犒赏众军各将士。次日元帅传令,养马三天,再行前进。又行文书飞送于番王,叫他早早献出珍珠旗纳降,保全一国君臣,若再偏强不醒,玉石俱焚,悔之晚矣。即投文书一角去了。不表。

且说乌鸦关主将名唤亚从善,一听此报,心中大怒。接着元帅文书,犹如火上添油,说声:"可恼!可恼!我想这狄青乃是奉了宋主之命,来征伐的,俺也不怪。只可恨这景花沙狗乌龟,不思食了西辽俸禄,竟自献关投降。这狗强盗令人可恼!俺家死也与宋将见个雌雄。"就将文书留下,打点明日交锋。原来这员番将是个性情激烈之人,哪里等得三天两日。到了来朝,就要出关厮杀,立刻传齐关内千把官员,点起两万小番。是日饱食战饭,众兵将盔甲鲜明,刀枪锐利,传令:"要先拿了景花沙,然后与宋将交锋。须要同心协力,不得有违。"众将兵一声:"得令!"此时即要进兵。亚从善顶盔贯甲,带领三军发炮起行。一路到了七星关,指名要景花沙出马。

有小军飞报入关,元帅闻报说声:"景总兵,今有乌鸦关主将亚从善指你之名讨战,你是出马还是待本帅另点别人?"景花沙想来,在元帅跟前,不能说抵敌不过,回说:"末将若不出马会他,只道惧怯了。"元帅明知其意,便说:"别在元帅跟前不好说抵敌不过。既然他是指名讨战,你可出敌,若抵不过,可将好话劝他投降,勿与交锋为是。"景花沙应诺,领兵三千披挂上马,提刀杀出关来。景花沙至阵前说声:"亚将军,下官在此,不知你有何话?"亚从善大喝:"景花沙,你这匹夫!既为西辽国之臣,食了狼主俸禄,不思报效国恩,却献关投顺南蛮。俺今容你不得,特来取你性命。"景花沙全无怒色,笑道:"这是狼主从前却无主见,妄思胡想侵扰中原,要占夺宋室江山。赞天王等如此英雄五将,一同为刀下之鬼,我邦众将多杀不过南朝五虎。今日他大兵到来征伐,料想我邦无人抵敌。莫若早早献关为上,算来不是下官差处。"亚从善听了大喝道:"放你的狗屁!做了一个男子汉,如何讲出这些话来！亏你羞也不羞！"景花沙道："亚将军，你休来怪我。自古识时务者为俊杰。我若不献关投降，性命难保。"此时，亚从善听了大怒，骂道："这狗党贪生畏死，非为好汉，俺今日来取你性命。"提起大刀就砍来。景花沙大刀架开，亚从善左一刀他左架，右一刀他右架，一连架过三刀，说一声："亚从善，并非下官怕你，但是念着同朝一殿之臣，故此让你三刀。"亚从善喝声："你今投顺南蛮，与你不是同殿之臣了。"又是一刀，景花沙闪过，回手大刀也砍去，二将交锋，杀了二十回合。景花沙招架不住，兜转马头大败而逃。亚从善追赶不上，只得住马说："罢了，饶你多活一天。"遂带兵回关，怒气不息。不表。

且说景花沙败回关中，见了元帅，满面羞惭。元帅安慰道："胜败乃兵家常事，将军不必心烦。且待来天本帅另点将罢。"到次日，又报上元帅，乌鸦关番将仍要景将军出马。元帅说："景将军，你却敌他不过，不必出阵。待本帅另点别人前往便了。"景花沙应诺。此时，元帅拈令一支说声："张将军听令：你带领五千人马出关迎敌，须要小心。"张忠说声："得令！"上马提刀，炮响开关，一马当先，冲到阵前，各通名姓。张忠大刀当头就砍，番将急架相迎，杀了三十余合。亚从善抵挡不住，被张忠架开刀，起手一刀劈为两段，跌于马下。张忠哈哈大笑说："这样东西也来混帐。"大喝众番兵："你们要性命的，快快献关投降。如若不然，多做无头之鬼，悔之晚矣。"众番将齐声愿降，请将军爷进关。张忠大喜，即差人报知元帅。元帅满心大悦，传令众军，将大兵前往进关。留下精兵五千，着令孟定国把守七星关。元帅进了乌鸦关，查点明库仓，出榜安民，埋葬了沙场尸首，记了张忠头功。元帅说："本帅只道西辽兵强将勇，岂知两关多是无能之将，一关投降，一关被破，只愿前关多是照此，番王哪有不投顺之理？"

不表元帅之言。再说白鹤关守将名唤酥而岱，一闻连失二关，心中大惊说："狄青有多大本领，来寻我邦？待本总前往与他见个高低罢。"次日正要整兵出关，忽有宋营文书劝降。忙拿来拆开一看，不觉哈哈大笑道："大宋王好糊涂也。这珍珠旗乃是我邦狼主传国之宝，非同小可的宝贝，因何要我邦贡献起来？任你为中国之主，好像小孩童一般，劳役兵将，耗费军粮。也罢，待本总一面写表入朝奏知狼主，

一面与他交锋。"连忙具表,差人去了。又飞文前往达知碧霞关段威,
要他亲领兵马到来助战,杀退众兵。此日领了手下武官千百把总,又
点兵一万,一程来至乌鸦关。离关十里放炮安营,又令小番投递战
书,约定来日交锋。

　　到次日,两边用了战饭。酥而岱领兵讨战,元帅闻报说:"景将
军,本帅奉旨前来征伐你邦,因思万物贪图性命,不忍即行征伐,为此
先行晓谕,着令年年进贡,献出珍珠旗,本帅即可收兵还朝。岂知白
鹤关主将如此倔强,反来抗拒,不知此人本领如何? 谅必你知。"景花
沙说:"启上元帅,这酥而岱本事虽有,看来及不得元帅。列位将军英
雄若与交锋,彼必有伤。但他与小将平日间相交情密,如兄似弟。倘
他被伤,小将于心不忍。莫若待小将出马,以好言劝他投降元帅,免
动刀兵,岂不两全其美? 如若他不允降,再行征伐。元帅意下如何?"
元帅说:"既然如此,你且将兵一千出关答话便了。"此时景花沙说声:
"得令!"即时上马提刀,一千精兵随后,一声炮响,大开关门,一马跑
出,欠身打拱说声:"酥将军,小将在此。"不知后来景花沙劝得他投降
如何。正是:

　　　　投降将军重劝降,破关之将复守关。

第二十三回 景花沙战死白鹤关
李将军大败酥而岱

诗曰:

背君降敌景花沙,投顺献关免捉拿。

岂料阵场仍丧命,不如全节死邦家。

却说降将景花沙奉了元帅之令,出关来劝酥而岱。此时彼此相会,酥而岱说:"景花沙,你已经投降了宋朝,出来见俺何事?"景花沙说:"酥将军,下官奉了元帅将令,特来告禀一言。"酥而岱听罢大怒,喝一声:"你这狗才贪生畏死,献关投降敌人,不忠于狼主,还敢来劝本总么?"此刻景花沙复开言说:"酥将军,且请息怒,听下官告禀一言,我邦狼主贪心谋占宋朝社稷,几次发兵遣将大兴人马,已经三载。事又不成反招其祸。"酥而岱怒道:"招什么祸来?"景花沙说:"我狼主贪心侵宋,如今宋王却不肯甘休。今日差五虎将前来征伐,我国兵微将寡,焉能与五虎对敌?并非下官要做不忠,犹恐不能对敌,玉石俱焚,悔之晚矣。打破关来,百姓俱遭荼毒。凡英明之士,须要见机而行,将军何必动恼?只因我两人是多年好友,故此直言相告。我劝你今日不必与宋将交锋,投降天朝,免得白送一命,岂不为美?这乃大丈夫审机而行。"酥而岱听罢,气冲霄汉,怒目圆睁,大喝道:"休得放屁,谁人听你不忠之言?"举起宣花月斧当头就砍。景花沙就把钢刀架住,说:"酥而岱,休得一偏之见,我与你是个同朝厚友,所以劝你投降,免得一命被伤,于心不忍,愿将军听我劝言。"酥而岱喝声:"没良心的匹夫!古言养军千日,用在一朝。你今日食了狼主俸禄,当与狼主出力分忧。若国家太平无事,吃了太平俸禄,做了太平官,安居快乐,自在逍遥,好不受享。到了今朝国家遭乱之际,敌临城下之日,贪

生背主,投敌献关,还亏得你尚有面目前来劝我归降! 真乃忘恩负国
之徒,骂名千载! 今日痴心妄想,要我投降,万万不能!"说罢,又是一
斧刀砍来。景花沙料他不肯归投,回手一刀架开。二将一来一往战
杀起来,有二十余回。景花沙招架不住,被酥而岱一斧劈作两段。

有败兵奔进关中,报知元帅。这景花沙乃是新降番将,今日阵
亡,元帅到底不介怀。不一会又报酥而岱讨战,请令定夺。元帅闻
知,令李义领三千精兵与酥而岱对敌,嘱他须要小心。李将军英气勃
勃,上了花斑马,手执丈八长矛,飞马出关,跑到阵前,不通姓名,提枪
便刺。二将在沙场内杀起来。正是龙争虎斗,难解难分。一阵冲锋
八十余回,酥而岱抵挡不住,大败而逃。走到关下,过了吊桥,闭城不
出。李义追赶不上,得胜回关交令。

自此,宋将天天讨战,酥而岱日日杀败,番兵死者甚多。酥而岱
心中着急,前已有书往碧霞关求救。此日段威亲自领兵到来助战,又
不能取胜,只得挂出免战牌,文书急告狼主。

是日番王闻报,忙问道:"众卿家,宋朝五虎将如此猖狂,怎生打
算才好?"此时,西辽众臣闻了五虎将之名,不独众文臣害怕,就是朝
中武将只是呆呆不语。有左班首相乌登上前俯伏,启奏狼主:"臣思
我邦兴师三载有余,非但中原天下不归,而且损兵折将,不计其数。
前者赞天王五将,乃我邦有名上将,盖世英雄,尚然如此,除此之外还
有何人强于彼者? 依臣愚见伏惟差遣驸马提兵前往,或者成功。一
面再往红泥城调取扳天将星星罗海前往助战,宋朝将兵由他如龙似
虎,也须大败而返。"番王听奏,无可奈何,传令驸马上殿。

不一时,天宝将军黑利已到殿前,俯伏金阶说声:"狼主,不知宣
召儿臣有何吩咐?"狼主说:"王儿啊,只因大宋差来五虎将占取七星
关、乌鸦关,他兵强将勇,幸得白鹤关把守坚牢,免战牌高挂,十分危
急。奈何国无良将与孤分忧,今欲差王儿提兵前往,如若退得南邦五
虎,方能保全邦国。"黑利听了说:"儿臣领旨。"转身又说:"狼主,非儿
臣夸口,妄出狂言,由他五虎威名远震,俱不在儿臣心中。须要杀他
片甲不回,前来交旨,君臣共享太平,方显儿臣手段。狼主龙心且自
开怀。"狼主听罢大悦,即忙传旨:"发兵十万,有功之日,厚加官爵,以

报驸马勋劳。"黑利领旨，番王退朝回宫去了。

再说一班武将文臣退朝谈论。多道："宋邦五虎将非同小可，昔时杀得我邦人马七零八落。如今又起大队人马前来征伐，我国全无勇将，就是天宝将军黑利虽是英雄，竟不知杀得过南邦五虎否？如今祸福未分。"又一人说道："赞天王、子牙猜等尚然死于狄青之手，岂但这驸马？狼主虽差他前往，也不中用的。"又有人说道："不妨。如今狼主差人前往红泥城调取星星罗海到来，助战退敌，一定无妨。"又有人说："杀退得大宋人马，保全我国，是君臣之幸也。"又有人说道："此事皆因狼主差见的，如何妄想夺起中原，反自损兵折将。前者下乐与丞相曾有言一谏，但这狼主念头一开，哪里肯听众臣言？岂知众将恃勇逞强，多说带领一族之师，宋朝江山可得。此时狼主好不兴头，听了众将之言，大兴人马，岂知阵阵将解兵消。发兵已将四载，反叫国饷空虚，兵将遭劫。看来宋王必然深恨，如今差来五将如此猖狂，倒怕把西辽社稷让他了。"

不表众官之言。再说说黑利驸马回归府内，说与飞龙公主知道，说声："公主，可恨这南蛮狄青兴兵到来，占了七星、乌鸦两关，白鹤关守将无能，几次交锋，杀他不退，只得守住关城，前来求救，急得狼主无计可施。"公主听罢，说："驸马，敢是父王要你提兵前去么？未知驸马肯去否？"黑利听了，哈哈大笑："公主，你又来了。我与你夫妇相亲已有几载，难道你不知下官的心肠么？国家有事，为臣理当奋力向前，俺岂是贪生畏死，不与君主分忧的？"公主说："驸马，虽然你一片赤胆忠肝，帮助我父王退敌。哀家见你万分情重，犹惧着五虎将，况五虎将名声素重，只忧杀他不过，临阵切须小心才好。"黑利说："公主不必挂怀。下官此去，管叫马到成功，早早班师复旨。"公主说："但不知驸马何日动身？"黑利说："公主啊，边关危急，难以缓迟。来日黎明就要起兵了。"公主道："既然驸马明日起程，今日哀家理当饯行。"黑利说："公主，不劳费心了。"公主说："理应如此。"连忙吩咐宫娥排上筵宴，夫妇双双对酌，交酢对酬。公主有多少叮嘱之言，按下不表。

且说来日去军部选兵十万，在于教场，候驸马起兵，并预备粮草。此时西辽国内并不是没有武将，番将因何如此着急？只为赞天王五将实是他国头等的英雄上将,也被狄青伤了,其余二等三等,料想杀他不过,所以番王这等着急,众文武彼此惊慌怯惧。

此时,十万番兵在教场伺候。天宝将军辞别公主,一路往教场,点齐队伍,进入金殿拜辞狼主,祭过大旗,放炮起程。后队解粮官呼且明领一万人马护送粮草。文武各官纷纷齐送驸马。此日,黑利出了和平城,十万精兵一路威威武武,催赶程途。一连行走七八日,方才到碧霞关,段威恭迎驸马。出了碧霞关,连走三天,到了黄花关。再走行二日,方是白鹤关。酥而岱闻报,与众将迎接进关,安顿了十万大兵。是日,酥总兵排筵席款待驸马爷。黑利问起交兵事情若何。酥而岱说:"驸马爷,下官无能,不能抵敌,只得挂出免战牌。"黑利听了,吩咐收去免战牌,即忙修战书一封,差人送去乌鸦关交狄元帅。元帅看过,即批回来人去了,说:"众位将军,前日景花沙曾经说过他国有一天宝将军,名唤黑利,有万夫不挡之勇。如今领兵前来,我弟兄须要小心才好。"众将一齐答应不表。

且说来日有军士前来报说:"番将黑利讨战。"元帅听了说:"再去打听。"不知元帅着何人出敌,胜败如何。正是:

兵家胜败真常事,卷土重来未可知。

第二十四回 白鹤关黑利逞威 沙场地狄青破敌

诗曰：

> 由尔辽军烈烈烘，天朝五虎猛如龙。
>
> 失机兵败关城丢，赫赫威名总是空。

当下狄元帅闻报番将黑利关前讨战，即令刘庆带领三千健卒出敌。飞山虎奉令冲出关，来到阵中，大喝一声："狗番奴，我乃飞山虎刘庆，奉元帅之令特来拿你，快些送首级过来。"黑利大怒，喝声："你不是俺家对手，快唤狄青出来受死。"刘庆听罢大怒，举斧当头就砍。黑利把长枪架开，反刺飞山虎。刘庆虽然英雄，岂是黑利对手？杀到三十回合，抵挡不住，大败逃走入关。黑利见了，哈哈大笑说道："南蛮不知怎样凶狠，原来不中用的。"遂大喝："关上南蛮听着，可有本领高强者，出来与俺见个高低，如若照这样的，休来混帐！"正耀武扬威，元帅闻报，又令张忠出关对敌。不上两个时辰，战不上六十回，张忠大败，回马逃奔。黑利拍马追赶来，几乎冲进关中，众兵阻挡不住。亏得石玉、李义前来拦住，杀退黑利，旋即收兵回营。

自此一连数日交锋，番将黑利果是英雄无敌，四虎人人杀败。元帅十分忧闷，说道："这黑利果然本事高强，待本帅来日亲自出马，与他见个高低便了。"旁边闪出飞山虎，说声："元帅不必亲自出马。待小将今日驾起祥云悄悄探到番营，刺死这黑利，何等不美？"元帅说声："刘将军不必如此。凡为大将者，须要在临阵时堂堂正大见个高低。如若你去行刺，纵然侥幸成功，也不算真本事，岂是英雄大将所为？"

若论为人各有一个性格，从前狄青与南清宫狄太后姑侄初相会之时，狄太后就要降旨把狄青封个官爵，若是别人快活不过的，岂知他反推辞不要，说男子汉大丈夫若要为官，总要自己手头打下来的。若傍了姑娘之势，自己为官受俸，有什么稀奇？所以比武劈死王天化，几乎性命不保，反反复复吃了几次苦楚，多是他性格所招。如今飞山虎要去刺杀黑利，他说不是上阵明枪明刀，纵然成功得胜，不算真本事的英雄，亦是他的品格梗直，正大光明。当时刘庆听了元帅之言，只得住口不言。

到次日，有军士入报："番将讨战。"元帅听报，着令张忠、李义二将把守关城，须防番将暗算。又令刘庆、石玉二人："随同本帅出关。"元帅头戴鸳鸯盔，身穿淡红袍，衬住锁子黄金甲，手执定唐刀，骑上龙驹。三声炮响，把关门大开，带领一万精兵，二将分随左右，众兵摆列队伍跑至阵前。黑利一见，把长枪照前刺过来。狄元帅提起金刀架开，喝声："番奴，你是何人？通下名来。"黑利喝声："南蛮听着，俺乃西辽国王驾下天宝将军驸马爷爷黑利是也。你这孩子是何人？"狄元帅闻黑利叫他孩子，喝声："番狗，你且洗耳恭听，本帅乃大宋天子驾下敕封平西大元帅狄青便是。"黑利说："你这孩子就是狄青么！"又冷笑一声："俺素闻大宋有狄青之名，只道掀天揭地英雄，原来是一个瘦怯小儿。俺想你黄毛未退，乳气未除，如何上阵交锋？倘然死在我枪之下，岂不可惜！不若快快收兵回转，免得把性命伤了，只道大人欺小人儿！"

狄元帅听罢，哈哈大笑道："黑利！休得大言夸口，因何你邦狼主痴心妄想要夺宋朝社稷，三番五次兴兵犯上，却被我们杀得片甲不存？本帅今日奉旨征剿你邦，知事者速速献关投顺，教番王献出珍珠旗，奉上降书，年年纳贡上邦，还可姑宽前愆。如若再要倔强抗拒，把你邦踏为平地，有何为难？"黑利听了，喝声："狄青休得胡说！那珍珠旗乃是镇国之宝，我邦数代流传，如何你主妄想这念头来？你这宋王，既为上国之君，因何这般无理，妄动干戈欺我下国，妄想宝旗？你中原上国岂无异宝奇珍？如今妄想这件东西，劳兵损将，徒为无益。不如快快收兵回转，免我伤你性命，这是便宜了你。"狄元帅大喝道："黑利休得妄言！你既为下国之臣，理当年年进贡，岁岁称臣，因何你主妄想天朝,兴兵犯界? 本帅今日奉旨提兵问罪,你反说上邦无故欺你,可晓得前赞天王等五人本领高强,尚且死无葬身之地,况你一个无名下将! 如识时务的,奏知番王早早投降,本帅姑且准你。如若再执迷不悟,尚敢抗拒天兵,指日之间将你踏为平地,玉石不分,叫你君臣受死。"黑利听罢大怒,喝道:"狄青,休得夸能! 放马过来与你比个高低。"手起一枪就刺。元帅把金刀架住,全不放在心头。

但见天宝将军本事果然厉害,使开长枪,紧一紧,梅花现现;串一串,雪点纷纷;慢一慢,枪光遮日;按一按,天地皆惊,真好枪法也。狄元帅哪里怯他? 把手中定唐金刀使开,金光遮日,闪烁飞霞,上一刀,劈破风云雾,下一刀,斩开铁石山,果然刀法奥妙无穷。只见军中刀枪交击,这场大战好生厉害。正是:

> 窗中才子停文笔,闺内佳人住绣针。

当下二员大将杀得沙尘滚滚,烟雾腾腾,自辰时斗至未刻,战有二百余合。黑利渐渐气力不佳,招架不住,虚晃一枪,回马就走。狄元帅趁势拍马赶来。这黑利拨转马头,喝声:"狄青,休得逞强! 看我的法宝!"元帅心说:"这番奴杀不过本帅,要用法宝。他有法宝,本帅也有法宝,怕他什么?"停住金刀,就拿上穿云箭。但见黑利撒起一颗明珠,光闪闪旋舞空中。狄元帅一见,忙发出神箭,一声响亮,相生相克,珠逢箭落,散了毫光。这明珠登时坠地,已成无用之物。黑利一见明珠穿破,心中大惊,喝声:"狄青,你敢破我的法宝么?"元帅收藏起穿云箭说:"黑利,一粒泥弹有什稀罕的?"黑利大怒,又杀起来。他仍战不过狄元帅,又取出一粒惊天弹,一道光华射目,丢在空中,化作万道金光,非同小可,一声响亮,落将下来。狄元帅心说:"他不知有多少法宝?"又取出第二只穿云箭放起在空中。顷刻毫光散乱,响亮俱无,弹子登时坠落尘埃。狄元帅哈哈大笑,把手招回神箭说道:"黑利,你这弹乃不中用的东西,休得拿出来。"黑利说:"狄青,休得猖狂,俺的法宝又来了。"忙把背上葫芦解下来,口中念咒,把盖揭开放出一只乌鸦,似火的一般,张开血口要啄来。狄元帅一见,忙把第三只神箭射去。呼的一声,这只神箭不上不下却钻进乌鸦之口,登时射在地下。黑利此时怒气塞胸,提枪奋勇杀来。元帅舞刀相迎,想道:"倘他再有法宝，本帅无物可破了，不如先下手为强罢。"算计已定，一手提刀架枪，一手忙向豹皮囊取出人面兽戴在脸上，念声："无量佛！"此时黑利身体犹如泥塑一般，背后站着一个长人，身高二丈四尺！黑利在马上四挺八直仰面跌翻下马。石将军飞马上前，枭取首级，一道真灵往真武殿去了。

当时狄元帅除下金脸，吩咐："刘庆、石玉，快些趁势前去抢关。"二将得令飞跑而去。元帅勒马，催兵抢关。此时二员武将一路赶去，把番兵杀得犹如砍瓜切菜，其余各自奔走逃生。

酥而岱在关中闻报，预先紧闭关门，又惊又恼，说道："下官只说天宝将军到来，必除宋将，岂知也遭狄青之手。南蛮如此厉害，我邦还有何人杀得他过？"传令城内番兵用心把守关门，由他攻击便了。一面写表入朝，奏知狼主，自说："狼主啊，臣今若不做忠臣，昧却良心早已献关投降了。只为不忘狼主之恩，故此日夜坚守。待等星星罗海到来与大宋军马见个高低，决个生死。"不知后来星星罗海到来如何迎敌，退得宋朝五虎。正是：

　　犬豕何堪共虎斗，鱼虾岂得与龙争。

第二十五回 闻兵败辽王议敌
夸骁勇太子兴师

诗曰：

> 败兵飞报达辽王，番王闻知甚恐惶。
>
> 太子兴师夸骁勇，总然难免阵中亡。

却说狄元帅斩了番将黑利，传令刘庆、石玉乘势抢关，酥而岱早得飞报，把守坚牢。二将见城门紧闭，抢不得进，打不得开，只得收兵来见元帅。此时元帅吩咐："暂回关去，另行酌议。"尚有杀剩番兵逃走不及，看来不好，多已投降了，元帅一一取用。阵中拾得军器马匹，不计其数。此时各将士回关，元帅吩咐把黑利尸首号令，又令将番兵尸首尽行掩埋。

自此之后，四虎英雄日日领兵到白鹤关前骂战，酥而岱只是坚守不出，百般侮骂只是不理。星夜告急文书与狼主得知，好不惊惶。飞龙公主闻知丈夫被害，好不伤心，一跤跌翻尘地，人事不省。番王番后听知大惊，呼唤宫娥急取药物解救，多时方醒，流泪叫声："父王啊，南蛮如此英勇，倘被他打破王家，如何是好？须要早早定计退他才是。倘若迟延，为祸不浅。"狼主说："女儿啊，为父也是十分着急。只等星星罗海领兵前来退敌，方能与驸马报仇，杀退宋邦五虎，我国方保无虑。"公主含泪不言，番后带泪开言道："女儿，你休要过于伤怀，人死岂能复活？待等星星罗海前去拿尽这南蛮，然后与驸马报仇。"公主正欲开言，有二太子前来见父王。

若讲到西辽王，共有四位太子，大太子名泽波罗，二太子名达麻花，三太子名凤眼邸，四太子名盖哈拉。三、四多是没本领的。只有二太子，年方一十九岁，身高一丈，力敌万人，平日使一柄开山大斧，常常自夸未逢敌手。就是妹丈黑利，他也不让其能。只因番王爱子如珍，故以从前出师不肯差他前往。如今二太子闻知妹丈死于狄青之手，父王的威风削尽，怒气勃勃，即上前叫声："父王不必烦恼，休得惧怕。这狄青本领高强，待儿点兵一万前往，包管捉他南朝五虎回朝。"番王说："王儿，你小小年纪，休得夸言。你妹夫英雄无敌，尚且被他所伤，何况于你？为父已降旨往红泥城去了，且待扳天将前来，谅狄青难以取胜。"原来这二太子，你若让他听从，须要好话称羡他，或者肯听。他原是一个逞能之人，生来性急如火。今日听父王说他不是狄青对手，心下好生不悦，说声："父王，莫道孩儿年纪幼小，自古英雄出少年。可恨狄青欺貌我西辽，把我邦看得甚轻之极。虽有扳天将前去抵敌，以狄青之凶狠，还防稍有疏漏。不免孩儿前去助战便了。"公主在旁说："二哥平日本领果是高强，若然提兵同往，一定旗开得胜了。"三位弟兄齐说道："二哥（弟）果然武艺精通，父王何不差他前去退了南蛮！"

此时飞龙公主要与丈夫报仇，只因自己本事低微，恨不得哥哥前去杀了狄青，报夫之仇，消却胸中忿恨，故在父王跟前称他本事。这弟兄三人，因何也保举他前去出敌？只因平日间二太子以力为强，把弟兄三人屡屡欺负，所以弟兄皆恨着他。如今要他退敌，若被狄青一刀两段，大家均快。此时番王无可奈何，允准他提兵。

又有大太子要难他一难，叫声："二弟，听得宋邦五虎名声最大，到底闻其名未见其人。不知二弟可能个个捉拿他回来见父王否？如若生擒回来，待为兄看看五虎何样的，方算你本事英雄。"二太子听了哈哈大笑道："要拿完五虎有何难处！"三太子说："二哥休得夸口，只怕你没有此本领的。"二太子说声："三弟，不是为兄的夸口，此去捉尽五虎将，才算本事。"四太子也说道："二哥说的话倒也无差，定然马到成功。如若拿尽五虎回来，我们哥弟不可不服。今日我弟兄三人与你赌赛个东道，若你拿得尽五虎回朝，我三人各各跪敬你三杯美酒，插挂花红为贺；如若你拿不得前来，这便如何？"二太子道："我若拿他不得，悉凭父王治罪便了，你哥弟三人多把我欺负的。"番王说："休得多言争执。倘或拿他不得，可收兵回来，不可勉强前进，犹恐有误大事。"二太子说:"父王休得挂心,孩儿自有本事捉拿宋将回来。"是日不表。

到次日,达麻花只要三万人马。番王恐他兵少,多发一万共成四万。这二太子是心急之人,哪里等得三天两日?所以不选日期,即时别过父王、母后、弟兄,顶盔贯甲上了骏马,带领四万番兵祭旗起马。众番官文武一同相送,出了和平城,竟往前程进发。按下慢表。

再说红泥城乃是西辽国紧要的所在。这个地头有城一所,周围八十里,与七星关隔东南角,路程一千五百余里。文臣不少,武将千余人,城厢内外人烟稠密,店户乡民不少,乃是一个极热闹的地头。这镇守官身高一丈一尺,背阔身宽,腰粗膀重,年方三十余。生成一张蓝面,赤发红须,狮子大鼻头,豹环眼,善使两条狼牙棒。这位将军,再高大之物也可扳得下来,故名扳天将。番王命他镇守红泥城,加封"百胜将军"。前日一闻得大宋王差狄青前来征伐,便怒气满胸,只因无狼主的旨不能动兵。这一日又闻得献了七星关,失了乌鸦关,酥而岱杀不过宋将,只是坚守不出。星星罗海闻知更加火上添油,说狄青有多大本事,这等猖狂!此时心头恨恨要去会敌,奈无旨意。

忽一日,接到狼主旨召,即日点齐人马,部下精兵十万,就把红泥城交帐下文武官员权为管守。比日安排军粮十万,后军解送。三声炮响,大兵起程,一路旗幡密密,望白鹤关而来。却有一千五百余里,非止一日程途。按下慢表。

先说二太子达麻花,领了四万人马一路而来,到了碧霞关、黄花关,各关迎接,俱不耽搁。一连数日,兼趱行程,一路径到了白鹤关。酥而岱出来迎接二太子,进至中堂。酥而岱恭见礼毕,二太子吩咐众兵回关安扎。番兵领命回进关毕。忽听得金鼓齐鸣,炮声不绝,达麻花问道:"因何喧闹喊杀之声?"酥而岱说:"自从驸马阵亡之后,宋将天天到关讨战,日日攻城。臣无能,只得坚守不出。"达麻花说道:"既是南蛮这等猖狂,待孤家就出关对敌便了。"

此时达麻花自恃英雄,只听得一声炮响,一千番卒冲出关前。适遇刘庆领兵攻城,达麻花吩咐众兵队伍排开,大喝道:"南蛮为何大动干戈扰侵吾国?快报名上来,孤家好砍你首级。"刘庆喝声:"番奴听

着,俺乃平西大元帅狄青麾下有名上将飞山虎刘庆便是。"二太子说:
"你叫飞山虎,你是五虎将之列么?"刘庆道:"然也。"二太子说:"既然
如此说来,俺要活捉你回朝了。"刘庆大喝:"番奴,你是何人? 须通下
名来。"达麻花道:"孤家乃是西辽国王驾下二殿下达麻花是也。"刘庆
听了冷笑道:"亲生儿子也差出来,可见西辽国内没有英雄了。"二太
子大怒,持起大斧当头砍下来。飞山虎把双斧齐架,二将杀起来。刘
庆本领到底不是达麻花对手,杀到三十回合,抵挡不住。二太子一斧
隔开,双斧齐砍。刘庆闪得一闪,却被达麻花伸出长臂拿住刘庆盔
甲,用力一扯已捉过马来,喝声番兵捆绑了,吩咐且押入关中。此时
番兵冲杀过去,宋兵大败,死者不计其数,早有败兵飞报入营。狄元
帅只因被杀的兵原是投降番卒,倒也不放心。所虑者飞山虎被擒,
不知死活如何,即点石玉领兵三千出马。石将军得令冲营而出。
正是:

　　　　上邦虎将虽称勇,下国辽军又算能。

第二十六回 达麻花遇宝归原
扳天将兴兵拒敌

诗曰：

> 日擒二将逞英雄，赫赫施威小番戎。
>
> 忽遇玄天人面宝，返本还原刀下终。

当下笑面虎石玉领兵出关，来至阵中，各通名姓，放马交锋。双枪并举，好一场龙争虎斗。枪斧交加，战七十余合，石将军渐渐支持不住，急欲放马逃走，早被达麻花拦开双枪活擒过马，又令众军捆绑入关去了。二将的兵器马匹，有能干军兵抢回，牵入营中。报知狄元帅，元帅大惊说道："达麻花比黑利本事更加骁勇。"不一时又报："番将挑战，口出狂言，要捉尽我邦上将，请令定夺。"元帅听了，心头烦恼，想道："本帅只道西辽没有雄兵猛将，岂知番王差来儿子，有这等英雄，把二将拿取。本帅意欲平伏西辽，免得母亲受天牢之苦，因此抛别恩爱之妻。想到前日分别之时，看他依依不舍、恋恋不离，他原是一个多情有义之女。本帅报国安邦心头太急，此时哪里顾得私情，所以硬着心肠与他分离了。只望平伏得西辽，回国救出萱亲，完了国务。然后奏明圣上，与公主两下完了姻缘，是我本意。岂知今日在此地日夜不宁，劳烦太重。如今虽不损兵折将，此身反羁外国，母亲挂念不安。番王不肯投顺，反差个达麻花前来助阵，擒去二将，想这员番将却是劲敌。如今石玉、刘庆俱已被擒，若张忠、李义料难取胜了。"思虑一会，沉沉烦闷。

张忠、李义见元帅沉沉不语，知他为达麻花骁勇，擒去二将，不知生死之事。二将上前说声："元帅不必烦恼，番将虽然英雄无双，不如待小将二人一齐出马，可以取他首级。然后发兵打破白鹤关，救回二将,如何?"元帅说:"你二人休得轻敌。这达麻花本事高强,你二人出马未必能胜。不如待本帅亲自出兵,或者法宝灵验,除了此人也未可知。"闲言不表。

是时元帅即装束盔甲,上马提刀,带领大小三军,令李义压阵,吩咐张忠守营。此时一万雄兵排开队伍,来到阵前。二太子一见,各通姓名,一齐搭手,杀在阵中。两边战鼓如雷贯耳,三军叫喊杀气连天,一个征服西辽,要伤番将性命;一个扶保社稷,要拿宋帅回关,一连战了八十余合。正是:

　　　棋逢敌手神难测,将遇高强虎斗争。

此时狄元帅想来,只与他平平交手,何等费力,不免取出法宝来一用便了。算计已定,连忙虚斩一刀,回马就走。达麻花拍马赶来。狄元帅一路跑时,早已取出鬼脸戴起,回马念一声:"无量佛!"只见达麻花坐在马上直挺不动,不一时即翻身跌下马来。元帅登时取了法宝,金刀一起砍为两段,一灵直往真武殿去了。元帅喝令兵丁:"乘势抢关!"早有李义看见元帅斩了番将,急忙一马当先飞出,杀得番兵们犹如砍瓜切菜,血流遍地,尸骸堆积。李义一马抢进关去,酥而岱正欲迎敌,却被李义抢入,一刀砍于马下。关内番兵四散奔逃,前去告知黄花、碧霞二关。二位守将不敢前来对敌,只得紧守关城,防备攻打。慢表。

再说狄元帅吩咐大小三军一同进关,点查金银、粮草、马匹、器械,又放出后营囚禁刘庆、石玉二将。狄元帅留兵三千,着令焦廷贵把守乌鸦关。焦廷贵道:"如今要我把守乌鸦关,又没有番兵相杀,好不冷冷落落,真好生难过也。"书中不表焦廷贵之言。此时狄元帅传令出榜安民,将番兵尸首尽行埋土,又行文与黄花、碧霞二关。二关只是坚守不出,告急文书差人报与狼主知道去了。不表。

狄元帅在白鹤关歇马三天,正欲起兵前进,早有探子报知:"番主调来红泥城扳天将大兵十五万,一路来到,离白鹤关只有二百余里。"狄元帅闻报,只得在白鹤关屯扎三军,待星星罗海到了,然后开战。却说星星罗海大兵从东路直抵西辽,路经乌鸦关,摆开人马,喊杀连天。焦廷贵奉了元帅将令把守此关,闻报即点齐三千人马开关迎敌,却被星星罗海杀得大败,带兵逃往七星关而去。他将此事说与孟定国得知,孟定国说道:"不知这支人马从何处来的?你且在此关安扎了众兵。且看元帅开兵如何打算。"

不表焦孟二人。且说星星罗海领兵杀进乌鸦关,是日打听,方知狄青杀了二太子,伤了酥而岱,占取了白鹤关。遂放炮安营,投战书至宋营。狄元帅批回,准次日决战交锋。点张忠出马,被杀得大败回关。元帅一连数回点李义、石玉、刘庆等出马,俱已败阵,宋兵被伤、死者甚多。来日狄元帅亲自出马对敌几阵,又不能取胜。只因星星罗海手下战将甚多,有十五万人马。宋营只有万余人,虽用了人面兽、穿云箭,皆不灵验。因何这两件法宝皆不灵验?原来星星罗海乃是真武神将化生,所以二宝皆不灵验。狄青只得退回守关。

自此一月有余,杀一阵败一阵,虽不折将甚多,关内只剩得一万人马。这星星罗海十五万番兵把白鹤关困得水泄不通,昼夜攻打,号炮如雷。狄元帅好不着忙,长叹一声说道:"本帅想来好生不幸也。自从出身与国家出力,就逢庞洪、孙秀嫉害。幸得几次陷害不成,今日柄握军权之任,二贼尚是嫉妒不容,哄动圣上伐西夏旗。不幸走差国度,番王强逼招亲,负了千斤重罪,中了二贼机谋。又得蒙圣上洪恩宽宥,命戴罪立功,得胜还朝,将功抵罪就是。本帅到此征伐以来,一路势如破竹,黑利、达麻花俱已被诛,非是将兵无能。岂料星星罗海这等凶狠,本帅几次不能取胜。番兵十余万围困城池,星夜攻打,幸得众将准备灰石,日夜留心把守。倘得打破此关,我等前此汗马功劳,一旦付之流水。"

元帅正在思虑烦心,只听得金鼓齐鸣,号炮连天。有军士报道:"启上元帅爷,番兵攻打甚急,请令定夺。"元帅闻报,传众将军小心把守。元帅此时心中烦闷,又闻喊声连天,轰轰炮响,犹如天崩地裂,满城百姓惊惶哭泣,哀声频频。狄元帅真乃无法可施,说一声:"圣上啊,臣受深恩如海,敢不尽心报国!就是番兵打破城池,臣愿一死以报主上洪恩便了。但听得杀声震地,炮响连天。莫说百姓恐慌,就是元帅也觉不安。不免上城一看,怎生光景罢。"

此时元帅上城一望,好不厉害也!但见长枪阔斧、铁棍大刀,交加密密;旗幡招展,战鼓喧天。番兵将城迭迭重重,围困得水泄不通,好不厉害也! 任你三头六臂的英雄见此围困光景,一见也觉魂消。张忠说:"元帅,你看番兵重重密困好不厉害,还亏得滚木灰石保守之具全备,因而保守得住。"狄元帅说:"全仗贤弟等劳神费力,只恐辽国再添人马,就难保守了。"正说之间,只见远远旗号是碧霞关领兵五万来攻打东门,主将是段威。黄花关主将哈列领兵五万攻打西门。番王又差武将蓝成虎、毕定龙各领番兵十万攻打南北二门。此时四虎弟兄保守关城,犹防失误,如何还去出敌? 元帅无计可施,四将心头麻乱。有刘庆说:"元帅勿忧,待小弟驾起席云帕前往汴京奏闻万岁,请发救兵前来帮助,定解此围。"元帅摇首说道:"此话休提了,庞洪狼心深妒,巴不能本帅早日身亡,纵然刘将军到得汴京,庞洪岂不阻挡圣上? 救兵必不肯发的。岂不是徒有一番跋涉之劳!"正是:

　　朝内有奸功弗立,国中无将主何依。

第二十七回 扳天将围困白鹤关
飞山虎求救单单国

诗曰：

辽将扳天称勇强，貔貅十万猛凶狼。

中原五虎遭危难，有日天兵困小邦。

当下刘庆说声："元帅，庞贼虽是奸臣，朝中还有包大人及崔大人几位王爷和南清宫太后，这几人岂不竭力分辨是非曲直的？"元帅说："刘将军你有所不知，若本帅一路征服西辽不曾走错国度，纵然杀败了，还朝取救，孙、庞二贼难以抗拒不发兵粮。今日走错国度，投单单外国招亲，有此一番缘故，若前往回朝求救，庞洪这些奸党定然借此缘故阻挡，救兵难以得到，岂不是枉费兄弟你一番奔走之苦？况且此去汴梁路途遥遥，目前番兵攻打城池势急，纵然有救兵到来，只怕远水难救近火。"飞山虎说："元帅，如若不往汴京求救，怎奈此处兵微将寡，如若迟延，犹恐攻破之患难免。还须早定良策，方为上计，请元帅三思。"狄元帅说声："刘兄弟，本帅早已想过，回朝中去不如修书一封，着你到单单国去投公主娘娘，求他亲提兵前来救解，则无妨害了。"刘庆说："元帅，如今这等危急，末将虽赴汤蹈火，也要前去走一遭。请元帅速速修书，待末将就此走路便了。"

狄元帅听罢，草草修书一封，密密包好。元帅吩咐："刘兄弟，你到单单国见过狼主，此书莫投于他观看，须要交付公主才好。紧紧收藏，勿要遗失，夜宿寓所，美酒休得多吃，酒是耽误大事，断然要小心。遇有旁人查问，休要直道，切须紧紧牢记。若得公主见允，肯前来相助，是万幸之事也；若公主不肯前来相助，必须恳切求告于他，断然不可狂言莽语。"刘庆说："元帅不须多嘱，小将领命了。"说罢，即带了些干粮路费,拜辞元帅,别过三位弟兄,驾起云端去了。番将哪里知道?只顾奋力攻打城池。

却说狄元帅差刘庆去后,亲冒矢石,日夜巡城,多加灰石,百计保守。幸得白鹤关十分坚固,番兵虽是日夜攻击,难以震动。按下慢题。

再说孟定国、焦廷贵二人在七星关上彼此闻报,好不心烦。焦廷贵说:"老孟,我二人虽是将门之子,能以上阵交锋,曾经立过汗马功劳,奈何星星罗海武略非凡,元帅五人尚且被困关中,不敢出战,何况我二人!老孟,你要想个计较才好,不然,元帅五人就死在西辽之地了。"孟定国说:"我二人不可袖手旁观,不去帮助,只是番将厉害,围困番兵数十万,我手下人马稀少,焉能对敌?不如待我奔回汴京,奏知圣上,请得救兵到来,方能解得重围,救得五人,有何不可!"焦廷贵说:"老孟,此言十分有理。只是兵稀粮少,困守此关也是无用的。我二人同作伴前往也好。"孟定国说道:"既然如此,丢了七星关同去一遭便了。"二将说:"元帅!并非我二人弃关逃走,犹恐众人困在孤关,中无粮草,外无救兵,城池一破就误了大事。所以,出于无奈,我二人奔回汴京,请得救兵前来破解重围,得回归故国,也是同其忧同其乐,方是末将之心。"此时二人手下残兵共有一千余人,计点关内粮草还有三个月之用,吩咐众兵把守关城:"我们回朝请了救兵,即便回来。"二人是日各带些干粮,离了七星关,不分昼夜赶赴路程而去。前往汴京,非止一日路途,按下不表。

再说单单国八宝公主,与狄青只得一月夫妻,分开两地。自从分别之后,终日怀思,愁眉不展。兔走乌飞,光阴迅速,不觉分离后十月已满。分娩时,一胎生下两个孩儿。这两弟兄非是无来历的:一个是左辅星转世,一个是右弼星临凡。这两个星宿临凡,公主用心抚育。细看这两个孩儿,都像着父亲。弟兄面貌一般,啼叫声音一样,生得眉清目秀,额广头圆。国主欢喜,长的取名狄龙,次的取名狄虎,用四个乳娘,好生调养。日后长大成人,一个接了狄门后代,一个传了本国宗枝,这也是国主的好意。闲话休题。

且说公主闲中无事,坐在宫中日日怀念丈夫,说道:"并不是哀家留你贪图欢乐,只为师父有言,与你凤有姻缘之分。故此他在南方,我在北地,颠颠倒倒,不觉来到我邦,正是万里相逢。但想今日预定宿世夫妻,还该相逢白首,不该一月分离。想他乃大宋朝首称无敌当世英雄,暗想他真乃英雄烈汉的性情,不过成亲一月,他要前去平西,全不念哀家真情美意。他用尽多少虚言妄说瞒骗于我,全不念夫妇三分恩爱,私逃骗走,令人可恨!若想回头,也不能深怪。想那日分别之时,哀家怎肯放他出关?只因他说去尽忠尽孝恳切不过之言,只得由他前去征西。若然成功回来,可能将功抵罪,救出天牢之母,全了忠义尽了孝,这是成了丈夫的美名,他又见我顺情之贤。但此去西辽征伐,许久并无消息来音,不知胜负吉凶如何?使我终朝放心不下。况且西辽不是无名之国,兵精将勇,乃强悍之邦。五虎虽是英雄,还防西辽王一时未肯投服中国。况他带领征伐兵马有限。犹恐深入重地,有损兵折将之事。所以前日奏知父王,差人前往打听明白,待回来便知分晓。"公主一心怀念丈夫,天天愁闷不乐。

忽一日天气甚是晴明,公主想:"日中长久,独坐无聊。不免趁此天色晴明,前往荒郊打猎,玩耍一回,以解愁烦。"想罢,脱下宫装,取出团花大袄,外衬银红织锦袍,腰间挂一口龙泉剑。手执一柄梨花枪,吩咐小番牵过赛麒麟骑上,带了三十六个女兵,跑出宫房,一路来到荒郊外,把些飞禽走兽赶得纷纷乱跑,按下慢表。

却说刘庆驾上席云,不分昼夜,一路出了西辽国,向东北而走。一连数日,已到了单单国城外,正是上午时分。按落云头,往街中赶路,心中一想:"元帅叫我此书不要投递狼主,只可交付公主观看。但想这公主在深宫内院,如何觅他投递?"正在思量,一路行走,只见南首有一间酒店在此。想道:"临行时,元帅吩咐俺不可多吃酒,犹恐有误军机大事。若我依他吩咐不吃,酒香扑鼻。鼻子也攻穿了,好不难挨。不免进去吃三两碗,悄悄驾起祥云,寻着公主宫院,将书投递有何不可?"定了主意,走进酒店坐下。有酒家一见起身迎接,说声:"客官,可是要吃酒么?"飞山虎说:"正是。有上上好酒拿来吃。"店主说:"既然如此,客官且请进里面少坐一刻,要吃什么好酒看,待小的随意拿来便了。"刘庆听了,忙忙走进里面坐下,酒家将刘庆左望右望,十分猜疑,暗说:"这人与画图上的面貌身材相象,不知是也不是?不若上前探问明白。"此时酒家将好酒肴送上摆开,立在一旁,问道:"客官你是那个贵邦人氏?"飞山虎道:"卖酒的须拿酒来吃便了,何必多言查俺?"酒家说:"我看客官声音不是此方人氏,所以动问一声,客官何必动恼。"刘庆说道:"我乃大宋朝来的。"酒家笑道:"原来客官乃大宋上邦来的。不知客爷上姓尊名。"刘庆说:"俺乃宋朝五虎将姓刘名庆混号飞山虎,哪个不知俺家大名,你却不知么?"酒家说:"小人乃是一个字不识的愚民,何以认得天朝大将?小人叩头。"刘庆说:"罢了,可拿好酒来。"酒家答应取酒去了。

看官,你道酒家为何问起刘庆姓名来?只因有个缘故:从前狄元帅在单单国与公主分别时,公主被刘庆毒骂打他一棍,公主虽然知情达理品性柔和,到底自小长成娇生贵养。一时怒恨在内,故此出令描出飞山虎图形,差官晓谕民间各处张挂。如有大宋刘庆到来,本国有能拿住,解送公主娘娘发落,给赏黄金十两。公主之令,本国臣民谁敢不遵?所以这酒店也有一幅刘庆图形。如今店主见刘庆与画上形体一样,故试问他的来历、姓名。这飞山虎原是一个莽夫,一问即说出真名来历,不知酒家如何算计拿他,且看下回分说。正是:

　　计就南山擒猛虎,谋成北海捉蛟龙。

第二十八回　贪酒食刘庆被擒
询因由公主得书

诗曰：

　　飞山虎将莽英豪，求救偏邦单单遥。

　　只为当初欺女将，今朝难免被拿牢。

当下这酒家见刘庆说出真姓名，知道公主要捉拿他的，他贪着十两黄金给赏，哪里肯轻轻放过去。这刘庆哪能得知，见酒便饮，见肴便吃。这酒家取酒时暗暗下了蒙汗药。此时吃了三杯，此药真乃厉害，飞山虎已醉得人事不知，四肢无力，软倒在地。酒家一见，满心欢悦，引齐店中伙伴一齐动手，将麻绳把飞山虎捆绑得紧紧牢牢。已惊动街上过往行人，上前动问："因何青天白日，将此大汉捆绑何故？"酒家答道："此人就是大宋朝的飞山虎刘庆，乃是公主娘娘画图上要拿的。到如今被我们拿住，待等明天押往公主娘娘处，发落领赏。这十两黄金乖乖到手了。"

此时，看被捉绑的飞山虎，越看人越多，街市这些闲人纷纷拥进店中，也有问他何故被拿的，也有袖手旁观的，挤满酒家门前。正在喧哗之际，早有公主的女兵打猎回来，经过此地。只见酒肆中喧闹，公主传旨，令女兵二个上前查问何事喧哗？不一刻女兵回来启上公主："酒肆中拿得大宋飞山虎刘庆，众人在此观看，所以喧哗。"公主听罢说："岂有此理！宋将刘庆随着驸马征伐西辽，岂有平日无事到来我邦，料必错拿了人！"又想一回，暗说道："前者哀家一时忿怒，要捉拿刘庆，消了毒打一棒之恨。所以画影图形，传旨各民张挂，也是一时忿怒之差，想来悔恨已迟了。如今店民拿得刘庆，如若拿错了还好。若刘庆果是到来我邦，事就有些蹊跷不妥当了。不是驸马边关危急,就是有甚吉凶前来报知。"想罢,急忙吩咐拿这刘庆过来。

不一会,只见酒家数人把刘庆扛抬到来,内有一人上前双膝跪下说:"娘娘在上,小民是酒店中的,名唤享宝。"公主说:"你是卖酒的么?这人可真是飞山虎刘庆么?你如何认得他?"酒家说:"小人一见他入店中时,与画图上体貌相同,所以动问他的姓名。此人亲口说出姓名。小民料想是宋朝虎将,犹恐他厉害凶狠,拿他不住,故将蒙汗酒先醉软了他,然后拿住。请娘娘自验他貌容,便知明白。"此时刘庆醉软得人事不知,酒家将他扶住,抬起头来。公主定睛细看,说:"不好了,此人果然是刘庆。"心中一想,说:"酒家,且回店中,明日再来领赏。"酒家叩头说:"多谢公主!"起来好不快活,这十两黄金稳稳到手了,乃是夫人的彩头,十分欢悦而去。这些观看的众人,只因公主娘娘在此,不敢喧哗,走开远远观看,不知将此人如何发落,看来他死生未卜。

此时公主吩咐女兵说道:"此人不知可真是刘庆否,可先将他身上细细搜验。可有什么文书物件,便知明白了。"当时女兵细细搜寻已毕,上前禀道:"启上娘娘,这人身上并无别物,只有一囊袋,内有帕子一条,一封书启,还有一些银子干粮之类,请娘娘观验。"此时,公主别物不拾,玉手只将书札拆开,把凤目一瞧,只见书上面写着:飞投单单国公主收览。此刻公主看了,吓一惊,暗说:"不好,这书乃驸马的,上写着飞投二字,必有紧急事情了。"吩咐女兵且让闲人远避。公主娘娘的懿旨,非同小可,顷刻之间,各店户、街中众人避得远远走开。当下公主拆书一看,书中上写着:

劣夫狄青书拜公主贤妻妆下:

　　自从风火关上相离,已有一载。自离贵国,带兵直至西辽,蛮王不晓王化,不肯顺投,是以动兵劳将,所过旗开得胜,一路马到成功,奏凯班师有望。不料番王又差星星罗海带领雄兵十万,部将百员,凶勇难当。几次交锋,俱已失利,宋兵十伤其八,危困白鹤关中。内乏军粮,外无救援,目下此关危在旦夕。关内军马存者只有八千,却被番兵昼夜攻击,无计可施。出于无奈,今着刘庆带书到来,求告贤妻。若念夫妇之情,刻日前来救援,共破西辽,方解此厄,恩德没世难忘;倘若坐观成败,不独王事不终,五人性命难保,军马一旦尽灭于西辽,与妻不得团圆,白发萱亲何靠？孤关翘首,引颈候音,祈见妻谅！

当时公主还未看完,先已泪落,将书收藏在怀,想道："丈夫围困白鹤关,兵微将寡,危急十分。哀家前时苦苦相劝他,不要前往西辽,他执意不从,却也是为国为亲不能深怪,只恨他不辞而去,私自逃去。如今事急前来求救,今日方知我是你妻。看来此书,若不即提兵前往解围,眼见得他大难临身了,为妻的不去为夫解难,还有何人出力！但这刘庆被酒家作弄得人事不清,到底不知如何？总是哀家错恨前非,一时忿怒,出令画图拿他,是以如此。"想罢,即传命酒家到来,店主双膝跪下说："娘娘在上,有何旨意吩咐。"公主说声："酒家,哀家画影图张挂,要拿他活的,问明说话然后处治,你何为把他弄死？"酒家说："启上娘娘,小民怕他凶狠,犹恐拿他不住,故将蒙汗酒把他醉倒了。娘娘若要他活的,待小人弄他醒来便了。"

此时酒家取出一杯冷水,含在口中,照定飞山虎的脸上一喷。刘庆渐渐醒来,一翻身说声："好酒！"双眼一睁,开言说："因何把我来捆缚了？"用力一伸一缩,身上麻绳寸断,立起身来要走,众女兵连忙扯住。公主开言说："刘庆,你可认得哀家否？"刘庆听了,回头一看,说声："奇了,不期相遇。原来公主娘娘在此！"公主说道："刘庆,你可记得前时打哀家一棒么？"刘庆听了说："末将罪该万死,望乞公主娘娘宽恕。"正要上前行礼拜见,公主说："刘将军且住,前事丢开不提。你今复到我邦,为着何事？"刘庆说："启上公主,只因大兵一到西辽,势如破竹,旗开得胜。岂料番王差来星星罗海,凶恶异常。手下精兵数十万,把白鹤关围困得水泄不通,日夜攻打。元帅无奈,着小将驾云到此,要求公主出兵解围,感恩不浅。如若延迟,关城攻破,元帅众人休矣！"

公主说："既有文书,可拿来观看。"飞山虎说："待小将取来。"伸手向身中一摸,说："不好了！"说声："酒家,你这歇店就会谋人财命了,所以先把酒迷醉了俺家,将身上袋盗去。几两银子俺赏了你,这帕子、囊中书信可拿还我！"酒家说声："将军爷,这是天冤地屈了。小人并不曾拿你袋中什么帕子书信。"刘庆说:"如今为何不见?你既无此事,因何将俺捆绑了?"公主叫声:"刘将军,既然元帅如此兵危,你还如此贪杯,吃得昏昏大醉,岂不耽误了军情重事!今朝若不是哀家到来,失了书信,告诉何人?"刘庆说道:"这是末将之罪,以后再不吃酒了。"公主说:"刘将军,如今不必多说了。延迟等候,同哀家前去,犹恐元帅悬念。如今你且先回,通知元帅,哀家救兵即日便到。"刘庆大喜说:"多多有劳公主娘娘了。但是小将赶路来去如飞,全仗袋中的席云帕子,如今不在囊袋中,望娘娘查出,交还小将,方才能回去通知元帅。"公主一想说道:"此帕子倒是一件宝贝了。"吩咐女兵交还席云帕子与银子一包。

此时刘庆放心,上前拜辞公主。正要走时,这酒家急急上前,扯住刘庆说:"将军,你食了许多酒肴,如何不给银子就走?"飞山虎说:"酒保,我没有开碎银子,改日还你便了。"说完推开酒家,走上席云走了。酒保不住的叫将军爷,公主见了开言说:"酒保,他吃了你多少银子酒?"酒保一想这刘庆已去了,没有对证,待我多报几两,也有便宜的,说:"娘娘,他用的大酒大肉,狼食不堪,共算有九两多银子。"公主说道:"这也有限,些少银子待哀家明日并赏的十两黄金,一齐赏给了你,去罢。"酒家不敢再多言,只得叩谢回到酒店去了不表。不知公主回宫如何解围提兵,前往西辽。正是:

　　宋邦虎将来求救,单单雄兵到解围。

第二十九回　却求救番君劝女
明大义公主提兵

诗曰：

番君深恨小英雄，只知小节不知忠。

公主恳求解围困，天朝将士出牢笼。

却说这公主一者为夫遭着围困，救兵军情延迟不得。二则分离已久，思念丈夫情切。一接来书，恨不得即刻兴兵前去。此时一路回到朝中，细细奏知父王。狼主闻言，顿觉呆了，一会儿说："女儿，狄青乃是无情无义之汉。不愿在我邦，私自而行，不思念你有重身，忍心抛弃了你。他执意要去征伐西辽，扶助宋君，由他成败，与我国何干？女儿你自放怀，不须过虑，弄坏身体，为父尚靠何人！"公主听罢，带泪叫声："父王，不是这等说的。如若前时不招赘了他，由他有啥灾难，有何干涉？女儿既与他成为夫妻，虽然一月分离，并非驸马无情无义，岂有为子在我邦坐享，娘在中国天牢受苦，于心何安！三年哺乳，十月怀胎，深恩罔极，一旦留恋于此，忘了亲难，岂非不孝！既然奉旨平西，反在我邦为臣，背君逆旨，岂非不忠！人生天地，忠孝为先。既为夫妇，嫁鸡随鸡乃古人之言。"狼主说声："好！你嫁鸡随鸡，你却一念不忘于他，他却无意于你。无事之时，抛弃了你；今朝有难势急，便来求你，不要睬他。况且你虽知武艺，终是女流之辈，岂可一路领兵前往，受得风霜，如何是好？回宫去罢，休得再说，由他别路求救便了。"

公主听罢，两泪交流，说声："父王，不是女儿老着面皮，不知羞耻，多言逆父。只因成了夫妇，岂无三分恩爱。今日丈夫有难，女儿焉能不去？"狼主说："未满匝月，不辞私走，有何恩义？"公主说："父王,他逃走了,是为忠尽孝,怪不得他。况且与女儿分别之时,再三叮嘱女儿不要挂虑于他,恐我苦坏身体。待平伏了西辽,将功消了罪时,他仍回来同享太平。"狼主说道:"你不要听他,这是花言巧语哄弄你的。"公主又说:"父王,他是男子汉之言,如铁如石,料不是口是心非,把女儿丢了。纵然驸马有甚差处,万望父王念他已有后嗣,他若丢得了妻,难离得了子,待平西后终须回来。"狼主听了,只是不依,也不开言。公主高声说:"父王,你既不许女儿前往,愿为一死,以免妻不能为夫解难。我想禽兽尚惜三分屠杀,今日孩儿坐视丈夫大难临头,想来为人不如禽兽了。既然父王不允许女儿出兵,我就死在金阶之下,也不回宫了。"说罢泪如雨下,不胜凄惨。

这番王独有此女,并无别嗣,所以常常爱惜如珍。见他凄惨如此,好不怜惜,况且句句多是有理之言。便叫声:"女儿啊,不要苦坏了。但容你去解围助宋,西辽国王岂不怪为父么?"公主说:"父王,我邦与西辽国从无来往相交,目下西辽欺着我邦,父王还不知么?"狼主说:"怎见得欺我国!"公主说:"这西辽岂不知狄青是我国招赘了他,如今他国大发雄兵与猛将围困住驸马,倘若驸马有甚差迟,我国也觉无光了。岂不是西辽欺着我邦?"狼主听罢一想:"狄青虽然不是,到底是我邦驸马,目下已有两个后嗣。况且女儿这般年少,如若狄青失在西辽,岂不耽误了他终身? 必然归怨于孤家。不免准其出兵前往,免他愁苦,狄青又得成功班师,有何不可?"叫声:"女儿,这句话倒也不差。狄青乃孤家爱婿,倘若失在西辽,为父的威风灭尽。女儿,救兵如救火,你且速速进宫打点提兵,不要延迟。待兵部另挑雄兵猛将与你前往解围便了。"公主说:"父王,若容女儿前去,不用多将帮助,只挑选得数万精兵即可。女儿有女兵三千,武略高强,任他三头六臂英雄,不在女儿心上。父王且自放心,来日五更时候就起程了。"说完拜辞父王,进宫内禀知母后娘娘。料他阻挡不住,况且狼主已经准他去,不过叮咛几句。

此时公主辞过母后,回到自己宫内,传令说:"女兵三千明朝在保安门伺候。"狼主又降旨:"兵部侍郎莫达挑选精兵十万,预备粮饷马匹,次日五更黎明,众兵齐集在教场伺候。"且说公主戎装打扮,母后嘱咐一番:"风霜跋涉,须要小心。如若解了城围,即时归本国了。"狼主说:"女儿,愿你马到成功。但驸马班师回归大宋,由他回去,你不可跟他去,须要早日回来。"公主说:"父王,这也自然。孩儿上有父王母后,下有孩儿两人,那里丢得下同去?自然回归本国。故把两个孩儿交与各自两个养娘,四人调看,但起居还望留意。"王后娘娘听了,流泪说:"女儿,为娘止育成你一人,这两个孩儿好不怜惜的,何用叮咛?且自放心。"公主又将两儿一手抱在怀中,说:"儿啊,不是为娘硬心肠,抛下了你。只因你父有难,为娘前去解救,为娘好不痛舍了你,但不得不由要去的。"两个孩子面有笑容,舞手蹈足。此时公主交还乳母:"乳母,我也不用再三叮嘱,只要你们用心抚养。"四个乳娘一同应诺。公主又回身叫声:"父王,母后,女儿就此去也。"狼主、番后同叫:"女儿风霜险阻,须要慎重起身,万事小心才好。"公主应诺,拜别二亲上马,众宫娥相送出了保安门,有女兵先已齐集三千,在此伺候。此时天色光亮,公主一路来到教场中,点齐人马,吩咐放炮起程。摆开队伍,男兵为前队,女兵为二队,文武百官一齐相送。大兵一路出城向西辽进发,按下不题。

却说焦廷贵、孟定国二人,弃了七星关,快马如飞,不分昼夜,要到汴京取救兵。是日到了雄关,高声喊叫:"关上的人听着。"有守关军士问道:"何人在此大呼小叫?"焦廷贵说:"我二人乃狄元帅打发来的。只因元帅兵困白鹤关,命我们前往汴京取救兵,快快开关,待我们走路。"军士说:"既然如此,二位将军少待一刻,待小的禀过孙老爷然后开关。"二将说道:"快些去报!"此时军士即进关中禀知。这孙秀闻报,想道:"本部叠闻边报,狄青征伐西辽有胜无败,本官满心大恨难消。如今这小狗才既危困在白鹤关,如无救兵前往解围,他就活不成了。如今势急,差人前往汴京求取救兵,本官若不放来人入关,救兵焉能得到?眼见这班小狗才多丧在西辽。"孙秀此时定了主意,心中暗喜,好不恶毒的一个误国奸臣!

此时孙秀传令,二将进关,来到帅堂帐下,只见孙兵部坐居中位,左有范大人,右有杨将军。二将上前见了孙秀之面,恨不能一拳一脚打死这奸臣,方才合意。只因此时要求救他的,不得不低头。二将至滴水帐前说声:"孙大人在上,小将们打拱。"孙秀喝声道:"本官是何人? 你是何人? 头也不叩个,怎敢公然打拱么!"二将冷笑说:"孙大人,军情事急,何暇见礼?"孙秀喝道:"军情什么紧急? 快些说来!"二将说道:"只因元帅征西,如今被困白鹤关,十分危急。特差我二人回转汴梁讨救兵解围,快快开关放行。"孙秀说道:"你元帅奉旨征西,因何投降外国招亲? 他已经犯下滔天大罪,可晓得国法禁严,焉能宽恕! 说什么兵困白鹤关,明是暗藏诡计,私通外国,诈言入关取救,凶谋莫测。快把真言招来,不然本官要拿你动刑审问。"此时,孟定国性子倒还忍得住,焦廷贵鲁莽性急,听了孙秀之言,气得头上烈火冲天,哪里忍得住,管什么上下尊卑,威权重大? 即高声说:"孙秀,你讲什么话! 我元帅走差国度,乃平常之事;单单国招亲是出于无奈。如今原是奉旨平西,一路取关斩将,元帅劳心,我等劳力,有何罪说来?"孙秀听罢大怒,不知如何。正是:

众将忠心劳国务,一奸毒计报私仇。

第三十回　到三关焦孟讨救兵
　　　　　　出单单公主逢二将

诗曰：

　　欲绝边关被困兵，奸臣狠毒险非轻。

　　立心公报私仇念，千载污名史册惩。

　　当下孙秀闻焦廷贵之言，心中大怒，喝声："好匹夫！你敢称说本总名讳，好大胆狗才！既然你元帅有胜无败，为何又来求救？"焦廷贵说声："孙秀，你不要多言罗唆，延迟我赶路有误军机。只因西辽扳天将手下番兵数十万，战将百员。他兵多将众，我元帅并非无能，实因兵微将寡，不能对敌。如今被困，有燃眉之急，你今不必多言耽误我们，快快开关，放我二人，请得救兵，解得重围，好待直进西辽，把番主拿住，班师回朝。这是十分好相见的。"孙秀大喝道："匹夫，休得刁言！狄青已投降了番邦，差你二人到此，不知用什么诡计来侵犯，还敢狂言，冲撞我么？刀斧手何在？绑去斩讫！"焦廷贵大怒，喝声："孙秀，你这狗乌龟不肯开关，放我进京取救，反来杀我，你休得放屁！"此时焦廷贵怒气塞胸，已骂不出声。孟定国虽然气怒，只得耐住，叫声："孙大人，不用多疑，实情是元帅兵危紧急，差我二人前来取救兵的。并无他意，大人不用多疑。"又有范仲淹、杨青二人，心中气愤，立起身来说："狄元帅困在白鹤关，已经有报。圣上已赦他戴罪立功，况且孟定国、焦廷贵二人是忠良之后，决无别意。望大人放他入关取救，免得误了国家大事。"

　　孙秀只是不依，大喝刀斧手斩讫二人。此时焦、孟二人益发大怒，看来难以入关，大骂几声："误国奸臣畜类，休得狂凶，终须有日灭尽你一班逆党！"二将又见刀斧手来动手提他，却被二人乱拳打倒众刀斧手，飞跑归路出关，上马加鞭而去。

原来孙秀不是真要杀他二人，无非不肯放他二人进汴梁求救的意思。如今见二将仍回归原路，满心欢喜，假意喝令快些赶上拿回。有兵丁回禀："启上老爷，二将军上马走了，拿他不住。"孙兵部笑道："少不得两个畜生要死在西辽。"吩咐紧闭关门。孙兵部此时暗暗心欢，说声："狄青，你平日靠了南清宫太后些须势头，不看本总在眼内，如今困在番关，眼你你要送性命了，枉费五虎的汗马功劳，今日一旦付于流水。"孙秀想一回，不觉呵呵大笑。有杨老将军看见他二人不能入关，依旧仍归原路，十分忿怒，说声："万岁啊！狄青倘若有甚差参，犹如砍断了擎天柱。还有何人与你平西立功？"孙秀闻言，说声："老将军，难道除了狄青之外，普天之下就没有英雄不成！"杨青说："除了狄青之外，要算孙大人了。"孙秀说道："下官到得哪里？"只是呵呵冷笑，也不回言。按下不题孙秀欢怀，范杨忧忿。

再说焦、孟二人，只因孙秀不肯开关放走，反要斩首，二将仍出三关归原路。孟定国怒得气冲霄汉，焦廷贵气得脸红面黑，离关去远，还是高声大骂："孙秀狗乌龟，与元帅做尽对头，不肯开关。有日班师回朝，奏闻圣上，拿你这班败国狗强盗奸臣千刀万剐，方消我恨。"孟定国说道："如今既不能入关，骂他也是枉然，且回七星关去罢。"焦廷贵说："去守此孤关也不济甚事。老孟你且想来，还有别的解救否？"孟定国一想，说："罢了，如今料不能入得三关往京求救，不免前往单单国，求见公主，将情细细达知，求恳他出兵，你道何如？"焦廷贵说道："甚妙！甚妙！就此走路便了。"二将同心协力，快马加鞭，昼夜不停，饥餐渴饮，跋涉艰辛。

一连跑走十来天，已到了火叉岗地面。焦廷贵一看前面，叫声："老孟，你看前面大队人马来了。上面大幡旗上有字，我二人多不认字的，不知何处来的人马？不免我上前问个明白便了。"孟定国说："你且去问来！"这焦廷贵鬼头鬼脑，拍马上前，喝声道："嗨！你这支人马，何处来的？说的明明白白，放你过去！"有头阵军士见他如此，认做强盗，喝声："狗强盗，来取你首级的。"焦廷贵大怒，喝声："好狗党！"提起铁棍，乱打进队中。一班军士大怒，把刀斧乱劈。焦廷贵哪里惧怕? 直打进二阵。公主女兵十分骁勇,将他围住,拿下马来。孟定国远远看见,气忿说道:"这匹夫,又惹出祸来了。"又不敢上前,只得住马看他如何。

且说女兵拿了焦廷贵,禀知娘娘。公主喝声:"你这狗头,何等之人,怎敢拦阻哀家去路?"他说道:"俺乃焦廷贵。只因主帅兵困西辽国,要到汴京求请救兵。今日但被你们拿住,杀了我焦廷贵也不希罕的。"公主想道:"从前驸马已经说过,有一将名焦廷贵为向导,误走我邦,莫非此人就是他?"便叫声:"你既往汴京求救解围,因何阻挡我军去路? 说得分明,饶你性命;若有半字吱唔,你休得想活。"焦廷贵叫声:"女将军,内里缘由,你也不知。只因我们到三关,孙秀这狗乌龟真不是人。"公主说道:"却也为何?"焦廷贵说道:"这奸臣说我元帅投降外邦,招为驸马,假言取救,要回来算账。他不肯开关,是以转回。"公主说:"你如今要往那里去?"焦廷贵说:"今要前往单单国,求恳公主娘娘发兵往西辽救元帅。望女将军快些放过,免误了我元帅军情大事。"

此时,公主听了暗说:"这将虽然鲁莽,倒还是个直性汉子。可恨孙贼与我驸马因何结下如此深冤? 如若不是哀家今日领兵前来,驸马必遭此难,众人也难回到中原了。"叫声:"焦廷贵,单单国你也不必去了,哀家正从单单国来。此因你元帅兵困白鹤关,特差飞山虎来到我邦报知。哀家所以如今起兵前往西辽,破解重围。事有凑巧,不意在于此处相遇。着你做一个开路先锋,一同前往西辽罢!"焦廷贵听了说:"原来女将军就是八宝公主! 小将不知冒犯,多有得罪了。"公主说:"焦将军,你一路前行,休得鲁莽,不可伤生害命。如违,定按军法。"焦廷贵又说:"公主在上,小将还有一伙计孟定国,望娘娘一并收留同往何如?"公主说:"既然如此,着他为了前队先锋。速去唤他前来,快些往西辽去。"此时,焦廷贵心花大开,一路行来,说道:"难得公主起兵前来救援。到底一夜夫妻百夜恩,夫妇之情丢不开的。"说完不觉来见孟定国,说明原故。孟定国也大喜,一同来见了公主,一人在前,一人押后,往西辽大路而进。

一口难分两话。先说飞山虎自从见过公主,允肯出师,先遣他回复元帅。此时刘庆犹恐元帅悬念，不敢耽搁日期，不分星夜，数日间已到西辽白鹤关。只见番兵围得密密层层。飞山虎是个莽夫，在空中高声喊道："星星罗海狗番奴，你若识时务者速速退兵，是你造化。如若持强不退，救兵一到，你就死无葬身之地，悔恨迟了。"扳天将忽闻空中有人叫骂，吓了一惊，即命众兵放箭。刘庆说："不要放箭，这是好话，不听就罢！"进关去了。

再说狄元帅正在挂念刘庆的回声，此时见他到了，将情由细细说知，元帅略略放心几分。天天盼望救兵到来，四将日夜用心把守。

却说星星罗海见宋将在半空中说的厉害话，想道："宋营中有此异人，所以他兵势如破竹，杀得我邦大败，连破数关，斩将数十员，伤兵数十万。又说有什么救兵到此，倒要提防些。"仍是自恃英雄，因说："即有救兵到来，何足为惧！只是攻打不破，如之奈何？"只好攻打一天又一天，城内四虎把守甚坚，攻打不动。一日，探子来报："启上元帅，单单国八宝公主领兵杀来了。只离关三十余里，请令定夺。"扳天将听了说："有这等事！单单国与我邦无仇无怨，因何兴兵到我邦助着大宋？真乃可恼。"此时番将心中大怒，说："这贱婢，如若有些武艺，你济得什么？待他到来，问个明白，然后取他性命。"这番将全然不在于心。但不知公主到来交锋，解得重围如何。正是：

　　单单救兵来解围，西辽猛将尽遭殃。

第三十一回　八宝公主大破重围　星星罗海沙场殒命

诗曰：

> 辽邦骁勇独推君，统领貔貅困宋军。
>
> 只道英雄专自许，何如失与女钗裙。

却说辽将星星罗海统领番兵数十万，围困白鹤关，水泄不通。是日探子报知，单单国公主起兵前来，心中大怒说："公主有何武艺？"不知他是庐山圣母之徒，有仙传法宝，是以全不挂怀。当时，单单国救兵已到了，是焦廷贵为开路先锋，一路喊杀连天而来。只见白鹤关前面，远远烟尘滚滚，剑戟如林，围困得好厉害也。早有军士报知公主说："前面到白鹤关了！"公主闻报，传令："孟定国、焦廷贵随着哀家冲杀上前。"二将领命，一同拍马上前，冲杀番营而来。公主舞动梨花枪，犹如出山猛虎。番将上前抵敌，但见纷纷坠马而亡。焦、孟二将左右杀进，把番兵砍得犹如抛瓜切菜。三千女兵冲进阵来，番兵不能抵抗。十万精兵一齐杀入，番兵番将遭此一劫，死者无数。冲透围困兵七层，大营已经冲动得七零八落。

星星罗海闻报，提了狼牙棒冲营而出，向公主杀来，喝声："来者女将，通下名来！"公主说道："番奴听着，哀家乃单单国赛花公主是也。你是何人？报上名来！"星星罗海说："本帅乃西辽国王驾下、镇守红泥城、官封总兵之职、加封百胜将军，星星罗海是也！"公主喝道："你是星星罗海么？看枪！"番将大怒，架住喝道："小贱人，我邦与你国永无关犯，因何今日兴兵前来侵扰？这是何人所使？是你自家主意，还是你父王主张？你快把真情实告，与你决一死生。"公主大喝道："匹夫，你邦既为下国，理合年年纳贡，拱伏天朝。因何屡次兴兵侵犯上邦,害却多少生灵性命,扰掠黎民不安。并不是大宋无故征伐你邦,只是下国侵凌上邦,律该征讨,国法岂得宽容,所以宋王差来五虎将到你邦。如若投降,献出珍珠旗,也不深究。岂知你国君臣还不醒悟,不遵王化,尚自倔强,还动兵戈抗拒,又把众英雄围困了,这是你君臣万错千差。今日哀家到此,你若知事者,迅速收兵,与番王早早商量投降,献出此旗,是你造化知机。如若执迷不悟,以力为强,不独你一人受死,带累着众将兵俱遭屠戮,你可想来!"星星罗海听了大怒,说:"休得逞能,今日我西辽与大宋兴兵干戈,与你邦何涉?快些收兵回转便罢,倘若妄助宋朝,死在本总棒下,岂不可惜你一朵鲜花一命而亡!"公主大喝:"好不知死活,匹夫尚敢胡说,不听良言,想必死期到了。不必多言,放马过来。"公主梨花枪一起,着心刺去。星星罗海狼牙棒急架相迎,自仗英雄骁勇,欺着女子无能,岂知公主仙传枪法精通,一男一女冲锋八十回合,不分高下。焦、孟二人见公主与番将动手,焦廷贵说:"老孟,待我二人上去帮助主将。杀了这些番奴,些许番兵到得哪里?"二将拍马上前,一齐动手,围住星星罗海厮杀。

却说众男女救兵杀得番兵惊天震地,四散逃跑。四虎英雄日夜城上保守,只见此时番兵围城的营中大乱,号炮响雷连天,喊杀之音不断,似有兵马冲杀番兵营头。远远只见打起大旗是单单国旗号,方知救兵到了,连忙报知。元帅闻报,即令八千军士,四虎兄弟,一齐杀出,内外夹攻,帮助公主成功。令一出,大开关门,四将出关,非同小可,把番兵砍的尸横遍野,血流成河。可怜这些番兵,恨着爹与娘少生两足,今日在战场做了无头无脚之鬼,星星罗海手下虽有百员战将,怎经得四虎英雄一齐截杀?乱刀砍刺,纷纷落马,个个皆亡,只剩得星星罗海这柄狼牙棒来得厉害,与公主冲杀有百多回合,胜败不分。焦、孟上前相助,焦廷贵喊音不绝:"前日威风,今日何在?你且慢慢挣命,快快下马受死,不然俺焦廷贵送你到阎王殿去罢。"即把铁棍打去,孟定国把大刀就砍。此时这星星罗海只好抵得住公主的梨花枪,焉能再挡得两般军器?只杀得周身困倦,两臂酸麻,挡不住三人兵器,回马大败而逃。公主催开宝驹赶去,二将拍马跟随。

石玉说声："众位哥哥,公主追赶番将,我们上前拦截他去路,帮助一臂之力罢。"各称有理,正要向前截杀,远远看见焦、孟二将前行,公主在后,枪尖上挑着一颗血淋淋的首级。众将见了大悦,一同下马,接见公主,各个打拱说:"公主娘娘在上,小将等叩头。迎接来迟,望祈恕罪。"公主说:"列位将军,哪里话来,休得拘礼相见。如今星星罗海已被枭首,但不知围城番将众兵散去否?"四将军说:"启上公主娘娘,围城将兵已被小将们协同救兵杀散了。独逃走了番将一员,已经去远了。"公主说:"一员番将何须介怀! 如今元帅何在?"众将说:"元帅现在关中把守,请公主就此进关。"公主说:"列位将军,请!"此时,公主传令,男女兵俱在关外安排,与六员将一同转回。

一路行来,但见鲜血满地,尸首横空,沙场地刀枪器械不计其数,马匹跑走四散。公主看罢,也觉可怜,叹惜道:"并不是今日哀家残忍好杀,实由辽王自作运气,当遭劫杀。"说罢,不觉已到关前。狄元帅早有军士报知,即忙出关迎接,说声:"公主,多有劳驾了,请下马进关。"公主含笑说:"驸马,请啊!"连忙下马,有从人牵马,接去长枪,夫妇同进关中。

六位将军在着关外,张忠叫声:"众位哥弟,这位公主,果然生得飘逸也!"刘庆说:"他貌美不足为奇,况且勇力无双。"李义说:"不是目击,准信不得了。他乃年轻女子,却有此本领!"焦廷贵说:"你们多被他捉过,独有我与老孟不曾与他交手,到底我们本事厉害些。"四将军齐说:"我等被擒有何希罕,元帅也被他擒了。"孟定国说:"星星罗海好生厉害,耀武扬威,今日也死在公主枪下,天既扳不得,只好去钻地了。"

不题众将谈论。且说狄元帅夫妇来进关中,双双见过礼,相对坐下。公主说:"驸马,自从那日分离之后,我天天思想,日日不安。想你虽是英雄,更有弟兄四将相助,但恐西辽兵将凶狠,并防黑利骁勇,不知胜负吉凶,所以常常挂怀不乐。岂知黑利被诛,又有星星罗海这等强狠,深入重地,被困在孤城。幸得刘将军带书到我邦,彼时接到来书,恨不能登时插翅飞临,解了重围,方算夫妻患难相处。"元帅闻言连声称谢,说:"公主贤良,世所罕希。若非提兵前来救援,城破之日,本帅一定为国捐躯,焉能再望与公主重逢?此恩此德,没世难忘。"公主说:"驸马啊,妇人所主,为夫是依;丈夫有难,为妻不救,还有何人?但不知分别之后情事如何,且说与妻得知。"

元帅正欲开言,忽听得金鼓齐鸣,号炮惊天,有人禀道:"报上元帅,今有番将蓝成虎收回手下残兵,复来讨战。"公主说:"星星罗海尚然如此,岂但这个无名小卒,待哀家出关收拾了他罢!"此时,辞了元帅,点兵三千人马,号炮一响,领兵杀出关前,看见番兵列成阵势,公主拍马上前,不通姓名,一枪照定蓝成虎挑去。番将急架相迎,不上二十回合,被公主架开大刀一枪挑于马下,三千女兵杀上,把番兵乱砍。元帅又令四将围住去路,数万番兵只好投降。

公主斩了番将,元帅传令收兵,请公主下马,与众将士一齐进关。元帅吩咐大排筵宴,犒赏三军,所有阵亡番兵尸首埋土掩了,所有沙场刀枪器械马匹,宋军收拾,得者不计其数。不必细表。是夜狄元帅吩咐宰猪杀羊,大加犒赏众将大小三军。此时一同开怀乐饮,不觉天色已晚,关中点起灯烛辉煌,好不热闹,娱情宴乐。不知西辽王如何纳降,献出珍珠旗,下回便知端的。正是:

今朝奏绩真堪乐,此日成功足赏欣。

第三十二回 解重围夫妇诉离情
下文书辽王议投降

诗曰：

一自当年拆凤凰，离情消息两茫茫。

至今破敌重相会，诉尽前时别后肠。

且说宋营是日犒赏大小三军，宰杀三牲，大排筵宴。大小众兵俱在营外就席，六位将军席居关中，狄元帅公主排筵关内。慢表众兵乐饮，六将欢悦。且说狄元帅酒至半酣之际，说道："下官兵危白鹤关，若非公主前来退敌，怎能今日安心乐意，饮杯成功？待下官奉敬三杯。"公主说："驸马，你说哪里话来，此乃大宋君王的洪福，驸马是天差虎将，立汗马功劳，与国家出力，做妻的有何德能？今朝成了大功，正当贺喜，待妾奉敬上三杯才为合理。"夫妇劝酬饮罢，公主说："驸马，你将别后至西辽一路交锋之事，可说与妾知。"

此时，元帅就将兵到七星关景花沙投降，一直到兵困白鹤关，细细说明，转声说道："公主啊，下官自与你别后，时时想念你有重身，幸喜安康，但是分娩后，也未知男女。"公主见丈夫问至此事，不觉满面含羞，低声说道："一树果成双结子。"元帅听了大喜，说道："原来两个俱是男儿，此乃下官之幸也！但不知产后身体康健如何？"公主说："妾身托庇，却也安然。"此时，狄元帅满心大悦，说："公主啊，不知两个孩儿生得容貌如何？"原来狄元帅犹恐番人生来多有丑陋不堪的，也防这双生儿子也是奇形怪状，岂非徒然空快的？公主微微含笑说："驸马，你却也问得希奇。父母产下孩儿不像父就像母，孩儿容貌何劳动问？"元帅笑道："下官知了，必然一个像你，一个像我。"公主停杯不语。元帅说："公主，下官取笑了，请酒罢。"

此刻夫妻交劝,畅饮尽欢。元帅又问:"公主,不知可与孩儿取个名否?"公主说道:"父王已经取下,一名狄龙,一名狄虎。驸马啊,你可合意否?"狄元帅说:"两名取得甚好!下官还要动问,但不知那日私逃后,狼主可有言语怪责否?"公主说:"为何没有?你不别而行,不独怪责于你,也把我欺负了许多。"元帅说:"这原是本帅差错,皆因立志于救母,料必公主为我在狼主跟前婉转周旋。"公主说道:"你还不知,前日妾身接到你边关的书,我心烦意乱,急欲发兵到此。那时禀知父王,岂知他责怪你不辞而行,说你是无情之汉,怎肯容我发兵?代你说了多少无差之言,将你不得已征西逃走之说,苦苦说情,劝尽万般解释话,方得父王依允了。"元帅说道:"难得公主待下官如此调停。但如今下官如此征西,屈指光阴一年有余,边关之困虽解,番王尚未投纳降书。如若一有降书,还要珍珠旗,恐防再要兴动干戈。"公主说:"驸马啊,若然再动干戈,又要劳兵动将,岂不伤生害命更多,深为可惜。不若行文宣谕,催其投降,如若辽王不从,再行征伐未为不可。"元帅说:"公主金石之言,下官岂有不依!"

言谈燕尔,不觉更夜已深。元帅吩咐收拾余馔,请公主进内安睡养神。公主含笑抽身,早有使女持烛进内衙。此时早已罗帐布开,铺床已备,使女退去。元帅四顾无人。说声:"公主,下官与你成亲一月,便已分离。今幸相逢,本该与你同伴衾枕,奈因军务未完,心烦意乱,无暇伴你同眠。且待班师回国,安享太平之日,再尽夫妇之礼,下官然后于中补漏便了。"公主听了,羞颜含笑说道:"云情雨意之心,好在本公主却也不生。隔壁须防有耳,窗外岂有无人?驸马戏言少说。"元帅说:"公主所言有理。"又谈说几句闲话,辞别往外去了。

公主坐下想道:"丈夫真乃宋朝一员虎将。夫妻分别一载有余,在别人焉能罢却云情雨意之念,他却尽谈分别之事。如今仍复出堂而去,举动行为实称哀家之意。南北程途千万里,岂知正是好姻缘!只恨一月恩情便已分离,只道今生难以再会,岂料在于此处相逢。虽然未尽夫妻之礼,今日相逢,衷情诉尽,一心也安。但愿早日平定西辽,那时安享太平,年少夫妻却有无穷之乐。岂不是风花雪月,俱在后来。"

不表公主快心。且说元帅转出外堂，坐下沉吟，不觉听得更敲三鼓，追思前日说："本帅公主两人正是不意良缘，算来倒是圣母为媒，本帅却是勉强成亲。岂知公主一心无异念，待我义重如山。只为君亲事大，岂可留恋欢娱，而为不忠不孝？算来本帅骗他逃走，原是理亏，负他一片真情。如今急难前去相求，又得他不辞劳苦，提兵到此解了重围，算他一心为着本帅。但愿得番王投顺，相携公主回归本朝，拜见萱亲，看看双生儿子，一家完聚，子母团圆，然后同返山西，侍奉娘亲过日。"思前想后，心中却也十分快意。想罢，不觉边宵五鼓。

却说天明，狄元帅备下书文一角，打发飞山虎前往黄花关投递。此日黄花关主将早已闻飞报："单单国赛花公主兴兵前来，帮助狄青大破重围，毙却扳天将，蓝成虎、毕定龙二将阵亡，数十万围城兵俱已扫尽。"意欲出敌，想来星星罗海如此本领，尚且丧于非命，我国众英雄俱已丧尽，难以对敌。一见文书到来，只得应诺归投。有刘庆领他回去，上复元帅。此时飞山虎回关仔细禀明，元帅大喜。

再表碧霞关主将段威闻报，想要出关对敌，奈何自家本事平常；意欲献关投降，犹恐被合邦人唾骂。事在两难，只得吩咐众兵小心把守。正要写本奏知狼主，狄元帅的文书已到了。段威想道："前关已经投了，这单单国又兴兵来助他，杀得我雄兵猛将一概瓦释冰消。倘若一日打破此关，我狼主敝障只有此城。如若碧霞关一失，和平城就难保了。我狼主安身何处？算来不若投降，献出此旗，待等宋兵退了，有何不妙？但不知狼主意下如何，众臣怎肯商量？"

此时开关接进刘庆，分宾主坐下，段威开言说："刘将军，你元帅大兵到此，小将早欲献关投顺，犹恐合邦人笑骂不忠。如令元帅行文切谕谆谆。仰见仁慈大德。小将明日写本进朝，奏知狼主便了。但思狼主至见此光景，料想不降也自降了。有烦刘将军上达元帅，暂住养军停屯半月，待狼主定了主见，自然送上降书，献出珍珠旗，好待元帅班师归国，下邦再不敢侵犯。如若不遵切谕，元帅另行征讨未为迟晚。"刘将军听罢笑道："段将军言之有理，待我回关上复元帅便了。"即忙起身告别，段威送出关外。此时刘庆回关禀知，元帅听了说道："番王倘若不肯归投，是大患了。且至停兵半月，看他如何罢。"

　　其时正是闲暇无事,有焦廷贵、孟定国二人对元帅说起:"三关孙秀不肯开关放我们回汴梁求救,反要杀小将二人。这样欺君误国奸臣,饶他不得。如今元帅班师回朝,须要奏知圣上,把这奸臣正了国法,零刺碎割,方消我们之恨。"元帅听了,摇头说道:"做不来的。本帅有滔天之罪未消。况且这孙秀与庞洪通同一党,依着庞妃势力,奏之徒然无益,除他不得,权让他罢了。"焦廷贵说:"元帅,你说哪里话来。他靠着庞洪势力,元帅你有太后娘娘出头,为何怕他!"元帅喝道:"胡说!难道本帅怕他?只叫大人莫认小人之过,日后有了大关犯,然后与他算账便了。"孟定国说:"元帅既容了他,难道末将有容他不得之理!"焦廷贵说:"元帅,我们既饶恕了这奸臣,是造化他了。孙秀,我的儿啊,日后不要犯出大关节来才好。"

　　按下不题元帅、二将之言。再说西辽国王驾下文武大小官员,连日闻报,君臣慌乱,朝中商议只是不决。狼主全然无甚计较,长叹一声说:"苍天啊,狄青围困在白鹤关无人救解,只在三天五日就要收拾五虎将。岂知单单国八宝贱人为救丈夫,帮助着大宋杀却三员大将,伤了数十万兵。又闻黄花关已降,倘被他打破碧霞关,孤家只坐内城难以保守。今降旨众臣酌量退敌,一连三日,只是不决,如何是好!只得退兵而去。"不知如何定计,退得宋朝五虎大兵。正是:

　　　　贪心到底终无益,轻敌须知屡败兵。

第三十三回 飞龙定计报夫仇
黑利阴魂现妻眼

诗曰:

> 公主飞龙性烈全,为夫被杀把躯捐。
>
> 风霜历尽投中国,不惜辛劳只报冤。

话说西辽国王商议退敌不能决断,朝罢回宫。此时飞龙公主已得知大宋兵将厉害,兵临城下,满朝文武不能退敌。他常怀恨着狄青杀害了丈夫,结下此冤,立心图报,见过父王说道:"丈夫之冤、兄弟之仇若不图报,枉为世人。"狼主说:"女儿啊,你还在此说什么呆话? 退了敌兵,乃为要紧,因何反说要报仇之话。"公主说:"父王若依得女儿之言,兵也退了,仇也报了,宋室江山何愁不取!"狼主听罢哈哈笑道:"女儿啊,依你之言,却也如何?"公主说:"父王,只许女儿混进中原,如若如此下手,就可杀了狄青。此时八宝贱婢,一定回去单单,再不帮助大宋。父王然后前往各国调雄兵猛将,宋朝没了狄青,那时占取中原何难之有?"狼主闻言说道:"女儿却也有此机谋,为父且依计而行。只是你是女流之辈,焉能到得中原,为父母岂不挂心?"公主说:"父王弗忧,女儿虽赴汤蹈火也要混到中原,如若到得中原,伤害狄青,如探囊取物。"狼主说道:"倘若泄漏机谋,如何是好?"公主说:"父王啊,女儿自会见景生情,决无妨碍。"

此时番后闻他父女之言,早已含着一包珠泪,说:"女儿啊,你驸马与哥哥既已为国捐躯,焉能再活? 你乃一年轻弱女,岂可妄想到得中原行此险事? 万一谋事不成,反遭其害。我劝女儿不要前往。"公主说:"母后啊,你不必伤怀来挂念女儿。随着投降献旗时候,混进他队伍中,必要行刺了狄青。倘若强办不来,女儿悄悄逃回,见机行事。

132

女儿必要报了此仇的。"番后说："既然如此，要小心，若下不得手，须要早日奔回才好。"公主应诺。

狼主即日传旨首相度罗空，说知其事。连日造成一面假珍珠旗，与真的大小无异，款式一般。是日公主穿过一套衣，像着中原小将的样。狼主又备下降表，金珠彩绸四大官箱，又封好珍珠旗。此时公主扮做中原军士，拜别父王母后。番王番后再三叮咛，诸事须小心，事不能成，须要速速回归。公主连声应诺，又拜别三位哥哥出宫，随了丞相度罗空而去。

此书单表度罗空领旨，拜别狼主，带了众从人，坐着一匹高头马，后边番卒推着官箱四口，是珠宝彩绸，中央放了一面珍珠旗，五色绢绫包裹，出了和平城向前而去。行程数日，已有碧霞关段威闻报，立刻开关，迎进帅堂，香茗已毕，段将军叫声："丞相，今日天色已晚，且在关中权宿一宵，待来天末将先往宋营说知其事，然后丞相面见宋将便了。"度罗空说："段将军言之有理。"是夜摆上酒席相待，预备铺毡安席，不必多谈。

再说飞龙公主这件事情攸关秘密，内里除却狼主番后弟兄，外边只有度罗空知道，若然漏泄消息，所害非轻。所以同丞相一齐走出城后，分为两路。饥饿时只把干粮用些，到了天晚，私回黄花关空野之处，暂为歇息。咬牙切齿，恨着狄青，想到因他杀害丈夫，暗暗心中苦楚，低声叫道："驸马啊，哀家与你成亲三载，彼此和谐。只恨狄青提兵到来征伐，杀了别将也罢了，又将驸马伤害，此仇此恨哀家怎肯罢手甘休？今日虽赴滚水烈火，也要伤了狄青。驸马啊，你的阴魂可随妾身去，助我伸冤。"长叹一声："咳！苍天啊，我若与丈夫报了此仇，虽死在九泉也瞑目无怨了。"

若讲到外国之人，分透五伦大义却少，颇重人伦之礼居多，如今单有飞龙公主与丈夫异常恩爱，情义非凡。自从丈夫被杀，一心立着报仇之念。他说若杀了狄青，报了此仇，即死九泉也是瞑目之说。想来他的节烈不独边夷外国少有，就是中国上邦也不多。此夜，公主一念不忘丈夫。黑利阴魂不散，深为公主悲哀所感。此时正是三更时候，公主悲哀之际，忽有鬼魂叫一声："我公主贤妻休得伤怀，你果要报仇,我当助你一臂之力,你当放心前往。"只闻声音并不见面,公主惨切,叫一声:"驸马啊……"叫得一声,一阵狂风,鬼魂已是无影无踪,不见答应,公主伤心不已。又听得漏下四鼓,歇一会,东方升起一轮红日。天明,就在白鹤关附近空闲之处,悄悄埋伏,随机应变,混进中原,要报丈夫之仇,后文交代。

却说度罗空早已打发段威通知宋将,然后带齐献降之礼,命八个番军扛了四只官箱,两人抬了一面珍珠旗,一路到了宋营。古言:官有尊卑,役无大小。番君与宋帝有君臣之别,上邦下国臣子总是一般。所以狄元帅敬他是辽邦一个宰相。此时整顿衣冠,带领众将出营迎接。进营中坐下,施礼毕,小军献奉茶一盏。

此时,度罗空开言说:"元帅,从前我邦狼主因无主见,妄想中原,轻动干戈。前有杨元帅镇守三关,雄才大略,我国兴兵阵阵败亡。以后又有元帅帮扶,赞天王等俱已丧灭,将亡兵败。狼主料想不能成事,所以常常悔恨,痛改前非。岂知上邦万岁不轻饶恕,今日命元帅职掌兵权,差来征伐。既然知道大兵临境,狼主早欲归投。岂知众将自恃英雄,不知进退,又来抗拒大兵,是以损兵折将。至今朝势急,然后甘心投顺,恳切求和,如今呈上降书和珍珠旗一扇,此乃下邦传国之宝,并有本国程仪、珠宝一并四箱贡献。遵旨从今永不侵犯,望祈元帅仁慈大量,恕却前非,广施恩泽,允诺投顺,则本国君臣沾恩如同雨露了。"狄元帅听罢笑道:"丞相,此事皆因你狼主贪心妄想,害却许多生灵。下国侵犯上邦,应该问罪,屡动干戈,罪行深重,扫平你国,不足为过。"度罗空说:"总因狼主万万之差,望祈元帅宽恕前非。好生之德,元帅莫大之功。自今以后永远拱伏,再无别念了。"元帅说:"既然狼主恳降,丞相求和,本帅若然不允,觉得执己之见。自今之后,如再动干戈,大兵一到,玉石俱焚。"丞相说:"元帅之言有理。"

此时,元帅传令,把四大官箱打开,尽是金珠绸缎,众将人人来看这珍珠旗。又细细点明珍宝,加上元帅的封皮,又将降书、降表一一看毕。这珍珠旗乃西辽镇国之宝,莫说中原人不曾见过,就是西辽国收在库内,本国众臣也不曾见过。此时,元帅众人哪里认得出真假?谁想到他用假的哄骗!狄元帅点查毕,叫声:"丞相,今日本帅既准投降,前取各处关地,仍归贵国经营,各分疆界。但是本帅一共兵数万,约计降兵五万,本帅要带归中原去了。"度罗空说:"元帅高见不差。"元帅又说:"丞相,下官如今择日班师了。"度罗空说:"元帅班师回去之日,少不得小国君臣要来送别。"元帅说:"丞相要来送别,就不消劳驾狼主了。"

此时度罗空起身别过众位英雄,领了从人,归到和平城,将情由细细奏知狼主。狼主说:"丞相,公主此事机密交关,假旗之事甚大,切勿漏泄风声。"度罗空说:"微臣晓得。"狼主驾退回宫。独有番后娘娘一心忧虑女儿说:"他立志要去中原为刺客。想他一女流,此去到底吉凶祸福难分。"

不提番后怀忧。且说狄元帅择日班师,说知公主。当下公主叫声:"驸马,你班师回国,今日妾身也要回归本国去了。"元帅听了公主之言,不觉乐了,说道:"下官一心算定,班师时要同公主回归中原,拜见母亲,为何公主说要回归你国? 望公主依着下官同回中国,意下如何?"正是:

　　恩义夫妻何忍别,孝贤烈女却难留。

第三十四回　归单单夫妻分别
降辽国宋将班师

诗曰：

夫妻一会复分离，一念君时一念亲。

从此何天重聚首，他年旌诏得成群。

再说公主闻丈夫班师要带他同回转中原之说，便说："驸马啊，妾若与你到中原，一来父王母后难以割舍，二来圣上虽知招亲之事，你却不曾奏明，未曾有旨宣诏，况且又防西辽怀恨于我邦，趁妾不在，兴兵杀到。虽然不惧怕于他，总有刀兵之想，父王岂不归罪于妾身？若然驸马有心记念从前夫妇之情，回朝奏知天子，此时受了诰封，有旨宣召，然后转到中原，夫妇团圆，自然有日。"此时，公主说话之际，早已含着一包珠泪。狄元帅虽然一员虎将，烈性英雄，只因公主是个义重多情之女，说道："今日分离，伤心之话尤觉伤心，公主，你这等说来，下官又不好勉强于你。今朝分别，我却也放心不下，如何是好？"公主说："驸马，你今班师回家，公务已完。若有心记念于妾，奏知天子，有旨旌诏到来。此乃光明正大，未为不可，既有姻缘凤愿，为何我夫妻两人远生南北万里程途？驸马啊，今日虽暂分离，不知会在何天？既然与你为夫妻，现知妾的心肠！"说罢纷纷落泪。元帅看见公主伤心，好生不忍，说道："公主万勿伤心。既然你一心回归本国，暂且分离，待下官回朝，国务一完，即奏知圣上，降旨前来迎接于你。团圆之期不远，公主何必伤怀？望你依着下官之言，回去万勿愁烦才好！"公主说："谨依驸马吩咐！"

此时元帅择日班师，公主也要告别登程。是日，元帅传令，摆下筵席饯行。夫妻对酌之间，元帅说："公主啊，你今别我归本国，望你上达尊公母后,代说下官不是无情之汉,只因国务羁身,幸得如今平复西辽,少不得日后再到请安。"公主含悲说:"驸马啊,总是相逢未卜,何时得见?"狄元帅再三安慰了多少话,说:"公主啊你且免愁烦,请用酒!"此时夫妇分别,说不尽许多语言,并叮咛嘱咐:"好生抚育二子。这些男女兵丁多有犒赏。"宴毕,公主吩咐男女队伍分开,上了赛麒麟,相别过丈夫,出关而去。元帅与众将殷勤相送,有十里之遥。公主说:"驸马与众位将军何必远送,请回便了。"元帅、公主此时只得马上揖别,含泪分离,男女兵向东北而去。元帅在马上遥望,不见旗幡影映,只得转回。狄元帅并非恋他的颜色美丽,只因公主情真意切,不辞千里之劳,来解重围,今日一时别了,元帅也觉不忍分离,此时只得回关。

过了三天,已是上吉日期,传令众将拔寨起行,安排队伍,五色旗幡,三声炮响,三军起程。辽国君臣闻知,频来相送。狄元帅辞过众辽官,不必细述。所取关城,仍归西辽管辖。此时宋将兵一路威威武武,奏凯而还。登山涉水,非止一日程途,所过地头,毫不侵扰,百姓安居,按下慢表。

却说三关孙秀,自从前日闻狄元帅兵困白鹤关,赶逐孟、焦不许他入关来,故时时想起心欢,只望他众将早日尽丧西辽,才得安心。忽一日接过边报,方知单单国八宝公主兴兵前往,大破西辽,解了重围。孙秀一闻此报,吃惊不小,说:"不好了,本官只道狄青围困孤关,救兵不至,必然一班狗党尽丧西辽,谁知又被八宝贱人救了。但愿西辽还有雄兵猛将,连八宝这贱人一齐结果,死在番邦便好了。本官前日已经动了一本,劾奏他按兵不动,通了西辽。要先把他母命伤了。"

若说孙秀前时果动了此本,只因嘉祐王是个明哲之君,因思:"前者张瑞回朝复旨,陈奏明白,并有狄青本章附呈朕览,足见他忠心为国,怎能退后不举,投降了单单,又去投降西辽?天下莫有这等人,莫非孙秀谎奏了,且有了实证,再行定夺。"就把这道本章隐藏不发,按下慢表。

且说天牢,狄太君虽然在天牢囚禁,已有狄太后娘娘关照,又是平西元戎之母,那狱官司事怎敢轻慢?所以日中用四个老妪相伴,食用日给比家中也差不远。此时狄太后终朝想念侄儿,怨他原不该走错国度招亲,又幸得今上仁慈恩赦了他,仍命平西。如今一载有余,但不知何日班师,消了前罪,那时方得母子重逢,就是吃碗清汤过日也为安逸。

不提狄太后之想。再言三关,孙秀那日正在关中闲坐,忽闻报道:"启上孙老爷,今有狄元帅征伐西辽,国王献出珍珠旗,如今奏凯班师,只得百里之遥,特来报知。"孙秀说:"有这等事!再去打听!"说:"不好了!本官只道西辽国兵将凶狠,重围难解,料想狄青不得还朝。岂知西辽国真的没有雄兵,投降了,献出珍珠旗,如今又得还朝,焉能摆布得他来?咳!总是天不从人愿,岳丈徒然用计了。但是本官前日已经上本,奏他按兵不动,私通西辽,如今一班狗党又得回朝,下官已有谎奏欺君之罪,如何是好?如今反弄了自己身上。不若修书一封,差人进京,送上岳父,代我安排妥当便了。"是日即修书一封,即差得力家人孙吉带盘费星夜赶进汴京去了。慢表。

又说范仲淹叫声:"杨老将军,那孙秀一心要害这狄元帅,岂知又被他征代西辽,收得珍珠旗回来,此番又是逢凶化吉了。"杨青说:"正所谓任君百计图谋巧,自有皇天作主张。但这奸臣如鬼如蜮,今又打发家人去做什么勾当。我也知了,他报知庞洪,必然又要商量什么诡计。看他怎生害得这英雄将士。"不提杨范之言。到了次日,炮声一震,元帅大兵离关三十里。停一会又报道:"元帅离关不远。"孙秀只得勉强开关,传请范仲淹、杨青一同出关迎接。只见大兵一齐已到关下。杨将军说:"我们只道元帅兵困白鹤关,没有救兵,不得还朝,不想被他征伐西辽,取得珍珠旗,班师回朝,此乃天不欲绝这小英雄也。"范爷说:"皇天庇佑这英雄,也是当今天子洪福,只差得孙大人心中不快。"孙兵部说:"哎!你们说哪里话来。说征伐西辽,下官有何不悦?你听号炮之声,元帅到了,我们出关迎接便了。"此时,孙兵部与二位忠贤走出关外。

此时狄元帅到了,传旨安营,有孙兵部见了,免不得叫一声:"狄大人,如今班师回朝,贺喜了!"范、杨二人也说:"请下马进关!"狄元帅说:"下官身负欺君重罪,不知圣上罪赦如何?何劳三位大人远迎?

狄青何以克当!"三人说:"元帅,哪里话来,如今成此大功,罪故已消,圣上还要旌奖了。"元帅说:"焉有此望!"连忙下马,一同进关。有焦廷贵把孙秀一看,怒目圆睁,高声道说:"我们元帅真乃英雄,没有救兵,何为希罕? 今日大破西辽回来,哪个奸臣误国贼,敢来杀我焦廷贵?"元帅大喝道:"匹夫,休得多讲!"

　　此时,已入帅堂上,各各见礼,依次而坐。孙兵部开言说:"闻得元帅不伐西辽,先在单单国招亲,下官失于贺喜,大人休得见怪。"元帅说:"孙大人言重了,下官奉王命征伐西辽,在火叉岗走差去路,左边东北是单单,右边西北是西辽。走差单单国,招下大祸,险些逃不出罗网。"孙秀说:"招亲是喜事,怎说是招祸?"范爷忍耐不住说:"孙大人,今日元帅班师,只说目下言谈罢,为何只把痛心话来伤刺。"杨将军说:"孙大人,为人没有喜事,难过日子;若不招祸,倒不是个责任,英雄喜又要来,祸又要到,方是尽历艰苦的丈夫。且待元帅征伐之由,细细说与我们知道。"此时天色已晚,摆上便宴,三人揖让就席,众将开筵,厚犒得胜将军。正是:

　　　　莫道奸谋多误国,岂知天眼眷英雄。

第三十五回 到三关忠佞谈言
回本国宋帅复旨

诗曰：

　　五虎班师到本邦，忠奸叙会不相当。

　　图谋不遂心中愿，恨杀胸中暗毒肠。

当下狄元帅酒吃至半酣之际，就将误走国度，错杀番将被擒，勉强成亲，一月逃走，直至西辽兵困白鹤关，请得八宝公主到来大破重围，一一说知。范爷说道："如此说来，幸而公主前来救解，不然兵困白鹤关，焉有还朝之日！"杨将军说："此乃我主洪福齐天，所以得公主提兵救了众将兵，此保国英雄也。"元帅说："若非公主前来，下官一定战死沙场，捐躯报国，岂肯贪生畏死，负却圣上洪恩。今朝岂望圣上旌奖？若蒙赦却重罪，放出天牢母亲，就回退家乡，淡泊自处，母子觉得安乐逍遥。不为官也罢，免得吃惊受苦，母子不安。"孙兵部接言说："元帅，你立此重大功劳，莫说消了前罪，当今一定还要加官倍宠，封赠母子团圆，旌赐夫妻完聚。真是满朝文武谁能及得，功盖宇宙，名著千秋！倘下官有甚参差，全仗大人周全些！"元帅说："孙大人，你赤胆忠肝匡扶社稷，有何差处？纵有差迟，有国丈大人庇盖，下官在这些奸臣术中，岂敢动作？"

当下范仲淹、杨青四眼相看，想狄青今番不比前时了，侃侃而谈。又看孙秀一张铁面孔青着，想元帅冲撞之言，奸臣岂不怀恨在心？罢了，且做个好人，作收科便了，说："两位大人多是王家国戚，均为一殿之臣，总尽心为国，竭力乾坤，便是主上洪福。莫说同朝一殿之臣，就是庶民家邻里也有相济的。相济扶危，君子之道，见死不救，枉作世人。"此时元帅不答，孙秀也变色不言。停一会孙秀又说："狄大人，公主既到西辽,因何不带进中原,一同见驾? 听他独自归本国,这是差了。"元帅说:"孙大人,他是外邦之女,不奉圣上旨诏,带进中原,此非礼也。"孙秀说道:"他功劳浩大,况是元帅夫人,就是同进中原,来见圣驾,有何妨事!"元帅笑道:"孙大人,你却知其一,不知其二,下官紧蹈坚牢地,须防足下浮。圣上虽然不罪,下官还防国丈不肯宽饶,所以打发他回归单单去了,免得飞蛾扑火,自烧其身。"孙秀说:"好好言谈,大人因何说到国丈来? 下官正是不解,乞道其详!"元帅说:"下官也不解。不知国丈为了什么原故,牵着于我? 平日无仇,往日无怨,却与下官做尽对头。仰赖上苍庇佑,深沾天恩,倘得宽饶前罪,必要辞驾,望乞求归乡,养全了性命,又得心安,有何不妙!"孙秀闻了,冷笑说:"大人,国丈何曾与你做对头? 休得枉屈了。"范爷接言道:"庞太师乃当今国丈,元帅不去趋奉,他自然怪看于你。"杨将军说:"元帅,只要你一心正直无私,总听凭皇天作主。纵然国丈深怪于你,做个对头,且由他罢! 孙大人,你道这句话,差也不差?"孙秀此时见三人你一言我一语,气得满脸通红。范仲淹想道:"这奸臣说不过了。若再讲时,仇恨愈讲愈深。"便开言笑道:"吃酒不谈仇怨事。众位大人,且请酒。"当晚,平西六将,大小三军,各各畅怀吃酒,连飞龙女也在其内。是夜不表。

且说狄元帅一平西辽,应该拜本报捷。只因又怕三关阻隔,所以不曾有本进京。如今到了三关,即备下本章一道,打发孟定国还朝报捷去。是夜在关中歇宿一宵。

次日孙兵部说道:"大人,既然珍珠旗是西辽镇国之宝,但不知款式如何? 怎样宝贝? 何不拿出众人一观,看看此宝?"狄元帅一想,若不拿出观看,道本帅有甚作弊。便命左右取出此旗,元帅揭去封皮,打开包裹,众人一看,但见宝旗不甚大的,周围结方二尺余,中央结绒丹凤,四角五彩云霞,正面八八六十四颗珍珠,每四角一颗顶大宝珠,中央也是一颗,四围乌云滚边,看来款式模样,大小也是一样。只有五颗大珠,不是真宝,反面淡红血点,处处破漏。众人哪里识得此宝,辨得出真假? 少不得赞扬几句。看毕,仍收归箱囊中,贴回封皮。孙秀说声:"大人,此旗真乃西辽镇国之宝,被你取了他的,只怕西辽王深怪于你。"狄元帅说道:"这也是国丈的美情,保举下官奉旨,不得不然耳。"

是日,用过夜膳,元帅传令众将众兵,拔寨起程。三人说:"狄大人,再请少留,且把军马安息一二天何妨?"元帅说:"王命在身,不得久留关外。"早有四虎与焦、孟六将,依旧摆开队伍,伺候元帅起马。此时元帅盔甲上马,气宇昂昂,辞别孙、范、杨三人。只听得号炮三声,三军旗幡招展,队伍分明,两军扛抬四箱珠宝——另有一箱是珍珠旗,大兵出关而去。有范爷、杨将军满心喜悦道:"难得当今圣上洪福,所以出此五虎英雄,护佑大宋江山如泰山安稳。"二人欣然喜色,孙秀闷闷不乐,也不敢做声,只得一同回进关中,不表。

再说庞国丈前时接到孙秀来书,说狄青兵危白鹤关,心中大喜,暗说:"这狗才,平常靠了姑娘的势力,不把老夫看在眼内,争夺功劳,与吾作对。老夫要摆布与你,有何为难?只须用些许小技。如今兵困边关,没有救兵解围,眼看不得回朝。非惟不得回朝,尸骸也要丢下沙场地。任你有通天本事,盖世英雄,立尽多少功劳,不免做无头之鬼。倘狄青一死,刘、张、石、李、焦、孟一班小狗头,休想活命,一同丧在西辽,才显我国丈手段高强。"

此后,有两月余,有家将启上:"太师爷,今有三关孙老爷打发孙吉到来求见。"国丈说:"着他进来!"庞洪想道:"不知贤婿什么事情,打发孙吉到来?是了,莫非狄青身丧西辽,先来报信与老夫知道?"不觉孙吉到来,叩过头。太师说:"道途辛苦,不必行礼!你家老爷近日好么?"孙吉说:"家老爷近日甚安,今有书来与太师爷观看。"庞洪接过说:"你且往外厢用酒罢!"孙吉叩谢去了。国丈将书拆开,低头一看,不觉呆了,一会说:"不好了。原来狄青又被单单国救兵大破重围,反被他征服西辽。可笑番王真没用,竟将番国之宝献出,畏惧了一班小狗头。前日贤婿有本进京,只说狄青投降西辽,圣上藏了批本不发。如今这小畜生又班师回朝,贤婿理亏,写书到来,托老夫于中补盖,叫我如何遮盖得来?且待狄青到来,然后见景生情便了。"从此庞洪烦闷不过,又难以再计算。

单表狄元帅差孟定国先进京奏捷。是日到京,将本投递相府。

庞洪一接本,大惊说:"孟定国乃天波府内人,这本章谅情搁捺不得。待明朝奏闻圣上,再作道理。"

再说孟定国投本后,转来到无佞府,禀明佘太君说平西得胜回朝。太君大悦,一班寡妇欣然,说:"难得小将狄青英雄,不中庞洪奸贼计,今又得胜还朝。庞贼,枉你用尽千般奸计,自有皇天庇佑这英雄。"佘太君又吩咐孟定国:"在此府中安歇几天,等待元帅罢。路上辛劳,往外用些酒饭。"孟将军称谢,又往南清宫通报喜信。狄太后、潞花王母子好不开怀。随后又到天牢禀知太君。报知九王八侯、崔爷等,各忠贤俱已得知,多道:"此番足气煞庞贼了!前者孙秀这狗党,有本奏他投降西辽,幸得主上英明,留下此本不发。如今一班小将奏凯回朝,看圣上把孙秀怎样主张!"有净山王呼延赞笑道:"孙秀奸贼是御连襟,有这老奸贼遮庇,只上一个假本,圣上必不究的。还恐庞奸贼有别的算计狄青。"九王、八侯说:"呼延兄,狄青今有莫大之功,料想如今害不成了。"正是:

　　忠良小将人人爱,嫉妒奸臣个个嫌。

第三十六回　杨宗保显圣逐黑利
狄元帅班师参圣王

诗曰：

> 丹心报国杨元帅，辅宋驱邪不泯忠。
>
> 逐散冤魂归地府，英雄小将弗成凶。

慢说众位大臣言谈狄元帅班师之事。再说西辽国飞龙公主立志代夫报仇，随到中原为刺客，在度罗空进旗分路之日，已经混入宋军中。只因数万宋军中多是投降辽兵，多一人哪里认得出？因何前时不早表明？只是一口难分两处话，一言难表两回书。

此时飞龙公主随着宋兵混进三关，已是放心大胆了。只因元帅一路到汴京见驾，飞龙公主早寻机脱身了。几万人马，少却一人，也难登确。只是单身逃走，独自凄凉。立志与夫报仇雪恨，日间奔走京城路，夜宿荒郊泪暗流。这番女要报夫仇，抛下玉叶金枝贵品，历尽千万跋涉之苦，远远别国，抛离双亲，真乃节烈堪称。所以黑利死后，因他怨气所感，阴魂不散，现形亲自叫他前往，代为报仇。只是这黑利在生之时，虽然威武，岂知死后做了鬼魂，威风显不出来。况且三关乃是重地，本国山神并有杨元帅之忠魂挡住三关，岂容外国鬼魂出入？那番将的阴魂难以进关，只得退归旧路去了。若讲到杨元帅的忠魂，既将黑利冤魂赶逐，何不连飞龙公主一并收除？只因杨元帅做了神道，故知飞龙、狄青生死相关，自有定数，不先除他，由他进关而去。此时公主一路伤心不止，只因身穿军士衣裳，恐人盘诘，又到近地衣裳铺买了一套民间便服，寻一个空野之处，周身改换而行。此部书说了多少飞龙要报仇之话，到底如何收科，看官不用心急，下文自有交代。

　　后话休题。却说五虎大将一路登山涉水进京，是日汴京城厢内外，早已知道狄元帅得胜回朝。这些百姓家家户户，俱是挂彩焚香，张灯燃烛，敬重有功之臣。满朝文武俱出城在十里长亭之外迎接。此时狄元帅到了，吩咐众将，把人马安扎营盘，滚鞍下马，说声："列位大人，罪将狄青何德何能，感蒙各位如此抬举！使我置身何地？"有的说："狄元帅如今平西有功，我们理该迎接。"元帅说声："不敢！"有潞花王叫："表弟，孤家奉母后之命，要你同归府内去，叙叙离情，来日见驾罢。"狄元帅说："千岁，这也使不得。若然先到了南清宫，拜见姑母，犹恐涉私，被人谈论不美。不若来朝见过圣主，把误走国度，征伐西辽一一奏明。倘得圣上开一线之恩，赦了前罪。然后即来谒见老尊年，今宵权宿华亭驿，烦千岁回府，代为禀达。"这几位王爷大人同声赞道："果然有智识的一位直性无私的英雄，可敬！可敬！既然如此，就在华亭驿内权宿一宵，待来日候着圣宣便了。"此时同进华亭驿内，众将早已安排，众兵华亭驿外屯扎，潞花王早已吩咐预办酒筵，众三军自有犒赏。众王侯与元帅依次而坐、就席，六将乐饮交酬。

　　宴毕，已近黄昏。狄元帅吩咐："焦廷贵速即往国丈府中，禀请奏明圣上，本帅班师。"潞花王说："表弟，你班师回朝，待孤家与你奏知圣上，何用庞洪！"狄元帅笑道："千岁，国丈屡屡怪着我狄青，不知是何原故。如今要他呈奏班师，却也不妨。"众王侯笑道："这也说得是。"此时，众大臣别过元帅，抽身告别回衙，元帅相送，不表。

　　且说焦廷贵到了相府外，下马高声说："奸臣门上何人？"有一把门的喝道："你是何人？敢在这里大呼小叫！"焦廷贵哈哈大笑，说："你老子乃焦廷贵，随狄元帅征伐西辽，如今班师回朝，各大臣出城，十分恭敬。想你这老奸臣庞洪妄自尊大，不求见。"把门家将喝道："胡说，我家相爷乃当今万岁的国丈，只有人奉承他，从不肯去奉承别人的。"焦廷贵大喝道："放你狗屁，俺家元帅，乃是太后娘娘侄儿，比你家这个奸臣的势头大得多哩。你若不去通报，待你老子打进去罢。"门官拦不得，连忙进内禀知。太师传进去。此时，这焦廷贵进至府堂，见了庞洪挺起当胸，也不行过见礼，圆睁环眼看庞洪，高声说："你是国丈么？"庞洪喝道："匹夫，你是焦廷贵么？"焦廷贵道："哪人不知我的大名,你问怎样?"庞洪大喝道:"你一个小小武夫,见了老夫一品当朝的,焉敢这般模样!"焦廷贵听了,呵呵大笑道:"我虽是小小武夫,跟随元帅的功劳浩大。而你虽是一品当朝,只好坐食了皇帝老子俸禄,用尽计谋害人的性命。这是你的本领,你与国家有什么事?你且说来。"庞洪大怒,喝道:"你见老夫害了什么人?满口胡言,这样放肆!"焦廷贵听了,冷笑道:"老庞啊,我家元帅原与你无仇,因何你几次把他谋害?幸喜他运好命好,如今害他不成,反立下大大的功劳。今日征伐番王,取了珍珠旗回来,元帅差我前来,说与你知道,来日可奏知圣上,不可又说奸计来算计元帅。俺焦将军去也!"摆开大步,跑出外堂,上马加鞭而去。

此刻庞洪见焦廷贵如此言语冲撞,气得他怒上加怒。一来怀恨狄青得胜回朝,如今又遇焦廷贵激恼一番,好不气闷。便说:"焦廷贵,你这狗党,今日老夫受了你的气,少不得也在老夫手内。如今狄青既到了,且待来日奏知圣上,慢慢打算便了。"又说:"狄青啊,我却只想要你残生,却屡屡害你不成。老夫办过多少大事情,倒失于这个小奴狄青,害他不成,正是枉为人也。"此时,国丈越想越恼,只是说不出来。

再说次日五更三点,各官聚集朝房内,天子尚未升座,众官开谈一会。忽听得景阳钟声响亮,龙凤鼓次第而鸣,扬鞭三响,香霭氤氲,珠灯引道,天子登了龙座。有这九王八侯,文臣武将,公侯伯子挨序而朝。山呼已毕,文武分班列行。值殿官传万岁旨意,说:"圣上有旨,各班有事出班启奏,无事卷帘退班。"忽左班内闪出国丈,说:"臣有事启奏。"俯伏金阶,说:"臣前者保举狄青征伐西辽,如今得胜回朝,特此奏闻候旨。"此时众王侯暗说道:"这贼好刁。奏说保举二字,又要追功了。"当下万岁降旨:"既是狄青班师回朝,即要宣来见朕。"

停一会狄青到殿上,俯伏金阶,说:"狄青见驾,愿吾主圣寿无疆。"圣上说:"卿家平身!寡人命你征伐西辽,为何不遵旨命,投降了单单?国外招亲贪欢,误国之罪难逃。既在单单国招亲,如何又去征伐西辽?今日把前事细细奏与朕知。"狄青说:"圣上,臣沐天高地厚君恩,岂不图丹心报国!前日禀遵主命,往征西辽。只为火叉岗上分为两路,走差单单国。一到他邦,守关武将怪臣无事兴兵侵犯,一时忿怒,杀将起来,占关斩将,后来方知错走路途。臣以后自知理亏,再三以理讲和休息,岂知彼等不从,致有刀兵之患。臣到关前求和,他邦众将一心要战杀。此乃欺臣,欺臣即欺陛下。是时请旨已不及,只得与彼国交锋对力。先平单单,后征西辽。阵阵交兵得胜。后来了番女赛花,英雄无敌。倘若力战,臣亦不惧。奈他是庐山圣母之徒,法力甚高,把臣与众将一并拿去。番王苦苦劝臣投降,臣抵死不从,番王将臣等一并押去斩首。忽有圣母到来,说知番王,说臣与赛花有宿世姻缘。陛下,臣思自祖父以来,忠良自许,至臣身受国恩,未曾报答,岂可背旨招亲,以犯国典?奈何身被拘囚,倘若不从,要吃一刀之苦。非臣惜此微躯,既承王命征西,若然一死,岂不有误军情一事?只得勉强成亲。一月后逃走,复回火叉岗,路遇钦差,臣已附本章一道,谅必陛下龙目看明,乞体谅微臣本心。后来臣一到西辽,旗开得胜,借陛下天威,只道番王即日可以投降。谁知他又了了星星罗海将来雄兵数十万,此时兵困白鹤关,此日焉有救兵?势已急了,只得差人前往单单国,请得八宝女到来帮助,方才打破重围,众将兵方解此危。后来番王见雄兵猛将一并尽消,只是哀求,愿献出珍珠旗,已有投表降书、金珠绸绵四箱,恳准投降,自愿年年贡献,岁岁称臣。此时,臣非敢自专,妄允请降。只因奉旨前往之先,已蒙圣谕,但得番王顺命,则准他投降。故臣今日收兵还朝,赛花在西辽就已回归单单。微臣重罪不赦,但得放出天牢母亲,感戴天恩不尽矣!"正是:

　　奏主当年平虏事,原因今日谒天颜。

第三十七回 奏诉前因明君剖断
叙谈远别狄后宽亲

诗曰:

　　高年狄母下天牢,只为奸谋计害毒。

　　今日方能离禁难,苍天不负寡孀孤。

　　再说狄元帅当金殿陈奏明上年奉旨平西,走差国度,单单招亲缘由,一一奏知。当下嘉祐王听罢一想:"从前孙秀陈奏说狄青投降西辽,实实假的,如今不必再提起此事了。"降旨要将贡献之物一齐呈来观看。狄爷听了,即忙步出午朝门,令军士将四箱贡礼、一柄珍珠旗扛进金銮殿上,一一打开。万岁看毕,然后又将珍珠旗拆去包裹,君臣一同观看。这柄旗没有一人见过,君臣各人,焉能辨得出真假?无非众臣赞个好字。君臣览毕,圣上传旨,内侍一并收归库内。狄元帅又将降表、册籍呈上龙案。万岁看过降书,又看册子上是原领人马若干,损去若干,收降番兵多少,用去粮饷多少,尚剩若干,并将众将兵功劳簿开载明白。御览已完,传旨说:"狄卿原有重罪,兹今姑念跋涉一番之劳,如今有功不计,有罪已消。另日有功,再加升爵,收降人马,兵部收回,余粮户部收回。"万岁传旨往天牢放出狄元帅之母。

　　元帅正要上前谢恩,早有国丈庞洪说:"臣启陛下,这狄青未伐西辽先投单单,误国招亲,罪该万死,功小罪大,抵消不得。伏乞我主圣裁!"万岁听了一想,说声:"庞卿,你太无情了!这狄卿乃你保举的。他既有不赦之罪,庞卿岂无保举不力之过么?寡人劝你差不多些也罢。"庞卿听了圣上之言,羞惭满面,低头不语。此时,九位王爷、八位侯爷一班忠臣好不开怀暗喜。

　　此刻嘉祐王退朝,群臣各散。狄爷退出午朝门,见国丈也出。狄爷说："国丈，你我也差不多些，既为一殿之臣，同僚之谊，何不一同辅主？你我相安，有何不美？"庞洪听罢，道："你的话好无分晓，老夫是公平直断之言，那有生心与你结仇作对！"说完登了坐轿回归相府。满怀不悦，暗道："圣上原来宠爱于他。老夫总要摆布这狗头死地，方才罢休！"

不表庞洪烦恼。且言众位王爷并不是惧怕狄爷，要奉承他，只因敬他平西有功，是个忠良将士，劳于汗马，乃江山鼎力之臣。内有几个庞党奉承，是面从心违的；一班梗直之臣则是实相好的，你邀我扯，狄爷此刻也分身不暇。有潞花王叫声："表弟，母后着你去相见，与孤家去罢！"狄爷微笑道："难得姑娘这等好心，当先往拜见才为合理。"便说："列位大人，容下官去拜见姑娘，然后再来奉谒列位大人便了。"众王侯齐声说道："不敢！"拱手相辞，登车起马各回府中去了。元帅又吩咐众将在华亭驿所安屯便了，且待圣旨下来，再行定夺。此时，狄爷乘现月龙驹，潞花王爷骑上白狻猊一同并马而行。此番扬扬喜色，气宇春风。

先说有高年的赵千岁乃是石玉丈人，这位王爷早已差人来请石郡马回府。这石玉此时巴不得拜见母亲同着郡主，即时别过张、刘、焦、李四人，一路到了赵千岁府中。原来这位赵爷乃嘉祐王天子的叔父，年已将七十，单生女一人。狄元帅有功，四将一同受封之日，赵千岁已招赘了石将军。他自从随着元帅同守三关，远离母亲郡主已有五载，按下不题。

再说狄爷，一路随了潞花王到王府门首，二人下马直进至南清宫，一见太后娘娘，狄爷说："姑娘大人在上，侄儿狄青拜见。"此时，太后娘娘见了侄儿，不觉心酸起来，叫声："侄儿起来罢，休行大礼了。"狄青一连三叩首，娘娘说："我儿扶他起来。"潞花王挽起狄爷说："表弟请起！"此刻狄爷起来，娘娘吩咐下坐，弟兄一同依礼而坐。正是姑侄相逢之际，应该喜悦才是，为何狄太后反而凄惨起来？因想哥哥只有这点骨血，死里逃生方得出仕，又被奸臣几番计害，倘若征西丧在边疆之地，狄氏香烟倚靠何人？幸喜侄儿有此本事，平伏西辽。细想侄儿屡被庞洪所算，几番逢凶化吉，转难成祥，到今日方见侄儿之面，想到此间,心中惨楚起来。

狄爷香茗吃毕,启口说:"姑娘,侄儿奉旨,往守三关,远别许久,不曾候到金安!"狄太后道:"侄儿的身体如何?"狄爷说:"侄儿一向身体甚安!"娘娘说:"侄儿啊,自从那年你解送征衣之后,杨宗保既殁,圣上命你往守三关,不觉五载有余。只望你高官显爵,耀祖荣宗,尽忠尽孝,清史流芳,才遂吾愿。岂知与你相会之初,未至轻云,已受奸臣暗害,吃尽几番苦楚,方得母子少安。这老贼又哄奏当今,妄施巧计,保你往征西辽,登临险地,祸福难分。喜得今日得胜回朝,且把交锋之事细细说明,与老身知道。"狄爷听罢,细将错走单单直至得公主到阵解重围,番王献出珍珠旗——说明。娘娘说:"今日取到珍珠旗,早间上殿见圣上,把你怎样相看?"狄爷说:"姑娘,侄儿今日见驾,细把前情奏知,蒙主上洪恩降旨,此事功罪两消,另日有功,再封官爵,并赦母亲无罪。岂料这庞洪奏罪大功小,抵消不得。圣上说,庞洪你也有保举不力之过,与侄儿之罪也差不多的。"太后说:"这奸贼实乃与你做尽对头了。"

狄爷说:"姑娘,我想母亲安安稳稳住在家乡,皆因不肖儿累及他受此苦楚。今蒙恩赦侄儿,要往天牢去看看母亲,以安悬望之心。"狄后说:"既如此,你去见母亲就来便了!"有潞花王说:"母亲,待孩儿同去迎接舅母可好么?"太后允诺。狄爷说:"千岁,若然别的去处同往却也何妨,这个所在却去不得,不劳千岁大驾了。"太后说:"孩儿,表弟说的不差,不去也罢,停一刻也来相会了。"又叫侄儿:"你何必称我儿为千岁?虽云朝廷显爵,你二人骨肉至亲,何必如此?以后只须兄弟相称便了。"狄爷说:"谨以遵命。"

此时穿过便服,别了姑娘,带领四个从人,随出王府,步行而去。未至天牢,赦书已到,太君乘着小轿出来,张文步随。狄爷一见,叫了声:"姊丈!"张文说声:"舅郎,我那日见过你,只因一班王侯大臣在此,不好呼唤。"狄爷说道:"这也何妨!"转又叫母亲:"孩儿奉姑娘之命,来迎接母亲去。"太君说:"孩儿!我正要到南清宫去,叙叙数十年姑嫂分别之情。"狄爷亲自扶轿陪行。街上百姓多是叹息,忠臣孝子名不虚传。到了姑娘王府,有守门官进内,禀知潞花王。传命大开中门,亲出来迎接。张文不进去,狄爷叫他在华亭驿与众将处去了。

又说狄青虽然出仕做了官,只因未久,未曾请得诰命于狄太君,然而,他父亲狄广在日做官之时,太君已受过诰命。当今新主封赠,还要候恩。此时进得王府,狄爷扶娘下轿,直进南清宫内。娘娘亲自出迎,正是久渴怀思,今朝相会,好不喜欢。姑嫂见礼,太君要拜见,说:"姑娘虽是骨肉至亲,然尊卑不同,礼当老身拜见。"太后哪里肯从,说道:"只行常礼罢。"潞花王说:"舅母大人在上,待愚甥叩见。"太君说:"千岁,老身那里敢当! 若行常礼,已是过分。"太后道:"嫂嫂,骨肉至亲,况且初见,受他两礼何妨。"此时太君起身,潞花王拜,狄爷扶起,又叩首母亲,即说道:"孩儿不孝,至累母亲受惊吃苦。"太君说:"儿啊,这是奸臣算计,与你何干? 老身只道今生为狱中之鬼,岂料孩儿又得班师,母子得赦,逢凶化吉,实是感赖上苍。"正是:

　　善良自有天心眷,奸佞终须国法收。

第三十八回　南清宫姑嫂谈心 赵王府娘儿聚首

诗曰：

骨肉分离二十年，今朝相会叙前言。

情浓姑嫂多亲谊，恤寡怜孤狄后贤。

当下狄太后娘娘与太君姑嫂对坐，下边左右坐着两位青年，香茗用毕，潞花王请过舅母之安。正是姑嫂久别二十余年，此时太后开言，说："嫂嫂你在天牢内，不是我姑娘冷眼相看，若然鼎力要当今赦出你，犹恐众臣议论。料得决无大事，只好暗中略略照拂。幸喜侄儿仰赖上天庇佑，平伏得西辽，姑嫂重逢，母子叙会，真乃枯木逢春。"太君说："姑娘啊，许多周旋，皆赖叨天之力，莫大之恩，报答不尽。所恨者庞洪、孙秀两个权奸，妒忌忠良，几番侵害，我儿险死还生，算来此命由天罢了。"太后说："嫂嫂，湛湛青天，焉可欺得来？庞贼害人，行恶已多，看他归结，未必有安然不败露之理。"

此时，太君又把姑娘细看，不觉心酸顿起："记得当日先王点秀与你分手之时，好一个冰肌玉貌的少年。如今虽说玉容须然不减，总然难及当初年少之日。自从与姑娘分别二十余秋，音信全无，今日姑娘贵到如此，真乃洪福齐天。我儿若非姑娘提携，焉能年少仕皇家？"太后说："嫂嫂，今朝想起前事，犹如做梦一般。先王点秀分别之后，月月年年思回故土。以后差人探问，岂料山西地面遇水灾，全府地面百姓淹没殆尽。只道你母子双双身葬鱼腹，以后踪迹渺无，弄得老身时时思念，愁闷倍增。直至前数年，方才与侄儿相会。他说幸赖仙师救上仙山，收为门徒，教授武略。就是嫂嫂得活于世，也未得知。直至以后侄儿有书投达，方知你母子得会。此时喜得为姑娘的心花大开了。今朝又得姑嫂重相会,离别情怀尽消。"

　　太君说:"姑娘啊,若是从前事讲说不完了。前时母子株守家园,岂料水淹山西,太原百姓家家遭了此难,母子被水冲开。母说孩儿亡在水府,儿道母亲葬在水中。此时老身幸得小婿张文救了,得过一年又一年。前年方得母子相会,今日不意与姑娘重逢,真乃喜从天降。"太后说:"嫂嫂你不说我也忘记了。你说到女婿张文,老身却记得还有侄女一双。前日侄儿有书到来,又不分明写上,只说母子相逢,一统达言。"太君道:"这是月久年深,自然忘记了。次女银鸾已亡故了。只有大女金鸾配与张文,因他武职细小,就是前日奉旨拿我,也是他伴送来的,至今尚在京中伴老身。"太后说:"这也难得他如此着力。"

　　此刻姑嫂讲话多时,太君又问:"我儿,你既奉旨西征,因何不往,反在单单国投降招亲?贪欢误国,实乃逆旨欺君。到底怎长怎短,可将实情细告为娘知道,不许藏头漏尾。"此时狄爷就将走差单单直至番君献旗投降细细说知。太君听了,又惊又喜,惊的是公主厉害,喜的是得胜回朝。狄后说:"嫂嫂,这公主倒亏得他解围救了侄儿,有功于宋了。想他是个有情之女,待逢降旨,当今差官直往单单,接取他到来,待你婆媳相依罢。"太君说:"多蒙姑娘盛心。"此时姑嫂久别相逢,讲话甚多,难以一一尽述,只是略书一夕之言。

　　当下太后着四个宫娥,服事太君香汤沐浴,侍候更衣。又吩咐备酒开筵。太君叫声:"姑娘,我有两个丫环使唤,不用宫娥了。"潞花王叫声:"表弟,你劳顿已久,今得空闲,如今与你外边去玩玩可好么?"太后娘娘说:"我儿之言甚是,外边玩玩然后进宫饮宴。"潞花王应诺。是日排筵,太后、太君同一席,王爷千岁弟兄同一席。席间言谈些无关的话,也不烦载。太后娘娘早已吩咐备齐铺床在宫房,待太君安身。狄爷另有书房安歇,是夜宴毕,有一番言语不表。

　　再说孟定国在无佞府安歇数天,一闻元帅到了,即别过佘太君,一路到了华亭驿众将处,与张文也是彼此兄弟相呼,言谈不表。

　　再说赵王爷差人请到这石郡马,上前拜见岳父母,又叩见母亲,然后夫妻相见。石郡马自从跟着元帅解送征衣,直至今日平伏西辽,将已三载,抛妻别母,今始得叙首,甚是开怀。郡主见丈夫回来了,心头大悦。此时千岁略谈数言，吩咐备办酒筵款待郡马，有太夫人说声："孩儿，你别却为娘几载，为娘不能独自归去家乡，又蒙亲翁亲母再三款留。不知你在外数年可记念母亲妻子否？"石将军说："母亲，这叫做事君不能事亲，乃孩儿久违膝下，不孝之罪难逃。目下幸叼天子洪福，西辽投顺，得息干戈。孩儿自当奉侍暮景之年，还要打点回归故土。别后不知娘体如何？"太夫人说："为娘却也甚安。如今郡主贤媳已经产下麟儿三载，外祖已命名'继祖'。"石玉哈哈笑道："这名甚好。不知孩儿生来品格如何？"老夫人说："这孩儿生来甚为乖巧有趣的。"石玉说："母亲，因何不见他进来？"太夫人说："孩子正在睡熟，停一会看他便了。"

少刻间红日归西，天色将晚。郡主着乳娘领出公子来。石玉把孩子一看，果然是眉清目秀的不凡之儿。郡主叫声："继祖儿，这是你爹爹了，快些上前叩个头。"这孩子仅得三岁，真也乖觉，上前跪下，叫声爹爹，叩拜一番，起来走回郡主跟前，扯住娘的衣。石玉说："孩儿过来，你父与你玩可好么？"孩子只不来，扯住郡主衣。碎絮之言，不必细述。此时一家完聚。

夜宴已毕，赵千岁说："贤婿，老夫年经花甲，奈无后嗣承接香烟，单依靠于你。岂知你完聚不久，又要远出边关，虽然五虎平西成功名，但不能安安稳稳过日。如今平伏得西辽回国，狄元帅之罪已消。谅必众将皆已恩赦，庞洪再不敢寻事了。你从今必然安闲过日，娘儿早晚相依，夫妻朝夕相见，老夫妻晨昏相处。石门已有承宗继后，赵氏香火尚属子虚。若待两姓已有香烟之种，老夫才得心安。"石玉一想暗说："岳父这话，不过要想我抚育儿子，不去打仗交锋远出之意。"便说："在沙场劳苦，立汗马之功，显扬于世，此乃大丈夫之创立。若后代之计，乃为其次。岳父大人何必忧虑？今日天下已平，宁有幸郡主多育几个孩儿，便是宗枝承继。"赵千岁听罢，微笑无言，抽身转进内厢去了。

是夜，石将军进房与郡主言谈，无非夫妇分离之言，也不烦言录载。是夜言谈一会，要回华亭驿，别了郡主，禀过母亲、岳父。只为君王尚未降旨，到底不知如何，是以众将还在驿中等候，按下不题。

再说次日,到四更将残,天色尚早。天子尚未临朝,只有两边红丝灯两对。潞花王、狄爷到了,众大臣道:"朝过圣上,狄大人可往下官小府细谈罢。"狄爷连声应诺说:"不敢当得列位大人见爱厚情。"此时庞洪听说,在旁暗暗心焦,勉强叫声:"千岁,今日也来上朝么?"潞花王听了冷笑道:"众臣欢喜孤家,敢是你不许么?"庞洪说:"臣怎敢不许的。"狄爷叫声:"国丈请!"庞洪说:"王亲请了。"狄爷说:"什么王亲?"庞洪说:"你与太后娘娘是骨肉亲,岂不是亲?"狄爷说:"若在国丈,正靠着王亲;单我狄青不靠着什么王亲势力,全靠两条膊子把江山定,丹心报国把社稷安。自今以后,国丈不可把王亲称。若说王亲,是有多少臭气的。"国丈听罢,低头暗想:"这畜生说此刁言! 明明把老夫播弄,必须将冤家殁在我手内,才得甘心。"

停一会,净鞭三响,嘉祐王登殿,文武朝参,两边站立。有狄青俯伏金阶说:"微臣狄青见驾,愿吾主万岁! 臣母蒙主恩宽赦,微臣代母谢恩!"天子一见说:"赐卿平身!"又有潞花王俯伏金殿说:"母后有旨,狄青罪大功小不可抵消。余罪休得置之不究,伏惟陛下公平分断,免得群臣私论。"天子听了奏言,微笑道:"此话无非要朕加封官爵,不好明言,说此反话。"连忙降旨:"御弟平身!"不知嘉祐王如何封赠狄青,且看下回方知详细。正是:

　　臣有功时君懋赏,法无私处国绵兴。

第三十九回 论功升爵狄青封王
立志报仇番女密访

诗曰：

五虎平西立大功，班师归国宠恩隆。

今朝受诰主恩厚，奸佞图谋却是空。

话说狄青平西还朝，只因将功抵罪，未有加封。有太后狄娘娘传旨，潞花王上朝奏说狄青罪大功小，余罪要天子公断。岂知嘉祐王乃是英明之王，闻奏之言，无非母后要加封狄青之意。仁宗看看两边文武，又有国丈，但只见他默默不言。想来二人皆朕的至亲，厚不得庞洪，薄不得狄青。此时仁宗天子问着众文武："功罪何为轻重？"内有奸党几人见国丈不开言，便也不敢做声。这些众王侯等巴不得狄青封个极品，把庞洪减些威权。有左班中闪出一位大臣，乃司天太史崔信，启奏道："臣崔信启奏陛下，臣思前者西辽兵犯瓦桥关，被狄青杀得他片甲不回。以后屡屡杀退辽兵，并无过犯。如今平西走差国度招亲应该有罪，可将此罪抵去前功。今又征伐西辽，如若兵困白鹤关时，倘非单单招亲，焉能得八宝提兵破敌？算起来功多罪少，伏乞圣裁。"

嘉祐王听奏，龙颜微笑说："崔卿却也说得公平不差。"又问："加封何职为公？"崔爷说："陛下，依臣愚见，封他一个王位也不为过。"天子又问："众卿认为如何？"有净山王呼延赞、史部天官文彦博、大都督苏文贵、巡抚御史欧阳修齐说："正该加封王位！"此时庞洪暗中咬牙切齿，深恨这几人，只又不敢抗言阻挡，只得勉强从中附和，做个好人。嘉祐王又问道："庞卿，崔卿之言公断否？"庞洪说："陛下，崔大人之言果也公平。"天子说："封他王位，卿可信服否？"庞洪说："老臣巴不得狄青匡扶社稷,稳保江山,有何不心服的?"天子说:"既然如此,降旨封狄青为平西王,刘庆、张忠、李义、石玉四将加封镇国将军。孟定国、焦廷贵照本职加封三级。"

此时狄青出班奏道:"臣启陛下,念臣年轻功薄,何德何能,敢当此重位? 况臣家门不幸,父亲衰世已久,母亲孀居,至九岁又遭水患,母子分离,前年才得母亲相会。如今西辽已降,天下永宁,伏乞圣上,赐臣母子归乡,侍奉母亲桑榆之景,少尽人子报答劬劳,深感天恩无尽矣!"庞洪一想,如若圣上准他回乡,老夫摆弄他不得了,急忙出班奏道:"狄青乃当世英雄,国家栋梁,谁能可及! 大宋锦绣江山亏他保障。倘若他回返故土,只恐西辽复兴人马,又扰江山。伏望我主勿要准他所奏。"嘉祐王一想:"这老头儿莫非回心,不与狄青作对了? 他若不奏,朕也不放这狄青回去的。"便说:"狄青啊,古道英雄出少年。卿家建此莫大之功。理该受此职封赠的。为何要胡想还乡?"狄爷又奏说:"陛下,臣深感皇恩浩荡,虽碎身粉骨难以图报万一。但今国务稍安,臣故欲奉母少尽孝心,乞赐臣伴母归乡,感恩不浅。"天子说:"狄青既不愿为官,权且在朝伴朕几载。若为萱亲无人侍奉,不若在京建造王府。此时君也事了,亲也奉了,忠孝两全,岂不为美? 卿家再勿多言,遵依朕旨,且耐着性子罢。"狄爷暗想:"庞洪虽不怀好意,圣上主见却也不差。我若执己之见,反觉无情逆旨。"只得俯伏谢过圣恩。

天子降旨:"国丈率同众卿,约来日在麒麟阁备设御宴,款待狄卿。"又命工部建造平西王府。众臣谢过君恩,圣驾回宫。这仁宗好不明白,原知国丈与狄青不合,故以赐宴为名,待他同吃御宴,说些好话,让他两人和睦些。此是圣主英明,睦臣之意。此时群臣退班。有赵千岁邀了平西王同归王府,又差人前往华亭驿请到六位英雄,一同相见。狄爷说:"天子恩封,待等建造好王府,然后受职。"众将多感天子洪恩。闲话休题。

是日天色已晚,赵王爷备办酒筵款待众人。英雄吃酒之间,焦廷贵在下首大叫道:"圣上封我做官,我们没有地方,没有衙门,叫我们如何做?"张忠说:"我们与狄大哥结义之时,誓同生死,苦乐相均。如今他有了王府,我们愿在他处,要什么衙门?"众弟兄听了哈哈大笑道:"这句话说得不差。"赵千岁听了大悦,道:"难得您众英雄义气相投,如今众位将军休要到华亭驿,就在老夫此处屈居数日,待等建好王府,然后众位同去便了。"众人连声称谢。只有狄爷犹恐母亲悬念,此时谢过赵千岁,辞过众人,回到宫宇,将情禀知太后。然圣上加封狄青,早有潞花王退朝禀知。按下不表。

再说次日庞洪奉了圣旨,免不得邀齐众大臣,在麒麟阁吩咐备设御筵。众王侯大臣上殿谢恩,然后就席。席间国丈对狄爷说的蜜语甜言,狄爷乃正大之人,哪里计较? 只是随应随答,心中总不介怀。此时众人御宴已毕,复上金銮,谢了圣恩。狄爷然后先往天波府拜探佘太君,以后又往拜各王府,忙了一连十天,方得空闲。此时狄爷母子在南清宫等待造起王府,然后迁居。

忽一日张文来见狄爷,说声:"贤舅郎,我前时伴着岳母来京中,早已有一载。你姐姐在家乡音信全无,他在家岂不挂怀? 如今闲下无事,意欲回转家乡,省得你姐姐挂心,你道如何?"狄爷说:"姐丈之意不差。"即进内禀知太君。太君说:"我儿,娘也有意欲回家乡,待他同伴我回去,见过女儿,娘才得放心。"狄爷说:"母亲去不得。孩儿九岁,母子分离,至今十几载未能奉侍一天。今幸国务稍安,孩儿正要侍奉承欢,少尽人子之心。"太君说:"儿啊,只要你在京中丹心伴驾,孝道为娘倒也不消。我今回转家园,自有你姐姐陪伴过日。"狄爷说:"前日圣上有旨,命母亲在着京中,好待孩儿奉养,如若回转家乡,又有逆旨之罪。不如待过三年五载,待孩儿告假,然后母子还乡有何不可。"

太后娘娘说:"嫂嫂,侄儿之言却也不差。况且你我分离已久,方得相逢,何忍遽别? 望祈嫂嫂依了侄儿之言罢。"太君只得应允。太后宣进张文,张文拜见,又拜潞花王。狄爷即修书一封,付寄金鸾姐姐通知详细。太后取出黄金五百两,送与侄女为脂粉费用。因何娘娘不送银两与侄女而要赐黄金? 只因金乃细小之物,一程便于携带。此时张文拜领收藏,用箱子装好,书信一并收拾好,拜谢太后,辞别他母子四人。狄爷送出,至赵王府,传知张忠、刘庆、李义、石玉等各各辞别过,张文上马加鞭回返山西去了。按下休题。

却说飞龙公主,一心要报丈夫之仇。此时已混进汴京,女扮为男,在着城中寻了一个下落。终朝暗暗打听,访了两个余月消息,知庞太师与狄青作对。飞龙想了想说:"好了,这便是机会。不若求见国丈,与他说明,然后下手。此事必须如此方妥。"此时到了相府门前,大着胆上前,守门官一见喝声:"你是何人?"飞龙说:"我姓李名飞雄。家住三关,出外营生,到过汴京数次,如今又到京中。打听得一段机密事情,要求见相爷,有烦通报。"门官说:"怪不得你声音不同本地人,原来是三关外的人。但你要见太师翁,俺门上的规矩你可晓得么?"飞龙说:"什么规矩,我倒不知道。"门官说:"我们靠山吃山,靠水吃水。倘若有人求见相爷,只要这般查查物件。"飞龙道:"这也容易。"即向囊中取出一锭银子,门官接过,连忙进内启上:"相爷,外边有个三关外人李飞雄,说有机密大事求见。"国丈听了一想:"三关外的人李飞雄?我从来不认得他。不知有何机密事,吩咐唤他进来便知明白。"正是:

　　一心居正邪难入,素性行歪魔易来。

第四十回　番公主相府诉夫冤
　　　　　庞国丈书房思苟合

诗曰：

　　飞龙公主到中华，混入奸臣宰相家。

　　欲报夫仇无异志，能全节烈实堪夸。

　　再说门官带进飞雄，来到书房。飞龙女说："太师爷在上，李飞雄叩头。"国丈把他一看，年纪只有二十外，面如堆粉，美玉生辉，声音不是中原人。"你今到此有何话说？"飞雄说："太师爷，小人有机密事情，求太师爷屏退左右，方好将情形禀知。"庞洪回顾，叫书童、门上退去。太师掩上书房门，回身坐下，说："飞雄，你有何机密事，快快说与老夫知道。"公主说："相爷啊，我不是飞雄，乃西辽公主叫做飞龙，我驸马名黑利，被狄青杀死，一命归阴。所以立心要与丈夫报仇。今日历尽风霜，身投中国，必要伤了狄青，方消此恨。"

　　庞洪听罢说："你是西辽国公主？老夫却难以即时准信于你。"公主说："太师爷，你若不信，我耳上珠环有九个环眼，恐被人看出，故将环眼粉了。"此时国丈细细将他左右耳一观，果然左右耳上有九个环眼。若说西辽国内，平等人家女子耳上只得三个环眼，官家之女七个环眼，公主九个环眼。这是他国例如此，并不是无中生有的妄言。飞龙犹恐中原人看出，故用着胶粉将九环眼塞了。一时大意看不出，细看才能辨得出来。

　　庞洪此时呆想一会，立起身来，轻轻叫声："公主，先前老夫多有简慢，休得见怪。请坐，待老夫告诉一番。凡为将者，上阵交锋，不是彼死，就是你亡。既然你驸马死在狄青的手，谅情本事平常，为何公主这般怀恨？"公主说："太师爷，若说驸马的本事，在我西辽是赫赫有

160

名的上将。倘若他战场交战杀死哀家驸马,我心不恨,断然不想报仇之念。"庞洪说:"怎样死的?"公主说:"他用法宝伤了驸马,所以哀家誓死不休。"庞洪说道:"你既要报夫仇,必要有个报仇之策。且说与老夫得知。"

公主说:"太师啊,哀家混进中原,用尽多少细心访听,方知相爷原与狄青不相合的。特来求见,伏望太师怜念我难中苦人,用些许计谋伤害狄青,自身就是碎尸粉骨有何遗恨?哀家若得报了丈夫之仇,来世定当衔草报答深恩。"庞洪听了,也觉可怜,叹息他乃节烈之女,暗想:"细观他容貌十分悦得老夫的心怀。待我留他在府内先来成了美事,料想必然允从。然后用计,帮他伤了狄青。"想定,叫声:"公主,若是老夫与狄青不是对头,你也枉到此地,驸马之仇,焉能报得来!"飞龙说声:"相爷,哀家到此暗暗打听月余,方知太师与他作对,故来求见。"庞洪说:"公主,你也算得胆大包天,一路不提防人诘问。你且在此安歇,机关切不可泄漏。况且你不是中国口音,须要学习我邦言词,方好行事。如若造次而行,恐防画虎不成反为不美。"公主说:"太师高见不差,深感周旋大德。倘得报了丈夫之仇,生生世世不忘大恩。"庞洪说:"公主言重了。老夫与狄青深有宿仇,几次害他不得,难得公主到来,帮助我一臂之力。但你在这里恐防众家人疑惑,你只说三关孙老爷差你前来投送书文,路逢强盗抢劫可也。"公主应允称谢。原来庞洪一心要算害狄青,如今他班师回国,圣上恩宠,正在算计不来。如今见飞龙到此,专心为夫报仇,正中他心怀。又见飞龙生得风流少艾,顿起淫心。此时,开了书房门,唤到小使,吩咐道:"这李飞雄乃三关孙老爷差来递送书的,路遇强人抢劫,快把衣裳与他换了。"小使领说:"李兄,这里来。"

慢表飞龙进去。此刻庞洪在书房内想起公主:"老夫只道番邦人物丑陋不堪,岂料这飞龙公主真有沉鱼落雁之容,令人可爱。想他青春年少没有丈夫,岂不思想云情雨意。待老夫将他挑动,看他怎生光景便了。若得佳人陪伴老夫枕席,直待我半世风流之乐。"庞洪此刻想得心花大开。

少刻飞龙换过衣服到来。这公主更衣,不过卸去外衣,不换贴肉衣裳,众家人焉能得知。又是天就生成一双大脚,穿上靴来易于走动。国丈见他装扮得如此,不觉看住公主呵呵大笑。见四下无人,说声:"公主,若说兵部差官,不该留在书房之内。奈何你是个女身,若外厢安歇,一则轻了公主,二来犹恐破露机关,不若在南楼书房安歇罢。"公主连声称谢。国丈又唤小使引进南楼书房。是晚送进美酒佳肴与公主用过。又齐备帐铺安歇。此时,这些家人不知所为何故,猜疑不定。此间闲话休提得多。只有飞龙公主心中暗喜:"有了杀害狄青的机会,丈夫之仇得报了。"

当晚国丈独坐书斋内,有心要调戏飞龙公主,饮酒至更将二鼓,叫这家人将近去睡。"不知公主睡了否? 待老夫拿灯火到南楼会他便了。"一路走,只见堂侧的家人俱已睡下,就又转到堂中,见月色光辉犹如白昼。已到南楼,只见里面灯光影出纱窗之外,侧耳但闻叹息怨恨之声。国丈放心,轻轻打上门槅几下。公主里面应声:"门外的谁人打门?"国丈说:"老夫在此,公主快些开门。"公主暗暗想道:"更深夜静,太师到此何干?"即忙起身开了房门,庞洪直闯进来,说声:"公主啊,此时已夜深了,还在这里恨恨之声,却也未知何事?"飞龙说声:"太师请坐。只因大仇未报,哀家焉有不恨之理。若然早日得报丈夫之仇,我死在九泉之下也觉心安。"国丈说:"公主,你且免愁烦,这件事性急不来。总要有得日期,自然成功有日的。"公主说:"多谢太师关心。为何夜深不睡,独自到来? 有何故?"庞洪说:"公主,老夫因屡屡计害狄青总不得,所以时时在心,日短夜长,安睡不得,特来与你讲话,或者心事还开得些。"此时一双色眼把公主的花容目不转睛地呆看。

公主想道:"太师的形景却也奇怪。莫非他有什么邪心于哀家不成? 难道年老之人还是好色么?"飞龙说:"太师,夜已深了,且暂请回安睡,有什么话说,明日讲罢!"庞洪说:"老夫总是睡不安的,谈谈心事却也何妨!"又说:"公主,老夫与你讲了半天的话,到底不知你今年纪多少?"公主说:"虚度年华二十四岁。"国丈说道:"你青春二十四岁,老夫看将起来只像十七八岁的光景。公主,看你的花容好比一片美玉无瑕,恰似初开碧桃秀嫩。可惜与英雄驸马阴阳隔别,今日弄得你不胜寂寞凄凉,孤帏独宿,其实可怜。想到凤友鸾交之日,可把狄青千刀万剐,尚未息胸中之恨。"公主听了庞洪一番话,心中想着,知他不怀好意,便说一声:"太师啊,哀家虽然生长番邦外国,为妇从夫之节,我略知三分。雪月风花非我所乐爱,保全节烈以从夫这是哀家的本心。这些风情浪语,太师休说罢。"庞洪一想,他说话来得坚硬,但不知他是真是假。转声又说:"公主,休得瞒我,你是青春年少之女,雨意云情焉能丢得下去?就是老夫年经花甲,风流之念不减得的。虽有妻妾几人陪伴,只甚少公主的花容美丽。公主你乃如花似玉的美人,谁不想风云之际会!"公主听罢,粉面含羞,低头不语。庞洪此时伸手扯公主的袖衣。公主着急,立起来叫声:"太师,你是当朝一品,为何这般无理,不顾廉耻?不知俺飞龙为何样人。枉你如此高年,轻浮太甚,来调戏哀家。"庞洪听罢,呵呵大笑道:"啊!谁叫你生得花容娇嫩?谁叫你孤身独自投到我府内?惹起老夫风流之念。今日不期而会,乃是宿世姻缘。公主休得推却。"正是:

纲常烈女何堪犯,淫欲奸臣枉用痴。

第四十一回　荐行刺庞洪托友
居王府狄青思妻

诗曰：

> 身居相位大奸臣，图害忠良负主恩。
>
> 党羽同谋多误国，至教番女报冤恨。

当下飞龙公主见国丈至书房来调戏于他，心中焦闷，暗想："这老头儿如此痴心好色，错投他相府了。叫哀家今夜如何脱身？罢了！不若设言哄退他便了。"说道："太师啊，既蒙见爱，哀家岂有推辞见却之理？只因未报夫仇，岂得先与太师有此耍乐！且待我杀了狄青，消却宿恨深仇，方可与太师欢娱。倘若今夜要苦苦逼勒哀家成事，就是颈付青锋万万不能了。"庞洪听罢，只好呆呆看着飞龙，反觉没趣，惭愧起来。暗想这番女倒也心如铁石，节烈可嘉。如今倒使老夫没趣，不能收科。只得又叫声："公主，若待你报仇，又非三朝两日可能办得来。叫老夫性急之人哪里等待，岂非闷杀人也！不若趁此夜深无人，何不先赴阳台就却楚王之梦？"公主说道："这也断难从命。太师啊，你位列三台之首，看得飞龙如草如芥。请太师速去安睡罢！纵有多少蜜语甜言，哀家总付之流水，你休再言。"庞洪说："公主，犹恐你报仇之后忘了今夜之言，岂不辜负了老夫一片怜香惜玉之心？"公主说："太师休得挂虑，哀家断不是负心之人。报仇之后，愿陪伴太师共效于飞之乐。"

此时庞洪乃真没趣，连称："公主节烈可敬！可敬！老夫多多冒犯了你，且安睡罢！事后休得忘了老夫爱慕之心。"公主说："违却太师，是哀家之罪，但等报仇之后自有会合之期。"此时庞洪辞别，已是更鼓三声。公主闭上书房门宽衣而睡，想道："庞洪实也可笑。只道他是身居极品的老尊年,岂知他花甲之年将已就木,还要贪淫好色,把哀家这等欺侮。驸马啊,今夜若然从顺了庞洪,岂不是哀家不能与你守节了。总是哀家一心与你报仇,望你阴灵护佑你妻。"

不表飞龙之言。再说这庞国丈复走回书房,坐下自说:"老夫想他是个釜中之鱼,拿得稳稳牢牢,共他效于飞之乐。岂知一场空快乐,还弄得老夫羞惭而还。想他生长番蛮之地,夫妻之情却如此真重,却也难得。但是老夫要算计狄青,尚无妙计。难得有此机会,飞龙要与丈夫报仇,须当打算成功,杀了狄青,此时两家欢欣,老夫心愿遂了。但想狄青单单国已有妻儿,只怕他不要纳这飞龙为配,如何是好? 并且他言语不是中国的,必要学习中原的话,才好行事。想来狄青素与老夫不睦,圣上也知,若亲自出头来,定不能成事。必须要旁人作主,待老夫鼎力,此事方能成就。"想了一会说:"罢了,老夫有一好友,乃名杨滔,现为户部尚书,他有两个亲生女儿,大女儿为鸾姣,已匹配了江西韩君祖。只有次女凤姣,尚未出门。不若请他过来,悄悄商议,把飞龙代作凤姣,奏知圣上与狄青为配。待老夫在旁为媒,方可为中行事,他人何能得知内里? 我想圣上作主,谅狄青拗不来的。这个小畜生若作了刀头之鬼,老夫好不快乐!"慢表庞洪奸谋之言。

次日朝过天子,庞洪回衙即差人去请杨滔。不多时杨滔即到来,进入内堂,分宾主坐下,国丈细将情由说知。杨爷摇手道:"国丈,此事下官做不来的。倘他杀了狄青,圣上必然追究起来,必然反坐于下官身上。"庞洪笑道:"杨大人,你一向心雄胆壮,如何今日这等畏怯起来? 如若追究于你,老夫自当出头鼎力,决不牵连于你! 况且这番女报得夫仇,死也不惜,是他亲口自言的。如此焉能干系得你? 且自放心。"原来杨滔屡屡奉承这庞洪的,正是他的党羽,只得应允。国丈即唤公主见了杨滔,杨滔将他带回府内,将家人使女各各瞒过,细将此事细细说与夫人知道,凤姣小姐也在旁。

此时飞龙公主更换过女衣,殷勤见礼,就在着凤姣小姐房中安歇。他是一个灵聪之女,当心学习中原声音。一众丫鬟那里得知缘由,多不解其意,猜测不出。他官家法严,就是有些知觉亦不敢传出风声。只有夫人愁闷不悦。这一日并无丫鬟在旁,夫人叫声:"相公啊,你奉着国丈,图害狄青,倘若弄出事来,如何是好?"杨滔说:"夫人啊,下官岂有不知?只因下官与庞国丈相交好友,二来他的官高我的官小。若不是他数年提拔怎得今日这等高官?此事若不听从,岂非下官没朋情?若是平安无事,自然金银酬谢于我。若有甚差迟,自有他出头鼎力。夫人不必挂怀!"

不表杨滔夫妇之言。再表工部老爷奉了圣旨,购买民地建造王府,差用泥匠工人千余。日夜赶工已有一月余,方已筑成。完工之日,复奏天子,嘉祐王降旨,令狄爷进居王府。焦、孟等六将当殿受封,谢过圣恩。此时,平西王禀知太后娘娘并母亲,择日迁居。此日狄千岁一路进王府,好不威仪:排开王旗,刀斧手数百,摆道而行,金瓜月斧两行不绝,一程炮响连天,后面家丁一队队何止数千。此时太君再三深谢姑娘,狄太后亲自送出皇宫。此时,太君坐上金镶八宝轿,潞花王一路亲送至王府。二位王爷乘着军车前呼后拥。前面四位大将军多是高头骏马。太君轿后又有焦、孟二将军。城厢内外,大小官员齐来护送。这平西王一路笙歌,音韵悠扬,金炉香烟喷鼻,街衢上百姓远远回避。两旁多是一派香花灯烛辉煌,旁人已多赞羡他功高爵显,乃大宋社稷藩臣,此乃当今万岁洪福齐天,故天特降这英雄忠义之人,以佐辅江山。不表众民之言。

此时狄王爷一路进了王府。是日,仁宗天子钦赐白金六十万两,黄金五万两,绸绢五千匹,御酒千樽。狄太后娘娘也是赐送厚礼,也不过金银宝珠之类。天波府内佘太君众女将打发家人扛了四大箱盛礼,也送进王府。一众王侯、文武大小官员,多来送礼,不过金银之类,不能一一细述。狄爷亲身道谢,忙乱了几天方得安闲。

一日,太君叫声:"孩儿,前日山西故土一遇水灾,母子分离十有三载,今日不想枯木逢春,娘儿复得叙会。你虽建得功劳,蒙天子降此隆恩,亦得众将军之力,方才立得此功。今日太平安乐,吾儿不可忘了众将军勤劳之功。南清宫也是骨肉相看,不分彼此却难得。他一心照管于你,须谨记在心。当今主上恩如渊海,当赤心少报天子之恩。"狄爷诺诺连声,说:"谨依母亲训诲。"次日五更时分,狄爷上朝谢过圣恩回来,吩咐大摆筵席,邀请众藩王、文武百官在王府内满堂乐饮。又是忙乱了半个月光阴,方得安闲,狄王爷终日想念公主贤妻,暗道:"公主真乃多情重义之女。想来本藩前者哄他逃走,私往西辽,辜负他深情,却被他赶到风火关前。此时本藩见面十分惭愧,只因是本藩负他恩情。后来讲明忠孝之节,公主醒悟,放我西行。此是他割离恩爱,能明忠孝之义。分离之际并无怨恨于我,只是恋恋不忍分离。只说我虽是英雄,犹恐西辽将勇兵强,须要小心。千般恩爱,万种离愁。此时本藩也是十分不安。只因君命焉可背,母难焉可抛?只得硬着心肠,两下分离。后来兵困白鹤关,又承他前来搭救。又说劝尽父王多少话,方才放他提兵救解,看将起来他真乃一心看待,出在至诚。岂知班师之日,他又要回返单单。此时本藩一心要带他回国,岂料仍要鸾凤拆开。如今国务少尽,岂有负了他么?奈何目下天属隆冬,霜寒得紧,且候待三春和暖之日,将此段情由奏知皇上,求恳降旨,差官前往单单国接取公主到来,此时夫妻完叙,婆媳团圆,下官才得放心。"想罢转进内堂告禀母亲。太君说:"我儿,这公主乃是一个多情女将,心事正该如此。且待春来和暖之日,行人易于走动,然后奏知皇上,前往迎接贤媳罢了。"

此时天天闲暇无事之日,更觉易过。光阴似箭,瞬息之间新春已至,文武百官朝贺新喜元景。此时正是天子有道,嘉稻丰降,万民安享,瑞雪纷飞。

好话不多提。且说飞龙公主一心要报夫仇,在着杨府内与凤姣小姐早晚盘桓,用心学习中原口气语言,好待行事。但不知庞洪、杨滔如何用计去陷害这位英雄。正是:

　　整备窝弓射猛虎,安排香饵钓金鱼。

第四十二回　假荐姻缘奉旨完娶
真迎花烛不进洞房

诗曰：

奸臣国贼私通辽，力赞姻缘圣上调。

暗里图谋施毒计，岂如天眼显昭昭。

再说飞龙公主在着杨府与凤姣小姐同住一卧房，学习中原语音。这户部杨爷乃是江西人氏，自然夫人小姐多是江西的话。这飞龙公主立心要报夫仇，在杨府耽搁了两月余矣！常言天下无难事，人心自不坚，况且飞龙乃是伶俐女子。此时两月有余，满口江西之话多已肖着。当时他十分心急，要往报仇雪恨。况且庞国丈一来巴不得伤害了狄青，二来还要打算纳他为妾，所以催促杨滔速速明日上朝，如此如此。

好一个失时倒运的杨滔，见庞洪催促，来朝上殿，出班俯伏说："臣有事启奏！"嘉祐王龙目一看，乃是杨滔，说声："杨卿平身。何事且奏朕知！"杨滔说："臣有次女凤姣，年登十八，尚未许字。臣也不敢自称绝色无双，若与平西王匹配，实称佳偶。"仁宗王子听奏，微笑道："杨卿之女虽然坦腹未招，怎奈平西王在单单已有妻室，岂可把结发之妻中途抛弃了？此事寡人难以作主。杨卿且自另择英豪匹配罢了。"杨滔暗想万岁不肯作主，如何处置？原来这杨滔与庞洪作为党友，是个刁奸之辈，想一会奏道："平西王在单单国虽然招赘了赛花公主，他仍然居住他国，南北分开。目下平西王犹自孤身独处，虽有夫妇之名，并无夫妇之实。望我主明察。"天子听罢说道："杨滔，你好愚也。赛花虽生长外国，与狄青已经做了夫妻，况且兵危白鹤关时亏他带兵救助平西王，有功于寡人，岂可将他抛弃？万事须要循理。待等

168

天时和暖，寡人即降旨前往单单国取了公主，来到中国待等夫妻叙会，婆媳相逢，寡人之心如此。无奈班师之日已近隆冬，行人艰于来往。杨卿啊，此事不谐了。"

庞洪听了，好生不悦。只道天子必定准奏，岂知总是不依，急忙出班奏道："依臣愚见，却也不难。"天子说："庞卿有何主见，速速奏来！"庞洪说："臣思我主切意于臣下如此，仰见龙心诚意精详。既然杨滔自愿将女儿许配平西王，何不作为偏室？即平西王功重位尊，双美夫人也是应该，望我主圣裁。"天子一想，国丈这句话助着狄青，倒也不差，即问杨滔道："卿家之女肯与平西王作偏室否？"杨滔说："即使做偏室也愿的。"此时，狄青出班说："臣启陛下，臣在单单国招亲，依律罪该万死，已蒙圣主宽宥。况且赛花虽生于外国，义重情深。微臣被困白鹤关时，非他与兵解困，众臣焉能得全性命？他不负为臣，臣岂可忘他！伏乞我主不依杨滔之言，以免陷臣于不义，足感天恩不尽矣！"嘉祐王听罢微笑说："狄卿，朕岂不明此事？若杨卿之女要主中馈，朕也不依。既为偏室，卿家可允。如今不必推辞，寡人与你作主执柯。庞卿代朕料理迎娶事情。"庞洪说："臣领旨！"心中大悦。惟有狄爷闷闷沉沉，料想再难违君命。圣上回宫，群臣退班。

平西王转回府中沉沉不乐，只得将情达禀母亲。太君闻言大喜，叫声："儿啊，不必为着八宝贤媳违了君命。你为极品之尊，就是三妻四妾也不为过，岂但一夫二妻？况且你不是无情负他，少不得请了圣旨前往单单国迎请他前来就是。杨滔又愿将女给你为偏室，圣上之意果然不差。目今先与杨小姐完婚，等待满月，请了旨往单单国接娶贤媳到来，共享荣华，何为不美？"狄爷勉强答应母亲，回到书斋坐下，心如乱麻。此时，六位将军多已知道，众英雄大悦，说这平西王正是双美团圆了，闲文不表。

且说国丈回归府中十分爽快，他原要代圣上为媒的。杨滔回府又说知飞龙。此时，这番女放心去报丈夫之仇。独有夫人小姐心中不悦，犹恐吉凶祸福不分，夫人又是难以阻挡丈夫。此时钦天监太史择了吉期与狄王爷成亲。此时，王府铺结绸彩，音乐齐鸣，摆开奇珍异宝，烛灯交辉。文武官员纷纷送礼。庞国丈也来王府与狄爷相见，

说了一番好话。狄爷虽与他不合,奈他是奉旨代媒特来称贺,也不敢
轻慢。百官齐集府堂上盛设华筵。少刻红日归西,狄爷叩拜萱亲
已毕。

再说杨滔,是日先将女儿凤姣藏避过,命丫鬟四个陪嫁。杨爷嘱
咐说:"你们前去王府,伏侍小姐,断然莫要说出真情。违者活活处
死,顺者多赏金银。"此时四个赠嫁丫鬟与公主装扮得齐齐整整。此
是未受主封诰,先沾天子恩。圣上御赐凤冠宫服,白璧黄金。李太后
是日也命两名太监赐他奇环异钗。狄太后也有赐赠。无佞府佘太君
有许多物件相送,不必烦言。

是晚王府华堂生彩色,珠翠拥宫房。吉期已至,邀请双贵人同参
天地。狄爷是日不能违圣旨,又不能逆母命,参拜天地毕,又请母亲
坐定,儿妻殷勤叩礼,送入洞房,合卺交杯。飞龙公主要报仇,先已藏
下尖刀一把在身。独有平西王送客已完,堂上坐一回,时交二更,犹
不进新房,仍在书房安歇。此夜飞龙等得厌烦不过,暗说:"狄青啊,
想你青春年少,岂不思云情雨意?今夜新婚燕尔,应该共枕同衾,好
待哀家一刀结果了你,免得心怀长挂的。为何此时候还不进房来?"
只得打发丫头先睡了,单差小翠去请王爷进房。小翠去了一会,回来
禀知说:"王爷已往书房睡了!"飞龙暗怒,说:"小翠,夜深了,不必等
候王爷,去睡罢! 明朝要早进房!"小翠去了。

公主暗说:"狄青想你今日不该死,来日断难容你。"停了一会,见
他仍不进房,长叹一声,将房门闭上,卸下梳妆睡去。且说小翠丫鬟
去睡,暗想:"这野婆乃小国之人,可笑我家老爷真没主张,自己亲生
之女二小姐这等美貌,难道嫁不得狄王爷? 这个野婆举止轻浮,欺着
我众丫鬟,不时呼唤。我小翠前时也不轻贱。我父亲乃秀士,只因命
蹇时乖,不曾取得功名。后来父母双亡,并无兄长可依。上年恶叔骗
诱于我,将我卖与杨门为奴,取名小翠,伏侍二小姐。如今赠嫁于狄
府。他来时我却疑惑。只是老爷前日吩咐我四人断然不可说与别人
得知。这句话说得古怪,其中必有缘故。我也不必管他,冷眼看他做
出什么事来便了。"不表丫鬟之说。

次日五更三点,狄王爷上朝谒见天子。谢过隆恩回来,也不去见

妻房,进内参拜母亲。太君说:"我儿,凤姣媳妇贤否?"狄王爷假说:"母亲,杨氏妻房十分贤慧。"太君笑道:"儿啊,这是狄门有幸,所以有此贤良媳妇。儿啊,你万勿持勇欺压于他。"狄爷说:"孩儿领命。"太君又说:"儿啊,圣恩谢过,众客未酬,今日可去各王府拜谢才好。"此时狄青奉了母命,谢过各王爷大臣。一连两日烦劳,方得安闲。心烦不乐,又不进妻房去,只往书房躲着。家人送进夜膳,只有六位将军吃得大醉,往西楼内睡得七颠八倒。

是晚,飞龙又等不见冤家进房来,又唤小翠去请千岁进房安歇。小翠领命去了,即便回来说道:"千岁说有些心烦,今夜不进房,待过三朝,然后相见。"飞龙应声:"小翠,千岁爷如此说么?"小翠说:"正是!"飞龙公主原不是贪欢图乐,只一心要结果狄青,与丈夫报仇。今见他不肯进房,且成亲三日,未见一面,便又差小翠去请他。见他又托有些心烦不来,好不恼恨,默默不言。

忽有一个丫头名紫燕,发起牢骚来说:"你去请王爷不来,待奴请他来便了。"一程出到中堂,来到书房,把门打上几下。狄爷开门一看,又不是先来这丫头,便问:"你叫何名?"紫燕说:"千岁爷,小丫头奉了小姐之命,要请千岁爷进房相见。"狄爷说道:"前曾说过,我有些心烦,不便进房。且过三朝,然后与小姐相会,你快些回去禀知小姐,不必再来了。"紫燕说:"千岁爷,三夜新婚不进房,今朝总要结成双。做亲若再孤鸾宿,美貌青年不在行。千岁啊,小丫头奉了小姐之命,前来请王爷,王爷若是不进去,我家小姐说你不知情,又要打小丫头,说我邀请不力了。千岁爷快些请进房去罢。"狄爷听了丫头之言,骂声小贱人,此时不知狄千岁进房若何。正是:

　　重义英雄全大义,报仇烈女报夫仇。

第四十三回 平西王守义却欢娱
狄太君知情调儿媳

诗曰：

　　忠孝能行义必全，一心等待赛花缘。

　　只因君母遵严命，权作和谐美凤鸾。

　　当下狄爷一闻小丫头说出许多絮絮叨叨之言，好不耐烦，喝声："小贱人，早间已说过本藩身心不快，候三天进房见你家小姐，因何你却说此胡言，还不快些回去！"紫燕说："千岁勿要动气！并不是小丫头自主来迎请千岁爷，是奉小姐差使来的。我想，既成夫妇，为何不见我小姐一面？今朝小丫鬟定要千岁爷与小姐成双了。"说罢伸手过来扯住狄爷的袍袖要走，那里扯得动分毫。狄爷此时带怒喝声："小贱人休得无礼，本藩跟前好不放肆，还不快走么！"轻轻把他手一脱，紫燕叫痛哭起来。原来狄王爷力大手头重，轻轻将小丫鬟手扒开，犹如板夹一般。此时这紫燕谅得千岁爷必然不肯进房，心中恼恼烦烦，拿回灯火急急进内去了。

　　此刻狄爷闭关书房门，心中烦闷，说道："本藩原不愿与凤姣成亲，只因君母之命难违，无奈勉强奉旨，迎娶了他，立意不愿与他同衾共枕。倘若与凤姣进了夫妻之礼，公主待本藩恩情何在？倒做了薄情不义之人，于情理上乃不合的。如今既遵了君亲之命，迎娶了他。本又不相亲，有何谈论的。"叹了一声："凤姣啊，你父亲却误了你终身也！强奏圣上作主，要配着本藩，如此做亲反做冤家了。"

　　话分两头。且说紫燕回到房中，一一说知小姐。飞龙听了，气得满面通红，呆呆不语。想一会，恨声不绝，又不敢说骂高声，犹恐众丫鬟知透机关。只得吩咐四个丫鬟出房去打睡。狄爷推却三天才进

172

房，飞龙是夜愁烦不乐，直到天明，又过了三朝。狄太君只道他夫妇和谐，如鱼得水，这老人好不心欢。岂知乃是宿世冤家，今生相会。此日又至第八夜，狄爷仍不入房。飞龙等得不耐烦，暗想："莫非有人泄漏机关不成？"只得又差紫燕往书房连连请数次，狄爷仍是推却不来。紫燕一路回复小姐。公主一想，不若将此情由禀知太君。即命丫鬟至后堂——禀知老太君。太君闻知，也呆了一会，满心不悦，暗说："老身只道他夫妇正在新婚燕尔，恩爱相投。岂知尚未进一分夫妻之礼。"连忙吩咐两个丫鬟两头去请王爷、夫人到来。

　　停一会夫妻二人已到，见太君礼毕，夫妻不免见过礼。老太君说道："我儿，初婚数日，尚不进房，有何缘故？"狄爷说道："母亲，孩儿只为前日征西劳顿已久，身体欠安，故不进新房，耽搁了贤妻，孩儿之过了。"太君说："儿啊，这也难怪于你。既然身体欠安，原该息养。即使夜间不进房，也该日里进来与媳妇说明缘故，讲论些闲话，省得妻房怪恨于你。他怪着丈夫，还要怪老身了。纵然媳妇贤慧无言，到底你久不会他，还防他起怨恨不和了。我儿若不听为娘的吩咐，只算得逆子了。"狄爷听了说："母亲啊，不是孩儿疏间夫妻之情。平日性情母亲你也晓得，孩儿是个不恋妻孥之辈，所以前日犹恐耽误了杨小姐，孩儿苦苦辞婚。只是君主不准，况且母命难违，只得勉强成了婚姻，倒觉添了许多烦闷。"太君闻言说："孩儿你哄为娘的。你既不恋妻孥，那单单国两个孩儿那里来的？"狄爷说："母亲啊，也是孩儿无可奈何的。是以成亲一月，就要逃走了。"说罢，又向妻叫声："杨小姐，你与本藩成为夫妇，只好有若无罢。久闻你是贤德之人，料想你决不是贪欢浅薄之行，怪恨着丈夫的。"说罢，就要跑出外厢去。

　　太君见他要走，又叫声："孩儿，你且转来。为娘在此劝你，竟一言也不听，公然走了么？"狄爷说："母亲，孩儿心里烦闷，要去睡一觉。"太君说："媳妇房中睡不得么！"狄爷说："儿要往书房打睡的。"太君怒道："我偏要你往媳妇房中去睡。"此时太君一手扯住孩儿，一手挽着娇娘。狄爷无奈，顺着母亲随他拽挽进去。一众丫鬟暗暗笑个不住，说："太君为人，却也知情识趣。好比药中甘草，能调和百药一般。"此时，只有这位假小姐羞惭得满脸通红，只有随着太君而走。心中烦闷,想到太君如此光景又觉好笑,想道:"若果然是你媳妇,也不亏你如此调停。今日却正是冤家遇见对头人。"三人扯扯拽拽,不觉到了宫房内。

太君双手挽住儿、媳,早有两个丫鬟点着明灯。太君微微含笑道:"我儿,贤媳,你二人且与老身共坐下,我有句话讲。"此时夫妻二人见过礼,齐声说:"母亲,请坐!"飞龙只得叫:"婆婆啊,媳妇不是贪欢爱乐无耻之辈,就是丈夫胸中不快,心下尚烦,不尽夫妇之礼,媳妇何曾有半点怨恨之心?虽然如此,但想既成夫妇,若然身体不适,数日以来也该进房说明。你媳妇焉有再疑?如今成亲八日,夫妇尚未相见,其中必有个缘故。只须千岁说个明白,奴家省得心疑了。"太君听了,点头说道:"媳妇啊,你真乃大贤大德之人。孩儿到底你有何缘故,数日不进房相见,尽其夫妇之礼?且说明罢!"狄爷烦闷,说道:"只是因身体连日劳顿、繁忙。加以数天口中饮食不下。且再迟了几天,孩儿自然进房的。"太君闻言,连忙唤叫道:"媳妇,想他的话,谅非虚言。劝贤媳不必心懊,休疑别的。儿啊,今夜且听娘之言,须在房内坐坐,可以叙叙言,谈谈论。次夜再要书房安睡也由你就是。日间可进房内,使你妻安心不怨恨——到底你疏间于他,未必心悦的。儿啊,今夜须顺母命,在房中安睡。"说完抽身,儿、媳齐送出房。丫鬟二人扶行,一同持灯照路去了。按下慢表。

再说四虎英雄,单有石郡马在着赵千岁府内安歇,不在王爷府。此时有刘庆、张忠、李义、孟定国、焦廷贵五人在着府中西窗内饮酒,天天醉闹不休。这一天说起狄大哥不肯进房成亲,想必凤姣生得丑陋不堪了。焦廷贵又说呆话道:"纵然生得丑陋不堪,这件东西总是一样的。想来不是嫌他貌丑,必然另有缘故。"刘庆道:"有什么缘故,狄大哥是个不贪色的英雄,所以如此。"焦廷贵说道:"他有老婆还不肯去睡;叫我们打算一个来,也没有得。天道不公,岂不可恨!"张忠道:"你说什么话来?我们多是烈烈轰轰,以豪杰为称。只晓上阵交锋,与国家出力,谁将女色挂怀!"李义叫声:"三哥,此事我们何必多管于他,且吃酒罢了。但你的酒量,比我更胜,昨夜也吃醉了,一夜如泥,直至日上三竿,方才醒来。"张忠说:"四弟啊,昨夜俺们吃酒过多了。"刘庆说："你们吃些酒子,也称醉了,看来多是不中用的!"焦廷贵说："只有我的酒量厉害,从早晨吃至三鼓也是不醉的。"张忠笑道："既然你的酒量高,吃不醉,为何被人抛在水里面,冻到天明? 你夸什么海口。"焦廷贵说："那时吃了酒,人已睡熟,所以如此。"孟定国道："如今国内平宁,君安臣乐,岂不称快,须要众人吃个尽醉方休。"众人多说："有理,请吃酒罢!"

按下众英雄吃酒慢题。却说狄王爷顺从母命,只得在新房中安歇。是夜飞龙只一心要结果这狄青,又想他是员虎将,勇猛异常,须防弄他不倒,必须将他灌得大醉,然后下手,方为妥当。此时急忙吩咐往厨房备办酒筵一桌。若讲别的人家办酒,总要耽搁工夫,如今王府中非比民间之家,况且喜事未完,酒筵未毕,海味珍馐多已齐备,即使五桌十桌也能配合得来,何况一席酒筵? 当下狄王爷叫声："夫人,非是本藩薄情,不与你相亲。果然前者劳顿太过,身体欠安。今日休费盛心,纵有香醪美酒,我也不敢多用的。"飞龙说声："千岁,你前日征西过于劳顿,怪不得身体欠安。但是成亲之后,不能奉敬两盏三杯,今宵幸得千岁进来相近,待贱妾奉敬上数杯,表妾一些恭敬之意。"狄爷说："多谢夫人盛情。"无奈只得就席。飞龙亲手斟上了满满一盏,立起身来,双手献过来。狄爷也起位接杯在手,叫声："夫人啊,本藩没有盛情于你,怎敢叨受夫人这等厚情。"飞龙说："千岁啊,你说哪里话来? 既承千岁不弃为夫妇,休说客套之言。无非贱妾借花献佛,以表寸心,请千岁上坐。"狄爷说："夫人请坐。"即干饮一杯,一连饮过三杯,狄爷也回敬三杯。然后夫妻谈说些闲话,不知此夜狄青被害如何。正是:

　　仇人今夜同相会,孽债斯时已尽消。

第四十四回　从母命遇害却除害
　　　　　　报夫仇图杀反被杀

诗曰：

　　　强从母命燕新婚，只道贤良淑女身。

　　　岂料冤家同匹配，交杯把盏是仇人。

　　再说狄王爷夫妻对酌，谈说一番闲话。飞龙又问起："西征劳苦已有三载，想来他邦如此强悍，不知辽将有多少凶勇的？"狄爷说："夫人啊，若说西辽守关众将，皆是无能，只有番王差来太子达麻花、驸马黑利二人，果然有些厉害，众将杀他不过，本藩用法宝才伤了他二将。之后要算扳天将星星罗海本事高强，本藩虽不惧他，也算得西辽头等英雄。"飞龙说道："莫非又用法宝伤他么？"狄爷说："夫人啊，那法宝后来不知为何不灵验起来。当时兵微将寡，却被他领了数十万番兵，数百员战将，困在边关。本藩无计可施，亏得飞山虎到得单单国请得公主到来，方能大破重围，奏凯班师。"飞龙暗想："他既有此法宝，但不知他是何法宝，有如此厉害。"即说："千岁啊，但不知你用的是什么法宝，哪里来的？"狄爷说："是玄帝神明所赠两桩法宝，一名人面兽，一名穿云箭。赞天王武将等多死在两桩法宝之内的。"飞龙说道："这法宝如今藏在哪里？"狄爷说："本藩上阵交锋藏于怀内，若不出战，焚香供奉，如今现在书房桌上。"飞龙说："可与妾一观否？"狄爷说："这也不妨。待本藩请来与夫人观看便了。"飞龙说："千岁啊，妾身不要看了。"狄爷说道："却为何不看？"飞龙说："你若出去，必然不转来。又在书房安睡了。"狄爷说："夫人啊，母亲之命，如何违逆得？待我取来你一看。"

　　若说狄爷，原是个真性英雄，况且又是出于意外风波，如何省得其中作弊？此时见母亲如此着意,若是执意不从,即同逆伦,只要不与他交合便是。此时拿进两桩法宝向桌中放下,叫声:"夫人,此为人面兽,此为穿云箭。"飞龙看了一会,说:"千岁啊,看来二宝是平常之物。"狄爷说:"你休言法宝是平常之物,本藩立的汗马功劳,皆亏二宝之力。"飞龙道:"原来如此。"暗中怀恨二物,恨不得登时毁拆了,此时只得放开笑脸说:"千岁啊,妾身还要请问,既然二宝神通广大,因何在单单国被擒?何不用他?"狄爷说:"夫人,这法宝却也奇怪,在单单国总不灵验。况且公主法力高强。"飞龙说:"单单公主与千岁成亲,如何看待?"狄爷说:"他待本藩真乃情深意重,恩爱相投。只为本藩要去征西,只得抛别。后来被困在白鹤关之日,他看见求救之书,即提兵救解,方能得胜班师。"飞龙听罢说道:"原来千岁心在单单国,恩义你妻,无意于妾,故以如此。"狄爷说:"本藩并非如此。"当时狄爷不欲再多言,便说:"夫人,本藩身心不宁,要去睡了。"将这人面兽、穿云箭放在桌中,思量上床去睡。

　　飞龙一心要灌他大醉,然后下手,叫声:"千岁慢些睡,妾还有话言。"狄爷说:"夫人还有何言,且讲来!"飞龙说:"千岁啊,难得你今夜进房,妾有话请教,千岁何以要睡,莫不是贱妾恭敬不谨么?"狄爷说:"夫人啊,你言太重了。"狄爷只得重新坐下说:"夫人还有何言请教?"飞龙说:"千岁啊,妾身还要奉敬你三杯美酒,说说闲话。"狄爷说:"夫人,酒是吃不下了,既是夫人的美意,敢不领情!"飞龙唤丫鬟把玉盏满满酌起一杯,飞龙双手送上说道:"此杯恭贺千岁,征伐西辽,功劳浩大,加官晋爵,一门福禄叨天,千岁请饮此杯。"狄爷说:"多谢夫人如此厚情。"接杯饮干。飞龙再斟上一杯说:"此酒贺喜千岁身为中国大臣,又在单单国中招驸马,光宗耀祖,何人可及!"狄爷笑道:"单单招亲,原是出于无奈,有何显耀?"飞龙说:"若不是单单招亲,谁人解得重围?正是福禄双全,皆是招亲原由。"狄爷只得饮过。又酌上一杯:"此杯喜得千岁位至极品之尊,五虎平西,威名四达,报君王隆宠非凡,永保宋室江山,流芳青史!"狄爷说:"夫人啊,本藩有何德能,敢当此称赞!"狄爷一连吃过三大杯酒,飞龙又唤丫鬟满酌一杯。狄爷说:"夫人自家一杯不吃,杯杯多是本藩吃么?请奉陪一杯便了。"

以后你一杯我一杯。彼此又谈说一番。狄爷十分厌烦，装着假醉，斜身坐椅欲睡。飞龙只道他上当了，吩咐丫鬟扶千岁睡下。此时狄爷原是酒量太高，并非真醉，和衣睡下。飞龙只说他醉了，满心欢喜，吩咐丫鬟收拾残肴，不必再来。飞龙此时卸下梳妆，宽了裙服，脱好宫鞋，剔亮银灯，进来卧房，一看狄爷便叫声："千岁，为何不宽衣而睡？"狄爷原是防他要图欢乐，所以装着假睡熟。飞龙连呼不见答应，暗暗心欢，走到桌中拿了人面兽，口称："可恨！"扯为四块，又拿起三枝穿云箭，折为六枝。此时走回卧房，欲取尖刀，觉得不便，即将壁上挂的龙泉剑取下。飞龙虽是胆雄性烈，执剑在手也觉心寒，战战兢兢，浑身发抖，呼呼气喘。他走近床边，见狄爷仰面朝天卧着，叫声："千岁，宽衣服睡好！"狄爷仍在假睡不应。飞龙喊声："杀害我丈夫，我来报仇！"连忙一剑砍去。狄爷闻此言，剑未落早已闪侧一边，喝声："慢来！"复将身一进，照定飞龙，一脚踢在他小腹。飞龙痛不能当，一交跌下尘埃，剑也已抛出丈余。狄爷飞步上前，心头大怒，拾起龙泉剑，喝声："好贱人！ 本藩与你平日无仇，往日无冤，因何起得这包天之胆？"飞龙忍痛立起来，走上前照定狄爷怀中撞去。狄爷骂声："贱人，你要怎样？"飞龙高声道："要你的性命！"思量要夺这宝剑。狄爷大喝一声，手起头落，但见鲜血满地流红。

今日飞龙欲报夫仇，岂知夫仇未报，反先丧了性命。若说飞龙公主，真乃女中豪杰，立心为夫报仇雪恨，其心不以生死为论。如若狄青被他所伤，料亦难逃，亦必从夫于泉壤矣！ 其心至死不变，诚为千古节烈之堪称者也！

此时狄爷怒恨不息，"贱婢啊，你要我的性命，谁料你的性命倒送在本藩手内。"当时一手拿着宝剑，一手拿着首级，又想："这杨氏说杀他丈夫，要来报他之仇。这句话好不明白，到底他的丈夫是那一人？姓什名谁？ 也当说个明白！因何不说明便行得如此凶性？咳！我想你这贱人真乃包天之胆。"说完，拿了首级一路向中堂跑出。此时众人多已睡了，只有孟定国与焦廷贵在此西楼窗内吃酒，用着两个家人侍立酌酒，猜拳行令，呼五喝六之声不断。一人说："老孟，你请饮此杯。"又闻一人笑道："又是我饮么！"此时狄爷一路来到王府到中堂，看见西窗内灯烛辉煌,焦、孟二人还在此饮酒,连忙登楼说道:"人也杀了,本藩还要吃酒!"此时两个醉汉只见狄爷手中拿了首级,宝剑,孟定国急忙立起身问道:"千岁! 为何今夜伤人?"焦廷贵说道:"是了,千岁在西辽国杀得番兵不足,所以今夜又杀个把来也无妨的!"狄爷喝声:"胡说! 他是杨滔之女,行凶要杀本藩,反被本藩杀了他。"焦廷贵高声说:"不好了,如此说来乃是夫人!"狄爷说:"他是什么夫人? 乃是来行刺的奸细!"焦廷贵说声:"原来杨氏是来作奸细行刺千岁么? 这还得了!"

焦廷贵真乃鲁莽之人,此时不问情长情短之缘由,伸手去夺了首级,也不拿灯笼火把,一路跑出外堂去了。狄爷不住口地叫道:"不要走! 快转来!"焦廷贵说:"千岁,不要管闲账,末将送他回府,去杨滔处报功领赏就回来!"狄爷不悦,又差酌酒的两家人拿了火把,赶去叫他转来。此刻焦廷贵跑开大步,先开了中门,一路跑出。又闪过五里府门,方到边厢,两个家人赶上叫声:"焦老爷,千岁特差我们来要你回转府中。"焦廷贵听了,喝声:"你休多管,快拿火把,走到杨府那里去!"两个家人只得持着火把一路同往杨府而去。不知杨户部如何打点,下回分解。正是:

　　英雄福厚祥原厚,奸佞机深祸亦深。

第四十五回　莽将军夺首级报信
刁佞党乘机隙施谋

诗曰：

> 飞龙立志报深仇，定数安排命不忧。
>
> 未雪夫冤先丧命，奸臣乘隙复施谋。

按下慢表焦廷贵前往杨府。再说孟定国虽吃酒过多，到底心中还是醒的，想一会也觉心惊。这孟定国不独前时出阵杀过多少将兵，就是目下征西，也不知伤了多少番兵性命。他原是上阵英雄，何故此刻着慌起来？只因想到狄爷完婚只得六七夜，闻他天天在书房内安睡，今夜一刻把夫人杀了，到底不知何故，慌忙叫声："千岁，为何将夫人伤害了？"狄爷说："杨滔叫女儿来行刺本藩，今夜杀了此女，除却祸根。"说罢，复回书房坐下。此夜孟定国满心疑惑，总要问个明白，又进书房说："千岁，到底夫人有何不是？望求说个情由。"狄爷说："你不要管，且往外边去罢！"孟定国说："只恐杨滔不肯甘休，如何是好？"狄爷说："这也不妨，顶天大事自有本藩承当，你且去罢！"

孟定国心中疑惑，出至西楼，唤醒了三位英雄说知其故，彼此皆惊，齐到书房来动问。此时狄爷将其情由细细说知。众人猜测一回，刘庆说："千岁，你在本朝无非杀过一个王元化，并无伤害第二个人，如何杨氏说与丈夫报仇？却是奇怪了。"张忠说："这杨滔恳请圣上为媒，千岁奉旨成亲，非同小可。杨滔之女乃是个黄花女子，哪里有丈夫的？必然千岁听错了。"狄爷说："哪里话来，本藩自是听得明明白白的。"李义说："想那杨氏是个黄花之女，焉能有与丈夫报仇之事？定然千岁错听，屈杀他。"狄爷说："就是错听了，你们且往外边去罢。本藩要睡了。"四人听罢，连忙退出外厢，你言我语，说他必然多吃了几杯，发起酒颠来杀害了此女，只怕杨滔不肯甘休，又有风波在目前了，且不管他，待到来朝便知分晓，不表四人之言。

再说狄爷在书房内想去思来，觉得怒气冲冲，又难以测度其原由。想了一会，叹声："莫非又是庞洪之计，与杨滔同谋来算账的？"冷笑一声说："若是庞洪用计，显然恶毒。岂知计又落空，陷害不成了。且待来朝奏知圣上，处分便了。"又想："想来母亲谅已睡了，不可惊动他。本藩坐等天明便了。"此时想起两桩法宝，复进房中，一见吃惊非小，恨说道："罢了，你这贱婢，毁坏了法宝，把你尸碎为泥尚不足以当其罪！"只得一并拿至书房，待明日将此为凭，奏知圣上。此时，狄爷昏昏沉沉，坐待天明。按下休题。

再说莽人焦廷贵，想来这杨滔之女要杀害狄爷，一路行走思量，心中大怒，拿了首级，跑开大步，已到了杨府门首立着，将大拳打门，犹如擂鼓。府中门上人还未寝，听见府外边大声喧哗地打门，急忙拿了灯火，出外开了府门，大喝："哪个狗头，夜静更深，敢大胆在此吵闹！"焦廷贵喝声："瞎眼的蠢物，且看看老子手中是何宝贝？"门上将灯一照，吓得大惊失色，连忙问道："因何你拿个首级在此？"焦廷贵笑道："你倒也好眼力。快去报知你家杨滔，我乃狄王爷的焦廷贵。今夜王爷杀了你家小姐，如今拿首级来还老杨，快去罢！"门上说："不好了，杀害了小姐！"焦廷贵说："这有何希奇！我家王爷征西杀了多少人，何况个把女子。"说罢跟随了门子一齐直进。

此时杨爷还在书房看书未睡，若是主家未睡，一众家人手下也不敢睡。门子一重重叩门而进，直至内堂上。焦廷贵尚未见到杨爷，便高声叫道："老杨快出来！你家女儿回来了。"杨家人见他手拿血淋淋的人头，大惊，连忙动问。此时门上进内禀知，杨滔闻说，吓得目定口呆，急急抽身出外，问道："焦将军，这个首级何处拿来的？"焦廷贵说道："你自己的女儿也不认得么？你且拿去看认分明罢。"此时，杨滔虽然知道不是亲生女儿，也觉惊慌，假意说道："因何成亲几日就送了命？儿啊，到底有何缘故？为父全然不晓，可怜你死得好惨啊！"又问焦廷贵说："为何你家千岁把我女儿伤害了？"焦廷贵说："这是你女儿不好！"杨爷说："到底有何不好！"焦廷贵说："他要与千岁同睡，岂知千岁偏不喜这件事情,你女儿放起蛮来要杀千岁,反被千岁杀了。老杨啊,我今还你女儿,且拿去收藏好。"说完转身跑出府来,家人持火引道,一直回归王府去了。不表。

再说杨滔把飞龙首级细细一看,长叹一声说:"飞龙,你一心要报丈夫之仇,混进中原,投身相府国丈,施下巧计,下官将就好机谋。岂知你夫仇未报身先丧,弄得今日下官毫没主意,怎生调停是好!"想了一会,说:"罢了,不免连夜去见国丈,看他如何打算罢了。"此时也不换衣,随身便服,即吩咐小使持了灯笼,乘了小轿,四个家人跟随而去。此刻二鼓将残,只见街道民家灯收夜静,寂寂无声。直到庞府门首,家丁把府门叩开通名。若问做了当朝宰相,真乃劳碌非凡,各省奏章,一切国务,一一留心细看,好待明朝达呈御览,不到二更不能睡,到了五更又要上朝。所以合着古语两言:

> 只爱做官千日好,不及农夫半日闲。

此时太师正要安睡,忽见家人传说户部杨老爷有急事要见太师爷。此时庞洪一想,这杨滔此时候还来相见,有何急事?也觉心疑不定,又有两句古言:

> 日间不作亏心事,半夜敲门心不惊。

庞洪想一会说:"莫不是飞龙杀害了狄青前来报知?"急忙传命请来相见。国丈便服出了书斋,杨滔走进府堂中,因有众家人在旁,同到书房坐下。杨滔叫声:"国丈,不好了!飞龙要杀狄青,反被狄青杀害了。差焦廷贵把飞龙首级拿来还我。这件事情还是私下调和了,还是奏明圣上?下官事在两难,思想不来。所以深夜到来,请国丈高明主见如何。"此时庞洪听了,好像半空中照定头脑打个大霹雳一般,说:"飞龙啊,老夫只道你善者不来,来者不善,因此用出机谋,力荐你出,指望你把冤家除了,使我翁婿心中遂愿。岂知今日你画虎不成,真乃可惜了这飞龙也。"杨滔说:"国丈,如今长言不如短语。到底怎样调停为妙?"庞洪听了,想一会说:"杨大人,如若私和了是造化这小畜生的,飞龙性命岂不枉送他手!此时一不做二不休,你来朝奏明圣上,只说狄青无故杀妻,伤害了你女儿。况且圣上为媒,非同小可,哪怕他势大封王,照依国法森严,若是犯罪,也是一体。"杨滔说:"倘飞龙有甚破泄之言,听入狄青耳中,他执此为凭,如何是好?"庞洪说:"这是死无对证之言,哪里作得证? 如若圣上姑宽不究,老夫定然在旁鼎力,说他无故杀妻,应该抵命。此时看他小畜生逃得那里去!"杨滔说:"既然如此,明日奏明圣上便了。"庞洪说:"又有一句要紧关的,说话切不可露出'飞龙'两字,总要认定凤姣女儿,这场是非,包管赢的。若除了狄青,老夫不忘你的情,愿谢金银与你杨大人。我还要慢慢奏知圣上,加升吏部之职,决不相负。"原来杨滔最是贪财物之辈,听了国丈之言,得意洋洋,作别而去。

再说五更三点,天子尚未登坐金銮,文武官多在朝房叙候。众文武耳风一闻此事,尽皆着忙。杨户部说声:"狄千岁,后生家何必作此威头,仗着太后娘娘的势力,把我杨滔欺负,无端杀害妻子,全无国法,下官女儿之仇一定要报的。"狄爷冷笑道:"你为人长了禽兽之心,使出这样毒计,思量要陷害我狄青,幸喜我命不该终,不中你奸计。今日你害人还害了己,正是灯蛾扑火自烧其身。"二人争论不一,庞洪假意来劝解说:"二位何须争辩,少刻奏知天子,自有国法公论。但他无故杀妻,过于残忍,罪却不少,狄千岁也应知其法律!"狄爷听了说道:"纵然偿命,我狄青岂是贪生畏死的么!"国丈说:"千岁不如听老夫之言,私下调和了好,若要认真起来,总要抵命。王子犯法,与庶民同罪,太后娘娘也是遮盖不得了。"狄爷说:"你差矣! 我狄青并不用着娘娘的遮盖。所以前时不愿无功受职,当殿比武,险些丧了性命,皆因不把太后娘娘倚靠。解送征衣,独往邦外,之后,又蒙国丈美情保我征西。若然倚了娘娘的势力,决不使天牢禁母。所以屡被奸臣算计,受苦多少,才得平服西辽,苦乐皆由自己担当,今日圣上自有国法处分,是非曲直悉凭圣上公裁,何劳国丈之言!"庞洪听了,呵呵发笑,说:"是极,原是一个硬性英雄,老夫失言了。"正是:

忠良理直何为惧,佞党心歪屡着惊。

第四十六回　奏冤陷玄天收宝
命审断宋帝差臣

诗曰：

　　玄天赠宝付英雄，征伐西辽立大功。

　　却被飞龙轻毁坏，腾空收去显神通。

却说狄爷与国丈驳说一番，又说各位王爷平日间或上朝或不上朝，就一月不上朝，天子也不来查究，所以这日大人一个也不在此。停一会，听得景阳钟一撞，龙凤鼓一响，金鞭三下，圣驾登銮。文武官员朝谒已毕，值殿官传旨未了，文班中闪出杨户部，武班中闪出平西王。二臣各说有事奏闻，天子一想，他二人乃是翁婿，有何事启奏，即降旨："二卿平身，有何事情，文的先奏！"庞洪一想："先奏，便是一点便宜之处了。"杨滔奏道："臣有次女凤姣，多蒙圣上天恩，赐臣女与狄青成亲，才得七夜。臣女并无差处，不知狄青何意，竟将臣女杀害了，差焦廷贵将首级一颗，于昨夜二更时分，交还与臣。陛下，古言钢刀虽利不斩无罪之人。臣女有何差处，也要查察分明，方能定罪。他又不说与臣知，倚着王亲势力，擅自行凶，将臣青年弱女，身首分开。可怜臣年已花甲，单生两女，如今幼女无罪被害，今日并非翁婿，要结深冤。伏乞陛下究问平西王，臣女有何差处？"狄爷说："臣有奏闻，臣蒙圣恩浩荡，把杨滔之女赐与臣成亲。臣看待他无甚差错，哪晓得杨氏不知他立心何故，昨夜与臣吃酒，自家一杯不饮，多劝臣吃。臣已厌烦了，酒也不吃，先去睡了一会。凤姣手持龙泉剑，立在床前，喊声'狄青啊，你杀害我丈夫，我来报仇'，一剑砍来，幸得臣不该死在他手，急忙闪脱，剑已落空。臣赶上夺了他剑，手起挥为两段，却是真情。陛下，但想此女说话有因，立在床前，说他与丈夫报仇，然后落

184

剑,想来分明不是杨滔之女了,是作奸细前来陷害于臣。伏乞陛下,细把杨滔究出真情,免得混清不分,串同作弊。"

此时,国丈在旁吃惊不小,想道:"这飞龙自己把机关泄漏,如今圣上查问起来,如何处置?"天子又问杨滔:"那凤姣到底是你女儿否?从前匹配与何人?"杨滔奏说:"圣上,臣女凤姣乃是黄花闺女,从前并未有丈夫,满朝文武也有知的。臣何敢将有夫之女欺君?臣女是处女。"天子说:"既不曾有过丈夫的,因何他说要来与丈夫报仇之话?"杨滔说:"圣上,这是狄青一面之词,死无对证之言,谁人肯信?"狄爷又奏道:"凤姣无差,臣断不敢无故杀妻。不惟他说话有因,且臣两桩法宝也被他毁坏了。"嘉祐王说:"是何法宝?"狄爷说:"陛下,这法宝一名人面兽,一名穿云箭。前时奉旨解送征衣,路逢玄帝,命臣随身上阵,若遭西辽骁将,用此法宝伤他。神箭能除妖术,试用几回,多已灵验。实是神明法宝,竟被凤姣未死之先,已毁坏了。他死后,臣见满地抛弃,所以带来上殿为凭。伏惟陛下立法,将杨滔究问,便知情弊了。"

杨滔此时也觉心慌。庞洪也是着急,暗道:"此事飞龙弄坏了,恐防我也有干系。"当时天子看有两桩法宝,觉得好笑——此乃三枝小箭,折为六段,一个紫金胎面具,却是孩童玩弄之物,这是什么法宝?正想之际,忽听得空中一声响亮,犹如天崩地裂。一阵狂风,吹透满殿,龙案上两桩法宝吹得无影无踪,转换红笺一纸,金字两行,写着:

今日玄天收法宝,辽邦有将猛如龙。

此时天子大惊,方知法宝是神圣的。若问玄帝既收法宝,何不一发明了这段疑案事情?但如若大小事情多是神明出白,凡间不用官员了,所以单将法宝收去,不将疑案点明。嘉祐王此时敬信是神祇之物,只有杨爷、国丈惊惧,犹如烈火炙烧,好不着急!众文武虽则无干,也觉难辨其缘由。当时仁宗天子亦不能分断,只有呆呆思想。庞洪犹恐他想出不好听的话来,连忙出班奏道:"臣有奏。"仁宗王说:"卿所奏何事?此事重大,可听奏来,不中听的不必多言了。"庞洪说:"臣思凤姣乃未出闺门处女,焉有与丈夫报仇之说?二则成亲数日,无怨无仇,如何下得这毒手,敢大胆持剑杀害丈夫?实是一面之词。

凤姣既有报仇之说,狄青何不问个明白,杀他未迟。现在死无对证,准信不来,就是两桩法宝,狄青杀害了凤姣,无可抵塞,自己毁坏了也是理论不得的。况且凤姣实在以前没有丈夫,众臣共晓,怎么说与丈夫报仇?据臣愚见,陛下免费龙心,发交三法司审个明白如何?"嘉祐王听了,想道:"庞洪此话倒也相宜。但无能干官员,审不得这桩疑案,三法司朕也不用他。"遂降旨无私文彦博、梗直崔文,命:"从公审理,断明前情,奏与朕知。"原来这两个大臣,是正直无私的,不是庞洪党羽。无奈审断公务,不十分明办得来,且这桩公案实是难办的。但圣上之命,如何不依,同说:"臣领旨。限臣等五天审明,复旨便了。"天子拂袖退班,众臣各归府去。

崔、文二位公爷,差人往杨府将头调出,然后同往狄府。此时午昼了,杨府内夫人、小姐早已得知,彼此着惊。狄府中男女下人多已知道,只有老太君吓得惊慌无措。到了房中,看看尸骸,好不惨伤。欲向众将问个明白,岂知已多往午朝门外打听去了。太君骂声:"好畜生,为何如此薄情!杨氏纵有差迟,可告诉为娘,也能理论得来,因何胡乱将他伤害,没有半分夫妇之情!"太君此时不知埋怨了孩儿多少。这些家人也议论纷纷。正说之间,报说:"千岁爷回府了。"同了文、崔二位大人,众将军随后同进中堂,石将军也到了。狄爷到了中堂银銮殿上说:"二位大人请坐!"二人告坐,有家人禀知太君有请。狄爷说:"二位大人,下官失陪了。停息一刻,即来奉陪。"二公爷说:"千岁请便!"

此时狄爷走进内厢,见了母亲,太君连骂:"畜生,因何故杀妻,不畏萧何法律,看你如今怎生逃脱?"狄爷说:"母亲,不必心烦。"细将情由禀知,太君又吃一惊。此时杨夫人亲来到府内见女儿尸首,假装悲哀。若说这位夫人,原是忠厚之人,杀了飞龙与他什么相干?只因丈夫要他去假哭女儿,方得省人疑惑。哭后又要吵闹,方为妥当。夫人只是难违丈夫命,到来无非哭了几声,叫他哪里能吵闹得出来?太君倒也过意不去,叫声:"亲母且宽心罢!原是我畜生不好,狠心杀害你女儿。"夫人说:"太君啊,妾身只有两个女儿,大女儿鸾姣嫁着江西本省,只是次女凤姣早晚相依的。哪晓得做亲之后过刀而亡。若是病死的倒罢,似这般惨死,好不痛心!"太君说:"夫人啊,听小儿说来,乃是令媛不好,持剑要杀丈夫,反被小儿伤了。今日真假难分,且待来日审明便知明白。"且说崔、文二位,由狄千岁引道,杨爷在后,直至房首。太君、夫人避过。二位大人把尸首验毕,配合过首级一点不差。又说:"千岁,那凤姣纵有差迟,却是你家的人,理当收殓。"狄爷说:"这也自然。"文爷说:"三天成殓了,第四天齐集审明,好待下官复旨。"说完二人告别,杨滔也转回衙不表。

再说庞洪独坐书房,叹声:"飞龙,老夫叫你必然害了狄青,纵害他不成,也不得说出与丈夫报仇,破漏机关。倘杨滔有甚差迟,只忧他又扳出老夫了。若差了别人审也能通个关节。岂知差了这两人,有言难说,有贿难行。倘被他审出真情。杨滔之罪难免,老夫也不安稳。"不表庞洪忧虑。

再表四虎将军、焦、孟你言我语的,猜疑不出杨滔之女的真假,待等崔、文二位大人审明,便知分晓。是日免不得备棺成殓,超度亡魂,做些功德。后来不知如何,且听下回分解。

第四十七回　审疑案二忠辞辩
完民饥包拯回朝

诗曰：

　　二忠领旨断奸谋，岂料庞杨狡计稠。

　　专办不能分剖白，幸有包公力搜求。

　　话说狄王府将飞龙尸骸收殓了，做些功德，超度亡灵。岂知王府中比不得等闲之家，外国阴魂那里存顿得住？飞龙一死，魂魄早已渺渺茫茫不知去向。此时老太君十分烦乱慌忙。此日杨滔的夫人仍在狄府，见太君这般忙乱着急，也觉心中不安，过意不去。欲说明白，丈夫性命不保，不得不含忍在心。此是忠厚人，心事每常如此。是日成殓已毕，原来汴京并无坟墓，少不得寻了一个空闲地停了棺柩。夫人回杨府，叫声："相公，这件事情果乃干得不好。倘若审出真情，祸事不小。"杨滔说："夫人，不妨，无事的。下官总是一口咬定要与女儿报仇，怕他什么！"此时三朝已过，至第四天，文、崔二位钦差奉旨审询狄青。狄爷照依奏主前言，并无改更。杨滔一口认实女儿惨死，总要伸冤。又不能用刑，两位大人没有法想，审过一堂又有一堂，一连审过二日，不能审明，难以复旨。

　　是日，天子临朝，问崔、文二臣："狄、杨之事审得如何？"二臣同奏道："尚未审明。陛下且限臣三天，审明复旨便了。"仁宗王说："依卿所奏。"圣上退回宫。二大人又审了三日三堂，不独凭据追不出，而且狄、杨的口供对质，与前日的不差分毫。这事情真乃苦差难办的。这两位大人商量，无计可施，暂且不表。

　　再说包龙图大学士，奉旨赈饥已毕，回朝复命。此时大宋朝中奸臣屡屡联络不绝，所以处处年饥。包大人往各省赈饥，甚是劳忙。上年陕西赈饥,下年早稻丰稔,物阜民康。这时公务已完,又到粤东赈饥去了。所以连年不在朝中,哪晓得国家许多事情动作。是年粤东公务又毕,一路回朝,渡水登山,非止一日,已到汴京。进城天时午后了,此时未去朝天子,先来见众僚。到了九王府中,多去探望。恰遇是日众王爷叙会,正在谈论狄、杨之事,包爷到了,一同相见坐下。食过茶一杯,各说候问之言。问起赈饥事情,包爷细细说了一回。众王侯说起狄青之事,说:"包大人,你原审过多少疑难事情。单有此事,莫说崔、文难以力办,就是大人也难以担承了。"包爷听了微笑道:"老千岁,如若圣上发与下官审断,少则一日,多则二日必要审明。"潞花王叫声:"包大人,孤家也想过,若是大人在朝,何用三朝两日就断明了,故孤家正在思念你。今幸喜还朝,来日奏知圣上发交大人经手力办,未知尊意如何?"又有汝南王千岁说道:"若是包大人承办,不用一刻,必然明白了。"众王侯你一言,我一句褒奖这位铁面无私之臣,感激他正直硬性。包爷便说:"列位千岁,待下官来日见驾,请旨承办。如若圣上不准,不干下官事了。"众王爷说道:"自然。若然大人请旨,圣上谅必准的。"

此时包爷拜别去了,又往探同年文大人。到府门家人投帖,文爷吩咐大开中门迎接。进中堂施礼坐下,又报崔大人到衙了,包爷、文爷一同迎出来。这包爷说:"崔年兄请了。"崔爷一见说道:"原来包年兄已回朝,失迎了。"三人一同复到中堂,殷勤告礼而坐。文、崔同说:"包大人,你多年跋涉,辛苦国务,我们常常挂念。今幸还朝,谅必赈饥公务已完了!"包爷说:"多已完了。今日回朝做个闲暇官罢了。"崔爷笑道:"包大人,你又来了! 你是个能干的人,日断阳间,夜断阴府,当今天子也亏得你。如非包年兄忠心为国,怎得当今陈桥认回母亲?如今大人不在朝中,奸臣庞洪屡屡陷害狄青。"

包爷假做不知,问道:"怎生图害的?"文爷细将保他征西的事一一说知,又道:"如今又有奇闻一个。"包爷说:"又有何事情?"崔爷说:"只为狄青杀害了凤姣……"一长一短说知。包爷说:"不知二位大人如何审结?"崔爷、文爷说:"不瞒年兄,我们审过几堂,总是不明。今日又审一次,口供原是不改一字。难得年兄还朝,请教高才,如何审断，才得明白？"包爷说："二位大人，不是下官笑着你们办这件事情，经二位大人承办，恐审到来年也不明白的。待下官来朝见驾，复了圣命，然后请旨承办，管叫是非曲直明白。"崔、文二大人巴不得脱了这段苦差，听了包爷之言，二人大喜，同声说："包大人，若明审此桩疑案，真乃神断了。"包爷说："此乃容易之事，二位不必费心。下官告别了。"文爷说："二位大人俱在，请后堂小酌，然后起车罢！"包爷说："不消了！"一路至府门，一拱作别而去。崔、文二人仍进中堂。崔爷说："年兄，小弟前来非为别事，只因审断之事不明，到来商量。难得包兄一力担承，看他如何审断复旨的。"文爷说道："曾记得他前时三审郭槐，用了许多摆布，也审得明明白白。今日他担承此案，料必云开日现，复见天明了。"崔爷笑道："年兄，此乃你我的兴头，遇他还朝。"此时崔爷也作别回衙，二人心头放下，不表。

再说潞花王回到南清宫，叫声："母亲，孩儿见崔、文二臣审询表弟这段事情，总是不明，今幸得包拯回朝，一力担承，来日请旨审明这段事情，必然审明的，母后且自放心。"太后带愁说："儿啊，包拯虽是神明，到底不知审得明白否？我儿且慢欢心。"不表南清宫之言。

且说庞洪一闻包公还朝，不觉吃了一惊，说："不好了。倘他担承审办，此事就有些不妙。满朝文武老夫多是不介怀，单有这个包黑子，老夫最是忌他。且自今以后，须要着实提防才好。"叮嘱一班奸党，大众须小心了罢。话休烦絮。

且说包爷一回来，便去相探交厚的各王爷。平西王那边本也该去探望，只因他欲担承力办这桩公案，若先去拜探他，犹恐旁人议论，疑着暗中相通关节，避了嫌疑，所以包爷只做不知。别了崔、文，不往狄府，独自回衙，夫人接见，闲文不表。

次日五鼓黎明，各官叙集朝房内。庞洪见了包爷，只是胆寒不安，开言叫声："包大人，未知何日回朝？"包爷说："下官昨日回朝。只因天色已晚，未曾探望得老王亲，万勿见怪。"庞洪说道："不敢当！老夫不知包大人回朝，失于接候，多多有罪。"包爷说："不敢！下官又闻杨大人有女儿匹配狄王亲，是老国丈作伐的么？"庞洪说："这是圣上执柯，命老夫代劳的。"包爷说："但闻狄王亲无故杀妻，崔、文二公审断不明,国丈既然作伐,何不与他们办理分明,为何坐视旁观?这等为媒,三岁婴儿也会做的。"国丈说:"包大人,不是老夫爱执柯,乃是圣上委老夫做的。老夫不是奉差承审此案,我也管不得他们的事。"包爷冷笑道:"老国丈,你的话好糊涂。他无故杀妻不知真假,你还不知妻房要害丈夫,串同情弊,须要在媒人身上追查?老王亲因何推得这等干净的?"包爷原是乱撞木钟之语,国丈却不觉触着心虚病。包爷一看他面色,思量又是这老头儿作弊,正要有言,忽闻景阳钟一响,天子坐朝,众臣参见。

值殿官传旨毕,左班中闪出包爷,俯伏金阶说:"臣包拯前时奉旨往陕西赈饥,继后又往广东赈灾,如今二省百姓沾恩,岁已丰稔。公务已毕,臣今还朝,复命见驾,愿吾主万岁!"仁宗天子不见包拯,正是君臣不会已经三载。此时龙颜大悦,钦赐平身,赐坐东首。即命侍御送上香茗一杯,说:"朕屡屡承劳包卿之力。辛勤国务,道路奔波,朕心常怀念。今幸还朝,奈无别职再以加升,只好送些宝玩金银,莫怪朕之不情。"包爷奏道:"微臣深感王恩,粉身难报,岂敢加爵受恩?但愿清肃朝政,臣下沾恩,微臣所望。"天子大悦,道:"包卿真乃朕股肱贤弼。"

君臣言谈毕,有崔、文二臣俯伏金级说:"臣等见驾,愿吾主万岁!"天子说:"二卿审询狄、杨之事如何?"二臣奏道:"昨天又审一堂,仍无凭据。实因事有委曲,非臣不为力办,伏惟我主参详。"嘉祐王一想,看看包爷说:"朕有一桩疑案事情,欲烦包卿办理,不知卿意若何?"包爷奏道:"陛下有何难事?若可办者,敢不丹心力办!若难似郭槐事情,臣亦难以承办,伏乞恩宽。"天子把狄青无故杀妻一一说明,包公思道:"原来如此。但思杨滔有女,年已如此,理该择配,因何专候狄青至此方为匹偶?又愿作偏房,要君作主,其中必有别样心肠。臣且领旨审断,如若狄青无故杀妻,臣不敢徇情于狄青;倘杨滔果有别端作弊,臣亦不敢置之不究。限臣三日内审明复旨便了。"今日包公还朝,承审此事。正是:

混浊流清分水底,云霞吹散见天心。

第四十八回　包公奉旨审疑案
杨滔委曲掩真情

诗曰：

　　杨滔佞党与庞洪，同害忠良把主蒙。

　　包拯待君公审断，奸臣二贼急匆匆。

　　话说包龙图领旨承办狄、杨此案，圣上回宫，百官退朝，各回府衙。独有杨滔见包公领旨承办，急得心犹如火煎一般。退了朝也不回自衙，悄悄来见国丈。此时庞洪正在书房闷坐，忽见杨滔到来，说道："老国丈，此事又来了，如何是好？若还不发包公审问，我也全不在心；如今圣上发与他审，这黑子不比别人，他审过多少稀奇的事情，日断阳间，夜查阴府，倘被他审出原由，我的性命难保了。"此时庞洪正是十分不安，害怕包公审断，只因对杨滔怀着一个鬼胎，要做不害怕不介怀的光景，好待杨滔放心对审，赢得狄青就无害了，便大笑道："杨大人不必心烦。由他审断厉害，只要你想定死无对证，求他为女伸冤，哪怕他黑子厉害！"杨爷听了，也无奈何，正要辞别回衙。只见两个杨府家人匆匆忙忙进来禀上，说："大老爷，今有包大人到来，张龙、赵虎立请大老爷前去听审。来差等得已久，所以催速小人前来寻请老爷速回。"杨滔口说："即刻回去。"心大不定，意欲回府叮嘱夫人要话，无奈路遇张龙、赵虎，说等久了，犹恐包公嗔怒。所以不得回衙，只得同他们一路到包府中。狄爷早已在此。这包爷命闭了府门，然后审问。这也并不是怕人观看审问，只因此事干于秘密，方得根由。吩咐排军："不许开门放闲人窥看。"是以杨府夫人、庞国丈差人各打听不出。

　　且说包爷坐了法堂，犹如生阎王一般，冰霜凛凛，铁面无私。两

192

边侍立无情大汉,阶下刀斧手肃静无声,行了私曲之人,见此光景,岂不害怕?当下包公先唤杨滔审询,叫声:"杨大人,你的女儿唤做何名?"杨爷说:"下官的次女名凤姣,年纪十九岁了。"包爷说:"可曾受过聘否?"杨滔说:"并未受过聘的。"包爷说:"你有了女儿,只要相女配夫,门当户对,就是佳偶。因何不配别人,偏要狄千岁为婚?又不差媒人作合,竟去请旨作伐,明明是恐防千岁不允,故请旨为媒。况且千岁在单单国已有中馈之人,你又愿将女儿为偏室,敢是你与狄千岁有什冤仇,抑或旁人摆算,同谋计害千岁的么?"杨爷说:"包大人,这是枉屈人了。只因下官择婿之心太高,东西不就,误到目今。因见平西王龙威虎相,美貌青年,若差媒说合,还防千岁不允,因故强奏圣上为媒,方能成就。一则贪他是帝王内亲,二则因他年少官高。岂知他如此无礼,竟将国法看得甚是轻微,恃着功隆位显,靠了南清宫之力,无故将我女杀害,望求大人立法断明,代为伸冤方好。"

　　包公听罢说道:"本官想这平西王有忠君报国之心,岂无夫妇伦常之义?妻无过犯,岂可胡乱杀之?亏你身为品第之流,情理全然暗昧,必然你有串同作弊,图害于他是真。"杨滔无言可答,心内惊慌。包爷说:"杨大人,请过这边。狄千岁请上来。"狄爷上前说:"包大人在上,狄青犯官在此。"包爷说:"狄千岁,你平日立下重大汗马功劳,今已官居极品之荣,若天子为媒匹配,正宜琴瑟调和。凤姣有甚差迟,将此女杀害了?本官奉旨审断,并无偏倚留情,到底是你无故将妻杀害,还是凤姣有何别的心肠?你且公道说来罢。"

　　狄爷说:"包大人听禀:我狄青初仕,就有臣奸暗算,大人尽知。后来奉旨征西辽,班师归国,足还未立定,这杨滔不差媒作合,辄然请旨招亲。下官奈因主命难违,国丈代圣为媒,只得勉强迎娶了。至室与凤姣和谐相处,岂知他心怀不善,娇娆面美,笑里藏刀。"包爷说:"怎见他笑里藏刀?"狄爷说:"那晚曾经用过夜膳,杨氏必要备酒对酌。谁知他一杯不饮,多劝下官来吃。此时下官有些醉意,和衣先睡了。杨氏登时持剑在手说:'狄青啊,你杀我丈夫,我来报仇。'登时剑落,幸喜下官闪脱,剑已落空。下官抢上夺剑,砍他两段。这是真情,望大人鉴察。又有法宝两桩,却被他毁坏了。"包爷说:"是何法宝?"

狄爷说:"前时解送征衣,路逢玄帝,所赐一名人面兽,一名穿云箭,命我随身带用,倘遇西辽骁将,用此二宝自能取胜。征西之时,也曾用过几番,善能取胜。前日呈上御览,已经被圣神收去,这是君臣共见,非我狄青妄言。"

包爷听罢一想:"如此说来,这人不是杨滔之女了。"便说:"狄千岁,这凤娇既有与夫报仇之说,应该不即杀他,细细查问就知真假。如今人死无凭,杨滔抵赖,必要为女伸冤,如之奈何?"狄爷说:"大人,这是下官狂莽了。"杨滔又说:"包大人明鉴万里,只此一言立见分明,这是死无对证之言,小孩子也会说的,岂但狄千岁!要求大人公断,抵偿女命,足见厚恩。"包爷说:"你还要抵偿女命么?翁婿之情,不要认真罢。倘认起真来,谁假谁真尚还未定。但今日事情,钦犯不论大臣,难以徇情放回府衙,暂住天牢,明日再审。"吩咐看官小心奉侍。司狱官是夜备了两桌酒筵,送于二大人用。这包爷不是必要拘禁二人如此,只因此事疏虞不得,犹恐杨滔回去又使何诡计不测,故包公拘留住他,纵使他有何想象,难以施行。这是包爷机密妙用处。

包爷退了后堂,用过夜膳,夫人说声:"相公,古云能者必多劳。方得还朝两天,圣上又有差使。"包爷说:"夫人,下官身受国恩,岂不丹心图报!天子有命,为臣任蹈火赴汤不辞,岂但审断些许之劳,敢不效力?此时尚未审明,今夜就审清了。"夫人说:"相公,若审明此案,名声更大了。"包爷说:"这也何足为奇。"又吩咐张龙、赵虎前往,如此如此。二人领命去了。一会儿回来禀说:"小的前往狄府,据太君说杨氏赠嫁丫头只得四个,如今一并唤到了。"包爷吩咐带进来。

此时这四个丫鬟进衙,见包公跪下说:"大老爷命我们前来,有何吩咐?"包爷说:"你四人唤做何名?"丫鬟齐说:"我名凤云。""我名月梅。""我名紫燕。""我名小翠。"包爷说:"你等是向在狄府中,还是跟随小姐赠嫁到狄府的?"四个丫鬟说:"大人,我等是杨府人,跟随小姐赠嫁的。"原来这四个丫头见了包公这副尊容,战战兢兢地害怕。包公说:"你家老爷共有几个亲生女儿,唤叫何名?说与本官知道!"这凤云说:"我是初来的,月梅姐姐说罢!"月梅道:"好吧,就是我说。大老爷,我们老爷单生两位小姐,夫人两个。"包爷道:"据你说来共有四个了。"月梅说:"只得两个,哪有四个?"包爷说:"你言说夫人两个,老爷两个,岂不是四个?"月梅说:"不是夫人、老爷,实是一一总共两个。"包爷喝道:"胡说! 你家老爷说有三个女儿,你因何说两个?"月梅道:"真是两个,大小姐叫鸾姣,二小姐叫凤姣,配与狄千岁王爷,做亲七夜,做了无头之鬼,想来真好苦也!"包公又喝道:"你满口胡言。你老爷说,鸾姣的丈夫死在狄千岁之手,大小姐要报丈夫之仇,所以代顶二小姐凤姣嫁去狄府,要行刺千岁。你因何谎言哄我?"月梅说:"大老爷,他正是谎言了。我家大姑爷活活的现在江西。"包爷说:"既不是鸾姣代嫁,到底是哪个顶冒凤姣嫁的?"月梅失口说:"是飞——"旁边紫燕轻轻咳嗽一声,月梅即住了口。包爷喝声:"你这几个丫头,方才你言'飞'字,快快说来!"月梅说:"大老爷,丫头说的是并非别人顶冒二小姐。"包公命张龙、赵虎把凤云、紫燕、小翠带了出去,把月梅夹拷十指。这月梅不知如何招出根由。正是:

　　奸佞深谋虽狡曲,智囊密赚果神明。

第四十九回　询丫鬟真情透露　赚凤娇曲折诉明

诗曰：

> 龙图神断古今稀，审尽难猜曲案奇。
>
> 宋室若无公辅弼，奸臣乱国益猖弥。

再说月梅，乃是个小小丫鬟，哪里忍得十指疼痛？想道："老爷吩咐我等勿要泄漏机关，但今日我十指痛楚难忍，我也顾不得他长短了，且招出原由，免得痛苦罢了。"遂说："大老爷，且松了手指，待我禀明罢。"包爷道："说明了自然放你。"月梅说："大老爷，小丫鬟曾记得去年隆冬时，有个西辽国公主名飞龙到来，我家老爷不知何故认他做亲生女儿，与二小姐相伴在绣阁。今年才嫁到平西王府，顶冒了凤姣小姐之名。"包爷说："他冒名嫁到王府，你可晓得他有何缘故？"月梅说："小丫头哪里得知？去年老爷带他回府时，他鬼头鬼脑，言谈多不懂他的。"包爷又问："这飞龙嫁到狄王府之先，老爷有何吩咐你等？"月梅说："老爷万千叮嘱，叫我们勿要疏言，总要认定二小姐的称呼。"包爷说："飞龙与千岁成亲后便怎样？"月梅说："大老爷，他两个名为夫妇，千岁数日未进新房。飞龙也是孤眠，千岁也是独宿。"包爷又问："千岁既不进房，因何把飞龙杀了？"

月梅说："此夜飞龙叫紫燕往书房请千岁，岂知他总不肯进房，推却身体欠安。后来小翠禀知太君，这太君唤齐两人到跟前，左手拿一个，右手扯一个，扯拿至新房中，无非要他夫妻和合。"包爷说："既是太君劝他进房，千岁因何此夜将飞龙杀了？谅你必知他的缘故，且说明来放你回去！"月梅说："太君逼千岁进了房，他就出去了。夫妻对饮，谈谈说说十分情浓。千岁吃酒醉了，飞龙呼我等扶他上床睡了。

千岁沉沉大醉,也不宽衣而睡。飞龙打发我四人一同出房,小丫头直睡到天明,才晓得他尸首分为两段。若问被杀的原由,要问千岁爷方知明白。"包爷听罢,吩咐松了拶指,并将凤云、紫燕、小翠一齐带进来。包爷又逐一细问情由,三人犹是抵赖不肯实招。包爷也是刚中带着仁慈,不复加刑,便说:"月梅早已招供了,你等何须隐藏? 本官也知道了,你们犹恐累及主人有罪,故不肯直说么?"三个丫鬟只不做声。包爷说:"此事总要分明的。月梅早已说明白,你们且说来罢。"月梅又叫:"姐妹啊,杀人自然抵命。我四人无罪,我十个指头几乎夹断,你们若不肯说,只怕一夹上痛楚难当。劝你三人不如说明罢,省得大老爷动恼。"三人听了,只得个个细细说明。包爷听见四人一样之言,吩咐四人共留在内衙,好生看待,丫鬟退去。

　　包爷又差董超、薛霸,吩咐依计而行。二人一程前往到了杨府,传进说:"你家大老爷已经被包龙图审明,杀死者乃是外国飞龙公主,顶冒凤姣小姐的。杨大老爷现在我衙中,我家包老爷差我们前来请二小姐去讲几句话就送回来。如若小姐不去,你家老爷就活不成了。"杨府家人听了大惊,连忙进内禀知,夫人、小姐听得面如土色。小姐惊慌说:"母亲,原是我爹爹毫无智识,听了国丈之言陷害狄青,今日害不成人,反害了自己。母亲,叫女儿去也否?"夫人心如乱麻,全无主意。原来这位夫人,心慈忠厚,凡为忠厚人,没有奸曲,心性原直,叫声:"女儿啊,你若不去,包大人不肯甘休,并且连累父亲受苦。你且大着胆前去走一遭。你是无干之人,想包老爷决不怪你的。"小姐听了母亲之言,也不更衣,只是随身便服,别了母亲,带了两个丫鬟,心头忙乱。夫人携出中堂,母女含了一汪珠泪。凤姣小姐坐轿中,董超、薛霸随后,两个丫鬟左右跟随,一程到了包府。

　　董超、薛霸进内禀知,包爷吩咐两个丫鬟:"请杨小姐进内衙细谈,须要小心扶他进来。"丫鬟领命出外,扶了小姐进内。小姐一见包爷,低头含羞,只得上前拜见。包爷以客礼相待,起身还礼,叫声:"小姐,休得拘礼,请坐罢!"小姐低头说:"大人在上,凤姣焉敢坐?"包爷一想,他自己通出名来,是个老实人了。包爷说:"此处不是法堂,你又不曾犯法,不必害怕。你且坐下,好好细谈。"小姐不知是何缘故,便说："大人有何吩咐,凤姣洗耳恭听。"此时小姐告坐了,丫鬟递奉过茶,包爷说："小姐,今日本官请你到来,非为别事。只因你令尊干差了事,全不想食君之禄,报君之恩,为何窝留外国飞龙公主在府中,顶冒你名,把他嫁与平西王,要报丈夫之仇?今日害人反害了自己,这是令尊大差之处。若将此事奏呈天子,按其国法,罪在令尊。故本官特请小姐到来言明,莫怪本官为人不做些人情,事干重大,法律难以存私的。"小姐听罢,含泪低头,叫声:"大人,我父亲虽然犯法,只因误听庞洪国丈之言。"包爷一想,原来又是庞洪之计,便道:"小姐,令尊也说是庞洪主意,小姐也说令尊误听他言,足见是这奸臣害了令尊。到底那庞洪怎样哄诱令尊行事的,你且说明原故。本官劾奏于他。"小姐叫道:"大人,前日父亲说庞国丈有个飞龙公主,是西辽国王之女,丈夫名黑利,番王命他领兵,被狄千岁伤了。所以他要报夫仇。趁宋兵班师回朝,飞龙扮为男子,杂于军士队中,混进本邦,投入相府。国丈后带来送于父亲,叫他顶冒我名,奏闻圣上,赐与狄青成亲。此时,父亲听了国丈之言,母亲劝他多少,只是不依。今日祸发,罪首实由庞洪太师,望大人笔下开一线之恩,父亲大罪略松些,足感深情了。"包爷说:"这也自然。请小姐里面去,今将夜深,在本衙且住一宵,明日送你回去。"小姐说:"大人,犹恐母亲悬望不安,望大人放我回去才好。"包爷说:"早上已经着人禀明令堂了,小姐不必挂心。来朝还有商议。"吩咐丫鬟扶小姐进后堂,夫人已排下酒筵相待,不用多谈。

　　原来杨小姐乃聪慧之人,焉肯直说原由害着父亲?只因包公讲起飞龙的长短,犹如他父亲说的一般,小姐只道父亲早已说明缘故,小姐说出根由多在这庞洪身上,原想父亲之罪减些。包爷犹恐凤姣见了四个丫鬟,故预先吩咐带入后厢一处。此乃神出鬼没之机,外边人哪里得知?是夜包公思量道:"庞洪心肠恶毒,屡屡暗害狄青,结下如此深仇,今朝眼见你得大祸临身了。但是飞龙女扮为男,混入军中,私进中原,狄青失于查察,也该有罪。下官既承王命,不得丝毫偏倚,待复审明白,请旨定罪罢。"

　　次日上朝,先请旨意,带上狄、杨开棺复验尸骸。其时虽是春天,尚寒冻的。尸首埋不多几日，是以皮肉未消。验得周身无故，只是左右耳上有九个环眼，前时虽用胶粉塞满，如今死了几天，血脉不行，胶粉脱落，环眼显露。包公说道："杨大人，此女不是你女儿了。看来是外国之人。"杨滔说："正是下官亲生女儿。大人说他外国之人，有何凭据？"包爷冷笑道："你说没有凭据么！现今耳上有九个环眼，明是外国飞龙女，你还要认他为女？"杨滔大惊，硬着头皮说："外国之人焉能到得中原？实是下官之女。"包公想道："且由你一口抵赖。停一会刑法森严，看你怎了？"又吩咐棺复钉了，亲到狄府勘验。狄爷指明飞龙死的所在，又调杀他的宝剑验明。又搜一回，搜出尖刀一把。狄爷说："大人，犯官不进此房，故不见的。今日方知有此尖刀，求大人严询。"包公命将宝剑、尖刀带回贮库，回衙复审。狄太君差人打听包公审断，实是欢喜。庞洪着人打听，只是担忧。

　　当时包公打道回衙，坐在公堂，此回容放闲人观看，扰扰拥拥，多少百姓看审。包爷说："杨大人，本官已经细查明白，死的乃是西辽飞龙公主。他私进中原，与丈夫报仇，要伤害狄青。庞洪与你同谋，把飞龙顶冒女名赠嫁。本官已得其真情，你休得抵赖。"杨滔听了吃惊不小，想道："不知他如何查明的，若招了，罪大难免；不招，又恐加刑。"事在两难，只得不言，像着泥塑的一般。包爷又说："大人，本官劝你招了罢。"杨滔说："大人啊，这是枉屈无据。大人所说，并无凭证，下官如何招得？"包爷说："你道没有凭证么？"命人带出四丫鬟。左右一时唤出月梅、紫燕、凤云、小翠。包爷说："你看他们多是你家的人，有凭有据说的。"杨滔见了这四个丫鬟，吓得魂飞天外，伏倒在地，颤抖不住，说："大人，四个丫鬟是赠嫁去的，受了狄青买嘱，是以无中生有，屈陷了我。"包爷说："这也由你分辩，到底死的是何人？"杨滔说："实乃是次女凤姣。"包公道："实是你女儿么？不要认错了。"杨滔如何招出真情，且看下回详说。正是：

　　　　惧法终须常守法，蒙君定是每欺君。

第五十回　露奸谋杨户部招供
　　　　　图免罪庞贵妃内助

诗曰：

　　奸谋断自得根由，国法森严岂复留。

　　只因庞妃为内保，佞臣气数未应收。

　　当下，杨滔说声："包大人，被杀的果是小女，下官并不说谎的。"包爷说："杨滔，只怕你句句说谎的是真！"吩咐旁人去请小姐来。包爷说："杨滔，本官劝你招了罢，摆布不得，抵赖不来了。"杨滔说："大人，念杨滔幸沐君恩，焉能私通外国？休得听信丫鬟之言，总要究问狄青无故杀妻方好……"此时，凤姣已到，包爷说："杨滔，你认一认这是何人？"杨滔把眼一瞧，此时恨不能插翅腾空飞出天外，恨不得将身钻入泥土中。包爷说："杨滔，你丫鬟是别人买嘱，你的女儿难道也受了狄青买嘱不成？"这凤姣小姐大惊："只道爹爹先已招出根由，岂知包公哄我到来，诱我说明原故。果然他神出鬼没之谋，我也知了，多害在这四个丫头之手。爹爹，叫女儿害了你。"包爷说："杨滔，抵赖不得的。如再不招来，要用刑了。"杨滔一想，已被他四面埋伏，倘若受了刑时也要招的。况且包拯平日为人铁面无私，犯到他手，丝毫难饶。只得一一从头实说，把国丈牢牢咬定，当堂画上口供。包爷吩咐凤姣与四个丫鬟仍到内堂，又差张龙、赵虎前往相府请国丈到来。

　　此时狄青方知内里委曲，原是黑利之妻飞龙要与丈夫报仇，被他混进中原，庞洪用计前来图害，虽然他是奸计巧毒，岂知今日又是落空。

　　不言狄爷之想。且说庞洪早已差家人打听到包公审明此案，惊得一身冷汗，魂魄俱无，说："黑贼果然利害！如今老夫也是走不脱

200

的,如何是好?"正着急之际,又闻报说,包大老爷打发张龙、赵虎来请太师前去讲话。国丈说声:"胡说! 包龙图太觉猖狂了,老夫岂是你请得动的!"打发来人说:"有话明早朝堂商量。"此时又想一会,悄悄进至后宰门,去见女儿,暂且慢表。

且说张、赵二差,回归衙内,回复包公。此时包爷命排军送押杨滔回天牢,平西王且转回府,送还杨小姐回衙,四个丫鬟仍发回杨府。然后把本章修明,待明日奏闻圣上。

先说狄王爷回归府,将此情细禀母亲。太君听了,长叹一声:"庞洪,你这番计害我儿,用此毒计,今朝只怕要遭刑了。再想不到这番婆混进中原,要报夫之仇。儿啊,如今若没有包大人,哪个审得明白?"狄爷说:"母亲,但是飞龙改扮为男,混军中进了中原,儿有失察之罪。"太君说:"儿啊,纵使失于查察,决无死罪的,抵桩革职归乡,安居淡处,也安乐逍遥。"狄爷说:"母亲之言有理。"

按下不表母子之言。又说凤姣与四个丫鬟同归府内,小姐一见娘亲大哭道:"多是女儿害了父亲,已将根由说出了。"此时小姐双膝跪下说:"母亲,父母养育之恩,尚未报答。岂知今日养虎为患,女儿不愿偷生人世了。害父遭刑,其心何安? 母亲啊,祸根皆从庞洪这奸臣。断送父亲性命,皆由这奸臣的。"夫人说:"我儿,你且起来,不要哭坏了。我杨门不幸,你无一兄两弟。父母单生你姐妹两个,你姐姐虽然嫁在家乡,但今我随你父在京,远离江西故土,你娘跟前只有你一人陪伴,况且这是包公的巧计,任你何人,总要上当。而且你父为人原是不好。你娘劝尽他多少,叫他不可依附庞洪,他只是不听,必要趋炎附势,要害狄青。岂知反惹出大祸临身。就是这四个丫鬟早已招供了,也是包公之计,用了刑法,不得不招。女儿不必痛心。事到如此,忧也免不得的。且看圣上怎生定罪!"

慢言母女伤心。再说国丈心烦不乐,到了后宰门,管门太监名唤丁忠,为人最是贪财爱酒之人。国丈当时要与娘娘讲话,总要从后宰门出入。丁忠一见说声:"国丈,许多日不来,今日到此,必与娘娘有何话说,待咱家去禀知罢。"国丈说:"丁公公,若万岁同在,可不说了。"丁忠说道:"晓得。"去不多时回说:"万岁在昭阳宫内,如今娘娘请国丈上望花楼相见。"国丈说:"有劳公公了。"此时直至望花楼,贵妃已在楼上扶着梯首说声:"爹爹小心些罢。"国丈到了楼上,见礼已毕。贵妃启口说:"爹爹请坐,你许多日不来,爹爹康健,母亲安好否?"国丈说:"爹娘多已安康。"贵妃说:"只为多日不见我爹爹来,女儿近日放心不下,正欲差人去探望。"

国丈正欲开言,忽见宫娥送茶到来,便向女儿丢个眼色。娘娘会意,打发宫女尽下楼去了。国丈说道:"女儿,为父到来非为别故。只因有件难事没处安排,所以特来与你商量。"娘娘说:"爹爹,不知有何难事? 说与女儿知道。"国丈就将飞龙混进中原起,说到包公审断明白止,"这件事情,为父的有欺君之罪。别人调理还好,单有这包拯毫厘不存情的。为父想来无处调停得来,所以必要女儿打算周全,为父的方得无碍"。娘娘听了,叹一声说:"爹爹啊,狄青与你有何仇怨,因何必要害他? 害他不成时反惹出这等大忧,从今以后,不要与他较量,太太平平过日也好。"国丈说:"女儿,这是飞龙不好,非关为父之事。如今不要埋怨了,总要你救为父的方好。自今以后再不与狄青结仇了。"庞妃不语,想此事叫我如何调停得来? 难抵挡得包拯,只好在万岁跟前讨个情罢,说:"爹爹,休得着急,待女儿去求圣上。但得圣上开一线之恩,爹爹可保无事了。"国丈说道:"儿啊,为父的重重托你,必要你救我的。为父去也!"庞妃应诺,此刻庞洪回府,夫妇细谈不必再述。

且说是夜贵妃迎接圣驾,先已排开御筵。庞妃满斟玉盏三杯敬上,君王赐坐,谈说闲话。贵妃闷沉不语,万岁一看,金口微开,说声:"爱卿,朕见你往常花容喜悦,因何今日愁容满面? 有何缘故心中不快,须当说与寡人知道。"贵妃说:"陛下,臣妾并非别故忧愁,从前几载忧国忧民,今幸国泰民安了。"万岁说:"这便好了,还有何忧处?"贵妃说:"陛下啊,臣妾因想起爹爹,年纪已高,风烛之期,已近夕日,深沾帝德,如今重沐王恩,往常代君办事,并无差错,万岁是深知臣父之心的。"仁宗天子听了,却也不知贵妃心事,因说起国丈,便说:"国丈近来有何差处? 朕也不知道的。"庞妃说道:"臣妾父亲如今年老,非比年壮精神了。"天子说:"国丈不过五旬外之人,何为老迈? 他就白首苍髯，也皆因辛勤国务所致，贵妃不必多虑。且自开怀与寡人吃酒罢。"庞妃又说："陛下，臣父虽说未老，到底将近花甲之年了。一日老一日，一年老一年，料想退归林下，君王不准，如若在朝伴君，犹恐中途不得结果。"嘉祐王听罢，笑道："贵妃，你也出此呆痴之言了。你父亲为极品之尊，贵为国戚之位，职掌朝纲大权，数十年来，居官多已熟稳。前时得仗洪恩，今日又邀朕宠，满朝文武如何及他，谁人敢来欺侮？因何爱卿虑到不完局之言？"庞妃说："陛下，只因臣父年纪近乎老迈，作事岂能及得少壮之时？人老心必躁乱，倘或一朝错办了国家事情，有国法森严，陛下岂肯轻饶？岂非爹爹辛勤为官大半世，一刻国法难容，便做不结局的？"天子说："你原可忧及如此。贵妃，你可不用心焦，如若国丈有甚差迟，寡人总不究罪便了。况且国丈往日并无差处，寡人又极怜惜老迈之臣，爱卿不必多虑，且放心畅饮罢！"庞妃听了万岁之言，顷刻心花大开，谢天子洪恩，殷勤奉敬美酒，是夜不表。

　　到来朝万岁临朝，包公奏本，庞、杨如何定罪，且看下回。正是：

　　　　为国忠良徒为国，欺君奸佞复欺君。

第五十一回　勘奸谋包公复旨
消罪案宋帝偏亲

诗曰：

国法无私立法篇，缘何宋主不为然？

偏亲当恶遮奸罪，只是娇娆内应言。

不提宋帝宫中夜宴，再说龙图阁包学士审出此事根由，杨户部料不能抵赖，当堂画上招供。是夜包爷进归衙内，用过晚膳，坐想一会。时交二鼓，暗思："庞洪老奸贼，前时几次图害狄青，今日干下此段欺君重罪来。明日当殿劾奏于他，必要除却这欺君误国的奸臣。"是夜不睡，将庞洪为首之罪疏明，杨滔附就奸谋的案书白，狄青失于查察，军队伍中让飞龙混进中原之忽略，注明本上。又述杨滔求亲，万岁作主，也为龙心失于盘察。修本已毕，时将四鼓，穿过朝衣，拿了象牙笏，左右排军持了金丝提笼，来到朝房。

且说此一天，只为包公审出了平西王被奸臣的冤陷，所以九王八侯，齐齐上朝，看包公如何奏法圣上，怎生分断。不一会净鞭三响，天子登殿。各官次第参见毕，两班侍立。只有庞国丈怀着鬼胎，心中着急，更有一班奸党代他担忧。万岁龙目向左班一瞧，见了包公，开言说："包卿，寡人命你审狄、杨之案如何？"包爷出班伏金阶奏道："臣包拯，奉旨审询狄、杨这段案情，今已查明，特来复旨。有本章一道上呈御览。"天子说："赐卿平身！"包爷谢恩侍立旁首。嘉祐王从头至尾一一看明。口中不言，默然不语，暗说："原来有这些委曲！"

若问聪明不过者，天子也。万岁想，"这庞洪做下此事，所以昨夜贵妃有此一番言语。若依国法，他为罪之首，是祸之魁。但若把他正了国法，庞妃面上不好相见，况且君无戏言，昨夜的话今已悔错了。"

又将本章细看一回,立了一个主意,就叫声:"庞卿!"庞洪说:"微臣在此。"即俯伏金阶,犹如身蹈寒冰地发震。天子说道:"你乃总振朝纲鼎鼐之臣,燮理阴阳重任,身受国恩不浅,今已三十载。往常办事件件无差,目下所为乃关国法。"这庞洪奸刁之人,闻圣上说他往日办事无差,就顺风而上说:"老臣罪该万死。求陛下念臣平日办事无差,开恩一线,臣没世不忘。"天子说:"西辽黑利被狄卿杀了,他的妻飞龙欲报丈夫之仇,投为军士,混进中原,你却不该收留他,送杨滔认为亲生女,奏朕赐婚,图害狄青。所以包卿本上说朕主婚失于觉察,也该有罪了。"此时庞洪只是叩头抖震不住,天子见了,微笑想道:"世间有这样的呆老东西! 若依国法,原难宽恕,只因众罪相牵,非同小可。"便叫声:"包卿,这件事情审得明白么?"包公奏道:"臣多已审明白了。只因庞国丈未有口供,故不曾定案。"万岁说:"包卿,据你本上说,寡人做了主婚,该得何罪,卿且定来。"包公听了,忙说:"陛下,臣所定罪,无非按律而行。世无臣定君罪,只求圣上金批御断是了。"

若问这位包爷,实也奇的,原不该把天子失于觉察奏上,只因他铁面无情的,不怕风火。这人差了,只说差的;这人不差,只说他不差,再无一点私曲。所以包龙图三字名扬天下,千古流芳,至今尚在。

此时,圣上又叫声:"包卿,寡人判断起来,这一件事情认不得真。如若认真起来非但庞洪、杨滔有罪,而且寡人罪亦难免。就是飞龙乃外邦敌国人,冒混军中进来,狄青身为主帅,重任之职,执掌兵符生杀之权,军情队伍必要留意稽查,因何被他混进王城? 倘有别的变端,如何是好? 狄青之罪与庞洪相次耳。崔卿、文卿相验尸首之时,并无认得环眼九个,胡乱钉棺,相验不实,岂得无罪? 今日一枝动,百枝摇,君臣之罪,皆为一体。认真起来,焉能轻恕! 如今飞龙已杀,君臣之罪一概开消了罢。君无罪,臣也无罪。自今以后,君臣一心,永为相得。倘庞洪、杨滔再有差迟,定不饶他。"包爷听了天子之言,即出班说:"臣包拯有奏。"嘉祐王说:"谈言已定,不必奏了。"

此时天子为着国丈,连杨滔得赦了。当下庞洪心头放下,连忙三呼万岁,谢过王恩。只有包爷心内虽然不合,只是君言不得不依。今日除不得误国欺君奸贼,谅他未必痛改前非的。倘或有些破绽,必要扳倒了奸贼,然后朝中方为清净。只得勉强谢恩退朝。有众位王爷气塞满胸,在午门外嚷闹喧哗。这国丈呼声:"包大人,多承美意照察。老夫若非圣上洪恩,这个头儿已滚下了。"包爷喝道:"老匹夫,休得猖狂! 你欺君误国,陷害忠良,生成人面兽心,依靠女儿的势力,遗臭万年。你从今安稳头颅,再做无法无天事,再试你女儿手段来!"国丈也不回言,回归府内,心中大悦,道:"全凭女儿之力。"此刻包公回衙也叹圣上偏私设法。

又谈狄爷回归王府,将情告与母亲,太君听罢,叹声:"国出奸臣,非天子之福。欺君罔上,如同儿戏,生成一片狼心陷害忠良。儿啊,这非天子不明,只是宠爱这娇娆妃子,既宠其女,难伤其父。目今虽是平阳大道,到底路近山林,防有虎狼的。"狄爷听了说道:"娘言是了!"又听得外边众将喧哗嚷闹,说声:"可恼! 可恼! 庞洪、杨滔这等害人,还不将他斩首,说什么认真不认真,这还了得!"众英雄多已不服,七嘴八舌,喧哗不止。千岁跑出中堂来劝解:"你们不必喧哗。庞洪靠着女儿势力,杨滔依庞洪为头,当今仁慈之主容他横行无忌,播乱朝纲。"众位将军说:"千岁,若是仁德之君,赦些忠臣贤士方是仁德。若今赦了庞贼,当今不想坐享这王位了。"狄爷喝声:"胡说! 前朝多少奸臣,过庞洪百倍,若到了罪恶满贯,就不能逃脱。今日且由他罢,上天必有报应的! 你们不必多言。"是日,王府又来了众位王爷,崔、文等多少忠臣前来贺着千岁脱离冤陷。说起天子庇盖庞洪不公,无非闲话,不题。

次日,狄爷来到南清宫,见过娘娘,说及此事。狄太后深恨庞洪,叫声:"侄儿啊,出此大奸臣在朝掌权,你要小心。古言明枪容易躲,暗箭最难防。他如此行为,未必不深恨于你,必然还有算计,你须要小心提防他才好。"狄爷说:"侄儿领教。"说完辞别太后,一路思量:"全亏得包龙图审断明白,理当前往拜谢。"便一程直至包府,无非谈着洪庞之话,短长之言,也不另载。

且说杨滔得圣上恩赦了,复回旧职,犹如再度重生。夫人苦苦相劝说:"相公啊,你世受君恩尚未报答,原不该与国丈串为一党,陷害狄青。妾身曾劝过你多少言词,只是不依。朝中有个包文正,焉能做得欺君奸臣？喜得今日死里逃生，从今望祈相公勿负帝德深恩，做个忠臣，传个美名，有何不妙。况且行恶之人，不报在自己即报应儿孙，愿相公听妾之言。"杨爷叫声："夫人，下官不听你良言，大祸临身，险些为刀下之鬼。得蒙圣上宽赦，正是已为余生，纵不为官，也是甘心。"夫人正要开言，只见几个丫鬟，慌慌忙忙报说："小姐在房寻短见自尽了，老爷夫人快些进房。"夫妻听罢大惊，跑入绣房，只见女儿自缢在房中。夫妻见了，好不伤心，连忙吩咐丫鬟解下尸骸，已如冰冷。原来凤姣小姐昨夜自悔："恨着自己说出根由，害了父亲，必然要正了国法。"所以三更时分小姐便已自缢。此时夫妇见救不活女儿，抱着尸首痛哭，好不伤心。一众丫鬟纷纷下泪，房内一片哭泣之声，实是凄凉。杨爷夫妻正在悲痛苦楚之际，有丫鬟说："老爷，壁上有红笺一纸，字迹数行，不知何言。请老爷夫人观看。"夫妻带泪近前一看，只见房壁上柬笺写着：

　　　　罔极劬劳未报恩，缘何养虎反伤身？

　　　　从今不见慈亲面，且向黄泉见父魂。

当下杨爷看罢，大叫一声："女儿啊！"双脚一蹬，登时跌倒在地，人事不省。不知杨户部性命如何。正是：

　　　　莫道害人无报应，岂知反自把儿亡。

第五十二回　悔前非杨滔致仕
送骨枢张忠往辽

诗曰：

害人反害女儿身，作恶难逃古所云。

不是庞妃谋救父，杨滔早已丧幽魂。

再说杨滔见了女儿壁上诗词，登时气死在地，吓得夫人魂不附体，带泪连叫数声："相公苏醒来！"丫鬟急拿姜汤灌他喉内。此刻杨爷渐渐苏醒过来，叫声："女儿，为父自家不好，谁人埋怨你？你却寻此短见，好令为父痛心也！"夫人也悲哀大哭说："女儿，你今日身亡，乃是你爹爹害了你。养虎伤身之言，明明恐你父亲恨着你了。"杨爷说："儿呀，为父今日死里逃生，皆蒙圣上洪恩。想起从前做过之事，已悔之不及了。正要思量做个好人，立定主意不再归庞党，要报答君恩。岂知女儿先到了黄泉。叫我爹爹何处觅你的！要见除非梦里相逢。"夫妻痛哭一场，杨爷免不得吩咐家人备了棺枢，盛殓女儿。过了两天，盛殓已毕。

自此时候，杨滔把庞洪冷淡了，不去依附他。忽一日叫声："夫人，下官如今想来，如若淡疏了庞洪，犹恐他怪我，倘或谋害起来，祸患不免。并且做下此事，实情羞见同僚。意欲退归林下，以终天年，夫人意下如何？"夫人说声："相公，这句话说得有理。犹恐万岁不准依，徒然费想的。"杨爷说："夫人，且待下官明日上朝，谢过主恩，奏达天颜。若是君王准奏，退守林间，做个逍遥人，无拘无碍，可省得多少思虑。"是夜不题。

次日杨滔上朝，谢过王恩，奏道："臣今得活微躯，皆叨圣德。杨滔欲意退归林下，念佛吃斋，清闲度岁，以改前非。伏乞圣上垂鉴，准臣致仕归林,感恩如海矣!"天子一想:"量他无颜在朝,故有此奏。留他在此,总是国家之患,不免准他回去罢。"此时圣上准奏,杨滔谢恩,退归衙内收拾。夫妻商量,选了吉期,别过同僚,所有内堂物件,多已收藏好。与使女家丁带小姐棺枢同归故土埋葬。一路回转江西暂且不表。

　　此时朝内平安无事已有一月。忽一日天子临朝,百官无事启奏,嘉祐王说:"众卿听着,孤思西辽已经征服,何故飞龙私进中原要害功臣?孤思推算,莫非其中有甚详意?其中必有缘故,众卿与孤议来。"当时文彦博等一众文臣,呼延赞等一班武职同声奏道:"西辽王已有降书投送,贡献出珍珠旗,谅无诈意了。飞龙私进中原,无非要害狄青,与夫报仇之故,决无诈意。陛下勿费龙心。"天子又说:"飞龙私进中国,辽王不行劝阻,其所作为,亦属不该。孤若兴兵问罪,又觉国法过严。今欲差人将飞龙骨枢送还辽邦,降旨宣谕番君,使其方知天朝文如秋水,武比细君,不能丝毫作弊。卿等以为何如?"众臣奏道:"圣上如此仰见高明,臣等焉敢逆命?"天子向武班中说声:"狄卿家,你与众将前日曾到西辽,今当着一将前往。"狄爷一想,刘庆、孟定国、焦廷贵多是莽夫,不如保举张忠前往罢,即奏道:"臣部下几员将内,有张忠为人极有酌量,可差前往。"天子说:"依卿所奏。传命张忠携带骨枢,前往西辽。还朝之日,加升爵禄,以赏卿劳。"

　　狄爷领旨,归王府说知张忠。张将军说道:"圣上所命,何敢不依。"狄爷又差家丁将飞龙棺木焚烧,用净桶装了,密密封固已毕。张忠次日进内拜辞太君,别过众兄弟,带了八员家将跟随。乘上高头马匹,离了汴京,一路洋洋得意而去。想道:"从前几载在山落草为寇,今日做了钦差奉旨之臣。昔时想不到有此荣华。如今只因跟随了狄大哥哥,祖宗有幸,故有今日之荣。"不表英雄一路之言。赶路二十余天,到了三关,见过孙秀。这奸臣方知这段情由,暗想:"岳父害不成狄青,却反加威显。这冤家不死,好不恨煞人也。"当时张忠出了三关,别过孙、范、杨三人,一路去了,按下休题。

　　再说汴梁城狄千岁,自从为着飞龙之事,时时忌着庞洪算计,意欲与母告驾归乡,君王不准,正在进退两难。一日,母子正在言谈,忽报圣旨到来。狄爷吩咐开中门，排香案，衣冠跪接。天使读宣完，辞别抽身，狄爷送出府门，仍回见母。太君说："儿啊，圣旨到来何干？"狄爷说："母亲，只为主上隆恩，说孩儿既在单单国招亲，并且公主帮助平西亦属有功。怜我一月夫妻即分散，今喜太平，圣上不忍使儿夫妇分开，为此降旨一道，着儿即日差使能人，前往单单国接取公主，归宋团圆。仰见君恩浩荡，帝德汪洋也。"太君听了，微微含笑说："儿啊，君心正合着娘意。趁着天气和暖，正该挑选何人前往单单，接取贤媳来家，与为娘婆媳相依。"狄爷应诺，即日唤刘庆、李义说知，交了圣旨。二人即别过太君母子与石将军，一同上马。跟随家将二十名，带了路费银两，行程非只一日，不必细表。

再说张忠到了西辽国，一连几日过了几道关津，直至碧霞关。段威开关接进，分宾主坐下，各叙寒暖。递茶毕，张将军说知其故。段威听了说："张将军且宿一宵，来日小将差人送你进城。"张忠称谢，段威是晚排下酒宴相待，不表。

却说来朝辽国众臣多已闻知，原来公主自送了性命，急忙报达狼主。辽王听了大惊，悔惜女儿，更有番后得知，伤心痛哭，苦楚不堪说："女儿啊，你立心为夫报仇，岂知又害在仇人手。今朝只得白骨还乡，不见姣儿之面，为娘好不伤心。"不表番后痛心。是日番主迎过圣旨，收拾飞龙骨殖埋葬了，送张忠在荣阳驿备酒款待。番王又密召众臣商议："从前假造珍珠旗贡献出宋王，不过是缓兵之计。所以又往各国借兵，只待等公主除了狄青，那时还好兴兵夺取中原，岂知公主反死在狄青之手。如今宋王将尸骨送回，把孤国君臣面光扫尽，今日冤家越结越深。如今各国雄兵猛将，将次到了，狄青尚在，如之奈何？众卿可有良计否？"忽班首闪出一人说："狼主，臣有一计。"番王说："丞相有何妙计？"度罗空说："狼主，只消如此如此，狄青必然死了。公主之仇已报，然后发兵进攻中原，占夺宋室江山，易如反掌。"番王听了大悦，说："丞相果然妙计。"连忙修了谢罪本章。张将军即带本章别过辽国君臣，回转中原去了。

此时番王依了度罗空之计，备了几件宝贝，复修本章一道，差得胜将军秃狼牙细细叮嘱一番。明则入贡天朝，暗则图杀狄青。秃狼牙领旨而去。

　　先说张忠一路饥餐渴饮，夜宿晓行，非止一日。这一天到了雄关，出关又赶路回京而去。这张忠本是惯为赶路，所以早进三关。秃狼牙又迟走三天，又缓缓而行，所以迟了十天来到三关。传上守关军士报与孙秀，孙秀想："张忠奉旨还骨枢，番王已有谢罪本章，附达天朝。今日因何又要差臣到来贡献，这是什么缘故？"孙秀猜疑一会说："莫非又是蹈飞龙前辙，企图混进我中原，所以诈称入贡不成？待本官查明缘故才好。"若问三关之称，原有三座关口，一座名雄关，一座名雁门关，一座玉门关，孙秀主受的乃是雄关。这三关乃是重要之地，关外七百里属番地，七百里内中原该管，所以辽兵一至直抵三关。闲话休题。

　　此时孙兵部满心疑惑。此时范仲淹、杨青因何不见？只因孙秀在此关时，比不得杨宗保、狄青在此镇守，多是情投意合，所以天天叙会。如今孙秀管了此关，二人多不投机，所以各管民情国务，三人叙说大疏。此日二人不在，孙秀想一会，只得吩咐放他进关。但见番使有两个跟随，秃狼牙上堂与兵部见礼。孙秀看这番官不甚威武，只是形容丑陋，便问他官居何品，因甚要进中原？秃狼牙说道："孙大人，小将乃西辽国得胜将军，不是官卑职小，只因狼主犯罪天朝，所以差俺拿这宝贝贡献朝廷。伏乞大人开关放行。"孙秀说："前日上邦天使来你邦，狼主已有谢罪本章，附呈钦差，因何今日又差你贡献礼物？既有贡献，何不前日一并付交上邦天使带回？必然不是真情。下官领守此关，总要稽查。说得分明，才放你出去。不然休得妄想。"不知番使出得三关如何，下回分解。正是：

　　　　辽国今朝施巧计，英雄此日受灾殃。

第五十三回　辽邦主假贡天朝
　　　　　　庞国丈婪受贿礼

诗曰：

> 忘恩背主大奸臣，敌国交通辜负君。
>
> 害却栋梁忠勇将，番兵指日聚如云。

　　当下秃狼牙闻孙秀不愿开关放行之言，便说声："孙大人，你休得多疑。虽然前日上邦天使到来，但我小邦狼主若将礼物交付钦差，犹恐万岁怪责狼主。自不差官前来，取便附交天使呈贡，岂非狼主差了？所以狼主至成恭敬，差小将来呈贡上邦，并无一点虚诈之情。"孙秀听他言辞恳切，只得传令开关。秃狼牙上马加鞭，一拱而去，一路思量笑道："孙秀啊，你既然疑我作弊，因何不将身一搜？如若搜出身上的私书私宝贝，就难以过关了。只笑孙秀，你是个莽夫，枉你有许多盘诘之言，也不中用。如今去寻着庞洪宰相，除了狄青，狼主然后发兵，若攻占了三关，先杀你这匹夫的。"所以俗语云：

> 得放手时且放手，得饶人处且饶人。

　　如今西辽献这巧计，乃自宋王自取出来的。既杀了飞龙，不将尸骸送还他，待辽王疑惑不决就罢了。偏偏又去责罪辽王，送还飞龙尸骨，好待辽国君臣畏伏天朝之意。旨上称出"飞龙投入庞相府中"，所以辽臣度罗空遂知庞洪不是个忠臣，所以使出这计谋来。此是宋王闭门放火，自取其灾的。秃狼牙出关时不知孙秀是庞洪党内人，故遮饰瞒骗出关，一程赶行汴京而来，不表。

　　且说扒山虎张忠，每日渡水登山，快马加鞭。是日来到汴京，下马进了王府来禀知狄千岁。是晚，千岁与石玉与他洗尘对酌不表。次日狄爷奏明天子。嘉祐王龙颜大悦："张忠来去快捷，果然称能，有功王室,加官三级,以偿其劳。"王府一番热闹,不过庆贺吃酒,不表。

再说庞洪独自坐书房,呆呆想道:"老夫连连用计,总是落空。自从包拯审明飞龙之事,险些性命难逃。亏得女儿之力,救了老夫。至今无面在朝,见别人倒也无言,所恨者包文正、呼延赞这两个狗才,常常把冷言暗语讥诮甚多。老夫乃寒天吃冰水,点点在心肝。若把这些狗党除了,方悦得我心怀。"

正想间,有守门官启上太师,说:"外来有三人,说是西辽国来的,有些小物相送,还有机密事商量。"国丈一想,吩咐"勿与外人知,悄悄传他到书房相见。再有人来,只说太师欠安,早已睡了"。门官应诺到府门带了三人,来到书房。国丈看见三人拿了几个拜匣,便吩咐门官去了,即闭上房门。有辽官说:"国丈,小将西辽国得胜将军秃狼牙拜见。"国丈说:"将军休得拘礼,请坐罢。"秃狼牙唤小番两个上前叩见太师爷,国丈说:"休得如此!"又想:"他说有礼物相送,这两个小匣必然是西辽宝贝,因何番王送礼与我?必有缘故也。"想罢说:"将军,你那狼主差你到来,不知有何见谕?"秃狼牙说声:"太师爷,小邦狼主有书一封与太师观览,匣中小物几桩相送与太师。"国丈说:"老丈有何德,敢使你狼主费心?"忙拆书一看:

　　西辽国王书拜奉庞丞相座前:昨飞龙小女有蒙庞丞相将就机谋,周旋恩德,孤心感念不忘。岂知小女的夫仇未报,反丧仇人之手。孤家此恨难消。故特差来小使,恳求丞相报雪申冤。前者狄青带回珍珠旗达呈天子,实乃小邦重新假造,倘丞相奏明天子,狄青难免欺君之罪。虽有浩大功劳,国法岂得姑宽?小女倘得雪冤,丞相恩同天地矣!兹来玩物数桩,望祈鉴领,原非诚敬,且与丞相消遣闲玩。表孤寸心。

国丈看罢,将书收藏,便说:"将军,你那狼主如何知道老夫与狄青作对?"秃狼牙说道:"丞相,只因前日万岁旨意提及太师尊名,所以知的。"国丈说:"这珍珠旗真假如何分辨?"秃狼牙说:"丞相,那真的乃小邦镇国之宝,五代留传,已有一百八十五载。颜色烟采,针线发锈了。狄青带进这假的,虽然款式是一样相同,但新造起的颜色鲜明,针线发新。只要将此两件分别起来,就知真假了。"国丈听罢,拍手笑道:"那日狄青班师,圣上将旗与众看。老夫也看此旗果然颜色新鲜。若不是狼主今朝书到,焉能知其真假!"秃狼牙说:"太师啊,如今已分真假了么?"国丈说:"果到如今,才知真假。"据飞龙在杨、庞二处,对旗之真假并没说起。秃狼牙又叫声:"太师,钥匙在此,请开匣一观。"二小番捧匣在桌上。

国丈正要执匙开匣,忽小使送茶来吃。这小使看见这秃狼牙了一惊,只见他面如锅底,旁立两人也是丑陋,同与太师对坐,不知何处来的,又不敢何动。太师说:"阿厮儿,这是三关孙老爷来的差官,速备酒筵。"小使应诺去了,想道:"孙老爷的差官因何与太师对坐?却也奇了罢。我是小使,管他何用?"即往厨房备办酒席去了。秃狼牙听了庞洪对小使说他是三关孙老爷这句话,便问道:"这孙大人是太师什么人?"国丈说:"他是老爷的小婿,与狄青也是冤家。"秃狼牙说:"原来是太师的贵婿。"国丈此时把一匣开了锁,有礼单一纸在面上。拿起礼单,只见匣中光彩射日,内有玻璃盏一对,月华镜一面,醉仙塔一座,醒酒珠一颗。看罢又开第二匣,又有礼单,是元宝十锭,黄金十锭,每锭百两,白璧两双,碧玉花瓶一个,水晶盅一枚。国丈看罢,笑得眼也不开,说:"狼主何用送此重礼到来,只好取下一半回一半,已是当不起了。"秃狼牙说:"总要一概收下,些须玩物,休得重扰狼主。只要早早杀了狄青,与公主报仇,小将早日回邦去,须要速速行事才好。"国丈说:"这也自然,待来日上朝奏明圣上,取旗复验,验出狄青之罪,如何能赦?管叫他一刀两段的。"

正在讲话,小使送酒筵到,摆开桌上,银烛交辉。国丈吩咐小使,往后边去,不必在此伺候。吃酒至半酣,国丈问起这玻璃盏有何妙处。秃狼牙说:"太师,若问这玻璃盏,斟了美酒在内,就有笙歌细乐吹奏,我邦算它是宝贝之魁。"国丈听了大悦道:"真乃有趣的宝贝。"又问月华镜有何妙处,秃狼牙说:"每逢八月中秋之夜,不论天阴晦雨,将此镜照耀,犹如日月,五彩呈祥,故名唤月华镜。也是小邦一桩宝贝。"国丈笑道:"这宝贝益发更妙了。这醉仙塔又有何妙处?"秃狼牙说道:"哒,若将此塔放于大些器皿之内,用热酒酌在塔顶上,如若取下来,吃不多一杯,就要醉倒如泥了。"国丈大悦道:"这宝贝如此,可有解酒之法否?"秃狼牙道:"可将这颗醒酒珠含在口内,立时大醉可解了。"国丈听了这几件宝贝如此趣妙,心中不胜大喜。说罢二人又是畅饮一番,宾主交筹,两个跟随来的小番自然另有小厮款待,不必烦言。

且说这庞洪有一长子,名叫飞虎,年纪不过二十外光景,一同跟随母亲上汴京的。只因仁宗选了庞洪女儿,他的夫人随女儿也到京来。庞洪原有四子,只有长子飞虎跟随母亲到此,三子仍在家园。这飞虎虽是奸臣之子,亦非有德之人,然而赋性略有些知识,胜过其父一副狠毒之心肠。早间闻知西辽差官到来,他早已打听得明明白白,想道:"爹爹为人,多乃不正,知识俱无。朝廷忘了也罢,因何今日又要私通敌国? 如若风声少泄,性命难逃。欲行陈谏,他又在书房中与这番官对酌。罢了,且忍耐少刻,待爹爹进来,说话谏阻罢。"不知飞虎如何劝谏得父亲依允。正是:

纵有良言金石美,奈何狠毒性情坚。

第五十四回 国丈通辽害狄青
宋主信谗惑奸计

诗曰：

娄赃受贿把君欺，暗合宫帏串女儿。

宋主信谗蒙毒计，忠臣被害中奸机。

不题庞飞虎谏阻父亲之言。却说庞洪在书房内与秃狼牙对酌已完，言谈之际，时敲二鼓，即唤家中打点帐褥，与三人安睡。又谈得一番，时将三鼓，国丈别去秃狼牙，回进后堂去了。有众家人私议，说道："他若是孙大老爷打发来的，因何太师爷作宾主相待？却也奇了。"又见他三人生得与鬼无两样，到底这三人到来何故？有几人说："这是边关野地，所以出这样人来。"有一家人说："他就是一番蛮，但我们吃了现成，穿了现成的，管他什么？况且太师爷又吩咐门上不可说与外人得知，如违重重处责。我等管他何用？众人安安逸逸，不要惹这段是非有何不妙。"众人多说有理。

休言家人私论。再说国丈进归内堂，细细说与夫人得知，夫人听了，含笑说："相公与狄青两人虽然有些仇恨，也罢了。相公不要与他作对的好。人可瞒，天不可瞒。古云：天亦难瞒。何必作此啖食担忧之事！"庞洪说："夫人，你也不用说住手，若弄不倒这小狗才，我也不要做人了。"说未完，旁边走出飞虎，说道："爹爹，如今西辽国送来礼物，不知爹爹意欲何为？"庞洪说道："这辽使便说飞龙公主死在狄青之手，辽王深恨于他。所以差官送礼，前来说明从前珍珠旗是假的。狄青已有欺君之罪。为父的奏闻圣上，岂可不将狄青斩首么？"飞虎说："不是孩儿多言阻你，如若奏明圣上，就有祸事到了。"

庞洪闻言不悦，说道："因何见得招祸，你且说来！"飞虎说："爹

216

爹,前者飞龙在我府中出头,如今满朝尽知。目下辽王差人到此,又是爹爹陈奏起来,就蹈了飞龙前辙,必道爹爹与西辽是相通了。如一查明,这辽差一到京来,先要经过雄关之地,早累及姊丈疏忽之罪了。前者飞龙之事,险些家散人亡,今日劝爹爹勿要贪财爱宝,平平安安过日何为不美?"庞洪一想此话,果然不差,但又舍不得几桩无价之宝,况且杀除狄青已有机会,若不趁此除他,以后就难了。夫人又说:"相公啊,依了孩儿之言才是!"庞洪说:"你母子不必多言,我自有主意。"不理妻儿,往外去了。

庞洪静坐偏房,想道:"这件事情又要与女儿商量方妥,且慢奏明圣上,免得自家之累罢。细想女儿虽是女流,倒有深谋识见。待他在圣上跟前寻个机会,慢慢打点此事,必然成功。"是夜定了计,来日上朝回来,到书房内,秃狼牙便问国丈:"朝见圣上,可曾奏知否?"国丈说道:"已经奏明。悉遇朝中有事,不得空闲,圣上说明日验旗定夺。"秃狼牙道:"又要多候一天了。"国丈说:"屈驾多留一天也何妨?"秃狼牙说:"岂敢!"国丈吃了早膳,又坐小轿一乘出了相府,到后宰门,丁太监一见,进内禀知。贵妃一想爹爹没有事决不来的,今日必然有话了。吩咐丁太监请国丈到望花楼讲话。丁太监领命,请国丈进来,到了望花楼,父女相见坐下。

庞妃请安已毕,叫声:"爹爹因何呆呆不语,有何缘故?"国丈细将情由说知。庞妃听了叹声:"爹爹,你年将花甲,雪鬓满头,后来的光景无多,得罢休时且退步吧! 从前为着飞龙之事,要女儿打点,连我也担忧。用了多少曲折之言,转弯之语,方能说得君王心准,此乃皆因事已成了,所以女儿出于无奈而为。如今又要行此事,我劝爹爹勿为此事罢。"庞洪闻言,顿觉呆了,两眼光睁,看着女儿,想一会,长叹一声说:"女儿,不是为父的必要如此。只因我与狄青恨同切齿,日后不忘的。我不伤他,他必伤我,这个冤家是解不开的。女儿你今日若推辞不就,我为父从今不进此地,来日辞驾归林,父女之情,永远丢开了罢!"庞妃听了,蛾眉一蹙说:"爹爹年纪已是日高,你休得动气。我劝爹爹安分守己,那晓得爹爹定要作此念头。女儿若不从顺,诚为不孝,今朝只得尽力为你打算罢!"庞洪点头说:"多谢女儿。"顷刻,愁闷散去,喜欢复来。叮嘱一番,连忙辞别女儿,回归府内坐下,心头大悦开怀,说:"狄青,你这小畜生今番死了,老夫好不开心。"不表庞洪得计。

再言晚上天子回宫,庞妃接驾,御宴排开,满斟美酒,递敬君王。贵妃一想,不可特然说起,须要远远说,转弯抹角然后说到珍珠旗方为妥当,便说:"陛下,臣妾常常忖度自念,微躯只像鸡群伴凤一般。有幸得受圣上恩波,时常又恐福薄难以消受。"嘉祐王含笑道:"庞爱卿,休得说此谦虚之言,你今与寡人相亲,恩爱成双,便是你福厚之处了。"贵妃说:"陛下啊,从前外国兴动干戈,臣妾曾闻陛下说起来,心中惶恐不安。喜得如今天下平宁,心无挂虑,乐度岁华,皆叨我主福禄齐天。"嘉祐王大悦说:"贵妃啊,你若提起外国刀兵,感动寡人,忆起功臣,实觉伤心。"贵妃说:"哪一个功臣?"天子说:"镇守三关杨宗保智勇双全,乃忠义之臣。可惜他一朝命丧沙场,死得惨伤。如今天波府内已无人了,只有尚存的杨五郎早已少年修行了。苗裔只有杨文广,其余已是一群寡妇了。想他家冷落,真乃伤心也。"庞妃说:"陛下啊,所谓:瓦罐不离井上破,将军难免阵前亡。既然我主念及杨宗保,还宜荫封旌奖。"天子说:"朕亦有此意,足见与卿同心。"

庞妃说:"陛下啊,那杨宗保阵亡之后,目今上等英雄还有何人?"天子说:"爱卿,前日朕已曾说过,英雄要算狄青,更喜他与众将同心协力,平定了西辽,得珍珠旗回朝。西辽投降,安稳国家,一国投顺,各邦畏服。从此江山永固,赖他之力。"庞妃说:"陛下,那珍珠旗到底怎样的? 陛下可曾看过否?"天子说:"非但朕已看过,且满朝文武俱已共目,人人称赞,实是西辽镇国之宝。"庞妃说:"惟独臣妾不曾观看的,不知陛下可赐与妾一观否?"天子说:"贵妃,你要么?"即着穿宫内监传旨,把库房开了,取出珍珠旗速拿来到。

万岁吩咐开了锦绣囊,宫娥把旗展开,贵妃凤目四角一瞧,看到几回,假作呆了。天子说:"全亏五虎英雄,杀败了西辽,番王心急,故把宝旗献出。从此料想他再不敢侵犯天朝了。"贵妃说:"陛下,此旗是番王差送,还是狄青带回朝的?"天子说:"狄青带进回朝,寡人与众文武一同共目过了。"贵妃说声:"陛下啊,臣妾从不曾见此旗,今宵看起来倒也疑心。众臣虽赞美称扬,妾看来还是假的。"天子说:"爱卿,怎见得是假的?"庞妃说:"陛下,此旗若是西辽传家国宝,乃是年深月久之物,颜色必然烟采,针线必然发锈。今看此旗,颜色甚是鲜明,而且周围针线又是新尖。不知是辽邦新造假旗来骗我主,还是狄青作弊更换了,存却欺君利己之心。"

　　天子听了此言,不觉呆了。便叫:"宫娥取过来,待朕复看。"二宫娥一个执旗,一个执烛。天子细看一回,说道:"爱卿,果然颜色鲜明,针线簇新,此旗谅非真的,朕前日却胡乱收了此旗,来日临朝究问狄青罢。"贵妃说:"陛下,狄青如今有了欺君之罪,须当追究,切不可又是仁慈不认真了。"若从前杨滔劾奏狄青无故杀妻,天子庇盖庞洪,所以不认真的。今日庞妃乃是巧话,说不要自己仁慈,又说认真的。天子说:"这事朕必要查明真假来,若是真的,不必言,假的必要究明原故的。"贵妃又说:"陛下,若是假的,狄青却有欺君之罪,还把他正其国法否?"天子说:"认真查究明白,方能定罪!"说完吩咐内监,把旗收藏回库,复又宴饮一番,言谈尽兴,正敲二鼓,玉手同携,罗帐双双,其乐于飞,难以再白。不知来日嘉祐王临朝查问验旗,如何执罪平西王,下回详说。正是:

　　任尔英雄称哲睿,如何蒙蔽惑阴谋。

第五十五回　验假旗狄青触君
求赦斩莽将飞报

诗曰：

当殿叱君理也非，法场枭首不为奇。

只缘中却好谋计，致使忠良受佞欺。

话说前夜庞妃验出假旗，次日五更三点，仁宗天子升座金銮殿，众文武朝参已毕，各官无事启奏，嘉祐王问说："众卿家，且听朕言。今有狄青在西辽带进这珍珠旗回朝，岂知是假的，寡人误被他瞒了。"众大臣听了天子之言，多吃一惊，一同奏说："陛下，从前臣等众目共观此旗，就是陛下也曾龙目同观的，因何今日说起假的来，臣等俱属不知。"天子说："卿等哪知其细。"即命内侍取旗与众臣观看，各官细细看来，难分真假。独包爷说道："前时臣不在朝，未曾看过，今日据臣看来，也是假的。"天子说："包卿也知假的么？"包爷说："旗实是假的。惟是朝中已有人私通外国了，陛下，还须查究。"此时国丈在此，心内着惊："这老包刀笔也，莫非有人泄漏机关不成？"天子又说："包卿，怎见得有人私通外国？"包爷说："臣思此旗，西辽前者贡来，众人多已看过，彼此无言。如今已久，忽然有人说是假的，定然有人私通外国，说起是假的，方才晓得此旗是假的。伏乞我主先将私通外国之人查明究办，然后追究狄青才是。"

天子听罢，微微含笑说："包卿，休得欺压众臣，不是他等说起，乃是寡人看出假的。"包爷说："既如此，陛下交通外国了！"天子说："包卿，你好胡说！朕昨夜与贵妃偶然说起此旗，取来看的。贵妃看出假造之弊。然后朕取细看，方才得知。"包爷说："如此庞娘娘私通外国的。"天子听了，又恼又觉好笑，说："包卿，你言得奇了。贵妃焉肯私通外国？你也说这句奇话,好糊涂也!"包爷说:"臣启陛下,旗既乃西辽镇国之宝,中原焉有一人见得的?因何独有庞娘娘说是假的?岂非娘娘私通外国,然后得知,望吾主查究娘娘才是。"

此时众文武个个无言,独有庞洪暗暗慌忙。天子又说:"包卿,宫中内室,焉能与外国相通?休得枉屈了女钗裙,众臣听朕说!"众文武全声道:"伏乞陛下宣谕,臣等知之。"天子说:"昨夜贵妃看此旗,说道既是西辽流传国宝,年深月久,必然四周针线起锈了。如今旗线簇新,颜色鲜明,是系临时新造起来的。但不知是西辽作弊,还是狄青造假换真。若说西辽作弊,狄青疏失难免。若是他将假换真,其罪尤深了。"众臣听了,呆呆不语。有包公说:"臣启陛下,此旗是庞娘娘与陛下讨来观看,还是陛下与庞娘娘看的。"天子一想,暗说:"不好了。包拯的话难讲的,哄他一哄才好。"便叫声:"包卿,旗是寡人赐与贵妃看的。"包爷说:"只恐还是庞娘娘与陛下讨看的。"此时包爷猜透其中原由,天子带怒起来,说声:"包拯,这事与你无干,休得多管罢。"

嘉祐王复问武班中,叫声:"狄卿家,你且把真情奏来,到底这假旗儿怎样来的?"岂知这狄爷听了天子驳论之言,早已气得目定口呆了,一言已说不出。天子几次问他,只是气昏了,忘却君臣礼,冲撞起来,便说:"悉听庞娘娘话,把我狄青正法斩首罢!"天子说:"旗是你经手办来,是真是假,总要问你,因何说悉听庞娘娘把你斩首之话!"狄爷说:"西辽献旗出来,臣将此旗带还朝。平日不说,今日提起,敢是娘娘要害我狄青么?陛下是天下之主,万乘之尊,妇人之言不可听信的。听信妇人之言,江山必败。"嘉祐王听了狄青触冲之言,心中大怒,忘了他汗马大功,骂声:"泼臣!怎把朕欺侮?这等猖狂,目无君上,国法难容!"即降旨将他绑出午门斩首,正了国法,说道:"不斩王亲,不能儆众!"刀斧手即时捆绑起狄爷。庞洪暗暗心花大放:"今日冤家杀得成了。"众忠臣多来保奏,天子只是不依,吩咐押出法场,差国丈为监斩官。

众王爷大臣气得怒塞满胸,国丈洋洋得意,登时领旨,绑狄爷往法场去了,只等时候就要动手。原来前时杀人随到随杀的,只为前三载时,狄爷斩了王天化,太后娘娘解救时,到午时三刻,故把狄爷救了。所以目今多转了此例。狄青一路无言，街上人人叹惜。此时合当有救，悉遇焦廷贵在郊外游玩，一见之时，二目圆睁，上前拦住，问其情由。狄爷喝声："焦廷贵，我狄青今日身死，你休得多管！"焦廷贵见千岁不肯直说，大喝："庞洪，你慢些威风做这监斩官，你若把俺千岁杀了，我把你庞家杀完。"即纵马加鞭飞跑到南清宫，滚鞍下马，喧声大震，说："反了！反了！"

此时潞花王不在宫中，还在殿前，早有太监出来问明其故。太后即时宣进焦廷贵禀知，怒气尚是塞喉。太后听了大惊，即传懿旨一道，着焦廷贵速往法场说："刀下留人！若杀了千岁，监斩官一同斩首。"焦廷贵领旨，飞马到法场大喝："庞洪听着！南清宫太后娘娘有旨，刀下留人。如若杀了平西王，即杀监斩官。"庞洪听了，眼睁只看着焦廷贵。焦廷贵又说："庞洪，你若杀了狄千岁，我焦爷也不轻饶的。千岁啊，不要心焦，如今有了太后娘娘出头，你这吃饭东西安稳了。"

书中不载焦廷贵之言。再说金銮殿中君臣议论珍珠旗之事，众大臣说："此旗乃是西辽之物，狄青不曾见过的，焉能知其真假？况且还朝复命之时，圣上龙目与众臣俱已共睹，哪一人知道是假的？就是番王既已降顺天朝，如何敢将假旗欺骗我主，且狄青耿耿忠义之臣，立了多少汗马功劳，焉敢利己欺君以取其咎？决无此理的。"天子说："他只依功劳，竟把寡人欺负，全然没有一点君臣之礼。若不将他正法，岂非渐渐地把寡人欺了。"又有潞花王想道："若有人去通知母后，狄青有救了。"正在心头着急，忽有黄门官来奏万岁，说："南清宫太后娘娘抬了太祖龙亭，到午朝门来了。"众忠臣暗暗喜欢，难得娘娘前来做救星。

天子此时一闻知，即离金殿，步落金阶而出。众文武跟随天子而行。那太祖龙亭乃天子的祖宗，为子孙者，岂有不迎接之礼！狄太后虽不是生身之母，但是三年乳哺之恩焉能辜负！此时，天子出迎，前有太祖龙位，后来了太后娘娘，直至金銮殿方住。天子随来说道："不知母后娘娘何事出朝，请下凤辇来。"太后愁烦不语，下了凤辇，就于殿侧排下位来，坐下锦墩，不觉珠泪已流，天子一见，惊得呆了。众臣同来朝见说:"不知娘娘因何出殿来?"太后娘娘含泪说声:"众卿平身。只因我上下无亲故了,只有狄青一点骨血,狄门香烟望他承继,纵然犯法,应该处斩,须念他有功,可略宽容一二。既然忘他汗马功劳,还当看老身情面。但今日不知犯了何法,必要将他斩首? 就将他斩首,众位卿家也该保奏才是,因何个个皆是如此袖手旁观?"众文武此时俯伏,无言可答,又不好说我们已保奏了,只因万岁不依这句话,只得同声说:"娘娘,这也问万岁便知了。"太后娘娘又问天子说:"王儿,狄青有甚差迟,须要将他正予典刑的?"此时嘉祐王也不藏头露尾隐言,就将复验珍珠旗,疑是假的,所以动问狄青。他抗言冲撞,失了君臣之礼,犹恐别人效尤,以臣凌君,故将他处斩等话讲了一遍。太后娘娘说道:"原来要把我侄儿做个榜样,以儆戒别人么? 就算他失了君臣之礼,将他定个罪也罢了。因何必要将他身首分开的? 侄儿啊,可怜你青春年少,狄氏一脉香烟至今绝矣! 你数年立的汗马之功,今日已成画饼,犯了些小小无碍之法,如今要斩首之罪了。只因我做姑娘的,难及得一妃子之言,所以救你不得。早知你归结吃一切之苦,何必出仕王家,辛劳数载,却要娘亲送你归泉。何不若做个农夫,奉母以终天年,何为不美?"狄太后之言,不知天子怎生处决,狄青得赦如何,下回分解。正是:

父女专心图陷害,英雄一命险些亡。

第五十六回　平西王死中得活
嘉祐王发配功臣

诗曰：

> 苍天不绝小英雄，险死还生到驿中。
>
> 只为灾星沈未退，奸谋屡害迭重重。

再说嘉祐王听了狄母后之言，说到他为娘的难及得当今贵妃之语，是以难救得侄儿，天子听了这句话，担当不起，心中觉得惭愧，忙上前曲背弯腰，尊声："母后娘娘不用心烦，如今即差官前去救他罢。"太后娘娘说道："此时只恐头儿堕地了。"众文武说："臣启娘娘，此时天色尚早，狄王亲还未正刑。"当时天子即差值殿官急往法场救转狄爷。此时国丈怒容满脸，焦廷贵得意洋洋，大骂一声："庞贼！"快马加鞭回归王府，报与高年太君。太君听罢，惊惶之际，流泪说："儿啊，想你吃了许多苦楚，受了多少辛劳，方能征服西辽，只望你平安人吃平安饭，岂知今日又起风波，大难临身。幸得姑娘出朝去救，圣上必然恩赦了。"按下不表太君之言。

再说狄爷得救，进了金銮殿，叩谢君主赦罪，多蒙太后娘娘活命之恩，又参见太祖龙亭。国丈也参见了太后娘娘，太后说："你是国丈么？"庞洪说："臣不敢当的。"太后说道："你堂堂天子的国丈王亲老大人，你既为极品之官，何必如此生成一片妒贤嫉能之心，几番陷害我侄儿？你做人为何这等狠恶奸刁的？"庞洪说："这是臣不敢为的。"太后说："胡说！好好地保他前去征西辽，要借刀杀人，你还强辩么？"庞洪说道："娘娘，是老臣一心为国，犹恐西辽又动干戈，因思没有勇将可当此任，是以保举五虎英雄前往，若不是老臣保他前往西辽，狄王爷焉能加官晋爵，势位封王。"太后说道："他封了王位，你满心恨着，又与杨滔同谋把飞龙顶冒凤姣来行刺,我侄儿几乎死在番婆之手。又亏得皇天庇佑,这英雄又是死里逃生,皆得包卿之力。就是今日这条计,全亏得老身早已知情,如若不然,我侄儿身首分为两段。到底狄青有何不好,你与他结得如此深冤,定要生心害他?今日可将冤家之由实实说来,休得隐讳。"庞洪此时伏倒金阶,头也抬不起,只得连称:"娘娘啊,臣实无此意,休得枉屈了老臣。"太后娘娘说:"今日老身与你讲个明白,自今以后劝你要做个好人罢。倘若仍要做奸臣,不独臭名万载,只恐罪盈满贯之日终须有报。近则报在自己,远则报在儿孙。"此时国丈也不敢再答奏,只得诺应连声而退。

太后娘娘又问当今道:"若说珍珠旗是假的,庞国丈是个能手,何不命他把真旗取到,如取得真旗回来,目今这旗是假的,然后定罪如何?"天子一想,若要国丈去,明是叫他前去吃苦了,说:"母后,旗之真假,如今一刻之间,到底力辨不清,且从缓而辨。但狄青有失君臣之礼,如若置之不问,有干国法,难服众臣之心,还望母后谅情处断。"若讲到嘉祐王在庞妃面上,原来不肯吃亏的,只因狄太后出朝,虽赦了平西王,到底还要问他定罪名,多少遮遮面光。此时狄太后想来失了君臣之礼,原是难正国法处斩的,今日罪名不依,恐被众人私议,便叫声:"包卿,你是个忠心正直之人,须判定他一个什么罪名,方为妥善?"包爷说:"臣启娘娘,若论臣失君礼,即与欺君之罪相同,本该立时斩首。惟念有功于此,从减等定他一个徒罪,实为至当。"太后说:"包公判断公平,可准依的。"说完即起,扶辇回宫而去,随即又抬送回太祖龙亭。此时仁宗天子、众大臣一同相送,狄太后放心回宫中,不表。

且说嘉祐王便说:"包卿即把平西王定了徒罪,还该定了地方才好。"包公一想,这是拭我面光的,乃据理而行,有甚相干!即奏道:"离京一百里,发配游龙驿,万岁龙心如何?"天子说:"准卿所奏。可着一员官押解狄青到驿中便了。"包爷说:"臣领旨。"又奏道:"陛下,那珍珠旗是真是假,不易辨分明,伏惟我王定夺。"天子说:"包卿,且收藏库内,另日再行定夺罢。"就此退班。此时天子摆驾回宫,见了庞妃,就把情由说知,也不再表。且说众臣退班,各回衙府。有狄爷说声："包大人,犯官回去一见母亲,就来听候起解了。"包爷说："悉凭王亲,大人何日登程,决不来催促的。"二人一拱相别。

狄爷到了王府门首,众弟兄一见说："如今恭喜千岁了,得太后娘娘做救星。"狄爷说："是了。"忙退进堂,见了母亲,就将此事说知,太君听了,切齿骂声："奸臣,明明又作奸计,内通女儿作线,我儿险些做了刀头之鬼。多亏得焦将军往南清宫报知姑娘,方得出朝,要当今赦罪。儿啊,姑娘恩德深重,你须时刻铭心。"狄爷道："这也自然的。但如今孩儿定了一个徒罪,发去游龙驿的,今来拜禀母亲,明日要动身了。"太君听罢,心中烦闷起来,含着一汪珠泪,说道："儿啊,母子团圆还是未久,如何今日又要分离?为娘好不心焦!"狄爷说："母亲且免愁烦,若说游龙驿,离京有限路程,孩儿此去,可以常常来往的。"

是日狄爷打点往游龙驿,有众英雄闻知,进来说声："千岁爷,不必前去,有我们保护在府中,差官若来催促,待他试试我们手段,打他一个七零八落,回去叫他远远不敢来惹千岁的。"狄爷闻言,喝声："胡说!万般情面,要看包爷。他若到,不可恐吓他。况且乃是国法旨意,与这解官何干!"焦廷贵说道："何不把这座王府改作游龙驿,住在家里好不便当。"狄爷喝声："休得多言,本藩自有道理。若然不去,又有欺君之罪,为人顶天立地,出仕王家,忠字离不得的。"与众人正在言谈间,有狄太后传懿旨,请平西王到南清宫叙话。此时,狄爷进内辞了母亲,出王府去了。有二位英雄齐说："可恼啊,可恼!今日好好一个平西王做不成,倒做起徒犯来。我们叫他不要去,他偏偏要去的。罢了,我们苦乐相同,跟随千岁到游龙驿,以得早晚相见,患难相均,方才合理。"众将闲话,休得烦言。

却说狄王爷来到南清宫,先叩下姑娘活命之恩,又与潞花王见礼,然后坐下吃茶。太后说："侄儿啊,不是姑娘埋怨你,原是你的不是。君即是君,臣则为臣,因何把朝廷顶撞?大为不合。论来原有欺君之罪,如若不依,当今问个罪名,犹恐有国法森严,满朝多有议论你。今到着游龙驿,我有一句言语叮嘱于你,须要谨记留心。"狄爷说："不知姑娘有何训谕,侄儿洗耳恭听。"太后说声："孩儿,你今此去,犹恐庞洪害你之心,不肯休息,又有什么暗箭射来,你须刻刻在心。此去驿中每日费用,所该多少,或一千或八百,须问国库中取用,不可拿出自己财帛来用。此去须要常常回来,不可久别娘亲。说要去三年,自然我慢慢调停,只在半年一载之期,自必叫你回归,决不使满限三年的。"狄爷听罢,说声:"多谢姑娘,恩同渊海,教育良言,侄儿刻刻在心。"此时太后又吩咐备酒席,两位表弟对酌,潞花王说声:"表弟啊,你此去游龙驿,须要常常通个信息到来,免得我母子时常挂念。此言须要切记的。"狄爷点头应诺,弟兄又用酒一会。饮酒毕,狄爷拜别姑娘,辞了表兄。狄太后暗暗恨着庞贼,弄得侄儿又要分离了。此时潞花王送狄爷一程,出十里之外,方才作别转回。

狄青回归王府,对母亲说出姑娘吩咐一番言语,表兄叮嘱之言。太君烦闷之际,听了此言,心中十分感激,姑娘骨肉相看,情深意厚,潞花王千岁也是一般情厚。是夜,母子言说。不知狄青到驿,后事如何。正是:

　　只为奸臣设奸计,至教母子两分离。

第五十七回　庞国丈图谋托驿丞
平西王起解游龙驿

诗曰：

> 英雄灾晦未能除，故教奸佞屡相欺。
>
> 报应待时终有日，只争来早与来迟。

话说包龙图奉了狄太后命，把平西王定了一个徒罪，天子又差他押解。是日退朝回归府中，委了一个解官，备了一角文书，吩咐解官："倘狄千岁未起程，不可催促于他。"押解官诺诺连声而退。

一口难说两话。先说庞洪朝罢回归，独坐内堂，只是烦闷沉沉，说道："好好一个机会，好好的一个计策，眼看得狄青即分为两段，岂知焦廷贵这死遭瘟疫天杀的，到南清宫通了消息，至此又惹这婆婆出头，弄回狄青不做刀头之鬼。反把老夫骂得羞惭，难以见人。又可笑圣上真没主张，假旗欺君，倒不追究，只把那顶撞圣上之律，问了一个徒罪。今日又是一段好机会化为乌有。如今我若罢了，犹恐他日后还来寻我报仇的。且西辽差官天天等候，催速老夫除这小畜生，辽王送来财物，老夫已经收下，这几桩宝贝，我也爱得甚紧，若是交还了他，岂不可惜！况且些须小事，老夫办理不来，岂不被这辽官暗中取笑么？罢了，待我细细思量一个好计谋，必要除了这狗头，方才罢却心烦的。想来这秃狼牙在于我府中，一日两天还好，倘若收留长久，外人知觉，事就不美了。这便如何是好？"此时一心筹算，左思右想，计算不来，只得沉沉纳闷。思量一会，忽想起一事在心，说道："忘记了，那游龙驿驿丞官，乃是老夫的家人，因他屡日办事能干，无有差错，故我把他提拔起来了，做了这个驿丞官。屈指光阴，已有六载，不免今日修书一纸，差人拿去，说要把狄青摆布身亡了，然后打算升他个七品官员,也是妙算。"

此时庞洪想出这条计策,心中放下愁怀。即转入书房,对秃狼牙说:"秃将军,老夫昨天奏明万岁,调旗复验,要把狄青首斩。谁料狄青咬定旗是真的,圣上疑信不定,发交三法司勘问,老夫也在三法司边知会了,要他审实是假旗,正了欺君之罪,包得取他首级了,只是有屈将军多住几天的。"此时秃狼牙听了,只得安心等候。次日国丈又差家人打听狄青到了驿中否,然后再把书信投递。

却说狄王爷一连等候三天,不见解官到来,在着王府等得不耐烦了,只得差人前往催促。这解官想来,只有发配人延迟不愿往,如今狄千岁倒来催促起程,实是忠臣,可敬可敬。即时拿了文书,来到狄王府叩见狄千岁。此日,狄爷戴了小帽,穿上青衣,便唤解官:"将本藩上了刑具。"解官说:"千岁爷,这是小官不敢的。"狄爷说:"这是王法如此,非干你事。"解官说:"这也实是小官不敢的。"狄爷道:"本藩已说个不来罪你,快些上了刑具罢!"解官只得说道:"如此小官告罪了。"叩过千岁,把刑具上了。狄爷进内,别了母亲,老太君一见,伤心不止,说:"儿啊,你好好一家王子,乐处安居。如今弄得如此光景,皆因庞贼父女相通,害得我今母子分离,好不凄惨也。"狄爷叫声:"母亲,休要伤心,孩儿今日亏得姑娘救了性命,如今到游龙驿,只得百里之遥,比在朝一样的。母亲若虑无侍养,前时圣旨到单单国接娶公主,目下该应到了,便有媳妇陪伴了。"

再三劝解母亲之际,忽有几位将军进入中堂,说要同千岁前往。狄青说:"你们不必前去。"岂知这些众弟兄义重情深,必要同去,死也死在一堆,亡也亡在一处。平西王听了含笑说:"你们要做官的人,食了朝廷俸禄,要与王家办事,不能同本藩同去。"众位将军说:"千岁,我们吃什么朝廷俸禄? 自今之后我等官也不做了,跟随千岁的好。"狄爷哈哈大笑道:"你们众兄弟,若丢本藩不开,常来常去,何等不美?你们若必要同去,待我一剑自刎便了。"太君又叫:"列位将军,你们不必执一己之见,我儿说话却也不差的。你们如听了他说,或来或去,时时通个消息与老身也好。"四位英雄只得无奈何,骂声:"庞贼,把你碎尸万段,难消我恨!"当时狄爷别过母亲,转身出来,张忠说:"我等必要送千岁的。"焦廷贵道:"如若不许我们送千岁,休得想去。"你一言我一语。狄爷笑道:"本藩有什么好处,倒要你们这般好处,却也难得。"吩咐解官:"就走罢。"解官说:"请千岁乘轿。"狄爷说:"我有王法在身,如何坐起轿来?"解官说:"千岁必要坐轿的。"狄爷一想,平日间没有刑具,看着撒开大步走路好不爽快。如今上了刑具,行走艰辛不便,坐轿而去便了。此时这乘轿,并不是随常用的布帏小轿,乃是一品坐的逍遥八抬金银大轿。狄爷说:"此轿太好,用不着的。"解官说:"千岁再要好的也有,如要常轿没有了,请千岁上轿吧。"狄爷明知多有常用的轿,只因解官畏惧着本藩,故来好好地奉承,连忙上轿坐了。

太君倚在府门首,心中凄惨。府门外多少官员来相送平西王,此时狄爷一概辞谢,各各回衙。西城厢内外百姓人等,门首多是香烟渺渺的相送。狄爷暗暗想来称奇:"自己没有什么好处,因何百姓这等敬重于本藩? 却也难得众百姓如此。"众位英雄也觉好笑,从来没有见个徒犯比着起任官也依稀的。此时太君又放心不下,打发八个家人跟随去。又衣箱四个,发扛夫挑了同行。

解官手下四名来到驿中,天色将晚,驿门要闭。解官一见说:"驿子不要闭门,有包大人文书在此,快些去投送你老爷。"此时驿子即忙进内,说:"启上老爷,今有包大人文书一角,请老爷观看。"驿丞说:"包大人因何文书至此?"连忙接上,拆开看罢,吓得忙忙立起身来,说:"驿子啊,快把我的冠带拿来。"驿子说:"老爷如此慌忙,取冠带要做何用?"驿丞说:"有个大势位徒犯来了。"驿子忙问:"老爷,是什么大势位徒犯?"驿丞说:"南清宫太后娘娘的侄儿,当今万岁表戚,五虎平西的头目,有功于社稷,王亲大人目下职授于平西王狄千岁也。如今犯罪问徒三年,发到这里来的,快些取冠带来,待本官出去迎接。"驿子听罢,说:"不好了!"吓得大惊,浑身发抖,冷汗淋漓,说:"老爷啊,这个官不要做了,快些走罢。"王驿丞喝声:"胡说! 快些取冠带来!"驿子连忙取至衣冠,驿丞即忙更换。也是心头畏怯,出至驿厅外,一见狄千岁,连忙下跪说:"小官游龙驿驿丞王正,迎接千岁爷。"一连叩头。狄爷说:"驿丞你且起来,本官是你管下,何必如此?"王驿丞说:"小官不敢的,请千岁爷下轿。"此时,狄爷出轿,王驿丞双手相扶,一众英雄随后也到了。

　　只见驿中颓烂不堪。王驿丞请千岁进了驿中,坐了,又重新叩过头。焦廷贵说道:"你这个官,想是磕头虫变出来的,只管磕头也是无用的。我焦爷不要你叩头,只要你把千岁服侍得周到,千岁要吃蚊子肝,你就进蚊子肝,只要顺不要逆,千岁见你奉养他殷勤,心中爽快,你就有好处了。"狄爷听了,便喊声:"焦廷贵,你这蠢才,全没有一点规矩。"焦廷贵不敢再说。狄千岁又吩咐王正立起来,说声:"王驿丞,本藩有王法在身,自今之后,你且不要拘礼了。"王驿丞应诺起来。有张忠在旁,说声:"王驿丞,狄千岁乃是玉叶金枝贵体,偶然犯了些小国律,圣上暂且问一个徒罪之名。虽说三年,不过一年半载,就要恩赦还朝,切不可慢待千岁才好。"此时王驿丞诺诺应声,不知后事如何? 正是:

　　英雄此日拘囚禁,国贼如今又计谋。

第五十八回　到驿所平西王遵旨
嘱王正庞国丈催书

诗曰：

国贼生成妒嫉心，多端百计谋图深。

催书暗嘱游龙驿，欲害英雄命丧阴。

当下王驿丞诺诺连声，说道："是！是！小官焉敢慢待千岁，自然要好生看待的，将军爷不必介怀。"众将军又说："驿丞，一切供奉需要小心，晨昏进馈，必要丰隆酒饭。非但我们弟兄安心，就是太后娘娘也见你情分，你要高升大官，有何难处！管教你一年半载就高升了！"王驿丞只是应诺，此时驿子又送香茗来，与千岁并各位将军用过。焦廷贵说："王驿丞，你今日就差了，千岁爷是早用了饭，一程就到来，肚中已饥了。我们众位老爷腹中也饥饿得紧，你因何不去备办夜膳来吃？还在这里呆着什么！"驿丞说声："将军爷，小官已经着人备办去了。"焦廷贵说："如此才是。"狄爷把头一摇，说道："他是个穷官，有啥大财帛，何必要他来破散？你们休得多言，趁早回去罢，免得太君在府中又是悬念不安。回去须要紧记，守着法规，倘若你们弟兄丢本藩不下，朔望之期，每到一回，日常间休要多来往，省得旁人疑议。"众英雄说："千岁之言有理，我等依命回去便了。"狄爷又吩咐众弟兄回去叫马夫好生喂养现月龙驹。众将说："千岁不用多嘱了。"此时狄爷又将太太打发八个来服伺他的人，狄爷只收下四个衣箱，八个家人仍旧打发他回府。驿丞又备回一角文书，交解官上复包爷，又备了提笼火把与众将回去不表。

狄爷原乃宽大之人，体谅这驿官穷淡的，是夜即发出白银几两，待明日以作供飧。那驿丞假说："千岁爷，这三餐供奉，自然是小官供承的。”狄爷说：“驿丞，你这里所在有何资产？哪里供给得本藩的？”驿丞说：“如此仰感千岁爷洪恩体惜。”此时王正接了银子，以待明日备办珍馐。是夜所办之酒筵，乃王驿丞的。只因他一闻狄爷到驿，早已差驿子去备办了一桌上上席筵，此时送到摆开，排列丰隆，多是海味珍馐贵品，此乃王家常常所用之肴，所以狄爷不甚觉着。此时王正请狄爷上位，亲自下来酌酒，满斟一盅，狄爷微笑说：“驿丞，你是管下本藩的，你如此恭敬，实乃不应该的。”王正说：“千岁啊，哪里说来，只是小官恭敬不周，地屋污秽，有慢屈留，千岁爷万勿怪责就是了。”狄爷含笑说：“驿丞，你言重了。”此时欢然吃酒，若狄爷起辞之时，自要上了刑具，如今到了驿中，自然要去了刑具。

此时酒膳用完，王正又吩咐驿子，端正床铺灯烛，预备各用物件，须当取齐，驿子领命去了。进房间端正床铺，把千岁爷铺陈打开，非锦即缎，毡褥张开，多是簇新鲜明，光华闪目。驿子想道：“若然千岁日后去了，我求千岁爷赏赐这铺陈与我，不知他允不允？”时敲二鼓，狄爷沐浴过，驿丞持着灯烛，请千岁归房安睡。狄爷进了房，略觉安然，只是一心怀念着母亲，已是无言，不多烦表。

且说天明，王驿丞伺候千岁起来，梳洗已毕请问过安，献奉茗茶。狄爷又问驿丞：“你管下共有多少的徒犯？”王正说：“千岁啊，小官名下共有一十六名。”狄爷说：“你且唤齐他们过来。”驿丞应诺，转出偏厢，吩咐众徒犯道：“这位狄千岁爷乃玉叶金枝贵人，平西的大功臣，今来唤你们，必有些好意，去叩见他须要远些走开。”众犯应允，随驿丞进内，远远叩头。千岁狄爷看见众人多是衣衫褴褛，犹如乞丐一般。狄爷说：“驿丞，他们可有夫头否？”只见旁边一人闪出说：“千岁，小人就是夫头。”狄爷说：“你是夫头，所以又觉光彩些。”李巧说：“千岁爷，小人也是一般困苦的。”狄爷说：“本藩赏银子五两，待你等做件衣服。”即往衣箱内取出银子，一十六个囚徒各领了，众犯人喜欢无底，叩谢千岁而去。前日狄太后命狄爷到驿中该用银一千或八百，须向库内取用，岂知狄爷仍旧自拿银子来驿中用的。如今赏赐众人，也是自己金帛。

按下狄爷在着驿中慢表。却说庞洪命着家人打听狄爷已到驿中,急忙修书一封,着家人庞福,吩咐他到游龙驿,悄悄交与驿官王正。等待他看过要将原书带回,切不可与别人知道。庞福领命一程直至驿中,将书悄悄交了驿丞。王正当时拆开书看明,顿觉呆了,暗想:"太师爷因何这等狠心,来书说要将千岁害了,这还了得!我又没有摆布推害他,不肯为好,叫我如何打算?"只好说与来人道:"你回去上复太师爷,说王正知道了,但要从缓而行,性急不来的。"庞福说:"此事总要老爷快些为的。"驿丞说:"这也自然。"庞福即时带了原书回去了。

此时王驿丞心中烦闷,想来:"事在两难,平西王乃将中魁首,平日与我无仇无怨,岂可害他性命,若是太师之命,又难以违背,如我不害他性命,我却不想升这七品之官,亦不想靠庞家势力。罢了,只日日延迟,听凭他催促罢了。"如此,已延迟了半月有余,国丈一连催了几封书。王正回说只在几天之内了。

庞洪又被秃狼牙催逼不过,只得用半假半真的话回他,说前三日三法司审问,因有包文正在旁督审,所以审不得私歪,把他问了一个徒罪,已经发配了。秃狼牙说:"那徒罪不能够死的。"国丈呵呵大笑道:"要他死有何难!我已把书送到驿官,让他三日断送了狄青。"秃狼牙说:"太师可是真么?"国丈说:"老夫与他仇同切齿,巴不得他即日身亡。"秃狼牙说:"如此,再候几天罢。"国丈此两日又是两封书。王正回言总说不是来朝就是两日将他断送,庞福只得回复太师。他想这辽官等不耐烦了,倘他发恼起来,说不打算害这狄青,要讨还几桩物件如何是好?罢了,不如哄骗他回邦去了再作道理。转入内假意笑道:"秃将军,好了,狄青已死。"秃狼牙说:"太师,果真死了么?如何死的?"国丈说:"不瞒将军,他问罪到游龙驿,这驿官是老夫的家人,是将他用药毒死的,但是这件机密事,将军切不可在外边揭露。"这秃狼牙原是个直心人,听了大喜,即要打点回邦。庞国丈犹恐外人知道,便说:"将军,你那日来的,恐被人看见,今幸无人知觉。如今回去,须要晚去的才好。"秃狼牙依允。是日至晚膳用过,即时辞太师。庞洪说:"老夫不回书了,烦你回去代为拜谢狼主罢。"秃狼牙说:"老太师休得套谈,小官在此多叨扰了。"说完带了两名辽卒,出了相府。国丈送出府门，一拱作别，出了王城而去。不表。

　　再说国丈，此时略略安心，说道："这秃狼牙虽然去了，但狄青未死，我也不安。可恨王正这狗头，老夫几次催他，他连次哄我。罢了，如今再修书一封，发狠嘱一番，要他早早下手罢。"即修书一封，唤庞福送至驿中。此时王驿丞看过说道："你且回复太师说，准准两天，定然下手，决不再误的。"庞福听罢去了。王驿丞十分愁闷，想来："此事如何处置才好。太师啊，我想狄千岁乃是大宋擎天栋柱，上虎五人他为首重，平西诺大功劳，与你有甚么冤？生成一片狠毒之心，必要害他性命，送书连连催逼我，一月到来，已有书一十三封，今日还来一封，大发怒于我，倘我再延迟，连我性命也难保了。罢了，我也顾不得主翁之情了，不惧他势位凶狠，若要我王正害此英雄，断断难依你了。况且我没家属累身，不若将此事说知千岁，然后挂官远遁，没其行迹罢了。"此时王驿丞定了主意，说与狄爷得知，不知挂官遁走如何。正是：

　　　恶毒终为恶毒计，善人必有善人心。

第五十九回　存厚道驿丞告害
　　　　　　点门徒王禅赐丹

诗曰：

　　王正为人厚道全，不从主命害忠贤。

　　一言直告奸臣计，忠心英雄白屈冤。

话说王驿丞见庞太师一月余间有书一十三封，要害平西王性命。此时驿丞立定主意，不肯陷害狄青，自愿挂冠遁迹。等候至红日归西，排开酒宴，狄爷坐下，把金壶满满斟上几盅。狄爷抬头一看王驿丞。但见他：

　　愁眉不展为何事，神色沉吟却有因。

狄爷看罢说声："驿丞官，本藩看你满面愁容，是何缘故？"驿丞说："小官有些心事。"狄爷说："有何心事？"王正说道："身家性命不保，所以心烦不悦。"狄爷说："有甚心事，说与本藩知道。"此时王正回复，便轻轻叫声："千岁，小官原是庞府家人，因干事无差，太师爷把我提拔起来，故做了这驿丞。自从千岁爷到此之后，庞太师一连有十三封书信，要小官把千岁爷性命害了。只因我受过太师一点之恩，又难以推却，只得将实言告明。"狄爷说："就把本藩摆布了罢，这有何不可？"王正说："千岁，你何出此言？你乃当朝铁石擎天柱，大宋驾前紫金标，建立多少汗马功劳，保护大宋江山鼎力之人，小官焉敢做此无法之行！如若我依了太师之命，要陷害千岁，小官也不来实告了。"狄爷说："如今你意见若何？"王正说："太师今日来书一封，内说倘小官仍不下手害千岁，连着小官也要收拾了。"狄爷说："如今他十三封书何在？"王正说道："千岁，十三封书多是他来人带回的，并无一字存留。"狄爷冷笑道："庞洪，想你几番害我，屡屡不成功，因何息不得此心，必要算计于我？可惜原书不存一纸，何作为凭！"驿丞说："千岁，太师是个有主意的人，焉肯把书留在此处？小官当时见了一书延挨一次。如今延挨不得了。所以小官告明此事。来日挂冠逃走便了。"狄爷听罢，摇头说："驿丞，你休得心烦。本藩思量一个妙计安稳你做官，何须逃走？"王正说："千岁，只怕这件事没有思算得来。"狄爷说："若打算不来，本藩纵死何辞？"驿丞说："千岁，你断然死不得的，若千岁有甚差迟，如同大宋砍断擎天栋柱，而且小官性命难保，妙计不过小官挂冠逃走的。"狄爷道："王正你休要逃走了。庞洪原要算计本藩的，你且放心，待来日要打算一个两全其美的计策。我命无妨，你安稳做官才是。"王正无奈应诺。

此时狄爷无心吃酒，略用了几杯，即唤收拾去，说声："驿丞，你且去安睡罢。"王正领命去了，只有狄爷归房独坐，闷对银灯，说："庞洪啊，我到底与你有何冤仇，你苦苦必要生心图害于我，不畏上天，而且欺瞒君上，串同女儿，惑迷圣上，倚着内助势力，作恶过多，罪盈满贯，终然有日报应。但想庞洪要害我，若有来书为凭，方能把他摆布，如今就无凭证，说之无益。我若不死，他就要算计王正了，如何打算才好？"思想到烦闷不堪处，即抽身转出房外，只见庭前月色如银，天河云净无烟，少停孤雁高飞，鸣声哀切。狄爷对此凄凉之景，触感愁怀，不胜悲烦，叹声："庞洪，你今日害得我既不见君面，又不见母面，孤伶独处，还不知母亲悬望于我如何苦切。"恨想一番，虎目中不觉落下英雄之泪一行。

已是更敲三鼓，忽见天边五彩祥云缭绕，见远远云端落下一位仙翁，呼唤："贤徒，缘何在此伤怀？"狄爷一见："原来师父到来，弟子拜见。"即请师父庭前坐下。王禅老祖开言说："贤徒，前时为师差你到汴京助宋平西，做保国之臣，今日你被拘留此地，又见你怨气冲天，至此为师特来点你。"狄爷说："师父啊，一言难尽。自别师尊以后，到京就与国家出力，志在朝廷立功劳。岂知出仕未久，却被庞洪三番五次图害于我。上年取得珍珠旗回国，圣上收入国库已久，直至今年已有一载，圣上忽然陈说是假旗。此时弟子忍耐不住，触撞朝廷，押出西郊斩首，幸得姑娘救了，方免过刀之苦。今日问罪流徒此地，岂知庞洪又不容弟子。月余之间连次十三封书付托驿丞,要害弟子性命,幸得王驿丞存心仁厚,将此事说知。弟子正在进退两难,我若不死,庞洪焉得能饶王正? 所以弟子在此月下思量,犹疑不决。未知怎样处决这奸臣才好。"老祖听了,微笑说:"徒弟,你不必过虑为烦,那庞洪父女气数未尽,哪里处决得他? 你今且听我言,权为隐避。少不得西辽又复动干戈,此时仍要你督兵取得真旗回国。奏凯班师以后,天下平宁,庞洪父女权势已尽,贤徒自此福禄叨天了。"狄爷说:"师父,那旗还有真的么?"老祖说:"为何没有的?"狄爷说:"真旗弟子未见过,未知怎生分别的,师父可知道否?"老祖说:"为师说与你知罢,可谨谨记着。"就将真旗的式样一一说明。狄爷谨记在心,且到日后平西试验真旗。此是后话。

此时老祖取出灵丹两颗,说声:"贤徒,如今与你丹丸两颗,收藏身边。"狄爷说:"丹丸后来如何用的?"老祖说:"依计而行,你且权为隐避,只宜四虎将与你母知道,切勿多泄一人。倘日后更有灾难,为师再与你解救。"狄爷诺诺连声,深深拜谢师父指示之恩,就把灵丹收藏怀中。王禅老祖:"贤徒,为师去也。"即驾上云端,狄爷跪在尘埃中,翘首殷勤相送。祥云馥霭,仙师去了。狄爷起来,想一回说道:"却也好笑,本藩正在愁烦之间,忽然师父到来,说明真旗之妙处,又命我诈死埋葬,避奸权隐,且依计而行便了。"不觉满怀愁闷,顷刻已消了。

又听得更敲四鼓,即回转房中坐下,想来"庞洪父女屈害忠良,本藩只道他报应在即了。岂知正在盛时之际,动他不得,只犹恐他害尽忠良,如若得志,江山诚恐不安宁了。且罢,忧也忧不来的,成事不能强为,不必恨这奸臣了,且待后来报应他"。此时和衣睡了。

至天明起来,洗脸毕,即装成大病模样,有驿丞早早恭见请安。狄爷说:"王正,本藩今日身上有些欠安。"驿丞说:"千岁有何不安?"狄爷说:"昨三更时分,朦胧睡去,只见西辽国内七八员阵亡番将前来与本藩讨命,此梦想来不祥之兆了。如今不能久居人世的,今朝觉得身体不宁,心乱头晕,眼花神闷,且差人本藩府中,报知母亲、众将罢。"王正说:"千岁啊,梦寐之事,何足为真? 谅必千岁冒了些小风寒小恙的。"狄爷说:"非也。"驿丞说:"莫不是为着庞洪动了气恼么?"狄爷摇手说:"不在于此,实是辽将讨命的。我若一死,正中庞洪之计,又脱了你的干连,倒也好的。快快差人到我府中,不可迟延。"驿丞应诺,即时差了驿子,前往狄府去了。

狄爷依着尊师之命,暗把验丹一粒吞咽肚中,在床狂叫之声不绝。王驿丞只道狄爷真病,立刻往请医生到来,将脉一诊。说:"看过多少难奇病症,今不识此症,但脉气已尽,只忧难过三天。"王正一想,太师要害千岁,正在无计安排,岂知他病起来,送医生去了,不表。

再说驿子奉命奔到狄王府报信,虽名称百里,实得九十里路途。这驿子早晨上马加鞭,将近黄昏时候进了王城。不认得哪处是狄王府中,动问旁人,乃得指点明白。便到王府门首,忙下马,尚是气喘吁吁。看见王府威模,当中几位管门官坐着,又不敢上前,正在门首探头探脑。管门喝道:"你是何人?"驿子说:"老爷在上,小的是游龙驿子,只因千岁爷有病,着小的前来报知。"正是:

　　　不是奸臣施毒计,如何小将死埋名。

第六十回　装假病真诚嘱将
遵师言诈死埋名

诗曰：

  遵依师命避灾星，服下灵丹埋死名。

  四虎将军无异志，同心协力众群英。

当下管门官闻知千岁有病，连忙进入中堂禀知，三位将军听了此言，心内一惊，即传驿子进府中来禀明。此时驿子进内，见了三位将军气象严严，吓得战战兢兢。众将军说："驿子，千岁如何病恙起来？"此时驿子跪下，慌忙禀道："千岁爷昨夜尚是安然无事，今日早晨起来，忽说身体欠安。"张忠说："可有医生看治否？"驿子说："医生也曾来诊脉，不识此症。又说脉气已尽，不得过三朝，即就活不成了。所以打发小的前来报知。"三位将军说道："有这等事！你且先回去，我们即刻来。"驿子上马飞跑而去。

三位将军说："千岁往日从无些小病恙，因何故忽然起病？其中必有缘故。"此时刘庆、李义往单单国未回，石玉又在赵府安歇不知，只有张忠、焦、孟三人在狄府。此时连忙进内堂禀知太君。老太君闻知大慌，说："我儿因何忽有此奇症，若是风寒冒疾，人人所有。忽然染病，医官也不识此奇症，况且我儿平日染病甚少。"便说："三位将军前往看来，须要再请名医调治才好。"三人应诺，同出中堂，快快用夜膳。因何三人如此心急？即闻千岁有病，又说脉气已尽活不来的这句话，这也更加着忙，一刻耽搁不得。吩咐四名家丁，提了灯笼火把，立刻别辞太君，三人上马，不停奔走如飞而去。

一程到了驿中，此刻时交三鼓。驿子未到，三位将军先到，驿丞闻知，忙出来跪地迎接。三位将军叫他起来，引入后房，三人立在床前,轻轻叫声:"千岁!"原来千岁吃了师父的仙丹,病是假的,听了他们呼唤,微开二目,见有焦廷贵在此,不好讲话,只唤声:"张贤弟,你们来了么?"张忠说:"小弟来了,千岁为何玉体欠安?"狄爷说:"贤弟,我昨夜三更时分,朦胧睡去,见西辽国内杀死几员番将与我讨命,醒来一身冷汗,已成此症。"说完又大叫一声:"冤魂又来了!"三个说:"千岁,在哪里?"狄爷说:"多在门外的,焦廷贵,你快些赶他去出驿门外罢。"焦廷贵大怒说:"老孟,你也来同赶这些冤鬼罢。"遂大喝声:"众冤魂休得猖狂! 我们来也,你还不往别处去么。我焦爷一拳打得你永不投生。"与孟定国一路追出去了。

狄爷有心哄了焦廷贵出去,看房中无人,扯住了张忠的手叫声:"贤弟,我今夜有话叮咛,你要紧记在心。"张忠说:"千岁有何吩咐,小弟自当代劳。"此时狄爷就说:"庞洪连发书十三封,要王驿丞陷害我性命,这王正为人心好,说明缘故,不肯害我。昨夜师父前来,说庞洪正在盛时之际,奈何他不得,又与我两颗丹丸,叫我如此作用,所以我依计而行,如今只悄悄说与你知,贤弟啊,只好母亲与你并李、石、刘、孟五人知道,焦廷贵知道不得的。你今回去,悄悄说与母亲,免得悲苦才好。"张忠说:"原来如此,小弟知道你真是有病,所以急急赶来。"狄爷又说:"贤弟,我还有一颗丹在此,你拿去小心收好,我死之后,又要如此依计而行,不可忘了。但我今朝服了此丹,如今觉得声气不接,想必丹丸作动,要身亡了,但我言须要牢记。"张忠应允,收好灵丹。

焦廷贵进来,孟定国在后,他犹呼呼气喘,张忠暗暗好笑。焦廷贵说:"如今好了,这班冤魂被我们赶得奔走无门,叩头求告。说一时无知,冒犯了千岁,如今仍回西辽,再不与千岁打斗了。如今赶散这些鬼魂,千岁病体定然轻了。"狄爷闻言,暗暗忍笑:"这莽夫满口胡言,妄说言语,却把本藩欺骗。"又有孟定国说:"张将军,千岁如今怎样?"张忠叹道:"孟将军你看千岁问不答,呼不应,昏昏沉沉,气断全无了,谅必凶多吉少,叫驿丞快些请医官来,看是如何?"焦廷贵说:"驿丞这狗王八因何不见了?"焦廷贵正要抽身,只听千岁床上叫声:"冤家果来了,我命休矣。"两足一齐伸直,四肢均皆不动,张忠假做慌慌忙忙，连呼千岁。焦廷贵大喝道："把你这班剥皮冤鬼尽行打杀，早间说不再来，如今又来了么？"望着房口拳打足踢。孟定国也道真情，拱手下拜道："冤魂，你且听着，我千岁征西，并不是自家主意，乃是奉当今圣上所差，就是伤生害命，也因关乎气运当然，你不该差了来索命，快远去吧！倘若千岁身体安宁，定然做些功德来超度你们，如何？"当时张忠假说："不好了，千岁口眼一齐睁开，身体冷如冻了，气头已绝。"焦廷贵、孟定国说："果然气绝了么？"焦廷贵走近床前说："罢，不好了！老孟，果然千岁死了。"连忙跑出驿前，说："王正，我千岁气绝身亡，你不去救，还有在此呆看么？"又唤家人持灯火，上马如飞，回归王府，报知太君去了。

且说驿丞想来："可惜了汗马功劳的虎将，方得锦衣荣华，因何寿元不长，一旦归阴？太师连次有书要我害他，想他乃有功社稷之臣，焉忍下此毒手？岂知他被冤魂索命身亡，算起来合着我的机谋。只可惜今朝砍折了大宋擎天柱，再有何人稳保宋室江山？"想了一番，心中安泰，近床前连呼几声"千岁"，不见他答应，长叹一声："可怜一员少年虎将，因何上苍不佑于他，不知何故，住此月余而亡，着实可哀。"说完泪珠滚滚。孟定国不知狄爷暗死埋名，所以不明王正是好歹人，便说："我知你用阴谋之计，听了庞洪之言，受他财礼，不知用何毒物与千岁吃了，所以忽然一日归阴。快些直说，便饶你狗头性命。"王正说声："将军，卑职实无此意，休要猜疑错了。"

只因庞洪做人不好，屡屡要害狄青，岂知害不成，落得害了自己名声不好，动不动就说是庞洪。如今狄青一死，虽则是庞洪图害之意，却实不是图害而亡。当时驿丞说："卑职实无此意。"孟定国说："你言实无此意，我想实有此意，快些说出，支吾半句，断不饶你。"扭住他胸衣。驿丞高声说："卑职实无此事，将军休得错疑。"张忠上前劝道："全然不关他事，早间千岁有言，王正为人甚好，实冤魂讨命，快些放手罢。"张忠想："大哥叫我瞒焦廷贵，我今连孟定国也瞒过了。"就叫驿丞即时出文书投报。

此时张忠假作痛哭，说："千岁啊，曾记得当时结义之时，说五人患难相济，生死相交，如今平得西辽，实指望苦乐相均，荣华同享，岂知才得少安就命归阴府,不能同享荣华,良可悲也。"说出无限伤心之言。孟定国说声:"张将军,人死不能复生,哭也无益。如今不见焦廷贵,必然回府报知太君去了。"张忠听罢,一想焦廷贵回报岂不苦坏这老人家?即说声:"孟将军,你在此处看守,我也欲进城去了。"孟定国应诺。此时张忠出了驿房,忙忙速速,上马加鞭,东方已是渐明,不持灯火,飞跑而去。

却说孟定国在驿房中,细将千岁尸骸面目一看,忍不住英雄之泪滔滔滚滚,说声:"千岁啊,你的容颜与着在生时一般无二。只是少了一息之气,只是不知家中太君凄凉怎样,只望你一儿侍他的老,岂知今日小燕偏将老燕丢。恨只恨庞贼千方百计巴不得千岁身亡,今日死了,尽遂他心愿。千岁啊,你今日一死,不独太君凄惨,可怜公主只得一月姻缘,永远鸳鸯拆散。"想罢一番,不胜凄惨,单剩得他一人对着尸骸痛哭,英雄之泪,不知落了多少。正是:

　　世上万般凄惨事,无非死别与生离。

第六十一回　莽将军飞报凶信
　　　　　　　仁慈主悔忆功臣

诗曰：

　　前时发配大功臣，闻死方知悔恨深。

　　孰若当初谗弗听，奸徒焉得遂谋心。

　　当时孟定国对着狄青尸首痛哭，单剩他一人。只因驿丞在外堂写备文书，是以不在。只待文书送到上司，转达代奏知天子，待狄青府太君亲到看验，然后收殓。有一众徒犯闻知，众人叹息，说："这位平西王千岁爷是个宽宏厚量之人，在此三二十日，我等也沾他恩典，赏赐银子，因何只得一月余就死了？岂不可惜此忠臣仁厚君子！"又有驿子前时一心想着狄爷的铺盖，待他起罪回朝之日，求千岁爷赏赐。今见狄爷死了，在驿丞跟前说声："老爷，小的在此五六年，跟随老爷苦了五六年。如今小的求老爷开个恩。"驿丞说："何事？"驿子说："老爷，千岁爷未死，小的不敢说，如今千岁爷已死，小人才敢说。如今千岁爷这几个衣箱，求老爷恩赐与小人罢。"驿丞喝声："狗才，我老爷尚且不想，你倒想起来，敢是做梦么，还不快滚！"驿子诺诺应声而退，一桩想望已成空。

　　不题驿子无味。且说莽夫焦廷贵飞马到了王城，是晨时了。下马直进王府。天生他一副大喉咙，大喊："不好了，千岁死了！"踩开大步，直喊进九重王府，有众家人男女，吃惊非小。此时太君正在思想孩儿不知是何病症："若在家里有人服侍，做娘时刻见面，如今病在驿站，叫我身心两地不安，想必他自仗壮年健强，冒着风寒了。前日动身之时，老身原打发家将随去服侍他，谁料他一个也不用，仍打发回来了，今已无人服侍，也不知驿官还再请医生调理否？"太君正在思念孩儿，一闻焦廷贵叫喊进来，说声："不好了，千岁死了！"太君吓得大惊，忙问道："为何忽然死了？到底是何病症？"焦廷贵说："毫无病恙，只因千岁在西辽杀死番将几员，这些冤魂前来讨命。"太君说："何见得冤魂来讨命？"焦廷贵道："这是千岁自己说的，小将亲眼见百多鬼魂，多是发红脸花的，在千岁房中，拥挤不开。小将赶了去，又复拥来。昨夜三更时，千岁大叫一声：'冤鬼来了！我命休矣。'当时气绝身亡，这班冤鬼跟随去了，我等没有主张，特回报知。"太君一闻此言，说："还有这等事情?"叫声"我儿"，登时发晕了，人事不知。焦廷贵唤众丫鬟："你等快些唤醒太君，我往南清宫报信去也。"踩开大步，跑到南清宫报知，又跑往天波无佞府，飞报凶信。余太君与众寡妇叹息心怀，不在话下。此时不独弄得狄母七死八活，就这南清宫太后苦切凄凉，潞花王大声痛哭，想来真乃多谢这焦廷贵的美意，他又往一众王侯大人等处飞报，各官员尽皆吃惊叹息。当时驿丞的文书未到，各官先晓，独有国丈闻知快意无穷，满心大悦。笑道："哪里是什么冤魂索命，明是王正把他弄死了。"大悦道："老夫不可言而无信，打算一个七品官与他做罢。"

不说庞洪称快，再说焦廷贵报信已完，也不回狄府看看那年高太君，思量又到游龙驿去。快马加鞭，不独来往之人让路，几乎踏杀路上的小孩童。在着半途，与张忠相遇。一个来一个往，两下各不交言。

按下二人不说。且说狄府众丫鬟救醒了老太君，犹是哀哀大哭，说声："儿啊，为娘只道你些许小病，服药调停就好了，谁料你一病而亡。若说冤魂讨命，情或有之，若在西辽杀人多少，所以冤魂报仇，大是难为你。原乃奉旨征西，并不是你自己一心图荣的。若是交兵不杀人，焉能得分胜负？早晓得今日有冤魂讨命之事，倒不如耕田种地，母子苦守清贫，何为不美？何不胜似你枝叶青青早已被折。儿啊，想你空立汗马功劳，不得衣锦荣归，太平坐享，抛离白发亲娘，分拆少年妻子。想来目下少年媳妇不久到来了，只道夫妻叙会，婆媳团圆。岂知妇未到来，妻不见夫，子不见父了。岂不苦坏了女钗裙的么？"这太君痛哭到伤心之处，一众丫鬟也流泪。又见小将石玉闻知到来,看着太君,也是纷纷落泪。虎将含泪,只得解劝太君。

此时外边又来了张忠,若问这几位英雄,乃是狄爷的金兰兄弟。所以王府内外,不通报知就进去。就是太君房内,也走进去得。张忠本来不慌忙的,犹恐焦廷贵报知苦坏了太君。所以快马赶来直进王府,滚下马鞍,踏步进来。只见太君哀哀大哭,石玉在此,满面忧愁,数十个丫鬟并众妇女多是眼边红红。张忠进来吩咐丫头小使各自出去了,此时单剩他三人。张忠摇手说:"伯母休得伤怀,石贤弟不用心焦。"张忠就低声说,把庞洪定要陷害之由,千岁依着师父之言细细说知,太君方住了哭,说道:"尚早知道王禅仙师法力。我儿可活得来,我何用苦楚。"张忠说声:"伯母,这件事情,只可我们弟兄知道,他人泄漏不得的。所以千岁在焦廷贵跟前瞒过,他不明白,只道千岁真亡了,所以他星夜赶来报知。侄儿明知伯母心烦,也是即时赶来,说明原故的。"太君说:"贤侄,早间焦廷贵说了,吓得我魂魄俱无,恨不得与儿同为一路,如今方得贤侄赶来说明。所恨者庞洪又用此毒计,仍要陷害我儿。"张忠说:"伯母啊,他在盛时之际,奈何他不得。"又说:"跑走路途,腹中饥饿得紧,拿饭来吃。"太君即吩咐丫鬟,备办早膳,与张忠用过。

张忠饭罢,又商量免验自行收殓的话,石玉说:"大哥,你且去问问包公,看他主意如何?"张忠应诺,即日至包府,见过包爷,说即要自己收殓之言,包爷说道:"徒犯死了,也要相验,何况狄千岁!因何要免验,这断然行不得。而且庞洪正与他作对之时,如若不验,倘有情弊,谁人知道?"包公如此分说,张忠无言可答,无奈只得转归王府,回复太君。

前时发配狄青时,乃包公做主,出文书委官起解的,所以今日驿丞文书,原是回复包公当是。包爷即日奏知圣上,请旨定夺,差官看验。仁宗看了本意,大惊,叹声:"可惜他一员少年虎将,征伏得西辽未久,不能安享太平,伴佑寡人。"说完,龙目滚滚下泪。回想前时,将他处斩,不过一时触怒,幸亏得母后救了他,只因他把朕顶冲,问个徒罪之名,遮脸之羞,原在三五月间,就要赦他进朝,岂知有冤魂索命之事,今日身亡,大约安排定数。若说这仁宗天子,原是个仁慈之君,从前把平西王押出斩首,乃一时之气,如今气平了,心中十分追悔。说三五月就赦他回朝,岂知今日狄青一死,龙心伤感,即批本传旨:"狄青身亡,谅必情真,不必相验了。着令庞国丈二品以上的文武官员代朕设祭。"此时天子恩批下来,有庞洪心中想道:"圣上真乃仁慈之君,到底不忘他的汗马功劳。"此时无奈,只得遵旨,邀同二品以上文武各官员齐往游龙驿祭奠,按下慢表。

　　再说狄府,太君对张忠说:"若是我儿真死,老身不必到驿中去。但是今日要掩人耳目,必然我亲到,在此收殓方才妥当。"张忠称言有理,即忙备轿。老太君也穿了素服,四个丫头也乘了轿。且说太君坐在轿中思量:"这王禅老祖许多神通妙法,何不把庞洪作算也好,因何要我儿诈死起来。倘若真的死了,如何是好?"一路度量,只且放心不下,一程到了游龙驿中。王驿丞恭身迎接。焦廷贵见了太君,即引他直进房中。太君到了床前,把孩儿一看,见他面色不过如常一般,只少了鼻中一息之气,将手臂抚他身体,犹如冰冷。太君见了倒觉心疑。正是:

　　老祖灵丹须妙用,为亲心事尚慌忙。

第六十二回　众文武祭奠平西王
二将军迁柩天王庙

诗曰：

> 仙师点引小英雄，诈死埋名避祸凶。
>
> 四将弟兄多义气，一同藏隐庙廊中。

再说老太君已经知道孩儿吃了王禅老祖的灵丹诈死，埋名免祸，亲到驿站主葬，以遮旁人耳目。当时见他果然气息全无，心中疑惑，低声细问张忠说："贤侄，我儿明是真死了，你因何用此假话来哄我？如今眼见他气息俱无，浑身冰冷，焉得回生之理？"张忠叫声："伯母啊，请自放心，大哥曾受了王禅老祖的吩咐，依计而行。送他入了棺木，封钉七七四十九天，总是不死的，再服此一丹，便能苏醒。如若过了四十九天，难以活命。请伯母放心，不必挂怀。"太君此时方才无疑，装成假哭凄凉。

张忠就在驿中办理丧事，所有费用钱财俱是奉旨开销。石玉、焦、孟三人各有事情办。张忠又当心备了一副上等棺木（内中的情弊，下文交代明白），僧道一班，悉于驿所左边，鼓乐笙歌也归一处。此时游龙驿热闹非凡，狄府家人使女等各换孝服，狄爷手下将官各各挂白。朝中文武官员，是日庞国丈、大学士、崔爷、文爷、包爷、王爷二品以上三十余位官员多到来了。驿中地方狭窄，驿丞命人早已搭开大场，众官员多在此叙集。车马纷纷联络而至。这狄太后意欲亲往驿中，犹恐旁人私议，只得打发潞花王到来致祭。

当下包爷说声："庞国丈，若说徒犯死了，总要相验的，所以下官请旨，差官验看。不知圣上有何原故，降旨免验。下官今日倒要违了。"国丈说："包大人，你因何逆旨要验的？"包爷说："想那狄王爷何等英雄强健,那里有些病症?忽然死了,死得不明。下官倒要看一看。"包爷这些话,疑着庞洪用计弄他身亡,故特请旨相验。倘有验出有些形迹,包公又要追问原由。偏偏圣上洪恩,恐怕亵渎了尸骸,所以降旨免验,并无别意。谁料包爷定要看看验尸骸!果然国丈若怀鬼胎,只道驿丞下手,犹恐验收形迹,包公又要追问,所以用好话劝解,说:"包大人,他平日是有大功于国,圣上洪恩,恐防亵渎了千岁尸骸,为何包大人不依?"包爷说:"老国丈,并非下官不依圣命,只为狄王亲的对头甚多,而且死得奇怪,总要看看。逆旨之罪,下官愿承了。"又说:"列位千岁大人,一众也要大人看看。"众王爷说:"包大人为什么事?我等看了,倒觉也惨然不忍,不能领命了。"有潞花王爷,乃表亲之情,便说:"孤家倒要看看。"包爷说:"国丈,你也去一观,有何妨碍?"说完,一手扯住他。国丈原是心虚的病,只无奈何,勉强同着包公前去,满心怀恨于他,潞花王同走。

　　张忠一见,立起身来见礼,已知包公来意,即说道:"小将禀上大人,我家千岁乃是冤魂索命身亡,求大人怜惜,不必验了。"国丈听罢,暗暗心开,说:"这张忠倒也知趣。"包公闻言,想罢就说:"今日并非相验,无非同朝之谊,一殿之臣。今者一观,永无见面之日。你却因何阻挡?莫不是有何私弊不成?"张忠说:"末将不敢。我与千岁结义金兰,情同骨肉,焉有别心?只因千岁临终,亲嘱要求免验的。"国丈呵呵发笑,说:"包大人,不是老夫说你,圣上旨意免验。张忠又说狄王爷曾有遗言,为何必要相验?如此太觉多事了。"包爷一想:"真乃抱鸡鸡不斗,气死抱鸡人。但本官言出如山,就是这等没摆布,我也要找找面光便了。"说声:"国丈!下官顶了逆旨之罪,哪管狄王亲的遗言,总要看一看才得放心。"国丈只得同上前去看验了。但见千岁面貌如生,口眼不闭,包爷说声:"狄王亲,你是当今首重朝臣,辛劳为国,没有几时安宁。平西方得少宁,岂料骤然得病归阴,可惜你盖世英雄,如此不寿!虽则是冤魂作祟,下官却是疑心,只因你在生时,有几个冤结得太深,犹有误国奸臣的狗党要砍折擎天栋柱,用了暗毒计谋陷害。你若果中了毒计,望你灵魂把被害原由托诉,下官与你鸣冤,免得九泉含恨不下。"把个国丈听了,真是气闷,呵呵冷笑说:"包大人,你与狄王亲对说,他不知如何答应于你。"包爷说:"国丈,下官与狄王亲讲说,干你何事?你又不把他谋害,因何着急起来?"国丈又笑道:"包大人,你既会日断阳间,夜查阴府,何不查明狄千岁何人所害,怎样身亡,省得疑惑心内。"这几句须是庞洪硬话,谅情心带恐怯。包爷听了,动恼道:"老国丈,休得多言欺负,冤家有头债有主。如若他果屈死的,下官也力为伸冤,可能力办。"

老太君在内一闻包公之言,想:"他真乃赤心忠肝的忠臣,句句言来刺着奸臣,我儿若非先师指点,老身也动疑,必要他相验了。今日非庞洪所害,倘若听凭他相验不出,就惭愧了。"他即令丫鬟传言出来:"启上包大人,我家太君说千岁爷急病身亡,并无别故,求大人不必验了。若是果有冤情,自必阴灵告诉的。"包爷一想:"老婆子不知好歹,不识好人,下官一心无偏倚,他毫无分晓。也罢,既然他为母如此说,下官不相验也何妨?且自'闭门推出窗前月,任他春花自落开'。"潞花王也是心头气闷,与包公同走,转出驿中来。国丈招手说:"包大人转来,久看些也何妨!"包爷不理他的话,众王爷大臣代君祭奠狄王亲已毕,各各辞别回衙。

国丈回府,在书房洋洋得意说道:"狄青一死,老夫拔去目中钉,除却心腹疾。但这包黑子,老夫与你不是冤家,何苦倚着狄青,寻我作对,偏要相验尸骸,谁料狄青之母妇人见识,说他疾病亡身不要验,弄得包黑子罢了下来,原来老夫之造化。"此时满心欢喜,也不烦言。

且说收殓千岁之日,万岁又差众文武前来送殓,游龙驿内又是一番热闹,有车銮马匹,纷纷齐集驿中。收殓盖棺之时,各官员叹息。潞花王千岁伤心不止,苦切凄凉。老太君不住泣哭,抱住尸骸不肯放下。独有孟、焦二人不知真情,心中苦楚,英雄之泪滔滔滚流。张、石兄弟做成顿足捶胸。孟定国哭声:"千岁啊,你乃一忠臣孝子,盖世英雄,上天不悯,早已身亡。今日丢下了白发萱亲,无人奉侍,真乃令人痛恨可怜!"哭声不止。焦廷贵声:"千岁,你是英雄大将,杀得西辽番狗片甲不留,因何怕起鬼来,被他活活捉去。这些冤鬼如若出现我焦爷之眼,定然一拳一脚打他入泥,永不超生。"也是哭声大振。又说这副棺木,乃是张忠用力办来的,原是这棺柩是推榫封的,盖上不用钉贯,以待事毕之后,易于开盖。此棺若是时常棺枢,原有这样款式,所以不动众人猜疑,众目共看来,狄千岁果已死了。这是王禅老祖灵丹之妙,吃下此丹能延四十九日期。此时收殓已完,众文武大臣各已散去,回衙不表。

再说当时张忠悄悄与老太君商议说:"来朝待小侄与石玉前往此处近地,寻个好地方,然后就与狄大哥出棺。"太君说:"贤侄之言有理。"当时太君、众丫鬟暂且回归王府,一刻坐轿而去。

且说次日,张忠、石玉二人唤焦、孟送太君回府去了。此时张、石弟兄往各处找寻,在游龙驿三里外,凑巧有个天王庙,这庙宇僧道全无一人,只剩得一间冷落凋零庙宇。原因五年前庙宇中传说出了一个妖怪,日午还算定净,晚上就不得平宁。人传说妖怪弄死人,所以至今还无人敢在此出入。此地原是十方所住,如今平西千岁在此暂停棺枢,怎敢言个不字?此时张忠、石玉二人看见此庙,直走进去,只见庙内一连三大进深,后厢还有厨房,凫箸俱齐。张忠说:"好了,此地正是大哥隐居之处。"二人十分如意,说待第三天后迁棺。如今兄弟商议定,不回驿中,一程快马回归王府,将此说知太君。老太君说:"二位贤侄调停就是,总是有劳二位,老身反觉不安。"二人说:"伯母,何出此言!此乃小侄应该之事。"暂且不表。不知狄爷如何出棺复活。正是:

今日英雄须屈志,他年佞党正章刑。

第六十三回　灵丹药狄青还魂
天王庙仙师赐宝

诗曰：

> 灵丹妙药果非凡，顷刻还魂不等闲。

> 赐宝深沾师大德，他年破敌灭群奸。

前书说张忠、石玉找寻得住所，商议到三朝之后出殡停棺。不觉光阴易逝，又到了第三天。众家人、各将士身穿缟素，齐至游龙驿出殡，往天王庙停顿棺柩。众将、太君早已打点在驿中，原设立灵位，要遮掩人耳目。焦、孟二人不知真情，张忠令他仍回府中看守灵位。驿中灵位，自有驿丞打点香烟。

张忠、石玉天王庙停柩后，回府悄悄对太君说："我二人只说守棺柩，仍往天王庙调算，待大哥苏醒才得放心。"太君吩咐："侄之言不差，快些前去罢。"张、石弟兄一程到天王庙，闭上庙门，二人动手开棺。此棺木虽然上好坚固，只因二人气力猛狠，先将子孙钉起了，然后把棺盖轻轻推开，叫声："千岁，小弟张忠、石玉在此！"只见他口眼仍然不闭，颜色也像前时。张忠怀中取出一颗灵丹丢入他口中，一刻尚不见动静，再候了半个时辰，但见他微微气喘，眼动手伸，即时抽身起来。张忠、石玉大喜，笑道："千岁果然活了！"狄爷说："二位贤弟，我却不曾死，连日只觉半睡半醒，耳边略觉众人之言。只是有劳二位贤弟帮忙！"说完声声拱揖相谢。二人说："大哥，何必如此！实得仙师妙灵丹丸的。"狄爷说："贤弟啊，前日师父亲嘱咐，说我有一年灾星，避过灾星，方得厚享平康福禄。"二将军说声："大哥，所以小弟找寻此地，正合着大哥隐居避祸之地。如今我等只说守伴棺灵，在此一同作伴。"狄爷微笑说："贤弟，我们同心并胆，真也难得。但想此处所在,只好我一人暗隐。若你二人也在此处,犹恐旁人知道,泄了机关的。况且我母亲下落又是不知,不若贤弟回府,耐久暗来一次乃好。"张忠说:"大哥放心,小弟瞒了焦、孟二人在府中守灵,太君不虑无人问候了。"说完三人同进内府观看。石玉说:"二哥,你看此处床铺无备,焉能住落?"张忠说:"四弟,我有个打算的,你且出来闭回庙门,我去去即回来。"石玉说:"二哥,你往哪里处?"张忠说:"我去寻铺盖饰物来,若有人打门,不可放进来。"石玉说:"这也自然。"

此时,张忠出了天王庙,一路思量:此庙地虽是十方之所,我们既在此耽搁,总要与近地乡民问个明白,免得地方百姓只道我们用势力占霸此庙。行程一里,有间豆腐小铺。张忠见了,直进说声:"老人请了。"老人一见,要下跪。张忠忙来揪住,说:"老丈,不必如此,无事不来骚扰。只因狄千岁已死在游龙驿内,如今近地只有天王庙内可以停枢。我们弟兄四人要在庙中守棺,到来岁春时,太君就要带枢还乡了。远近百姓不必前来进香,灯烛自然王府着人照理。明日便有告示张挂。如今不过来你近地说个原由。"老人听了,摇首说:"将军爷,原由不说,你也不知。此庙前三年已出了妖怪,当时出现迷人,所以众光头不能立足,今已去空两年余。如若千岁爷停枢十年八载也可,若众位将军爷在此藏身,犹恐经不得妖精侵扰的。"张忠听罢,冷笑说:"我们乃是英雄豪杰,自己如何惧怕起妖怪来?如若果有妖怪来惹,我们定然捉拿的。"老人笑道:"若是将军爷不惧,竟在此住宿,有甚相干?"张忠听了,即时辞了老人去了。又往各处近地细细谈说。众民多说:"亏得五位英雄,杀败西辽国番人,没有众英雄,我等汴梁百姓焉保得住?若众将军爷在此居宿,擒拿了妖怪,庙中就平宁。"

慢表众人之言。张忠又怕千岁肚中饿,先出买些食物,后往驿中,对王正说:"千岁尚有衣箱铺盖什物,要唤人扛抬到天王庙内。我们守枢应用的。"王驿丞听罢,即唤扛夫几名,就将衣箱所有日用什物扛进天王庙,石玉一一收回,亲拿进去了,不许旁人进来。张忠又拿食物回来,即闭回庙门,已是红日归西。是夜,张将军做了厨房之人,去安排夜膳。弟兄三人对酌,你言我语。不觉二鼓将来。狄爷说:"贤弟啊,我已复生,但母亲未晓,来朝速可回去通知母亲罢。"石玉说:"待小弟来朝去禀知便了。"狄爷道:"还有一言,李义、刘庆前往单单国,目下也该到来了。未知公主到否?倘他弟兄一到,须要早早说明,不然防他性子不好,弄出事情来,有违师父之命。"张、石应道:"这也自然。"

此时乃是七月中旬外,时交二鼓,明月已升,星光灿烂。这天王庙久已无人居住,今夜留存三位英雄,野鬼阴魂皆也远遁,独有这妖怪不畏人。三位英雄弟兄三人正在言谈,忽然一阵狂风吹得满山树叶俱落。张忠说道:"此风竟是古怪,莫非妖怪来了么?"狄爷说:"早间外人说,此庙中有妖怪,所以无人居住。"说罢未了,一阵怪风又来阶下,飞沙走石,寒气侵人。三位英雄立起身来,望着后厢观看,又是狂风吹到。月下观去,果然来了一妖怪,十分面恶,头如巴斗,两眼毫光,血口铜牙,身长一丈,披发乱须,手持长棍,耀武一番。狄爷说:"贤弟,这妖怪若不惊动我们,我们也不必前去惊他。"正说间,只见妖怪指手划脚,对着他三人在后厢大步踏将出来,并不言声,直奔至张忠面前。张忠喝一声,奈何手下无兵刃,连忙提起板凳打去。那怪全然不惧,长棍架开板凳,回棍打来。张忠见凳不便,着忙抛了,偏拳打去,石玉飞步大喝:"妖怪休得逞强。"奔过上前,抢了长棍,在手乱扫,这妖怪却是厉害,闪上闪下不着,二人拳棍胜败不分。直闪至庭心阶前,明月一耀,看便分明。

狄爷见英雄两弟不能打倒此怪,便大喝一声:"何处畜生,休得无礼。元帅狄青在此,速现原形,饶你性命。"狄爷说了此言,却也奇怪,但见此怪跑开几步,望着地下碌碌旋旋,一道华光闪烁,三人眼也开不得,去了光华,妖怪不见,三人近前月光下一看,乃是一块镜子闪闪寒光。狄爷连忙拿起一看,又复转背一看,只见镂镌两行字:

　　宝镜王禅赠狄青,收藏上阵勿违诚。

　　交锋能破迷魂房,此日成功定太平。

狄青看罢,笑道:"只说是什么妖怪,原来师父又赠法宝与我们。"即时兄弟三人一同下跪,望空拜谢。

三位英雄满心大悦,一齐归房中坐下。狄爷说:"二位贤弟啊,你二人若往外边去,不论谁人问起,你只说原有妖怪大闹,只因我兄

弟暂留一月之久，就回府了。不可把仙师赠宝说出真情的。"二人应
诺。是夜时交三更，三人睡去。到来朝，石玉起来赶路，一程归到狄
王府，已是午昼时候，连忙下马进入后堂，禀知老太君。太君听了喜
欢无比，欲往前去看看孩儿，诚恐泄漏机关，只得不往。此时进来了
焦廷贵，叫声："石将军，你二人在着天王庙冷清清有何好处？不如丢
了此地，来到府中，大众同伴才有兴头。"说未完，孟定国又到来，当时
石玉说声："焦将军，你有所不知。我们前日弟兄五人结拜时，誓同生
死，如今千岁已经身亡，我们不死，已为不义。古云'同林好鸟不分
巢'，我四人必须守柩一年半载，稍尽我们一点之心。孟将军你二人
在着府中，凡事休得淘气生非；况且太君如今年老，膝下正没了个儿
子，一并家务事情，须当代劳。千岁九泉之下，也不负你功德。"焦、孟
说："我们二人门边不出，犹如孝子一般罢。"石玉说："如此才好。"
正是：

　　义气处交交义气，仁慈待将将存仁。

第六十四回　接公主二将回本邦
　　　　　　观星象崔爷断武曲

诗曰：

　　天王庙内隐英雄，星象垂天焉可蒙？

　　崔信思忠怀念切，夜间察斗识埋踪。

　　当时石玉解劝焦、孟二人守理王府，代狄千岁之劳，二人应允。说完，石将军拜别太君，相辞焦、孟，出了王府，一程归赵王府中，拜见岳父母、母亲。是夜，石将军进房，狄爷假死还阳的原由，并不说知郡主，为着金兰手足，瞒着妻身，仍要别离。这是石将军相交重出于寻常。当下说声："郡主，不是我常常把你丢抛了，如今狄大哥又身亡，前时结义说有福同享，有祸同当，今日又不能同归泉下，就伴灵守柩一年，稍尽一场交结之情，所以下官与张二哥在着天王庙内朝夕盘桓，免得阴魂怨着我无情，如今不得已，抛别贤妻。郡主伊乃贤德之人，还求勿怪为夫薄情，抛弃于你。"郡主听罢，微微含笑说："相公出言，足见情长于义，想你又无三兄四弟，今日结拜，不异同胞，同劳于国，今朝不幸失却为首英雄，相公你且放心前去守柩，不必把哀家挂怀。"石将军听了大悦，道："难得郡主这样通情。"是日，仍将此言告诉母亲、岳父母。

　　次日上朝，告假守灵柩，圣上不准，说："狄青既死，不能复生，四人莫守此空荒之地，即可回朝伴朕罢。"庞洪见狄青已死，大妒四虎将军，不欲他在朝伴主。见圣上不准石玉之奏，急忙出班奏道："臣庞洪有奏，凡为人者必要忠义两全，才得名扬宇宙，豪杰为称。如今石玉等五将平西立下汗马功劳，即为忠也；金兰兄弟身亡，甘心愿往守柩，即为义也。为人即得忠义两全，诚为可敬。望吾主降旨准如所奏，着令四将一同给假三年陪伴棺灵，非但得全四将之义，狄王亲阴灵亦沾陛下洪恩矣。伏乞吾主准奏。"仁宗一想，这也无关得失之事，传旨准奏。石玉叩头谢过圣恩，退出朝房，一路回归平西王府，见了太君说明了。

正要动身，忽然刘庆、李义二人回来，已到后堂拜见高年太君。此时狄爷灵位，设于西府中，所以二人回来，不曾看见。石玉见二人回来，正是来得凑巧，三兄弟又见个礼，太君说："有劳二位贤侄一番，老身实情过意不去。"刘庆弟兄说："老伯母啊，这是劳而无功的。"太君说："二位贤侄，何出此言，莫非公主未到么？"二人齐说："小侄一程到了单单国，见了狼主。他说国母娘娘身故，才得几天，公主且慢到中原，待等来年秋季，送来上国，夫妇团圆，但这狼主说，我们跋涉路途，苦留一月，我二人只得耽搁一月而回。"太君说："原来如此，不来也罢。"石玉看见有丫鬟在侧，即忙招手说声："哥哥，外厢来讲话。"此时三人直出中堂，转到书房内，四顾无人，石玉细将情由一一说明。刘、李弟兄听罢，又气又恼又好笑，恨来恨去只恨庞洪。但这王禅老祖因何叫大哥假死，避了奸臣？石玉说："二位哥哥有所不知，只因大哥命内灾星未退，命他隐迹埋踪，隐避一年，就有此事了。这机谋只有伯母我弟兄五人得知，其余知不得的，就是那焦、孟已经瞒他。"二人应允说："我们明日复过圣旨，然后共往天王庙，与狄大哥叙会，我弟兄一同作伴罢。"

是夜，安歇一宵，次日上朝复旨，石玉前天已奏闻奉旨守枢三年，再着回朝伴驾。二人谢恩辞朝，与石玉拜别太君后，辞焦、孟弟兄，上马加鞭，直至天王庙而来。一叩门，张忠认听声音，放进三人，进至后厢，与千岁相会，细把公主丧母未来原故说知，狄爷也不介怀。再说此次之后，五虎英雄在着天王庙，犹如做了家庭一般，闲时犹恐外人撞进来，所以常常闭门住庙内。若在外边，只说天王庙内的妖怪果然厉害，吵闹难堪，又说这妖怪身长丈余，非凡厉害，要吃我们弟兄四人，终夜提防。不然这所在，难以延迟耐久。所以近地百姓远远传言，这妖怪模样凶狠，三四位将军有此本事，不能降伏，我等焉能奈何？当时传播起来人人害怕，心惊不得，不敢进庙。街衢行走，也稀疏了,情愿远些而走。不表众民畏怯。再说狄爷自此隐遁天王庙中,虽然思念母亲,只是无由得见。日常无事,弟兄说论兵法,评论国政,安心待时,仍与国家出力不表。且说焦廷贵、孟定国在着王府,真如同做了孝子一般的,尽心守孝,而且代劳一切事务,也不多谈。

又说钦天太史崔爷,因自狄青死后,常是嗟叹不已。说道:"好一员少年英雄虎将,杀退辽邦贼寇,大宋江山全亏五虎之力,名扬国外,略息兵戈,方得泰平安享,倏然暴疾而亡,只落得汗马功劳,一旦成空。思量到底害在庞洪手里,屡次将他暗害,屡屡谋害不成。这奸臣串通女儿,说是假旗,一时他触怒君王,把他押出西郊处斩,险些一刀两段。幸亏得太后娘娘出头,免得一刀之苦,又要徒罪三年,抵却当殿忤君之罪。在游龙驿中,因何无灾无病,称说冤魂作祟,霎忽身亡?真乃死得奇怪。所疑者没有别人,皆是庞洪与驿丞官同谋陷害了这英雄。那日包年兄上本请验,圣上偏偏降旨免验,真乃中了庞洪的机谋。包年兄观看尸首之时,这张忠与狄母多说疾病身亡,并无别故,不相验可耳。想来甚是稀奇,猜度不出什么原故。但想四位英雄实乃忠义之人,再无内中作弊。今日狄青死去,堂上老太君谁人侍奉?丢下外国青年妻子,思前想后,却也可惜他白发母亲。公主虽然年少青春,但今日刘、李回朝复旨,他又未到中原,不知长短。"这崔爷终日不得开怀,叹惜狄青,想这庞洪屡屡算计狄青,就是发配到游龙驿,原是庞洪的主意,各位忠良大臣原疑着庞洪,况且毫无病症,立时身死,又见稀奇。并且驿官王正乃是庞府家人,岂不顺从庞洪的主意?夫人见丈夫崔爷终日愁闷,便说:"相公,他的母亲尚然不要包公相验,你是旁人,何用如此担忧?"崔爷长叹不言。

忽一夜,崔爷用过晚膳,直进阶前,月色如昼,云净无烟。崔爷仰望星月,细看天衢,察其星斗,又见贪狼星乃是庞洪宿度,光华灿烂,实在盛时之际。又见武曲星半明半暗,在于东南方,想来星尚在,人已死了,好生奇怪。星没人亡,古今所定。莫不是狄青未死,隐居僻静之方,避了奸臣?若说狄青还在,前日送死之时,众目共观,他明是死了,如若不然,棺中尸首,乃是何人,想一番,观星斗一会,笑道:"此星现在总是未死的。若说是死,只好骗愚夫妇耳。不知他隐身何处?

想来他畏惧庞洪,就退避了,枉为英雄,没有一点胆量的。"不题崔信之言。又说庞国丈当时认定了王驿丞弄死狄青,满怀得意,欲要今日升他一个知县之职,恐防惹人疑惑,只得缓缓升他不表。

又谈狄太后娘娘,自狄青亡后,时时凄惨。日日怀思,正是生离死别凄惨。况且狄太后想念亡兄单留一点香烟之种,一心指望他继着前人功烈,重庆光耀家园。喜得他年少英雄,早已出仕皇家,平复得西辽,只望从此母子荣华,外邦公主接到,婆媳团聚,夫妻叙会。岂知出仕未久,已遭庞贼暗害,几番险死还生,原得皇天庇佑,不中奸贼方谋。又有验旗之事,触君发配游龙驿,徒罪三年,一时病症,只说冤魂索命,立刻身亡。今日眼见得狄氏香烟已断,单单国中,虽有双生儿子,还不知公主心意如何?况他乃远居外国,国王单生长这一女,一闻丈夫已亡,国王未必肯送女至中原了。倘若他到来我邦寡居,婆媳度量,自然寡母抚育孤儿的。若然这公主不记着丈夫恩情,不想回归中原,此时侄儿嫡血双生子已经乌有了。这狄太后娘娘终日怀念侄儿,长嗟短叹。又有潞花王常时忆着英雄表弟,不禁潸然珠泪交流,母子为着狄青一死,不知泪流多少。正是:

分离骨肉情何切,惹起愁思意不胜。

第六十五回　西辽国兴师犯界
大宋朝君臣议敌

诗曰：

边国西辽强悍邦，英雄既没复猖狂，

干戈烽起从今日，退敌兴师谁可当。

话说狄太后母子心怀狄青身亡，但太后的心肠甚好，因嫡侄死了，嫂嫂必然苦切，所以常常打发宫娥到狄府探望。有时接到宫中叙话，多言解劝。实有一段亲亲之情。狄太君想来："娘娘如此厚情，必然他为着我儿也惨切了，不如实告了，免他心烦，他母子断然不泄漏的。"遂将庞洪计害狄爷之仇，师命埋名原故，细细说明。太后此时喜从天降。是日，多谈庞洪计毒。

话分两头，慢题姑娘之言，京中多事。再说这西辽国狼主志在大宋江山，此心不息。单忌着狄青五人，并又伤了飞龙公主，此仇越结深了。故前日依了度罗空之计，当时又往新罗国借取雄兵猛将，所以先差秃狼牙，私进中原，把数件宝贝、金宝、锱珠送与庞洪，说明旗是假的，害了狄青。一则与驸马公主报仇，二则中原战将再无狄青之勇，兴师夺取宋氏江山，唾手可得。只等候秃狼牙回国，方知狄青下落，才好发兵。忽一日狼主早朝，传报得胜将军回朝。狼主即宣上殿。秃狼牙将狄青陷害情由细细奏明，狼主大悦，说："劳动卿家，升官二级，免朝一月。"秃狼牙谢恩出朝。

辽王正要退朝，忽报到："新罗国王命铁金钢麻麻罕为元帅，外有四员猛将，一名通迷、一名达脱、一名哈天顺、一名石天豹，统领雄兵十万，在午朝门外候旨。"狼主大喜，请进亲赐御酒三杯。又命他兼领本国人马十万，偏将百员，共番兵二十万。重托麻麻罕领兵，定于明年三月初旬黄道吉日提兵往取中原。麻麻罕领旨。

不觉光阴似箭,已是此年三月初旬,元帅即日拜辞狼主,与众臣一路长驱发兵,杀气腾腾,已至中原境界,势如破竹。拿了雄关外多少地方,直杀至三关,无人抵挡。若说雄关孙秀,乃是酒色之徒,无谋无勇,如何抵敌交锋?还亏得杨青,虽然年老,原是上阵英雄,老当益壮,几次开关抵敌住辽兵,雄关坚固难攻。此时孙秀心中着急,叫声:"杨老将军、范大人,下官只道干戈宁息,岂料西辽复又猖狂,倘若雄关一失,必被辽兵杀进京了。这件急事,如何处置?须要大众斟酌才好。"范仲淹说声:"孙大人,你是雄关之主,凡事多要大人主裁,如何要我们定夺起来?下官之言平日间也准信不得。"孙秀听了范仲淹之言,心烦意闷,实是着忙,又说:"杨老将军,我与你同是宋朝臣子,受了国恩,须当报效才行。怎样退敌,须要细细商量,如何?"杨青听了,呵呵冷笑说:"孙大人,老夫也是这句话,你我一殿之臣,同受皇恩,理当有效。大人做了一关大王,平日间大小事情,多是大人作主,我们有了说话,也插不落的,因何今日没主张,来要我两人做主商量?若不是老夫连日抵敌,三关早已付西辽了。老夫做了武将,不过拿几斤力气,前去苦命斗争,那辽将声声说'狄青身亡,必然定要攻破三关,占夺三军,取了中原。若然狄青提兵到来,我国依然投降,除了狄青多不肯畏惧的'。孙大人,你道狄青死得好不好?"范大人说道:"这些奸臣,巴不得他早死了,然而据我的意思,狄青永远不死,方能稳保宋室江山。今日狄青死去不久,西辽复又猖狂,孙大人须要自定良谋,方能免得玉石俱焚之患。"

孙秀正欲开言,忽有小卒报说:"有个敌将讨战,来将说若然没有对手的,休要出阵,他就要杀进关中了。"孙兵部此时摆布不来,只得吩咐:"速挂免战牌,待本官拜本进京,请旨发兵便了。"范爷叫声:"孙大人,当初杨延昭始守此关,边夷丧胆,以后杨宗保继守三关之日,有胜无输,从不曾挂过免战牌。为何今日尚未开兵,先要高挑免战牌?"杨青说:"中原锐气扫尽了,长他人志气,灭上国威风,前辈英雄眉毛倒尽了!范大人啊,不独前军守关威振,就目今狄青在此关,西辽屡败,掌了雄关,必要上阵立功。既然大人这般胆怯,怕掌不得雄关之主。"这几句把孙秀面光扫尽,只得急备本章,说西辽兵犯三关,又求万岁准他回朝。孙秀一则为着雄关危急之际,二来听不得范、杨讥诮之言。即差人进京报本去了,传令兵丁严加把守。又幸得其时乃是初夏,天气炎热,例应停征,所以番兵不来十分攻击。况且三关坚固,所以无碍,按下慢表。

再说庞洪一自狄青死后,心无挂碍,终日与着同党厚交,开怀乐饮,你来我往。又说:"干戈宁息,我辈正该乐饮娱情。"忽一日,接到边关来信,心中大惊,"老夫只道西辽王只要与女儿报仇,杀害狄青便罢了,岂知狄青一死,就兴兵侵扰。今日杀至雄关,孙贤婿无人代劳拒敌,免战牌高悬,今有告急本章,求请救兵。想来朝内没有英雄,不知何人退得辽兵? 罢了,我也不管他,来日奏闻圣上,听凭他定夺便了。"

次日见驾,就将孙秀本章呈奏。天子看了此本,心内大惊,想了一回,并无主意,降旨众文武共议退兵策。百官个个推着庞洪,说他极品之尊,朝纲统领,岂无出师退敌之计。庞洪说:"列位大人,我为文事,不识武略,还有众位王侯,曾经上阵交锋,可以提兵前往,救解三关。"天子正要开言,武班首闪出净山王爷呼延赞,俯伏说:"陛下啊,臣等身为武职,义不容辞,若能杀退辽兵保社稷,以报国恩,何为不是! 况且以前王侯,除了潞花王之外,多是南征北讨之人,在少年强壮时,谁敢推诿? 今日无奈,俱已年老力衰,即将就木,纵然提兵前往,非但辽兵难退,徒费兵粮,而且又误国家军情事。况且三关乃汴京首重之方,倘有疏虞,祸非关小。前亏得狄青五将杀他片甲不回,后来又征服他邦。狄青在日,兵戈不起,如今狄青寿夭已亡,所以辽王复又猖狂,说要狄青出敌,仍复投降,没有狄青,必要占夺中原。夸张恐吓,欺我大宋无人。今日雄关外地尽皆失去,可知辽将勇猛,番兵厉害,望我主早定良谋,挑选智勇双全者为督兵主帅,发旨意往游龙驿,着天王庙四虎不必守枢,暂且回朝,调他挑选精兵前往,我主龙意如何?"仁宗天子听罢,开言说:"朕固体谅卿等年老力衰,难当此任,说也徒然,狄青已死,言之无益。今朕依卿所奏,文着庞洪、武着老卿家,会同各大臣商议。如别方有勇将,即为保举本奏,协同四虎将提兵退敌便了。"众臣领旨。

　　天子退朝,龙颜不悦,回至东宫,有曹王后娘娘接驾,坐下绣墩。曹娘娘看万岁颜容似有不乐之色,便问:"陛下,为何似有重忧光景?"天子说:"御妻啊,前时西辽番兵犯界,直抵三关,亏得狄青杀退。不想狄青一死,辽王复叛,占去三关外多少地方。雄关孙秀无能抵敌,请旨准回。寡人欲待有将出师,然后撤回孙秀。朝中武将多是年老力衰,不中用的。寡人因此烦闷,思算何人提兵前去拒敌。倘若失了三关,朕的江山难保了!"曹娘娘说:"臣妾请问陛下,从前已有狄青征服西辽,至今未久,因何又起兵戈?"天子说:"御妻啊,你有所不知,狄青不是等闲之勇,深通武略,年少英雄,还有四虎将帮助。前时西辽兵雄将猛,侵犯三关,却被五虎将杀得胆丧魂消。如今一闻狄青已死,故西辽复兴兵前来。"曹后娘娘说:"陛下啊,若然说起狄青,臣妾也曾思量过,想他前往征西受尽多少辛苦,才得取旗回国,满朝文武,多已共目。后来庞妃说出旗是假的,算来不是狄青欺骗陛下,实乃西辽王用退兵之计,欺骗陛下了。当时何不复差五将再去责伐西辽,取了珍珠真旗回朝,有何不可?为何陛下反将这小英雄押出西郊斩首?若非狄太后出朝救了,险些屈斩了这有功之臣,陛下问心何安?"曹后说此一番,不知嘉祐王如何答说了,且听下回分解。正是:

　　国宁只有文臣显,世乱还须武将高。

第六十六回　宋帝闻兵思勇将
　　　　　　　　包公月夜访英雄

诗曰：

　　兵戈复起忆功臣，无事抛疏有事珍。

　　今日方思忠勇将，当初何必信谗人。

　　当时仁宗天子听了曹后娘娘说他复验珍珠旗，险些屈害了忠良将士，亏得狄太后娘娘出头放了。此时嘉祐王说声："御妻啊，不必埋怨寡人了。前事已错，说也枉然。这狄青还是在游龙驿中暴疾而亡的，不是寡人伤害了他。"曹娘娘说道："陛下啊，你等不把他发配游龙驿，在着朝中，已是不死了。"天子说："御妻，你那里话来！人生吉凶祸福，皆是定数无差，他不该刀下身亡，已是驿中丧命的了。"曹娘娘说道："陛下，你言差矣，狄青有此汗马功劳，不能荣宗显祖，而且身遭国法，想来后生家性子方刚，岂不气忿么？今朝明是气恼死了英雄小将，说什么冤魂索命，暴疾身亡，别人信此是真情，独有臣妾断是不信的。"嘉祐王听罢，说："御妻啊，如此说来，实乃朕之愚了，既然看出假旗，早应该再差他五人前往辽邦，取换真的回朝有何不美？原不该胡乱将他处斩，算起来倒是朕把狄青欺了，幸有母后出头，免他一刀之苦。何不可乘此机会，复命他前往西辽，胜似发配他游龙驿。辽王又不敢兴兵前来，复至猖狂了。想到此间，原是朕之差了，但悔已不及，但不知今日差遣哪人前往三关退敌了？"曹娘娘说："陛下啊，除了狄青之外，没有一员勇将了么？"天子说道："勇将谁能及得狄青智勇双全？况且番将狂言，称说狄青出敌他邦，照归投降；若是别人，一个多也不惧，必欲攻破雄关，杀进中原。"曹后说："如此想来不好了。"天子说："实不好的。狄青死得不妙了！"

不题君、后之言。再说国丈庞洪协同文职,净山王呼延赞率领武官会同商议,众文武多推着庞洪,岂知他只挣得一副屈害忠良的本领,焉能有定国安邦的良策? 一连议了三天,还未复旨。此事慢题。

再说钦天太史崔信是日来见包龙图,说起西辽真乃可恶,狄青一死又来兴兵侵扰,可恨这老奸臣一谋不出,犹如泥塑一般。包爷说声:"崔大人,可惜了一根擎天栋柱,汗马功臣;可惜他乃国家重用之人,寿元夭促。今朝目击主忧臣辱了,再有何人前往三关,抵挡辽兵?"崔爷微笑说:"包大人,你道狄青死了么?"包爷说:"自然死了,何必再提说起他来?"崔爷呵呵冷笑道:"小弟说来,狄青不曾死的。"包爷说:"怎见他不曾死的?"崔爷说:"小弟前时偶观星象,只见武曲星半明半暗,正是英雄围困之象,近来几夜星光比往常加倍灿明,这位小英雄定落在东南方上。目下辽兵复起,只须要访出这英雄,国家之患方除了。"包爷听罢,呵呵大笑说:"崔年兄,你的话哄着何人? 送殓之时,众同共观,狄王亲已死了,惟是面目如生,此乃是真的。"崔爷说:"包年兄,倘若不信,今夜且到小弟观星台那边共观星斗,就知明白了。"包爷说:"崔爷这等说来,你不必回去了,如今已是下午时候,待小弟办桌小席,与兄对席同酌,到晚上同观星斗便了。"崔爷说:"怎好叨扰年兄?"包爷说:"便酒粗肴,休嫌简慢。"此时包公吩咐备了一桌酒筵,二人逊坐毕,吃了几杯,言谈国事一番。

不觉黄昏时候,二人携手,步落阶前,面对苍天。崔爷说:"包兄,你看东左角这颗明星,正是文曲星。"包爷见了说:"这颗明明是贪狼星么!"崔爷说:"正是此星,乃庞奸贼也。"包爷笑道:"庞洪此星倒也光彩啊!"崔爷便说:"他是盛时,所以倍加光彩。"包爷点头说是。崔爷又说:"东南上这颗大星,如金光亮,乃是武曲星狄王亲了。但观今日光亮倍于前时,谅想如今该出仕朝廷了。包年兄,你也曾办过多少奇难疑案,人人共知,名扬宇宙,朝中哪一人可及你? 如此智量高才,非小器辈所及也。年兄何不到东南方上,访出狄王亲来?"包爷说:"崔年兄,本命星既在,人果未死,小弟担承访察出来便了。但如今只可你我得知,切不可泄于别人。待等访着实了,另行计算罢。"崔爷说:"年兄之言不差。"此时观星斗完毕,复就席用过夜膳。时交二鼓,崔爷揖别,回衙去了。

独有包公回房,坐对银灯,想来武曲星如此光亮,狄青实然未死。倘若他未死,前日入殓的尸骸,难道是顶替的?猜思一会,说道:"真也奇怪,莫不是庞洪又来算账,这英雄故用此金蝉脱壳之计,在着幽处埋藏了?狄青纵然未死的,有人仗义顶替,哪里有容颜如此相象的?我也判了多少奇难事,单有此事推猜不出,思想不出。也罢,但愿早早访出,全不费功夫,就妙了。又想来这天王庙近游龙驿中不远,正在东南方上,前时四虎弟兄皆说在此守枢,活人伴死人,岂有伴到对年的?事有可疑,且待明日往天王庙暗暗细察便了。倘若对问四将,还防惹他起疑,反把狄青藏过,就误事了。本官有个道理,总要暗暗察访,方为妙算。"是夜休题。

到来日,上朝已毕,用过早膳。包爷吩咐打道出行,不乘大轿,骑了高头骏马,只带了四对排军,皆紧相随,只作出城外巡查,直向东南路上行了九十余里。众排军不知其故,且人马并无一刻停留。天色已晚,排军点起灯笼火把,并且一路原要查问,倘有奸究不良,既要在路上有一程耽搁。到得游龙驿,已是二更时候。但见郊衢寂静,少有人声。此时明月当空,天灯明朗,只闻四壁虫声,音鸣不断。

此刻包爷住马,开言吩咐:"张龙,快马上前,要到驿中。"张龙即到驿门,举手连连打叩。驿承尚未安眠,驿子早已贪睡,王正一闻敲门响亮,连忙抽身开了驿门,驿子方才醒觉,心下大惊,起来闪避不及,包爷已到。双膝跪下,战战心寒,说:"大老爷,小人驿子叩头迟慢了,罪该万死。"包爷说:"不罪你,起来罢。"驿承跑上前喝退驿子:"快些拿茶来吃。"王驿承上前迎接包爷至庭前,请大老爷下马坐下,连忙跪下叩头,说:"卑职游龙驿王正叩见包大人。不知大人到来,有失远迎,望祈恕罪。"包爷说:"驿承请起。"驿承叩首起来,侍立一边,包爷说:"驿承,本官只为巡查至此,夜已深了,借你驿中暂歇一宿,明日回去。"王驿承说:"包大人,只是地居污秽,屈渎大老爷的。"包公说:"这也不妨。"

此时王正不知包爷匆忙到来何事,但见他坐下呆呆气象,默默思量,两边排开八个无情大汉。驿承当下猜思不出,狐疑不定,又不敢开言动问。暗思如此来头,其中定有原故。此刻驿子送香茗上前,包爷吃毕,又嘱咐驿子备办酒席来款待大人。这包爷是个仁人君子,体谅穷官,听了驿丞吩咐办酒席,便说:"驿丞,本官并不贪酒的,不必备酒了,况且你为这官,没有大财的。有夜膳备些,与八个家人用罢。"驿丞说:"足见大人体恤小官,但是大人一日赶路到此,倒劳顿肚饥了。"仍吩咐驿子往厨房安排酒膳去了。此时包爷又问王驿丞:"想你这个官,原是没趣么?"王正说:"包大人啊,实是没有趣的。"包爷说:"如今有趣了。"驿丞说:"大老爷何出此言?"包爷说:"驿丞,如今有大官做,岂不是有趣的。"王正闻包公半吞半吐之言,十分狐疑不定,忙说:"卑职何德何能,焉敢妄想。"包爷冷笑,看看驿丞说:"你在庞府十几年了,国丈提拔你,做此官几年了?"王正说:"大人,做官有五年了。"包爷说:"王驿丞,你与太师办事得力。"不知包公试探驿丞如何。正是:

　　劳忙为国忠臣志,狡猾欺君佞党心。

第六十七回 忠诚直告王正原谋
代主分忧包公密访

诗曰：

　　辽兵犯界甚猖狂，退敌无人为边疆。

　　包丞劳忙原为国，星霜夜月访忠良。

　　当下包爷说声："驿丞，你与太师办事，果然能干无差，所以太师心内喜欢于你，明日不高升为府，定然为道了。目下虽然做这穷官，不日就要苦尽甜来的。"王正听了，心中着急，不知他何故说此话来盘诘，即忙上前，打拱说："包大人，此官原是国丈提携我做的，实乃无能，焉敢妄想加升官爵的！"这包公原是机密访寻狄青，一心又疑着庞洪要王正串同谋害于他，故用许多捕风捉影之言，来引赚王驿丞，又冷笑说："王正，你家太师，要害狄千岁，已曾有书来往，要你害了狄千岁，升你官职，但别人由你瞒过，本官你断难瞒得的。快些直说明白来。"王驿丞听了，暗暗着惊：此话说来有因，但不是我害千岁的，何畏惧这包龙图多言盘诘？便叫声："大老爷，你休得多言，太师何曾有书到此？卑职焉能把千岁陷害？果无此事，大人不必多疑。"包爷喝声："胡说，已有冤魂，来到乌台告状，说你听了太师之言，将他暗地弄死。所以本官前来问你，尚敢抵赖么？"王正听罢，一想："岂有此理。太师书来，要害他身亡。我想他是大宋功臣，与我无仇无冤，不忍伤他性命。情愿挂冠逃走，此乃下官一片好心肠。他自家急病身亡，与我何干？因何他反在包公跟前，告我同谋害他。想来真是好人难做的。"

　　包公见他如此沉吟，便说："驿丞，本官劝你老实招来罢。"王正说："大老爷真乃天冤地屈的。前时千岁有疾病时，忽然说身体不安。

268

卑职就请医官来诊脉。便说不识此症,难以定夺。后至张将军赶来时,还是讲说得出话来。倘若小官谋害他,千岁岂不说知张将军么?当时千岁乃说西辽冤鬼现形,前来索命,不能服药,命即归阴,实与下官无干的。"包爷说:"有千岁阴魂告状,难道是假的?你说道是真么?你不知本官的厉害,断过多少无头疑案!你可记得狸猫换主三审郭槐的事情,李太后含冤一十八载,郭槐抵死不招,后来如何审出真情,你难道忘记了么?你今若不说明,难受刑法之苦,终须要抵认的。"驿丞带怒说:"包大人,今日真乃冤屈下官了,我家太师与狄千岁作对,与我何干?"

　　包爷一想,有些口风露出了,便说:"驿丞,本官还晓得你是个好人,不忍下手。到底庞大师怎样摆弄他身亡,你且明白说来。倘若不说明,审问起来,你要吃苦了。"

　　王驿丞一想:"包龙图这人做事到底,追透骨方休。想来这平西王如此功高华宇,尚且夭亡,岂但我这小小驿官,死何足惜!太师一心谋害功臣,品行非端,况且行恶甚多,终非结局之美,我将此事说明,并非我陷害他的,焉能要我抵偿他性命?就是将我抵了命,也是前生孽障,怨尤不得的。"便说:"大人,卑职实言便了。前者狄王亲一到驿中,未几日,庞太师就差人送书到来,要卑职谋害了狄王亲性命,许升我一个七品官。卑职想来,狄千岁乃大宋保守江山社稷所重之臣,平日与下官无怨无仇,问心焉敢下此毒手?况且屡败西辽,皆他五人之力,汗马辛苦,不独圣上赖以匡扶,就是我国众臣民,亏他杀退番兵,方得坐享太平。此日又因太师之命难违,只得应允。但拖延不行,岂知庞太师接连来书十三封,把下官怨恨。此时下官自思没有妻子绊身,定意挂冠逃走,救了千岁性命,将言告禀千岁。岂知千岁不许我挂冠逃走,过了此夜,到得来朝,他就身体不宁,说出难保性命,我只道他出口无心之说,岂料到三更后,千岁竟归阴了。实情卑职不知他如何病症,怎样身亡的,望求大人鉴察真情。"包爷一想,果然正是庞洪算弄他的,便说:"驿丞,只恐这千岁不曾死,或者有人顶替,你可知么?"驿丞说:"不然,这一天,众英雄多来送殓,就是下官也目击他入棺的,明是千岁的尸骸,焉有别人顶替下他?"

包爷听了，复出庭外，驿丞随后。包爷走到庭外，仰面观天，这颗武曲星仍然金光灿灿。又问驿丞："这边是何所在？"王正说："前面是百花径，再过去半里，名钓鱼墩，向正东南角就是天王庙，狄王亲停柩之所。"包爷暗忖思，这崔信之言，果然不差，这颗武曲星光辉金彩，必然英雄在世未死。故前时狄爷之弟张忠多说急病身亡，推辞相验，定然他们用了巧计。如今想来，狄青已在天王庙了。此时驿丞旁观包爷如此光景，甚是可怪。又见他仰面观天，不知何故，又不敢开言就问，当时回步庭中。有驿子说："启上老爷，晚膳摆开了。"驿丞尊声："包大人，休念卑职是个贫寒下吏，况且夜深无物，相敬淡酒粗肴，多有亵渎，望大人恕罪。"包爷说："驿丞，休得套言，本官原说过不备酒的。"驿子对看八个排军说："列位请来这里用膳。"包爷说："你们去吧！"八人跟着驿子去了。

包爷一头吃饭，一头思想起来："此事难办。"又思："王正为人忠厚，深知狄王亲乃国家倚重之臣，不从主命奸谋，立心存了功臣性命，志足可嘉。本官有日提升他官职，庶不负存心忠厚之人。"此时用膳已完，时交三鼓，说："驿丞，你且去睡罢。"又吩咐排军："你们各人去睡，本官且独坐在此，不要你们在此。"包爷虽然如此说，众家人谁敢去睡？驿丞说声："大人此刻只得半夜，如何坐等天明，粗俗床帐，请大人权为安息如何？"包爷说："一夜不睡，有甚要紧！你去睡罢。"王正思量："真是气闷，想他到来，真乃奇怪，是否果有冤魂告状，亲身前来，访察根由的？我今已把真情泄露与他，听他如何发断？还望他不要留恋此地才好。"

不题是夜驿丞烦闷，再言来日五更三点，众官员上殿参见君王。此日上殿，包公不来见驾，万岁何故不查？只因前时包公狸猫换主，他审出情由，嘉祐王陈桥认母之后，包公就是天子的恩人，所以万岁格外加恩看待，上朝不上朝，悉听包爷自便。今日不见他上朝，天子也不动问。

按下朝中不表。再言包爷此日吩咐张龙、赵虎如此如此。二人依命而行。王正只道包公就要回去，岂知他又不动身，只得吩咐庖人备办早膳。有驿子悄悄来问驿丞说："老爷，到底包大人为何霎忽到来?"驿丞说道:"包爷前来访察狄千岁的事,只为阴魂在乌台告状,他所以到来。"驿子听了心惊,说:"老爷,有这等事! 幸得千岁不是老爷谋死他的。"

不题驿子之言。且说张龙、赵虎奉命打听,此时回转驿中,禀上包爷说:"小人奉命往天王庙查问,左右邻人多说,庙中有妖怪出现,现如今千岁的棺木停在庙中,四位将军守枢。别的事情,多不知道。我们又问他进庙否? 众人说妖怪厉害,不敢进去参神。"包爷听了,想来说:"有妖怪之言,又是五人的传言作弊。本官若然直进庙中,倘然狄青不在,岂不惊觉了他? 倍加深藏埋隐这英雄了。算来不知他藏在此庙否? 罢了,本官自有道理。"原来包爷计策甚多,想一回,定了主意,且待候至日落西山,吃过晚膳,不坐马匹,带了八个排军徒步悄悄同行,至半个时辰已到了天王庙。将已二更时候,左右人家多已闭门闭户,庭园寂静无声。此时星辉月朗,包爷又是周围观看。此庙有三大进深,四方围壁,只有庙前门,并无后户的,但是后座墙壁是南方,这壁矮些。但不知如何访过千岁。正是:

忠良尽忠匡扶国,权佞无材弗慰君。

第六十八回　包公密访赚英雄
　　　　　　　狄青埋名逢铁面

诗曰：

> 遵师遗命服灵丹，待满灾星除佞奸。
>
> 暗隐忽逢包拯赚，英雄复又谒龙颜。

却说包公深夜来到天王庙，四周观看，只见后座墙壁低些，可以扒上。即唤过高松、张吉，吩咐这两个排军如此如此探听。二人听了暗说："这大老爷办这事，鬼头鬼脑的，如今又叫我二人做起贼来。扒上屋顶打探，真乃可笑的。"此时张吉跪下，高松两脚踏在肩头上，张吉在地下腾腾立起身来，此名为矮子接长人。此刻高松双手扳扒围墙，两脚在他肩上轻轻一送，早已登上瓦面。四周一看，寂静无声，只得在瓦面东边，扒过西边去，静听一回，西南角隐隐有人言语声。高松又扒过西南角，果有人言语。轻轻扒开瓦块，岂知尚未扳离，早有灰泥跌下来，只得不敢动手。无奈不掀去瓦块，不见其人，只得伏于瓦面静听。

只闻一人说声："大哥，休得心焦，我们各敬三杯，且自开怀乐饮罢。"又听一声说："贤弟，我的心事甚烦，叫我如何吃酒呢？庞洪原与我没甚大冤仇，三番五次陷害于我，幸而屡屡不中他奸谋。虽然今日不计较这奸臣，但使我母子分离，虽得你们常常走回去探望母亲，到底使我远离膝下，不能侍奉晨昏。倘得母子相依，我也不愿拜相封王，不如乐守乡园，深耕浅耨，淡水清汤，倒也逍遥自在，胜如显爵高官，忧怀不免的。"又闻说声："大哥，你哪里话来？你是个当世英雄，立建功劳多少，才得玉带横腰。前日师父有言，埋名一载，到后来福禄齐天。目前灾星已满，如何还有愁烦？有日出头，定要扫平庞贼，消了大恨，又得国家安宁。但小弟前日悄悄回去，探明太君，闻得目下西辽又兴兵杀来，直攻围困三关，孙秀无能抵敌，告急本章回朝，只因没有大将提兵前往，所以君忧臣愁。但得天开云雾，大哥原要领兵退敌的。"

又闻说："贤弟啊，你休得说了，我是看透世情多假局，前者汗马辛苦，今日身羁此地，想起来富贵身荣，如比浮云耳。就是征西，杀害多少生灵，虽然为国，到底冤魂结怨。今日辽兵杀进三关，我也不介怀了。"又听一人哈哈大笑道："大哥，这句话却说差了，庞洪陷害于你，并非圣上之故，为何大哥说起此言的？"又闻说："贤弟，我岂有不知，前日庞洪假哄奏主，我们征西劳顿一番，方得平伏，取了珍珠旗回朝，害我之谋又不遂。后来父女通线，在万岁跟前说是假旗，险些身首分开，多蒙太后娘娘救了性命。如今问罪到此，庞洪一连十三封书，使王驿丞害我，亏得王正心好，不然我化命为乌有。几番被害，还想什么汗马功劳，荫子封妻？庞贼在朝，犹如狼虎，又有宫中女儿倚靠，我今且保全余生，悉听朝廷自主宋室江山，岂无他人保护，就少我一人有何于碍？"又闻说声："大哥，说到此间，也怪不得你灰了心，不若待小弟架起席云，到庞府把这奸臣一刀刺死，待大哥平气，再去征西如何？"又闻说："贤弟，这事动不得的，若行刺庞贼，必然害了近地百姓的性命，况师父前日有言，说庞贼正在盛时，奈何他不得，如今暂且忍耐，由天罢了。"又有二人同声说道："奸臣，容他多活几年，少不得罪恶满盈，报应昭彰，与我们观看。"又闻一人说道："从今不必说起庞洪这奸贼，免使大哥纳闷不安罢。"众声说："有理，从此不提这奸臣了，我们众弟兄吃酒罢。"

高松此会只闻吃酒罢，尽说交欢之言，并无别话。高松听得明明白白，才晓得包爷巧计，方知古庙中困着几位英雄。即时打从原路，一步步爬回后庙矮墙壁，招手望下，张吉一见，仍接他下来，悄悄将此言一一禀知。包公大喜，吩咐众人转回驿中，已是三更时候。这包公为国分忧，辛劳国务，有诗赞曰：

　　史称刚毅包龙图，大宋一人千载无。

　　铁面无情平素位，丹心日月青史留。

当晚包爷回至驿中，王正迎接中庭坐下，饮过香茗。包爷说："你们昨夜不曾安睡，你等今去睡罢。"众人齐声说："大老爷不睡，我等如何敢睡？"包爷说："本官有心事，你等如何得知？不用多言，去睡罢，明日早些起来。驿丞你也辛苦，去睡罢。"众人听说，各各散去，闭上驿门。包爷独坐沉吟，说："今日知道狄青未死，全亏得崔信观看星斗，但不知前日棺中尸首何人替代？来日问狄青便知了。"呆坐一会，又想一计，不觉天明了。梳洗毕，有驿丞请安恭拜。包爷说："王正，狄千岁在乌台告状，昨日本官已查明白了，今日要到天王庙走走就要回朝了，你须同去走走。"王正应诺。

是日，早膳用过，包公上马，带了排军八个，王正随后，由游龙驿一程到了天王庙。包公下马，吩咐张龙叩门："不要说本官在此，须说太君差来探望千岁的。"张龙领命，上前叩门。庙中李义说："哪人打门？"张龙说："太君差来探望千岁。"李义一想，我们常常去见太君，叫他不要打发人来，因何今日差人前来探望？到底母子之情，怪他不得。即时开了庙门，忽一队人一哄而进，包爷吩咐将庙门关闭。李义一见吓了一惊，忙道："包大人，因何到此地来？"包爷冷笑道："你们干的好事！"李义说："末将不曾干什夕事。"包爷说："你等藏了千岁，说死了。如今本官访查得明明白白，特来见千岁。"李义说："包大人，我家千岁死过已久，并非藏过他。"包爷道："你休得胡说，本官自去看来。"即唤高松先走，李将军好不着忙，飞跑进去报知。

狄爷听了一惊，正在闪躲，外面来了包公，高声说："千岁，不要躲，下官来也。"此时狄爷无可奈何，呆呆看着包爷，只得叫声："包大人，怎晓得我狄青未死？有劳车驾，失迎之罪，乞望姑宽。"包公说："不敢当，千岁啊，别人由你瞒过了，下官是瞒不过的。"说完呵呵发笑。狄爷默默不言，四将又来恭见包爷。王正在旁心中暗喜，只道千岁身亡，岂知今日还在世间，果然包黑子非人可及！驿丞也来叩见千岁与四将军。狄爷说："包大人，到底你怎知下官未亡？"包公说："狄王亲，只因目下西辽闻你身故，复兴兵杀到雄关，无人抵敌，所以圣上思想于你，众人深恨庞洪。是夜崔信观星斗，见王亲星象未退，今日倒有光辉，故知王亲尚在人间，所以本官特来查访，今知王亲埋名此地,是以前来叙会的。"狄爷说:"包大人,你只当狄青死了罢,访我做甚?"包爷说:"狄王亲,你说哪里话来? 你是大宋金梁栋柱,掌持社稷之臣,世代簪缨之辈,食了王家爵禄,眼睁睁难道将宋朝基业付与西辽?"狄爷听了,说:"大人啊,狄青何德何能,敢当谬赞? 末将如燕子学飞,翎毛未长,偶征西辽,侥幸成功,班师回国,深沾圣恩,叨享厚禄。奸臣几番陷害,大人尽知。想来禽兽尚贪生,末将白发亲娘劬劳未报,如若被庞洪害了,老亲却倚靠何人? 今日要我们出仕,断断不能了。宁为农圃,劳苦于泉壤,侍奉萱亲,免遭奸臣毒手,末将早已立下此心。"包爷说:"狄王亲,你言差矣,你是当世英雄,因何今日反误了? 庞洪由他大奸大恶,终须报应有时。狄王亲为何连圣上也怪了,不愿提兵保国的?"狄爷正要开言,有四将同声说:"包大人,你有所不知,我家千岁是个忠心为国之人,无差无错,征服西辽,正思吃安逸的饭。忽然庞洪使计,把这飞龙叫杨滔认做女儿,配与千岁,希图行刺。仰感王天有眼,全叨包大人正直无私,审断明白,活了千岁性命。这样大刁大恶大奸臣,一波未退一波来,内通女儿,说珍珠旗是假的。幸得太后娘娘出头救了。不然千岁早已亡了。"此时不知包公如何答话,狄爷允肯出仕朝廷如何? 且听下回分解。正是:

　　奸权屡施谋人计,虎将冷灰汗马功。

第六十九回　访遇英雄包公劝仕
金銮立状国丈签书

诗曰：

奸臣屡次害谋深，至此英雄灰冷心。

今日包公重劝仕，雄关方得免凌侵。

再说包公劝狄千岁之际，有四虎英雄答言："千岁屡被庞洪施计，又说验假旗，得狄太后救了。问罪游龙驿中三年徒罪也罢，庞贼又连发书十三封，要驿丞害了千岁，岂知这王正与千岁一无仇恨，尚然不忍下此毒手，若像庞洪的狼心狗肺，千岁又已赴归九泉了。所以今朝恩断义绝，故立心把着从前汗马功劳一齐付与流水。悉听辽兵杀到金銮殿上，自有庞洪与万岁抵敌。辽兵一兴一败，庞洪可能定度得准，与我千岁何涉？我等情愿甘守为农，断然不去提兵的。"包爷听罢，开言说："列位将军，休说此言。庞洪奸恶，自有下官与他理论。总之圣上无亏于你，还宜为国分忧才是。"四将说："怎言圣上无差？听了庞洪的话，忘了千岁的大功，绑出法场处斩，不准保奏，必要斩的。这等没良心之人主，若千岁再去领旨提兵，是个无能没用之人了。圣上若然知我等在此，入牢愿吃一回之苦，再要我等征西，断断不能了。"包公说："列位将军，你言差矣！句句言来，非为忠君爱国之语。"并声又说："王亲大人，凡人生天地，须要忠孝两全，才得名扬四海，方是豪杰英雄。圣上虽然差了，还宜体谅历代厚沾国恩，狄王爷你岂不明此理的？"

又闪出驿丞也上前解劝，千岁嗟叹一声说："包大人啊，我众目昭彰，说已身亡了，而今忽然枯树逢春，岂无欺君之罪？庞洪又有嫌隙可乘了。"包爷说："这也不妨，下官自有方法的。"四将说道："只要包大人保得定庞洪没有设计害千岁才好。"包爷说道:"如今谅这奸臣再不敢了。"转身又问王驿丞:"这庞太师的来书,如今还在?"驿丞说:"启上大老爷,这十三封书多是来人带回,并无一字留存的。"包爷说:"这老奸臣果然厉害也。狄王亲,下官还有请教,前日庞洪要害你,你依然在世,怕他什么? 何必作弊潜踪? 这是什么缘故?"狄爷就将王驿丞说知算计后,至王禅老祖吩咐之言,遵命依计,细细说知。包爷听了微笑说:"下官从不被人愚的。如今算来,却被你欺了。若非崔信观星斗,怎知道王亲在此!"狄爷说:"包大人,你也查访得机关巧密,下官在局中了。"包爷笑道:"下官不办疑难事情,谁人可办? 狄王亲若不去提兵,谁人敢当!"狄爷说:"大人,虽然如此,但下官身亡已久。今又说复生,圣上跟前如何陈奏?"包爷说:"只消如此如此便不妨了。"四将听了一齐:"包大人,你平生是个铁面无私的,如今也要存私了。不知欺君罪律若何?"包爷说:"列位将军,本官也不过为着国家国事重大,不得已权行耳。"四人笑道:"末将原乃一时取笑,大人休得见怪。"狄爷又说:"大人,这是驿丞心存忠厚,不听庞洪用计害人,小将日后不忘他恩德。"包爷说:"是,下官也知他是个忠厚人。"王正连呼不敢。此时包爷叮咛五位英雄,来日依计而行,抽身作别。众英雄送出庙门。驿丞拜辞千岁弟兄,回转驿中。包爷也不到游龙驿,直接归回京城。

却说英雄闭上了门,张忠说道:"这包龙图果然忠心为国,用心访出大哥,算来妙计如神的。"刘庆说:"如今我们再去提兵调将,把辽国踏为平地,才知道我们弟兄五虎的英名。奏凯回朝,然后处决这老奸臣。"狄爷笑道:"你休把西辽看得太轻,今次举兵,非比前日,雄兵猛将,倍加厉害,胜败尚难预卜的。"不题五将之言。且说驿丞回至驿中,大笑不止。驿子在旁说:"老爷是吃了笑药么?"驿丞喝声:"狗才,胡说! 快取茶来!"此时驿丞想来思去,说其事乃奇哉也。那日目击千岁尸骸收殓在棺,只道皮消血化已久,岂知今日尚在世上! 总是令人难测的事,想到此间,真乃好笑,大抵皇天不负栋梁材。

不题王正心中欢乐。再说包爷快马行程,不归自己衙门,转见崔信,细谈此事。崔爷说:"包年兄,这平西王埋名不出,全赖你访出来。

但是圣上跟前,如何陈奏?"包爷说:"下官先言狄青乌台告状,自称命未该终,皮未化,肉未消。要小弟救他,请旨开棺,原用三生法宝,假称救取还阳之说。"崔爷说:"但是一年之久,只防圣上不准信,便如何?"包爷说:"小弟一力担当,料必准奏的。"崔爷说:"如此全仗包年兄之力,若得平定西辽,皆年兄之功也。"二人哈哈大笑,包公辞别回衙。

次日上朝见驾,各官朝罢,行列分排。圣上开言,说道:"目下西辽兵困三关,朕命呼、庞二卿会同武职文臣,连朝议得如何?"当下班中闪出庞国丈,庞洪奏说:"臣奉了圣上旨意,叙会众臣,只因未曾议妥,再容臣等议妥奏闻便了。"天子闻奏,龙心不悦。净山王呼爷正欲开言启奏,包公俯伏金阶,说:"臣有事奏知。"天子说:"包卿,莫非与朕分忧,有何计议退敌,快些奏来。"包爷说:"臣奏为狄青昨夜在乌台告诉为臣,称说屈丧幽灵,飘流阴府,恳臣救取他还阳。臣说他已经亡久,骨肉已消,救不及了。狄青又说命未该终,皮肉未化,必要臣力救他的。臣不敢自专,今特请旨定夺,然后开棺。"这句奏言,国丈在旁听了,暗暗心中想来,人死既成僵尸,如若过了七日,皮肉多已消灭了,纵有救法,也救不活了。如今已有一年,任你三生法宝厉害,料想不能成功。此时仁宗天子,一来见边关危急无人退敌,正在思念狄青,二来这包龙图的说言,总是信服的。即忙传旨包公说:"狄青有鬼魂告诉,如此包卿能救取还阳,是包卿大功,倘若一救他还阳,即来复旨。"包爷说:"微臣领旨。"

嘉祐王正要退班。左班中又闪出庞国丈:"臣也有启奏,臣思从前包拯说过,凡人屈死有七天之内,可能救活还阳的,如若过了七天,就救不得活了。如今狄青死去已有一载,虽云皮肉未消,还防日久已是焦枯了。倘救不活狄青,包拯应有安奏开棺之罪。不是臣之多言,想是萧何定律,万古无更,若然圣上不定开棺安言之罪,朝廷法律,是不行于臣下也。"嘉祐王听了庞洪之言,把头略略一点说:"庞卿,这句话何用你多言。包卿不是等闲之官,岂有妄言哄朕之理?且待开棺之后,救不活,然后定罪不迟。"包爷奏道:"陛下,臣今立下开棺罪状,免得国丈心中挂怀罢了。"天子说:"救活狄御弟,是包卿之功;倘救不活,且待开棺事后,罪与不罪,寡人自有定见,何须你们立状!"包爷说:"容臣立状,然后开棺,好待国丈放心。但臣救活了平西王,国丈也要如何?"嘉祐王说道:"便降他三级,罚俸三年,以补包卿救活功臣大功。"天子即命内侍取出文房四宝。包公想:"如今庞洪倒运了。"当时国丈也想救不活狄青,杀了包拯,肆无忌惮了。内侍此时取出文房的物件,包爷提笔,立了开棺罪状。书完,在开棺状脚下立了花押。包爷说:"请国丈书立花押。"庞洪就在降三级下鉴了花押。包公呈上御案,圣上一观,即命内侍收过,吩咐退班,各官员送出午朝门。包爷说声:"国丈,劳你同去天王庙,看下官救取平西王,你意下何如?"国丈便说:"包大人,你是个正直无私的君子,有何私弊?况且救活狄王亲,总要见面的,决不能拿一个假的来调换骗圣上。老夫不得闲工夫同大人前去。"包爷一拱作别,不去越发更妙了。转声又问:"哪一位大人同去看看?"有净山王呼延赞说:"包爷,你从前说过,如若生人碍了眼目去催促,就救不活了,因何今日要人同去帮助起来?"包爷微笑,说声:"老千岁!生人催促碍了眼目,待救不活狄王亲,下官又正了国法,妄奏开棺之罪,老国丈岂不快哉?"呼延千岁呵呵笑说:"本藩也有此心,众人一同去看,连碍包大人正了立状之法罢。"带笑作别,各回衙门。不知救活狄千岁否,不知后来如何。正是:

　　英雄今日灾殃脱,奸佞他年法律亡。

第七十回 包龙图立状开棺
武曲星埋名复现

诗曰：

> 佞臣恼恨救英雄，当殿签书立状同。
>
> 妒嫉生成心性僻，勋猷千载别奸忠。

却说包公当殿与国丈立了开棺降级罪状。是日，回转府中，吃过早膳，就时带了八个排军，拿了三件法宝——不过要遮人耳目——又取出白金二锭一百两，交排军周胜收贮。一路到了游龙驿。这二锭银子，赏给王驿丞，王正即时欢喜，说道："包大人显见不是白食的人了。"此时包爷先到了游龙驿，坐了一时，然后启行，一路往天王庙而去。

先说平西王狄青对着四位弟兄说道："这包龙图陈奏，圣上不知准奏否？倒使我心中疑惑。"张忠说："大哥，小弟想来包公说话，圣上一定准信的。但不知他何日领旨开棺，好待大哥复谒当今。"飞山虎说："待小弟去探听一回，便知明白了。"狄爷说声："贤弟之言不差，还防有别位官员同来，好待本藩预备的。快些去罢。"当时飞山虎架起席云去了。只有四弟兄，又是言谈一会，这刘庆早已落下庙中，步进中庭，说道："如今包大人来了，只有八个排军跟随，并无别位官员同来。"弟兄五人言谈之际，不觉日落西山，天色将晚。

再说包公一路到了天王庙。只见庙前站立四虎英雄。此时张忠、李义、刘庆、石玉，只因此间狄千岁吩咐他四人多在庙门首侍候包公到来。当时包公到了庙门，滚下马鞍，四位英雄恭迎接庙中，排军八人、马夫多进庙中。关闭了庙门，包公吩咐马夫不必进来，且在外厢伺候。这个马夫不知何意，说道："里面是狄千岁停棺之所，大老爷到此何干?"众人多也不解,各有猜评之言,也不多表。且说包爷直进庙中,狄爷抽身迎接。二人见礼,又有四虎弟兄来参见包爷,已毕,一同告坐。狄爷又问包公如何陈奏,圣上准奏否? 包爷就将奏知圣上准旨开棺,复与庞洪立状,一一说知,五人同声称谢。狄爷说声:"包大人,末将乃一介武夫,大人如此周全,未知何以为报?"包爷说:"狄王亲,何出此言? 你我乃是同僚一殿之臣,既为臣子,食了王家俸禄,须当报效国家。为君有事,为臣当代其劳。古云:文臣执笔安天下,武将提刀定太平。狄王亲啊,目下西辽复动干戈,必须你们提兵,方能平伏。况且你隐居此地,终无了局,趁此机会,前去见主领兵,退却西辽人马,建立功劳,封妻荫子,方为豪杰英雄。"弟兄五人闻包爷劝勉之言,应诺作谢。刘将军又奉茶一盏,六人谈论许多言语,不能细述。

且说天王庙外,左右附近居住百姓,原是人烟稠密之所,又近王城,内有好事之民,打听得包爷往天王庙要救活狄千岁,所以一人传起,远远扬言:明日你我同约来庙中观看,不知来了多少人民。且说是晚,包公与五虎弟兄用过夜膳,众排军、马夫多有小席赏赐。包公又叮嘱四将开了棺盖。虚设一个救尸的所在,待来日倘有众官,以便遮人耳目。四人答应。备办去了,不表。

此夜众人不睡,也有一番言谈,不多烦载。到次日天明,包公叮嘱狄爷装着死而复活的形状,又命李义取唤一乘八抬大轿伺候,不题。此时狄爷、包公犹在庙中谈说,此时仍闭着庙门。且说来朝,众百姓多少队伍,前来到天王庙外等候。众人言谈,有说:"狄千岁死了许多日,岂不皮消肉化了,如何包大人也救得活?"有说:"狄千岁闻他是阴魂告状,所以包公奏知圣上来救他。倘若狄千岁不该死的,自然皮肉未消化的。"有众人多说:"包大人真乃神人也,断过多少疑难公案,审明多少冤屈事情,如今又救活了千岁爷。"

此时众百姓越来越多,约有千百人,纷纷讲论,挨挨挤挤,拥满天王庙外。只见庙门紧闭,众人只好呆呆看着等候。一会不见动静,内中有几人等不耐烦的,将庙门犹如擂鼓的一般,乱打乱喊道:"里面差官老爷,望乞快些开了庙门!"里面排军张吉、高松听见庙外喧哗、大喊,不住地打门。心中大怒,喝声:"这里什么所在?你们敢大胆在此喧哗?还不快些走。"有刘将军在里面出来,众排军禀上。刘庆说道:"这些百姓,知我们老爷死了,所以来欺藐。罢!且出去惊散他罢,笑笑便了。"连忙起来席云,出了庙门。只见众人在庙外,群群队队,不下数百。飞山虎落下云头,大喝一声,犹如天崩地裂,这些百姓早已一惊,又喝道:"你们不要走,我奉了狄千岁、包大人命,前来捉拿你等。各打三十大棍。你们快开庙门,来帮我捉到庙内。"排军高松也是个莽夫,把庙门大开,高声答应。此时众百姓恨着爹娘少生两脚,登时走散,犹如风卷残云,顷刻间,庙门首一个也不见了。刘庆、高松大笑,仍进庙中,复闭庙门。此日狄青吩咐办酒,与包公二人对饮。四将同府下人仍有赏赐。众人取膳。只作昨晚救活千岁的。如今庙门大开,早上来的百姓都被飞山虎吓惊散去,再也不敢来了。有些未曾领教过的,所以又是成群结队的,一路多到天王庙而来。多少说说笑笑的言论。"天王庙内有妖魔厉害祟人",劝说不可前去的,这乃胆小之人。内有胆大的说道:"既有五虎英雄居此,如今又有包大人在内,岂惧这个妖怪?"当时众民又是一班挤挤拥护而来。

庙中包公,狄爷用酒膳已毕,抽身一同出庙。众民远远跑开,个个一齐跪下叩头不住。狄爷一见众民如此敬重,心中大悦。包爷远远观看百姓不住叩头,个个欢容喜悦,也觉心花大快。包公、狄爷并马行程,洋洋得意。包公对狄爷说:"狄王亲,你看这些百姓,尚然心迹好,因何庞洪生成这样心肠?"狄爷说:"包大人,这奸臣虽然狠毒,但报应不远。下官师父之言,却是不差的。我今何必与他较量,大人,你道是否?"包爷说:"王亲之言不差。"又传命百姓不必跪送,不要喧哗,当时众民渐渐散去,二位大人一路起程。狄爷只因未有家将在旁,这衣箱铺盖发扛夫挑回,庙中日用什物不带回去,就给与王驿丞,王正一程相送二位大人。包爷吩咐不必远送,驿丞自归驿中去了。

又有张忠,私到天王庙见那老乡民说声:"老丈,先时千岁爷起程去了,再得余生,皆亏包大人之力。本官又来,非为别故。"这老人一见将军,连忙下跪,张忠扶起。老人说:"将军到来,有何吩咐?"张忠说:"某家前时蒙老人指点,今日千岁复活回朝了。但庙中日用什物,千岁不带回府中,约值白银四百余两,某家见你如此贫寒,一心赏与老丈,岂料千岁早已给了驿丞官。但庙中还有沙木棺一口,是上好的棺枢,待本官带你扛抬回来,也值三百余金。"老者闻言,心中大悦,便说:"将军爷,但小民全无功劳于事,怎好受这贵重之物?"张忠说:"老丈,这不相干的,此棺虽好,千岁已不要了。"老人大喜,拜谢张将军赏给,请扛夫到庙,将棺抬回店中。张忠一程赶路,回了王府。

　　按下狄爷慢表,张忠慢题。又言狄府老太君一自孩儿远别,天天思念,说:"孩儿隐居天王庙内,如被浮云遮盖,不知何日扫开云雾,复见月明,免使母子天各一方。虽然四将常常来往,说我儿安然无事,只是老身放心不下。前时王禅老祖说我儿灾晦一年,如今算来,已有一载,为何我儿还不出头?"此时太君正在心中烦闷之际,忽见这莽夫焦廷贵进来哈哈大笑,不知何故?下回分解。正是:

　　　　母子情厚难离别,弟兄义重不分离。

第七十一回　活英雄国丈忍气
　　　　　复君命包拯抑奸

诗曰：

　英雄灾晦已消除，不复埋名暗隐居。

　妒嫉奸臣深忿恨，君前立状又惭输。

前说老太君正在思念孩儿之际，忽见焦廷贵飞跑进来，大笑不止，说："千岁爷已复活重生，目今转回府了，小将特来禀知。"太君一想："前日我孩儿依着师父之言，暗隐瞒着焦廷贵，因何他忽然知了起来？"太君也是会意的人，假作不知，开言说："焦廷贵，我儿死了一载，为何你讲起此话来？"焦廷贵说："太君你却不知仔细，如今将军刘庆，现在府中，说与小将知道的。"太君闻言，说道："既然如此，你快些请他进来。"焦廷贵出外说："刘将军，太君请你去相见。"刘庆说："我去见太君，你在外厢伺候千岁回来罢。"焦廷贵应允，又唤声："老孟，你也出府堂来同等候罢。"孟定国应允。焦廷贵说："老孟，我家千岁死了一年多，只道尸骸消化了，阴魂去别处投了胎，哪知道今日复活还阳！难道一年之尸皮肉尚然不化？老孟，你道稀奇不稀奇，古怪不古怪？"孟定国说："原来你尚不知其详说。早间刘将军说千岁吃了王禅老祖的灵丹，所以尸骸月久年深，不消化的。今又得救活还阳，多亏包公之力。"焦廷贵听罢哈哈大笑，说道："原来是他师父赠灵丹与他吃了，故得尸骸不朽。实由千岁命不该终。"不表焦、孟之言。

且说飞山虎进内见了太君，将崔信观星斗，包公访查到驿，他昨天奏明圣上准旨，包爷救活还阳，如今一同到府来了，千岁先差小侄回来，一一禀知。太君听了大悦，说："真也难得：包大人使我母子相依，真乃感恩不尽。"太君正在言欢之际，又有丫鬟报说："千岁爷同包大人已进府了。"太君听了,连忙转身出外。狄爷下马,先拜谢包爷,包爷还礼毕,然后叩拜母亲。太君说:"孩儿,为娘不用你叩礼了,且叩谢包大人罢。今日母子重逢,皆是大人之力,谅必儿罪君王宽宥,深恩厚德,母子永远难忘。"包爷说:"太君,你哪里话来?大宋江山,皆仗令郎之力,总是一般为国,一殿之臣,下官不过为主分忧,免使辽兵猖狂,有何恩德呢?太君休要重言过奖了。"

此时四虎、焦、孟俱来参见过包爷,与千岁分宾主坐下,家将送过香茗。太君闻言说:"包大人,我儿近日与国丈无什大仇,因何屡次生心来陷害?老身总不明其故,还望大人公事公办,把前日奸谋,奏知圣上。如若不奏明天子,若是这奸臣再用毒计陷害,倘然又把我儿陷害了,叫老身倚靠何人?况且狄家香烟断送了。"包爷说:"太君,若论庞洪此番再害千岁,原可驾前陈奏明,奈他十三封书,并无一字留存于驿丞。无据无凭,难以陈奏,老太君且忍耐,不用忧愁。庞洪有日落在下官手里,紧紧拿定,除了他。下官今日当心压制,决不使这奸臣再施诡计,有害千岁的。"又说:"狄王亲,凡死而复生者,精神及不得往常,下官来日上朝陈奏,你调养三天,才得上朝见驾。"狄王亲称谢,当下包公告辞。五人同说:"大人,再请少坐,用杯淡酒如何?"包爷说:"不消叩扰了。"登时别过狄爷母子。五位英雄殷勤送出。包爷回府,弟兄又言谈一番。独有焦、孟二人,非凡大喜,即将灵位拆毁了,奉到火德星君里去。又有厨人排开筵宴,四虎、焦、孟在中堂同席,母子在内堂吃酒。太君说:"我儿,王驿丞有恩于你,日后不可忘他。"狄爷说:"谨领母言,孩儿自然不忘他的恩。"按下母子之言不表。

再说庞洪在府中,想来狄青已死过一年,因何又在乌台告状,想包拯虽有救人之法,但是七天之内可救,今则已有一年,料他未必救得他活。到底放心不下,又差家人去打听。是晚,独坐书房,这家人回复:"启上太师爷,包大人在天王庙救活了狄千岁,早间已回归王府去了。"国丈闻言大惊,说:"罢了。你这黑贼,老夫与你无关无犯,因何与我做尽对头?狄青有何好处,你必要把他救活?"此番气得庞洪忿怒难消,通宵不睡,直至四鼓将残,闷沉沉带了四名家将,一路来到朝房内。各官未到,又来了包大人。包爷把手一拱,说声:"老国丈请了。"庞洪说:"包大人请了。你来得早啊,老夫请问大人,救平西王的事情如何?"包爷说:"全叨老国丈的福庇,狄王亲已得活还阳也。"庞洪说:"这与老夫何干? 此乃大人神手也。"包爷说:"国丈,此刻没有别人在此,下官有句话告禀。"国丈说:"大人有何言语? 老夫请教。"包爷说:"国丈,狄青乃是太后娘娘嫡侄,老国丈乃当今内亲,算来乃有亲亲之谊,一殿之臣,何苦成仇,有伤情面? 况且目下西辽又兴兵侵犯,退敌安邦,全仗他之力。老国丈,世情须要看破一二。古道:'冤家宜解不宜结'。"庞洪听了,说:"包大人,此言差矣,狄王亲身死,又不是老夫谋害了他的。大人因何与我讲起这话来? 岂不可笑!"包爷说:"国丈,你虽不加害他,还有些误国奸臣,将他算计,若没有下官,谁人救活得狄王亲? 倘然施计,破折擎天柱,今边关退敌,倚靠什么人?"

正说之间,又来了众王爷大臣,各各见礼毕。众人说:"包大人,闻你神手,救活了平西王,真乃国家之幸也。此皆是大人功劳。"包爷说:"岂敢,此乃圣上洪福齐天,下官功劳何有?"众大臣说:"包大人,你哪里话来! 若没有大人,狄王亲如何得活? 此乃大人功劳不小,如今狄王亲不死,国家有赖了。"包大人说:"列位千岁,这狄青虽得再生,但是惧怕奸臣算计,难保性命之虞。故不肯提兵破敌,自愿为农奉母,隐居埋名。下官再三劝解,奈他执意不肯应承。这等想起来,难道有奸臣把他谋害死的? 列位千岁,我想他在生之时,威威烈烈,哪有一病俱无,即死了的?"众大臣说:"大人所疑不差,他原是死的奇怪,但不知何人将他暗害了,大人何不向他问个明白。"包爷说:"下官也曾再三动问,他总不肯直说,只言日后自然明白的。"众王爷说道:"原来如此,但言狄青做人倒也不错,但不知哪个妒嫉奸臣狗畜类将他谋害起来?"你一句我一句,众王爷大臣骂不绝口,国丈在旁,真好气闷也,只是敢怒而不敢言。

停了一会,金鼓三响,天子临朝。金炉烟渺渺,銮殿瑞纷纷。文武官员序爵,进朝参见毕,分列班行,天子龙目看见左班中包爷侍立,即开言说:"包卿救取狄青事体若何?"包爷说:"臣启陛下。"即出班奏道:"臣奉旨救取了狄青还阳,他果然尸骸未烂,臣用三生法宝,已是灵验，如今救活还阳了。"此时天子闻奏，龙颜大悦："狄青既然复生，即宣来见朕。"包爷奏道："但他徒罪未满，而且精神未复，不便见驾。望吾主龙心详察。"嘉祐王说："如今恩赦狄青无罪，令其调养精神，即着包卿引见寡人。"包爷说："微臣领旨，但臣还有启奏。前日臣所主开棺罪状，救取狄青不活，罪及微臣。如今狄青已活，臣已无罪。国丈立状，还要圣上处分。"天子正欲开言，庞洪连忙出班奏道："臣启陛下，包拯虽说救活了狄青，但今还未见面，口说无凭，伏乞我主圣裁。"天子一想说："这老头胆寒了。"即传旨，且待狄青见驾之后，然后处分便了。天子拂袖退班，群臣各散。国丈回衙，闷闷不悦，想了一回，满胸怀恨着龙图包拯不题。

　　且言各位王侯大臣，一心欢悦退朝，齐到狄王府来探候。狄爷一闻，吩咐四虎弟兄："若有众官员来探问，只说本藩身尚未安宁，且容另日相见。"四将听了，即传言出外，此时众王爷大臣，闻四虎之言，各回衙去了。有潞花王早已明知狄爷埋名隐避之由，又因前时太君说明王禅老祖点化他儿子埋名，免得太后思侄伤心，此时潞花王也回宫中，母子大悦，另有一番言语，也不多载。且说狄爷候到了三天，包公来到狄府，面见狄爷，说："狄王亲，你来日见驾。如若圣上问起因由，怎样身亡，一来无凭据，扳不倒庞洪，二来倒也牵连王正了，此事不必提起的。"狄爷说："大人之见不差。"包爷辞去，不知次日见主如何。正是：

　　厚道忠臣存厚道，狼心奸佞果狼心。

第七十二回　输立状庞洪降级
　　　　　　　承君命五虎提兵

诗曰：

　　妒嫉奸臣失便宜，君前降级受忠欺。

　　害人害己成何益，千秋难免臭名讥。

　　再说狄千岁等候至来日五更时候上朝，到了朝房，早有众王爷文武大臣已到了，即齐来观看还阳虎将，人人拱手称贺，同说："王亲死中得活，全亏包大人之力，苍天不负英雄，复得圣上效用，实圣上洪福齐天。"狄爷拱手说："列位千岁大人，末将我年轻愚昧，与国家出力无多，不才感蒙列位大人抬举，焉敢当此谬赞。"众人还要有言相问，忽听得轻敲龙凤鼓，缓撞景阳钟，天子登坐，金銮文武官员按爵进参主已毕。此时文武大臣，个个纷纷入朝房。有平西王在午朝门外，伺候包公奏知圣上。天子在朝，有值殿官传了万岁旨意，文班中闪出包爷，说："臣包拯有奏，如今平西王狄青，精神如昔，现在午朝门外候宣。"天子闻奏，即降旨宣进来。

　　不一会平西王上殿，参见圣上，说："罪臣狄青见驾，愿吾主圣寿无疆。"天子说声："御弟平身。"包爷在旁一想，从来圣上不曾叫过御弟，今在用人之际，叫起御弟来。此刻嘉祐王把狄青一看，颜容不过如前，原来嘉祐王自闻狄青死后，日日怀思，君臣间别已久，今日重逢，心头大悦，说："御弟啊，你平日征服西辽，功劳不小，及早君臣共享荣华，朕因一时之怒，忽使君臣两地分开，朕悔莫及。前日闻卿身丧，朕心好不凄惶，只道今生难得君臣再会，亏得包卿救你还阳，此乃寡人之幸。"此时思量圣上也会说好话，狄青听了，说："圣上啊，微臣深沐君恩，粉身难报。蒙我主赦臣斩罪，发配三年，罪完之日，深望再观天颜。臣岂料到驿中未久，却被冤魂作祟，一命归阴。阴府阎君细查生死轮回，却知臣命不该终，只因杀生太重，致冤魂不忿，特着臣在阴界牢守鬼关一载，方得还阳。后来阎君将引道文与臣，至乌台告状，又得包龙图救活还阳，又蒙君恩赦臣无罪。圣上洪恩，为臣难报万一耳。"包爷一想："他的鬼话倒会说的。"天子听了微笑，说："真有此事？也奇了！御弟你征西杀人，原觉太多，但辽王无礼，要侵夺朕之江山，杀戮无辜，所以至今又起兵攻三关，非御弟不能退敌，今幸御弟还阳，仍要劳你往三关退敌。"

狄爷说："臣启陛下，念臣年纪尚轻，智略俱无，朝中还有别将可以领兵，臣实无能，不堪当此重任，诚恐有误国家大事，罪在不赦，乞赐微臣归籍，足感陛下龙恩不浅矣。"天子说："御弟！你狄门世代为官，忠心报国，永留忠义之名。御弟你今在朝，虽有君臣之别，算来乃是骨肉之亲，如今你乃国家内戚，还不与寡人出力，更有何人与朕分忧？若然御弟果是无能之辈，也不差你去提兵。今日西辽兵将厉害非凡，雄关外一带州府城池俱已失去，目下雄关有燃眉之急，你不提兵前往，谁人敢当此重任？望御弟勿辞此劳，火速提兵去解了三关之危，与朕分忧。如若退得西辽兵马，国家安宁，朕心才得放下，回朝之日，重赏厚禄，以报卿劳。"狄爷思起用人之际，说尽退归之言，料想退辞不脱，只得说道："微臣领旨。"龙心大悦，仍加封平西总帅，"该用将兵多少，任卿主持可也"。

左班中忽有庞洪有奏。天子说："庞卿又何事奏闻？"庞洪说："臣奏：前验过珍珠旗是假的，西辽王原有欺君之罪，今次若不伐尽西辽，我国久留后患，而且别邦效尤，伏乞圣裁。"天子一想，这句话也不差，即降旨狄御弟，说朕如要灭尽西辽，我心不忍，可命御弟将假旗倒换真旗回朝，以抵欺君之罪。如彼不从，后再征伐未迟也。狄爷说："臣领旨。"国丈在旁，心中暗喜。此时天子降旨，内侍速往库房取出珍珠旗，交与狄爷。天子正要退朝，早有包爷出班说："臣包拯有奏。"天子说："包卿有事且奏来。"包爷说："臣奏救活狄王亲，庞洪该降三级。"天子见有主状在先，只得依奏。批庞洪暂降三级，就此退班。众朝臣退出午朝门外。

只说平西王回到王府,六位将军迎接进内,同见太君,就将此事说明。太君开言说:"儿啊,为臣原要报君恩,既然圣上差你,岂能违逆?早日成功,可慰娘亲之愿也。"狄爷说,"母亲啊,孩儿如今此去非是半年三月,总是三年两载,方得还京,儿并无挂虑,只有娘亲在此,无人侍奉,实是放心不下。"太君说:"儿啊,自古尽了忠时难以尽孝,你娘虽老,身体尚还康健,不要把为娘挂在心头。"众弟兄多说:"老太君之言不差。"当时狄爷定了出师良辰,一面行文与兵部,挑选十万精兵,自有四虎将同焦、孟弟兄同往破敌,不用别挑战将了。来日又往各王府以及崔信、文爷、包公众大臣府中辞别,叙谈,不能一一细说。次日又到天波府,拜别佘太君,也是一番叙话不表。狄爷又到南清宫,见了姑娘,说明领兵缘故,辞别原由。太后只是恨着庞洪,说声:"侄儿,这庞贼如此凶狠残毒,少不得报应有期。但你又要提兵解围,此去须要事事小心,愿你马到成功,早早回朝。"狄爷说:"承姑娘训谕,不敢少违。"潞花王说道:"表弟啊,你有王命,万事且自丢开,待等奏凯回朝,这奸臣有了破绽,必要除了当道虎狼,国家才得宁靖安然。"狄爷说:"表兄之言有理。"狄太后又吩咐排开酒宴,表弟兄对饮,用酒已完,狄爷辞别,回归王府。

再说庞洪自降了三级,终日恨忿包公,——原是又因救活了狄青。想了一回,急忙修书一封,悄悄打发家人,前往雄关送与孙秀,叫他留心打算,害这狄青。自言:"用尽千方百计,摆布他不得身亡,如今实弄他不得了,贤婿可有妙计,须要摆算他。原是包拯救活这小畜生,不日提兵即到了。"书意如此,即着家人投递去了。前日孙秀告急本章,请旨掣回,此时天子因何绝不提起?只因前日正在停征罢战之时,并且未选能人去掌管。如今原有五虎将提兵前去,所以仍着孙秀守关。好歹自有狄青承当,所以至今无掣回的旨意,不题。

再说狄爷奉旨提兵,换这珍珠旗。此时是六月天时,正值炎天暑热,所以行军稍缓,若是边庭危急之际,顾不得天寒暑热了,即要兴兵,如今是停征罢战之时,多耽搁几天,也是无妨碍。是以狄元帅发兵之期。定于立秋之后吉日。光阴迅速,已到立秋,此时狄爷不敢再缓,不觉已是七月十一日。狄爷先来辞别圣上,又往各衙辞过众大臣,又行文兵部,点兵伺候。兵部即时挑选强健雄兵十万,都在教场上伺候去了。狄爷又令焦廷贵、孟定国二将,可往教场上收管,众将即往南清宫别过潞花王、狄太后,又有一番小心嘱咐之言。潞花王说:"表弟,此行须要小心,舅母在此,自有为兄照管,不必操怀。"狄爷应允称谢。此后狄太后母子与狄爷有许多言语,不能细叙。当时拜别他母子,回到府中,与四虎、焦、孟一同进内,拜辞了太君。当时太君只为孩儿出兵,须要言采的,只得强忍别离珠泪,再三嘱咐孩儿,又叮咛六位将军,众英雄一同连声答应,安慰太君一番。府堂上又排上酒筵,各将用过了。有石将军说:"千岁,小弟也要到赵王府去别过母亲、岳父母,即回来的。"狄爷说:"贤弟正该如此。"石玉即时离了狄府,一程到了赵府中,拜别母亲与岳父母,又拜别郡主,也有叮咛分别之话,不能细述。不知后事如何。正是:

　　母子分离因国务,夫妻阔别立军功。

第七十三回　救雄关五虎兴师
言讥诮兵部忿气

诗曰：

　　英雄五虎到三关，奉旨提兵破夷番。

　　忠佞不和反惹气，言讥语诮恨心烦。

却说小将石玉到赵府拜辞母亲、岳父母，相辞郡主，赵千岁吩咐备酒饯行。石玉饮过数杯，即时拜别。赵千岁送别时，叮嘱贤婿一番，石玉回到狄府去了。此夜，狄王府众将军多是不睡，直至五更，伺候元帅到教场去。到了天将黎明，狄爷顶盔贯甲，骑了现月龙驹，真乃威风凛凛，气宇严严，传令众将，同下教场。前有四虎英雄跟随左右，后有焦、孟二将相随。狄爷的人面兽、穿云箭二宝被飞龙毁了，只有天王庙所得开阳宝镜带身边，以备应用。此时众王侯文武，奉了万岁旨意，多往教场内送别。平西王此时十万雄兵早已伺候了，是日埋锅造饭已毕。元帅吩咐四虎将军将教场人马一一排开队伍。元帅点兵一万，着孟定国为前部先锋；健卒五千，与焦廷贵为后部解粮；四将各带一万，分为四队；元帅自领四万，偏将百员。分排已毕，祭过大旗，三声炮响，上马登程。旗分五彩，大兵次序前进。众大臣一齐相送，狄元帅一概辞谢，马上一拱作别，有众官各转回衙。狄元帅大兵一路向雄关进发。

话分两头。却说雄关孙秀，前时自接得岳父的来书，说狄青身死，日日开怀，说尽多少欣幸之言。但是西辽兵今者忽来攻打，好不心惊。前时有本回朝，只望圣上掣回，这范仲淹与杨青常常叹惜伤怀，可惜他年少英雄，定国安邦大将，宋室江山全凭他五人保护。岂知享禄无多，忽遭暴疾身亡，何其天不佑英雄也！狄青死去，尸肉未寒,西辽兴兵杀至雄关,危急可叹。那孙秀奸臣无能之辈,常常免战牌高挂,有本告急回朝。不知圣上差点何人为将,因何本章一去两月余,全无消息?不知圣上怎样主张?不题杨、范之言。

且说孙兵部天天盼望掣回的旨意。是日,接到国丈的来书,拆开一看,惊得目定口呆,心焦火起。说:"狄青一死,我孙爷已是千欢万喜,何故包拯黑贼定然救活了他的。如今仍旧提兵到来,国丈书中说不能不下手害他,叫我焉能摆布得来。想这狗头死了一年,尚然活了,料想他命不该死的。且待他来,先退了辽兵,然后再算计他罢。"急忙打发来人回京去了。

又说狄元帅未起程之先,早有书到来。杨、范二人一见狄爷之书,大笑欢欣。范爷说道:"狄青重生,国家之幸也。杨老将军,下官想来,这包公之力,实是能人,狄王亲死去一年,可以救活得来,倒是一生奇事也。"杨将军说:"是哎,我也想他已经死了一年,这包龙图还有此手段,能治他还阳,真乃神人。但今日五虎将领兵来,西辽人马倒运了。"不表二人喜悦。再说狄元帅大兵,分为五队,孟定国为开道先锋,一万人马,一路涉水登山,一日忽到了雄关。时正值八月初旬,早有探军飞报入关:"启上大老爷,如今圣上差发救兵到来,狄王亲统领四虎大军,雄兵十万,已离二十里了。"孙秀听了,无可奈何。杨、范二人率领千百把总与各偏将兵丁部下,戎装披挂,出关迎接。停候一会,六队大兵,次序而来。解粮官焦廷贵在后面,还离关二十里。五队中内有探子报说:"启上元帅爷,今有孙大人、范大人、杨将军出关迎接。"元帅听罢,传令张忠、孟定国五将择地安营毕,元帅即出队居中。一见三人伺立,滚鞍下马,孙秀免不得拱手,呼声。范、杨二人见了狄爷,彼此春风满面,色动颜舒,说了几句套话,四人同步进关。

到了帅堂上,分宾主坐下,各询请平安之言。孙兵部说声:"狄王亲,前日你命归阴府,今又得重生,乃是当今之福,仍得五虎将全,今朝领旨,复大破西辽人马了。"狄爷听说,微笑说声:"孙大人,本藩为人,只是对头太多,有这些冤家仇人,多怪本藩,巴不得我早死一天,有人称快多一日。却有忠肝赤胆的包龙图,只为兵戈复起,圣上日夜忧闷,孙大人无力退得辽兵,但有本章乞求圣上掣回朝中,又无猛将雄兵,所以包龙图救活了我。如今又令提兵。但是下官无能,难当此任,倘有差迟,还望大人周全一二才好。"孙秀就问:"狄大人,你说哪里话来?你两次杀尽西辽人马,想他闻风丧胆了。如今大人救兵到来,一定旗开得胜,马到成功。"狄爷说:"孙大人,如此没有趣了。"孙兵部说:"因何没趣的?"狄爷说:"孙大人,若是忠心为国之人,恨不能我等杀尽西辽,得除国家后患。岂知有这些奸臣狗党,怪着本藩,巴不得我们杀败,死在沙场,方得称心足意。倘若杀败西辽兵马,就不遂奸臣之志,岂非是没趣?"此时狄爷几句冷言,反把孙秀说得羞愧起来,暗暗想来,原乃指名骂他,心中好不气忿。只是不能以言争辩,呆呆不语的。

范爷听了元帅之言,冷笑说:"狄王亲,你言果说得透知不差也。"杨将军说道:"虽是这些奸臣,心迹不端,后头必得祸由自取。自身必不免为刀头之鬼,子孙为盗为娼。"此刻,杨青几言,越骂得惨毒。孙秀脸上红红,无言默默已久,后便说:"这些话,说他什么?只要王亲大人自己无差,忠心报国,就虽战死沙场,也落得芳名千载便了。"说言未毕,军士已排上酒筵来,四人坐下。席间,酒至半酣,说起西辽兵戈事情,孙秀只是心中带愧,全无话可言。杨将军又开言说:"孙大人只晓吃酒说闲话的,辽邦人马,厉害强狠,问他无益,辽将英雄枭勇,只是免战牌高挑的本领而已。"狄爷又说:"孙大人,既然你职掌了雄关之主,自应出敌破番。因何总凭他们猖狂,倒要挂起免战牌来?非但自己无威,中原失势,杨元帅九泉之下,也无光了。"这几句话,说得孙秀更加羞惭满面,忿恨在心,不怨自身无本事,只恨着包龙图救活这冤家,倒来讥诮于我,叫本官如今怎有面目,受得他们鸟气的,但愿他死在沙场中,还要打算这包黑贼,两个冤家,本官断断容不得的。

狄爷又问:"孙大人,看你是烈烈轰轰的,因何反惧畏这辽兵人马,难道辽兵将比你还凶狠么?"孙秀说声:"狄大人,下官虽蒙圣上调守此关,乃是文家出仕,手无缚鸡之力,焉能与番人对敌?"狄爷听罢笑道:"孙大人,不是这等说。常言'将在谋而不在勇',孙大人身虽不勇,且喜谋多。何不立一计谋退敌?如今大人又无一谋可发,想来枉食君王俸禄,直如孩子一般也!困守雄关,无有主意,只管急告朝廷,求请万岁掣回朝中,今日仍要本藩提调救兵到来,你乃应该坐享太平,我等原是本当沙场劳苦的?"孙秀闻此一番言语,羞愧得面上无光,好生气闷,强说道:"大人前事丢开,休提罢了。"狄爷说:"孙大人,并非本藩怪着你,只有误国奸臣,谋害多端,心中残毒,来算账于我?倘然下官一朝遭其毒手,今日那人提兵到此,这三关光景目击难以保守了。孙大人只有高挂免战牌的本领,万一辽兵势力攻破三关,圣上江山难以保守,大人之罪难逃了。你道奸臣妙计,可害下官否?"孙秀听罢,低头不语。范爷、杨青看见这孙秀如此光景,默默无言,只得做个和事之人。范仲淹说声:"二位大人,从前的事,今日不必多提。你看天色已晚,安排明日之事,早些下了文书,然后开兵,完了国务罢。"狄爷说声:"有理。"即时再酌同饮。是晚众将、三军,多有酒席犒赏,不必烦言。不知来日开兵,胜负如何。正是:

　　五虎大兵称锐敌,辽邦猛将果倾消。

第七十四回 破大敌宋辽对垒
立功劳石玉交锋

诗曰：

　　大宋江山稳保牢，英雄五虎立功劳。

　　精兵勇将辽邦主，焉及天朝大国豪。

　　话说狄元帅带领精兵十万，前来救解三关，是日到了雄关，孙、范、杨三人与元帅接风洗尘。是日吃酒，天色已晚，不能投递战书。到了次日，狄元帅批了战书，即差飞山虎前往投递。再说辽邦主将麻麻罕，攻至三关数月，只因天气炎热非凡，不能开兵，是以吩咐大兵屯在关外五十里。如今候至秋天了，正欲打算开兵，忽有战书下来，麻麻罕看过了战书，满腹狐疑，说："奇怪，西辽狼主说狄青已死，因何书来，又是他领救兵的？"想一番说道："莫非中原没有勇将，把这死过狄青图名来欺压本帅的？罢了，我不管狄青在与不在，明日总要开兵，看他何人上阵，试试中原将士本领便了。"即时批回书，明日交锋，打发来人去了。飞山虎回关呈上回书，狄元帅看毕，早已着令聚齐四将，把人马安排，明日正是中秋十五日了。关中众将、大小三军，候至三更时分，狄元帅吩咐埋锅造饭，众将兵用完，时交四鼓。众副将满身披挂，多是刀枪利锐，盔甲鲜明。直至五更天明，随着焦、孟将军听候元帅将令。停一会，天色尚是黎明，帅爷升帐，众将参见已毕。但见元帅好不威严，坐下中军虎帐，真乃大宋栋梁朝臣。正是：

　　掀天揭地英雄汉，烈烈轰轰大丈夫。

　　平西扼掌三军任，五虎头名国栋豪。

　　狄元帅左右是四虎英雄，气冲雷霆；下边焦、孟将军遍体神威，兵丁队伍，肃静无言。当时元帅说声："列位将军，本帅有言嘱咐，须当牢记。"众将齐声说:"元帅,有何吩咐良言,末将等岂敢有违!"元帅说道:"西辽王几次要兴兵侵犯我邦,如今还防他将兵厉害较胜前时。众位将军虽然骁勇,须要小心,不可倚仗英雄,轻敌致败。又不可畏怯,不敢奋勇直前,须要见机退敌才好。倘若违令,军法森严,难以姑宽。"众将连声诺诺。

言未了,有军士启上:"元帅爷,今有辽将讨战。"元帅闻报,即拨令箭差孟先锋带领五千精兵开关迎敌,"须要小心。初次交锋,须要取胜为锐"。孟将军说声:"得令!"顶盔贯甲,手提大刀,飞身上马,炮响三声,大开关门,五千健卒随身,一马冲出关外。跑到阵中,孟将军抬头一看,只见番兵列成阵势,这石天豹生得头大颈粗,青脸浓眉,眼如鸡卵,鼻似莺儿。两只兜风大耳,一连下颔无须,身长九尺,腰大数围,坐骑犹如水牛,独无二角。提着两柄金锤,威风杀气。一见孟定国,大喝:"宋将通下名来!"孟将军喝声:"辽将听着,俺乃大宋天子驾前、平西大元帅麾下、正印先锋孟定国是也,你也通个名来!"石天豹说:"俺乃新罗国驾下飞虎大将军铁金刚大元帅麾下、大将军石天豹也!"孟定国喝道:"你既是新罗国,向与天朝无隙,因何今日帮助叛逆西辽侵犯上邦? 全无国法,还不及早收兵回去,倘然大兵一动,教你片甲无回,悔恨已晚。"石天豹喝声:"南蛮休得胡说! 你邦狄蛮子把西辽人马杀尽杀绝,又逼献珍珠旗,太觉狂妄了。我邦兔死狐悲,物伤其类,故允借兵复来报仇。既是狄青未死,他不出来对敌何故? 你这无名小卒,不是本将军对手。倘然断送了你,只道本将军欺你无名下将!"孟将军大怒喝声:"番狗! 休得狂言,与你分个高低!"催开坐骑,大刀一摆劈下来,石天豹双锤架开。两边战鼓如雷,二将刀锤交对,大杀一场。番将果然骁勇,战到三十回合,孟定国想来这番将果然厉害,杀他不过了。只得架开双锤,带转马大败回关。

飞山虎在关前大喝一声:"番狗,休得逞强,俺刘庆来也。"长枪当心就刺。石天豹架住相还,原来元帅明知辽将厉害,犹恐孟定国有失,故先差刘庆在关前接应。此时刘将军与番将斗杀到三十余战,看看抵敌不住,说声:"石天豹,你不必赶来,今日刘将军有些不快,明日来取你狗头。"拍马趋走。番将逞强,大喝:"不要走!"飞马紧急追来。

刘庆一想这番将果然厉害,待我用计断送了他。即带转马来笑道:"石天豹,看俺刘将军的法宝,取你石天豹!"对面勒住了马,抬头一看,早被刘庆一枪,照定心窝刺去。石天豹说声:"不好。"闪得快,被他长枪已刺在腿上。忍痛难当,大败而逃。众兵看见主将挟伤,只得逃走回营。刘庆不追,得胜回营交令。元帅上了他头功不表。

再说石天豹受伤,败进营中下马。麻麻罕一见石天豹行走不便,即说:"石将军,因何这般光景?"石天豹说声:"元帅,小将中了南蛮计,先与宋将孟定国交锋。已经杀败他逃去后,跑来一将,自称刘庆来接应,亦已杀退奔逃。小将即时赶去。可恼这狗蛮诡计多端,住马说用法宝来,小将勒马看一看,已被他长枪刺过来中了腿,在马上疼痛得急,用力不便,只得败回来交令,望元帅恕罪。"麻麻罕说:"石将军,胜败乃兵家常事,何必着恼?石将军你且往后营养息。速取金枪药敷于伤处,不可动劳,保重身体,且待痊愈了,然后再作道理。"石天豹说声:"多谢元帅。"即往后营去了,不表。

当下麻麻罕想了一会,说道:"久闻大宋狄青五虎之名,英雄无敌,所以屡屡杀得西辽大败。如今石天豹败了头阵,本帅手下还有三员勇将的,也罢,明日且与他见个高低便了。"到来朝五鼓,宋营用了战饭。狄元帅差石玉出马,领兵五千出关讨战。麻麻罕闻报,即差大将哈天顺带领番兵一万,杀出营前。石将军举目看见这番将,生得奇形怪状,犹如夜叉鬼一般。二将各通名姓,双枪并举,两马交腾。这石玉乃仙传的枪法,这番将虽然本事高强,焉能及得石将军?战到五十个冲锋,却被石将军架开绰缨枪,回手一枪挑于马下,割取首级。喝令兵丁杀上前,把番将杀得犹如风卷残云一般,一万辽兵伤了一半,余剩四散奔逃。败残小卒飞奔入营说:"哈将军阵亡了!"麻麻罕闻报大怒,说:"有这等事?"叹声:"哈将军哎,想你为将在本国,也是英雄好汉,自夸本事高强,今日一战身亡。想这狄青果然名不虚传,伤了一将,杀了一将,又伤了许多人马,如若不杀尽五虎,有何面目转回邦国?"

若问大凡为将,必要智勇双全,方能统领六师重任。如若有勇无谋,乃匹夫之勇耳。这麻麻罕无非仗个英雄骁勇,谋略全无,必要生拿活擒天朝五虎,自出狂言,轻敌甚矣! 后来大败而回,此非为将之才也。后话休题。

　　到次日早饭方完,忽有小番报上宋将讨战,一味猖狂辱骂。麻麻罕听了即令大将通迷领了五千人马出敌,冲到阵前。李义一看,见来了一队番兵,为首一员番将,耀武扬威。见他身高一丈,膀阔腰粗,年方四十外,黑脸乌发,好似汉朝周仓再世还阳,手提一柄镔铁宣花月斧,坐下一匹赛乌龙驹,一程跑将过来,不通名姓,提起大斧杀来。李将军长枪急架,二将催开战马,各拼高低,杀了一场。沙场内但见烟尘滚滚,关营中只闻战鼓冬冬,三军战杀,助威挡敌。两员大将,冲杀到八十余合,通迷抵挡不住,只得放马逃生,李将军追赶不上,宋兵追杀番兵,死者甚多,李将军得胜,收兵回关。正是:

　　辽国英雄虽猛勇,天朝五虎更强雄。

第七十五回 张将军出敌斩辽将 樵豪杰林内救英雄

诗曰：

> 龙争虎斗动干戈，辽王贪心自损多。
>
> 邻国借兵仍败阵，原来失利是新罗。

却说李义杀败了番将通迷，收兵回头缴令。次日，张忠出马讨战。番官通迷败不甘心，仍复出马飞跑出营，与张忠搭手交锋，一场龙争虎战非凡。张忠本事高强，杀得通迷招架不住，勉强支持，杀得两臂酸麻，汗如珠雨。此时，通迷想来不好，拨开大刀，放马逃走。张忠把坐骑一催，紧紧赶上，马撞马尾，把番将军头砍马下。宋兵杀上前把番兵砍杀，犹如斩瓜切菜，五千番卒杀得四散奔逃。张忠得胜回营，狄元帅大喜，记了功劳。吩咐将首级号令，埋葬尸骸。

慢言宋将庆贺功劳，再表辽邦主帅麻麻罕只见败残兵卒逃回，报说通迷被杀，此番气得麻麻罕无名火高了三千丈。说声："罢了！从前西辽国狼主说狄青已死，故我狼主允准借兵差俺前来夺取中原，平分天下。岂知狄青尚在，将勇兵强，连伤我两员大将。况石天豹腿伤未愈，如今只有达脱一人在此，他的本领与通迷二人差不多。如若点他出阵，须防难以取胜，还防有失。如何是好？"正在气怒间，达脱上前叫声："元帅勿气，莫言末将本事低微，末将出马定然擒几员宋将回营的。"麻麻罕笑道："将军休得夸能，待本帅亲自出马还可抵敌得宋朝军马，你且守住大营。"达脱说："元帅既然用末将不着，末将在此何用？不如还邦去罢！"麻麻罕说："将军，并非本帅用你不着，只为宋朝五虎果然厉害，将军出阵未必成功的。"达脱说："元帅，不是末将夸口，来日出马不捉拿得宋将回来，非为大将也。"麻麻罕说："既然如此,明日开兵便了。"此时,麻麻罕又修了两道本章,一道呈于西辽狼主,一道达奏新罗国王。差人两路分途而去,按下休题。

再说麻麻罕想来:宋朝五虎将,但闻名声到我国,到底不曾上阵交锋。直至今朝方知中原五将果然骁勇,杀得本帅阵阵损兵折将。今日达脱虽然夸口,犹恐他未必取胜得宋邦五将。麻麻罕日日愁怀,满腹纳闷,昏昏过了一宵。次日,张忠讨战。达脱即上前说:"元帅,乞付三千人马,待末将出战如何?"麻麻罕说:"将军既要出阵,你且点三千精兵,须要小心临阵才好。"达脱说声:"得令!"即去顶盔贯甲,乘高头骏马。原来这达脱也算新罗国一员上将,生得凶恶异常。一张鬼脸犹如朱砂,狮象鼻形,身高九尺,头如斗,耳如梳,年方三十,小颏下短短红须。当时领了三千铁甲军,拿了钢刀,上了花斑豹,飞出阵前,番兵随后。张忠看见来的辽将凶恶形容,各通姓名,两口大刀交相飞舞,一高一低,一来一往。正是:

　　　　将逢敌手难分胜,敌遇平交弗辨输。

当下二员勇将各逞神威争战。原来这达脱在麻麻罕跟前夸了大口,要把宋将活捉回营,献显手段。岂知扒山虎厉害非凡,哪里捉得他,只好杀个平交。麻麻罕在营中想来,犹恐达脱有失,即传令鸣金收兵。自此之后,达脱与中原四将,日日轮流交战,各无胜败,将战一月。此时已是十一月,狄元帅只恐再去征西粮草不足,即令焦、孟二将往各处催粮去讫。

又说麻麻罕想来,达脱虽然夸口要捉拿宋将,岂知一个也拿不动。且亏他战斗一月,不打败仗。此时,石天豹腿伤已愈,上前说声:"元帅,小将前日被刘庆所伤,待我出马活擒了他,报了一枪之恨。"麻麻罕说:"将军你且调养,腿愈方可出阵。"石天豹说:"小将伤处已痊愈了。"麻麻说:"既然如此,阵上须要小心。"石天豹说声:"得令!"带领五千人马,英气凛凛,坐名要刘庆出马。飞山虎亦不介怀,请令带兵跑出阵前。二马穿梭,双枪并举,战了五十余合。刘将军看看招架不住,伏鞍大败,拖枪回营。幸有石玉掠阵,提起双枪,飞马接应,大喝番奴,即来截杀。战有四十余合,石天豹气喘少停,抵架不住,即纵马败走回营。笑面虎追赶不上,只得回关。此时,辽邦一帅两将,宋营四将一帅，又战半月，胜败参差。只有辽兵受伤者多。

这一天，麻麻罕打点，亲自出敌。吩咐二将把守营中，带了一万番兵出营讨战。关中闻报，扒山虎出阵，看见这员番将身高一丈，面如黑漆，手执大刀。二将答话通名，催开坐骑，战了五十合。原来大铁金刚麻麻罕乃是新罗国一员头等上将。所以，国王差他提调兵马帮助西辽。此时，张忠败了，欲走回关，心急意忙，竟向荒郊败走。麻麻罕拍马如飞赶去，笑面虎掠阵，飞马来助张忠。达脱又冲出辽营挡住石玉交锋，杀了七十余合，方得战败达脱走了，各自收兵。石将军回关，禀上元帅说："张将军与番将交兵败了，反向荒郊而走，番将追赶去了，不知下落。小将正欲上前助战，又被一员番将接住交锋，战了半个时刻，方得他败走。所以，小将来禀知元帅，可要接应否？"元帅道："不知他败到哪方，何处去找寻。刘将军你有席云之技，如今你可即当寻着他接应帮助。"刘庆得令去了，顷刻驾上云端飞往。

此时，又说张忠一路飞马败走。麻麻罕紧紧如飞追赶一程，已有二十余里之遥。张忠且败且战，喝声："番狗休得赶来！"麻麻罕喝声："南蛮还不下马受死？"拍马又紧紧赶来。多是一派荒郊野地，树森森不见人烟之所。张忠此刻被他赶得浑身冷汗淋漓，只得回马提刀大喝："番奴，你今要怎么的？"麻麻罕说："南蛮，本帅要取你性命！"张忠喝声："胡说，某乃天朝将士，怎肯失手于你。也罢，与你见个高低！"即时，再战到六十多合，张忠到底招架不住，架开大刀，仍复败走。这麻麻罕逞威大喝："南蛮哪里走！"拍马又追来，有数里路途。

张忠正在急忙叫救之际，只见树林内赶跑出两个人来，乃是少年大汉。一个脸如紫色，额广头圆，手执铁钢叉。一个生来脸白神情，口方鼻直，手拿长枪棍。二人大步踩开，赶出树林，大喝："何人敢在此处大呼小叫？"张忠一见二人，说："我乃大宋虎将张忠，后有辽将追赶而来，望乞二位英雄救援，感恩不浅。"二汉说："原来如此，将军休得着急，且住马在此。他来，我们抵敌。"二汉步迎大喝："番奴休得逞强，试试我们手段！"一柄钢叉、一条铁棍乱打，这麻麻罕见他是步战，不分前后的打刺。张忠也来帮阵，三人来围住，麻麻罕大败而逃。张忠正欲追赶，两个大汉说："将军休赶，这番奴少不得有一日擒拿他的。"

　　此时，张忠连忙下马，放下钢刀，深深拜谢二位英雄，说："末将若非二位相救，必伤于番奴之手了，理当拜谢。"二位英雄说声："将军休得如此，路见不平，拔刀相救，个个皆然。况且将军乃朝廷大将，我等乃本国子民，理当救援的。"张忠说："某看二位英雄，气宇轩昂，必非等闲之辈。不知二位上姓尊名，住居何处？乞道其详。"这紫脸英雄说声："不敢，小的名唤天凤，下姓萧。父母双亡，家业凋零，住居就在前面这带平阳地，采樵度日。"张忠说："此位是你令弟么？"萧天凤说："非也，此人姓苗名显，表字楚江，倒是一个官家公子。父亲苗学深就在关外双龙汛，做个守总，如今亦已身故，单留母亲、妹子。后来，房屋被火烧得干干净净，一贫如洗。自小他与小的厚交不浅，一如同胞，因艰难度日，他所以投了我的生涯，双双入山采樵度日。"张忠听了，叹道："英雄不得志，洞水困蛟龙，信不诬也。"苗显说："张将军，你看太阳已渐渐归西，回关却有三十余里，不若住茅舍屈宿一宵如何？"张忠说："承蒙苗兄美意，只防元帅在关悬望不安，实要回关的。"萧天凤说："将军你若回关，只恐番奴在于要路埋伏，终归不美。不如请往草庐，权过今宵，明日天亮，小的弟兄护送回关如何？"张忠听了，想来麻麻罕果然骁勇，倘然在要路埋伏，就不妙了。不若在此权宿一夜，来日回关也不妨碍。主意已定，说声："既承二位如此见爱，某家领命便了，只是叨扰不当。"不知二位英雄如何答应话语，如何结局，再看下回。正是：

　　英雄运至离茅野，圣主昌明得将星。

第七十六回　遇英雄张忠劝仕
逢勇汉元帅收留

诗曰：

> 山林埋没二英雄，运未亨时困乏穷。
>
> 今日将军蒙救援，他年功绩受王封。

当下萧天凤、苗楚江说："张将军何必谦言，请上马去罢。"张忠说："二位不坐马，某家也自便步行走了。"即时提刀带马而行。二人前行引道，行走路程不多，只见平阳地一间茅屋。苗显说："这边来推开门直进。"张忠答应，随步进去。萧大风接刀，将马绑在屋边树下，然后进内放了大刀、钢叉。三人告礼坐下，略谈数言。苗显进内说知母亲，立刻烹茶，三人用毕。苗显说声："哥哥，天色将晚了，你去备办酒肴来与将军用夜膳吧！"萧天凤答应去了。即时买着鱼肉等回来，与苗母炊烹。不一会，里边拿进酒肴，排开桌上，燃点明灯。二英雄说声："将军，寒门无甚佳味可敬，淡酒粗肴，不过聊且充饥。如此不恭，将军休得见怪。"张忠笑道："二位如此说来倒也言重了，张某已承搭救，感激不尽。今夜又来叨扰，着实不当。末将是个大老实人，不说套话的。"萧天凤说："既然如此，请坐了。"三人坐下，苗显满斟美酒，殷勤奉敬。

酒至半酣，二人问起一向交锋事情，张忠细细说知。二人听了，呵呵大笑说："久闻五虎英雄，杀得西辽大败，君民所赖以安。可恨辽王不自揣度，又动干戈，又劳众位英雄费粮动兵。扰乱人民，真乃辽王可恼。"张忠说："为臣须当尽忠报国，某看你二人气宇不凡，人材不俗，正在年少青春，因何做这樵客自轻，埋没了英雄，真乃可惜。"二人说："不瞒将军，小的兄弟一般勇力，而且向日学习过武艺的，欲图效用,恨无提拔之人。只好困守乡流,樵耕苦度。"张忠说:"二位若果有高飞之志,这也何难引荐,待某说知元帅,收录你兄弟,同心协力,前去平西。倘你建立下功劳,岂不胜过樵采度日。"二人说:"若得张将军肯力荐提携,小的弟兄情愿执鞭左右。"张忠说:"二位哪里话来,少年英俊,正当建立功劳,显扬父母,方为豪杰。有功劳同为一体,何必谦言。"此是席间,初见情深,言语甚多不能细述。

且说苗显之母周氏,在内厢门偷看张忠,见他人才出众,气慨轩昂。想他五虎平西,名声大振,我女儿已有二十二岁了,只为家贫,耽搁的未成亲。趁他与我儿说得投机,若是他未有妻室,女儿得配此人,必有夫人之分。等一会孩儿进来,周氏笑而述说此事。苗显说:"母亲,他乃天朝上将,妹子乃民家之女,不知允否? 待孩儿试探问他罢了。"他出堂坐定说:"张将军,你数年立下汗马功劳,不知有几位夫人?"张忠听了笑道:"因何苗兄问起这句话来? 劳劳碌碌的马上功夫,哪有闲暇干得这件事情。所以,今日犹是一身,没有妻房陪伴。"苗显说:"将军真是英雄,从不贪图女色的。但是,古话有言,不孝有三,无后为大。后嗣之继,人所重也。"张忠听了,点头说:"苗兄言之有理,待我公务完了再议此事便了。"张忠之言,苗母里边听得明白。

停一会,苗显进内。周氏叫声:"孩儿,此时交兵之际,不必提起此事了。且待日后身安兵息,再与他商议罢!"苗显应诺:"孩儿还有一言告禀母亲。"周氏说:"你也不必多讲,为娘早已听得明明白白。早间,张忠叫你与哥哥同去投军,扶保宋室,若要去时,由你去的。有了功劳,岂不胜作樵夫吗!"苗显说:"母亲,孩儿去了,还防日食不敷,妹子无人照管。放心不下,如何是好?"周氏说:"这也何妨,前日被火之日,你妹子还留得金环一对,金镯一双。出换了还值百两银子,母女已有三年日子可给了。"这苗家既是一贫如洗,因何还有二金器? 只因二物是小姐平时随身常戴用的,所以,避火奔逃之日,只存二物。今日得来采头,作日后之资,也是他们之幸。当时,周氏说:"你弟兄是个英雄汉子,恨没有提拔之人。今日既有机会可乘,理当出身图些功业,若有了寸进,不独为娘免受辛劳,你爹爹在黄泉也心安了。"苗显听了娘言,诺诺答应。转出来悄悄将母言说知萧天凤,商议来日同到雄关。是夜安排张忠睡了。按下慢表。

却说刘庆奉了元帅将令打听张忠,在云端已经看得明白,不与张忠相见,即回关禀知,元帅听了想,这二人能退麻麻罕,必是英雄之汉。留宿张忠,必然义气相投。且待来日他来,试看武艺高低,量材取用便了。

不题元帅之言,再说茅屋英雄。是夜母子弟兄谈言一会,然后睡去。次日天明,苗显出去换金镯、金环,完备了粮米食物之类,安顿娘亲度日,叮嘱妹子奉侍母亲。翠鸾说:"哥哥放心,妹妹领令。但此去刀兵相对,二位哥哥须要小心。"二人应诺。张忠几次催促,周氏抽身出外说:"托张将军照管两个青年。"张忠说:"伯母不必挂怀,末将在内,自然以手足相看的。"此时,日出已高,早膳用过,张忠急提了大刀,说:"我三人就此告别。"他二人说:"请将军上马!"张忠说:"我坐马你步行,如何使得?"二人笑说:"将军,你坐马,我步行比你脚力更快。"闲言休絮。萧天风拿钢叉,苗显执了铁棍,叫声母亲:"我们去了。"三人出门而去。苗母在门前望不见三人之影,方把柴门关闭。翠鸾说:"母亲哎,我想两位哥哥是个英雄汉子,奈无人提携。今幸张忠到此,同去投军,但愿有了功劳,得了官爵的。"周氏说:"女儿,所以为娘由他去了。"

不表母女之言。再说三位英雄一路无阻,到了沙场。只闻战鼓喊杀之声,却是李义与麻麻罕交锋正在不能招架。两员步将与张忠杀到,把番兵乱砍,刀斩叉伤棍打,一同杀进垓心,大喝:"番奴休得逞强!"一齐动手。麻麻罕见了,吃一惊,把大刀就劈。哪里挡得四员大将兵器使起,四英雄刀叉枪棍乱刺! 这番将心中慌乱,拼命逃出,拖刀大败。幸亏得达脱接应,挡了一阵,一同败走回营。众英雄追赶不上,他们把番兵大杀一阵,尸首堆积如山。众人说:"我们不免拼力杀上前去罢,抄了番营,再去见元帅!"此时一齐杀进番营,正遇达脱,被萧天风一叉刺于马下。张忠三人杀进兵营,兵将纷纷落马而亡。石天豹见此光景,料不能保守,只得弃营逃走了。

此时辽营内,尸骸堆积如山,刀枪军器抛弃沙场,番兵四散荒郊。张忠合宋军收拾了粮草军器马匹,然后放起火来,把番营烧得干干净净。宋兵被伤甚少,此时单走了麻麻罕、石天豹二员番将。李义便问二位英雄尊姓大名,因何而至。张忠就细说其情由,李义笑说:"昨日刘庆打听回来说,有二位英雄退了麻麻罕,二哥方得无碍。原来是二位,果然本事高强,乃圣上的洪福。故得二位英雄帮助,且请进关,待元帅记录功劳。"四人同进关去,整理队伍,刘庆、石玉接见,各通名姓,欢叙言谈不表。

　　张忠先进见元帅,将路遇两英雄的搭救详情一一禀知。元帅心中明白,吩咐传进两位英雄:"待本帅看他两人生得气宇如何?"张忠领命,传进二人。此时,李义、刘庆、石玉引了二人,一同进内叩见。元帅爷说:"二位少礼,请起罢。你二人是中原百姓,还是西辽子民?"二人禀道:"小的是中原百姓。"元帅又问:"你们平日作什么事情。"二人说:"元帅听禀,我二人自小是金兰兄弟,胜比同胞。只是一般家业全无,樵采度日。西辽屡屡侵犯,时时欲立功劳,因无人引见。昨见番奴追赶张将军,不意杀败的,非是我弟兄之功。如今,只望元帅收录帐下,我兄弟得随执鞭左右,图得出身。稍有寸进,免得负薪之苦,元帅恩德无穷矣!"元帅正欲开言,李义、刘庆禀上元帅说:"末将二人上阵开兵,被麻麻罕杀败,正在招架不住。又得二位英雄帮助杀退,一同踹破番营,杀散番兵,烧了他营。所得辎重马匹甚多,只逃走了麻麻罕未曾拿住。"元帅听了大喜,不知收录否。正是:

　　只因虎将败郊野,至使英雄出困途。

第七十七回　破辽营狄元帅奏表
败番将新罗国添兵

诗曰：

　　新罗番将铁金刚，枉逞英雄独擅强。

　　今日败回威灭尽，弱邦何必动刀枪。

当下狄元帅听了樵汉助杀番兵，打破番营情由，心中大喜，说："难得二位英雄本事高强。樵采度日，埋没了英雄，岂不可惜？今日你二人已有功劳，如若立志图个出身，这也何难！且随着本帅同心协力去平西，有了功劳，班师回朝之日，奏闻圣上，自然加官受爵以赏劳的。"二人听了大喜，一同叩谢元帅收录："蒙元帅收录我弟兄，愿效犬马之劳。"此时元帅又记了二人功劳，令他帐下调用。待再立功时，然后奏知圣上受职。又给发盔甲器械马匹，二人谢了元帅。是晚，摆宴庆功，收拾番营粮草等物，掩埋尸首，大犒三军。是夜休题。次日，捷音回朝，奏闻圣上。只因时值三冬，纷纷大雪。其本章大意只言天寒地冻之候，待来春和暖，即发大兵平西，倒换珍珠旗回国。但新罗敢借兵于辽王，甚属无礼，并伐新罗可否？请旨定夺。捷音飞报回朝，此话慢表。

再说焦、孟二将，前时奉了元帅将令，各路催粮已有两月，早得军粮十万。是日进关缴令，与萧、苗二人各通姓名，说明来历。也不烦言。有范爷、杨青，见元帅退了番兵，洋洋得意。独有孙秀纳闷昏昏。狄爷见孙秀闷闷，索性取笑他几句，便说："孙大人，你是当今御连襟，名说君臣，实乃至戚，应该为朝廷出力。因何由西辽兵杀至关下，袖手旁观，高挑免战，听凭辱骂。自己的威风全灭，反长他人志气。下官不提兵到来，辽兵杀进关中，大人将宋室江山付与辽王。难道悉听辽王做了君,大人做了臣? 你虽称快,独有忠臣烈士怨恨大人的。"这番言语几乎气死了孙秀,即说:"狄王亲,下官是个无能之辈。做此官,乃是圣上所命,又不是我自家要来守此关的。若是狄王亲容我不得,听凭你处决本官罢,何必用许多絮絮叨叨的话,难道没有一些同朝之谊?"狄爷听了,微笑道:"此乃大人容我不得。"孙秀说:"怎见得下官不容于你?"狄爷说:"大人,若要人不知,除非己莫为。大人何必问我,自家所为,只问心是了。大人,你岂不知么? 古语流传说得好:欺人即把上天欺,劝你莫行私谋事,举头三尺有神明。"孙兵部听了数言,口也难开,抽身关内去了。悄悄写了一书,暗地差人送带回京,交岳丈开看此书。只因他在着雄关,受不得狄青讯诮,又难以算计害他,要求国丈请旨掣回。

住语两头。话说麻麻罕大败奔逃,十万番兵败残同走者只剩数百,几员战将尽亡,又不见了达脱、石天豹,二人不知生死。大营已被烧破了,只得收拾残兵,回归本国去了。

先说新罗国王,从前麻麻罕有本章回国,狼主看了大怒,狄青如此厉害,欺人太过。正要打点添兵帮助,幸有几位大臣奏说:"我邦原与大宋相和,于今辽王与宋朝争战,前来我国借兵,然而狄青自己与西辽交战,不是与我国争锋,原不是他来犯我国,我主却兴兵帮助西辽,此乃我国无礼于大宋。伏望狼主勿以西辽为重,而反轻天朝。如若添兵,万万不能,伏乞狼主三思。"国王听了众臣一篇有理之言,所以渐缓添兵之意。是日,忽见麻麻罕败回,国王怒气冲冲:"可恨狄青藐视孤家太甚。如今,不准群臣之奏,管什么中原上国,纵然我国不动干戈,狄青也不肯甘休了。趁他未来征伐,我先与大兵前去,与他见个高低,就是费兵粮也不计及了。"定了主张,仍差麻麻罕提兵,挑选十二员战将、副将二百员,精兵十万,务要活擒中原五虎还邦。"待孤家看看狄青怎样人材,如此厉害。把他碎尸万段,方消孤恨。"麻麻罕领旨出朝,挑选十二员将,名:

　　其青龙、其贵虎、殷光灵、龙飞海、牙里波、乌山罗、哈成寿、沙而虎、爱金雄、韩恩宝、哈成福、怛怛温。

这十二员战将多是青年猛勇、英雄无敌的将军。内有牙里波是通迷之子，非但英雄好汉，而且是花山老祖的徒弟。法力精通，有呼风唤雨、撒豆成兵之术、轰天雷的法宝，要与父亲报仇，愿随麻麻罕出兵。此时，麻麻罕点了十万精兵，择了吉日，拜辞狼主，向汴梁进发。按下慢表。

又说西辽国王，前次接到麻麻罕的本章，心中大怒，即宣秃狼牙问明："孤家差你前往中原，探明狄青身亡。你还邦奏说，他已经死在游龙驿中。因何今日麻麻罕本章说狄青还在，兵又败了？欺君误国，哄骗孤家，绑去砍了！"秃狼牙此时分辨不清，亏得几位大臣保奏，将秃狼牙贬去看畜牛马，劳苦不堪。按下不表。

辽王又想："麻麻罕将勇兵强，因何仍然杀败？既不能取胜，新罗必然助我国，麻麻罕必有本章回邦，为何国王置之不理。"此时，辽王日日烦恼心焦。未满二日，又闻飞报，方知麻麻罕杀得大败，逃回本国去了。狼主一闻此事大惊，长叹道："孤只说大宋杨府英雄丧尽，杨宗保死后没有能人。所以，大兴人马，抢夺他江山。岂知，中原又有狄青五虎，非常骁勇，屡次杀得我国无人敢领兵前往。飞龙女儿去行刺他，岂知反被他害了性命。秃狼牙通线庞洪，如今他也还在，只落得新罗国损兵折将罢了。若夺不得大宋江山，那狄青五人，孤家总是容不得的。必要粉碎其尸，方消孤家心中之恨。"有度罗空出班说："臣启奏狼主，前日有星星罗海之弟，名唤兀格松，见臣说，在家得师教习武艺，已有几载，武略精通，要为胞兄报仇，不惧中原五虎。故臣令他试演一回，果然枪法精通，英雄勇猛。伏唯狼主宣他上殿，看其人才如何？"此时辽王正在用人之际，闻奏准之，即宣他上殿。

不一时，兀格松上殿朝见，狼主赐他平身。一看这兀格松，生得虎腰戟眉，脸紫发赤，一双环眼，头如斗大，口阔无须，狮子大鼻，颔下还有八尺身高。狼主看罢，心中大悦，开言说："卿家，你今年纪若干？"兀格松说："臣年已二十有四岁，星星罗海是臣胞兄。"狼主说："你兄是国家大将，为弟不做官是何缘故？"兀格松说："臣年纪尚轻，只图玩耍之乐，不愿为官，只是在家侍奉母亲。臣有千斤之力，前数年又得师父教习武艺。前日，哥哥死在狄青之手，爹娘闻到双双气死了。所以，微臣深恨狄青入骨，立志要杀完五虎将，方消胸中之恨。"

狼主听了,心中大喜,命他:"把武艺当殿试演与孤家看看。"兀格松口称领旨,就在殿前演武一番。武略精通,枪法奇妙,狼主心花大开,众臣称赞,即日加封灭宋大元帅之职,领兵十万,前往新罗国,再请添兵助将,共除五虎,夺取大宋江山,平分天下。

　　兀格松授了总兵之职,就有许多武将官员前来称贺,属下武官多来参见。这番将立心报仇要紧,过了三天,点齐十万兵马,辞了狼主,一意登程,先往新罗国。未到新罗,路逢麻麻罕,说起情由。麻麻罕说:"本帅如今奉了狼主旨意,再领雄兵十万,健将十二员。今日中途相遇将军,同心协力,共擒五虎,本帅洗了前败之耻,将军雪兄之仇,务要同力向前,有功于国。"兀格松称说:"元帅之言有理。"即令队伍向三关进发。只是山岭崎岖,行罢又是沙滩烟瘴之地,连行十余天,还未到雄关。不知两军对垒如何。正是:

　　莫道天朝多勇将,且看下国有雄兵。

第七十八回　荐勇将辽主复兵
伐新罗宋军大战

诗曰：

> 新罗党恶助辽邦，大战奔逃兵将伤。
>
> 弗悔自非反恨宋，雄师复起战争场。

慢表西辽与新罗合兵一处，往三关进发。先说宋国汴京庞国丈，忽一日接到孙兵部来书，满心不悦。是日，又接到狄爷本章，料也瞒不过去，只得勉强奏知圣上。天子降旨，着令狄爷先平新罗，后征辽国。旨意即下，非止一日，到得三关。狄爷遵旨而行，定于二月十五日发兵。征伐新罗日期已到，是日，天气晴朗，正好行兵景象。此时，大兵排开队伍，号炮冲天，队伍次第出关。杨青、范仲淹殷勤相送，孙兵部少不得勉强同行道别。元帅仍令孟定国为开路先锋，十万雄兵，六将分排带领。中有焦廷贵做这解粮官，恼闷不堪，一路叹气说："我焦廷贵真是倒运的，曾经上阵杀过多少番兵辽将。只因在火叉岗上走差了路途，自此之后，元帅总不点我前行。如今做个解粮官，实乃没趣的，到战场上杀几个辽兵玩耍，岂不有趣儿？"

不说焦廷贵烦闷。再说狄青大兵一路浩浩荡荡，行了半月。早有探子报道先锋爷："前面就是狮子山，有番兵扎营阻路。"孟将军听后，吩咐再去打探，即时报知后队。元帅传令："就此择地安营。"元帅号令一下，三军大小将士，步军停步，马将驻马。孟将军择了一段平阳地段，三声炮响，安了大营。又有流星快马，飞报元帅说："小的打探得新罗国逃将麻麻罕复领大兵十万，战将十二员，手下副将数百，还有西辽国兀格松，领兵十万，战将几员。两支人马并同为一路，与我邦交战，请令定夺。"元帅赏了探子，吩咐再去打探，探子谢赏去了。

元帅吩咐众将："如今麻麻罕合兵于西辽,料想兵多将广,比着前番倍加厉害。你等以后须要小心。"元帅一言,帐下众将诺诺连声,不表宋营将士之言。

再说这狮子山,乃是大宋该管地头。是日,麻麻罕安营此处,正在打点拔寨进兵。忽有探子来报说："天朝五虎将领兵前来征伐我邦,今已在对山平地安下大营阻路,特来报知。"麻麻罕听了大怒,说道："我们尚未打点前往破关,岂知狄青已到来征伐我邦。今日,必要与他见个高低雌雄。"此时,麻麻罕仗着十二员战将,十万大兵,正是目中无人。以为安然必胜,推倒天朝五虎英雄,抢夺宋朝天下,看来易如反掌。今日一闻此报,哪等得下战书约日交锋?即时打发前部先锋怛怛温,领兵五千,先要取胜,挫挫他的锐气。先锋怛怛温得令,披挂上马,手提画戟,带领五千番兵,一路喊杀连天,番将雄纠纠冲出阵前讨战。狄元帅闻报,差点孟先锋提兵三千,前往对敌。一声炮响,冲出阵前,孟将军一见,不通姓名,大刀当头就劈。怛怛温尽力急架相迎,二将一来一往,六十合不分胜败。孟将军见杀了半日,心中大怒,杀得性急,大刀乱砍不住。怛怛温气力不佳,喘息不绝,大败而逃。孟定国快马如飞赶上,大刀向脑后砍去,一只胳膊跌落尘埃,孟将军割了首级。宋军追杀,辽兵四散奔逃,鲜血满地,得胜回营。狄元帅执笔记了孟将军头功,首级拿出营前号令。麻麻罕此时闻报,怒跳如雷说："要挫他锐气,岂知反被他挫了我们锐气!"传令将尸骸掩埋了。

次日,又差大将韩恩宝,杀气腾腾,领了五千步军出营讨战。宋营中跑出萧天凤。如问萧天凤的本事,莫道四虎可比,就说狄元帅的武艺也高他不多。这韩恩宝虽是新罗国上将,交战本领到底及不得这樵汉。二马交锋,萧天凤铜叉架开大斧,回手一砍,在腰间将番将分为两段。宋兵追杀,番兵逃走回营。此时,萧天凤立了军马,讨战麻麻罕。早有败残兵报知,麻麻罕心头着急,忙差爱金雄、沙而虎二员大将,领兵一万,出营迎敌,双战萧天凤。杀到黄昏,又被萧天凤刺死爱金雄,活捉了沙而虎,宋营全胜。狄元帅大悦,众将尽皆称赞萧天凤之能："我等深服之至矣。"萧天凤连称："不敢! 此乃圣上洪福,当灭番寇。末将何足为能?"当时,元帅传令将沙而虎囚禁后营,将两颗首级悬挂营前号令。

慢表宋营赏功。再说败残辽兵回营报知,麻麻罕气得面如土色,说道:"本帅十二员勇将,尽称无敌英雄,料得三关必破,五虎必擒。岂料狄青将兵如此厉害,杀了三员大将,沙而虎又被擒,这还了得!"麻麻罕此时越想越气,恼怒不息。有兀格松上前说声:"元帅,狄青杀害我胞兄,末将与他有不共戴天之仇。岂惧他三头六臂的英雄! 他五人纵有通天本领,本将军只看他如同草芥一般。如若出阵,必取胜的。"麻麻罕皱眉说道:"将军虽是少年英雄,人材强壮,武艺精通。但是恒恒温、爱金雄、韩恩宝、沙而虎,乃我新罗国有名上将,尚然死的死了,拿的拿了。将军,你休来此狂妄之言罢!"兀格松说:"元帅勿把末将看得无能,明日出马,不能取胜,即时回国,永不到此地争雄。"麻麻罕说:"既然如此,天色已晚,且待来日出马便了。"

到来日,用了战饭。兀格松自点本国辽兵一万,麻麻罕说:"将军出马,不可自仗英雄,须要小心。"兀格松应诺,顶盔贯甲,手持丈八长矛,跨上一匹斑点豹,威风凛凛,杀气腾腾。一万雄兵,旗幡密布,喊杀连天。正骂战之间,宋营一声炮响,苗显一马飞出。各通名姓,一枪一棍,大战起来。二将冲锋二十合,苗显要败下来。若问苗显本事,及不得萧天凤,兀格松的力气比萧天凤又更好些。此时,苗显抵敌不住,大败奔逃,番将大喝,拍马追来,幸得飞山虎立在营前看见,拈了搭箭,嗖地一声响亮,射落他的头盔。番将惊了一跳,方才勒马,不敢追敢。大声呼喊:"狄青快着出来纳命,你前日杀害我哥哥,我报仇。如若迟延退避,本帅进营来,叫你人人狗命难逃!"萧天凤大怒,抢出营来大喝:"番奴休得逞强,我来也!"二人搭手交锋,这场大战非比寻常,犹如猛虎争食。若说萧天凤的本事,原是及不得兀格松,因何此刻对敌得住,只因此辽将先与苗显战过一阵。所以,如今略略慢些,与萧天凤战个对手,杀得沙尘滚滚,日色蔽光,虎豹深藏,神鬼皆惊。自午刻杀至申时,太阳渐渐坠西,两边各各鸣金收军。

自此之后,两军争战数日,不分胜负,只有兀格松一人骁勇。元帅思量道:"本帅原晓得此次番军比前更加厉害的。"张忠说:"元帅如今怎样打算?"元帅说:"贤弟,凡为将者,力不能取胜,必要用计。兀格松乃星星罗海之弟,他说与兄报仇,显见得他已是奋力而来。古说,一人拼命,万夫莫当。目前,众将多不是他的对手,如今用计便了。"即差张忠、李义,吩咐如此如此,二将依命而行。次日,忽报兀格松讨战,要元帅爷出马,百般辱骂,十分猖狂。元帅即点张忠出马,杀出营前,与兀格松双双大战了四十余合。张忠看看抵挡不住,败走荒郊。兀格松紧紧追来不舍,已及半里,忽又来了李义,冲杀接战,二人双枪并举,又战了十余合。李义又败走,由张忠败走之处而逃。兀格松大喝:"宋将哪里走!"飞马追来,越加逞勇,一马抢过前边,说声:"不好了!"张忠、李义二人回马,呵呵大笑说:"番奴,你如今逃到哪里去!"顷刻间,铙钩索捆绑他下马。不知番将性命如何。正是:

　　瓦罐不离井上破,将军难免阵前亡。

第七十九回　辽将军逞勇被擒
狄元帅沙场破敌

诗曰：

> 新罗辽国合兵坚，与宋争锋战斗连。
>
> 毕竟后来难取胜，生民涂炭枉徒然。

前说张忠、李义，依了元帅计谋，诱番将追赶。正跃马进前，忽跌入陷坑去了。四围铙钩一紧，捆绑坚牢，番兵慌张逃走。二将押番将回营，元帅大悦，记了功劳，传令把番将押进来。左右一声答应，登时推进兀格松上帐。他铁铮铮立着，骂声："狄青呀！你杀害我胞兄，仇如渊海。今日被擒，料也难免刀刑，快些动手。"元帅看这番将却是一条豪杰，可惜生于外国，今日为兄亡，反叛之虏便了。叫声："兀格松，本帅看你原是一个轰轰烈烈的英雄，只可惜情理上一些不晓，全不想你的哥哥帮助西辽，来欺上国，自然要砍头的。"兀格松喝声："狄青，自古两国相争各为其主。我哥哥吃了狼主俸禄，必须为狼主出力的。"元帅说："他是逆理而行，死何足惜！你也不推度其情理么？既是两国相争，不是你死，就是我亡。有何深恨要报仇的，你是不以情理为先。一个凶狠之辈，今日被擒，还倔强么？难道真乃甘心待死？"兀格松听了，哈哈大笑说："狄青，今日既误中汝奸计被擒，早已抵死，一刀两段。请快开刀，不必多言。"元帅哈哈冷笑说："好一条硬汉子。"喝令刀斧手，把他推出砍了。兀格松哈哈大笑，叫声："哥哥，为弟与你报仇，岂料今日天不从人愿，如今同归一路地府，仍作兄弟罢！"忽听号炮一响，头已落地。刀斧手拾起首级，元帅吩咐将首级号令。

不一时，探子又报辽将讨战，要元帅爷出马，口出狂言。元帅说：

"既然必要本帅出阵，这也何难！"当时，元帅盔甲装束了，拿了定唐刀，乘上龙驹马。左有张忠，右有李义，带领铁甲军八千，放炮出营，神威赫赫，浩气严严，跑到阵前，喝声："来将通下名来！"番将说："本将军乃牙里波也。你是何人，且通名来。"狄爷说："本帅乃大宋天子驾下、平西主帅狄青是也。"牙里波说："你就是狄青么？我父通迷死于汝手。今日正是仇人相遇，分外眼红。"元帅听罢，冷笑说："番奴，你好愚也。既为战将，拼命于沙场，乃性命攸关之地。不是你死，就是我亡。若杀了一将，就有人来报仇。从前本帅杀却了多少番将，眼见得有多少人来报仇的？你看，高悬首级是兀格松。他也要与亲兄报仇，今日被擒，身首分开。本帅劝你休了报仇之念，领兵回营。以后万不可出马，方才保得性命。"牙里波大喝："狄青休得胡言，古道：父母之仇，不共戴天。立心报仇已久，今日方见仇人之面，凭你有通天本事，我何惧哉！且看枪！"说声来了，照心窝刺去。元帅金刀架开，并不忿怒，叫声："番奴，你不要恃勇倚强，看看兀格松首级，倒不如收兵回去为高。"牙里波说："狄青，你休得花言巧语。俺奉了狼主旨意、元帅将令，要捉尽你五虎将，方显本将军的手段。"元帅听了冷笑说："你好口出狂言，要捉我们五虎将军么？哪一位将军与他交手？"

　　张忠拍马飞出说："我来也！"纵马提刀，当头就砍。牙里波说声："南蛮休来送死！"长枪架开大刀，喝声："我杀了狄青，方消我恨！"张忠大喝："番狗，你口出狂言，拿捉我们五虎将，俺是扒山虎张忠，正是五虎名内的将军。想你死期到了，来寻我们么？"说完，把大刀乱砍，牙里波急架相迎。各凭本领高低，一来一往，争强争弱，战鼓喧天，声震沙场。一连战了五十合，不分胜负。此时，李义在旁，见二人杀得难解难分，即冲出阵前，喝声："番狗，休得想活命。"提枪又刺来。这牙里波焉能抵得两般军器，即时纵马大败而逃。二将拍马赶上，牙里波回马喝声："宋将慢来，看我法宝取你性命！"登时发起一颗丸弹，在空中光华飞舞，要落下来。张忠、李义看见大惊说："不好了！"连忙回马就走。这弹子果然厉害，向他二人头顶飞追。幸得狄元帅盔上血帕鸳鸯红光冲起，丸弹不能下来。元帅又把金刀向空中撩了几撩，说:"妖物慢来!"果然,弹子被光华冲散,落下尘埃。

元帅的盔甲有此奇妙,能破妖物,只因他的盔甲刀马皆是鬼谷仙师所赠,所以妖法不敢近前。当下,牙里波看来不济,只得收回法宝又战。张忠、李义奋力攻击,刀枪不对。番将抵挡不住,只得大败回营,番兵随逃去了。元帅吩咐,不可追赶,以防番将妖法。众将回营,元帅坐下说:"列位将军,今日这番将平战不能取胜,仗着妖法伤人。幸有本帅在前,方得无碍。他既有妖法,以后交锋须要小心才好。"众将答应。是夜元帅沉沉带闷,只忧牙里波番将又是个旁门道术之人。想他今日虽然败了,还不知他再有什么妖术来。不表是夜元帅烦闷。

次日,牙里波又带兵来讨战。元帅即点萧天凤出马,狄元帅亲自出营掠阵。若论萧天凤本领原高于牙里波,所以战到五十余合,牙里波抵敌不住,说声:"南蛮好厉害!"走开一箭路,口中念咒,顷刻间,乌云遮日,失去光明,飞沙走石,大作狂风。宋兵慌乱,萧天凤虽是英雄,到此时也觉心惊,有力难施,几乎跌下马来。幸有主意,急急逃回本阵,牙里波拍马追来要拿他。此书载这狄青因何会用法术,只因王禅鬼谷子前者收他为徒弟,仙山习艺七年。这些避水真诀,破火咒言,除风息雾,岂不教习?因前时对敌不曾有人用妖法,他所以也不施出仙术。前日在单单国交战时,公主的法力乃庐山圣母教习仙法,并非妖术。他被擒是镇阳珠法宝,此宝非咒语可破;二者两人夙有姻缘之份,所以被擒于公主。今日遇了妖法,元帅左手向中天指定,咒念真言,顷刻间狂风顿息,日色复光,飞沙不起。牙里波一见心中大怒,喝声:"南蛮破我仙法么!"抢枪冲来,萧天凤飞马挡住相迎。牙里波又招架不住,又念火诀真言。但见空中一团烈火,照宋军阵上吹来,众兵慌乱,各自奔逃。萧天凤急急败回,元帅一见忙念拨火咒。这团烈火向番兵冲去,烧得番兵焦头烂额,叫苦连天,众兵四散,俱窜奔逃。牙里波看来不好,连忙收了法宝。萧天凤只要元帅除了妖法,平战却不惧这牙里波,提起钢叉乱扫,牙里波大败奔逃回营。狄元帅大悦,方知王禅师父法术妙用。得胜回营,众将大喜称贺,今日乃是元帅之功也。这狄青说:"非本帅之功,实乃当今洪福,又得众将之力。"

　　不表宋营贺功。再说牙里波，杀败回营，一路招集逃回散败残军，烧伤者甚多，用药敷治，不必细谈。牙里波进见麻麻罕，觉得满面无光。禀明法宝被破，杀败回营。麻麻罕说："将军你夸了大言，必要捉完五虎将为父亲报仇。岂知小卒也拿不得一人回营，又遭大败。以后将军休得出马，枉费神劳力，伤残士卒。"牙里波听了，只得气喘不息说："元帅，狄青与我是杀父的仇人，若不捉拿尽五虎将，不算新罗国的英雄。"麻麻罕说："将军，你平战也杀不过宋将，用法也不胜狄青，如此如何是好？"牙里波说："元帅不必心焦，且容小将今夜作法，摆一个迷魂阵，包管网尽南蛮五虎。"麻麻罕说："如若再不济，这便如何？"牙里波说："倘若再不成功，愿将首级送与元帅。"麻麻罕听了，却哈哈大笑说："本帅乃取笑，休得认真起来。你且去预备摆阵罢。"牙里波说声："得令！"是晚，用过夜膳，候至二更时分，牙里波上了将台，披发仗剑，书符咒语。法水连喷东方三口，呼喝毕，就把豆子四方布散，不一会，就有数千鬼兵变化出来。此时，新罗、西辽二国，合兵有二十多万。因何牙里波一个也不用，只因这迷魂阵法用阴兵，不用士卒。不知困得宋将否。正是：

　　　　妖术用来擒敌将，阴兵差去胜天朝。

第八十回

番将迷魂阵困英雄
宋帅开阳镜破妖法

诗曰：

> 番将旁门道术精，迷魂阵内困群英。

> 幸亏鬼谷开阳镜，烟雾收除妖法倾。

再说牙里波，只因杀败了，要摆起这迷魂阵来。是晚，书符作法，撒豆布演，阴兵多已齐集。牙里波手执黑旗一队，已四方带引点明。但觉阵内阴风惨惨，冷雾腾腾。四方八面，无兵把守，俱有门户可进。阵图布毕，已是四鼓催残。然后下了将台，入营见元帅缴令。麻麻罕说："将军，这阵摆得如此快速。"牙里波说："元帅，小将的师父乃是花山老祖。曾经学法多年，撒豆成兵。阵已布成了，诱得宋将进阵，至三朝魂魄俱无，命归阴府。入了此阵，凭他三头六臂英雄，铁骨铜皮好汉，也跳不出的。若除了五虎，岂惧他雄兵数十万么！"麻麻罕说："将军既如此，你点兵二万去助威。若擒得五虎将，其功不小。"天明，牙里波即领二万番兵，上马跑出营前。麻麻罕与众将在本营看见阵中黑气冲天，不鸣金鼓，不知此阵果有何厉害。

不言番将观阵，且说牙里波独马单枪来营门，指名要狄青出马会阵。狄元帅是时闻报，对众将说道："这牙里波是个妖术之人，既摆得阵图，须要打破。倘若不破得他的阵，辽将要轻视我们中原大将了。但不知他阵势如何？待本帅出营看看便了。"着令萧、苗弟兄守营，带领四虎、焦、孟跟随，点兵一万出营。牙里波喝声："狄青！你既为主帅，职掌兵符，可知此阵何名？"狄元帅细细观看，别的阵图俱可识得，单有此阵兵典上所无。不觉呆看一会，说声："番奴，此无名之阵，休来混帐！"牙里波呵呵冷笑说："狄青，你不识阵图就说是无名之阵。

你敢打么?"狄元帅未及回答,张忠说:"元帅,末将去打阵。"元帅说:"他阵图黑气冲天,必然厉害,进阵倘若势头不好,即可回马。"张忠答应。拍马进前与牙里波战了二三十合。牙里波进阵门。张忠大喝:"番奴休走!"提钢刀奋勇冲入阵中。但闻阵内呼呼喊杀,烟雾迷人,风狂蔽日,黑暗不辨东西,但觉冷气侵入。张忠着急,拨马转回。岂知昏暗不辨五指,全无出路,说道:"此番性命休矣!"

牙里波冷笑,复出阵前说:"狄青,你不但无能破阵,点将进了阵门不得出的。"元帅听了说:"本帅原晓得这番将有旁门妖术,如今张忠在阵内不知吉凶如何?"便喝声:"番奴休得逞能,凡为英雄大将,不能以实力本事见高低,就以智谋来取胜。你今兴妖作法,非为丈夫之说,纵然取胜,有甚怕你!"牙里波冷笑说:"狄青,明明是不识阵图,难以打破,说什么妖法不妖法。若有方略,你识得此阵,你也前来打破,才算你是英雄。不然休来混帐!"李义大怒,喝声:"番狗,狂言休说,我来破你妖阵。"拍马追赶牙里波。进到阵中,但觉烟雾昏昏,寒侵肌骨,四边犹如铁壁,两目恰似失明。李义心惊了,说:"不好了,中了番奴之计。"张忠说:"入阵者何人?"李义忽闻答应:"李义在此!"张忠说声:"贤弟中了番奴之计,寻不得出路的。"

慢表二将困在阵中。此时,石玉、焦、孟二将说:"元帅,我们三人一齐杀入或者可冲散此阵。"元帅正要开言阻挡,三将已跑进阵中,又被困了。只剩得元帅、刘庆二人。刘庆说:"元帅,此阵众人进去不见复出,不知如何? 待小弟驾上席云探听众将吉凶下落。"元帅说:"须要速去速回。"飞山虎应允,连忙驾云而去。有军士报上元帅说:"牙里波要元帅会阵。"元帅说:"本帅自有道理,不必通报。"一会,刘庆回来说:"元帅,这阵内昏暗生烟,冷气侵人。众将多已不见,又不见番兵番将一人守阵。却是奇怪。"元帅想来说:"天王庙内收得开阳镜一面,乃是师父所赠与我的。说是后来可破迷魂阵,至此今日紧紧收藏。想来此阵如此奇怪,莫非就是迷魂阵不成? 不要管它,待本帅就拿此镜进阵,如果是迷魂阵,必然可破。若不是迷魂阵,与众将陷入阵内也是天数。当初太祖陷在迷魂阵中,得萤虫放光引出救了。本帅进阵带了开阳镜,不知救得出人否?"不带兵丁进阵,一万兵交刘庆管守："倘本帅破阵,你可差兵接应。"刘庆应允。

元帅取出宝镜,左手提刀,右手拿镜。这宝镜光华射日,彩色冲霄。元帅催开坐骑至阵前,牙里波假意与元帅战了十合,拍马而逃,诱元帅进阵中。牙里波进了阵,呵呵发笑说："狄青,你不进阵来,算你造化。如今你进阵来,你倒运了。"吩咐番兵外围相屯,不要放走一人。且说元帅进了阵中,果然四边昏暗,冷气侵人,即将宝镜擎起,只见万道霞光四围飞绕。一刹之间,烟雾消除,狂风不起,冷气俱无,只见四将还是东西乱撞。元帅大呼众将说："本帅已将阵图打破,拼力共擒番将罢!"众将同说答应,大喊如雷,大刀枪棍一起乱打蛮刺,把辽兵犹如砍瓜切菜。牙里波一见破了此阵,吓得魂飞魄散。刘庆见破了阵,一万宋兵追杀,番兵死者甚多。此时,牙里波正要施法,岂料众英雄六般兵器团团围住。牙里波枪法散乱,气喘嘘嘘,可怜无人救应,大叫一声:"天绝我也!"

麻麻军闻报破了阵图,即差成福、成寿、其青、其贵来救应。四将杀来,张忠早已一刀劈死牙里波。元帅正要传令收兵,只见四将来与张、李、焦、孟四人混战。忽见其青坠马,其贵心慌要逃,李义一枪挑于马下。成福被孟定国一刀分为两段。焦廷贵生擒了成寿。石玉、刘庆把番兵大杀一阵,死者不计其数。

元帅即传令收兵回营,明日共破番营。此战大胜,四将与焦、孟功劳元帅各各记讫。三首级号令,又藏好宝镜,众将还未晓破阵之由。众人动问,元帅说:"天王庙内所得开阳宝镜,你们忘记了吗?今日带得此宝,故能破得迷魂阵。"四将大悦。只有焦、孟、萧、苗四人不知其根由,石玉将情细细说明,四人方知。元帅又令掩埋尸首,大犒三军。元帅说:"本帅还有一虑。"众将说:"元帅所虑何来?"元帅说:"凡将用兵,大胜须防敌人劫营。番将今日这般大败,谅情闷不过,料着我军得胜,乘其不备,今夜必来偷营劫寨,众将须当留意,如此以保无虑。"众将说:"元帅智虑深远,足见高明。"又有小军禀上:"元帅爷活捉这员番将如何发落,请令定夺。"元帅说:"留此二人何用?"传令刀斧手并将擒来之人一并拿去砍了。可怜新罗国二员大将,顷刻一刀一个,命丧黄泉。刀斧手即时献过首级,元帅吩咐拿出营前号令。

　　按下宋营慢表。再说麻麻罕点出四将,俱已阵亡。牙里波二万番兵逃回千把,多是受伤的。麻麻罕此时又惊又恼,叹声说道:"我麻麻罕在新罗本国也称英雄大将,岂知狄青如此厉害,两次将兵杀得大败,平战不得胜,牙里波用法又败,十二员战将今剩三人,如何是好?细想宋朝五虎这般凶勇。欲待收兵回国,纵然狼主不执罪于我,还有何面目见众臣? 若与他交锋,又不能取胜。想来毫无主见,如何是好?"有部将乌山罗口称:"元帅不用心烦。"麻麻罕说:"将军,败得如此光景,叫本帅如何不忧。"乌山罗说:"小将有计商量。"麻麻罕忙说:"将军有何妙计,快些说来。"乌山罗说:"元帅,我想狄青今日大获全胜回营,决无防备。待小将今夜三更时,带领人马,悄悄去劫他营寨,必然杀他人亡马倒。"麻麻罕听了大喜,说:"可速依计而行。"今夜乌山罗领兵偷营劫寨。有分教:

　　　　命丧沙场真可悯,尸不还邦实可怜。

第八十一回　劫宋营乌山罗中计
败回国麻麻罕捐躯

诗曰：

> 井蛙之见用谋深，劫寨偷营破敌群。
>
> 岂料苍天原佑宋，不成功绩反丧身。

话说乌山罗定了偷营劫寨之计。是晚，点起精兵二万，饱食夜膳。候至更鼓两敲，乌山罗顶盔贯甲，上马提刀，带齐火料，二万番兵排开队伍，真乃兵肃静，马衔枚，出营而去。是夜月色微开，星光朗朗，三军已到营前。但见宋营中寂静无声，更锣不响。乌山罗大喜，果然无人守营，想必众人熟睡，吩咐众兵跟随杀入踹营，众兵答应，一齐动手杀进空营。有灯球火把照耀如同白日，长枪、刀、锤、斧乱打进营，喧哗喊杀。乌山罗一马当先冲进营内，大喝："南蛮今夜活不成了，俺来踹营！"杀进营中，凶如虎狼。狄元帅早已令众将埋伏，一闻喊杀之声，追定火把之所，四边杀入。众英雄大喝："番奴休来送死！"各领兵丁重重围定，狄元帅令众人不要放走了番奴。乌山罗此时知中计，舞定大刀，前遮后挡，只顾逃走，却被宋将团团围住。一口钢刀焉能挡得六般兵器，心中烦乱，被苗显一棍捣于马下，石玉一枪结果了性命。焦廷贵、孟定国带兵一路追杀。番兵二万，可怜逃脱者少，被杀者多。元帅吩咐，趁势杀进番营，不得有违。众将尊命，领了大队人马跑奔番营。

麻麻罕在营中思想，不知乌山罗此去如何。忽闻报乌山罗早已被宋将杀死，如今大队宋兵杀来了。麻麻罕心内着惊，急差殷光灵、龙飞海分兵一半去抵敌。二将虽然骁勇，怎杀得过八员宋将？早被石玉枪挑殷光灵，刘庆刺死龙飞海。二万番兵被杀得四散分逃，宋兵直进番营,可怜黑夜交兵,麻麻罕营中有雄兵二万名,却被八员虎将、十万宋兵纷纷突入,不能逃脱,只得齐声愿降。独有麻麻罕一支长枪左冲右撞,奋力杀出重围,手下兵将不能招回,只得急急逃奔一程。此时,东方渐渐发白,众英雄就在番营点查粮草、马匹、军械,禀知元帅。元帅大喜,吩咐将尸首掩埋荒地,但是麻麻罕不能捉获,须防后患。众将说:"元帅,麻麻罕屡败之将,乃鲜疥之患。就是三头六臂的英雄,也何足挂怀。"元帅回营,大赏三军,是夜慢表。

次日,元帅吩咐:"养兵三日,再行前进。"行文先赴晓谕白马关。书曰:

> 西辽国实已无理,屡次兴兵,冒犯天朝。本帅已经提兵征服,岂料辽王痴心未改,复动干戈。你邦狼主擅敢借兵助虐,本帅曾经请旨,遵旨先伐你邦。麻麻罕既败,逃遁无迹。兹者大兵即日临城,识时务者,速达番君亲来求降。本帅悬念好生之德,矜全你国君臣。否则天兵一动,满城玉石不分,追悔不及。

慢表狄元帅文书下至白马关。先说麻麻罕,走脱重围,盔甲全无,跑至天明,再走过几座高山,又与石天豹相见。这石天豹前阵自败走回国,心中不服。闻元帅又兴兵,他带了些干粮,走了四、五天。当下忙问元帅,为何如此模样,麻麻罕说:"将军,不要说起情由了。"就将大败根由细细说明。石天豹听了,嗟叹道:"元帅,狄青这等厉害,宋室江山夺不得了,不如早早还邦,再作道理。"此时麻麻罕无奈何,与石天豹一路同走回,一连四、五天,到了白马关,大叫开关。

白马关主将名唤海驼龙,一闻此报,想来麻麻罕两次兴兵,败到一卒不回,亏他还有面目回邦,吩咐不许开关。又一时复报:他在关外十分痛骂,请令定夺。海驼龙说:"他自无能,反来骂我。待我亲自上城与他说话。"即登城上大叫:"麻麻罕,我想你平日间常自夸骁勇,如今两次兴兵,败得如此回来,亏你羞颜不顾。"麻麻罕喝声道:"海驼龙,你休得多言讥诮,胜败乃兵家常事,快快开关。待我奏知狼主,领雄兵前去报仇未为晚也。"海驼龙听说笑道:"你还想领兵么,真乃痴心妄想。失机的败将,国法难容。况且两次出兵,败得片甲不回,罪如天大,还想什么复兵报仇之话。初次容情,勉强开关,今日难以徇情了。"麻麻罕怒道："海驼龙，你言差也，我奉狼主之命，便恨不能大破宋兵。今有天朝五虎将厉害，又谋计把我们杀败。难道我自己要做出来的么？不必多言，快些开关。"海驼龙说："麻麻罕，你今要开关，除非捉得大宋五虎将回来。若缺少一人，休想进关。"麻麻罕听了，气塞喉咙，说不出话。石天豹说声："海将军你且容情一次，开关如何？"海驼龙呵呵冷笑，说："你二个人共合兵三十万，战将十二员。丢下副将不计其数，俱已败尽。你两人回来，若放你进关，狼主岂不归罪于我？况且我邦有限的兵将，如再被你杀败了，岂不把新罗国付与大宋！非我今朝故作难你，若是不拿得五虎，此关断断难开的。"麻麻罕大怒，指定海驼龙大骂："你不肯开关，我也知你谅必贪生怕死，要投宋人。"又说声："狼主呵，并非臣负你洪恩，只因进退无门，从此永别狼主了。"即拔剑自刎而亡。石天豹见了，也把海驼龙痛骂一番，亦撞死于关下。

海驼龙一见，冷笑说："麻麻罕，前我在你手下时，被你打过四十军棍，至今怀恨在心。谁叫你无能杀败回来，俺今公报私仇，断送了你。石天豹与我无仇怨的，我本愿放你进关，难得你一心愿做黄泉路之客。"即开关令军士埋葬尸首，收拾马匹器械进关。海驼龙想来麻麻罕既死了，上本只说他们俱战死沙场罢。正要写本，狄元帅的文书又到。看过了，即照此情写本，差人呈送狼主去了。又想："我国原与大宋相和，没有战事。只为西辽国王前来借兵，我狼主如孩子之见，听了西辽狼主之言，贪图平分中国。岂知大宋将兵如龙似虎，反损去雄兵数十万，大将数十员，耗费了多少钱粮。狼主哎，你被西辽王所愚，只落得狄青反来征伐我国。书谕上边写着，说早早投降，保全我国。倘再迷而不悟，满城玉石俱焚。不是为臣惧怕狄青，想来麻麻罕如此雄兵猛将，不能对敌，何况微臣一人！我且紧守此关，待狼主旨意到来，然后再作道理。"又吩咐众兵副将："小心防守，以防宋兵攻打。"

这海驼龙一心等候狼主旨意。过了八、九天，有小将报说："中原人马已经大队到关外安营扎寨了。"这海驼龙仍是按兵不动。又闻关外炮响连天，探子飞报："中原大兵水泄不通安扎了，围我之关，请令定夺。"海驼龙听了,即上关观看。但见大宋营盘,旗幡密密层层,马嘶喧闹,结得齐齐整整十座大营,腾腾杀气。此时,海驼龙看罢说道:"大宋狄青果然名不虚传。你看他大营扎得这等坚固,五虎将威名常常传到我邦。麻麻罕乃我国头等英雄也杀败了,大宋兵将厉害可知。本总虽然身为武职,奉守此关,谅情开关去抵敌,未必胜得大宋军马。"此时看罢一番,连忙下了城,复进帅堂,坐下思量:这中原大宋朝从前曾有杨家父子保护,个个多是能征惯战之人。目下杨家勇将英雄去世了,又有狄青五虎保护乾坤,各邦畏服,五虎扬名。看起来大宋这座锦绣江山犹如铜销铁铸,代出英雄护佑,此乃苍天原佑他国的。辽王屡次兴兵俱已失利,乃是妄想痴心耳。海驼龙正在思想之际,有军士报上将军爷。不知军士报说何事,下回分解。此时正是:

　　贪心到底终为损,图利必然反得空。

第八十二回　闻兵败新罗国议降　允投顺狄元帅班师

诗曰：

大宋新罗本两和，只因辽国动干戈。

将亡兵败方知悔，求降军前亦若何？

话说海驼龙正在思想宋朝五虎将英雄，忽有番军士来报，中原主帅差人下战书，请将军爷观看定夺。海驼龙看罢，即上城头对宋将说："已经写本进朝，上达狼主，劝其投降。望乞元帅暂且按兵一月，如若狼主畏惧天朝降伏者，免动干戈，保全我国万民，则是元帅好生之德，伏祈元帅允准，则本国君臣深沾厚德无穷矣！"此时军士将言禀知元帅，元帅听了说道："守关将既然如此说来，本帅且暂停兵守候罢！"

慢表宋帅守候。且说新罗国王本无夺取中原之意，只为西辽王前来借兵，他也不忍却邻邦之谊，故差五将十万雄兵帮助西辽国，岂知反被杀得大败，逃回本国。这狼主心中气忿不平，此时一不做二不休，复命麻麻罕挑选十二员战将，十万雄兵，百员副将，谅必大获全胜。若捉完五虎将后，兴兵直进中原，与西辽王平分天下，方泄前败之恨。

这一天早朝，众文武参见已毕，忽左班中闪出一位官员，俯伏金阶："臣奇罗多宝有事奏闻。"狼主说："卿家有何事情，且奏来。"奇罗多宝奏道："闻前日差麻麻罕领兵帮助西辽，欲取中原天下，不想反被五虎将竟杀完十二名战将，麻麻罕战死沙场，十万雄兵十伤其八，余残兵多已投顺。如今兵临白马关，先有宋将文书呈谕，海驼龙又有本章达呈，请狼主龙目观看。"狼主听奏吃了一惊，细将谕文本章从头至尾看罢,说声:"可恼!宋朝五虎将既然如此猖狂,传旨众大臣速与孤家主裁,如何退得中原五虎?"此时,众大臣一同启奏:"从前大宋与我邦向为和好,乃西辽国有犯天朝,又求我国助兵,致起干戈之衅,至落得我邦损兵损将,枉费军粮。至于麻麻罕乃本国头等英雄,并有牙里波法力相助,一同共殁于沙场。毕竟大宋江山有狄青五人鼎力,断乎摇动不了。若依臣等愚见,勿助西辽,顺投大宋,方保我国平安。望狼主龙心鉴察。"

新罗国王到此真无可奈何,满心大恨,只得允纳众臣所奏,背着西辽,即速降旨,备金珠异宝、降表降书,着令奇罗多宝前往献降。奇罗多宝说:"臣领旨。"当日即备了宝贝金珠,备齐了降书一道。奇罗多宝即坐上高头骏马,带了五十名健卒护送金宝,拜辞狼主众臣,出了铁丘城。一路三天过了青龙关,又至摸狼关。一连十日程途,竟到了白马关。海驼龙闻报,忙出关迎接。进了帅堂坐下,问起原由,海驼龙就将五虎兵势厉害说知。又有小军禀请将军爷用酒,宴饮至日落西山,乃夜膳。海驼龙请上钦差大人就席,盛筵款待,不必烦言。宿了一宵,次日天明,奇罗多宝先差两名小军前往大宋营中禀知元帅,然后着令即日起程。车了四辆金宝,亲携了降书。

狄元帅闻报,即出营迎接进番官。奇罗多宝进了宋营,寨中威严,又看了八员虎将,更觉心寒,坐立不安,欠身打拱,尊声:"元帅!下邦向与上国相和。原是西辽无礼,屡屡兴兵犯上,数年争战,干戈不息。自己国中雄兵猛将已被元帅及众位将军杀得冰消瓦解,又差官到小邦借兵,仍妄想天朝社稷。小邦狼主作事糊涂,不准众臣谏阻,竟自发兵帮助西辽,甚是无礼。岂知上国原乃天生虎将护佑圣主的锦绣江山。今日乃雄兵尽陷,勇将消亡。直至今日上国兴兵到来问罪,狼主方才追悔不及,特差卑职到来呈献降书。并有些小金珠四辆,贡献上邦天子,略表小邦狼主微诚之心。愿求元帅广开洪恩,不追前失,全我一国君臣,退返败兵回国,望求元帅允纳,我国感恩不浅。"

狄元帅听了,冷笑一声说:"你国王全无一点见识,却被西辽王所惑,贪图平分天下。故大兴人马,帮助西辽。也是免不得一点贪图之心，至今雄兵勇将化为乌有。他真乃孩子之见，贪心不自揣度，焉能做得一邦之主！"奇罗多宝说："元帅，这原是小邦狼主千差万错，只求元帅开恩，允纳收录降表。"元帅说："若要踏平你国，不是为难。姑念一国君臣，满城百姓。所以，先行文谕。今既求降，且待本帅收兵回朝，待恳圣主开恩罢。倘然下次再犯者，断不姑饶。"奇罗多宝称谢诺诺连声。旁边众将环眼圆睁，把番官大骂。元帅喝退，众英雄才住口，有一将校送上茗茶。元帅将降表、贡献一一查收，投降番兵照点送回，依旧原分地界。奇罗多宝作别，深谢抽身。元帅亲自送出营外，一拱相辞而去。

奇罗多宝领回降兵，回朝将情上达狼主，此时狼主方得放心。想起前情，原因西辽国前来借兵，我邦大败，他却在旁观看。今日既损兵败将，皆由于彼，孤家意欲兴兵前去寻他。即与众臣商议。有几个大臣启奏道："狼主，前者西辽到我国借兵时，说夺取中原平分天下。臣等也曾谏阻，无奈狼主不准。缘狼主一来念着邻邦之谊，二来贪想大宋江山。目下中原夺不得，反与西辽构怨，正是自家窝里鸡争斗，岂不见笑于邻邦！若前时借兵于他，乃是狼主厚情，今日岂可因情复又伤情？况且宋将仍要去西辽倒换珍珠旗回国。我望狼主休得生气，今日大宋兵戈已止，只落得做个人情与西辽国罢。"所以，国有道则昌，无贤则丧，信不诬也。一言而兴邦，一言而丧邦，圣言千古不易之法。这新罗国众臣句句乃是达理之言，所以感动国王龙听，降旨阵亡兵将情殊可悯，于白马关外七七四十九天超度亡灵，稍尽孤心。又着降兵收回，仍归兵部。各官领旨退朝，按下新罗不表。

话分两头。狄元帅也怜被杀将兵，把祭仪礼物散祀亡灵数天，此乃元帅仁慈恻隐之诚。又先差孟将军捷音回朝，吩咐他不必再来随征，且在王府守候不表。孟定国回朝，元帅择日回兵。是日，三声炮响，拔寨登程。点苗显为先锋，接连二队乃是萧天凤、五虎、焦廷贵。一路大兵对百姓秋毫无犯。大兵离了新罗国，登西北大道，行程非止一日。

先说三关孙秀常常闻报狄元帅阵阵得胜，只是终日闷闷不乐。叹声："皇天啊，我巴不得狄青死在沙场，岂知他阵阵交锋得胜无败。

若是狄青不死,下官如何放得下心!"这时只有范爷、杨将军喜悦万分,称赞狄千岁之能,又得四将扶助,庞洪、孙秀枉用尽奸谋。

这一天孙兵部正在帅堂闷坐,忽有小军报捷,说:"狄元帅差孟将军回朝报捷,故来禀知。可开关否?"孙秀一想,莫非狄青又是杀败了,假言回朝奏捷,实要求讨救兵不成。若果如此,原要像前时不放他进关求救,难道又是八宝贱丫头去解救的吗?吩咐开关放他进来,要盘问狄青胜败事情,然后见景生情。小军此时开关,孟将军昂首直进,拴了马匹,见孙秀,两目圆睁。凡见了合意之人,自己心烦,相见时也觉心开。这孙秀乃是作对之人,所以孟将军一路得意而来,此时见了孙秀,登时怒容满面。此刻进了帅堂,范仲淹、杨青也在此。孟定国勉强称说:"孙大人,小将孟定国打拱!"又参见范、杨二人。孙秀说:"你既称本官是王亲,见了我怎屡屡不跪叩见?"正是:

　　奸臣枉有矜骄志,硬将奚能屈伏心?

第八十三回

奉帅令孟将军报捷
伐西辽扒山虎破关

诗曰：

> 征服新罗大勋成，本章奏捷达朝廷。
>
> 英雄五虎功劳重，宋室江山永保宁。

话说孙秀怪着孟定国见他居然打拱，不跪下叩见。此时孟将军说："大人哎，狄千岁也是王亲，小将也不过拱手参见。"孙秀又问："本官问你，如今出关何干？"孟定国说："大人，你看俺背的是何物件？只因我元帅征服新罗国，大破迷魂阵，杀死了妖人牙里波，大兵直抵新罗国。这番兵惧怕，献出降书，又贡献许多金珠异宝。如今千岁仍要西行，故先打发小将回朝奏捷。"孙秀说："从前圣上命你元帅征伐新罗国，为何不将新罗国剿灭？不请圣旨，擅准归诚，这是何故？"孟定国说："孙大人，我家千岁乃宽洪量度。想来天既有好生之德，人岂无惜生之念？况且新罗国的人马已被元帅伤得过多，国王既愿求降，焉好再深求的？"孙秀喝声："胡说！既有旨征伐新罗，不灭尽叛党，自准投降，你元帅已有欺君之罪，又有逆旨之罪了！"孟定国说："孙大人，你是安坐关中，不知千岁征伐跋涉山川，风霜历尽，方得平伏新罗。我千岁悯念上天好生之德，允准归降。孙大人，你的本领只有被辽兵攻打困关，不能出敌，将免战牌高悬一计，退敌无能，只得将告急本章回朝，朝内君臣议论不决。全亏包龙图救活了千岁，方得今日又领兵征伐。你这王亲大人如此，只好大家呆看，凭得番兵破了三关，免不得来朝天下让与新罗国，今朝反说这倒话！我们众人多是有功于国，大人何必驳辩多言！"孙秀听了大骂："匹夫！你敢顶撞我。"孟将军哈哈冷笑说："顶撞不顶撞，我也无罪，你要怎样的？"又有范爷说："大人何必说这等没要紧之言,有罪无罪悉听万岁主张。容他进京复旨,方可定得千岁之罪。"孙秀听了,气闷不过,只得吩咐开关放他进京去了。又修书暗暗差人回朝送与庞洪,要他摆唆圣上把狄青问个欺君之罪。忽一日,庞洪接得书看罢,叹声说:"他既征服新罗国,料想做不来了。"终日气闷不题。

且说孟定国出了三关,快马加鞭,一连二十余天,已到汴京。路过包学士府门,孟将军当即进内禀知包公,细将长短一一说明。包爷大悦,说:"狄王亲真韬略雄才。"叫声:"孟将军,你且将此本留下,待本官明日奏呈天子便了。"孟定国说:"多谢大人,小将拜别了。"包爷说:"你今往那里去?"孟定国说:"小将回王府禀知太君,再往南清宫、天波府去报喜信。"包公说:"你意也不差。"孟定国即辞别包爷,上马加鞭回归王府,传进书来,太君看过大悦,说:"自从我儿去后,心内悬悬,朝夜不安。幸得皇天庇佑至今,才得我儿征服番邦。但愿平平稳稳取得珍珠旗回来,母子团圆,全归故土,做个安逸太平人。此乃我老身之幸也。孟将军你赶路辛劳跋涉,如今不必再去随征,且在本府中安屯,候着我儿回来。"孟定国说:"多谢太君。末将临行之时,千岁吩咐我不必再去。"

是日用过早膳,孟将军禀知太君要到南清宫报喜讯。太君说道:"此去即可回来。"孟将军应诺。即日到了南清宫投呈书信,孟定国就在外堂,故未见潞花王母子之面。是时,母子看过喜信,大喜,即传旨赏了来人黄金二锭。孟将军领赏而回,转身又到天波府,进内见了佘太君、众位夫人,有书呈上。众夫人开读完,老太君大悦,问起一路征伐情由,孟定国细细禀知。即时拜别了高年太君与众夫人,回至王府。是夜不表。

次日,天子临朝。包公就将狄青的本章呈上,天子御览,龙心大悦,开言说:"御弟果实英雄智略,新罗国一战已平伏了。但愿此去西辽,早早班师回朝。孟定国回朝奏捷,中途劳顿一番,先加一级以赏其功。候御弟回朝,论功升职便了。"天子旨下,是时退班,群臣各散。众忠臣大悦,单有国丈怒气满怀,从前只仇恨狄青一人,至今连这包拯一并怀恨了。好好地他死去一年,大事已定,岂知被这黑贼救活了他。指望这小畜生在沙场上战死，今日又被他征服新罗，真乃天不从人愿。但愿此去西辽，这些番兵番将倍加厉害，将这小狗头一刀砍作两段才好。

不言国丈心中烦闷，不表朝内君臣。且说狄元帅平服新罗国之日，西辽国内常有人飞报他的君臣，人人尽知大宋朝五虎厉害非凡，如今又要来征本国。此时君臣日日商量，无谋可设，且待他兵临我境再作施谋。

书中有话即长，无话即短。却说狄元帅大军一队队，行程半月尚未到西辽国。时逢六月天气，暑热非凡，且安营等候秋凉后进发。扎营候了两月，秋风习习，元帅吩咐登程。一路无恙，跋涉三十余天，已到西辽国头座关。三十里外，元帅吩咐发炮安营，即下战书与七星关。关中主将也是辽邦一员武将。是日，闻报宋军临境，想来："本国多少英雄上将尚然不济，谅本总不是宋军对手。但受了狼主之恩，断无献关投降之理，若是与彼交锋，又杀他不过。"想罢，只得吩咐各兵将小心坚守。即时备了本章，飞投狼主去了。

再说狄元帅安营三天，是日说道："本帅三日以前行文与七星关主将，奈何毫不见动静？"即日差张忠去讨战取关，不得有违。张将军说声："得令！"装束上马提刀，五千精兵直杀至七星关。喊杀连天，番将左天雄不出战，坚心保守，宋兵把城池重重围困。轰天大炮攻打数日，困得水泄不通。左天雄料难保守，只得带了手下兵将部将逃奔前关去了，满城百姓惊慌无措，哭泣哀声大震。张忠破了关，传谕一一安慰说："你国王侵犯大宋，与你等百姓无干，我元帅严禁大兵掠犯。"此时方得哭泣之声稍停。张忠又差人请元帅大兵进了关，元帅大悦，记了功劳。养马三天，命李义领兵前往攻打乌鸦关。大兵进发好不厉害。

先说前关左天雄逃往乌鸦关说知其事，守将段威只有防守的伎俩，没有出敌的强能，闻知好不着忙。不觉五、六天，闻报宋兵已至，段威坐卧不安，说："狼主哎！并不是微臣按兵不动，只因大宋兵将厉害，非比寻常。新罗国将广兵多，尚且被他杀得大败，关中虽有兵丁十万，到底不是宋兵对手。况且狼主又不发救兵接应。本官倘若出战,死何足惜,只恐此关一破,后关也难保守了。所以,日夜小心提防保守,只望狼主连发大兵到来,方能保得此关。"

这段威正说话间,忽闻连珠号炮响亮,声如天崩地裂。小军又报说:"宋兵攻城急切,请令定夺。"段威听了无计可施,城中百姓多已逃散。子找爹娘,兄寻幼弟,如此光景,真是可怜。当时段威见军士报宋兵攻打,心如麻乱,只得吩咐各兵将多加箭石紧守。上城一望,好不惊慌,人马围困,刀斧重重,叠叠旗幡,密密层层,飞弓箭弹纷纷打上城头,炮响连天,直向城上攻击。此时段威见了十分着急,施个缓兵之计,暂退他兵,即往城下高声说:"大宋将军,且缓攻城,小将已有请降的本章奏闻狼主去了,望乞将军把人马退出,免得满城百姓子散妻离。况且我邦只有有限的雄兵猛将了,谅情狼主见此光景,必然献旗投降,望祈将军暂退了大兵如何?"李义大喝:"番奴!"不知李义如何回答。正是:

下国屡兴兵犯上,天朝今遣将攻城。

第八十四回 惧大宋辽王逢野道
议破敌老祖领兵符

诗曰：

新罗既降复征西，只为辽王贪意迷。

屡动干戈侵宋境，无如天命有攸归。

话说李义听了段威之言，骂声："番奴！我中原上国，四夷拱服。缘何独有你国不尊王化，年年吵闹，岁岁干戈？从前被我元帅杀败情急，称说投降，假造珍珠旗贡献，我元帅是个忠厚之人，被你君臣搪塞过了。我兵还朝后，又遣飞龙贱婢混进中原，暗图行刺我元帅，谋害不成，又往新罗国借兵犯界。亏我元帅英雄韬略，先已平服新罗国，今日大兵到来，必要灭平你国！休得巧言花语，快快献关，饶你蚁命，不然本将军就要攻破你城池！"段威再三恳告说："将军，此原乃我狼主贪心至败，得罪宋王，灭尽我邦，也怪恕不得。只可惜关中百姓，数十万生灵，倘城一破，枉死良多，情殊可悯。还望将军大发慈悲，暂且收兵，停顿半月，满城军民深沾恩德。"

此时，段威总以百姓为由，苦切恳求。这李义原是个直性英雄，便说："罢了，既如此也定夺不来，回营禀知元帅。"元帅听了，想一会说道："既已如此，暂且收兵，守候半月，然后再酌罢了。"李义奉命收兵回营。段威见宋兵退去，方得少安，即修本告急回朝而去，非止一日。

这一天狼主得接本章，惊慌无措，正在早朝，与文武众臣计议间，有黄门官启奏："有一道人，自称花山老祖，法力高强，来与徒弟报仇，能力除五虎将，求见狼主。"番王一想，不知哪人是他徒弟，有何法术，可能退得宋邦五虎？不若宣他进殿，即降旨。不多时，花山老祖进至银銮殿,说:"狼主在上,贫道朝参,愿狼主千岁、千千岁。"辽王说:"道长平身!"细将他一看,只见道人生得形容古怪,一张血点朱砂脸,赤发红胡连长须,浓眉长一寸,身高八尺多。看来也有道骨仙风体态,想这道人半像妖魔半像仙,便说道:"仙长贵洞何方,到来何事?"老祖说:"狼主在上,贫道从前在于花山修道,故名花山,潜修苦炼已经八百余年。神通广大,法力无边,新罗国内通迷之子牙里波,曾拜贫道为师,奈他功夫未足,法力未精,伤于狄青之手。所以,贫道要为徒弟报仇。只要狼主差一个将军,三百健卒,待贫道略施小术,岂惧他铜皮铁骨英雄,管教狄青五人个个都做黄泉之客!"

番王说道:"道长,既然牙里波是你门徒,何不前去帮助新罗国反来帮我?"老祖说:"如今他已经投降他国,只得罢了。今闻狄青又来此地,所以贫道立心,特来除他。只要兵丁三百,大将一员,包管伤了狄青五虎。"狼主未及开言,有众文武齐奏道:"狼主哎,道长虽然如此说来,若依臣等,求降为上,若然造次动兵,倘若仍不复胜,求降时恐来不及了。"花山老祖听罢,呵呵笑说:"列位大人,勿将贫道小觑,八百载的工夫,非比寻常。呼风唤雨,倒海移山,五行正法件件皆能。更有掌雷妙法,打中其人,走不出三天,由他中原五虎,数十万雄兵,贫道一到,不用吹毛之力,顷刻齐完。除了五虎,狼主夺取中原何难之有!"众番官说:"道长既有法力,可能当面试验否?"老祖说:"若要试验,却也何难! 只要一所广阔地段,待贫道试验便了。"

当时狼主听了,即传旨摆驾往御教场,众臣领旨随驾。老祖当驾前把拂尘向空中一展,口中默念咒语,忽见空中坠下一朵白云,他即踏上,腾空高起,说声:"贫道先往教场候驾去也!"此时,君臣多称奇异,说他白日腾空,果非凡夫惑众,必是仙传妙术。当下君臣共到教场,狼主坐下銮车,文武分列左右。老祖先已到了,上前道:"请问狼主要贫道试演什么法术。"狼主说:"由道长试演罢!"老祖说:"如此,只呼风来罢了!"忙向背后拔出宝剑,对着西北方念动呼风咒语,剑书灵符在当空。不一时,狂风大作,飞沙走石。君臣多赞说:"道长果然法律精通!"狼主吩咐收去大风,老祖又念咒一回,顷刻收去狂风。狼主说道:"既已呼风,何不唤雨?"老祖微笑,又提宝剑向正北方书了灵符,默念咒语,霎时间乌云四起,红日埋光,登时大雨淋漓。狼主大悦,说道:"快些收了大雨!"顷刻间云开日现。狼主说道:"还有妙法否?"老祖说:"狼主,这是些小法力,还有多少大法力的。待贫道移座山与狼主看看便了。"即念移山咒语,向南叩礼书符毕,转眼已有高山一座在前,许多奇峰怪石,古树丛林。此时狼主君臣十分惊讶,齐说:"仙长果不虚言也!"又见他退去高山。老祖又向空中念咒作法,对面茫茫大海,水天相接,波浪滔滔。狼主心花大开,又命收去移山倒海之法,顷刻教场平复如初。

狼主不胜心悦,又思夺取中原,说道:"仙长,孤家正在计穷力竭之时,难得仙长到来帮助,既有此法力,谅必中原五虎可除。但如今保国夺取宋朝天下,全仗仙长帮助扶之,若成其事,其功不小,孤家铭德不忘。"老祖说:"贫道一心特来报仇,助着狼主。"番王大喜,传旨众臣转殿中。

老祖仍驾起云,一同到殿,日已午中了。老祖落下云头,再参狼主说:"乌鸦关甚是危急,请狼主差一员武将,点兵三百,贫道一同前去,先除五虎,后取中原。"狼主便问:"哪人领兵去?"此时众文武并无一人敢领。老祖指着一员武将,名黑吞:"此位将军尽可前往,何不领旨?"狼主闻言即差此将。降旨毕,黑吞慌忙俯伏道:"臣实无能,请狼主复选别人,方得不误大事。"老祖说:"将军不必推辞,此去凡事有贫道担当。"狼主听了老祖之言,总要黑吞前往。黑吞只得勉强领旨,别了狼主,回归衙内,说与夫人知道,即戎装上马,拿了宣花斧,带得三百精兵与老祖登程。此时,老祖步行与黑吞并马起程。狼主率众臣相送,又对众卿家说:"孤家该不失国,故有此道人前来相助。但愿他收除五虎将,何愁不得大宋江山!"众文武点头称是,按下君臣言语不表。

再说黑吞一路思量,却不知此去吉凶如何?与老祖行程十余天,过了三座关,前面就是乌鸦关了,先遣小将报知段威。段威闻报,想来这道人有什么本领破得五虎大将?此番若杀退得狄青五人,方能保得我邦。尚再杀不退宋军,此关一破,后二关也是无能的,将三关失去,狼主休矣!此时,只得勉强出迎,接进帅堂见礼。三人坐下言谈,段威看他形容怪异,不知他是怪是仙,有何法力。停一会摆上酒筵,款待老祖。老祖说:"将军,贫道修行已久,证果仙班,不吃民间煮火之物了,将军不必费心。"段威说:"仙长,你既入仙班,因何又到红尘伤生害命,岂是慈悲道念么?"老祖说:"贫道只为狄青猖狂不堪,伤我徒弟性命,故忿恨特来报仇。"段威说:"仙长原乃如此。"段、黑二人告礼就席,老祖不相陪,往后厢去了。吃酒间,黑吞细说老祖试演呼风唤雨移山倒海之术,段威此时听了方才略略放心。

次日,老祖说:"黑将军,贫道看你愁容满面,实有惧怕之意,待贫道送你一丸,吃下必壮其胆气,力量倍加。"即取出一丹,大如豆子,命取阴阳水化服。此时黑吞接转吃下,停一刻果觉精神加倍,胆大心雄。遂谢了仙长,心中大悦。老祖说:"黑将军,你可领兵三百,出关讨战,贫道随后即到阵中了。"黑吞应允,带兵上马,手持大斧冲关跑出。有段威挡住,还疑到底不知道人有何本领退敌。又见他把宝剑向地画了书符,口中有词咒念,喝声速变,阶下顽石忽然变化作一只青毛兽马,不像马,多了两角,略像牛。老祖连忙乘上,不用加鞭,此兽自走如飞,跑出关去。段威方知他真有本领,果有法力,但不知此去胜负如何,且看下回分说。正是:

　　花山妖道兴法术,欲向宋将报私仇。

第八十五回　施法宝花山逞能
遇妖术虎将被陷

诗曰：

花山妖道逆天为，称说报仇强助西。

宋将险遭雷掌陷，王禅老祖到扶危。

当下老祖乘上怪马飞跑出关，来至阵前，会齐黑吞，向宋营讨战。狄爷说："列位将军，本帅不知西辽王主见如何，一连候了二十天，停兵待他献旗投降，至今还未闻消息，不知辽王或战或降？"众将说："元帅，倘若他国君臣畏惧，又恳投降，元帅准否？"元帅说："只要他献出珍珠旗，便准投降。"众将说："元帅，倘若圣上怪辽王反复，不准他，若何？"元帅说："圣上原乃英明仁德，定然允准的。"

言谈未了，忽有小军报说："启上元帅爷，今有西辽王打发一将名唤黑吞，只带得三百名兵前来讨战，请令定夺！"元帅闻报说："列位将军，我想此将只带得三百兵丁到来，必是个劲敌。此番只要小心迎敌才好。"张忠说："元帅，前日两国交兵，多少英雄被我们杀得尽绝，岂惧今日这个把番奴？只消小将走马横刀，杀他个片甲不留！"元帅说："你休得狂言，此番只恐又有一场恶战。刘将军，你领兵一千小心出敌。"刘庆得令，提枪上马，领兵一千，飞马出关，各通名姓，搭手交锋。黑吞本领不高强，与飞山虎争战一场，招架不住，回马奔逃。飞山虎拍马追来，花山老祖跨坐骑而出，口中念咒在手，雷掌一起，向着刘庆对面虚空一掌，喝声："来将还不下马？"半空中一响，一道金光直射来。刘庆喊声："不好！"身闪不及，被掌打在肩上，疼痛难当，急下马，幸有阵中的军士飞步抢回。飞山虎奔回关去，一千兵卒惊慌逃走回关。

花山老祖收了雷掌法，黑吞大悦，称羡老祖法力精通。老祖复又呼唤："狄青！出马来会贫道。"喊战之声未了，石玉一马冲到阵前，大喝一声："何方妖道，敢来讨死。你伤我刘将军，休得活命。且吃我一枪！"说罢，把双枪乱刺花山老祖。花山老祖冷笑一声，把宝剑架过双枪，也是一雷掌打去，中在石玉背心，疼痛难当，几乎落下马来，拖枪大败逃回关，跌下马来，声声呼痛。元帅一见大惊，命军士扶到后营。

二位将军倒卧睡床上，叫痛之声不止。若被妖道雷掌所伤，不独中伤之处痛疼，满身骨节也麻痛难忍。随你英雄上将，不出三天命归阴府。此时，狄元帅心中焦闷，说道："西辽雄兵猛将，本帅尚且不介怀，无奈异人妖法，连伤二将，痛楚如此，还不知性命如何？"

元帅正在忧闷之间，忽报辽将黑吞坐名要元帅爷出战，元帅吩咐小军去了。帐下萧天凤大怒，上前打拱说："元帅休得心烦，待末将出马擒拿妖道番奴。"元帅说："萧将军，你虽骁勇，只因妖道用妖法伤人，倘如石、刘二将军被伤如何是好？"李义说："不妨，倘若除不得妖道，他又用法伤你，萧将军你不要恋战，即可跑走回关来。"此时萧天凤英气抖擞，顶盔贯甲，上马提叉，领了健卒一千，出营而去。元帅对张忠、李义说："萧天凤此去会阵不知吉凶如何？你二人随同本帅出营观阵。"二将答应，又吩咐苗显守营。三人刚出营，只见萧天凤已被雷掌打中，负痛逃回关中。元帅心中着急，吩咐军士扶他出后厢安歇。

忽又报，黑吞必要元帅亲自出马，元帅说："必要本帅出阵，如若不去，只道本帅惧他，且出关会这妖道便了。"即顶盔贯甲，跨上龙驹，张忠、李义相随左右，点兵三千，摆开队伍。出到阵前抬头一看，只见一辽将耀武扬威，后边立着一红脸道人。形容古怪，眼色异常，原像有些来历。黑吞喝声："来将快快通下名来！"狄爷说："本帅乃大宋平西主帅狄青也，你莫非黑吞么？"黑吞说："既知俺的大名，何不早早下马送过首级来！"元帅大怒，喝道："你乃无名下将，怎得夸此狂言，看刀！"金刀砍出，黑吞月斧一架，喊声："不好！"马退数步，几乎跌下马来，月斧拖地，回马奔逃。老祖看见，劈面冲来，提起雷掌打过来，狄爷喝声："慢来！"把金刀将霞光一拨，这道光从旁边侧出了。此时，花山老祖大怒,喝声:"狄青,你敢破我仙法么!"狄元帅大喝:"妖道,你且认认本帅何等之人,你用此旁门妖术有甚相干! 别人由你摆弄,在本帅跟前休得出丑!"说罢,金刀砍去,老祖用宝剑架住,又是一掌打来,狄爷把金刀拨出霞光。老祖喝声:"狄青! 你又破贫道法宝,要你死无葬身之地!"一连三个雷掌,也被狄帅拨开。狄爷大喝:"妖道!你还有什么妖术,休得作弄,枉找你自己面皮。"老祖大喝:"狄青,休得逞强,看看法力取你!"

老祖口中念咒有词,顷刻乌云遮日,狂风大作,飞砂走石,滚打得宋兵各处奔逃,黑暗不辨东西。张忠、李义也觉心寒,不敢上前。狄元帅即忙念破风咒言,不一会又得盔上血结鸳鸯一道金光,灿灿霞光冲散乌云,早早一轮红日复现。元帅提起大刀砍杀不住,几乎中着老祖身上。老祖大怒,怪眼圆睁,囊中取出法宝,名曰乾坤砚。祭起空中,真是厉害非凡,金光灿灿,响声铮铮,左旋右转落将下来。——这件东西乃老祖修道山中,日日炼成的。由你开阳宝镜、金盔上宝鸳鸯全不济,王禅老祖授秘诀避妖物真言也抵阻不住此物。——此物如电光飞尘压下来,元帅把金刀乱挑,哪里躲闪得过? 却被打在肩上,狄元帅喊声:"痛煞也!"忍痛转回。幸有龙驹快马如飞,早有张忠、李义飞枪弓箭保护元帅,回进关中,宋兵也惊慌逃回。此时,二将扶元帅下马,倒睡在牙床上,痛不可忍。张忠又吩咐紧闭关门,按下慢表。

再说花山老祖收了法宝,呵呵大笑说:"狄青哎! 贫道的雷掌被你破了,那乾坤砚你却破不来! 今日管你盖世英雄的汉子,活不了三天。如今狄青受伤,徒弟之仇报了,岂不称快! 看来天色将晚,暂且回营,来日除尽宋将,好待狼主发兵,直进中原。"此时,老祖转回,黑吞大喜,与老祖一同回关。段威迎接进帅堂,三人自有酌量之说,不能烦述。且说狄元帅受伤回关,疼痛难当,忍耐睡在牙床,辗转身躯,声声呼痛。张忠、李义心中忧闷,与苗显一同问候。但见元帅口也难开,一句话也说不出,只是摇头叫痛。后营被伤刘庆、石玉、萧天凤三人也是如此喊痛,伤处又无药可调治。

此时,三将好不着急忧心,张忠说:"这泼妖道妖物凶狠,打着就痛楚如此,犹恐还有性命之忧。"三将商议,只是心烦,张忠叹声说:

"若元帅应死在西辽,何不死在天王庙内,岂不胜乎死于此地么！可笑王禅老祖,说二取珍珠旗,再平辽国,才得奏凯还朝,国家无患。本想他是道德清高的仙翁,岂知原是哄骗凡人之说。若不是妖道来帮助西辽,我元帅行兵数载,有胜无败,从不曾至身体受伤。就是想来昔日薛德礼混元锤厉害,只伤得杨元帅,我们五弟兄从不曾受伤一人。岂料今日一战,一日连伤四将,看此光景乃自有死无生了。"李义说:"刘庆、石玉、萧天凤死了也罢,倘元帅一死,大宋江山已冰消瓦解了。早晓得这场,何要多劳国务,历尽风霜辛劳,并不得一日逍遥。尚未成功,先亡外国,真乃师父害了元帅!"二人同怨着王禅老祖。四将被伤,危在旦夕,还不知如何解救,且看下回。正是:

　　受伤四将成危险,望救三人更着忙。

第八十六回　鬼谷师灵丹救将
花山祖赛法沙场

诗曰：

　　天朝虎将遇花山，妖法重伤命险关。

　　鬼谷临凡施妙药，英雄方得再平蛮。

　　当下张忠、李义见四人受伤，元帅中了妖道乾坤砚，不住叫痛，心中烦闷，一同抱怨王禅老祖。此时苗显在旁，见二人不住怨言，便说："二位将军，元帅虽已如此，你怨王禅老祖也是枉然无济，眼下须要定个主意才好。不如前往水帘洞仙山走一遭，求恳他师父前来搭救四人性命，你看如何？"张忠说："做不来的。此去仙山，非刘兄弟去不得。如今他又被伤，还有何人可往？"苗显说："不然如何是好？"李义说："我也无计可施。不如拜诉天地，祷告王禅仙师，若元帅不该绝，或得神明搭救，或得他师父到来，也未可知。倘元帅有救，他三人也无妨碍了。"张忠说："这是孩童的识见，如何济得甚事。"苗显说："若诚心拜告天地，仗着大宋天子的洪福，天地神明有感，得王禅仙师降临，有灵丹救回四人性命，也是出于无奈何的思想。"此夜，三位英雄只得在关中烧香，叩首望空祷告一番，待至三更。

　　慢言宋将祷告上苍。再说水帘洞王禅老祖静坐蒲团。忽耳边吹过一阵狂风，即袖断时课，方知徒弟狄青被花山道人用乾坤砚打伤肩背，命在须臾。石玉、刘庆、萧天凤背受雷掌所伤，也不过三天。倘不即去救难，以保全四人性命，要动摇大宋江山。忙即取出四颗丸丹，又带了几件法宝，吩咐仙童守山洞中，老祖登时驾上云头而去。祥云霭霭，一程云端跑走。凡人走路，一日之间走得二、三百里已是过多了，岂知仙家乘云而走，个把时辰已行一千八百里的路程。所以，老祖半夜间驾云来到关中，日已初升了，一路原有四千里。

此书先说宋营中狄元帅与三英雄身体受伤，半日一夜，多是昏迷不醒，又不见呼痛，命在须臾之际。此时，三位英雄心内犹如火焚一般，看看元帅和三位英雄，无计可施，只得又到阶前祷告一番，又呼禀王禅仙师："刘庆、萧天凤与你无干，这元帅、石玉乃是你门徒，也该前来解救。为何我们祷告一夜，仍不见到来，为何冷眼旁观？花山妖道伤了你徒弟，乃欺人太甚。你为师的威光灭尽！"拜告一回，东方渐渐黎明。三人到后营，只见元帅尚存一息之气，奄奄呼吸，呼唤他只是不答应。刘庆、石玉、萧天凤也是一般昏迷，想来必不济了。三位英雄说："圣上啊！倘元帅有甚差迟，宋朝社稷的保护依靠何人？只忧锦绣江山要付与西辽的。"三人正在烦恼之际，却说鬼谷仙师到了，落下云头，早有宋营中军士看见，齐说："不好了！半空中落下这道人来，定是花山道人打发来的，我们快快报知将军爷，快些逃走罢！"老祖呼："你们军士不必惊慌，贫道乃王禅老祖，特来救活你家元帅，快些前去报知。"众军士说："原来仙师到此，元帅爷有救了，我们快些去报知！"

此时，关中三位英雄正在烦恼之际，忽闻军士报知，出营叩首恭迎，说："仙师若不来搭救，我元帅与三将一死，难留旦夕。"老祖说："贫道正着着四人被花山妖道所伤，若过了明朝，难以活命，故特赶来搭救。"三人听了老祖之言，心花大开，说："请仙人进关！"老祖进至关中，三人再拜见。老祖说："三位将军休行重礼，快些引贫道去看他四人。"三位英雄答应，即引老祖入后营到元帅房中，但见他尚有一息之气。左肩被伤之处青黑肿胀，不出三天性命难保。老祖取出一颗仙丹，大如黄豆，喷臭奇香。吩咐张忠取些阴阳水化开，先扶起元帅，与他服下。老祖又取出三颗丹，命调服三将。老祖出房，坐在帅堂等候。不消半个时辰，元帅苏醒了，疼痛立止，大叫："泼妖道，你敢害我！"睁开两眼四边观看，原来张忠、李义、苗显三将在此，忙问道："我被妖物所伤，为何一时平安如前？"三将说："元帅，你难道不知王禅仙师降临，调化灵丹与你服了？"元帅说道："原来师父到来搭救，如今何在？"张忠说："现在外堂。"元帅说："待本帅出堂拜谢便了！"三将说：

"元帅身体初愈,且自保重,不可再劳。"元帅说:"不妨了! 如今痛楚全无。"即时抽身整衣,一路出来。三位将军大悦,跟随元帅出来。见了师尊连忙叩礼,说:"不知师父降临救援,弟子特来叩谢活命之恩。"老祖说:"贤徒起来罢了!"元帅问:"师父如何得知弟子有难,前来搭救?"老祖说:"贤徒,你在仙山数载,难道不知仙家妙用么? 蒲团净坐,阴阳袖卦占,故已得知此妖用乾坤砚打伤了你,雷掌又伤了三人,生死不出三天。所以为师特地赶来,将灵丹救回你四人。"

此时,元帅连忙叩谢,张忠三人也来答谢。元帅又说:"师父,后营三将也被妖道打伤,不知能救回否?"老祖说:"为师早已知道三将被道人雷掌所伤,也是过了三天不能活命。"张忠笑道:"我们早间扶了元帅起来,忘了他三人,也已服了丹丸,不知如何?"张忠正要往后营去,三位英雄早已走出堂来。这三将昏迷一日一夜,此时忽退去痛楚,倍长精神,不知自己如何平复如前。见了老祖,石玉方知师父到来搭救,连忙叩见拜谢。刘庆、萧天凤问明原因,不胜大喜,一同上前拜谢老祖。

老祖说:"贤徒,从前的事也难细说。这花山妖道乃系赤蛇原身,修炼成人形已有八百余年。牙里波就是他的徒弟,被你用开阳宝镜破他迷魂阵,杀了他,故这道人前来报仇。我想他违逆天命,造孽伤生,如何还归得仙班? 待为师破他法术,降了雷掌、乾坤砚——料想这逆道无有别物——将他收服归山,好顺天命,待你平西奏凯班师便了。"元帅正要开言,忽见小军报说:"辽将讨战。"元帅说:"师父,黑吞就是妖道引战之人。"老祖说:"如此,你也差一将军引战,为师前往破法收妖罢。"张忠说:"末将愿往,随仙翁出阵杀黑吞,待仙翁收服妖道便了。"即时上马提刀,带领雄兵一千,老祖念咒,向空中一拂,云端降下仙鹤,连忙乘上而去。狄元帅带领众将在城上远远观看。

却说张忠一马飞出,大喝:"你是黑吞么?"他说:"然! 南蛮你且通下姓名来!"张忠通名毕,喝声:"看刀!"话未完,大刀当头就劈。黑吞持斧急相迎,战不上二十合,大败而逃。张忠正要追赶,忽冲出花山老祖,喝声:"宋将休得逞能! 看法宝来。"就起雷掌,张忠放马奔逃,王禅老祖跨马早已跑到,大喝:"逆畜赤蛇,快快回山去罢! 不必妄助西辽,违逆天命!"拂尘一扫,拨去了金光。花山见了大怒,喝声:"王禅,想你虽有法力,我何惧哉!"又是雷掌打过来,王禅祖将金光扫散。花山祖怒气冲冲,又念咒语,祭起法宝乾坤砚,万道金光盖下来。王禅祖即拿出法宝,名曰冲天弹,曾在山中炼成的宝贝,亦祭起在空中,金光万道,呼呼作响,左旋右舞。此时,一双法宝在空中斗赛一回。这乾坤砚却被这冲天弹打破,跌下尘埃,一声响亮打得粉碎。不知花山老祖再有何法术赛斗王禅,且看下回分解。正是:

　　妖道虽云法广大,仙师又是道深高。

第八十七回　斗法术花山逞能
　　　　　　收野道王禅借宝

诗曰：

　　花山蛇怪也称能，弄法沙场赛斗争。

　　仙妖交锋无胜败，分明邪正岂容更。

　　话说王禅老祖的冲天弹把乾坤砚打落，跌碎地中，犹如粉斋。此时，王禅老祖又喝声："妖道你不现原形么？"喝声："法宝，速除逆畜！"空中的冲天弹光华射目，照着花山老祖打将下来，好不厉害！花山看见大惊，慌忙伸手向混海囊中拿出法宝，形如方砚，望天丢去，空中有五彩金光射目。此宝名曰日月帕，祭起遮蔽得日月无光，昏天暗地，即把冲天弹打下。王禅老祖忙把冲天弹收回，心中也觉惊骇。虽有神通广大的咒语真言，无人可破，倒被他打将下来。王禅老祖只得拿出八卦筒，祭起高空，筒内吐出霞光，闪在云头，相斗一番。二宝俱不下来。花山说："王禅，贫道对你说，你徒弟伤了我徒弟，所以特来报仇。你法力虽高，我的法宝倍加厉害。倘你今破得贫道日月帕，我就服你。你若破不得，劝你休要与贫道争斗，速速归山去罢！"

　　王禅老祖想来：我的法宝虽多，不能除这妖物，又破除他不来，反被这妖道逞舌强言，即大喝："逆畜，休得猖狂！从来邪正分明，仙妖异路。你说贫道无物可破你的日月帕么？但今未曾带得宝贝来，且待明日要你伏现蛇形。"花山听了，呵呵冷笑，说："王禅，谅你再无别的法宝来斗贫道了，如今且容你一夜，明日看你拿何物来破我的法宝。"即向空中把手一招，登时收去日月帕。王禅祖也收回八卦筒，各自收兵。花山回进关中，喜色扬扬，黑吞忙问道："仙师，不知这道士是何处来的？看他法力虽然广大，到底斗不过仙师。此时，何不将他剪除了，灭尽众南蛮，我大军好进兵。"花山说："将军有所不知，这道人名唤王禅鬼谷子，在云梦山水帘洞修真，狄青是他徒弟，所以前来相助，他纵有法力，那里及得我修炼的功夫！若是贫道今朝即除了他，只说我没有些仙家面情，明日再赛法宝，然后除他。"黑吞说："仙师，又恐这王禅法宝尚多，除他不得，这便如何？"花山祖说："将军，由他法宝多般，哪里斗得过贫道的日月帕！管教这王禅只在来日便远遁归山了。"黑吞听了大喜，说："此乃我邦狼主之幸也！"

慢表番将之言。再说王禅老祖未能除得妖道，回进关中，也觉无颜。元帅忙问："这妖道因何有此法宝？"老祖说："徒弟，这花山妖道乃一蛇畜耳！若他物件般般可破，单有日月帕乃是妖蛇的原神所炼。炼了七七四十九年的功夫，幸亏八卦筒挡住，倘若不然，为师也要吃亏。"元帅与众将听了好生不悦，元帅说："既破不得日月帕，就除不得妖道，这却如何？"王禅说："贤徒且免心烦，为师驾云往庐山圣母宫中借取镇妖球，可破日月帕，收除此妖。"元帅听罢，方始放心。

老祖即驾上云头，跑走三个时辰，已到了庐山仙境。此时日渐西归，明月初起，圣母早已知道，吩咐开了洞门，亲自迎进碧云宫。分宾主坐下，王禅祖说明来历。圣母听了，含笑说道："宋朝社稷无人佐弼，所以上帝差武曲星临凡。如此数年争战，杀运已完，江山永固。岂知这逆畜全不醒悟，修炼功夫有年，再修二百年后即登仙班。原不该坠落红尘，起了杀生之念，已将根本尽坏，前时功夫一齐倾了。"老祖说："仙母，贫道无非为着宋室乾坤，故亲临收除此妖，待五虎成功，班师还国。岂知破不得他的日月帕！故特来借取镇妖球，收服妖道归山，望圣母与贫道拿了孽畜，即日送还。"圣母说："老祖，若镇妖球在此，理当拿去用，只是不在此了。"老祖说："因何此宝不在此了？"圣母说："昔日已赠与徒弟赛花公主八件宝贝，镇妖球亦在其内。"老祖说："令徒公主与小徒狄青已成夫妇，既是宝球在于彼处，待贫道即往单单国与公主借取便了。"圣母说："老祖，你去不得。你若去而复还，已耽搁日余了。还须防逆畜持强，先伤了五虎英雄就不妙了。不如你且回七星关内等候，待贫道取球回来，亲到西辽便了。"老祖说："只是有劳圣母，贫道不敢了！"圣母说："老祖说哪里话来！彼此无非为着大宋江山,所以各不辞劳耳!"老祖点头称是,即抽身辞别圣母,仍驾云回到七星关中。天色未明,将言说知徒弟,七位英雄多多感谢仙师不表。

再说庐山圣母也不迟延,吩咐仙女几言,连忙离了碧云宫,驾上云端而去。若说仙家赶路,伏着一朵祥云,飞驾一日一夜,万里程途可至。所以,古云:山中方七日,世上已千年。此是仙家之语,不是做书妄说的。此时,圣母腾云跑走,往单单国有三千七百余里,走到天将黎明。

先说公主自与狄青成亲一月,已分离二载,在西辽破解重围,方得聚会。但交兵之际,只是讲叙离情,岂暇同衾! 辽邦降顺之后,你转中原,我归单单。这公主原是一个多情之女,自分离后常思:丈夫许我班师复命,再来我国宣召。岂知一别杳无音信,至今令人倍增思念。至旧年方得中原万岁旨来宣召,当时只因母后身亡未久,所以逆了天朝万岁旨意。父王推算今岁八、九月间,送我到中原,后来父王又丢不下我,所以耽延日月,直至今日。又闻西辽复叛,与新罗借了兵,仍要夺取宋朝江山,却被驸马杀得大败,征服了新罗国,大兵复进西辽。又闻报说,仍杀得西辽无人抵敌,真乃好一员虎将。我想西辽国既投降了中原,只宜安分守己为是,如何痴心反复不一? 国无兵将,又求借于邻邦。可恨新罗国借兵与他,后来反惹得损兵折将,自取其辱。倘今日征西,若是驸马杀败了,哀家自必要前往解救的。今幸喜他旗开得胜,料想这西辽国已稀少雄兵猛将了,必然依前求和投降的。如今八、九月期已过,又是对年四月了,只望他早早班师奏和,万岁有旨宣召哀家。想起来虽是夫妻,还要奉养老婆婆,但不能见父王了。想起来又丢不下父王,既是姻缘有定,不该远离国都。但天子再召,父王难以推辞,但他必要留下一个孩儿,长育成人,接姓以传单单宗支。父王哎! 为女儿舍不得远离膝下,又无两弟一兄侍奉于你。

此事公主想起烦闷,国王亦终日不悦心怀。自从狄青私逃之后,恨他抛弃女儿,并无半点儿婿之情。好笑女儿全无知识,时常思念这无情之汉,心向天朝丈夫,无心于父母。只悔恨当初把女儿错配与狄青。这狼主常想起烦恨之心,不能细述。

这日五鼓,国王坐朝,文武参见毕。有黄门官启奏说:"朝门外有一道姑,自称庐山圣母,要见狼主。"狼主听了,不知圣母到来何故?他是仙家到此,定有缘由。即率众文武亲自迎接,进银銮殿坐下。狼主说:"圣母降临有何见谕?"圣母说:"狼主,贫道前来非为别事,只因驸马狄青征西兵败。"狼主说:"圣母,狄青二次平西,孤家也得知,但只闻其胜,未闻其败,如何危急,乞道其详。"圣母说:"狼主,驸马在西辽七星关,有花山妖道帮助西辽用法,连伤四将,驸马几乎身亡,亏得他师父王禅老祖将灵丹救回性命。但这妖道仗着日月帕宝贝厉害,拒阻宋兵。王禅老祖法宝虽多,只破不得这日月帕。若不收除逆妖归山,驸马难以平定西辽,何日得班师回朝?"狼主听了,说:"妖道这日月帕如此厉害,有什么法宝可破?"不知这圣母说出什么话来。正是:

　　只因妖道扶辽国,惹出仙家降俗尘。

第八十八回

劝番君仙母善点化
离单单公主再西行

诗曰:

> 妖道帮辽阻宋君,仙师圣母下凡尘。
>
> 宝球降伏原形现,灭逆存顺古所云。

当下狼主说:"妖道这日月帕还有何法宝可破?"圣母说:"他的日月帕并无别物可破,只有镇妖球乃是贫道之物,已赠了令公主。所以,贫道前来要公主往西辽破法收妖。待驸马奏凯班师,母子团圆,夫妻完聚。伏望狼主速差公主前往。古云:救兵如救火,延缓不得。"狼主听了说:"圣母的徒弟乃一女流之辈,从前兵困西辽,我女曾经前去解围。如今不要去了。若要法宝,即请圣母拿去,若要女儿再去交锋,难从命了。"圣母说:"狼主哪里话来!既将公主匹配了他,理应帮助平西。况且前时被困,得公主解围,如今不使公主前往,难道听凭驸马当灾不成!"狼主说:"圣母,若说狄青与我女虽成夫妇,他却无夫妇之情。勉强成亲一月,竟是不别而行,至今孤家想起气恼之极。这汉子真是无情无义之人,无事时丢却孤家父母,一日有难,又思小女扶助。如此薄情人,有何亲谊关照!"

圣母说:"狼主哎!你有所不知,这驸马生长天朝,忠孝传家,身受皇恩,理当事君亲为重,所以定然要去的,狼主你却错怪了他。辽国与新罗尚有邻邦之谊,借兵相助的,狼主与驸马有半子亲情,反忍坐视不救之理!就是大宋天子国家有难,狼主也该帮助一臂之力才是,况且驸马将一战成功。伏望狼主高明龙心详察,勿因小故错怪驸马,失了翁婿之情。若然公主是女流之辈,不敢差他往沙场历险,今喜是个女中英雄,丈夫有难,为妻理当解危的。伏惟狼主休执一偏之见，速命公主前往西辽，解丈夫危急。待驸马奏凯还朝，宋王必有旌奖到狼主贵邦。"圣母用好言劝解，狼主听了圣母一番善言，无奈只得命宣公主。不一会，公主上殿，朝见父王，又参礼师父。圣母说知此事，公主闻言，心中暗急，即开言说："驸马危急，即刻点了人马，立即前往！"圣母说："你也不必带兵的。如今事急，一日难停，只要你拿了八件宝贝与为师驾云前往。"公主听了应诺，即忙回宫，对两个孩儿吩咐说："你父在西辽有难，为娘前往解救。你弟兄休慌，为娘去不过数日即回。"一双孩儿果然乖巧应诺，公主又吩咐叮嘱乳娘一番，不必细说。

且言公主登时戎装，但见：

> 头戴金冠雉尾毛，身穿五彩凤鸾袍。
>
> 足下战靴花簇簇，腰拴碧玉衬金绦。

公主扮了戎装，藏了八宝囊，手执两口绣鸾刀，过去公主用枪，只因枪、刀、剑、戟，公主件件皆能，随意所用。此时，急急忙忙出宫，到银銮殿，说："父王在上，女儿拜别了。"狼主说："女儿，如今此去，若平西后，仍复回来或跟随丈夫一同到中原，你且实说。"公主说："父王哎！女儿与师父破了妖道，即日转回，不必挂心。"狼主说："只是为父花甲之期到了，狄龙、狄虎弟兄不知饥饱的孩儿，这两句话听凭你的主意便了。"公主说："父王何烦多虑，女儿不是无知之辈，养育恩深未报，岂敢舍抛了父王、儿子到中原！"圣母说："徒弟无紧要之言，休得多说，破法之后，仍复回来，速速驾云同去罢！"公主应诺。圣母就把拂尘向空中一展，口中念念有词，招了两招，但见两朵祥云，从空而下，师徒登云而起。各官员望空相送，但见祥云渺渺茫茫，师徒云内远去无踪。狼主不悦，叹气回宫，不表。

再说圣母在云端说："徒弟，为师的不得与你同往，你到西辽把镇妖球破了日月帕，将五龙绦收了这逆畜，不可留恋辽地，速带这物前来见我，我还有话说。"公主说："谨依师命！"当时，师徒分路，圣母离却红尘，自回仙宫。

公主赶路慢言。先说王禅老祖借宝回关，次日，又报说花山老祖讨战，在关前辱骂，说要与仙师斗赛法力，请令定夺。元帅说："圣母未到,这妖道又来讨战,如何处置?"老祖说:"贤徒不用心烦,待为师出关会他。"老祖把拂尘招下空中仙鹤,乘上出关,带了张忠、李义二员虎将。花山一见说声:"王禅,贫道与你各为徒弟,你我皆有法力。昨天,你斗贫道不过,今日再来会阵么? 你若破得我日月帕,贫道即隐归山。我破了你的法宝,你也不必在此了。"老祖喝声:"逆畜休得弄舌,贫道是上仙,你是蛇妖,难道上仙让你怪物么? 无非念你八百载修行,不久也要归入仙班,所以,昨日宽容了你。你必要寻入罗网,今朝却不饶你。"即咒念真言,撒起金钱打去,花山把宝剑一拨,钱已落地。老祖大怒,用第二个金钱打来,一连三个,皆被花山拨去。又念咒言,提剑向天一招,顷刻乌云漫天,狂风大作,宋兵好不惊慌。元帅在关前看见了,道:"这妖道只得八百年功夫,竟如此厉害。师父与他赛斗不知胜负。"此时,只见飞沙走石,地暗天昏,对面不见人形,伸手不见五指。风势猛狂,张忠、李义也觉惊骇。老祖冷笑,即取出一颗定光珠,祭起高空,光华万道冲开昏暗,依然一轮红日,狂风不起,沙石不飞。

花山说:"王禅,此法你破了,法宝又来!"宝剑向南书符念咒,空中一座大山移来。老祖即收了宝珠,拿出托山轮,托去高山。又念化山真言,退了山形,即大喝妖道:"你还不现原形?"花山冷笑说:"你道我无能么?"宝剑向东一指,对面已成一条大海,白水滔,波浪滚,来淹宋军。老祖见了,用拂尘书符,又复为平地,大水不见,喝道:"逆畜! 这些小法何足轻重,还不快现原形!"

花山见破了法,又念火诀,驱了一团烈火,风卷到宋军阵上。老祖忙招北方壬癸水冲去,烈火又消了。即喝:"逆畜,你速现原形,即饶你性命。再要弄些小法,你现原形也不饶你。"此时,花山无甚别法,只得又祭起日月帕来。老祖仍用八卦筒,赛了一会,不分胜负,只得各各回关。花山想来:"这八卦筒没有什么法宝可破,若不得破王禅之法,八百载的功夫用空了。罢了! 贫道前往蟠螺山寻友,借取藏天袋,必破王禅八卦筒。收完宋将,连王禅收之天袋中,狼主大事定矣。"说知黑吞,吩咐不可泄漏,勿被兵将得知,小心守关。花山即腾云去了。

　　再说王禅老祖回进关中，元帅接见，坐下问道："师父哎！不知妖道如此厉害，亏得师父法力破他。若非师父到来，谁能抵挡？众人性命难保了！但不知仙母何日到来，愿他早到此，速除妖道才好。"石玉说："师父何不袖占一课，便知圣母来的时候了。"王禅说："贤徒之言说得有理，且断一课，看是如何？"此时老祖推算阴阳一会，说："贤徒，公主原来带法宝来了，仙母已回山去了。今夜三更必会公主。"元帅说："师父，请再一卜，看公主到来能破妖道否？"老祖又占一课，细推，不觉一笑，众将问其缘故，老祖说："天机不可漏泄，天晓便明白了。"

　　众人听了，心内狐疑，不知怎样妙算天机，只得安心等候。只有刘庆想来，我不管他什么天机不天机，实在等不到天明了。今夜且瞒了众人，不使元帅知道，驾席云悄悄到乌鸦关，把花山妖道一刀结果了。管他黑吞白吞，段威不段威，进关中去，黑夜杀得干干净净，岂不美哉！这飞山虎定了主意，是夜候至三更时分，瞒了元帅、众人，悄悄驾云而去。此书先说花山老祖离了七星关，到蟠螺山道友处借取藏天袋，来破鬼谷仙师的八卦筒。不知取到藏天袋可破王禅否？但看花山老祖妄助西辽，逆天悖理，有分教：

　　八百修行成枉炼，千年善果已无功。

第八十九回　镇妖球云内收蛇怪
飞山虎私夜劫辽营

诗曰：

八百余年苦炼修，花山何不悟回头。

嗔痴一念前功夫，未证仙班形现收。

再说飞山虎前往乌鸦关行刺慢表。且言花山老祖往蟠螺山，一路驾云而走。约有一半路程，前面来了赛花公主。当时公主看见前面云光闪闪，"不知何处来了妖魔——"说未完，只见一个红脸道人驾云而来，两家各不相识，公主连忙按住云头说："来者何人？留下名来！"此时花山老祖也认不得是公主，即回说："贫道乃花山老祖是也！女仙何处来的？也须通个名来！"公主说："你且慢问我的姓名，我先问你往何处去的？"花山说："不瞒女仙，贫道帮助西辽破宋，只因王禅的八卦筒厉害，我的日月帕破他不得，所以特往蟠螺山与道友借宝破他。女仙休得阻着贫道的去路了！"

公主听了，怒气冲冲，圆睁凤目，骂声："逆畜！你八百载修行，功夫不浅，因何不想登入仙班？逆天破戒，妄助西辽，可惜前时功夫，今朝一旦倾了。哀家正来除你，速现原形，方可饶你性命。倘再违逆，即教你原形性命难逃。"花山听了，喝声："女妖！你有何本领，口出狂言！贫道若把你一剑挥为两段，只道我欺你这小女妖无能。如今，你走你的路，我走我的路，恕你过去；若再胡言乱语，宝剑上断不客气！"公主大喝道："逆畜！休得夸能，你要哀家让路却也不难，只要你认得哀家是何仙佛，说得分明，立即放行。倘若说不出来历，休想去路！"花山听了大怒，喝声："无名女妖，本事毫无，敢大胆阻贫道去路，眼见你活不成了！"便把宝剑砍来。公主双刀迎敌，在云头二人刀剑交锋，不分高下的争战。花山老祖想来,这女妖倒有些本事,我今要往蟠螺山去,不知与他斗到何时方止,不免用日月帕伤他性命便了,忙伸手向混海囊取出日月帕,祭起天空,一声响亮。黑夜天昏,此时帕光冲起,掩了明月,向公主顶上落下来。

公主不慌不忙,向八宝袋取出法宝镇妖球。霞光灿焰,彩色遍空,光辉照耀得犹如白昼,在空中施舞,由你什么妖物见了此球不能收回。当时听得空中响亮如雷,已将日月帕打碎地中央。这帕乃花山道人蛇魔的原神所炼,今日被镇妖球打碎,这花山周身骨节疼痛难当,踏驾云头不稳,跌下地中。正要遁走,岂知镇妖球追下地来,打在妖道后心,即大叫一声现了原形,乃是一条赤火蛇,长有二丈余,浑身犹如火炭一般,翻来滚去。公主落下来,取出五龙绦一搭,捆绑了长蛇,方才不敢作动。却也奇怪,这赤蛇先有二丈多长,被五龙绦捆绑了,其身渐缩至七寸长。公主又向八宝囊取出混元瓶,对着小蛇说:"逆畜!今日本该除你一命,只念你八百载修炼,功夫非浅,暂饶你一死,速归瓶内去罢。"瓶口出一道毫光,蛇儿即进瓶中去了。公主收了五龙绦,收藏镇妖球、混元瓶,手持双刀,依旧驾上云头向七星关而来,按下后题。

却说莽将飞山虎架席云帕走至乌鸦关,但此时星光灿灿,月色溶溶。只得悄悄向黑处闪入关中,但见两个番将各坐东西桌上,灯烛辉煌,一班士卒在帐外站立。刘庆想来:为何不见了花山妖道?趁这番将没有提防,杀个措手不及便了,花山妖道纵有神通也来不及了。按下云头,进关大喝一声:"番奴,今夜活不成了!"两员辽将大惊,被飞山虎一枪刺倒段威。长枪一拨把辽兵副将乱刺,番兵大乱,纷纷逃走,自相践踏。黑吞慌忙唤人取斧来,被刘庆一枪刺进门面,黑吞头都不见了。关中虽有番兵副将,但黑夜慌张,又不知宋兵多少,自相残杀,早已大开关门,顷刻四散奔逃。飞山虎大喝:"花山妖道,快些出来纳命!"连呼数声,不见动静。跑进关内外,各处搜寻,并无一卒,但见尸骸满地。

飞山虎一想,这妖精惧怕我的长枪,先已脱身去了,笑说:"妖道哎!虽然你已走去,我已将辽兵辽将杀得好不爽快也。且回关报知元帅罢。"仍驾席云跑走,赶不上数里,前面一朵祥云。刘庆一想说:"莫非花山妖道在空中走了。"即大喝:"来者何妖,往哪里去?""刘将军,哀家在此! 你快去禀知元帅,说哀家要来见元帅。"飞山虎一闻此言大喜,说:"原来公主娘娘到来,小将只认作妖道,险些冒犯了。如今收了妖道么?"公主说:"正是!"此时二人一同驾云来到七星关,已是二更。

落下云来,刘庆先进入关中,向元帅呈明乌鸦关兵将已被小将杀得尽绝了,单单逃走了妖道。元帅听了心中暗暗欢悦,假作怒色,喝声:"匹夫! 不奉军令私自劫营,倘有差过,死于非命。刀斧手拉出斩首,以正军法!"元帅军令一出,刀斧手即上前将飞山虎绑了。刘庆发笑说:"元帅,今夜小将虽未奉军令,然而有益无损之事。元帅将小将正了军法,岂敢逃脱,只是小将杀尽辽兵,也有些功劳,望求元帅鉴察,赦了小将之罪,感恩不浅。"这狄爷原喜除了番将,逐去妖道,并不是真要杀他。只因军法所立,只得掩人耳目,此时又不好自己收科,看看旁地三个兄弟,石玉、张忠、李义、萧、苗兄弟一同求恳元帅宽恕。元帅听了,命刀斧手放了刘庆,说:"本帅行兵数载,多是堂堂正大的交兵对敌,从不曾偷营劫寨,侥幸成功的。倘或一时措手不及,你既伤于无名之地,本帅还有疏失之罪。若非众位将军讨情,断难轻恕。死罪饶了,活罪难饶,吩咐捆打四十以正军法!"五将同声说道:"不奉军令,私自偷营,本该治罪,但念他有功于前,平西在即,不可先伤了自家将士,求元帅一并饶了这棍。"元帅本不定要打他,趁众人讨免之时,即喝他起来。

飞山虎见免了捆打,谢过元帅,又谢了众将,说:"元帅,小将杀散辽兵之后,云中遇逢公主。公主说已经收除了妖道。"元帅急问:"公主如今何在?"飞山虎说:"公主先打发小将回来禀知元帅。"元帅听了心中暗喜,难得公主再来收除妖道。一别许久,今朝得会,方慰前日恩情。即吩咐开关,灯球火把照耀如同白日,元帅与众将出关迎接。

公主已下云等候,此时接进关中,众将在外堂,元帅与公主见礼坐下,开言说:"公主,下官自与你分离之后,时常牵挂。上年奏知天子,前来旨意宣你,又因国母身亡,所以未得到中原,难得今朝再会,平时想念,略略安慰了。"公主说:"驸马,承蒙挂念,足感盛情。从前分别之后,只道辽邦永服天朝,岂知辽王痴心未改,又向新罗借兵,侵犯天朝,亏得你五人征服新罗国,哀家一闻边报,才得放心。今日伐西,又有妖道猖狂,哀家未有得知,所以不曾早来相助,以至驸马当灾。来迟之罪,望乞宽恕。"元帅说:"公主,你哪里话来!只为下官征服新罗时,曾杀一将,名唤通迷。他的儿子名牙里波,与父报仇,摆了迷魂阵,众将被困阵中。幸得下官师父预赠我开阳镜一面,破了迷魂阵,杀了牙里波。他是这妖道徒弟,故这逆畜特来报仇。仗这旁门法术,雷掌连伤三将,下官也受乾坤砚之灾。亏得师父到来,赐丹吃下,四人才得无虑。师父与妖道赛斗一番,岂知他有日月帕,厉害非凡,师父的八卦筒只能挡他日月帕,斗个平交,不能破得此物。师父只得特到庐山见圣母,借取这镇妖球来除妖道。如今又得公主前来,除了这妖道逆畜,下官深感之至矣!"此时下文不知公主如何答话。正是恩爱夫妻,一别已三载,今日叙会,真乃:

　　二次平西夫妇会,他年旌诏凤鸾谐。

第九十回　收野道夫妻重叙会
遵师命鸾凤再分离

诗曰：

当年一别会期稀,今日夫妻复叙时。

只为师言遵嘱命,降西鸾凤再分离。

当下狄元帅见公主除了妖道,夫妻各说欣幸感激之言。公主说："驸马哎! 若非王禅仙师前来见我圣母,哀家也难得知。又亏难得圣母到我邦说明,所以哀家立刻前来,云中遇着妖道,说往蟠螺山借宝,破老祖的八卦筒,恼得我心中气忿不过,故将他收入混元瓶中了。"元帅说："既收了老妖在瓶中,公主且拿出来,众人一看也好。"公主忙取出瓶来,玉手在瓶口一拍,但见冲出七寸蛇儿,浑身如火。元帅传齐众将观看,笑声不止。元帅呼声："逆畜,你雷掌法厉害,如今何在? 日月帕宝贝往哪里去了? 谁使你逆天帮助西辽欺着本帅? 你八百年功夫枉用了。若要再登仙班,只在着瓶中重新修炼。"

正说间,天色已明,老祖来了,众人起立。元帅说："公主,这位是本帅的师父,你须向前见礼。"公主应诺,即上前口称："仙师在上,赛花稽首了。"老祖说："公主不必拘礼。"元帅说："这妖道已经收伏于混元瓶了。"老祖说："这是圣母的法宝厉害。这妖道只因一念之差,八百载功行送尽。"转声又说："公主,贫道劳你一番跋涉,心甚不安。"公主说："仙师说哪里话! 驸马与众将军被雷掌所伤,非仙师到来,已活不成了。仙师若不到庐山,圣母不至,我在宫中焉能得知? 今朝得除妖道,皆仙师、圣母之力,赛花些小之劳,何足挂齿! 况帮助平西,为夫解难,理当如此。不知干戈以后平息否? 还望先师指示。"老祖说："昨天贫道已推算阴阳,得知干戈从今永息了。贫道还有一言相告嘱咐。公主说:"仙师有何训谕,赛花自当恭听。"老祖说:"公主与我徒弟姻缘簿上有名,前时常有刀兵侵扰,所以夫妻久别。目下兵戈宁息,夫妻叙会之期不远。宋君有旨宣诏你,须早到中原,夫妻相会才好。"公主听罢,俯首含羞,说:"谨依仙师吩咐。"老祖又呼二位贤徒:"那开阳镜你们如今不必用了,拿来还我,为师即要归山去也!"元帅、石将军说:"再请仙师耽搁一天。"老祖说:"贤徒,为师不恋红尘。但前日天王庙吩咐之言,切须谨记,旗儿要细细验明才好。"狄爷诺诺应允,二人取出宝贝,交还师父。此时老祖即刻动身,拂尘一招,空中降下一朵彩云,老祖跨上,腾空而起。七位英雄,一员女将,齐齐望空拜送老祖回归仙宫去了。

此时元帅只因昨夜飞山虎偷破乌鸦关,吩咐众将领兵三千前往。如有尸首未埋者,速速埋葬,安抚百姓,岂知众番民早已逃散。

慢言众将领兵埋掩辽兵。且说元帅与公主在关中,将自西辽分别之后,细细诉说一番。又吩咐摆上酒筵,夫妻对酌。元帅问起两个孩儿长成如何,公主说:"一双儿子长成,真悦妾怀,生成一样非俗,弟兄一般之气象,若然再过几载,必与驸马一样威仪了。"狄爷闻言,扬扬喜悦,说:"公主,下官身承王命,干戈扰攘之时,未能得一日安定。我白发萱亲,不能侍奉,夫在东南,妻居西北。方才师父说,目下干戈宁息了,我若班师之日,即奉知天子,差官接取你。这是下官的主意,不知公主心下如何?"公主说:"驸马,嫁鸡随鸡,古人有言。但恐父王仍不许,如之奈何?"狄爷微笑道:"有了天朝旨意,何愁狼主不依!"

公主吃酒数杯,又要告别登程。狄爷说:"公主,你因何要去如此之速,且待平伏辽邦,军务已完,然后分别回去不迟。"公主说:"驸马,非是妾硬心肠,即忍分离,只因圣母有言,叮嘱收除了妖道之后不可耽搁,带了妖蛇到他仙山。师父之言岂敢不依。"狄爷只得应允。公主说:"虽如此,也是恋恋不舍,无奈师命难违。"夫妻谈言一会,狄爷又叮嘱一番,说:"公主你见过圣母,未知可要即时还国?"公主说:"见过圣母,要即时还国的。"狄爷说:"倘若钦差到来宣你,即可早日动身,切不可再迟延,免得下官切望。"公主应允,辞了丈夫,驾上祥云而去。

一程到得仙山，见了圣母，说了破法收妖之事。圣母点头，接过混元瓶说："逆畜，想你修炼的功夫八百余年，再过二百年若不犯仙戒，便入仙班。今朝一念之差，造下恶孽，今日念你虽有伤生之迹，但未伤宋将一人，容你活了一命，前功已费，如若净心修炼，一千年不犯仙规，仍带归仙列。"圣母将混元瓶一摇，倒出大蛇在地，蛇头对着圣母把口张几张，不会言，似有求告圣母之状。圣母将混元瓶放下，命公主牵了五龙绦，把蛇儿带了，送山脚下镇压了。圣母又取还八件宝贝，唤声："徒弟！为师有话吩咐，你姻缘配合在中原。你与狄青已配了，难道一月夫妻不成！因辽国干戈时时不息，必要五虎英雄，方能保得大宋江山，所以你夫妻常常会少离多，皆由不息干戈之患。幸喜如今宋室永康，你夫妻会期不远，满门福禄齐天了。你且回邦候中原有旨宣诏便了。"公主说："弟子谨依吩咐。"

此时，公主拜辞圣母，驾云回归本国，见了父王，禀明收妖原由。狼主笑道："我儿是个凡间之女，却有仙缘的。你且还宫安歇。"公主抽身辞过父王，转进宫中。一对孩儿欢悦万分，母子安然，按下不表。

再说七星关狄元帅送别了公主，天色将晚，有众英雄奉主将令，埋掩辽兵，事务已毕，来请元帅进关，方知公主回去了。次日，元帅大兵进了乌鸦关，着令张忠守七星关。话分两头，再说碧霞关主将早已闻报，心中慌乱，料想此关断难保守，只得献了关，投降元帅。元帅又差李义把守乌鸦关。大兵进发白鹤关来。关中守将坚心保守，又急告入朝，不见救兵接应，怎经得大兵虎将攻城半月，早已打破，辽将左天雄死于乱军之中。狄爷又得了白鹤关，出榜安民，养军三日，领兵攻城。此时十万大兵围困了和平城，好不厉害。满城百姓尽皆惊慌，欲要逃生无路，出城奔走，免不得被刀砍伤，皆怨恨辽王引起祸根，连累我等做刀头之鬼。

慢言百姓慌张怨恨，且言城内君臣俱惊慌无措。众臣皆说："中原人马厉害凶狠。"众武将不敢领兵出城对敌，多说再去求降或允许收兵，亦未可知。此时，辽王无奈，只得打发度罗空与拉里、沙哈、锦勒两文两武四员官去恳求宋朝元帅。四位辽臣勉强领旨，狼主传旨先安慰了百姓，哭声方觉稍止。君臣又上城一望，真吓死人也，连声炮响不绝,三军战鼓不停,枪刀密密,剑戟重重。将兵不啻六丁六甲,神将四员,刀枪交并,喷出火光。君臣看了惊得浑身冷汗,说若被他拥进城来,这还了得! 便高声说:"城外将军听禀:我邦狼主情愿投降,望求禀知元帅收兵,待我们出城请见元帅。"岂知城外喊杀之声不绝,战鼓擂得如雷,焉能听得城上呼声! 度罗空无可奈何,只得写就一封求降的书,绑箭头射将下来。军士拾到禀知石将军,石玉即来献交元帅。狄爷拆开细看,看毕大喜,传令众将:"暂停攻打,待番臣进来。"众将得令,即将队伍退回,度罗空见宋兵退去,即与三人下城,辞别狼主,一程到了白鹤关,心内惊慌,四人进来,不知狄元帅有何责罚之言。正是:

前日贪图中国利,今朝惹起大兵侵。

第九十一回　西辽臣恳切求和
狄元帅仁慈允降

诗曰：

　　无礼西辽屡动兵，贪图中国锦江城。

　　奈何天意原归宋，猛将雄师一旦倾。

　　话说四位辽官进了白鹤关，走上帅堂，恭见元帅，各各通上姓名，站立旁侧。元帅怒容满面，说道："从前你国兴兵犯上，让本帅杀得人亡马倒，难道不知大兵厉害？就是前时苦苦求降，本帅无非念着好生之德，姑且宽恕，你君臣却把假旗贡献，欺了本帅。后来又遣飞龙假扮为男，混入军中，私投我国。原图行刺，幸得本帅不该死于贱婢之手。后来又往邻国借兵，仍复痴心妄思中原，只道本帅死了，欺着上邦别无勇将，猖狂直抵三关。我且问你，新罗国麻麻罕何在？花山妖道何能？从前求降，可以允许，如今二次抗拒天朝，罪逆更重，今日求降，断难依得你了。"四番臣听了，战战兢兢，齐说："元帅，这原是小邦狼主无知，冒犯中原，怪不得上邦万岁龙心震怒，今日又难怪元帅不准归降。如今小邦狼主千差万差，立心痛改前非了，情愿再献降书，永远投伏，不敢再犯了。只求元帅恩准，小国君臣沾恩不尽矣！"元帅说："你君臣将假旗贡献，本帅被你瞒了，还朝呈上，天子验出假旗，本帅有欺君之罪，几乎性命难保。后又遣飞龙行刺本帅，险些性命难逃，本帅尚有容人之量，你狼主容不得本帅，今若不剿除，终留后患。"番员四人听了，无言可答，只是好话苦苦哀求。

　　此时，元帅正欲开言，忽有军士报说："启上元帅爷，关外有一辽民求见，小的前来通报。他说有机密事，必要面见元帅。"狄爷听了，想这番民不知有何机密事，吩咐他进来。小军领命，去一会将番民带进，俯伏在地，口称："元帅在上，小民秃狼牙叩见。"四位辽官见了秃狼牙，吃惊不小，想来前日狼主差他送宝贝与庞洪，以后还邦复命说狄青身死，岂料后来兴兵仍在。狼主责他欺君之罪，将他处斩。亏得我众人保奏，活了性命，罚看牛马。料想来此非为别事，必然记恨狼主，所以特来出首前事，狄青必不准降，狼主不妙了。

此时，元帅说："秃狼牙，你是西辽百姓么？有甚机密事来与本帅说明原因？"秃狼牙说："元帅听禀，小人并不是西辽百姓，身为武将，职居得胜将军。从前狼主贡献假旗，实是缓兵之计，却不是真心投降的。所惧者，元帅英雄，故以飞龙混进中原，刺杀元帅，然后兴兵。后来飞龙反送了性命，骨还我邦，实乃天子洪恩。岂知小邦狼主心怀不忿，又备了几色宝贝，乃无价之物，打发我混进三关，送与庞洪，说明珍珠旗是假的。庞国丈贪心，收了小邦的礼物，就把假旗之事奏知万岁，害了元帅身亡，然后新罗国借兵。岂知元帅今朝仍在，狼主怪我办事无能，竟要斩首，幸得大臣几人保奏，方免一刀之苦，削职为民，罚看牛马，至今受尽万苦之劳。妻儿不见面，母子不相逢，此仇此恨皆因庞洪哄我。至今日特到元帅跟前剖白，元帅回朝，处决这奸臣，我恨方消。望祈元帅班师必要谨记，奏明天子，除了这奸臣，我死也甘心。"

元帅听了，一声冷笑，想这番官恨着庞洪，所以前来说明此事。想来庞洪原来要害于我，此事还小，私通外国事关重大。前时，师父说他盛时之际，动他不得，如今已应该这奸臣倒运了。必然要带秃狼牙回朝，以作凭证，任他有庞妃势力，到得其间也遮盖不了。忙又吩咐小军把秃狼牙好好收管，又说求降是断然不允准。四位辽官听了，无奈何一同跪下，恳切哀求。

狄元帅到底是个仁慈君子，此日是故意不允准，使辽王以后不敢再犯天朝，便说："若论你邦狼主两次再三欺君、欺上，原不客气，看你四人恳切哀求本帅，如若不准，心也不安罢了。须要将真旗贡献，再备降书，本帅权且收兵还朝。但我也做不得圣上的主，倘若圣上准了投降，就是你狼主的造化；若圣上不准，休得怪着本帅。还有一说，珍珠旗再献假的，本帅即日打破城池，断不姑宽你们。去罢！须请狼主到来相见方好。"四个辽官连声应诺,拜别元帅、众人,出关去了。回至城中,吩咐仍复四门紧闭,禀明狼主不表。

再说狄元帅,此日心中喜悦,是时传令众将兵:"四门人马收回进关,暂停攻打,若无真旗献出,然后破城。"帅令一出,众将收兵,一齐缴令。元帅将番臣恳降又得秃狼牙说知众将,众将大悦。刘庆说:"元帅,今有了这秃狼牙出首,乃奸臣倒运了。且还朝奏知圣上,看他怎样分断! 若把庞洪正了国法,我们并力同除这害人的奸贼;若除他不得,我们各各归隐,不要佐这昏君了!"元帅听了大喝:"休得乱言,且待还朝再作道理! 但此事泄漏不得,倘若庞洪藏过西辽这些宝贝,就无凭证了,除不得这奸臣了。"众将应诺,慢表宋将之言。

再说和平城城外攻打之兵退去,不独他君臣略略放心,就是众居民慌张也减去几分。且说度罗空四人回来,奏知辽王,狼主不觉坠下泪来,说:"珍珠旗乃是孤家镇国之宝,五代留传,已有一百八十五年,若把此旗献出,祖宗在泉下也怪恨孤家。若不献出真旗,宋兵不退,又有失国之虞。"众臣此时也无保旗保国的计谋,齐说:"狼主,这原是从前不该用此计谋,前者已将降表送了狄青,回朝又不该通线庞洪,图害于他,不该借兵邻国,复侵宋境。岂料狄青尚在,早间秃狼牙尽情说知,要出首庞洪。若是狼主不通线庞洪,宋王怎晓得旗之真假? 狄青也不恨狼主了。如今逼取真旗,如不献出,必不肯退兵。烦恼不来寻狼主,乃狼主去寻烦恼。臣等别无计策,听凭狼主处裁便了。"番王听了,重重发怒,大骂众臣一番,气忿回宫去。

只见番后娘娘与妃子哭声喧振,尽怨狼主差见。此时,狼主见此惨情,走近前说:"御妻,孤家自悔不及了,原不该痴心妄想宋朝。至今日马行栈道抽缰晚,船到江心补漏迟,如今求降已得狄青准了,只为他要真旗方肯退兵。若不献出旗来,恐失国;若舍将此宝归宋,先祖在九泉也怪恨孤家,如何是好?"番后娘娘听了流泪大哭,左右还有几个妃子同声补说:"狼主,你若要保得国不能保旗,若然狼主不舍此物,倘在执迷,动了狄青气恼,旗也归宋,国也失了。"你一言,我一语,狼主心头烦乱,只得又出殿坐下,召齐众文武,问道:"众卿真没有良策为孤家分忧否?"众臣说:"臣等别无良策,只好献出真旗,狄青方肯退兵。"狼主听了,叹声说:"将此旗献出,使孤家生不甘心,死不瞑目。九泉之下,怎见先王之面?"众臣说:"狼主哎!事到如此,若不舍此,他决不肯收兵回国的。如其失国,不若权且失旗,以待五年十载,人马丰盛,再用良谋除了狄青。复兴兵杀上汴京,索这宝旗,以泄今日之耻。"若此,众臣几句话乃是宽慰国王之意。勿说五年十载,三十年也不能得如此了。当时,众臣别无计策。狼主无可奈何,传旨往库房把珍珠旗取出,又备了许多珠宝、金银、降表、降书,原命文武四人前往。四人又说:"狼主,并非臣等今日不肯前去,无奈狄青必要狼主亲到关前献旗投降,方为允准,当臣回时有言的。"此时不知狼主肯允亲往宋营如何。正是:

图利贪赃多取辱,痴心妄想必成空。

第九十二回　辽王贡献珍珠旗
宋将验明传国宝

诗曰：

辽王屡次动干戈，兵败今朝益若何？

贡献真旗传国宝，方能大宋准求和。

再说辽王已把珍珠旗献出，众臣又说："狄青要狼主亲到他处求降，如若不往，犹恐狄青不肯退兵的。"此时狼主闻言大怒，说："你等今朝勒逼孤家，若要孤家前去受辱，除非砍下孤家的头来！"此时，度罗空无奈何，只得与拉里、沙哈、锦勒商议，想来狼主亲往原也难以讲话，不若我等仍去走一回罢！再用好话恳切哀求，或能允肯也未可知。四臣辞别狼主众臣，狼主回后宫安慰后妃不表。

再说狄元帅，想来并非自己无情面，恃强必要他献旗，然后收兵，只因圣旨难回，这是庞洪害我之谋，所以必要真旗，纵要留情也不能了。元帅正思量间，忽有小卒报上："元帅爷，今有西辽国王差遣四位官员贡献珍珠旗来。"元帅听了吩咐众将说："今日比不得从前，胡乱收取，必要验得明明白白，方可收得。略有一些假混，断不可收。"众将说："元帅之言有理。"众将站两旁，元帅命小军取水一大缸，烈火炭一大盆，以验旗所用。军士领命去了，又大开关门，传唤四名番官进入关中。这元帅爷威严肃肃，刀枪密密，剑戟重重，元帅坐在帐中，两旁立着四员虎将，杀气腾腾，阶下军卒齐集。四名番臣见了，毛发悚然，慌忙至帐前，立阶下一旁。元帅问："度罗空，为何你狼主不来相见，其中必有缘故。"度罗空说："元帅听禀：狼主本要亲来求降，一则无颜来见元帅；二来惊恐已成疾，现卧床不起。求元帅宽洪海量，准他免到，感恩不尽。今将真旗献上，贡礼四车、降书一道，打发卑职等代狼主送上。小邦狼主已有滔天大罪，只求元帅开一线之恩，狼主如今知罪了，以后决不再胡为。"这狄元帅并非必要辽王亲到，无非要他看看军中严正，当面劝训一番，让他悔改前非，永不敢再犯。今辽王不到，假装发怒说："本帅也知你君臣了，并非你狼主惊忧成疾，说什么无颜有颜的话，无非不肯低头降伏。你们休得巧语花言来哄本帅，狼主不到说也枉然。快回去说话，总要狼主亲自到来讲话，本帅方允退兵。"番官四人听了，心中着急，又是恳求一番，说了许多好话，元帅故意推却，便说："本当要你狼主亲到，本帅方允。如今你等如此恳求，暂且准了。但这旗之真假，必须看验明白，免得又将假旗蒙混了。"度罗空说："求元帅验看分明。"

狄爷传令：取火摆于阶下，将旗试验。众番臣想，他们不在行，无非胡乱看看罢了，岂料他把火炉摆开。这旗未曾到过中国，未晓何人说明此宝，幸喜旗是真的，凭他试验罢了。元帅命取出真、假旗当众目观，看其款式一样，大小相同，五颗大珠是假的，仍分四角中央，颜色鲜明，针线簇新；真的红色烟采，针线发起锈了。元帅看罢，命将假旗放在炉中，顷刻烟火盖住，登时烧化，单存珠宝。元帅又命将真旗放炉中，见炉内火不沾旗，烟不冲起，烧一会，拿出旗看仍复如归，不损分毫。因真旗内有避火珠，所以遇火不能焚化。元帅想火不能化，这旗已合师父之言。又命取水来，军士答应，即抬去火炉，抬来一缸清水，放在阶心。元帅吩咐将旗浸于缸内，停一会，并无一点水沾于旗上。这是旗内有分水珠的妙处。但定风珠，必须狂风大作之时将此旗展动，风可止。有风必有尘，旗上又有避尘珠。此时无风尘，自然不能试验。元帅又吩咐取浓墨一瓶，将此黑水泼于旗上，但见浓黑之水，一点不沾，颜色如初，此乃移墨珠之妙用。

此时，狄元帅喜悦，五将发笑称奇：真乃人间至宝！元帅试验分明，命将旗收了，卷入锦囊，又将降书贡礼一一检点明白，谨谨固封，交与石将军收管。元帅又对辽臣说："天朝如今法外从宽，须说知你狼主，自今以后不得妄思侵扰，谨守臣规。倘若再萌妄念，一国生灵尽为乌有，断不能再饶。所取地方，一概交还，照前各分疆界。"四员番官连声诺诺，拜辞元帅与众位将军回城去了，将情上达狼主。辽王听了,心中怀恨着五虎将军。无奈只得传旨往城中内外安民,回宫中后妃方得安心。不说辽国军臣有话。

再说狄元帅是日出榜安民,又差焦廷贵先回朝中上本奏捷。焦廷贵一想,说:"我焦廷贵如今出头了。前时做这解粮官,真是气闷得紧,如今回京一程爽快,岂不有趣么!"是日,拜辞元帅及众位将军,回朝去了。此时狄元帅取得真旗后满心欢悦,说声:"众位将军,本帅有赖大家帮助,又亏公主到来,收了妖蛇,才得成功。本帅欲修书前往单单国,免得公主挂怀,又免国王记从前之恨,众位将军以为如何?"众将说:"元帅高见不差,正该如此。"

是晚元帅命大排筵宴庆贺众将兵之功,大小三军,多有犒赏。天色已晚,元帅吩咐帅堂上不设灯烛。众将问是何缘故?元帅说:"这珍珠旗上有避火珠、分水珠、移墨珠,多已试过,尚有定风珠、避尘珠、夜光珠三珠不曾试。今无风尘,二珠不能试了,今夜且不用灯烛,将此旗展开,看夜光珠如何?"便令石玉将旗展开。一刻,毫光灿烂,堂上生辉。元帅欢喜,称赞妙绝,众军士议论称奇。此旗在堂中犹如火球,元帅将旗作烛,开怀吃酒,说:"列位将军,旗果妙也!"众将说:"元帅,旗虽是真的,但还不过多几颗珠子,圣上宝库中难道没有珠子么?"元帅说:"列位将军,从前本帅不知其细故,所以胡乱收旗。在天王庙,师父与我说,旗上有六颗珠子,可免水火之灾,风尘之患。圣上原无取旗之意,乃是庞洪哄奏圣上,差本帅征西。倘取旗不动,身丧西辽。圣上听了庞洪所奏,哪里知道这是来图害我的,如今害我不成,又有秃狼牙对证,要把私通外国情由陈奏明白。纵使万岁宠幸贵妃,也遮盖不了这事。"众将呵呵发笑。元帅命收去旗,帅堂上点尽灯烛,再作乐吃酒,是夜不表。

次日天明,狄爷修书一封,着刘庆前往单单国,投送国王,限期半月回来,一同班帅。飞山虎领命,带些干粮,驾上席云帕去了。狄爷养军一月,择日班师。又设祭祀被杀冤魂,书中慢表。

再说飞山虎奉了元帅命,席云一程无碍,走了数日,到了单单国投送书信。当日国王、公主见了来书,觉得心安。狼主回书复交刘庆,款待酒席数日,作别而去,仍驾云头走路慢表。又言公主想念丈夫说："他既征服西辽,又平新罗,立下汗马功劳,保护中原宋王。哀家得这小英雄也是姻缘善果。今看刘庆投书,说西辽已服,不日班师回朝,定有钦差前来迎接我去了。"公主之言如此,不知后文如何?正是:

　　久别夫妻将叙会,常依父母暂分离。

第九十三回　五虎将平西还国
　　　　　狄元帅奏凯班师

诗曰：

　　五虎英雄大国军，腾腾浩气似天神。

　　西辽征服班师转，奏凯还朝面圣君。

　　当下公主见丈夫来书，说道西辽已投降了，即日班师回朝，奏知天子宣召于他，想来心中十分称快。得其夫妻完聚，婆媳相依，但回头又舍不得父王，长叹一声说："父王啊！不是女儿不孝，只是女儿百岁难在身旁的。我若到中原时，交回一个孩子与你便了，以接承香火。"这公主立心到中原，所以日用心爱的物件，一一收拾好，等待钦差到来接取。只有狼主日日心烦：为何把女儿配与狄青？前时，只想他不回归大宋，永在我邦，岂知他一心回宋。如今又平定西辽，取得真旗回国，定然陈奏天子，宣取女儿到中原。孤家若不许女儿前去，一来违逆圣旨，二来误了女儿终身。若他去了，撇了孤家，哪里割舍得，如何是好？

　　不题国王烦闷。再表刘庆驾云不停，赶路回到白鹤关，将国王回书呈上，元帅拆书细看，无非是贺喜平西的话，问候平安的套谈。

　　忽一日闲暇中，苗显说："张将军，我有一言告说，前时你在我家茅舍时，家母见了将军，欲将胞妹翠鸾许你。一则贫贱之家，二则交兵之际，故前日未敢告说。今日闲暇，故敢启齿，但寒贱不能仰攀，未知将军意下如何？"张忠听了，哈哈发笑说："某是个粗鲁之人，焉能与令妹匹配，恐他嫌我丑陋，这是做不得的。"苗显说："将军说哪里话！我舍妹也不是国色天姿，如何憎恶将军！若将军不弃贫贱，便是良缘。将军若是允了，我当作伐。"张忠说："妻室是我必要的，只是如今身心未定,且待还朝之后再行定夺了。"苗显说:"是!"

光阴迅速,等候二月,班师吉期已到。元帅传令六位将军把人马派点整齐,排开队伍,缓缓而行。吩咐要约束三军:"所过地方均不许惊动百姓,奸淫妇女,酗酒喧哗,违令者斩,军法决不宽容。"众将齐声答应。

元帅又命带出秃狼牙。元帅对秃狼牙说:"本帅准你狼主投降了。本帅留你只为庞洪,他是一大奸臣,屈害多少忠良,谋害本帅,今又私通外国,私收财宝。今日本帅要除国家大患,所以带你回朝见主。你须要实实证他,切勿虚言,若除了奸臣,我邦自有多少忠臣感你之情。"秃狼牙听了,心中明白,叫声:"元帅,庞洪真恨杀人也! 他说已将元帅害了。我原是一个直性人,信以为真,回国将情奏知狼主,后来元帅尚在,险些我一命不保。庞洪正是我的仇人,今日元帅吩咐,愿见天子,竭力攻他。"元帅听了大喜,说:"张将军为头队,余人分五队,拔寨起行。"西辽国文武齐送,众百姓俱远远跪送。仍扯起五虎平西大旗,正是鞭敲金镫响,人唱凯歌还。

再说雄关孙秀常常怀恨狄青,愿他战死沙场,方得快心,岂知边庭报他征服新罗,今又报捷,降伏西辽,真旗献出,即日班师回朝。孙秀急得心如火燎,想来无计可施,急忙修书投送岳丈。是日,庞洪接书看罢,仰天长叹说:"用尽几次妙计害他不得,莫非天意如此? 这小畜生功劳越大了。"只是纳闷昏昏。

且说焦廷贵到了汴京,先到包爷府中禀知包龙图。包龙图闻言大悦,次日上朝,奏知天子。嘉祐王听了奏说,龙颜喜悦,降旨候有功之臣,众文武代朕迎接。各大臣齐称领旨,退班。当日,众王侯大臣多少忠良好不喜悦,都说:"狄王亲年少英雄,功劳浩大,五虎果称名将。宋朝天下若非他保护,早被西辽夺了。"崔爷说:"天子的洪福齐天,故出此英雄佐弼。如今不日回朝,圣上必然隆宠了。"呼延千岁说:"如今圣上隆宠他,且看庞洪再有何计害他?"按下众大臣之言。且说焦廷贵到了狄王亲府内报知太君,又往南清宫、天波府二处飞报,人人欢悦心安,不表。

再说狄爷一路班师到了狮岭,再行几程已近雄关了。元帅传令安扎,打发萧天凤、苗显回家安慰母亲,但不可耽搁,即时回来同到京,候圣上封官。二人领命回家见母,将助战平西说知母亲,又把翠鸾许配张忠之事说明。周氏听了欢喜万分,二人不敢久留,取出些银两交付母亲,安慰数言,一同上马而去。

大兵行程只半日,到了三关,孙秀勉强开关迎接,范仲淹、杨青一同相迎,进帅堂齐齐坐下,见礼毕,把平西事情略谈一会。此时天色已晚,孙兵部免不得吩咐备设筵席款待众位英雄,同征将士多有犒劳。是晚,开怀乐饮,真乃热闹非凡,不能尽述。当时,狄元帅犹恐到了三关,秃狼牙见不得孙秀,只为他前时奉命私进中原,图害狄青时已过雄关,如今只防孙秀认出了秃狼牙,就把机关泄露,除不得奸臣。故狄元帅先令了他穿了中原军士衣服,杂在十万大兵之内。这孙秀一夕哪能认得出来!此时孙秀心中烦恼,吃酒间焉有心问及平西之事,只是陪着,呆呆不语。只有范、杨二人与狄爷谈谈说说。酒至二更,方吩咐收拾残肴,四人告别,狄爷与众将关中安歇,军士在关外安营。

次日天明,狄爷吩咐起程,即时别过孙、范、杨三人,出关而去。若是一个大臣过境也有官员迎接,何况狄爷乃是狄太后娘娘嫡姓,当今太子内亲,功大封王,正是功勋汗马之臣。所以,所到地方皆有大小文武官员,备酒宴送程仪。狄爷一概俱已不受。又有悬灯挂彩的迎接,狄爷心中反觉不悦,说:"本帅不爱奢华,何必如此费用? 朝廷钱粮就是百姓的脂膏。"此时,一概命收撤去。这些官员没趣,即忙撤去灯彩。所到地方,百姓无不喜悦,香花灯烛恭迎。大兵一路到了汴京,有文武大臣王侯一众领旨,出王城十里迎接。狄爷出令,吩咐安营。此时众王爷大臣见了狄元帅,下马齐齐向前拱手,叫声:"千岁!下官等奉旨代圣上迎你。"狄爷欠身打拱,呼声:"列位大人,末将乃一介武夫,有何能处! 敢劳各位大人移玉趾远迎,下官何以克当?"众文武齐说:"王亲大人,你两次平西,功劳莫大。下官等特奉圣旨所差,代接有功之臣,理所应当。"狄爷连说:"不敢当!"又有许多套话,不能尽述。

当下有庞洪斜目看狄青,想来他威威烈烈,较胜前时。原不知这畜生平生有甚本领，一人四将能撑住宋室乾坤，屡谋害他不得。如今西辽平伏，国内安宁，老夫想来一计，且待来日上朝，我把这珍珠旗验看，倘若又是假的，他又上当了，旗假原有欺君之罪。不表国丈之言。

且说众大臣请狄爷回府，好待来朝五更见驾，狄爷应诺，即传令众将暂且在营内安顿，伺候来朝有了圣旨，然后定夺。又令石玉带了四车贡献，一面宝旗同行。此时有孟定国、焦廷贵领了许多狄府家丁，前来迎接，狄爷骑了现月龙驹，带了焦、孟二将，各官拥护而行。正是文武相随分左右，看来不啻随天子御驾一般，如此一人之下，万人之上。正是：

虎将功勋今浩大，宋朝社稷又坚牢。

第九十四回　成大功归家见母
复圣旨当殿参君

诗曰：

　　汗马功劳大勋臣，班师奏凯达朝廷。

　　英雄自此方休息，母子团圆欢乐宁。

　　再说狄爷一路来至王府中，笙歌彻耳，音乐连天，好生热闹的光景。王府是日纷纷车马临门。狄爷下马进了府堂，吩咐不必发放号炮，一来恐怕号炮轰天，有惊天子龙驾；二来近有各王侯府宅，皆犹恐着惊，此是狄爷一点诚心。此时回到王府，殷勤辞别各位官员，独留住了包龙图，携手共进内堂，分宾主坐下，家将送上茶一盘。吃毕，说起平西事情，将庞洪私通外国，私受外邦财宝，狄爷细细说明。包爷听罢大悦，说："狄王亲，你既带进辽臣，是来作证，此乃知识深广处。来日奏知圣上，凭他纵有庞妃势力，只是难以作情了。今朝能扳倒这大奸臣，如此则四海升平，永无国患矣。但所虑者，这面珍珠旗，下官还要问，你真正可实实分辨否？"狄爷说："包大人，此旗下官当时已经叫众将验试分明了，且请放心。"包爷说："若果真旗，王亲没有破绽了，就不妨与奸臣讲话的。下官告退，明日朝房讲话罢。"

　　此时狄爷送出包龙图，复进内堂，见了太君说声："母亲在上，孩儿拜见。"太太说："儿呀，你一路劳心，只免礼罢。"狄爷说："母亲，孩儿久违膝下，不能侍奉晨昏，今见娘面，正当叩礼的。"即时深深四拜起来。又有家将妇女一同叩头千岁不表。当时，老太君一见孩儿便呼："儿哎，为娘只说你在外邦沙漠瘴烟之地，久已耗损精神，归来定是容颜改变，原来不过与从前一样的。"此时怪不得太君之言，比方经商客旅在外回来归家，面貌有改变。或脸白改黑变黄的，或貌少改苍老的。如今狄爷一些面色不改,是何缘故?只因他在游龙驿内服了王禅仙师灵丹之妙处,虽不得长生不老,然而服了此丹,精神倍长,到花甲之期与少年一般。颜色不衰也,是得仙丹之力。狄爷说:"母亲你说孩儿面容不改,但孩儿貌虽不改,然母亲头已白了,但不知孩儿去后,母亲身得安否?姑娘贵体若何?我要亲往南清宫相会姑娘。"

做了官到如今,只有三人是他放不下心的:一者是生身之母,二是大恩的姑娘,又有一人是他妻公主也。这公主虽是未久夫妻,想他一心无二,两次兵危,他一闻知,亏他即来搭救。恩情两尽,真乃女中豪杰。狄爷所以放心不下的。所以请了母安就要问姑娘了。太君说:"孩儿,自从你去后,为娘日夜挂心。身体平安,还赖上天庇佑,今朝虽不算强健,也无患病之灾。喜得你今日还朝了,姑娘母子幸赖平安。他平日待你如此怜惜,去后也必挂怀,丢你不下。但你往征西,辽国又如何肯献出真旗?你且细细说与娘知。"狄爷将西辽交锋,战杀长短一一说明。但前书已表过,如今不必复谈。太君听了欢然大悦说:"难得仙师下凡,贤媳再助,今日降西回来见驾,圣上必然隆重孩儿。如今有这番官对质,庞贼难逃脱的。"

母子正在言谈,忽报说石将军进来了。此时石玉就将贡礼宝旗交明狄爷,又来拜见老太君。太君含笑说声:"郡马,老身小儿深感你们同心协力帮扶,方才得今日使我母子团圆,真乃我母子的恩人了。"石将军连称"不敢",说:"太君哎,此乃与朝廷出力,小将又蒙千岁提拔,感激不尽的。"此时与太君言谈一会,又说:"千岁,此刻天色尚早,没有什么公干事情,容小将往岳父那边去看看母亲,就回来的。"狄爷说:"贤弟,正当如此,来日朝房相见便了。"石玉此时别过他母子,回归赵王府,拜见岳父母、母亲、郡主,也有一番叙别之谈。长短之话不关紧要的,书中不表。

且说狄王爷母子言谈分离之话一番,日已午中了。别过母亲又到南清宫,拜见太后姑娘,请安毕,狄太后春风满脸,把侄儿细问一番。狄爷说起平西之事,又说庞洪私通外国,收藏财宝,一一禀明太后。娘娘听罢,心头大悦,说:"贤侄,你明朝面圣可陈奏明,如若当今仍溺爱不肯罪他,自有姑娘出头相与理论。"狄爷诺应。又有潞花王进来相会,表弟兄言谈无非说平西、庞洪的事。是日晡了,宫人排上酒宴,狄爷吃酒一会,拜别回府,娘儿再说长篇的话,休题。

是晚,狄爷灯下写本一道,志在除奸的。来日五更三点,梳洗更衣,就差焦、孟二人押送贡礼到午朝门外伺候,狄爷家将提灯引道。但见处处朝房,文武先后而来,见了平西王,许多趋奉的套言。停一会,龙凤鼓敲,景阳钟撞,净鞭三下,天子临朝。文武官按爵而进,朝参天子,分列两班。有值殿官传旨毕,忽文班中出班奏道:"臣龙图阁学士包拯有奏:今有平西元帅狄青征伏西辽,班师回朝了,现在朝门外候旨,伏乞圣上宣召。"嘉祐王即降旨宣进。英雄即俯伏金阶,天子见了有功之臣,龙心大悦,即传旨:"御弟平身,赐坐东首。有劳御弟劳神费力,与寡人出力再平西辽,功勋浩大。但往换真旗回来,这扇旗可带上殿,与朕一观。"狄爷奏道:"臣托吾主洪福,先到新罗征伏他邦,已有降书降表求和,并将贡礼呈献。如今西辽再降,亦有书表投呈,所换来真旗亦一并俱在,容臣呈送御览。"狄爷出朝门取至真旗呈上。

仁宗天子看过降书,即要复看珍珠旗如何,即闪出国丈俯伏金阶说:"臣庞洪有奏:从前狄王亲费了多少辛劳取得珍珠旗回朝,岂知是假的。如今二次平西,倒换得此旗,须当立验真假,免得辽王又把陛下欺着。"天子说:"庞卿之见不差。"传旨取旗验观。有值殿官解去锦绫囊,将旗展开,天子一观,龙颜欢悦。此旗款式与假的一样,然而颜色烟采、针线发锈必是真的了。又命两班文武观瞻,多说真的。内有庞党几人都不开言,单有国丈说:"此旗真假还未分晓。"天子说:"庞卿怎说未分真假?"国丈说:"臣思此旗乃西辽传国之宝,必有几件宝贝在上,无些稀罕的到底不是真的!"狄青呼声:"国丈,你说旗是假的,未晓真旗有何宝贝在上,有何妙处,可将真假分明?当面再验试,如果不是真的,然后再行处决下官。"众大臣多称有理。

天子又道:"庞卿,御弟所言不差。卿乃朝中老臣,必然分晓的,你且说分明,然后验旗罢了。"庞洪此时倒也顿口无言。包爷说声:"老国丈,你是一位当朝宰相,练达老臣,既晓得珍珠旗是假的,可把真的说明,有何宝贝的妙处。若试验假的,狄王亲又有欺君之罪了。"

当时众位王爷大臣多怪着这奸臣，一同动问，急是他无言可答，带愧又羞。天子又说："庞卿，你若知道便说明白，若是不知竟说不知，默默无言，是何缘故？"国丈说："陛下，臣也不过揣情度理而言，想那珍珠旗既是西辽传国之宝，必有人间罕见之宝，如今旗上几颗珍珠，乃天下普通人家尽有，故想来不是真的，是何用法的妙处，臣实不知。"嘉祐王说："你既然不知，何必多言！"天子又问："众卿家可知道否？"众臣说："陛下，臣等着实不知，故不敢多言。"国丈说："如此狄王亲必然知道旗的妙用处，何不说分明？"狄爷说："老国丈，我若不知，怎得安心回朝的？"天子微笑说："御弟既知，何不说明此旗的妙处，免得真假狐疑。"狄爷说："臣启陛下，那旗上六颗明珠，一名定风珠，倘遇狂风可定；一名避火珠，逢烈火可避；一名分水珠，纵然万丈波涛，见珠即退；一名移墨珠，如染墨污，见此珠即无痕迹矣；一名避尘珠，若有此珠则纤尘不染；一名夜明珠，夜间黑暗，珠亮如火。有此六珠，可永无水火风尘之患，实是人间至宝，天下奇珍也。"国丈又说："此乃口说无凭，必须面试方知确实。"狄爷听了一笑说："国丈，下官在西辽试验无差。"天子便问道："御弟哎，未知怎生试验？"狄爷说："只要一盆烈火，一缸清水放在金阶之下，便可验了。"此时不知验旗之后，如何分教，且看下回。正是：

　　　　流传国宝天下少，历代奇珍世间无。

第九十五回　当金殿试验真旗
　　　　　　　达朝廷鸣攻国贼

诗曰：

　　取得真旗回本邦，当朝试验宝珍彰。

　　六珠罕见人间少，圣主龙颜喜悦扬。

　　前书狄爷呈进珍珠旗，满朝文武也不知此旗之妙处。当时狄爷又奏说："陛下如若要试验此旗，速备一火炉、一水缸来，便验出真假了。"嘉祐王听了，即传旨穿宫内侍，即时取到清泉一缸，放在金阶之下。狄爷提过这扇旗浸放缸中，此时仁宗天子步落金阶，文武百官皆跟随下殿，只有庞国丈满脸通红。当即旗浸一会，拿起一看，旗上无一点清泉沾染，君臣一同赞羡，单单庞国丈呆呆不语。少刻，红炉火又扛进金阶，狄爷又放旗在红炉火中，国丈斜目而视，默默无言，不知心下有何嫉妒想象。君臣多说：不要焚毁了，拿起才是。狄爷微微含笑说："不妨的，臣在辽邦已试验过了，旗上有'避火珠'一粒，凭你长烧不能焚化的。"如此已有半个辰刻，提起来看，君臣共目，与未曾落火的一般。君臣看了，称赞不已。

　　狄爷又说："臣启陛下：此旗水火不能侵，皆因避火、分水二珠之妙处的。"天子点头说："果然妙哎。"此时天色尚未光明，狄爷说："再请陛下命内侍隐去灯火，将旗展开，立试'夜明珠'便了。"嘉祐王传旨拿去灯烛，将旗展启，但见满殿红光，照耀如同白日。君臣大喜，个个称奇。此时天还未明，又将"移墨"试验，墨水浓泼，果不能沾。狄爷又说："陛下，如今风尘不起，避尘、定风二珠必须狂风大作，方能试验分明。"天子闻言说："四珠已试验过，料想这珠旗不是假的，且待有风尘起时再验。"即降旨将旗包好裹在锦袋中，扛去水缸、火炉。又将贡礼检点分明,收藏库中。

狄爷又说:"臣尚有众将功劳册子上呈御览。"天子看明降旨:"候孤另日论功封职便了。"狄爷奏道:"臣还有一本上渎天颜,请陛下详看。"天子取本,展开御案,龙目细观,不觉勃然发怒,便呼声:"庞卿,你在朝有多少年份了?"庞国丈奏道:"臣立朝三十有七年了。"天子说:"先王待你如何? 寡人待你如何?"国丈奏道:"先王待臣恩如渊海,陛下之待微臣如天之高地之厚也。"天子说:"既然恩德分明,何不丹心报国? 定然寡人薄待于你,故不肯忠心报国。"庞洪听了,大惊:圣上说来言语不好,未知狄青本上如何劾奏于我,即奏道:"臣深沐君恩,时常存报国之心,历年伴驾,为国为民,并无差错,伏乞我主参详。"天子说:"你既说忠心报国,不该暗通西辽的!"庞洪听了圣上之言,心中越加着急,俯伏阶下奏道:"陛下哎,臣并无私通辽国之情,此乃无凭之说,准信不得。"天子一想,说:"你这句话也推得清白。狄青本上说来,西辽初次投降,原献出假旗后无多日,番人秃狼牙私进中原,送你几桩宝贝,要你奏称假旗,贪赃害国,除却狄青,西辽方好兴兵夺取中原天下。你若心存报国,不该私受外国财宝。既然你说无差,因何受贿图害功臣? 害了御弟,没了勇将,是何道理? 如若你贪有限的珠宝,便把孤江山轻轻付与那西辽之国,你机谋尽露,还将忠君爱国之说欺哄于孤!"庞洪听罢,吓得浑身冷汗如雨,面如土色,说声:"陛下哎,这是狄青与臣不善,无中生有,捏情谎奏陛下的,我主不可听他,还求陛下详察究问。狄青纵有小怨,也不该捏情谎奏以欺陛下。"狄青又出班奏道:"国丈说臣诬捏于他,臣也分辩不清,圣上也彼此难信。幸喜微臣还有主张,班师之日,臣已带进秃狼牙,只要圣上勘问这辽臣,便知谁是谁非。"天子准奏,即宣进。

秃狼牙见帝,俯伏金阶说:"罪臣秃狼牙见驾,愿我主万岁!"此时庞国丈见了秃狼牙,浑身犹如火炙,心内恰似油煎,恨不能展翅腾空了。一班奸党也为他担忧。各位忠臣心中大悦,旁眼看看庞洪,暗说:"这庞洪奸臣,今日倒运了,且有对证,从何抵赖!"当时天子呼声:"秃狼牙,你是西辽国内之臣么? 什么官职? 国王差你有财物宝贝送与庞洪,图害狄青? 此事真伪,你须直说。若是狄青买屈于你,也要直说,恕你无罪,一一从实奏来!"秃狼牙说:"罪臣启陛下:初次大兵征伐小邦,狼主的雄兵猛将一齐消灭了。狼主心头着急,众文武又无良计。后来,小邦公主飞龙定了一计,假造旗儿一扇以为缓兵之计,混进中原,要刺伤狄千岁。一来与丈夫报仇,二来再好兴兵。岂知反被狄千岁伤了。后来,圣上将骨柩送回小邦,小主又生一计,备了玻璃杯一盏,月花镜一面,醉仙塔一座,醒酒珠一颗,又有猫儿眼、璧玉、金珠等物,打发小臣混进上邦,送与庞洪,对他说明,珍珠旗乃是假的,要他奏明陛下,除了狄千岁,小邦狼主然后再复兴兵。此时,庞国丈将宝物殷殷收领了,又款留罪臣数日。等候十余天,他说已将狄千岁性命断送了,小臣信以为真的,即时回邦说明,狄千岁已被庞太师除害了。是以狼主与邻国借兵,再犯天朝。岂知狄千岁未死,复又领兵到来,此时狼主说臣作事糊涂,更有欺君之罪,几乎把小臣首级落了地。亏得众大臣保奏,方得免一刀两段之苦。罪臣官居得胜将军之职,不是下吏。只因被庞太师哄了,狼主罚我看羊牧马之苦,所以,常常痛恨切齿于他。一闻千岁征伏我邦,特往告知千岁。今日驾前,罪臣实说,一字无差的。"

天子听罢奏言,龙颜发怒说:"你今尚有何抵赖的?真乃欺君误国的老贼!"此时庞洪吓得魂不附体说:"陛下啊!这是狄青行贿,买嘱辽臣,捏言妄奏我主的,臣从不曾见过这秃狼牙,何曾收他宝贝?"转首说:"秃狼牙哎,我平日与你无冤,往日与你无仇,何苦受了狄青的贿,将我陷害了!"秃狼牙说声:"太师哎,你好佞滑口才!真乃刁奸之辈!我与你原是素无仇冤的,因你收了狼主的宝贝,险些害了我身首两分。你在中原安享,我受看羊牧马之苦,你心何残忍如此!上有天,下有地,怎好冤屈太师?况狄千岁乃光明正大的英雄,怎肯瞒心诬捏于你?今朝料想难以推卸的,在圣上跟前必要实说的。"

又有包爷出班奏道:"臣包拯有奏,秃狼牙对证之言,必非虚假。但是如今争论不清,依臣愚见,何不多差几位官员,多带几个兵丁,前往国丈府中搜了宅?如若搜出真赃,国丈再难以争辩了。"天子说:"包卿之言,正合朕意,即烦卿前往搜寻。"包公说:"臣一人去不得。"天子说:"这是为何?"包公说:"臣一人前往,庞洪必定说臣有私了,又要强辩。须多差几位大臣，好使庞洪没有推却了。"天子听奏说："包卿之言有理。"抬头看看两班文武，文差钦天太史崔叩命、吏部天官文彦博；武差大都督苏文贵、净山王呼延赞，同着包公文武官员五位，奉了圣旨，辞驾即刻出了午朝门而去。只急得国丈魂飞天外，魄散九霄，浑身流汗，只恨无一人先通了线，到府藏过了宝贝，方得活命延生，不然，今日失害在狄青之手了。此时正当天子震怒，好不慌张，心中思算，看来眼见得死在面前。

不表庞洪慌乱，慢言五大臣。先说庞贵妃也知了此事，吓得慌张无主，即差太监王仁从头说明，即速到了相府，不必通报，直进内报知母亲，要他快把西辽财宝收藏了，如若搜出，大难临门。这王仁即快跑如飞，来到府门，一直进内，与国太禀明此事。府门外已来了五位大臣，一千兵卒，团团围住相府，吓得众家丁、大小妇女喧哗盈门，手足无措，要奔逃性命。岂知前门后户，七重相府也被众兵密密困住，并无一处可逃走，好不慌乱。以后，搜出西辽赃物，此乃庞洪屡次欲害狄青，今日反害自己。正是：

善恶到头终有报，只争来早与来迟。

第九十六回
搜相府贪赃败露
证国贼瓜葛相连

诗曰：

> 作恶难逃自古言，奸谋败露命难逃。
>
> 贪赃误国欺君王，今日弗遮前日愆。

话说文武五位大臣带兵一千把庞府围了，不独府中家人惊慌，连王仁太监困住府中，慌张无主，一字也说不出。这班家丁到底不知围困他府中何故，只得开了府门逃走。王仁是心怀了鬼胎的，趋趋缩缩，正要蹑出府门而走，岂知五位大臣进了府堂。有呼延千岁环眼圆睁，喝令将他拿住，待迟一刻，拿去见圣上。这王仁道："乃是贵妃娘娘打发我来探望国太的。呼延老千岁，不要认错了的。"呼延千岁说："本藩不管你，到圣上跟前你再讲话！"此时，庞国太还未听明白王仁之言，急急忙忙走出外堂，就说声："列位大人，我家不犯朝廷律法，为何众大人带兵前来吵闹，是何缘故？"包爷叫声："国太休要心烦，我们奉旨而来，要取西辽国送来的几件宝贝。圣上要拿去看看的，问国太藏在哪里？快即拿出来罢。"国太说："大人哎，这是没有的。"包爷说："送礼之人，现在金殿上，国丈亲口说出是有的，国太休得推辞，快快拿出来，以免动搜。"国太说："大人哎，实真没有，叫老拙哪里去觅来？"崔爷说："包大人，谅他不肯拿出来。"文爷说："不必论理了，且去搜来。"苏爷即吩咐众人速速分头查搜。这百余人即领命查搜，庞府家丁纷纷逃匿。

此时国太已心震胆寒说："相公不知如何露出机关的，平日我时常叫他及早回家乡去罢，可恨他日延一日，只说不妨回答于我。今朝倘然搜出了，其祸不小。望神明遮过众人眼目，搜不出真赃，方保无虞的。"此时，包公走进他书房，想这奸臣平日还有许多奸端，今日趁此机会，细细搜查，或者还有什么私弊、破绽处也未可知。四处查检，只见书房内桌子上有一小匣，包爷揭开一看，有拆碎封面家书两封。包爷拿起细看，这封书乃庞洪送与王正的第十三次的原书，又一封乃是孙秀与岳父的。这两封信一连今日败露出来，实由庞贼立心不善，作恶太过，所以，日久月长以来，失于检点。当即拾起来看，庞丞相写去回书也在此匣，未曾烧毁。只为这是他内书房中，除了庞洪妻子之外，家丁、使女俱不许进去。若楼外书斋，家人要进去，也得进去的。故二书留在内书房，他不以为意，今朝落在包公手内，平日机谋，如今一旦败露。包爷即将二书藏于身中，步出书房，说知四位大臣，各俱喜悦，说："这庞洪往日用尽千般诡计陷害狄王亲，他今恶贯满盈，反使奸谋尽露，虽有女儿势力也不能遮盖了。如若圣上仍要宽恕他，我等众人齐口合攻，必要除了他的。"五位大臣正在言谈，只见众兵拥进大厅，上前禀明："搜出几桩精奇物件，藏在国太房中，是小匣两个，藏了此物，不知是否？请列位老爷分辨。"此时五位大人开了拜匣，内有西辽王礼单一纸，众人看过，将物件照礼单对过，一点不差。众大人各说："庞国丈欺君大逆，固罪重如山，国太也不能无罪的。"即吩咐兵丁将国太押解了，跟随五位大人出了府门，进了午朝门。

五位大臣呈上赃物，奏明天子。当时龙心大怒，喝声："你这老狗才，如此欺孤，所行全无国法。如今真赃现在，还有何言抵赖?!"此刻庞洪虽极奸巧，也刁不出来了，一见西辽物件搜到来，内心战战兢兢，俯伏金阶之下，口也难开。又有呼延赞奏道："臣等奉旨前往国丈府中，有内监王仁见了臣等慌慌张张，形状甚是可疑，臣将他拿了，伏乞圣裁。"包爷也出班奏道："臣在庞洪书房内，查出两封书，一封是庞洪送与驿丞王正的；一封是雄关孙秀送与庞洪的。今臣带进，上呈圣览。"仁宗天子细看二书，骂声："老狗头！好欺君误国也，毫不念惜国恩厚享，只图私利，谋害功臣。你与御弟均是寡人至戚，且同为一殿之臣，为何与婿同谋一心，必要除他，到底有何深恨？今已机谋败露，快把真情招了，细细奏上来！"

此时庞洪越发战战兢兢，说："陛下哎，老臣罪该万死！只求恩典,赦臣木石之躯,免臣身首之分,臣百世沾恩!"这奸臣已像磕头虫一般的,连忙叩不住,千言万语地求天子开恩。这仁宗终于仁慈,见他苦苦哀求,心中不忍,有些回心转意的光景。呼延千岁一看,说:"不好了,圣心有赦放奸臣之意了。如今若不趁此除了奸贼,何日得朝中安静?"即出班奏道:"庞洪罪行满贯,死有余辜,按以萧何六律,碎粉其尸,不足尽其咎,我主何用多疑?不若发与包拯,审明正法,伏惟我主准奏。"此时又有众王爷、各位忠贤一同俯伏金阶,同声合奏说:"陛下哎,凡百姓人家有讼,必须官员审断明白,谁是谁非,从公定夺,国法森严。今若庞洪乃官居极品之臣,孙秀职为司马,二人既是王亲,久蒙圣上恩宠,理该忠心报国,岂容私通外国?翁婿同谋,欲害功臣,倘狄王亲身遭其害,西辽兵起,谁人退敌安邦?并且驿丞王正有无通同谋害之事,未曾明白。如若圣上亲询,恐费龙心,伏乞我主,发与包拯审断明白,当罪则罪,当赦则赦,免使朝臣个个心怀深愤。陛下哎,春秋史笔,还不谨言的,伏乞我主参详!"当下庞洪一人怎经得二十大臣齐口齐攻,凭你有女儿作泰山依靠,也难挡数十人推山大炮了。此日就是仁宗王听了群臣之言,也再难分辩,只得允准奏言,就降旨:"命包卿审断分明,回复寡人便了。"

包爷奏道:"臣启陛下,此案孙秀也是同党,必须降旨雄关,拿进京来对质,王正也是应询之人,且王仁内监乃是庞娘娘打发进去的,臣疑必是通风藏宝之弊。庞娘娘也该到案质询。"天子说:"包卿哎,若说孙秀,孤即降旨差官拿他回朝便了。若说宫中贵妃,谅也不敢欺寡人,岂有通风藏宝之弊?卿家休得心疑。"包爷一想,圣上心果偏爱,庞贼如今欺君悖逆,尚且还这等舍不得这奸妃子。又奏道:"难免臣心狐疑,如若贵妃娘娘没有通风藏宝之意,因何王仁天色尚未大亮就在庞府中的?圣上若交臣审办,娘娘必要到案的。"仁宗王听了包公之言,不觉气恼起来,即开言说:"包卿必要贵妃到案,众犯不必审了!"包爷说:"陛下哎,如此欺君卖国的奸臣,若不审明正法,将来我朝文武俱可效此为由,臣也要私通外国了!"天子听了一想,这句话又是不错的,便说:"包卿若要贵妃口供,须询王仁的。若果贵妃有了罪,孤准依你正法便了。"包爷想来:"若逼他庞妃到案,尚恐连这班奸臣也审不成了,且待审断后,再作理论罢。"只得称言说:"领旨。"又有呼延赞说:"臣有奏。"

　　此时天子也渐渐烦絮了,便说:"呼卿又有何事奏闻?"呼爷说:"臣思庞洪私通外国,贪赃私己,屈害功臣,罪大如天。为此,臣将国太拿下,现有兵丁押在相府,作何定夺处分,伏乞圣裁!"当下,仁宗天子被大臣驳奏一番,心头觉得不快,又见庞洪如此作为,龙心震怒,甚是不安。只闻呼爷奏说,已将国太拿下。叹声:"凭卿如何处分便了。"呼爷说:"庞洪罪逆已深,依臣愚见,其妻子均法不能容的。可将国太暂禁天牢,全抄家产入于国库。其子亦须差官当即拿捉回朝牢禁了,待包拯审断明白之后,问罪正法。"遂后,天子说:"众卿之言,虽为不差,但罪名未定,也须从宽缓罢。"不知庞洪如何定罪,且看下回分解。正是:

　　　　丧尽良心奸佞辈,过逾法律罪深臣。

第九十七回　嘉祐皇违法私亲
平西王荣封赐爵

诗曰：

> 二次平西汗马功，撑持宋室五英雄。
>
> 班师奏绩君隆宠，将士沾恩受荫封。

当下仁宗天子说："呼卿你言恰是。但众犯未曾审明，且须从缓罢。他府中财物查抄入库，妻子俱禁天牢，其子且容留便了。"此时天子格外开恩，皆由庞妃之力，包爷原是心中明白，只得领旨。又命武士将国丈衣冠剥下，与着国太及内监王仁一同下天牢去了。天子又降旨往雄关，拿孙秀回朝，不差文职，只命武将前往。又命呼延千岁前往相府抄查家产，有西辽送与庞洪的几件宝贝，亦归国库。又降旨平西王以及众将："明日候寡人封官晋爵，随战的兵将，暂交兵部收管，明日也犒劳。秃狼牙仍交御弟带回，待等审问明白，然后该赏该罚，再行定夺。"狄爷听了，出班奏道："秃狼牙乃是臣带回朝的，又是国丈的对头，若交臣收管，无私却有私，岂不被旁人谈论的么？"天子说："既然如此，发交包卿收管便了。"包爷说："臣领旨。"天子此时拂袖退班。群臣退朝，还有许多谈论。

再言天子回归宫院，有庞贵妃自己打听明白，吓得惊慌。庞妃一见君主驾到，即俯伏跟前，泪流不止。天子见此情形，不觉哀怜，即将御手扶起，说："庞爱卿，原来你父为人不好，他平日许多差错，朕也暗中调恕的。今日弄出私通外国，罪大如天，众臣愤怒，齐口来攻，倒叫寡人遮盖不得。如今发与包卿审讯，又差官往三关拿孙秀回朝同审。且待他审问明白，方才定夺了。"贵妃听罢，珠泪盈盈说："陛下哎，今我父虽犯了国法，乞念他年老，伴驾多年，况且圣上从前说过，凭他有罪,纵不追究的。古道'君无戏言',我主谅未忘记了。"天子说:"你父罪逆过多,若不宽宥,早已正了国法,只因有你在朕身边,是以诸事且已宽容了,岂知你父不念寡人待他恩处,反贪赃卖国,谋害功臣。岂知作事不成,被他们拿住把柄,满朝大臣齐言劾奏,使寡人作不得主,无处免他的罪名。就是王仁内监,也是你打发去的,不迟不早,又被呼延赞拿住,说你通风藏匿赃物,包拯也要你到案听审。只是寡人不依,这原是你错了。寡人待你的恩非薄,今朝却来欺骗寡人。"庞妃听罢,吓得浑身寒抖,带泪说:"陛下哎,若说王仁,乃是臣妾差去探望母亲的,并不是打发他去通风藏赃物的。"嘉祐王说:"你休来哄笑,王仁昨夜里尚在宫中,你纵要探望母亲,也该天色大亮才去,哪有天色尚在黎明,打发他去之理? 必然是今天方去的。此言你哄三岁孩儿,方才使得。"庞妃闻言,心愈着急,羞愧含悲,苦求天子。原来,嘉祐王虽如此说,但见贵妃脸如美玉,泪流满面,苦苦求恳,好不惜怜,御手相扶说:"爱卿且自宽心,你父亲纵有大罪,朕也须宽恕几分。爱卿有罪,朕也不究的,不必忧心。"此时庞妃方才放心,拜谢君恩,相陪宫宴不表。

又说这庞洪共有四个儿子:长名飞虎,次名白虎,三名黑虎,四名彪虎,多在陕西家乡中,倚着庞妃之势,仗着国舅之威,横行不法。后文交代。前日秃狼牙在着庞府送礼之时,庞飞虎前时劝阻父亲,前书已表过。这飞虎随同母亲进京数载,只说京中好玩耍,一向不曾回家。那日搜赃宝之时,上晚住在红番院内,宿娼欢乐,所以得脱身。次日闻知此事,吓得魂不附体,悄悄出逃王城,避于僻静之处,暗暗打听不表。

且说呼延千岁领了几个文武官前往相府查抄物件家产,一一登册分明。男女下人,吩咐尽皆放释,这是呼千岁的恩德。前后门户,概行封锁。入朝奏明天子,金银财宝,一并入库。有精巧杂物许多,也归朝廷。只剩得粗用东西,不值多金之物,赏与搜赃手下军兵。此日众大臣个个欢怀,庞洪奸党人人心急,闲话休题。再说孙秀的夫人庞氏一闻此事,吓得胆丧魂消,终日啼哭,不在话下。

又说平西王回转府中,细将此事说知母亲。太君闻言,心头大悦,说:"孩儿哎,将这奸臣万剐千刀,把妖妃一刀两段,方消平日遭谋害之恨也!"此是母子闲谈,不必细表。

是晚,狄爷奉了圣旨,着令众将把随征兵马一一点明,发交兵部收管。当时石将军住在赵王府安歇,其余众英雄多在狄府中安居。一闻庞洪被众大臣扳倒了,人人大悦。狄爷往拜探各同僚,杨家天波府又忙乱一番。这一天,老太君叫声:"我儿,想你两次平西,功劳浩大,身受国恩,为娘毫无所虑了。只忧孩儿还缺中馈之人,前曾奉旨前往单单国,诏取媳妇,又不到来。我儿今日夫妻不得完叙,为娘婆媳亦不得相依。孩儿何不奏明天子,请再降旨,诏取媳妇到来,为娘见了孙儿,好不喜欢。然后一同回转家乡,祭祀先祖,拜扫坟墓。"狄爷说:"母亲之言虽是,但目下天时寒冷,且待春和日暖,然后奏明天子,前往迎接便了。"老太君微微带笑说:"为娘终日心中悬望媳妇早日到来,一家团聚,得尽天伦之乐。"母子正在言谈,忽有南清宫太后娘娘差太监范公到来,诏取狄千岁与众英雄赐饮平安宴,众英雄大悦。往王府饮宴毕,叩谢回归。狄府只有狄爷进内,禀知庞洪被扳倒之话不表。

次日,天子钦赐众功臣御宴,着令众大臣代君陪宴。只因前日血战多年,是以君臣今日共吃宴,安享太平酒。御宴已毕,众臣来日上朝谢恩。是日,天子传旨,狄爷带领征西众将,当堂摆开香烛,天子敕令加封,天使即宣诏曰:

奉天承运,皇帝诏曰:功懋懋赏,朕所念怀。但狄御弟虽则功劳浩大,无如位至封王,职品已极,难以复加。但为出将入相,儿孙五代荫袭祖职;王则追封三代,享以春秋二祭。子沾国恩,母封一品太夫人,钦赐璧玉龙头杖一根,九凤朝阳金冠一顶,五绦黄蟒四对,宫娥、太监四名。四虎将随同御弟两次平西,数年争战,得除国患,功劳非小。张忠加封平西侯,李义封为定西侯,刘庆为镇西侯,石玉敕封兵部尚书,补了孙秀之缺。孟定国、焦廷贵是功臣之后,兹复有功于王室,一封镇国将军,一封安国将军。收录勇将二员随征,亦属有功于国,授职当赏其劳:萧天凤敕封正总兵,苗显封为副总兵,着令镇守三关。有妻室俱封诰命,未娶候娶日再行加恩。肃此钦哉!

天使宣读毕,众将谢过圣恩。天子赐宴毕,退了朝。狄爷、众将回归王府,个个欢欣。

次日,天子又差官前往单单诏公主到来,然后诰封。老太君闻了大悦:"孩儿,你言隆冬寒冷,不必接取媳妇到来,岂知圣上与娘同心,如今差官前去,接取媳妇到来,尚未立春时节。"狄爷笑说:"母亲因何如此性急的? 回来还有四、五月路途,两月焉能到京?"

不表母子之言。却说孙秀自从代守三关,妻庞氏未随同往,原在衙门居住。一切兵部事情,另有别官掌印,只不进衙中。今日石玉做了兵部,庞氏必要出让衙了,因他是正印,不是署理官。庞氏收拾移居别处不表。此时,石兵部母亲、夫妇同进府衙中。当时,兵部太太思量回转家乡,只为隆冬寒冷,等候春天暖和再作商量。

话休烦絮。却说众英雄住在狄王府,一日闲谈,苗显、萧天风说起翠鸾亲事。苗显又提招赘张忠,张忠不知肯允与否,且看下回分解。正是:

　　　赤绳系足非今定,连理和谐岂偶然?

第九十八回　孙兵部回朝到案
包龙图勘断群奸

诗曰：

罪恶满贯是庞孙，枉有前时扼佞权。

奸党瓜连同败露，龙图勘断罪推原。

当下张忠听了苗显说招亲之言，便说："既蒙过爱，且待下官建立了府衙，再作此事便了。"苗显大悦。萧天凤说："如此媒人，喜酒多吃数杯的了。"众英雄正在谈笑间，忽闻报道："天波府差人来请千岁同列位老爷。"原来这是佘太君的美意，备了酒宴，相邀列位英雄将士。狄爷与八将一同前往赴宴。太君着令玄孙文广奉陪，杨府中又有一番热闹。当时，又有众王侯大臣各个陆续请宴。狄千岁领的领，辞的辞，劳劳顿顿，又有十余天。

兔走乌飞，光阴迅速。孙秀到京后，将他囚禁天牢，钦差回复圣旨。是日，包龙图奉旨审问，回府即日升堂。排军带出众犯，王驿丞已先唤到。包爷先询问秃狼牙。这秃狼牙口供，与前日在圣上跟前一样，包爷喝他退下。又传王驿丞。前时，包公在游龙驿已知王正是好人，今日问问口供，无非证实庞洪之罪。便呼："王正！你是游龙驿丞，也食朝廷的奉禄，如今听了庞国丈的计谋，把狄王亲陷害，受了国丈多少贿赂？须当说明，招认上来！"王正的主意早已定了，暗想："国丈今番料不能逃脱，我今不怕他再起波澜，须当将情透白，何容遮瞒？"便呼："包大人在上听禀，从前狄千岁到驿之时，卑职焉敢轻慢？以后，太师爷连连发书一十三封。要卑职摆布千岁身亡，许升我一个正印官七品之职。斯时我想狄千岁乃大宋保护江山的得力之臣，焉可将他暗害了？是以卑职亦不贪图想升这七品官，情愿我王正不活，

392

抑或弃官逃遁。倘大人不信卑职之言，现有狄王亲可以对质，望大人参详！"包爷说："这十三封书如何何在？"王正说："来书多是庞府来人带回，卑职哪里有字留的？"

包爷又喝退一旁。又绑孙秀上来，左右答应一声，登时绑上，推扑在地。因他有罪欺君，故以如此。包爷呼声："孙秀！想你身为司马，厚享国恩，不思报效，屡次暗害狄王亲，他到底与你有何仇怨？且从实说来！"孙秀说："包大人，念下官身为司马，一点丹心报国，并不曾暗害狄王亲。大人勿听旁人谗言，无凭无据，冤屈了下官。"包爷喝声："胡说！若是他人说话或者假的，这封书是何人笔迹？你且看来！"即将书丢下。孙秀一看，顿觉呆了，暗自说："这封书乃我上年在雄关写的，差人送与岳父，要把这冤家算计。岂知这年老糊涂如何落到包黑子之手？今日叫我怎生推说？"便说："包大人，这封书不是下官亲笔，大人休得错疑。"包爷喝道："此书在你岳父书房搜出来，真名实姓俱在，你还抵赖么？！"吩咐："夹起来！"孙秀说："包大人，下官求你开一线之恩。乞看同朝之谊，何苦如此认真的？"包爷喝道："你要做奸臣欺君卖国，若念同朝之谊，一殿之臣，也该不生屡害狄王亲之心了！倘若留你，又要砍折擎天柱，我主江山付与西辽了！你翁婿串通一党，丧尽良心，全不思报国君。你可知本官断不以情面相容的。纵然王亲国戚，不在我心头。在我丹墀下，你须要老实招认的。"喝声："快将孙秀夹起！"这孙秀从来不曾受过苦楚的，哪里经得夹棍之刑，忙叫："不要行刑，待我招说便了。"包爷听罢，命松去夹棍。

孙秀说："大人，只为前时平西王之父狄广与下官父亲结下冤仇，我父被杀，所以犯官欲报父仇，屡屡图害狄王亲。从前只望他战死沙场，岂知又被他征服西辽。自料不能下手，是以传书与岳父，摆布于他的。"包爷听了，怒道："好奸臣！因着宿怨，不顾吾主。枉你身为司马，道理全无，立心不善，名秽千秋！"骂得孙秀无言可答。包爷要他将口供写上，又询他私通外国，放进秃狼牙。孙秀说："大人哎，这也是冤枉的，只求大人明察才好。"包爷说："你又抵赖么？若不私通外国，如何放进秃狼牙进关？你还不讲真言说明么？"孙秀说："包大人，前日番官一到雄关，犯官也曾盘问。他说，奉了狼主之命，进贡上邦天子。犯官即以为真,是以放进这秃狼牙,如今现有番官可对。私通外国,果是冤屈,疏失之罪,犯官愿承。"包爷吩咐退开一旁,取国丈上来。如今全不比前时,两旁无情汉,将这奸臣一推而上,曲跪丹墀。

　　包爷呼声:"国丈,因何你私通外国,图害功臣?不要含糊隐讳,须要实言招供的!"原来庞洪早已立下主意,心想:"判官分断,可以强词夺理。这黑子厉害非凡,料想抵赖不得,况且秃狼牙口供实招,赃物搜出,并有私书为凭,若要抵赖,反吃他刑法之苦。受了刑法仍要招的,不若说明,省得受刑。"国丈一到堂,便低头叫声:"大人,这原是我犯官之差,见识全无,屡思陷害狄王亲,受了西辽礼物,说明不是真旗,奏知圣上,好歹杀了狄青。"庞洪说到此间就住口了不言。低头细想:"这样事情乃是孩儿飞虎苦谏于我,所以自己不便奏圣上。内通线于女儿,今日若说出来,连累亲生女儿了。"包爷看见,喝声:"你想什么机关,不说下去? 快把真情透说来,本官才不动刑的。"国丈说声:"大人,这是犯官贪了西辽礼物宝贝,奏明圣上重新验旗,要把狄青处斩了。"包爷喝声:"胡说! 从前你并非启奏天子的,乃是你做党蒙君,你女儿陈奏的,本官记得清清白白。你敢推脱女儿,希图自己一人抵罪么?"庞洪一想道:"如此不得强假了。"便呼声:"包大人,犯官若自己陈奏天子,犹恐天子动疑,所以入宫通线女儿,要他奏明天子,害了狄王亲。岂知又害不成。问罪游龙驿中,暗通王正,连发书一十三封,方得狄青中害身亡。后来又被包大人救活他。如今句句真实,并无一字虚言的。万般也是犯官所为,伏乞大人开恩,放松一命!"

　　包爷听了,摇头说道:"你欺君误国,屡次陷害功臣,贪赃卖国,深负君恩,不顾朝廷,希图私己。今日奸谋败露,理当一刀两段,何必畏死贪生? 你真禽兽不如也!"当下,庞洪由着包爷痛骂。庞洪又呼声:"大人,如今犯官痛改前非,永不再犯了。求念一殿为臣,笔下超生,感恩匪浅了。"包爷冷笑说:"如今来不及了! 纵然本官容情与你,只恐圣上不依。正所谓'马行栈道收缰晚,船到江心补漏迟'。本官且问你,到底你与狄王亲有何冤仇? 明明说与本官知道!"庞洪说:"与他也无甚冤仇,只为前时考武,他伤了王天化,我女身亡了。女婿孙秀与他有冤仇,是以屡屡同谋,将他摆布。岂知谋害不成,这冤仇越结越深了。今求大人笔下超生,得归故里,足感深恩。"包爷说:"只要你画上招供来!"又传手下带上王仁,喝声:"你因何前往庞府去通藏赃宝?"王仁终于不肯招供,即将夹棍夹上了,痛甚难当,登时死了还魂,抵受刑法不起,只得将实情禀知。包爷说:"松去夹棍拶指,将供写上!"众犯奸臣,一齐收入天牢去了。吩咐退堂。

有夫人说:"相公哎,方才此案情由可审断明白? 望相公说与妾得知。"包爷接过茶一杯,将情由细细说明。夫人听罢,长叹一声说道:"庞洪作恶过多,万不能逃脱,两次三番计害狄青,如今画虎不成反类犬,害了自身;又来私通外国,罪大如天,只落得当朝一品,做了犯人。天道报应不差,焉能草草可混淆的?"夫妇言谈一会,天色尚早。是日,包龙图进回书房内,仔细将几人之罪,依照国法,细细议实。又备了本章一道,待来日奏复圣上。但不知如何除得众犯人。欲知详细,且看下回。正是:

　　试看此日诸奸佞,方见今朝尽网罗。

第九十九回　定奸罪包公上本
　　　　　　溺庞妃宋王生嗔

诗曰：

　　国法如何存得私？包公按律定奸书。

　　君王不舍娇娆伴，至与使臣嗔论殊。

　　是夜，包爷将众人照依国法定罪，备了一本。上写曰：

　　龙图阁学士臣包拯奏：为微臣审办群奸，讯得孙秀与狄青宿有私仇，欲图报雪，致与岳父庞洪串通为党，屡行图害。庞洪、孙秀二犯除图害狄青未死之罪已过多。孙秀混放秃狼牙进关，虽不与外国私通，应照疏失之罪，理该斩决。而庞洪贪赃私己，图害功臣，而使西辽兴兵犯界，罪该凌迟，法该灭族。有贵妃庞氏，前者验旗，既已欺君，又助父为虐，而兹复差王仁通风，匿藏赃物，亦属父女同谋，顾亲不顾君，法难轻恕，须当斩首正法。王仁虽从主命所差，行为不善，有干国法。姑念不图强利，从宽一等，然欺君之罪难辞，亦当绞决。秃狼牙私进中原献宝，欲害忠臣，虽非己心，亦有党恶欺君之罪。姑念事后首明，得除奸佞，应得褒旌，释放回邦，功罪两消。王正欲保功臣，不遂奸谋暗算，志行堪嘉，应照本职加升三级，以奖其忠厚。拟表奏冒渎天颜，伏乞降旨，各犯正法实行，肃清朝政，海晏升平，微臣有望矣。临表不胜待命之至。

包爷写毕本章，便说："庞洪哎，谁人叫你为奸作恶的？今日除去国家大患，本官才得心安。犹恐圣上溺爱庞妃，难舍娇娆，爱宠女儿牵及父，要改轻之罪，如何是好？也罢，待来日在朝房通知众王爷、各大臣，倘若圣上不除庞贼父女，众口攻击便了。"包爷定了主见，候至次日四更天,来至朝房,候齐各大臣,知会了众人,欢然应诺。

少停,天子临朝,文武参毕。包爷将本呈上,天子龙目看罢,心内暗暗着惊。便说:"包卿定罪太重了,孙秀之罪,却也该当,国丈之罪还须改轻些。贵妃侍奉寡人,包卿也须谅情些的。"包爷一想,"我原料圣上定然要改轻庞洪父女之罪。"便说,"臣以为国家大事,必当以公办公,如何存得私的? 各犯之罪,应该如此,哪里改轻得来?"天子说:"包卿虽素无私曲,单有此案,望卿谅情一二罢了。"包公说:"庞家父女罪犯滔天,死何足惜,罪断然难改轻的。圣上准臣所奏,则是依律公断,如不准臣所奏,要改轻庞洪父女之罪,臣做不得官了。望陛下放归故里,臣忍耐不得国法不行的!"

这几句话乃侃侃铁言,天子原知他品格如此,假装发怒,呼声:"包卿! 你难将朕抗勒的。往日般般准依了你,单有此案,寡人不准,要从宽些。"包爷高声说:"陛下,要改轻罪名也不难,先把萧何定律改过,然后把庞洪的罪名更改,有何难处!"天子听了此言,真觉怒起来,说:"寡人事事依你,单有此本不准,你若必要如此,寡人让了你罢!"包爷怒容满面说:"陛下,这本不依臣拟,朝廷法律不须设了! 这庞洪贪赃卖国,屡害功臣,父女同欺圣上,死有余辜,望吾主勿顾宫中贵妃,速行正法,以警乱臣贼子之心。如若不准微臣所奏,伏乞陛下先将臣斩首,以正逆旨之罪罢!"天子一想:"这包黑子实是铁硬。"又说:"你要朕依你所奏,万万不能的。"

此时,又有众王、大臣,共有三十余位,一齐出班奏说:"陛下,这包拯与庞洪不是有甚私仇,无非为国家除奸,按以萧何定律耳。"天子说:"什么萧何定律? 朕也不较,罪拟太重,要轻些耳。"众臣也知圣上说的是蛮话。又再奏道:"陛下,若是别的小过,尚且依律定罪,岂但此案大如天! 庞洪外通辽国,内合女儿,倘将功臣害了,辽国将兵厉害,圣上尽知。况且雄关孙秀,又是庞洪同党,岂不被他们将锦绣江山,一旦付与西辽? 陛下,今朝若不除奸党,加倍纵他了,倘或变端复起,事难料测。"

众臣同奏,此时天子反觉羞惭面报,暗想:"国丈为人原不好,冤家尽结。满朝三十余人,没有一人保奏,只齐口合攻。朕若准了包拯所奏，又舍不得庞美人，也不便留其女诛其父。若父女一同治罪，朕心何忍？"只左思右想，龙心不定，带着闷气，呆呆不语。包爷又说："陛下，庞妃事，江山事，大不可没了主意。"众臣催速，天子龙心不悦，立起身来说："众卿休得性急，还宜从缓再拟，限三日后才定夺。"退班回宫去了。

众文武落得呆看，多说："圣上因何如此庇护庞洪？"只得同退出午朝门。包爷忽生一计，邀同众大臣商议。众文武说："包大人，你却虑得到，再不想圣上宠爱庞妃父女如此之深，包大人还有何高见？"包爷说："列位大人，圣上如此溺爱，执迷不悟，若留下庞洪父女，终为后患。下官欲同列位前往南清宫，面见狄太后娘娘，奏明此事，待他作个出头，先除了贵妃。若除贵妃，圣上无心牵挂庞洪了。"众文武笑道："包大人果然妙算！只恐太后娘娘乃贤良德性，圣上又恳赦了，这便如何？"包爷说："太后娘娘已深痛恨庞洪父女屡行暗害狄千岁，恨不能早早除他。"众臣说："既如此，事不宜迟，我们就此去吧！"各官员一路先到了狄王府，按下且慢题。

再说嘉祐王回进宫中，龙心烦闷不乐。贵妃接驾问："圣心因何不快？"天子将群臣强逼勒奏说知。庞妃听了战战兢兢，俯伏尘埃，泪珠满脸说："陛下哎，可念臣妾伴枕六载，平时并没有半点差迟。目今初次犯了一罪，求圣上恩宽，父女同沾帝德无涯了。"天子说："贵妃，若论你父平日间做人不好，冤家结尽。满朝只有参奏的，没有保本的。朕若将你父正法，在你面上于心何忍？如若一体同刑，哪里舍得你的？听凭众臣怎长论短算，朕自作主张。包拯本章奈何我不得。"贵妃只得悲哭，天子连忙扶起，安慰："爱卿不用心烦。"庞妃在此叩谢，起来讲话。

有内监到来启上："万岁爷，有南清宫太后娘娘驾到！"天子听罢，顿吓一惊："母后因何忽地进来？"只得抽身往接迎。太后娘娘离下凤辇，宫娥、太监两边分排。天子请问："母后娘娘何事降临？"太后说："所来非为别事，要到安乐宫去，与李太后谈心散闷。"天子说："原来如此，请母后进宫。"又着太监报知各宫。正宫曹后想来："狄太后今来何事？必非无故进宫。"即往会同张妃子、庞妃子共迎。太后驾到长春殿，礼参毕。忽有宫娥到来启禀："李太后驾到！"君、后起位相迎，就在长春殿，两后相见。礼毕，姐妹相称，二面对坐，君、后参见生身嫡母，各妃叩礼毕。李太后呼："儿、媳共坐。"君王、曹后领命左右坐下，张、庞二妃侍立两旁。太后送上茶，吃毕。高年姐妹，略叙寒喧，各各问安已毕。狄太后开言说："王儿，这边立侍者何人？"嘉祐王说："启上母后，这是贵妃庞氏。"狄太后说："原来是庞妃，他的父亲是谁？为娘倒也忘记了。"仁宗天子是个聪慧之君，知母后来不是好意，当时勉强说："他父名唤庞洪。"狄太后叹声说道："就是贪赃卖国奸臣之女儿么？昨日包卿已审理明白，定了什么罪名？"天子听罢，暗暗着惊，又觉难以回复，只得说："母后哎，包拯定罪，尚未奏闻。"太后喝声："你说什么话！君无戏言从古所说。你如此谎言，岂是为君之度？今朝我侄儿朝罢回来说，包卿已上本奏明众犯了！"不知天子如何答话。正是：

　　前时父女交通恶，今日君王保不康。

第一百回　狄太后扫除君侧　庞贵妃绞死宫中

诗曰：

君王溺爱庇庞洪，只是深情妃子容。

幸有高年狄太后，娇娆正法绞宫中。

当时狄太后说："王儿，你休得谎言！我侄儿今朝上朝，说包拯本上除奸正法，无奈王儿不准，要把庞洪父女罪名改轻，怎说包卿未有本奏？你还来哄我为娘么！"天子听了，心中惶恐，只得转说："包拯确有本章，一时错说他未有奏陈。"狄太后说："王儿，既有本奏明，犯人定了什么罪名？"天子说："孙秀定了处斩之罪。"狄太后说："如此太轻了！"又问："庞洪定罪如何？"仁宗天子见问至庞洪之罪，就心中着急，住口不言，难把他罪名说出。此时，庞妃在侧，心如火灼，又如小鹿撞胸。

此时李太后虽是年高，性情不异少年，言说："王儿为何默默无言，闭口不开？"狄太后冷笑说："我也尽知王儿之意，舍不得庞妃小贱人。因女儿难伤他父，故王儿把罪名改轻的。"又呼："李姐姐，这庞洪、孙秀不知与我侄儿有甚大仇，几次三番，阴图谋害，必要将他除了，幸得般般用计不成。他二人谋害功臣也罢了，但庞洪身为极品，又是王亲，不思尽忠报国，反受贿贪赃，暗通西辽，父女深受国恩，不图报效，心向外邦。可记前时先王在日，王钦若私通外国，做下多少弊端！庞洪父女前辙后头人。我想宋朝天下，非容易开创的。太祖劳尽多少心力，方得今日流传四代，险些锦绣江山送在庞洪父女之手！王儿虽不是我亲生的，但用了三年哺养，方得育长成人。所以今朝讲话，做得三分之主。庞洪父女串通误国，断然难容！包拯本奏必

400

然依的。姐姐,你道愚妹之言是否?"

李太后说:"狄贤妹之言,果也不差。包卿乃我宋朝的大忠臣,人人共知,断事毫无私曲。庞洪受了西辽礼物,要害有功之臣,倘然令佢遭其所害,辽王猖獗,复又兴兵,还有何人抵敌?宋朝社稷必然让与西辽。若是奸人常常在国,一辈忠臣焉能日日保存?若江山被别人占去,庞妃难以在枕边作伴,相爱相怜,自有他人恩幸。王儿有何面目见先王的?若贪花好色,未有不为败国之君。若不诛庞洪,众臣不服;不斩庞妃,正为祸之根。"

原来嘉祐王前听狄母后之言,后闻李母后之训,他原乃心中明白,只因为着贵妃的花容美貌本是合意,同心陪伴,同衾六、七载,枕上多少温存态度,何忍将他一刀之苦?龙心纳闷又惊惶。此刻,庞妃吓得魂不附体,忙下跪哀求二位高年太后说:"臣妾父亲伴驾多年,从无差错。近因年老昏愦,有干国法,理正典刑。臣妾虽然德薄,但伴君数载,也无过处,一时错听父亲之言。今日原该身首分开,但恳求太后娘娘开一线之恩,好生之德,姑免了初次,留我残生,感恩不浅。"狄太后喝声:"小贱人!一刻也难容!"李太后叫声:"王儿,你保守江山为重,这妖娆妃子事小,何恋恋不舍?"仁宗天子无言可答。庞妃苦苦哀求,向狄太后连连叩首,只是不依,吓得面如土色,手足如冰。只得转身求告曹皇后:"望娘娘与妾讨一个面情,救得臣妾一命,世世不忘娘娘大恩!"曹后娘娘虽不是与他胶漆,也是两不相干,况且在着君前,权做个假人情,即时随身跪下,求恳太后娘娘说:"庞氏虽然有罪欺君,但念他初次,还求太后娘娘饶他性命,臣妾亦感大恩。"狄太后喝声:"休得多言,你是庞妃同党的?不用你再言!"曹娘娘不敢再说,只得起来。天子此时亦坐立不安,只得说:"母后哎,庞妃犯法,理该正法处斩,念他是个轻年女子,不明法律。万般只看臣儿薄面,今日臣儿讨个情,求免他一刀之苦,将他贬入冷宫如何?"狄太后想来:"王儿真乃溺爱这娇娆,今又仍留庞妃,庞洪罪也轻了,我将何话答应包拯?"便呼:"王儿,别的事情般般依你,若要留这小贱人,断断难依。我今做的三分主意,你终身怪着为娘罢!"即传懿旨,令刀斧手速正典刑。

　　贵妃哭倒在地,落下球冠,青丝披散,无限凄凉,膝行扯住万岁龙衣:"望吾主看臣妾前日侍奉一场,救了臣妾一命的!"急得天子心中凄惨,料难解救,说:"贵妃哎,非朕不肯用情搭救你,只可怜你一时错听父亲行恶。今要过刀惨死,独惜你待孤一番恩情多少,今日身亡,孤心不忍。"庞妃说:"陛下哎,妾如今痛改前非了,从今以后不想锦衣安享,不思玉食风光。愿留我残生,甘心永住冷宫。"嘉祐王听了这凄惨之言,腹内犹如刀割,想去思来,心中大愤。回身又叫:"母后,望你大发慈悲,开恩一线,饶他一死,永禁冷宫,情愿将他父庞洪正了国法也罢,望母后准依臣儿之言!"当时并不是狄后心妒庞妃,定要除他,只恨他父女同谋,反复验旗,险些侄儿被害。仇恨是以刻刻在心,今要宽容他,又为准了包公、众大臣所奏,是以今日总也不依当今之言。

　　有李后的性情素日心软,看见贵妃如此凄惨,与当今不忍之言,凤目早已包着一汪球泪,呼声:"贤妹哎,既是王儿如此说来,饶他身首分开,可赐白绫把他绞决,做个全尸罢。"天子又双膝跪下,再求狄母后存他一命。狄后摇头叹声:"你身为万乘之尊,为了妃子如此恋恋不舍,今朝不将这小贱人正法,人人俱可效尤败国了!权依姐姐之言,免他刀刑。"传旨不用刀斧手,速取到白绫,一座长春殿做了法场。此时庞妃心如刀割,痛哭凄凉。天子不忍观看,悉听他们动手,心怀愤愤踱出,龙目含着一汪珠泪而去。太后喝声:"动手!"将绫搭粉颈,双膝向南。曹皇后、张妃也觉心惊。但见太监两边将白绫一收一紧,金莲撑蹬几撑,登时两眼翻白了。未及半个时刻,气已断了。三魂七魄,紗缥已无影无踪。实是可怜,一个冰肌玉骨红颜女,只为一时差见,错听父言,死得实为可哀。这庞妃伴主多年,亦无甚大过犯。岂料今朝身受惨死,实乃庞洪作恶,害了年少女儿耳。

　　当时,绞手太监见他身硬了,即时住手,上前启上太后娘娘:"庞娘娘气绝了。"太后传旨,请来当今。是时,嘉祐王到来,见了庞妃如此,五内皆崩,伤情之泪,从腹中落下。狄太后说:"王儿为君,岂像孩童之见么?若留这奸狡犯,实乃国家之患。如今速把庞洪斩决,不可改轻包拯所奏!"天子应诺太后。又传旨:"尸骸用上上棺枢盛殓埋了。"刀斧手领命去讫。天子吩咐在长春殿安排饮宴,款待高年两太后。曹皇后与各妃交替敬酒，姐妹谈心，语言多少，也不多谈。酒宴已毕，狄太后抽身相辞，李太后、曹皇后与众妃一同相送，狄太后身登凤辇，欢然而去。李太后也回宫去，张妃、曹后俱觉安然。只有仁宗王愁怀满腹，复进庆云宫内，触景伤情，龙心惨切，怨着包拯："你与寡人结冤家，可怜断送了爱妃。若不是三审郭槐这段功劳，孤必要取你的首级！"

不题天子心烦，再说狄太后还宫，将此事说知孩儿，潞花王大喜，即差太监相请平西王到府说明。狄爷深感姑娘，言说一会，拜别往见包爷，传说众大臣，人人心悦，也有庞党个个心惊，犹恐有牵连之罪，不表。

次日，包爷上朝奏明，要将庞洪正法。此时，天子只因溺庞妃，故将庞洪宠重。庞妃须死，心犹愤恨，念及贵妃，不忍将国丈正法，奈何被包爷催速。想："终免不来，若将他正法，罪名可减轻才罢。"不知天子如何减轻庞洪之罪，且看下回。正是：

　　天道岂无公报应，人心何不善为行。

第一百一回　正典刑奸臣被诛
忆妃子宋主伤情

诗曰：

害人反害自身亡，到底奸臣不久长。

作恶难逃终报应，今朝正法在刑场。

当时包公听了万岁要改轻庞洪之罪，然后正法，即称："陛下哎，臣乃照律定罪，如何改轻的来？"天子说："包卿，贵妃的斩罪已蒙太后娘娘减等赐绞，难道庞洪孤赐他不得绞么？"包爷说："启陛下，这是太后娘娘的恩典，贵妃的造化。"天子说："太后娘娘的旨你依，难道孤你必不依么？包卿太把寡人欺了！"包爷说："圣上哎，庞洪除去谋害功臣的罪且不计较，只把私通外国，贪赃不法而论，重罪如山，哪有可赦轻之处？"天子说："包卿何故如此，劝你不要执偏，逆忤寡人吧！"包爷说："臣为受陛下洪恩，未得报效，除奸贼肃朝政，一刻之念难忘。照律除了欺君卖国之臣，稍尽臣报国之心。"天子说："包卿，你又迂了，你说知法律，岂不晓得从无宰阁之刀？你自家条律未明，又不依从孤旨，必要将庞洪照本罪断凌迟，除非你再到南清宫，待太后娘娘仍旧出头为主，方能准你。"包爷说："陛下啊，虽无宰阁之刀，但庞洪自有滔天大罪非轻，若减轻了，不能警戒乱臣惊惧之心，伏乞我主依臣所奏。照律将庞洪正了典刑，则朝政肃清，人心悦服了。"此时，包公与嘉祐王许多辩论，天子心中带怒说："你真乃一个无情面之臣！故意违逆寡人之命，也该当何罪？你须讲明说来。"包爷说："臣逆旨该斩。陛下，且将臣斩首吧！"

当时，天子呆呆不语，包爷也不做声，有众位公卿大臣，看此光景，一同俯伏金阶，同声奏道："臣等请问陛下，若照包拯所定之罪，圣上龙心以为太重,如今圣上欲定何罪?乞祈降旨。"天子说:"依朕主见,庞洪亦照贵妃赐白绫,未为不可。"包爷说:"庞贵妃本是枭首之罪赐白绫,伏乞龙心详察。"天子说:"众卿家公断如何?"众臣说:"臣等只求陛下将庞洪照依贵妃枭首之罪,正法便了。"天子一想,总是庞洪活不成了,只得准奏。将庞洪枭首,恩免夷族,妻儿回籍,安分守法。内监王仁改为军罪,余具依拟施行。传令苏文贵监决复旨。当时,包公也难再奏,天子驾退回宫。众臣多退回朝,个个皆说天子心慈,皆由庞妃面上来的。闲话休题。

再表苏都督回转府中,不延迟,即差人调出天牢犯臣。当日,庞洪、孙秀两个奸臣,懊恼前日为非,一心图害狄青。害他不成,反害自身,要受过刀刑。是时,有千千万万的百姓,远远观瞻。当时,国太还在牢中,未曾释放,所以不得来送别。有庞飞虎在外打听明白,吓得魂飞天外:"我得圣上天恩,妻儿无罪,所以方敢前来送别父亲。"孙秀的夫人抱了三岁的孩儿,也来送别丈夫。当下,子哭父,妻哭夫。庞洪呼声:"我儿,你不必伤心了,包公将我定了凌迟夷族之罪,全叨圣上天恩减轻了,斩首还是好死的造化。但我死之后,你与母亲收拾棺柩与妹丈的棺椁,一同还乡吧。全叨圣上天恩,和顺才好。如今朝内无人,势头也没有了,须要回去守分度日,侍奉母亲。"飞虎泪如珠雨,哭倒尘埃。孙秀叫声:"夫人,今日你休来埋怨于我。若我死后,你还故里,与我娘、兄弟苦守门户,养育孤子,长成传嗣,免得孙门绝了香烟。遗言切紧记的!"夫人只悲哀痛哭。

时刻将到,这些远远旁观的人,拥至越多。三刻时分,即时刽子手开刀砍下头颈两颗。子捧父头,靴底踏穿;妻抱夫头,哭泣晕迷。苏爷打道回衙,先往说知包公,然后往天牢放出庞洪夫人,前往法场收拾丈夫尸首。包爷又备文书征发,要两名官差吩咐庞家子母、孙秀之妻,限三日内起解回籍,不许在京耽搁。内监王仁得活性命,即行发配。王正加升三级,多叨天子洪恩。包爷又吩咐秃狼牙:"你混进中原,应该有罪。念你出首说明奸臣之案,兹且姑宽,放你回国。"秃狼牙说:"包大人,我今回邦,思量狼主容不得我。如若不还故国,丢不下儿女,实在两难,如何是好?"包爷一想,说:"你也虑得不差。罢了,你且耽搁一天,待本官来日奏明圣上,请旨一道与你,自己还邦与狼主观看,要你复还旧职便了。"秃狼牙称谢不已。次日,包爷上朝,有苏爷复旨启奏:"已将庞洪、孙秀正了典刑!"天子听奏点头,暗暗咨嗟。又有包爷俯伏说:"臣包拯有奏。"天子说:"包卿如今没有说了,还有何奏的?"包爷就将秃狼牙之事奏明,天子准奏。降旨一道,着令秃狼牙自带赍文还邦。是日,吏部天官文彦博升为首相,抵了庞洪之缺,不必多谈。包爷朝罢归府,付银子二百与秃狼牙,以作路费回邦。秃狼牙大悦,叩谢而去不表。

再说仁宗天子回宫,暗暗伤心:"追思庞贵妃的玉貌花容,娉婷袅娜的体态,深悦朕心。陪伴宫中六载,别无差错。单有父女递连,想他为其父而护其亲,乃人之常情也。原是庞洪为人不好,又不该贪赃入己,与外国私通。只道暗为,瞒得众人耳目。又不该暗中图害狄青,害他不得,反伤其身。他两次平西奏绩回来,功劳浩大,多少众臣得为助力于他。今日庞洪败露机谋,乃连累了孤的美人,死得实乃伤惨。若是包拯议罪,群臣共效,必要寡人作主,庞家父女决不至死于如此刑惨!偏偏是母后出头。他无非要与侄儿报仇,拆散寡人的这对鸳鸯,孤心何日放得下愁怀?"叹道:"贵妃哎,你玉骨冰肌,抛荒何处?但不知卿魂还在宫否?"又思他魂渺渺茫茫地府中,不知何去了。越想越伤心,目中的珠泪纷纷滚流。"宫中物件般般在,单单不见相爱相怜的美人。咳!寡人每临幸此地之时,只见庞夫人袅娜轻盈,上前接孤。芙蓉玉貌,带喜带羞,殷勤尽礼。莺声细语,慢慢言来,皆实为孤之爱。鸾凤衾中陪着朕,温存体态,多少的美情!有无穷之妙,无限之趣。指望同偕白发,岂知平地风波起,使孤恩情永绝。今朝物在人亡,玉体抛荒野外,深可悲也。咳!美人哎,非是今日寡人辜负于你,须知你父亲与狄青结下深仇,连累你的。包拯一班同党,助着狄青,同口同声奏参你父,又使狄母后为主,内外夹攻,使你父女一刻同日而亡,总是弄得寡人从此无人陪伴。美人哎,你有多少妙音可解寡人愁怀!"这多情天子伤感之际,忽想起一事在心,瞒了母后,不与王后、妃子得知,即差一内监,私出后宰门,吩咐开了贵妃坟,并国丈尸骸好好收殓。另赐黄金千两与国太,以为扶柩回乡的路费。这仁宗天子为着庞妃面上有许多情，只为爱其生，如今不忍其死，加宠国丈，所以如此。从此龙心终日恢恢纳闷，不怪他人，只恨着包文正。他虽然正直无私，然而与寡人面上太觉无情的。

　　不言天子烦闷，再说太监何荣，奉旨藏了千金，悄悄出了后宰门，觅着庞妃停枢所，命人扛抬了，来寻国太。先说庞飞虎，痛恨着包文正、狄青是杀父仇人，后日图报的。当下国太来到法场，看到尸首分开，心中痛哭哀哀，好不凄惨。又思量长女伴君，深得宠兴，岂知今日白绫赐死！儿哎，皆由你父连累，害你死得好惨刑也！丢下老娘，魂归阴府，渺然无踪，未知他可能随娘得转故乡否？如今单剩下次女飞凤在身旁，女婿又被国法正了典刑，母女双双为寡妇，此仇此恨，教老身怎生清消？国太正与孩儿收拾尸骸之际，忽来了太监何荣，丢了贵妃棺枢，到来交代黄金，说明天子之意。正是：

　　　　生离死别心何切？义重情深念不忘。

第一百二回

遵国法庞孙回籍
叙奸苗作恶多端

诗曰:

奸苗仗势害良多,国法全无众受磨。

自从权倾威福尽,昭昭天眼报如何!

话说国太正在收拾丈夫尸首,悲哀之际,忽然圣上差太监何荣到来,将天子之意说明:"国太,今日收拾尸首回籍,国太不必过哀。今日万岁爷赐赠黄金千两,以为国太作路费之资。你且收藏了,并娘娘棺柩在此。"何荣交出黄金,回宫复旨去了。

单表庞飞虎母子尚然说此蛮话,说:"圣上堂堂九五之尊,一些主意全无。凭从狄青、包拯胡行,被他压住,伤了宰相之命。只恐江山不久要让狄青了!"飞虎含泪说:"母亲,事已如此,如今不必过伤了,且暂收拾父亲还乡吧。家中幸赖尚有家产过日,还有三兄弟,皆是英雄气宇,日后寻个机会,必将杀父仇人杀尽,方消了此恨罢!"国太听了,只得收拾。孙秀夫人悲哭哀哀,没有收场的,国太劝慰女儿一番。

包公又有公文到来,不出三天就要速出京。旁人百姓,谁人不笑庞洪前日靠了女儿,势力凶如狼虎,屡屡冤屈良民,不计其数,容纵家丁欺压平民,只道他有女儿做力,一程直厉害到底。岂料今朝女儿死在宫中,父斩法场之上。还叨圣上天恩,不罪妻儿,不抄家产。想来善恶必然有报应的。若不报应,世人个个为非了。又有几人说:"奸相平日屡屡剥削良民,今日犯此大罪,过了刀刑,还是造化了! 理应该丢去油锅内,割舌抽筋,再将他千刀万剐,方尽其辜。"内有几人说:"庞洪屈剥我百姓过多,将他一刀两段也便宜了他! 还恐上天不容他,大火也焚他的棺柩。家中妇女为盗为娼,后人为奸为拐,此天报应以不祥的。"国太一路而来,到一处地方上,百姓谁不骂他父女?母子听闻,心中暗暗伤心。庞飞虎暗暗发怒,只由得人咒骂。有日必要报仇,将汴京削为平地,看你们还骂得我否?不理旁人说短道长,一路饥飧渴饮,夜宿晓行,历尽跋涉辛劳,一月多方到了家园。有包公差官把文书交本省官、本处官接领,即回详复包公。取了盘费,二解差一路回京不表。

即说这大国舅飞虎娶妻无子,二国舅白虎、三国舅黑虎、四国舅彪虎,多是年少青春,因没有美貌佳人,故俱未就婚。纵是有几个乡宦小姐花容美俊的,父母俱说庞门作恶过多,不肯配他弟兄。然而年少,仗着父亲、姐姐的势头,屡屡又害地方,每每欺着良民,白手嫖娼,平空捏诬。若逢女子有三分颜色动人,抢劫回家。俗语说:"肉随砧。"众从他则活,逆彼则亡。弟兄也是一般作恶,有些怕死的女子,或是贪欢的妇人,自然从他。或半年不用,赶逐出转回娘家,害得亲事不能对,岂不罪过更深?兄弟如狼如虎,万民怨恨。若告状鸣于官,只畏庞门势大,也不敢准告。

这一天,哥弟分路出去玩耍。又讲一妇人,正在楼窗观望,只见他家翁对楼上大叫:"媳妇,二国舅来了,还不下楼去!"这妇人听了,好不慌张,急急关了窗牖。又说二国舅白虎正在街上游玩,只见家人飞跑到跟前说:"二国舅爷不好了!一家大祸非轻的。"二国舅喝声:"狗才,何事大惊小怪?"家将说:"不是小人大惊小怪,只为太师爷身受大灾被杀了。如今大国舅与太夫人扶柩回来了,现在码头上。二国舅爷不要游玩,作速回去料理丧事的!"白虎变色说:"这话可是真么?"家将说:"有庞福家人先回来报知。"白虎说:"有这等事,不好了!"吃惊不小,说:"你跟随来吧!"即快马加鞭,如飞去了。

又说到黑虎三国舅,一路而来街上玩耍,有妻的百姓民家,家家一闻三国舅远远在此游行,即飞奔回家,吩咐紧关了门。有姐妹的也是如此。只是众人被害过多,所以如此惊惧。也有一民家婆子立在门前,年纪六十多,脸上皱纹多起,还是擦脂抹粉地扮俏。要为年已高,还作青年妆,实确可笑,立在门前,看看来往之人。忽听得庞黑虎来到,吓得慌忙扶了杖,急急关了门。黑虎正在街坊上寻觅钗裙美女,带了七、八个家将跟随。忽来家人庞寿报知凶信,三国舅闻言,犹如雷打脑顶,急随家人回转。

再言四国舅的行为。陕西本省近地有个酒肆,名曰"岳阳馆",人进人出,十分热闹。一日,有二十余人谈笑吃酒,正在闹热之际,忽有店主跑来说:"列位贵客,快些算账,不吃酒了!"众人说:"你哪里话来,酒还未吃完,因何忽要算账?"店主说:"庞家四国舅来了!"各客听了大惊。单有一人自酌饮酒,是山东来的客人李大麻,说:"店主,他怎样狠恶,我是不惧的。待这老狗狼来,俺老子活活打死他!"只见恶狠狠几人跑进来说:"四国舅爷来了!"众酒客人说声:"不好了,大家快走吧!"顷刻间,个个都跑了,只剩得山东客,自仗英雄,不知厉害。原来这人是前一天到来了,所以不知庞家势力,说:"我也不犯他,他也奈何我不得。"店主劝道:"贵客,不要取祸,快走才好!"他只是不依,端然坐下。有四国舅爷跑进来,下了马,店主人跪接。彪虎进内,两边一看,喝声:"大胆这狗才,敢在老虎头上抹汗么?家丁快些捆打这狗强盗!"一声呼喝,一班家将如狼如虎,拥上前要捉李大麻。他见了,不得不慌忙,登时下跪磕头,求饶谢罪。四国舅正在喝骂他之处,有家人庞禄赶进店中,说声:"四国舅爷不好了,小的往各处找寻,原来在此,快些回府吧!"四国舅喝声:"狗才,我有事情不回去的!"庞禄说:"京中太师执罪被杀了。"四国舅闻言大惊,说:"哪人敢杀我父亲?快快说来!"庞禄说:"小的不知细底,只见大国舅与国太扶柩而归,现在船中,就要来到家里,所以小人分头找寻,国舅爷回去吧!"彪虎慌忙说:"你言可真么?"庞禄说:"小的焉敢哄国舅爷的?"彪虎听罢,即忙上了马,飞跑了去。

当时店主几人哈哈发笑说:"朝中国丈被诛,他弟兄无势力,从此地方可以宁静了,这些年少妇女去了大患。"李大麻笑道:"他倒运的狗才,欺着我李人麻,怪不得他父亲要砍了头的!"复坐下又吃酒。店主说:"我叫众人不要说,不要吃酒,且算了账,谁知众人个个不肯。后至小狗才拥到,众人才奔走散去,如今做了折本生意。"李大麻说声:"店主不必心烦,今虽折去本钱,但各市上食物俱已卖尽罄了。你店中还有许多食物,卖个加倍利息,就可还本了。"丢开店主,闲言不表。

　　再表近地百姓，被庞家扰害不少。如今得闻此事，人人传说喧哗，多道朝中国丈被杀害了，地方从此起运，众民安稳做生涯，从此不用大惊小怪地忧心。此时陕西一省地头，众百姓远远传说。正是：人人欣幸，个个安心。言言语语地叙谈，一一不能细述。

　　话休絮烦。且说庞家三位虎狼国舅，此日齐齐会叙，已到码头船中，见母亲、兄长，即问父亲被害原由。国太见三子动问，含泪就将与狄青作对情由，细细说知三虎。兄弟听罢大怒，泪落纷纷哭父。时又忆姐姐，痛恨着狄青，呼声："大哥啊，我们兄弟并胆合意，待等三年之后，杀父之仇定然要报的！"庞飞虎呼声："三位兄弟，此仇不报，枉为人也！为兄也等不得三年五载的。"国太含悲说："你弟兄不要言长语短，且将棺枢迁移上岸，回家安葬吧。"正说话间，有孙云到来。不知此人是何来历，下回分解。正是：

　　　　由尔刁奸凭势力，终为罗网伏众心。

第一百三回　萧天凤镇守三关
张将军洞房花烛

诗曰：

英雄未遇一樵夫，发达特来禄位高。

海水不量人不谅，焉知贫者是人豪！

当下这孙云不是别人，他是孙秀嫡弟。平日也恃兄长之力欺压良民，强占人之妻女，种种作罪多端。因甚前书并不详细于他？若不涉正书关紧，不能尽述。是时，孙云得知胞兄被杀，气得二目圆睁，即跑上船头，对着庞飞凤叫声："嫂嫂，何故哥哥被害？"庞氏将前时被害细细说知。孙云听了，怒气冲冲说："嫂嫂，如今哥哥已死，不能复活。且到家中把棺柩埋了，抚养侄儿长大成人，与父报仇便了。"又进船中与庞家母子谈说此事一回。此时，扛到两乘轿子，母女分头上岸，各个回家。庞氏弟兄随娘回转，孙云与嫂嫂归家，各自埋葬。纸短情长，难以尽白。

从此，庞、孙势力俱无，不敢妄为。不过藉些家产度日，虽有报仇之志，亦是妄想虚言耳。不关正传，略略表明，休得长叙。

再说京中。一日，狄爷对萧天凤说道："雄关乃要紧之地，不可久无主将保守，须早日打点赴任才好。"萧天凤应诺连声。萧总兵又将苗氏、张忠婚事禀知，狄千岁说："此乃美事。"便说："张贤弟，你可一同到苗家完了花烛，然后再来叙会吧。"张忠便道："但小弟有话告禀。"狄爷说："兄弟再有何商议？"张忠说："从前末将没有住居，曾在盖天山打劫往来为生。如今意欲回此地造几间房屋为家。千岁，你道可否？"狄爷说："贤弟，不知此地可有主经管否？"张忠说："没有人管的。"狄爷说："既然如此，待本藩明日奏知圣上，差官到彼处，应该

412

粮赋若干纳讫了，建造房屋便住了。"张忠称谢。千岁次日上朝奏明，天子准奏。狄爷回府，即差孟定国赍带千金，吩咐前往盖天山左近地方，建造府宅，只宜速办不要延迟。孟将军领命。次日，拜辞千岁与众将军，带了八名手下将，跟随去了。

狄爷又问："李贤弟，你是北直顺天府人氏，你从前说过的家中无人料理，想必房屋也是塌烂了。"李将军说："不瞒千岁说，我的命运蹇否，自父母双亡，几间房屋被火烧了，目下变作空荒之地了。"狄爷说："粮税几年，何人管纳？"李义说："千岁啊，至今一十二载犹未完税粮。"狄爷听了，即发出千金，吩咐焦廷贵："前往顺天府该管地方，完了一十二年国税。料理兴工建造住居，须要快捷，不可迟延。"焦廷贵说："千岁，若造得快，烧得快，到底延迟为妙。"狄爷说声："休得胡说！"焦廷贵说："末将没有胡言的，只说造得快，烧得快的。"狄爷说："你原是这等痴呆的？"焦廷贵说："不瞒千岁，末将的老人家焦赞也是痴呆的人，如今怪不得末将痴呆了。"狄爷说："休得多言，明日早些起程。"到来朝，焦廷贵带了千金起程，一月到了北直顺天府。先将十二年税赋完清，又说李将军祖地已被他人占了。

原来，本府有个土豪，家资万贯，逞富欺贫之辈，名唤王强，前数年已占了此地，建造了大厦楼房，出租别人。焦廷贵当时查察明白，心中大怒说："狗乌龟，将李姓的地业占了，收租受用，好生可恶！本将军不要你赔还，不为好汉！"气愤愤地跑到县堂喧哗喊叫。县主惊疑，升堂问明原故，即拿到王强究问明白，乃私占土地的，如今断还李姓地业。焦廷贵大叫道："断判不公，还要断！"县主说："将军，但不知要怎生断的？"焦廷贵说："王强收租，李姓完粮，今单把房屋断送李姓，焦将军岂不动气么？禀知狄千岁，你这官儿做不成，王强的性命也活不成了。"县主说："据将军的主见若何？"焦廷贵说："须要王强拿出银子一千两，准了赋税之缺，将这狗强盗问个边远充军之罪。"县主说："罚他五百两银子，不必问罪如何？"焦廷贵说："罪也不相干，若银子短少分厘也不依的！"县主只得判断王强罚出银子一千两，限三日交出。王强气恼，叩头去了。县主吩咐衙役："寻个所在，待焦将军安歇。每日三飨，酒食必须丰盛，倘费用若干，禀明给发。"衙役答应连声。焦廷贵毫不称谢,日日贪杯,醺醺大醉。到第三天,在县堂问:"这王强银子可曾交代否?"正说间,王强正在衙门外伺候,老爷坐堂呈缴,衙役报进。县主吩咐唤他进来。王强来到案前跪下,呈上一千两银子,兑进不少分厘,王强气闷回去了。县主命衙役扛抬银子,到焦廷贵歇所。焦廷贵命自带来的从人,一一置备家伙什物,件件齐全,按下焦廷贵慢表。

再说朝中萧总兵要往镇守雄关,奏知天子,择日登程,拜别狄千岁、众大臣。是时,平西侯张忠要往结亲,故与萧、苗二总兵同行,下属官员俱来送行,一路地方官接迎,不必细表。行程二十余天,已到雄关。范爷、杨将军闻报大喜,率同部下,各将官带兵迎接。当下,范爷、杨青看见张忠也在其内,是时,一同进关。范爷呼声:"张将军,你也奉旨同来守城么?"萧总兵说:"非也。苗总兵有胞妹,他母亲从前曾许婚姻,今日禀知千岁,是以同来完婚。"范爷听了,哈哈笑说:"这也有理,老夫贺喜方是。"张忠、苗显说:范大人,小将不敢当的。"杨将军说:"贺喜不贺喜,总要吃喜酒。"是夜,大排筵宴,各各就席。次日,苗总兵在雄关七、八里寻了地方,名为十锦村,即差家丁,督取工匠,兴工建造。工匠人多,不消一月已建造了。相迎母亲、妹子居住了,收买丫头数十个。如今比前日住破屋小窑,大不相同了,母女好欢欣。翠鸾小姐倍加称快,想:"哥哥身为总兵之职,奴又得配张姓人,他乃征西一员大将,今封侯爵,奴家也是一品夫人了!再不道与母亲苦守破窑,还有今日?"

不题小姐心悦大开。是日,苗显禀知母亲说:"狄千岁今命张将军在此完婚。"周氏听了大悦,说道:"孩儿啊,但是日期须要张忠定的。"苗显应诺。翠鸾小姐闻知,又惊又喜,惊为倒凤颠鸾未惯,喜是偶配荣封,也不多谈。当时,苗显回关说知,张忠定了良辰吉日。是日,苗府内张挂彩绸,乐韵齐鸣,真乃闹热!知今苗显身为总兵之职,谁人不到奉承?就有许多白日不相识认他,也来认亲。好比俗语两言:贫居闹市无人问,富在深山有远亲。又有下属武官文职,纷纷齐到苗府,不能详叙。苗总兵是日来迎张将军、萧总兵、范大人、杨将军,此日佳客盈堂,高朋满座,好生热闹。吉期已至,张将军更换了大红吉服,苗总兵即唤使女请小姐出堂,与张将军参拜天地,以成花烛。是夜,笙歌彻耳,音乐怡人。拥送入洞房,铺床撒帐,俗情另有一番做作,不表。

且谈合卺交杯也是白文套话。此时,堂上客酒已吃完,个个称谢告辞。苗总兵纷纷送客,也不多表。

且说张忠是夜洞房,这小姐颜容并非绝色,却也体态动人。张将军自家原是个武夫粗莽,也不计较妻子的颜容,所以鱼水相亲,甚是相当。常日张忠既成了花烛,日中闲暇,仍到关中叙谈,暂且慢表不题。

又说京中,刘庆一日禀知狄千岁说:"小将久别父母妻儿,常怀挂念。今已无什么公干事情,意欲归家,看看父母妻儿,故此禀知。"狄爷说:"正该如此的,但本藩还有一事相托,从前未遇之时,本藩曾被庞洪在花园暗为图害,全亏得继英搭救了。受他活命之恩未报,今有书信一封,黄金五百两,可与本藩带去交与继英收领,以表微心。"飞山虎领诺。次日,早起来拜别老太君、千岁,刘将军快马加鞭而去,且也不题。

又说武都督苏文贵有女儿,年方二十,名叫赛玉,花容俊俏,还未定婚姻匹偶。一日,夫妇清谈无事,苏爷对夫人商议,要招赘定西侯李义。但不知此段姻缘和谐如何,且看下回分解。真乃:

征西劳力今朝息,美对良缘此日谐。

第一百四回　苏都督入赘纳英雄
　　　　　　　安乐王奉宣朝太后

诗曰：

> 出仕朝廷汗马功，君王赐爵宠英雄。
>
> 至教都督招赘婿，诰命夫人指日封。

　　话说苏爷一日与夫人商议说："夫人啊，下官看李义身高体胖，昂伟丈夫，然而平定西辽，原是一员上将，今日身为侯爵，四海扬名。下官欲把女儿配合与他，故与夫人商议，不知你意下如何？"夫人笑说："相公，你如欲意，便是妾的如意了。你虽愿意，不知李义肯允否？"苏爷说："夫人啊，这也不难。待下官对平西王说知，要他作主，此事必然和谐的。"夫人点头称是，是夜不题。次日，苏爷对狄爷商量，狄千岁一力担承，说知李义。就请石兵部为媒，选了吉期良辰，共迎佳客，又有一番热闹荣耀的光景，不要絮絮烦言。洞房花烛已过三天，上朝奏明万岁，天子恩封赛玉为侯爵夫人。定西侯夫妇和谐不表。

　　却说石玉，本要荣归故里，早差家将往故土，托长沙府买了旧府左右地，建造新府。等待狄爷还乡，然后回归故土，按下不题。

　　狄爷的书信一日平安寄到山西，与姐丈、姐姐观看过。金鸾小姐不胜大悦，说："难得兄弟英雄，平定西辽，功大封王，只待候英雄弟妇来到，一同还乡。"正是：骨肉团圆，门风重改，真是有兴。慢言小姐欢欣。

　　再说狄爷如今两次平西，圣上恩宠，显耀封王，满朝文武敢不钦仰？众王爷、大臣以及天波府及各府钦赐功臣，也常来往。老太君暗暗心欢，只待媳妇到来，同归故里。

　　光阴迅速，又是新春了。又说嘉祐王生母李太后，思念起有个干儿郭海寿。原来这郭海寿乃太后恩人。前十八年,太后被刘妃谋害,逐出宫闱,街头丐食,得郭海寿卖瓜菜为生,养活他十八年,苦楚挨尽。至太后灾满之日,郭海寿运起之时,天子得包公陈桥认母,郭海寿乃天子救母恩人,故认为御弟,加封安乐王之职。这一日,思量起十八年苦楚,亏得他之力,方得身安。叫他居处朝中,母子常常得叙,岂知他说"君子不忘旧",仍在窑宫安身。已封为安乐王之职,富贵荣华,无忧无虑了。但有妻无子,单生一女,深为可虑。近来与他别久,常常使我思念有恩孩儿。罢了,且宣他进京相见了,才得放心。忙传旨与当今。嘉祐王听命,即日差官去了。

再讲这安乐王,虽然受封,他乐不忘苦,贵不忘贱。原在窑府居住,朝廷恩泽宠隆,又封赠王爵,他性格不移,行为伴用,俱不像王家气度。不独不似王家所为,他夫妻有堆积百万金银,也不轻用,只有家人、一使女自作自为。单生一女,他夫人终日思量:"丈夫须蒙圣恩封王位,乃太后干儿,当今御弟,显贵谁人可及? 因何丈夫不独不像王家势头,有时出外买些物件,还是亲自带携,岂不见笑于陈桥之人?哪有一家王爵如此模样的? 他不听妾劝言,为妻也难逆丈夫之命,且自由他吧。"长根之话,多是闲言。

这一日,天色晴明,王爷夫妇正在闲话,忽有家将来禀知:"启上千岁爷,圣旨来了。"王爷吩咐大开中门,排开香案恭迎。钦差开读毕,说:"千岁须作速登程,免得太后娘娘悬望。"王爷说:"有劳大人跋涉,孤家即日起程了。"钦差即日辞去。王爷将言说与夫人:"母后思念我,宣念孤家回朝。"夫人说:"千岁,既如此,应该速往。"次日,王爷起程,别了夫人。这位王爷不用施威摆驾,上马带了八名家丁,不用鸣锣喝道。

这一日到了京,众大臣多得知来迎接。有呼延千岁携到衙所,有二品官僚要行君臣之礼,王爷笑道:"天无二日,民无二君,况且众大臣是有功之臣,孤家乃微贱出身,若以平礼相见,孤家已是僭越礼数了。"二位大臣微笑。各官依次坐下,吃过茶。到了黄昏,摆下席间,说起庞洪的事情,安乐王称赞狄王不已。交杯传盏,宾主尽欢。时交二鼓,众文武辞别散去。郭千岁就在呼延千岁府中安宿。

次日上朝,净山王奏知:"郭千岁到了候宣。"天子大悦,即宣安乐王进至金阶,俯伏候旨。天子即呼声:"御弟久不朝,母后常常怀念,今日御弟到来,母后想安慰了。"安乐王称:"陛下,微臣有何德能,敢劳母后切思。圣恩浩荡,臣感恩不尽。乞陛下降旨,待微臣朝参尽礼,免得臣有慢君之罪。"天子说:"御弟,你虽不与朕同胞,乃朕救母恩人,今且休拘行君臣之礼。"说完即令内监相引安乐王进宫朝参母后。安乐王谢恩辞驾,随着太监去了。此日众臣也无事启奏,天子退朝。

却说太监引道郭千岁来进宫内,太监禀知,太后娘娘大喜,宣进宫中。王爷进内俯伏叩首说:"母后娘娘在上,臣儿郭海寿叩见。"太后一见,即欣然命宫娥扶起,说:"儿啊,你休行大礼,见以常礼罢。"吩咐宫娥排位,与王儿坐下。此时王爷请安毕,太后说:"为娘思儿啊,因你别久,常常心怀挂念。近儿媳安康、孙女聪明么?"王爷说:"启上母后,儿媳托赖母后洪福,俱得安然,女儿长养。但臣儿虽则常常思念母后,奈无旨诏,不敢私自进京的。"太后说:"儿啊,你太愚了,为娘没有你,怎能今日颐养天年? 虽则当今与你两姓,算来你也是大恩人。若没有儿你,我母子焉能得会? 从今你听娘吩咐,你若喜居京中,今日则在此建宅;倘喜旧居,来京也有限的路程,须要常常到来看看为娘的。虽则当今没有旨诏,你若进京来,决无罪的。"王爷诺诺连声,宫娥递奉上玉盏香茶,王爷吃毕,母子再谈言,无非闲别多年之话。少刻,宫中排上酒宴,王爷谢恩就席。宴用毕,不觉天色渐渐将晚,郭王爷告别抽身,禀知母后要往呼延府中安歇。太后娘娘许允说:"孩儿,你不必上朝了,且在呼延府歇宿,不用旨宣,你须日日进宫来。"郭王爷应诺,拜辞母后,到呼延府安歇。

是夜,郭王爷思量,当初好不苦楚,一贫如洗,卖菜为生。供养太后娘娘之日,吃尽万苦千般,只道今生一世没有好日期的。不料王宫内由孤出进,当今主上与孤同坐同行,母后过爱,圣上厚恩,孤家好不心欢。忆昔当年困苦,比着今朝,犹在梦中一样,但愿夫人产下一孩儿,接了郭氏香烟,孤家就毫无忧虑了。

不表郭王爷心欢,再说镇西侯刘庆到了故乡,见过父母、妻儿。

是时,夫妻、父母叙会,少不得问起平定西辽,另有一番谈说,不用烦言。飞山虎一日寻找继英,交代了狄爷书信、五百两黄金,仍在家中耽搁了一月,即拜辞父母,吩咐妻儿,席云二日到京,见过狄千岁,仍在狄府安身。

又说张忠在雄关外苗府成亲,已有一月余。一日回朝,见了狄爷母子,将成亲完毕之由细细说知。次日上朝奏明圣上,圣上恩封苗氏,御赐凤冠霞珮,话休烦絮。又过几天,孟定国、焦廷贵也随后而到,将承办公务一一禀明。狄爷又呼:"张贤弟、李贤弟,如今你二人的住宅俱已建造筑成了,你们须要打点,荣归故里吧。"张忠、李义同声说:"千岁,末将且待单单国嫂嫂到来,护送了千岁母子还乡,然后我兄弟请旨回旋的。"千岁听了微笑说:"多蒙众位贤弟盛心。"不觉之际,红日归西,排开盛宴,差人往赵府请石兵部到来。五位英雄一同欢叙畅乐吃酒,不须细谈。

此时已是三月中旬了,却好单单国王前日接到天朝旨意诏宣女儿,国王逆不得旨,只得命四位大臣,宫娥二十四个,太监四名,三千军马护送还公主。许多箱中物件,多装载车中。又有四车贡礼,表文一道呈贡天子的。时交四月,一路而来,风光好景。进了雄关,公主回头一望,不觉生出凄惨,凤目中暗暗垂泪。原来,公主乃孝心之女,想来今日虽则已到中原,但今一别故国,永无见父之日,所以进雄关回首一望,不觉惨切,岂忍抛疏?况公主乃孝贤柔顺,所以他一想,凤目含泪,有不舍之情。

不言公主惨切垂泪。公主一行离了雄关,往京城而来。欲知后事,且听下回分解。正是:

<blockquote>凤目早含珠点泪,柔肠先断别离情。</blockquote>

第一百五回　遵宣诏公主到中原 大叙会狄府排筵宴

诗曰：

> 二次平西会复离，入朝奉诏不延迟。

> 夫妻从此团圆叙，婆媳相逢弗用期。

慢言公主进了雄关，一路行程，再说狄千岁在府中，安闲无事，忽有流星快马到府禀明："公主娘娘已到，离城八十里了。"狄爷闻报，满心欢喜，直进内堂禀知母亲。太君闻言喜悦万分，说："为娘望贤媳眼望穿了。我儿，耽搁不得的，速速差人前往迎接吧。"狄爷应诺，出堂打发焦、孟二人带了百名家将，出王城而去。四虎英雄当时大悦不表。

次日，狄爷上朝奏知天子，嘉祐王呼声："御弟，既弟妇到来，朕也要排同辇迎接的。"狄爷说："陛下，哪里话来，微臣焉敢当的？"这仁宗天子原来是口头来的句好话，人人会说。难道天子真去迎接不成？无非明主厚结臣心耳。此时又降旨："众王侯、大臣代寡人迎接吧。"当时，狄爷苦辞不脱，各大臣领旨而去。狄爷回转府中，不一时，头报、二报说："公主到某处某处地头了！"一连七、八报说，公主离城数里了。那边公主吩咐："不必放炮，免则有惊圣驾。"正在吩咐，众兵安营。忽有小番报上："公主娘娘，今有万岁爷差各位文武官来接娘娘，离营不远了。"公主听罢，脸生喜色，心花大开。正喜欢间，狄千岁进营下马，夫妻见面，喜气洋洋。公主说："千岁啊，蒙圣上洪恩，差众位大人迎接，千岁亦不代为相辞的？"狄爷说："公主，本藩已经苦苦相辞，圣上执意如此。众大臣敬重十分，坚辞不脱，也无奈何。"公主说："叫哀家如何消受得起？"忽又一报到："启上千岁爷、公主娘娘，各位王爷大人已到迎接了!"公主说:"千岁啊,你快些出营辞谢各位大人吧!"狄爷又说:"公主,你须望关拜谢王恩。"公主道:"我即拜关谢恩。"狄爷不乘马,步出营辞谢,呼声:"列位大人,公主说不敢当有劳众位大人,反说下官不力辞,心反不安。如今望阙拜谢了,望祈众人请回衙吧。"此时狄爷殷勤辞谢,众大臣回朝去了。

单有狄府六位英雄,人人进营见礼。公主开言:"列位叔叔,哀家焉敢当众位远迎,叫我置身何地? 心反觉不安。"众位英雄同说:"理该如此,公主何必谦恭?"狄爷又请公主起行回府。当时,公主就命贡礼车辆、四位押官随着焦、孟将军先回王府而去。狄爷道:"公主,我有两个儿子为何不见?"公主说:"千岁啊,两个孩儿本该一同带进来,只为父王无后,要留住狄龙接承香烟,故妾单带狄虎进中原。现在后营交与宫娥携带,但此刻劳忙得紧,待进府之后观看孩儿,千岁意下如何?"狄爷说:"公主,只是狄龙尚还年幼,如何离得母亲? 应该一同带来,长大之时,送去何妨?"公主听了含笑说:"千岁啊,我也如此说的,无奈父王不依,反把妾身痛骂几声。"狄爷闻言,心中不悦。四位英雄说:"千岁,事既如此,不必说了,且待一、两载,不拘兄弟哪一个,总须到单单国看看小爵主的。此日同行起马,吩咐三千番军安营在此,待等贡献领旨,一同还邦的吧。"狄爷众人上马,四位英雄前行,公主乘辇车,一路二十四对宫娥、太监拥护。跟随车箱什物,另有从人发运。还有宫娥怀了小爵主,坐轿而行。街上行人多羡美平西王的显贵,比万岁爷差不多,远远观看。又说外邦公主果然美貌,仍穿外国宫妆,恰像了昭君一般。

不表旁人议论,先说焦、孟前行,把番官四人安排书房内,后进内堂禀知太君。太君早已吩咐府中内外,结彩开筵,笙歌细奏,安排得热闹非凡。又传请石郡马太太、郡主母女,狄太后不用相请,早已排鸾驾来至王府。又差人请天波府佘太君众人。此日佘太君闻请大悦,叙齐众媳,欲要看外国女英雄怎么体态,与两个番邦生长的小爵主怎样仪容。当时一同多到狄王府。众命妇、夫人先拜见高年太后娘娘,然后见礼太君,分宾主坐下。正谈说之间,忽报:"包相府的夫人又到了!"众夫人齐求相迎,重新见礼坐下。狄府家人妇女正献茶毕,有家丁进来报说:"公主娘娘进府了!"太君吩咐家人使女齐齐跪接。

狄爷与公主齐到,笙歌合韵,音乐齐鸣。进府仍不放炮,四位英雄齐侍立,先接过千岁。狄爷下马说声:"列位贤弟,不必拘礼,请往书房陪四位番官吧。"四位应诺而退。合府家丁多来两旁跪接,当下众宫娥扶公主下了辇车,夫妻先后而进中堂。轿中宫娥抱出小爵主,喜悦万分。众宫娥跟随公主进内,夫妇一双步行,早有诸位夫人立起身来进见。公主花容,众人称羡不已。太君见媳妇花貌婉约,心中暗喜。只有公主一时呆了,低声说:"千岁,不知这些是何人? 多是凤冠霞珮贵人,也有年尊的,也有年中的,叫我如何见礼得来?"狄爷说:"中央这位是下官的姑母太后娘娘,你可上前见礼朝参。"当时公主初到来,不会行中国礼,上前称说:"太后娘娘在上,侄媳朝参。"把头一低袖一摆,一只金莲从后一起。太后含笑呼声:"贤侄媳,不必拘礼,你且来此行拜见婆婆的礼,然后见客礼才是。"太君说:"礼当先拜客的。"众人说:"今日公主初进中原,礼当先见礼婆婆,太君何必谦恭?"当时,公主向太君行礼,太君大悦说:"媳妇休行大礼。"反手相扶,向众人说知。公主又个个见了礼。狄爷又向太君见礼,在众夫人前深深作揖,夫人个个还礼毕。又命宫娥带来小爵主,众夫人喜气洋洋,多羡小爵主生得威仪气概像着父亲。太君手挽孙儿,喜得眼也细微了。这爵主笑嘻嘻地说了几句番话。狄爷近前说:"孩儿,你在着中原,要说中原言语。"小爵主只笑嘻嘻。太君说:"贤媳妇,我儿说是双生子,又何为今只得一个的?"公主即禀上:"婆婆,父王因无后嗣接宗,故留住狄龙在本国。父王之命,媳妇如何敢逆? 故今独携一子到来。"众夫人说:"这爵主未知人事的小孩童,母子如何分得两地? 想来国王真乃差见不通也。"此时狄爷吩咐:"孩儿,且往母亲宫房更换了中原服式吧。"当下宫娥带了爵主更衣去。狄爷转出外厢,进了书房,同着四位番臣、四兄弟不表。

书中原说内堂中,此日老太君吩咐厨人备办酒宴,众丫鬟排开席位,东西两行座位一一安排停当。不一会,桌上摆上酒宴。此是王府备办的宴馔,非比平常。玉液琼浆,浅斟玉盏,珍馐佳味摆上。当时,席上公主花容但觉三分羞意。又说公主阵上交锋，男将见过多少，不独说害羞，还是威威烈烈的女将军。为何今日所会者，个个多是妇女，如何反害羞起来？书中必要详明的。前日上阵交兵之际，乃为国君公务事情，所以像着男汉威烈气概。今日公主乃初到来会亲，乃家庭叙会的私事，所以带着三分羞怯的。此时，太君定了席位，太后娘娘首坐中央，佘太君、各位太君俱居东首，众夫人西阶，俱序齿依次而坐旁边，丫鬟侍立斟酒。当吃酒之际，公主想来，我国与天朝馔席，犹如天高地厚的相悬。我邦的馔食乃麋鹿禽狼，腥膻之气，岂似天朝的精美珍馐？想来不独膳馔相殊，就是我邦的人物，生奇形怪状，怎及得上邦人俊雅风姿？服式衣妆另别一样，怪不得西辽王屡有夺中原之地。今日哀家得到天朝之国，岂非三生有幸的么？当时公主快乐心中，不知席间太后与夫人有何叙谈。正是：

　　祯祥母子荣中贵，福禄家门锦上花。

第一百六回

平西府骨肉谈心
狄王爷达呈贡礼

诗曰：

> 赛花奉诏到中华，太后驾临王府家。
>
> 骨肉满门今叙会，谈情说白乐无涯。

当下公主想来天朝气度之美，心花大开之际，有太后娘娘呼声："贤侄媳，老身看你身材袅袅，体态柔柔，焉能有此武艺胜比男儿？不畏凶狠有胆量，两次杀退辽兵，为解夫难。细想细思，尚还不准信。今朝老身何幸，与英雄侄媳相逢。"公主正要开言答话，杨府佘太君满面春风说声："太后娘娘，这是当今万岁洪福齐天，故出此英雄女将。算起来令侄若非错走国度，焉得相逢公主？又怎得公主前往西辽破敌解围？此乃国家有幸，又是令侄良缘，老太太的福荫，狄门有光。"此时太君连称不敢当，又呼声："贤媳，究竟你怎能习得武艺，因何有此神通？细细说明众位得知，不必含羞不语。"公主听了，说声："婆婆，媳妇自幼学法于庐山圣母，收为门徒。父王、母后信了师父之言，带上仙山几载，传习武艺，略赠了法宝，教传腾云五遁之术，学全兵法，吩咐帮助天朝。这是圣上洪福，岂是妾身功劳？"众夫人听罢大悦，更有一番席上之言，余不必载。

却说狄爷在着外堂，弟兄五人款待四位番官，当时见公主带来的箱中物件，有扛夫抬进府中，府内家人点查收讫，交与宫娥细细收拾过。随来太监、宫娥各有小席款赐，你谈我说，共羡中原之地华美，各日用什物，裳服膳馔，比着下邦气度胜之万倍。我等只愿一生一世不还转国中也罢，无奈舍不得爹娘的。

不表闲言。是日，众番兵在营，狄爷也有赍赐酒食。内堂宴毕，红日归西。众位夫人、三位老太君拜别太后、太君,婆媳一路送出中堂,各个坐轿而去。独有太后尚在府中,姑嫂、侄媳是夜在内庭灯下,细将从前之事说一番。说到庞家父女、孙秀三个奸党,狄太后恨声不止。太君说:"这庞洪如此欺君不法,可笑圣上原要宽恕他的。"太后说:"嫂嫂啊,若被当今恕了庞妃,赦其女必赦其父,只忧削草不除根,犹恐再发之虞。今得这奸臣尚有四个儿子在,日后还忧有再起发萌之弊。"狄爷听了微笑说:"姑娘啊,倘或他儿子不比庞洪心术,知道父亲行恶,理该正法,就不敢胡为。谨慎安分守业,做个善良人,也未可知。"太后说:"若依得侄儿之说,乃国家之幸也。但如今侄媳已到来,国务已完,侄儿可奏知圣上,辞驾归乡祭祖才是。"狄爷应诺。

太君开言说:"姑娘你也离了故土四十余年,目下年尊也无别事,何妨一共转家园?"太后点头说:"嫂嫂之言,正合我意。想起爷娘、先兄一念,怎不由人不断肝肠?"太后娘娘说起,珠泪垂落。太君也触动愁心,追思:"昔日丈夫狄广在朝,名声最重。不幸与公婆相继而亡,此时寡妇孤儿幸喜有些田产留后。只望苦节抚孤,以承狄氏一脉。岂料又遭水难,儿只说娘死,母只道儿亡。两命亏得上苍庇佑,十年中分而复合。后来孩儿解送征衣,方能使母子再会。历尽许多苦楚,今日方得我儿贵显。想起前情,犹如春梦。"说完不觉也流泪一行。公主此时见二年尊伤感,便称:"婆婆啊,离而复合,月缺又圆,世间所有,人有难而不死,此乃该有今朝显贵。所以庞洪弄权,屡次将千岁陷害,后逢鬼谷仙师点化,反得高官极品,乃婆婆的福荫,该有后头甜的。今日又得一家骨肉团聚,婆婆须宜快乐,何须记念前时,说起伤心之语?"狄爷说起:"公主之言,却为有理。"太君说:"我儿何出此言?倒使为娘不解。"狄爷说:"母亲,若非庞洪具奏孩儿解送征衣,焉得母亲、姐丈相逢? 又不得领三关统领之职,以后庞洪保奏孩儿征伐西辽,索取珍珠旗还国,屡屡伤害孩儿,岂知今日得为高官显爵,夫妻圆叙,母子团圆? 若以公论国法,庞洪原有滔天大罪,碎剐凌迟也不为过。若以孩儿私论,庞洪、孙秀也是孩儿得力之人。"姑嫂闻言,半悲半喜,谈谈说说,不觉二鼓摧破。太君吩咐各归安睡。

是时,两位尊年多不表,单叙美夫妻。狄爷是夜进房,吩咐宫娥出外,近前说声:"公主。"不觉一笑。"你还未睡么?"公主起身说,"妾也未睡。千岁,有何话且请坐。"狄爷说:"公主,下官有句话与你商议。"公主听了登时脸泛桃花,低头含羞不语。狄爷说:"公主啊,你疑下官有甚别事么?所以这般光景的,原我与你明说,夫妻只得一月早已分离,一经五载,今日才得相逢,不该仍各东西,理当同伴衾枕。无奈近日劳动着忙,下官意欲回归故里后,料理门庭,小完公务,下官少不得效比鸳鸯,于中补漏,竭力同欢。若不说明,还防公主见怪。"公主含笑说:"千岁之言,却像痴了。你难道欺着妾是下邦之妇,郑风为比么?谁人思量与你同宿?你太将妾看低了。"狄爷微笑道:"公主贤良之德,人所难及。不知几时回归家园,云情雨意,未卜何期,公主不思此,下官也悬望久了。"公主带愧低声说:"千岁休得谑言。既不同宿,快出房吧,妾要睡了,省得外人动疑。"狄爷微笑说:"下官去了,公主睡吧。"

此时,公主关上房门,灯前细想:"哀家在本国时常烦闷,只忧误配着本国丑陋蠢夫,一生不遂哀家之愿。今朝有幸得配上国英雄,非凡气宇。又是太后内亲,极品显贵,大大功劳,名扬宇宙。姻缘虽乃前生所定,原亏得仙母指点我,今虽是心安身乐。但未知何年再转本邦朝见父王,看看狄龙孩儿才放心。"想罢,卸下宫妆,宽解罗裳,不嫌独宿。正乃一觉放开心地稳,梦魂行不到家园。

不言公主安睡,再说狄爷也不即睡,静坐灯前把兵书观看。觉到了四更将尽,狄爷梳洗了,穿过朝衣。命家丁将单单国送来的贡礼扛抬到午门伺候。当下,狄爷来到朝房内,众文武大臣相见,互相言谈。众大人说:"千岁,公主既到来,你该奏知天子,一同告假,荣归故里。狄千岁,你意下如何?"狄爷说:"列位大人啊,下官原有此心,但未知圣上准奏否。"正说之间,天子坐朝,百官参毕。两旁侍立,俱无表奏,只有狄爷出班奏说:"单单国赛花昨天已到。国王今差官四人,贡来礼物已带进候旨。"将礼单表文呈上,仁宗天子大悦,看罢,传旨扛进四车礼物,近臣检点分明,降旨:"收归国库,番官不必朝见,御弟暂且留款他三、五天。"狄爷称:"臣领旨。"正要奏请还乡,天子先开言呼声:"御弟,这弟妇女英雄曾助你平西,有功于国家,来日可同上殿见朕。"狄爷说:"臣启陛下,这赛花乃一女流,如何见驾,诚恐不便,伏乞圣裁。"天子说:"御弟啊,朕心如此,不必推辞。"狄爷只得领旨,退朝回归府内,吩咐弟兄款留番官。他进内堂请过姑娘、母亲安,与公主分左右坐下,把圣上要宣公主来朝见驾,孩儿在君前力辞不脱,圣心执意如此说毕。姑嫂闻言,心头大悦。只有公主心中不悦说:"千岁,妾身乃一女流之辈,又是初到上邦,要上朝见驾,实觉不安。"狄爷说:"公主,少不得下官也同上朝的。你且放心。"太君说:"媳妇啊,无非君王见你有功于国,宣你朝见以示恩宠之意的,还有恩赐赠赏与你。"公主说:"婆婆啊,媳妇情性你也未得深知。妾只喜安静,不要浩烦,所以不愿见驾受封的。千岁啊,倘圣上恩封,你在旁须要极力辞让才好。"狄爷微笑应诺。不知公主来日朝参圣上如何。正是:

英雄女将辞烦浩,仁德君王宠眷深。

第一百七回　八宝女朝参天子
　　　　　　　李太后主结姻缘

诗曰：

> 君主恩宠女英雄，只为平西助力功。
>
> 今日奉宣朝圣主，全家天禄享丰隆。

次日四更时，穿过朝服，公主便换吉服。狄爷骑马，公主坐轿。是时，狄爷见过圣上，奏知公主候旨。天子听奏，龙心大悦，即传旨宣进女英雄上殿。不一会，公主步至金阶，俯伏丹墀：“臣妾单单国哈直利之女赛花朝见，愿吾主万寿无疆！”嘉祐王大喜，降旨：“平身。与御弟东西对坐锦墩。”天子此时开言：“女卿家，前日御弟兵危白鹤关，多亏得你解救。二次平西又劳女卿家除了花山妖道，孤尚未有旌诏奖赐你邦，反使你父狼主厚礼先来，寡人若不收贡礼，恐防你父心中不安。孤即日有恩奖到你邦，免贡三年以表朕心。”狄爷夫妇起身谢恩。天子说：“女卿家乃一英雄之妇，雅度音容与御弟为匹，可称佳配对等。如今封为英烈辅国一品夫人，又赐黄金千镒，白璧百双，白金十万，彩绢百端。”狄爷夫妇正要谢恩退朝，早有宫中李太后娘娘得知，也要看外邦女英雄生得怎样，即差太监一名到金銮殿启上：“万岁爷，太后娘娘有旨：‘宣进单单国公主朝见’。”天子听了降旨：“弟妇进宫。”当下公主暗说：“哀家只说到中原无甚别事，不过夫妻、子母闲叙，训教孩儿耳。岂知昨天一到，便有许多烦务，只得过一夜就要叩见天子。方得辞君，又有太后宣召，料也辞不得的。”只得勉强领旨，随着太监进宫去了。天子欣然喜悦，降旨退朝。当时，狄爷回归府中，将情禀知姑娘、母亲。太君含笑说：“媳妇是外国女英雄，我朝人罕见的，所以李太后娘娘宣见媳妇。孩儿，得当今隆宠，此乃狄门之厚幸也。"太后喜色说："嫂嫂啊,侄媳乃是一个女中豪杰,配与侄儿,正是一对英雄美夫妻,真乃狄门之幸!"

不表平西府内之言,再说太监引进公主,又有几对宫娥执烛照道,后有跟随。是日,安乐王在于御花园中万锦楼头玩耍,有太后早传旨要他免朝见。郭王爷是日不在宫中。此时公主到了,太后宣进。公主近前俯伏参见,李太后即命宫娥扶起,赐坐锦墩,宫娥递上香茗一盏。太后说："保安社稷,奏凯班师,皆赖女英雄。不惜辛劳越国越都,有相助之力,是以特宣女卿一会,足慰怀思的。但女卿本是玉骨冰质之女,焉得有此胆量并力沙场?"公主说："臣妾启奏太后娘娘:妾的武艺原得受习于庐山圣母,仗着圣母的法宝,是以托心放胆战斗于沙场。今日得平辽国,实乃苍天庇佑了,保全兵将,原乃当今洪福,臣妾于功何有?早间已蒙万岁奖赐,只是下邦人受天朝厚禄,臣妾还防没福的当不起。"太后说："爱卿,你休如此谦言。"即传旨排宴款待,公主再三辞谢不脱,只得从命。

太后此时细看公主容貌,真乃秀美可餐,规模端重,举止安娴,言谈清楚。太后无限欢怀,殷切细问前日招亲之由,公主含笑一一说知。太后听了,微微含笑。又命宫娥引公主进见曹皇后、张贵妃,又传命二人陪宴。当下公主随着宫娥出了安乐宫,一路思量,暗说:"我来朝太后尚且勉强,如今又要哀家去见妃后,好不厌烦也。我想宫中妃子甚多,若尽要相见,直至来朝也见不完了。虽然太后的美情见爱于我,到底厌烦得太过的,只是又难推却。"当时随宫娥到了昭阳宫,只见宫势巍峨,四围高耸,栋宇雕镂,纵有画工巧笔,难以描摹。公主此时暗说:"我邦宫院也称美丽,焉能比得天朝上国的宫闱雕工手伶俐?"宫娥当下说:"启上公主娘娘,这里就是昭阳宫了。待奴婢进去禀知娘娘,然后进宫罢。"

此时宫女进内禀知,曹后娘娘即刻整衣离位,亲身出迎。一见便称:"婶婶且进宫来。"公主此时住足尊声:"娘娘在上,如若这等称呼,臣妾也领当不起了。序了君臣之礼,方为妥当也。"曹娘娘说:"婶婶啊,想你身为外邦公主,何曾受过天朝爵禄,竟肯不辞劳苦,帮扶我国家。细想哀家身受君恩不浅,以我无功之人反受厚禄,实称有愧。安邦定国,全亏你夫妻之力。今日妯娌之称,何为过分的?"公主说:"娘娘,这是臣妾断然不敢当的。"娘娘说:"婶婶休得太谦。"说罢进前携手,进至宫中立定。公主开言:"娘娘请坐下,待臣妾朝参。"娘娘说:"婶婶啊,何必过谦过恭? 若是妯娌相称,断然不差的,何必再三拘执?"此时公主立定心要行君臣之礼,曹后只得偏立东边,对面三呼千岁,娘娘拱礼相还,曹后连忙扶起,重新行个平礼,命宫娥速去宣张妃。不一时,张妃已进宫中,见了曹后参礼毕。有公主立即上前见礼,是时,后妃十分敬重公主,命宫娥排开座位,曹后坐中间,公主与张妃对坐。当下三人初说,无非是客中交言套谈。后、妃次第问起平西事情,公主细细告知。这是前文屡叙,如今话休絮烦。此时后、妃听罢,彼此赞美公主贤能。你一言,我一声,闲说之言也不多载。

且言三人谈说一会,酒宴完备,太后传旨送到昭阳宫内分为三桌而坐。这后、妃二人奉了太后娘娘之命,做个陪宴主家。如今宴席是帝王所用,比着官家酒宴又是上些。是日,珍馐百味,排玉液金尊盈满,宫娥斟起琼浆在水晶盏内,三人吃酒席间又有多少言词,妃、后殷勤劝敬美酒,不必多谈。宴毕,即拜辞后、妃,珍重送别。

公主复到安乐宫向太后娘娘谢过恩。与太后说谈闲话,问起双生儿子。这太后要看看小婴孩,即传旨到平西府。早已送进小爵主,公主此时含笑呼唤:"孩儿,快些过来朝见太后娘娘就是。"小爵主真伶俐十分,拳拳拱礼,俯伏尘埃拜见高年太后。这狄爷常常教导他要呼腰曲背,见他却是不忘记的。当下连连见礼深深,太后娘娘见了,却喜得心花大开。即吩咐宫娥扶爵主近前,抚摸他一会,即赐取到小点心与小爵主吃了。又命取块金镶白玉,上镌雕花件,人物玲珑工巧,挂在聪慧爵主怀中。公主向前谢恩。太后娘娘当下细将小爵主观看,但见他神洪气宇,天仓广阔,海额丰隆,生成威烈之相,日后长成而为国家栋梁之士。

原来郭海寿有一亲生女儿,聪明乖觉,俊秀不凡,年纪五岁,何不对公主说明,待他成了姻眷,两人乃国家御戚,匹配了亲谊,往来有何不美? 太后主见已定,就对公主细说知。此时公主不好推却,只说:"悉听太后娘娘恩主定裁,妾怎敢不依!"太后娘娘大喜,当时又赐璧珍珠宝甚厚,不计其数。曹后、张妃各有物件厚赠与公主母子,无非是异宝金珠。爵主物件总是瑜玉玩器,不用烦言。当时,李太后有言说与公主:"今日与爵主定了良缘,执柯须着包卿吧。选个良辰吉日,纳了聘礼,等待长大成人再行完娶便了。"公主诺诺答允,叩谢太后、曹后、张妃。太后吩咐抬进銮车,公主乘上,小爵主自有宫娥携带。太后仍差太监、宫娥几名送归王府不表。

　　不表太后是日欣欢。且说公主回府说知太后待安乐王招亲之由,太君与狄爷母子大悦不表。却说李太后即日宣进安乐王,对他说明招亲缘故,郭王爷遵命。次日,太后选了吉期,降旨仁宋天子得知。天子特命包公作伐。是时,一对御弟招亲,多少奇珍异宝行聘,难以尽述。有朝内各大臣纷纷贺拜,狄府中庆闹一番,连日酒宴款待百官。事毕,次日狄爷上朝,叩谢君赐良缘。正是:

　　　君王宠眷功勋将,太后主持爵主缘。

第一百八回　平西王请旨荣归
　　　　　　　佘太君宴邀狄眷

诗曰：

> 太君邀请女英雄，杨府宴排盛设丰。
>
> 婆媳今朝双赴席，谈心叙会两情浓。

　　前说两位王爷联结姻眷，也不多谈。是日嘉祐王降旨一道，回赐许多珠宝与单单国王，发赐白银三千以作还邦路费，另赐黄金六百两与四番官以慰其劳。还有护送公主的三千兵丁，又赐白银三万赏劳，以表君心。令他人不可久留中国耽延，速速还邦，上复狼主。四位番官与众兵卒尽感中原天子的恩赐。当时，四位番官叩别狄爷兄弟，拜辞公主。此时，公主又修书一封送与父王，又叮咛路上之言。四臣连声称诺，趁天晴即时起马出皇城而去，按下休题。

　　再说狄太后在着狄府过了三天，说："嫂嫂，我今还府去。但贤侄啊，你即来日可奏请天子还乡。选定了日期，同归故土，如今不可再延了。"狄爷诺诺答应。姑嫂作别，狄太后欣然而去。太后不用奢摆驾威仪，只用宫娥、太监十余名，身登宝辇还至宫中。潞花王接见母后，另有一番母子细谈，只是一口难分两处话，丢下前情说后因。

　　来朝天子登坐金銮殿，百官无事启奏。有狄爷俯伏金阶说："臣平西王狄青有事启奏天颜。"天子说："御弟有何事奏孤知？"狄爷说："臣奏非为别事，臣的祖居籍在山西，榆次县小杨村是家乡。臣幼年遭逢水难，母子分离，幸得王禅老祖将臣搭救。姐丈张文救了母亲，同为居处。前时臣奉旨解送征衣，才得母子重会。如今国务颇定，意欲母子还乡，重改门闾，祭祖先祀。伏惟陛下依臣所奏，存亡俱感君恩无尽了。"天子听奏笑道："此乃理所当然，孤如何不准的？今朝国务已完,御弟理当与弟妇、母子荣归。今限满三年,还朝伴孤。御弟先祖,孤也差官追荐,听凭御弟定于何日登程便了。"狄爷谢恩。退朝回归府中,将言告禀母亲。次日选了吉期,是六月初三日起程。

是时乃五月中旬,尚有半月光阴等候。当时狄千岁对四将说:"众位贤弟,你们立下功劳,如今各受王封,也该自陈天子,打点还乡的。"四位英雄齐说:"千岁啊,我们兄弟俱有此意,且待护送太后娘娘与千岁还乡后,我兄弟然后各回故土未为晚也。"狄爷听了,哈哈发笑说:"难得众兄弟同心合意,你们相送,本藩也当受不起。众兄弟速可辞驾。勿要耽延,不必相送本藩了。"再三相辞。当下,张忠、李义齐说:"我记得当初,若是自家出身,彼此还是粗蠢之徒。后得与千岁相识拜结了,立了数年汗马之功,方才有今日荣贵,怎好我兄弟忘了昔日,不送千岁还乡? 刘、石二位弟兄且先回归故土,我二人送千岁还了乡,少尽本心。"刘庆、石玉同声说道:"我等若是不送千岁,便是忘恩不义之徒了。"四弟兄执意要护送,狄爷推辞不脱,笑道:"难得众兄弟义重如山,但本藩过意不去。"

兄弟正说话之间,忽报圣旨到来,狄千岁吩咐大开中门,排开香案。五位英雄躬身跪接。天使当中南面立读,朗朗而宣。原来这道圣旨到来,乃圣上降恩狄门,追荐狄祖。待起程之日,圣上即差包公代天子御祭。这是追赠先灵,深沐皇恩。五英雄谢过君恩起来,天使即时辞别千岁,五位英雄送出府门。狄爷洋洋喜色,四弟兄人人皆悦。

不一会,无佞府差人到来,却是何事? 只因佘太君的美意,又因十二位媳妇,小姐爱慕公主是个女英雄,故差人下帖请宴。狄爷微笑步入内堂,见了母亲、公主说知此事。公主就开言说:"千岁,妾也不是贪杯之妇,何不即时辞谢了他?"狄爷说:"公主,下官岂不知的? 若是他人,自然辞了。这佘太君十二夫人,多是英雄之女,有功于国,君恩隆宠,并敕赐天波楼、无佞府,永享朝廷厚禄,子孙世受王恩,满朝谁不恭敬? 若请妻子,丈夫力辞,只怪下官妄为看低于他。"太君说:"媳妇,前日你初到时,佘太君已先到府。如今他特诚请宴,如若不往,却了他美意。"狄爷又呼声:"公主,若是独请你赴会,是格外相亲,不去也罢。如今又请母亲,婆媳同行,有何妨碍?"此时公主应允。少刻,杨府又差人连邀几次,婆媳即更衣。太君乘轿带了八个丫鬟;公主惯乘马匹,即坐上龙驹。八个宫娥随左右,还有四十八名家丁拥护而行。远远人民赞美。

闲言也不多谈。再说杨夫人早已安排酒宴等待。忽闻姑媳、公主已到,佘太君迎接太君,十二夫人迎接公主。当下宾主一同揖让,进中堂见礼,分宾主坐下,说些寒温客套话,使女献过茶,吃毕。当时众夫人于公主初到时,已到狄府会过,已知姓名。此时公主说:"妾乃下邦微贱之女,何劳太君与众人盛意。若不奉命到来叨领,犹恐却了太君与列位的尊意。"众夫人说:"公主休得过谦,你乃外邦椒房之贵,狄千岁夫人,贵品非轻,有功于国女英雄,今日相逢,何幸欣欢!乃蒙不弃光临,真是蓬荜生辉了。"客套之言,休得多表。

当时桌席中俱珍馐海味。佘太君就席,众夫人请公主坐下。侍酒丫鬟数十个,美酒满酌玉盏中,一同欢饮。席上多少言谈,众夫人动问公主,无非说平西一段缘由,前书多已表过,此处不用复言。当时十二夫人听了公主二次平辽也来帮助,称羡公主之能,助夫为国,真乃女中豪杰。他们枉食朝廷俸禄,不能为国分劳,岂不有愧?老太君含笑说:"众位夫人,我媳妇初到中原,从前之事,却也不知。若是中原人,谁个不晓杨家将立下多少汗马功劳?保宋开基,全凭杨家父子之力。"公主又接言道:"婆婆勿言媳妇不知。外国偏邦谁不闻杨门英雄?就是我邦单单乃僻远边国,也是常常称羡的。"佘太君听罢众言,长叹一声,愁容生起说道:"若提我家从前事,好不伤心!老身丈夫、儿子为保宋朝天子,至父丧子亡,全无一寿之人遗后。只存孙儿杨宗保职守三关,受君重任。后来又死在番人混元锤下,可怜骨肉化血而亡。如今只有曾孙文广,但年纪尚小,未知可能继嗣先人否?老身想起来,常常纳闷,虽定数当然,又乃杨门不幸。"此时,公主婆媳相劝多少良言,安慰太君。又欢然吃酒一会。酒未完,红日落西,满堂灯烛辉煌。是时,狄府随来家将、宫娥,另有小席,各自畅饮。直至二更时分,方完宴席。佘太君、众夫人甚是恭敬情厚,仍要款留歇宿,来天回府。姑媳坚辞抽身,众夫人殷勤送出府门,作别而去。

自此之后，众位王侯、包文正、崔叩命、文彦博、苏文贵以下一品、二品各位大臣，天天差人下帖请宴，各家命夫人也有请帖相请太君姑媳。到狄府请宴多少，狄爷领情的领情，辞谢的辞谢。太君也是如此交代分明，不必烦言。当下，狄爷先修书一封回乡，达知张文姐丈，称说奉旨还乡，定于六月初三日起程，并太后也回故里。一封书大意如此文辞，照知张文，待他打点门庭事务。差家丁二名去了不表。

却说郭千岁与着狄千岁论国戚亲谊，本是弟兄之称。如今许了女儿姻事，乃两亲翁。这郭千岁在京中，日日在狄府玩耍说谈。他只待狄爷起程之后，方回窑宫。是以还在朝中，清闲无事，与仁宗天子常常相叙。君臣二人竟是弟兄一般。是时，真乃光阴似箭，日月如梭。又是七八天了，狄爷尚早三天打点行程。又有太后传懿旨与当今，要同归故土。不知如何，后文交待。有分教：

荣耀先灵今日是，光辉当世此时扬。

435

第一百九回　狄太后姑嫂还乡　安乐王闲中作断

诗曰：

太后娘娘返故乡，相携侄媳喜欢扬。

行程万里风光妙，一路官员恭肃庄。

却说太后降旨嘉祐王说，数十年别却家园，要与侄儿归乡祭祖。是时，天子依母后之命，即差御林军三百护送母后还乡。又差包龙图代君御祭狄祖，包公领旨。又有石兵部回归府中对母亲、郡主说："本该请旨还乡，只有张忠、李义、刘庆俱要相送狄千岁还乡。从前结义之时，曾有同心合志之言，理该我也要送千岁后，方可请旨还乡。"老太君说："我儿，这是理该如此的。"不题母子之言。

正是日月两轮圆转度，光阳催速起程日。狄爷三日之前先往列位王爷大臣处辞行，众人备酒饯行，狄爷一概辞谢。又到相国寺谢了隐修和尚。只为前时被孙秀暗害，用药棍打伤，谢他医治之恩。又差官带白银三千两，前往武当山金亭驿地方，装塑金身圣帝，酬答赐赠人面兽、神箭法宝。又着焦廷贵、孟定国掌管王府，点明箱笼物件，发扛夫扛抬。又说安乐王是日禀知母后娘娘说："狄太后回归故里，臣儿送别起程。"李太后说："孩儿之见不差。"

且说天子隆宠狄爷太重，是日降旨光禄寺："安排御宴于长亭内，文武侯王代朕等候御弟平西王饯别。"此日狄爷恭辞圣驾出朝。又说狄太后起程时呼唤："我儿，为娘去了仍要回来，各物件不必多带，只用四个箱子。两个装金珠财宝，两个带暖袄皮裘以御隆冬霜雪。"带了八名太监、八个宫娥。先传懿旨，只用龙凤大轿，不驾銮舆，官员不必相送。潞花王说："孩儿应该伴母后还乡才是。"太后说："孩儿，一则宫院无人，二则为娘去三两月间就回来，你不必去了。"当时狄太后又到安乐宫相辞，李太后甚是情浓，也备酒饯行。分离期会之话也是许多，不能尽述。又有曹后、张妃子殷勤送出宫不表。

又说天子传旨排銮相送，太后乘了辇舆，坐上大轿，三百御林军拥护相随。潞花王随着狄青到来狄王府。又有各府太君、郡主及众王侯大臣的命妇，或先或后俱有礼物到王府送行，当受则受，当辞则辞，不多表。是日，天色晴朗，四虎英雄安排队伍先出城等候，狄王府家丁数百随从太君，三百御林军拥随太后，狄王爷兵丁三千从后，仍骑龙驹。车舆大轿三百乃乘女眷。小爵主自有宫娥同坐轿中。公主此时二十四对宫娥分左右，各太监拥后相随。一班家将威威烈烈，三千御林军盔甲分明，前后一程笙歌鼓乐，雅韵悠扬。太君暗喜心中。公主心花大开想："我生于外国，从不见中原风景。直到如今方知下国多不及上邦倍加热闹，人烟稠集，景致繁华，真乃锦绣江山。"狄爷想："从前初到汴京之日，举目无亲，全亏得姑母周旋。岂料今朝做了一人之下，万人之尊。忆想回思，真如春梦。"千岁正在思言之际，当下长亭文武官员不少，大小共有百余员，已早早俟候，代君饯别功臣。狄爷到了一一答谢，又跪下望阙叩首，拜谢君恩。然后与众大臣交饮御酒。一会，即拜别相辞，起马登程，众官复旨。一程所到，地方官谁不恭敬？并有太后娘娘在此，进程仪礼物何止千百次，狄爷一概不领，俱避辞。此时行程遥远，非只一天，暂且住言。

却说孟定国、焦廷贵领掌王府，每日清闲无事，无非吃酒说闲谈，也不多表。又说安乐王饯别狄爷，也要转窑宫，即进宫中拜辞母后。李太后说："儿啊，不是到京中水远山遥的路程，须要常常回京叙会，免使为娘挂牵。"郭爷诺诺连声，拜辞母后，又辞圣驾。满朝文武齐相送别。郭爷仍不驾辇，仍是乘马，带八名家将跟随。马上一拱，相辞众大臣，出了汴京城。行程已数日，回到窑宫。夫妇言谈，说起母后为媒，招亲狄千岁儿子。夫人听了大悦说："难得太后娘娘做主招亲，只待女儿长大完婚便了。"

此日千岁闲中无事，在府中与百姓家一般居处。忽一日，有一老人家叫喊而来。旁人问他是何原故，这老人回说："儿子忤逆不孝，要告官处治他。"此时千岁刚出府门,闻说便问:"你子怎么不孝?说与孤家得知。"这老人说:"启上千岁爷,小人年将六十,有一子名唤何元,生来不孝,不肯供养小人,饿得我两眼晕花。以理难容,情殊可恨。故当官告诉,要处治他的。"千岁原是个大孝之人,听了此不孝儿子,心中愤怒,说声:"真乃可恼!你既是贫苦之人,目今饭也没有吃,倘去告官有甚钱钞使用?你且随孤家进来府中,待唤你儿子到来,我自有道理,不忧你儿子不供养你老人家。"这老人家叩谢千岁之际,只见远远有人叫喊声而来。这老人说:"启上千岁爷,这叫喊之人,是小人逆子何元了。"千岁说:"你且唤他来,待孤家询问。"这老人家起来,去了一刻,已将儿子拖扯而来。此时多少闲人跟随来看,在府外议论。当时千岁说:"你是何元么?"这人应说:"小人是何元。"千岁说:"何元,你作何生理?"他说:"启上千岁爷,小人贱艺,会做蒲鞋,只时乖命蹇,岁岁遇饥,米粮腾价。上年又不幸遇火灾,家中什物尽成灰烬,实情困苦不堪。小人是上有父母,下有妻儿,共成七口,惟小人手艺觅度,天天飧膳略略得足。只父亲有一事要告官,小人不说了,只求千岁爷劝我父亲不要告官,小人感恩不浅。"千岁说:"原来你父亲不实的。何元,你父亲因何要告官,你休隐讳,必要实言。"何元说:"千岁爷啊,小人贫苦,不能鱼肉供亲,父亲要小人卖妻以供鱼肉,小人不忍即卖妻,父亲朝夕吵闹。可怜子哭母,娘哭儿,逼得情急,妻子已奔归娘家了,反说小人逆忤不孝,要告官。无奈愿卖妻子,所以转来寻父回家,不必告官了。"这老人说:"千岁啊,这是何元说谎了,他自己卖妻,小人不许是真。"

千岁正要开言,只听得府外喧声,是何元邻里。多说何元行孝,千岁侧耳听闻说:"如此,果然何元父不好,发往县主,重打四十。"这人说:"千岁,小人知罪了。"声声哀告叩头。千岁骂声:"老狗才,全不顾面差!逼子卖媳,反说儿了不孝,且看你儿子孝心!姑且饶你,下次再犯,决不宽容!"何永说:"是是,小人以后痛改前非了。"千岁说:"何元,孤家念你孝心,奖赏白银一百两回家供亲。"何元叩谢千岁之恩,大喜而去。邻里一同散去。众百姓远传扬名郭王爷的好处,若是他做了地方官,我等沾许多恩德。如今我等百姓人家有什么事情,不要往各衙门告状，不若到王爷府来公断。不用报禀，不使钱钞的。

　　休表闲言。又过几天，千岁正在府堂闲坐，忽有一人喊叫到府门外。说："千岁爷在上，小人名唤赵惟荣，有胞弟持刀要杀我。"千岁说："你的胞弟是何缘故，怎敢行凶杀你？"惟荣说："只因兄弟不愿养娘，推在小人独养母亲。小人说了他几句，他就行凶动拳殴我。又拿刀一把，现有为凭，说道：'杀了你方趁我心！'小人惧怯，只得暗盗此刀。思量去告官。只为无钱使用，故求恳千岁究治恶弟。"千岁正要开言，府外又进来一人下跪。千岁说："你是何人？"这人说："千岁爷，小人唤惟仁，与兄惟荣一母同胞，乃该分派养娘，只为着他游手好闲，不顾工艺，小人劝不得几句，他就要拿刀杀小人。望千岁察明究治！"千岁听了微微含笑："你二人多是一面之词，准信不得。"此时不知判断得如何，下回分解。

　　国有贤良诚国宝，家生悖逆起家难。

第一百十回　修狄坟张文料理
送荣归兄弟同心

诗曰：

平西千岁返山西，一路花香衬马蹄。

四虎兄弟多义气，同心并胆送荣归。

当下安乐王爷说："你兄弟二人诉此一面之词，孤家信不得的。但既是同胞手足，须要相和，一同供养母亲方才为是。为何你推我，我推你？弟兄多是个不孝的。"有赵惟荣说："千岁爷，小人一人养母，胞弟只是不管账的。"惟仁说："千岁不要听他妄言，母亲是小的一人独养。哥哥是个赌荡游闲之辈。怪小人劝解于他，故要持刀杀我，反说小人持刀杀他，只求千岁爷公断。"千岁即呼："惟荣，孤家看起来是惟仁不好，持刀杀你是真。孤家看你衣衫褴褛，是个贫苦之人，赏你铜钱五十贯做些小买卖，勿要游闲。人既孝心，上天必佑。弟不养母，天必加诛，贫涸到底无人哀怜。领赏去吧。"惟荣领赏，心花大开。叩谢千岁爷恩赏，拿了钱，又拾起刀要走。千岁忙问："惟荣，你有许多钱，这把刀不要也何妨，何必拿去？"原来，千岁试赚他。岂知惟荣得了五十贯钱快活昏了，忘却前事，直说出来："不瞒千岁爷，这把刀是小人借来的物，若不拿去交还人，必要小人赔赏了。"千岁说："哪一家借来的？"惟荣说："好朋友张伦那边借来的。"千岁喝声："丧心狗才，原来你自己借来的刀，冤屈兄弟杀你！"吩咐家丁捆绑他，发与县主照律定罪，断不姑宽。此时惟荣改口已来不及，叩头哀告恳求。千岁全然不理，将五十贯钱赏了弟。惟仁叩谢千岁爷，出窑宫而去。惟荣发至县官重处。

自此之后，安乐王似地方官一样，民间有甚冤屈事情，皆来报告，千岁公断果也无差,所以众民远也称扬千岁恩德。本地衙门倒无案事办理。陈桥地面不独盗贼宁息,就是流娼窝赌多已尽除,酗酒行凶、刁奸恶棍多已潜踪。官员役吏不敢贪赃勒端,土恶富豪不敢倚势凌弱。从此远近闻名,扬到帝都,书休过表。

又说山西张文前数日接到狄爷家书,早已重新建造王府,祖坟修理,添载松柏,茂秀十分。件件完全,只待他母子归乡祭祖。如今又接书一封,方知太后同来,少不得又要当心整顿宫院。就是汴梁与山西的经由要路,处处多是修理。街衢除污扫净,并太原一府十县各官,协同料理街衢,平坦道路。传谕民家店户预备办香烛、结彩,免使临期局促。众民也有一番言谈,也不烦表。这张文与妻说道:"我前时与你讲过了,太后娘娘乃狄家内人,应该同岳母一同回来祭祖方为正理。你说他身为太后,必不肯轻身回来。如今已到了。"金鸾含笑说:"妾只道他乃玉叶金枝,惯住凤阁龙楼坐享,岂轻易抽闲回转家园? 所以料他不来。如今既到,真乃有幸的,你何必取笑于妾身?"张文发笑道:"这是玩耍之言,有何妨碍?"闲言休得多表。

又过了十天,当时近有各差走报人,是府、县差来常常探听,天天有报。今日到某处,明日到哪方,一天一天报近了。一日,报到千岁已到了三十里了。当时太原府各官员多出码头,等候半日,头队已迎接平西侯张忠,后随是狄府家丁拥护。张忠下马与张文见礼。

先说本县多少众民等候观看,男男女女,何止千万人。都说太后娘娘、外邦公主未能看过,所以各处经由之路,男女多在着门里窗内暗暗观瞻,不表民众百姓。二队、三队、四队陆续而来,却是四位英雄齐集,家将纷纷。众英雄下马,千岁众人尚未到来。张文对四位英雄说:"千岁两次平西,全亏众位协力帮扶。又来同送还乡,足见意气深重。"四位英雄笑道:"张老爷,你说哪里话来。前日我弟兄结拜时,许以苦乐同均。就是两次平西,多是为国。原得跟随千岁,今日方得封妻荫子。如今我等送行,应该如此。况且太后娘娘也转家园的。"张文笑道:"幸得你五人同心共胆。"五人说起庞洪父女、孙秀俱已被诛,众人欣然发笑。

此时,谈笑未完,狄千岁、太后、太君也是陆续回来,到了码头,号炮三声,惊天震地,山西省大小众文武官远远两行跪接。百姓民家香烟喷鼻,灯烛光辉,好不恭肃。四位英雄会接,张文率领众人下跪恭迎。狄爷一路好不威武,骑上现月龙驹,前呼后拥。公主坐上脚力,天姿国色女英雄,太监、宫娥齐拥。

后二尊年护拥越多,狄太后喜静不喜烦,传知众文武知悉:"不必接迎,各各回衙,以后不必再至请安。众民且收拾灯烛、绸彩,各安生理。所随行人倘有酗酒胡闹者,押官究治。"太后娘娘旨下,各官俱散去了。只有百姓不约同心,多说太后娘娘到来,我等也不费什大财帛,所以不收灯彩。仍自如常,毫不喧哗,远远观看贵人。窗窗户户多不闭,依楼望脯多是妇女。多说身穿蟒袍,腰围玉带,黄伞遮行,威威光彩,二十外年纪,必是狄千岁了。又看公主坐马上,生得果然是标致。实是坐惯马的,看他威威武武。身旁又见有宫娥太监双双跟随,如此看起来必然是太后娘娘大贵人了。内一妇女说:"嫂嫂啊,这不是太后,太后何人?想既是太后娘娘必与老太君同辈之人,不是五十之外,定然花甲之期。面生皱纹,发必添霜,焉能有这等嫩姿容?想来这位必是公主娘娘也。"众人说:"果也不差,但这公主娘娘真好气概也。"当时狄太后下轿也有一番议论,老太君下车也有羡言。此乃一众俗情所羡慕,正为锦上添花。旁人也多多羡美。说美之中,常人未有不情驰于富贵而殷殷爱慕,此乃个个皆然。此皆闲话,不必多谈。

是日,已是午时了,这小杨村内好生兴闹,宝辇銮车纷纷进过,轿与马匹联络不断,一路笙音乐奏,次第随进王府中。平西王一到王府门首,下了马步进堂中,多少家丁、下人正在齐齐俯伏跪接。两旁四英雄也随千岁进府,立在一旁迎接太后、太君车驾。张文夫妇也下跪庭前迎接姑娘。太后一见说:"侄婿女乃一家骨肉之亲,休得如此。"吩咐起来,二人遵命立起来。两位年尊下了车辇同进内堂,金鸾夫妇上来拜见太后,再叩见母亲。狄爷五兄弟一同拜见毕,家人妇女们多来叩头,也不多表。狄爷进居了王府,分别已有几载,今日姐弟相逢,无非别后衷肠之话,也不多表。狄爷又着张忠安顿了御林军,张忠领命。狄爷看这王府,好不威风,开言说道:"姐丈,前者劳顿你多少,在家中料理。方得今日回来，件件齐备。"张文说："千岁哪里话来！此劳忙有限，何足为言。但这楼亭画栋，多是土工之人创造雕成的，方不失为王府用作也。"众英雄细看窗檐格扇，果然雕造的十分精工，众人赞赏一番。当下众人吃过茶毕，多叙话中堂。无关之言不表。

　　又说抬夫之人，领太后、狄爷箱物，陆续到进王府，交点明白，不多表。此时内堂狄金鸾见弟妇美貌花容，公主一见姑娘一貌鲜妍。金鸾一向不多见孩童之面，手挽侄儿，微微含笑。看见侄儿，头平额阔，天仓丰满，目秀眉清，想来这侄儿长大成人也非等闲之人。此时叫声："侄子啊，你父亲自出身就劳苦了，拼力沙场，历尽危险保护宋朝。前时劳碌，今日方得玉带横腰，荣归故里。日后你长大成人当承父志，必须文武双全，光前裕后才好，但不知可能依得今朝姑母之言否？"但见小爵主面有笑容，诺诺答应。金鸾见侄儿乖觉，心中大喜。公主呼声："姑娘！"不知公主说出何言，下回注载明白。正是：

　　团圆此日多亲谊，叙会今朝喜气扬。

第一百十一回　到家乡狄爷拜探
　　　　　　　　复圣旨包拯回朝

诗曰：

　　荣归谒祖狄王亲，圣上恩隆宠爱珍。

　　敕命包公代御祭，回朝复旨拜辞行。

　　当下狄金鸾正喜欢侄儿伶俐乖觉，有公主暗暗开怀说："姑娘，我有几位外甥儿子？"金鸾见嫂嫂一问，脸上泛出桃红，低头说声："嫂嫂啊，我名说夫妻曾经十载，今日张姓香烟还未有继嗣之人。"公主听了说："姑娘啊，命该有子休嫌晚。如今你才是中年，或者命该受子迟些，人人多是有子的，岂独姑娘你一人？"金鸾说："嫂嫂啊，此话今生休想望，说也枉然了。"公主听罢，又劝解姑娘一番，多少言词，不必多表。

　　又说张文吩咐众家人，先住定了房间，太后娘娘另有宫院，格外雅致，床帐什物件件完全，多是张文夫妇平日当心办理预备齐全的。此时，狄府众人多更换过衣裳。是时，已将府内外、堂中排开酒宴，一堂音乐，佳韵扬扬，堂庭中外，喧哗畅饮。狄府家丁、使女俱有小宴席赏赐。一班御林军，也是猜拳放马的欢乐而饮。众人吃酒至更深，方才散去残宴，各各安睡去了。次日晨，早有各官——是本府文武官员到来，问候请安。太后娘娘的懿旨，仍降各官员自此以后不用仍来候安。前日山西的官员尽到此处接迎太后娘娘，已遵旨意各各回去了。如今到府中请安的官员俱是太原本府的。各官遵旨，来日自此俱不到来请安，省却多少浩烦。众官大喜，多说太后恩德宽宏。不表。

　　再说平西王幼年撇却家乡，今日荣归故里，虽一人也相识不得。当时与四位兄弟乘了马，备了名帖，一干家将跟随，一路往拜探地方官与乡绅耆老。这是登门答拜,留飧款酒,又劳忙了几天。若问这狄千岁身受王爵,又是王亲,因何要拜探他等?只为乡居比不得在朝,乡间乃序齿为先,且况州县总戎司户,虽是官职卑微,原乃本处应管官员。狄爷又是谦逊之人,故来拜探这下属官,又探望各绅耆。一言交待分明,不多再述。

是日,狄爷拜探方得空闲些,忽又报到主祭包大人到了。狄千岁闻报,即齐整衣冠,带了四位弟兄一同出迎,接到王府中堂见礼坐下。狄爷开言说:"包大人,下官已屡次得大人搭救,深恩未曾少报,今又敢劳跋涉到来,下官反觉不安。"包爷说:"王亲大人,乃圣上差使下官的,狄王亲休得谦言。"当下包爷要参见太后娘娘。狄爷命家丁请出,太后吩咐:"包卿勿行朝廷礼,以宾主相见便了。"包爷说:"微臣焉敢如此!"当时仍是三呼千岁。太后命一同坐下,又呼:"包卿,你是宋朝一大忠臣,保国擎天柱,能使当今认母,削除庞党,皆亏包卿之力。就是我侄儿屡蒙提拔,老身常念不忘。"包爷说:"太后娘娘休得过奖。千岁与我同为一殿之臣,古道:'文官把笔安天下,武将提刀定太平。'为臣食君之禄,理该如此,娘娘何必过奖微臣?"闲谈一会,太后辞别包公进内。有太君又步出中堂,丫鬟启上:"千岁爷,太君出堂要见包相爷。"狄千岁说:"大人,家母出堂相见。"包爷说:"太君出堂何敢!"即立起位,太君出来,满脸含欢说:"我儿几次灾殃多感大人搭救,恩德如天,老身念念不忘。今日又蒙光临,待老身拜谢一礼才是。"包爷说:"太君何出此言!"说未完,太君已跪拜在地,包爷连忙即时叩首回礼。礼毕,各立起来,又谈话谢言一番。太君辞过包公进内去了。

此日,华堂上排开酒宴,五位英雄陪着包公吃酒,宴毕已是红日归西。是夜安排包爷在书斋歇宿。次日一同到狄坟代御祭主。狄爷吩咐扛抬祭礼同行,老姑嫂与着小姑嫂一同坐轿而去。宫娥坐轿,小爵主也坐轿,同千岁五人与包公先已到坟。但见坟头茂栽松柏,冢地石马、石人高昂二丈,树木森森,风景秀茂。早有家丁排开祭礼,正是:

银烛高烧生瑞彩,圣诏朗读慰先灵。

当时包公代圣御祭,开读圣宣谕旨。狄府男女齐跪尘埃地上行礼。细乐笙歌真热闹,清香旨酒滴坟前。此坟自狄爷年幼身遭水患,至今十载多无人祭拜。今沾天子洪恩御祭,何幸欣欢!勿说生人沾恩惠,亡魂地府也开怀。狄千岁身居王位,比着天子郊祀王坟也差不多热闹,多少的百姓远远地观瞻。祭毕,天色尚早,狄爷吩咐扛回祭礼,一同回府。款留包公数日,每日排设酒宴,不再多谈。只为王命所差,不敢耽延,狄爷也不敢强留,只厚送程仪,修了谢恩本章一道与包公附带回朝。包公即时辞别太后、太君。太后说声:"包卿,此番劳你多多跋涉,我心甚不安。"包爷说:"娘娘何出此言?臣今拜别去了。"太后说:"包卿你回朝伏奏当今知道,原说我久别家园,耽搁一两月就回京,并烦你叮嘱我孩儿不必牵挂。"包爷应诺连声。太君再三致谢包爷许多感激之言,也不载。包爷拜别两位年尊,又别狄爷,五弟兄殷勤相送包公回朝去了,不表。

再说狄太后祭过祖以后,心中甚安。姑嫂二人情浓意合,公主夫妻和合,百般孝顺,两位高年与金鸾姑娘甚是相得。耽搁光阴,不觉又是中秋节期,府内中外,对月开怀畅饮,二鼓将残,酒宴方毕。此时王府中朝朝饮宴,夜夜笙歌,真为有兴。四位英雄在着府中,无非与在着京中王府一般,多是终日无事玩耍,或是吃酒下棋,待等护送太后娘娘还朝,然后归乡祭祖。

八月已完,再耽搁已是重阳。是日,狄爷寿诞。原来狄爷是闰九月初九生辰,如今没有闰九月,故以正九月初九为祝诞,各官与诸亲戚丰厚礼物纷纷呈送,内外堂音乐喧天,屏开王府,宾客宴饮满堂。一切下人俱有赏发,一并家人、三千御林军有宴席给赏。不觉又是喧哗有兴,已有七、八天。

此时太后娘娘细叙前数十年事,悲离而复欢乐。又取出血结鸳鸯,共相赏玩传家之宝,若无此宝怎能使得姑侄相逢?焉能使得母子见会?太君听了大悦,喜色洋洋说:"姑娘啊,果已亏得这玉鸳鸯的。今日富享荣华,子媳团叙,皆由此物。"看玩一会,又收藏了。太君又呼:"姑娘,我想李太后娘娘在着破窑受了十八年苦楚,全亏得包大人之力,方得当今陈桥认母的。"狄太后说声:"嫂嫂啊,所以当今天子甚是宠信这包文正的。前时剪除许多奸党,嫂嫂你也尽知。今日又除庞洪奸佞,肃清朝政,他乃不畏死活,耿耿忠心之臣,是以名声远震,宋室江山亏他之力撑持。原又因边国屡侵,也得侄儿弟兄鼎力。今有一文一武,可保天下无虞。"两位高年你语我言,说得十分欢悦。

当时,又是九月已过,十月初旬了,狄太后要想还朝,即日说知嫂嫂。太君说:"姑娘啊,如今已近隆冬,天气侵寒,路途遥远,怎好行程? 况且相亲不久,情甚难分。不若待来春和暖之日动身如何?"太后说:"嫂嫂啊,只有四位将军等候,耽搁于他。朝中儿子岂不悬望? 如今必要还朝了。"太君婆媳仍复再三相留,狄爷姐弟也来劝说。狄太后主见定了,选个良期吉日登程。狄千岁见强留姑娘不住,只得转出书房对四位弟兄说声:"众位弟兄,如今太后娘娘定了吉期,即要回朝了,原是你弟兄护送回朝,然后各自奏明天子还乡祭祖。限满之日,弟兄众人自京中相会的。但水陆风霜,切须慎重方好。"四位英雄连声称:"领命。"各各打点,不知何日登程,以后姑嫂分别。有分教:

　　柔肠割断因情谊,珠泪倾流为意浓。

第一百十二回　完祭祖太后回驾
大团圆五将荣归

诗曰：

　　太后娘娘祭祖先，光阴耽搁在家园。

　　亲情不舍相为别，返驾登程惹鼻酸。

　　再说太后定了吉期回京，即将打点行程护送太后。此日，狄爷吩咐安排酒宴与太后饯行，一同吃宴毕，太君岂忍分离，便呼声："姑娘，你虽然玉体康健，到底是花甲之期了，一切水陆风霜最要在意，同行须要欢乐开怀。"说未完，喉已咽噎。太后说声："这是自然。嫂嫂也是年迈之人，起居寒冷还须小心的。若贤侄限满回朝，须要一同到京再得姑嫂相会，我想从此再无回乡之日。你若不到京，难得再会。你须同侄媳还朝，免我目中悬望才好。"太君应诺之际已含着一汪珠泪。太后娘娘也忍不住的珠泪纷纷，乃出于无奈。回首看看侄媳，叮咛说："你夫妻和睦，休得情疏，孝顺母亲，为姑娘不来多说。你回朝之日，必须携母同来。我言不可忘记了。"狄爷夫妇同呼："遵命。"又唤过小爵主近前，挽手说："小侄孙儿，你须受父母教训。愿你长成如父一般，身登廊庙，保护邦家。"小爵主诺诺应言，太后稍觉心安。又嘱张文夫妇，另有一番吩咐之言，不多细表。

　　又说太后带来的四十箱衣物如今仍发与扛夫先行。又有众官员相送，太后传懿旨，不必相送。狄爷又发出六千两银子赐赏御林军。太后一路离却小杨村，太监、宫娥齐行左右，有四位英雄一同护驾。狄爷乘马一路送至百余里程途，太后娘娘几番吩咐转回，狄爷无奈只得辞别姑娘，别过四位弟兄回归府内。

　　按下狄爷回府去了。再说狄娘娘来时乃是初秋景象，如今转去

448

乃近冬至。所到之处,俱有官员迎接。一路水陆行程,天晴雨不阻,满目风光,不能细述。一日,回归汴梁城,天子率领众臣共出王城迎接。太后回归南清宫,母子相会不表。四将一同启奏,各各告假还乡,天子准奏,限满再回朝。四将即辞过众大臣,带夫人同归故里。但须各个交代分明。

先说张忠,是日别了众人,到三关十锦村同了夫人前往天盖山地方去了。前日平西,今封侯爵,远近声扬。过往有许多官员迎接,不在话下。一到家园,有本方官员绅者多来趋奉送程仪,纷纷不暇,忙了几天。然后夫妻吩咐众家丁,排开祭礼,拜祀先人。祭毕回府,排开酒宴,一家叙乐,不多细谈。后来平西侯限满回朝,五弟兄仍得叙会。说到这苗氏夫人后来连产两个婴儿,也是出任皇家之贵,后话甚多,难以尽述。

书中丢下前言,又表李将军。是日,李义别了同僚,衣锦还乡。一路下属官员奉迎,与苏夫人到了北直顺天府。原来班师封爵之日,狄爷命焦廷贵将李义的旧宅重新建造,府内什物,件件已经办齐。故今定西侯一到,件件什物齐全,李义好不欣欢。高堂大厦深沾天子荫庇,乃狄千岁的用心。即日诚虔祭祀回来,一家兴叙,夫妇开怀。当时又有这许多旧族、亲朋,也来拜探,此乃世态炎凉,从古所说。后来定西侯的夫人产下一男一女承嗣香烟,能袭荫父职。限满回朝,再得弟兄叙会。按下定西侯不表。

却说镇西侯刘庆荣归故土,家丁家将后拥前呼。多少旁人称羡,真乃两次平西功劳最重,门庭车马,纷纷拜探。是日祭祀先灵,劳忙数天。一家共吃团圆酒。镇西侯夫人后生一子,仍为武将立功,书中丢下飞山虎原文。

再说石英雄,是日选了吉期,先辞圣驾,后别众臣。拜辞毕,又有赵千岁府中已备酒宴饯行,石家太太再三致谢亲翁、亲母之情。石兵部感不尽岳父、岳母之德,各有几句分离的话不必多言。单有郡主此时盈盈珠泪,只因不忍抛别双亲。赵千岁夫妇一同安慰女儿,叮嘱言词多少。又有数个官箱所载什物,已发扛夫抬行,百余使女乘上轿,小公子也在其中。赵大人等车马纷纷,多少同僚下属,不约而会一共送行。

先说孟定国、焦廷贵,前时狄爷着他掌管王府,看见四人俱已荣归故里,热闹非凡,他两人好生气闷,你说我言:"与他等同劳几载,如今他个个回转家园。单有你我掌管这王府,终日在着此地,未知守到何年月方能回归故里的?"

不提焦、孟心中烦闷。且说石兵部与母亲、妻子一路水陆行程,多少官员迎接。一到了长沙,也就有本处文武职官齐到恭迎,石兵部一概辞谢回衙不表。即日三声号炮,起马登程,多少此地旁人百姓同观,互相谈说,接耳交头说:"曾记得七、八年前他母子双双困苦,日给不敷,又无亲朋依靠,谁人肯为相怜?一出门已久,后来并不见母子,只道他死在外方,岂知今日是功勋大臣,荣归故里,赫赫威风,谁人可及?想来他的太太、夫人真乃后头甜。"丢下旁民虚论,却说石兵部母妻进了府,又升三炮,鼓乐喧天,家将众人也进府中,石爷望阙谢君恩,有家丁使女各个叩见。太太、婆媳进内室更衣,老太太说道:"当初老身这般苦楚,上下无亲朋计较,只道今生如梅子样,越越黄来越越酸。岂料今朝也有今日,真乃令人不测。"不题太君之言。当时兵部初到家乡,连忙了五、六天,祭祀已毕,又往谢长沙府,代建造府之劳,方得闲暇。此乃夫妻并叙,母子相依,不用多表。又说郡主后生二子,今有一子,弟兄三人,将次子继了岳父香烟,后话休题。

且说平西王在府,自从太后姑娘回朝,如今日日安闲,母子、夫妻、姐弟一家聚首,十分情厚。一日,太君说当日事情:"在水发山西太原之日,我儿若非鬼谷仙师搭救,怎得今日身荣?自古受恩必报,理当立庙再塑金身。"公主听了又说:"婆婆,我亦全亏圣母指点,也是受他大恩,圣母理该建庙。"狄爷点首称是。即发出白银八千,着姐丈张文买了两段大地,左边起建王禅寺,右边起造圣母宫,俱塑金身。如若短少银子,再发取用。张文领了,赶办买地兴工。建上二月多,筑造已成。一边圣母庙,一处鬼谷祠。只因前日受他大恩,至此夫妇今日不负忘其恩德,建造已成。狄爷夫妇亲身上柱香三天,太太也叩拜三朝。自此之后,朔望之期必亲到上香。又有民间男女也来上香,若有诚心叩神,仙师、圣母十分灵感。左边用着老道经管,右边用着老尼姑事香火。事已表明,不须烦载。

话说平西王千岁今日一门福禄双全,乡中自建庙宇已毕,完却一事,作报师父之恩,十分称快。狄爷即日吩咐设排宴席,先望阙拜谢君恩,然后就席。狄爷夫妇敬三杯美酒与高年太君,金鸾夫妇也递敬一杯,一堂乐叙酒宴,是日欢尽不表。

一日,狄爷想来,如今幸喜国家平泰,定唐金刀不用了,好生收拾。但这现月龙驹马,日日尚要骑的,仍交与马夫承管。血结鸳鸯一对,仍为狄门传家之宝。待等三年之后,限期已满,仍复还朝伴驾。狄太后娘娘叮嘱本藩要携母亲到京。待起程之日,娘亲愿往不愿往,由他之意便了。若问为官大小,何足重轻?只要做一生正直无私、忠君为国之臣,方有好收场、美结局。这庞洪、孙秀千方百计图害狄青不成,万般打算,到底成空,后来反及自身,落得臭名万代。真乃为善最乐,作恶难逃。先圣之言,一字无差。

此书讲到狄青解了瓦桥围困之后,领守三关,今日二取珍珠旗,得胜班师,事事已毕,后话甚多难统述。若问五虎如何归结,再看五虎平南后传,另有着落详言。兹今总结,有诗附后。狄太后有亲亲之义,有诗赞云:

不忘骨肉狄娘娘,痛惜亲兄身早亡。

体恤侄儿深切爱,孤孀母子感恩长。

狄青后传

第一回　南天国差臣进表
　　　　　平西王夜宴观星

诗曰：

　　暴戾边夷屡不和，贪吞疆土动干戈。

　　扰攘不息兵遭困，征役无休将士磨。

　　却说前书五虎将征服西域边夷，奏凯班师，回朝见主，论功赐爵，俱受王封。当时各将士同告驾荣旋谒祖，仁宗天子准奏，各赐荣归故土。限以三年为满期，期满之后，仍复回朝伴驾，同保江山。后话休题。

　　再考大宋开基承统以来，边廷侵扰之患屡屡不息。始自太祖传位与匡义太宗，以至真宗，及今仁宗。然太祖之初，代周承统，登基一十六载而崩。太宗继御，在位二十二秋。其初，威武仁智，不在太祖之下；三年而收吴越，四年而灭北汉，天下一统之成至矣。及真宗之世，在位二十五载。虽宽仁慈爱，大有帝王之度。然至景德初年，契丹大举雄兵猛将，入寇澶州。所到之方，且夕攻陷。当日若无寇准之才智，劝主亲征，国家几乎亡灭，其弱甚矣。至仁宗在位，四十二年，虽然忠义之士满朝，仁柔有余，刚武不足。是以边疆之患，不觉旋踵而来。其初，文有王曾、孔道辅、包拯、文彦博当扰乱之日；其武，朝廷所倚重，初知兵机韬略者，莫如范仲淹、韩琦、富弼等。智勇双全者，有呼延赞、杨宗保并帐下结义英雄甚众。前书已见，此书不题。以后皆年老既衰，相继而亡，却也不表。

　　再言上年五虎将征服西辽，其边夷拱服，入贡不绝。仁宗天子龙颜大悦，思念皆狄青五将之功。其众将回朝之日，告驾荣归，原限三年；此时期限未满，正是二载，所以众将俱未回朝。当日乃嘉祐四年壬辰秋九月,南蛮王侬智高作叛。初,起于广源州,后兴兵攻夺交趾,僭称南天国王。发兵大寇邕州,兵势甚锐,百姓惊怵。各州府、县望风逃遁,所到皆凶。不题。

忽一天,仁宗天子尚未退朝,有皇门官俯伏金阶,奏曰:"微臣启奏陛下:今南蛮交趾南天国王侬智高差使臣到来,有表文一道,上谒天颜。"仁宗闻奏,说曰:"朕思这南蛮王可恶无礼,前月边关有本,奏说这逆凶起兵侵掠,黎民不安,求恳发兵征诛。朕想,劳师动将,府库浩繁,非同小可。是以尚未发兵征讨。不想彼势愈张,未满二月,其边关本章雪片而来,说邕州危急,近日即思兴兵前征。他今又差使臣来上表,未知何意,即可宣进来。"当下皇门官领旨,即出午朝门,宣进使臣。这使臣官慌忙俯伏金阶,拜伏已毕,手捧着表文一道说:"边国使臣叩首仰见龙颜,愿圣寿无疆。"天子开言说:"外国差使见朕,有何本章奏?"使臣说:"微臣奉南天王,有本章一道与陛下,求龙目观瞻,便知明了。"当下有御前挡驾官,将本章接上龙案展开。仁宗天子一看表文,上写:

> 南天国王书至大宋君御案前。曰:从来天下者,人人之天下,非一人之所私得也。至于尧、舜之君,圣德俱备,尚且揖让相逊。况今之君,圣德未及于尧、舜,而柔弱不及才能。公然南面称孤,实为不称耳。兹臣故束锐师百万,战将千员,喜则待时坐守南国,怒则发愤奔越中原。宋君识时达世者,即割云、贵、两粤之地,暂止征伐之车。倘书到后尚属狐疑不决,戈盾耀于汴梁,炽帻扬于中国。倘玉石不分,君耻臣寡,追悔何及?

当下仁宗天子看了这道战书,其中许多不逊无礼之词,不觉龙颜大怒,手拍龙案,骂声:"好胆大南蛮逆畜!焉敢逞强,出此大言,欺侮于寡人。断不姑宽!"传旨将使臣官绑去斩首。这使臣看见天子大怒,又闻传旨斩他,吓得魂不附体,连喊数声:"圣主在上,容罪臣启奏:这乃国王差使微臣来上表,不干微臣得罪陛下,奉命差使,焉能推却得来?况其书中所犯罪者,皆由我主国王。微臣本内之词全不预知,恳乞陛下龙心鉴察。"说罢,不住连连叩首。仁宗王听了,尚然怒气不息,指着使臣骂声:"大胆逆贼,尚敢多言!你既奉命而来,与你无干。死罪免了,活罪难免!"传旨捆打四十,发往开封,一路起解,监押出境。旨意一下,两边武士将使臣捆打四十棍方起来。仁宗天子指着使臣官喝声:"恩饶你回本国,与狗蛮王得知,教他小心伸出狗项等候吧。不日大兵就到,断不死捉,定然活擒,碎剐于他。"这臣官含泪谢了不斩之恩,起来往开封府一路回国去了。

当时仁宗天子把本章复看了一遍,怒气尚忿忿不息,说一声:"可恼!你这逆畜如此欺侮,藐视我中原无人。朕情愿江山不要,必须亲临征讨,以决雌雄。"言之未了,只见文班首中闪出一位大臣,执简上前俯伏,呼声:"陛下不可,不可!"天子闻言向下一看:这位大臣乃无私铁面包龙图。看见,即命侍御人下阶扶起,说:"包卿休得行此大礼。"即赐坐锦墩。这仁宗因何如此隆宠?这包爷比之别臣不同,素知他是忠硬无私之臣。多少奸谋不决之事得他理白。为国为民,社稷倚依之重。是以天子格外加恩,以师礼事之。

当时包爷谢了恩,起来坐下。天子说声:"包卿,这南蛮侬智高逆贼,作叛于南隅,攻打邕州甚急,朕本欲提兵征剿。今又下此无礼战书,欺辱朕躬,藐视太甚。寡人必要亲自提兵捉拿逆党,以泄此愤。因何包卿谏阻?"包爷说:"陛下,自古以来,边廷之患哪一朝一代没有?如今南蛮之叛,邕州之危,皆因边关缺少智勇之将帅耳。苟能用韬略之将提兵征讨,未有不克。陛下何必御驾亲征?臣保举一人领兵前往,可以指日成功。"仁宗天子说:"卿所举何人与朕分忧?"包爷说:"臣所举者,乃平西王狄王亲也。此人领旨,定然马到成功。望吾主龙意参详。"天子闻言大悦,说:"包卿保举之人,但念他征西劳苦几载,才得安然,今又命他前往劳神,朕心觉得不忍。"包爷说:"陛下恤念臣下之劳,足见仁慈了。但食君之禄,担君之忧,理当如此。这也何劳圣虑?"天子说:"包卿所言者,乃为国之计,朕之幸也。"说罢,即发旨一道付与包爷,前往山西诏取狄王亲回朝。是日退朝,文武各散。包公接了圣旨,带了家丁往山西而去。且慢表。

先说平西王自从平西得胜回朝,告驾荣归故土,与老太君带了公主娘娘归至家乡王府安享,已是无事。非止一日,乃对岁十月小阳春了。忽一夜,乃中旬天气,月色如银,中天灿烂。狄爷吩咐备酒,设上西楼,与公主宴乐。夫妻对酌,两边宫娥歌舞,音乐悠扬。当下夫妻二人酒至半酣之际,狄爷手举金杯说声:"公主贤妻,下官当初受尽多少辛劳,西征北伐,方立下些汗马功劳,又得贤妻内助,才得玉带横腰,安享荣华,皆叨内助之力,贤妻吃了此杯。"公主开言说声:"千岁之命,焉有不遵?"即接了金杯。又说:"千岁尝言:夫乃妇之天。妇所倚重者,夫也。前者千岁与国家出力,屡立大功。今日身居王位,妾藉有光,正要上贺。"说罢,即命宫娥满满斟上一杯,玉手双拿送至。狄爷微笑说:"公主言重过奖了,下官哪里敢当也。"接了金杯,一饮而干。

夫妻对谈酬酢间,时交二鼓。不觉正南方一派红光射入南窗里,只见一星大如碗,从南方滚到太阴,化为数百小星,将月围了半个时辰方散。公主一见,唬了一惊,连说:"不好了,南方贼星冲犯太阴星,有刀兵之患,国家不宁了。"狄爷说:"夫人,怎见得如此?"公主说:"妾颇晓天文,此乃吉凶预兆。"狄爷听罢,点首咨嗟:"倘然南方有事,圣上必然差遣下官领兵征讨了。"公主开言呼声:"千岁,你难道不见么?方才间贼星冲犯太阴,乃不祥之兆。只恐此回领兵主帅,凶多吉少。依妾主意,明天预上一本,告驾归林。我夫妻趋吉避凶,侍奉年老婆婆,训诲儿子,以省烦忧,你道如何?"千岁闻言不悦,说声:"公主,你且住口。本藩自布衣行伍出身,立了些功劳。叨蒙圣上恩封王爵,位极人臣,恨不能粉身碎骨报圣上,公主如何反教下官趋避,贪图安逸,这也何解?"公主说:"千岁呵,非是妾身多言。只因贼星冲犯太阴,领兵主帅,定然不利,是以妾劝你暂为权避。千岁啊,为人难道有知凶险不避之理?"狄爷笑道:"夫人之言差矣。我狄青乃一顶天立地的男子,许以忠孝两全。自幼习学武艺,必要出力于国家,岂为贪生怕死以诬圣上?况死生自由天命,以人料之,焉能苟免逃避得来?且本藩只要美名留于后世,何患死生利害之机关!"

当下公主见狄爷说轰轰烈烈之言,又见他全执己性,不依良言解劝,不敢再说,只得手举金杯,呼声:"千岁,此乃上苍指示幽微,非妾所知也。倘有失言,望乞恕罪。"狄爷连忙接下金杯说:"公主不必如此。既然你预知今日南方有刀兵之患,圣上不知下落也。明日回朝探听,果然南方有事,必要领旨平服南蛮,方才回来见你。"公主闻言大惊,不觉泪下沾襟,说:"千岁啊,方才皆乃妾之失言。但为臣虽要尽忠报国,倘天心不顺,非人力可强为。千岁何不听天命随时而遇?倘若圣上不差遣于你,则罢了。因何一闻有此凶险之事,即要回朝面圣领兵,不听妾劝解之言,又出此不利之语?万望千岁明朝不要回朝,坐以待时,且由圣上所命如何?"狄爷听了,低头不语,半晌说道:"既然如此,权依公主罢了。"是夜已交三更,公主吩咐收拾余宴,夫妻二人回宫,房内安寝不题。

再言这狄青乃武曲星降生,辅佐仁宗天子保国之臣。原乃大宋擎天玉柱,架海金梁,所以一腔忠义,赤心为国,不以死生利害为嫌。是以公主一说明南方有刀兵之患,即思回朝领旨征剿为己之任。劝谏多少良言不依,这是从忠义之天性流出也,是夜不表。包爷何时到来诏取狄千岁回朝,且听下回分解。

第二回

包公奉旨诏英雄
五虎兴兵临敌境

诗曰:

> 食君之禄报君恩,尸位素餐枉作臣。

> 把笔文官分善恶,提刀武将立功勋。

慢言平西王与公主是夜家宴之言,再说包龙图领旨诏取狄爷回朝,一路带了王朝、马汉许多家丁,摆驾规模实难尽述。出了汴京城,向山西太原府而来。一程俱有各府、州、县相送,不用多谈。是时包爷有王命在身,不敢停留,无分日夜进发。一日到了山西地面,进了太原府西河县,早已命家丁通报。是日狄爷正在银安殿闲坐,有管门官来报圣旨下来。狄爷闻知,吩咐大开王府正门,预排香案灯烛接旨。当日包爷到来,小杨村内下了车,入坐大轿,进至王府银安殿,开了圣旨。狄爷俯伏于地,包爷启读。诏曰:

> 奉天承运大宋帝诏曰:今有交趾逆寇侬智高作叛,举兵犯界反击,邕州危于旦夕。朕乃欲兴兵征讨,不意逆贼又差使官投下战书,内有不逊之言,十分无理,侮辱朕躬,恨于切齿。正欲亲征擒拿,以正国法,方消朕恨,方泄朕耻。今特旨诏卿家回朝商议平南之策,以靖边疆,以安庶民。旨意到日,卿须勿缓登程。朕预设筵宴于金銮殿,朕与卿饯行。钦哉。

包爷宣罢旨意,狄爷谢恩,起来接了圣旨。当时与包爷重新见礼,分宾主坐下。早有家将献上香茗。吃罢,包爷呼声:"狄王亲,目下边关危急,圣上深恨叛贼战书之侮辱,原欲御驾亲征。但下官想起来,如今之日一者国家政烦,国不可君离;况目下朝廷尚未定立太子,圣上却是不明太子所立,乃国之本,群臣与下官谏陈多少,只不准依。

是以下官荐于王亲为平南总领，望祈早日动身。"狄爷说声："包大人，我下官一介武夫，行伍之贱，初立些微小之功，蒙圣上加恩，今已位极人臣，须赴汤蹈火也要图报隆恩，何独马上之劳？即于明日动身，登程回朝面圣了。但是一路风霜跋涉，有劳于大人。"包爷说："狄王亲啊，这也奉君之命，何须说劳？"狄爷点首称谢。当下吩咐排开酒宴，与包大人洗尘。对酌之际，谈论国家政务一番。至更夜已深，方才用过晚膳，安宿一夜。

次日狄爷打点，备了行装登程。是夜公主知有圣旨相诏，难以谏阻，暗暗垂泪，不敢多言。此时狄龙、狄虎二位世子在书房闻爹爹回朝，也来送行。狄爷吩咐弟兄二人："用力发奋攻书，不用远送。"言罢，拜辞母亲。老太君也有一番吩咐。相辞公主，许多叮咛之说难以长谈。是日，狄爷、包公一同起程，离了王府，路出本省山西进京，非止一日程途。

忽一天，到了汴京。次早天子临朝，文武百官参见已毕。有挡驾官传过旨意，包爷即上前俯伏，呼声："陛下，前者臣包拯奉旨宣诏狄王亲，今已回朝，现在午门外候旨。"仁宗天子大喜，说："包卿平身。"又忙传旨宣平西王见驾。门官领旨宣进狄爷，俯伏金阶朝见已毕。天子大悦说："御弟平身。只因南方侬智高逆贼作乱，入寇邕州，昼夜攻打，黎民不安。今下来战书，侮辱寡人。朕本欲亲征，包卿又谏止。故特宣御弟回朝，领兵征剿叛党，与寡人泄愤，足见卿之忠义也。今由御弟拨调那方雄兵，先斩后奏，大展雄才。得胜班师回朝之日，大加升赏，以慰卿劳。"狄爷说："陛下啊，臣受王恩，即粉身碎骨，难报万一。敢不效股肱之力，代主之劳！蛮兵虽锐，何足介怀！臣托陛下洪福，此去必然马到成功。"仁宗闻言大悦，传旨就于偏殿排宴款待狄爷，又赐统领帅印。狄爷饮毕谢恩。天子又呼："御弟，提调各方军马，必得一智勇双全上将同往为先锋方妙。"狄爷说："臣不用调取别方之将，前者平西四将与手下焦、孟，六将足矣。但四将上年告驾归家未回，须要陛下发旨，各路调齐回朝，然后发兵。"天子闻奏，即发诏旨四道去讫。

是日退朝，狄爷与潞花王千岁并驾同行，一路往王府，直到南清宫内。潞花王千岁先进内禀知,狄太后娘娘大悦,即命宣进。狄爷进内拜见姑娘,见礼毕,又与千岁见礼,一同坐下。是日姑侄兄弟相逢,仍有一番别后之言,狄爷请安,不一会排上筵宴相款,不用烦言。自此狄爷就在南清宫等候四将回朝,然后发兵起程,按下不表。

不觉已有十余天,四位将军先后陆续回朝,俱已面圣,天子慰劳一番。与狄千岁相逢,欣欣喜色,兄弟四人到了狄王府,会了焦、孟弟兄。焦廷贵说:"自今又有趣了。"孟定国说:"你趣在何来?"焦廷贵说:"老孟,你难道不知?前者千岁平西回朝,告驾荣旋,兄弟五人走得干干净净,单剩我二人代管王府。差不多些守了二载,好生寂寞厌弃,今得南方作叛,方得聚会。今千岁又提兵前去把南蛮杀个不休,岂不大趣么?"四虎英雄听了,皆忍笑不住。狄爷说声:"休得多言!众弟兄们,今夜须要整备刀枪马匹,明日发兵。"众将应诺。此夜不表。

次日,狄爷仍往南清宫拜别年老姑娘,太后一番叮嘱,狄爷诺诺连声。相辞潞花王千岁,也是一番言语,不能一一细述。是日狄爷到了教场中,挑选了十五万精兵,五十员偏将。是日拜辞天子,相别众大臣,祭了大旗。当时天子又命各大臣在教场送别,备下饯行酒。元帅谢了君恩。起马先令刘庆为开路先锋,领兵一万;张忠为左监军,李义为右监军,石玉为后队中军接应;孟定国、焦廷贵二人各领兵三千,在后运粮。分派完了,各将自统大兵于中军,吩咐放炮登程。跨上现月龙驹,分开队伍,离了汴京城,向南方大路进发。涉水登山,旗幡招展,杀气冲天,一路威威武武。当时,狄元帅军令所到之处,不许惊扰百姓,私下行凶,强取民间一物。如违令者,立刻斩首。是以军中肃静,不敢妄行,民间安居如故。不表。大兵一路所到之地方,俱有官员迎接,不用多述。

水陆并进,有两月程途。一日,大军正在行走之间,远远探子报上,前面乃广西之境域了。狄元帅闻报。又闻报邕州已失,陈曙总兵阵亡,横州、宣州俱已攻下,兵进广州。当时,狄元帅一闻此报,即与广南总兵会合,同进征讨。正总兵孙沔、副总兵余靖此时得了狄元帅文书,紧守关中不出,待等大军一到,然后开兵。再说狄元帅大兵是日择地安营,起了中军大帐。是晚三军埋锅造饭已毕。元帅有令:紧闭营门，兵丁停息三日，然后开兵。又发令小军小心逡巡，以防敌人攻其不备。前面离关八十里乃蒙云关也，次日狄元帅即着飞山虎刘庆下了文书。

按下宋营慢表。且说蒙云关乃南方头座关塞也。守关老将姓段名洪，年已五十余，使一柄大刀，有万夫不当之勇。有儿子两个：一名段龙，一名段虎，也是能征惯战之将。还有女儿一个，名红玉三小姐也，乃中南山金针洞仙翁徒弟。他八岁便学法，三年后，这些腾云驾雾、隐身遁逃、撒豆成兵俱已习熟。更有法术迷人魂魄，更加厉害。

是日段洪正在帅府帐中闲坐，忽闻探子报说："大宋天子差平西王狄青五虎将，提大兵一十五万前来征伐，现在扎营于关外，下了大寨。"当下段洪闻报，传令紧闭关门，严加巡守。次日又得接战书，段洪说道："我主南天王攻破邕城，已得昆仑关驻兵。这狄青不向此进兵，争夺此关，深入我南地征进，此乃先割根本后收枝苗作用，大合兵法。这狄青果然名不虚传。我主安坐于昆仑关，哪里得知？况及屡屡行此无道之事，凡民间美色女子，不论孤寡、有夫无夫，令兵抢了，百端淫欲；及于行兵侈然，放纵扰掠，眼见得亡灭不远，焉能成得大事？但本官食他之禄，必要尽彼之忠，至死而后已。"是夜不表段洪之言。

是时已第三天，狄元帅有令开兵，一声炮响，精兵十万蜂拥而出，狄元帅后面带了四将来至关下。只见蒙云关十分高耸，气接云霄；扁圆垛口刀枪密密，剑戟森森，箭窗之内暗藏火炮。守城兵人人悬弓搭箭，俱是彪形大汉。狄元帅看了，令众军士攻打城池。众兵领令，个个奋勇争先，向前攻打，炮声不绝。上面守城军兵一见，急用箭石纷纷打下，又差人飞报中军。段洪闻知，即忙与二子说："孩儿，如今宋兵攻城，你二人快些披挂，随我出关，以退宋兵。"弟兄听了，即忙披了盔甲，父子三人各提兵器上马，离了府帐，直至关头。段洪说："我们且看他虚实，然后与他交锋。"二子依言，一马冲上城楼。往下一看，果见宋兵旗幡密密，杀气腾腾，盔甲鲜明射目，刀枪恍亮骇人。当下段洪父子三人看罢宋兵锐气，不知如何交锋出敌，且看下回分解。

第三回　狄元帅以众攻关
　　　　　张将军出敌斩将

诗曰：

　　良将英雄有大名，六韬三略鬼神惊。

　　兵符掌执人钦服，一柱擎天定太平。

　　当下段洪父子三人在城上观大宋军马甚盛，锐气倍加。正看之间，只见大旗幡下一员大将，骑一匹高头骏马，在此指挥三军攻打城池。段洪向二子说："我儿，你看旗下这宋将，穿白盔甲手提大金刀的，定然乃督兵主帅。若伤了此人，何愁宋朝军马不退？"段虎开言说声："父亲，孩儿不才，愿出马擒拿此将。"段洪说："我儿，你看此将身高马骏，定然骁勇英雄。况两边许多战将保护，你一人出马，焉能取胜？犹恐不及，不如你与哥哥同出，为父在此与你掠阵。但对敌之际须要小心，人不可乱，兵马不可乱进才好。"段虎应允，弟兄一同下城，带领一千兵放炮开关。二人一马冲出，一千精兵列开长蛇阵势。

　　狄元帅正在催趱众将攻城，忽然一声炮响，关门大开，一支兵马蜂拥而出。狄元帅看见，冷笑一声骂道："好胆大逆贼，敢出关与本帅对敌么？"金刀一摆，把雄兵阵势排开以待。远远只见旗下少年之将带兵冲来，正欲纵马挥兵上前，左边忽闪出刘将军说："不劳元帅动手，待小将出马。"元帅见是刘庆上前，便说："刘兄弟，既你去擒贼将，须要小心。"刘将军得令，一马冲出，大喝："贼将休来！快些通名受死！"有段龙、段虎闻言，勒马一看：但见这员宋将生得身高体壮，脸黑颧高，颔下短短乱须，十分威武，二目圆睁，高声呼喝。段虎大怒，把马一催，手提狼牙棍一指，大喝："宋将休得猖狂！通名待本将军取你首级！"飞山虎喝声："贼奴！你且恭听：吾乃大宋天子驾下，官封振国大将军名刘庆，你难道不知昔年平服西城边夷，各国俱已入贡称臣？你主乃隅角偏地乌合之众，妄称国号；擅敢下战书到中国，不自忖度。今日大兵至此，理宜自绑辕门，还敢出关迎敌。你有多大本领，敢与本将对垒么？你知事者，快快下马受死，还多言一字，我走马横刀，教你尸首不全。"段虎听见了，怒声如雷，骂声："好狂妄匹夫，敢夸大言！与你拼个死生！"持起狼牙棒，拍马上前就打。飞山虎双斧急架相迎。二将一来一往，一上一下，二马交锋，只杀得乌尘遍野，大雾迷空，不分高下。狄元帅在旗门下远远观看，二将杀得如虎争餐，如龙取水，说道："好一员年少南将也！"再命擂鼓助威。

当下刘庆正在耐战南将，忽然听见战鼓加响如雷，便知元帅与他助威，即奋身争锋，双斧如雪花飞舞。这一刻把段虎杀得两臂酸麻，浑身冷汗，招架不住。刘庆看见段虎棒法混乱，暗暗欢悦："不趁此立功，更待何时？此贼休矣！"把双斧一紧，照定段虎脑顶飞下。段虎连忙往上一架，刘庆又在拦腰一斧。段虎心中慌乱，叫一声："不好！"两膝一夹，把马一催，又把马头拖转。刘庆大斧早已砍下，正在马后大腿劈开，骨筋多断了。这马忍痛不住，跨前一跃，有丈余，又不能走动，把段虎抛于地下，那马缰尚拴系着足，不能逃脱。飞山虎一见大喜，催马上前要伤他性命。早有蛮兵弓箭手一见，纷纷放箭射住。段龙大惊，上前忙斩马缰救去段虎，那马已是仆地死了。狄元帅看见大怒，用鞭梢一指，一万宋兵飞步冲杀向前。段龙不敢混战，保了段虎败回。宋军杀一阵真乃厉害，犹如砍瓜切菜。段洪在城上看见败兵被宋军追杀，大惊，急令放下吊桥接救，败兵一齐慌忙奔上。狄元帅正在催兵追杀蛮兵，一见纷纷上了吊桥，传令快抢吊桥："有人先登城者为头功。"一声令下，众将兵人人奋勇，个个争先，喊声不绝，奔上齐攻，竟来抢关。段洪一见大惊，忙令众兵放箭，飞石一齐打下，宋兵方才不敢上前。狄元帅方传令鸣金收军。回营大加犒赏。

慢表宋营之事。再说南蛮段洪见宋兵退去，再令军兵小心巡守四方城池，防备宋兵攻打。与二子回进帅堂，坐下谈论大宋兵将英勇，不觉天色已晚，大小三军用过夜膳。次日，段洪升了虎帐，众将立于两旁，定退宋师之策，即开言说声："列位将军，我老夫奉了我主国王之命,镇守此关。怎奈宋朝兵雄将勇,昨天开兵失利,折了一阵,段虎险些送了性命。列位将军有何谋以退敌宋兵?"言之未了,只见班部中一将高声说:"元帅因何长他人志气,灭自己威风?依小将看来,宋兵乃平常之勇,宋将乃些小之能。昨日虽然不胜,今日小将出马,定要雪了昨天之辱。如若不能擒得宋将回关,甘受军罚。"段洪闻言,抬头一看,是大将军花尔能。便说:"花将军,你有何高见,出敌退宋军如此容易?"花尔能说:"元帅放心,小将出马捉得宋将,自然兵退了。"段洪闻言冷笑,说道:"花将军,你休得要藐视宋朝兵将。这狄青非比寻常将士,五虎将西征北讨,享过多少大名?武艺出众,刀法精通,用兵如神,何人敢敌?昨因攻城,出敌一阵,三千兵丁伤残二千余。今日将军若肯临阵交锋,保得无事回关也算难得。"花尔能闻言不悦,说声:"元帅,末将今日出阵,胜不得敌将誓不回关了!"说完,不待将令,提刀上马出了帅府,领兵三千来至北城,吩咐放炮开关,一马当先跑到宋营中,喊杀如雷。

宋兵一见,连忙进内通报。狄元帅闻报,便问:"哪一位将军出马?"帐中闪出扒山虎张忠,应声:"小将愿往!"元帅说:"张贤弟须要小心。"张忠得令下帐,提了大刀,上了银鬃马,带了一千精兵,一声炮响,冲出营前,一千精兵列开阵势。花尔能也排开队伍相待,但见来将威武严严,气概昂昂,遂大喝:"宋将何名?"张忠闻言,但见蛮将生得面如朱砂,浓眉怪眼,颏下无须,手执三尖大刀,声如霹雳,喊叫通名。当下张忠说:"吾乃大宋天子驾下、狄元帅麾下官居定国将军张忠也!你这贼奴,也通下名来!"花尔能说:"本将军乃段元帅麾下正先锋花尔能也!你若知本将军厉害,快些下马投降,免作刀头之鬼!"张忠听了,怒声大喝:"休得夸口!"放马过来,提刀当头就砍,花尔能三尖大刀急架相迎,二将杀了五六十合不分胜败。张忠气愤难消,大刀砍发不住;花尔能三尖刀招开,二人再交手一番。这花尔能看看抵挡不住,气喘吁吁,大刀虚幌一架,带转马头而走。张忠哪里肯放走,忙把马一拍赶上,大刀照顶脑一挥,劈为两段,割了首级。南兵一见大惊,四散奔逃,张忠挥兵追赶,大杀一场,所得干戈器械不计其数。收兵来至大营下马,小军收拾兵器,上帐交令,献上首级。元帅大喜,上了功劳簿,吩咐将首级号令悬挂营前,然后贺功赏劳。不表。

有南兵败残的逃回关中,报知段元帅说,花先锋阵亡了。段洪闻报大惊,说:"花将军恃勇,今日阵亡,由自取的。"闷闷不乐,只是点头咨嗟不已。

天色已晚,有后堂夫人与红玉小姐闲谈,只见天色已晚,还不见段洪退进后堂,夫人疑惑一会说:"奇了,往日将晚,老爷必进后堂了,如今有六、七天不进来的。"段小姐口称:"母亲啊,孩儿闻得,大宋天子差遣狄青领兵十五万攻打我关,想必连日交兵事忙,所以爹爹不暇进堂。但不知开兵胜负如何,母亲可打发丫鬟出中堂打听老爷闲暇否,然后请他进来,待女儿问其连日交兵如何。"夫人说:"我儿,你乃闺中少女,哪里晓得交锋对垒事情?问他何用。"段小姐说:"启上母亲:古言君敬臣忠,父慈子孝。今日兵临城下,父亲终日汗流浃背,马上辛劳,为儿之心何安?倘然宋兵未退,女儿自愿领兵当先,与父代劳。"夫人闻言冷笑说:"女儿,你今日为何说此无根之言?临阵退敌,乃男子汉所为,你乃年轻弱女,因何说出临阵当先之言?"小姐说:"母亲不必多问,只请爹爹进来,女儿问他连日交兵胜败如何,女儿自有退兵之策了。"夫人道:"孩儿既如此说,可差个丫鬟往中堂请老爷进来便了。"当下丫鬟领命。

去不多时,段洪来至房中。夫人起接,小姐礼毕,各自坐下。段洪说:"夫人,你请下官进来何事?"夫人:"老爷啊,近日宋兵临城,不知出敌胜败如何,妾与女儿放心不下。故特请老爷进来,问及宋兵攻打消息也。"段洪闻言叹声说:"夫人啊,不必提起宋兵事。连日交锋俱已失利,初阵段虎孩儿性命险些伤了,二阵先锋被杀。倘此关有失,下官必要尽忠了。但可惜一同玉石俱焚!"此时段小姐闻父亲之言,直气得柳叶眉直竖,银杏眼圆睁,便说:"爹爹放心,既然宋朝兵将如此猖狂,待孩儿明日出阵,若不将狄青生擒了回关,誓不生立于人世!"当下段洪一闻女儿之言,大怒,喝声:"胡言妄语!你这小小丫头,从小失于教诲,满口道着无根之言!"此时段洪发怒,不知如何,且看下回分解。

第四回　段小姐夸能演术　飞山虎逞勇交兵

诗曰：

> 年轻女将术精通，出敌关前独逞雄。
>
> 大宋将军诚不畏，沙场对垒见英风。

却说段洪一闻女儿之言，大怒，说道："你乃一闺中弱女，出此满口妄诞之言，反激恼为父的，还不退去！"夫人说："老爷何必动怒？我想女儿之言，不过一刻戏言，你就认以为真的。"段洪怒道："夫人住口！这都是你失于教训，还敢多言拦我，真乃令人可恼！"说完往外去了。夫人见他忿怒而去，又不敢请他转来，只是不悦，不觉两眼含泪同小姐说："女儿，你往日说话，最是谨密的。为何今日如此狂妄，惹得你父亲动气，连我也怪进了，受此恶气。"段小姐说："母亲不必心烦，此乃女儿不是，累着母亲淘气的。"又再表明原由。

这位红玉会用法术，武艺高强，因其父母不知其由。但他前生乃是终南山金针洞看守洞门一女童，已得了半仙之体，只为一时思凡，托生于段氏之家为女。其金针洞一道人乃云中子也，他乃千年得道的仙翁，法力高强，道德清高。段红玉乃是他看守洞门的，见他惹了红尘，托生于世，心中不忍，所以特来度他为门徒。一日在后园中化作一道人，假作化斋，授却三卷兵书与段小姐。书上所传飞天遁地、六丁六甲、神符、隐形变化、撒豆成兵、各式阵图、多少真言咒语，一一难以尽述；又教他遇有不明不白与急难之际，焚起信香一炷，向南说声三次"金针洞师父"，即不过三刻就到了。是以红玉在闺中日日演习，熟看兵书，真言咒语，一连习练三年，乃件件俱各会了。他亦不与父母知之。

段小姐夸能演术　飞山虎逞勇交兵

当下小姐说:"母亲啊,你须放心,女儿虽是一闺中弱女,三年前曾得异人传授兵书,上知天文,下察地理;呼风唤雨,腾云驾雾;能知七十二般变化,三十六式阵图。我想宋兵不过十五万的军兵,何足道哉!"夫人说:"我儿,为娘却不知,你这小小年纪有如此本领,莫非是你妄说谎言的? 倘然果有这般手段,杀退宋兵就是祖上之幸也,也与段门争光了。但不知你言究竟是真是假?"小姐说:"母亲不信,当面试验与你观看便了。"夫人闻言大悦,说:"既然试验我观看,方才说撒豆成兵,何不就将此术试演来?"小姐说:"此间地方狭窄,何不到后园演弄一番,与母亲观看?"夫人应允。

当时小姐回到自己房中装束停当,复进夫人房中。夫人见女儿如此打扮:但见盔甲鲜明,双挑雉尾,比往日大不相同。倒吃了一惊,说:"我儿,你这般打扮,果然像一员女将,只欠了坐骑一匹。"小姐说:"女儿的坐骑在袍袖中,到了园中,就放将出来。"夫人闻言,半疑半信,就一起同出了房,来至后园中。在于空阔处,小姐先向袖中拿出一条红汗巾,双手高擎,口中念动真言,对太阳吸一口气,吹于巾上。登时间一阵红光,已成一匹红马。夫人看见大喜,说:"我儿神通广大! 不意你小小年纪有此手段,何愁宋将英勇!"小姐当时见母亲褒奖与他,便大喜说:"母亲,女儿演取匹马何足为奇? 还有三千兵马,已带藏身中,待我取出来与娘观看吧。"言未了,取出小葫芦一个,拿在手中念咒,一会向空中抛起。只见葫芦内现出一道白光,白光之内涌出一支人马三千多,迎风变化,俱是身雄魁伟大汉,顶盔贯甲,手持兵刀。小姐将队伍排开,左进右出,把旗令一展,喝声:"听令!"忽闻呐喊,金鼓大振,旗幡展动,把夫人吓得胆战心惊,忙说:"我儿,快把人马收去! 娘已看过了。"此时小姐见母亲害怕,连忙念咒,将葫芦空中一抛,这三千军士向小葫芦进讫了,不留一人。夫人又说:"女儿,你今日有此手段,果然不惧敌人了。"

小姐此时满心欢喜,又跨上桃花马,提了日月刀,说:"母亲,你可少待片时,待女儿出城擒拿几员宋将回来,爹爹方才见我言不谬也。"言罢,将马一拍,只见一阵风,喝了一声起在空中。夫人一见,觉得惊慌,高声呼叫:"女儿不要去! 快些下来,同为娘到中堂见了你父,点起人马跟你去讨战才好。"段小姐在上说:"母亲,女儿此去不用一兵一卒,我有三千神兵自能迎敌,可擒拿宋将了,然后回来见父未迟。"说完就不见了。夫人见他去后,心中十分不安,说:"不好了,女儿此番临阵当先,虽然他会用神术,但是从来娇养闺中,未曾出身对过大敌。倘有疏失,如何是好?"连忙离了后园,赶到内堂,吩咐丫鬟快请老爷进来。

不一会,段洪来至内堂,夫人就将红玉女儿到后花园撒豆成兵之法、腾云前往宋营之事说明。段洪听了又惊又喜,想来女儿既有此法力,此事真乃奇怪了,便说:"夫人,我段洪从来不信鬼神,最恼的是兴妖作怪,自生来未见有几人会腾云驾雾之奇。况我女儿是未出闺门的幼女,如何有此法力? 莫非我段门不幸,生此妖怪女儿不成?"说完,命家人呼唤进段龙公子到了后堂。段龙说:"爹爹,唤儿有何吩咐?"段洪说:"你快些带了二千人马,出关前往宋营接迎你妹子。"段龙问妹子因何会出敌之由,段洪就将夫人所说之言述了一遍。段龙闻知,也觉惊骇,即忙跑出中堂,至帅府选了人马,上了战驹,直至关前。吩咐守军大开关门,前往宋营。慢表。

先说段小姐驾云出关,来至宋营前,把怀中的葫芦取出,口念真言。葫芦内一道毫光放出,三千军马列开队伍,旗幡招展,杀气冲天。小姐布置已毕,即趋马至宋营前大呼:"守营的宋军听了:今有蒙云关段元帅的小姐前来讨战,快些报知,须令有名大将出马;若无名小卒,休来纳命!"

此时宋军在营前见有女将讨战,即忙跑入中军帐内,禀知元帅:"此刻有女将讨战,口出大言,要有名大将出马方可对敌。"元帅闻报一想,把小军喝退,低头不语。众将看见元帅如此并无发兵遣将意思,捉摸不着,不知何故。部班中有一将士上前呼声:"元帅,如今女将讨战,因何不发兵出马? 莫非惧怕这女将不成?"狄元帅闻言抬头一看,说声:"刘将军,你问本帅不发兵遣将之意么? 你有所不知,上阵交锋乃是男子之事,如有妇女、旁门道士、释教头陀这三项人出敌,必然全用邪术,或用暗刀物件伤人,所以本帅正思众将中无可临阵之人。"刘庆闻言,忿忿不平,说:"元帅,你言差矣。你我行伍出身,战过多少将士,会过无数英雄,今朝岂惧一员女将?今日小将情愿出马,如若不胜,甘当军法!"元帅闻言便说:"刘将军,若论你本事,不算低微;莫说一员女将,就是千军万马,何足惧惮?但本帅今所疑者,这女将不是倚仗邪术伤人,定然有回马兵器,抑或袖藏暗箭取胜,我想到刘将军平日性子刚强,为人鲁莽,倘若开兵,只恐伤于女将之手。不如你且暂退,待本帅另点别将开兵便了。"飞山虎一闻元帅之言,气得浓眉倒竖,怪眼圆睁,大呼:"元帅,小将不是贪生畏死之徒!当日在火光山与元帅义结金兰,布衣出身,虽然行伍之贱,曾已身经百战,东征北伐,立下汗马功劳,跟随元帅多年。今日征南,因一员女将临阵,反用小将不着,小将羞惭死了。"元帅听了他一席之言,便说:"刘将军,非是本帅看于你,用你不着。只因外国偏邦每用邪术伤人,想这女将不善邪术,焉敢出阵?今刘将军定要出马,须要十分小心。倘他败去,勿追;眼观八角,耳听四方。"方才发令箭一支,又是一番叮嘱。刘庆应允,即接令下了虎帐,点领精兵一千,提了双斧,上马出营而去。三军随后。

　　当下段小姐正在营前催战,忽闻炮响,知有敌将出马。住驹以待,看见队伍中一员虎将甚是猛勇。小姐望见说:"好一员猛将!怪不得爹爹夸奖宋将骁勇。今看他威威武武,面如黑漆,人高马骏,乃是一条勇汉。若动手以实力交锋,马上取胜,却似难了。"想罢,即把桃花马拍催,提起日月刀一亮,启一点朱唇,露两行玉齿,喝一声:"来将住马!我段三小姐在此候战多时,快通名受死!"刘将军看见这员女将十分威武,千娇百媚,齐齐整整,年纪不过十六七岁,坐下一匹红花马,使一对银白钢刀,袅袅娜娜,呼叫通名。刘将军看罢大喝:"女将要问本将军大名么?说出犹恐你翻下马来。我乃五虎名内振国将军刘庆也!本将军谅你一深闺弱女,有何本领,敢大胆出来送死么?"段小姐闻言冷笑说:"你这匹夫,不是我三小姐对手。你若知事者,快些回营与主将商议,收兵回去,便算你们造化。倘若仍复执迷不悟,必要攻我城池,不独你这匹夫与狄青五人被诛,连累了十五万军兵、百员宋将人人丧命;直杀上汴京城,叫你君臣一同尽作无头之鬼,毫不留情!"当下不知刘庆如何答话,交锋之际何人胜败,且看下回分解。

第五回　飞山虎出敌被擒
段小姐灵符迷将

诗曰：

虽云虎将逞刚强，迷魂法术孰堪当。

宋帅慧心推测破，将军方免误伤亡。

当下刘庆闻女将一番辱骂之言，大怒，无名火高发三千丈，大喝："好花言贱婢！你有多大本领，出此大言？阵前若容你上十合，不为好汉！"把坐骑一催，喝声："贱婢休走，看大爷家伙！"一个猛虎争餐架势，把双斧往顶脑砍下。段小姐见他来得凶勇，也觉惊骇，说声："好一员骁勇宋将！"连忙把双刀架开。这小姐的神力也不弱也，劈面相迎，男女二将一冲一撞，刀斧交锋，叮当响亮，战法不分高下。慢表。

再说南将段龙领兵二千前来接应妹子，此时来到宋营，但见沙尘滚滚，杀气腾腾。看见刘庆与妹子混战，两边金鼓齐鸣，响喊喧哗，只杀得难解难分。看了一会，又见妹子手下约有三千军马，个个虎背熊腰，狰狞恶狠。段龙又觉得惊慌："父亲早说妹子单人独马腾云出关讨战，如今他手下又有此支人马，必定方才说撒豆成兵法术了。我想妹子从小未离闺阁，今能出阵，实见奇哉！又得异人传授法术，更觉罕见罕闻。"想罢，把众兵排开队伍，驻立于旗门下掠阵。不表。

又说狄元帅虽然发了令，令刘庆出马，到底放心不下，传令众将跟随出阵，与刘庆接应。令一下，众人即提刀上马。当时元帅领了大小三军，放炮大开营门，出到场阵中。只见刘庆与这员女将冲杀，但见刘庆手中大斧如雪片飞舞，杀得女将只有招架之功，并无还兵之力，心中颇安。又见对面头队兵约有三千余，头顶一派乌云黑雾封迷，后面另有一支人马二千多，旗门下一员大将在此掠阵。那元帅细看女将这队兵,吃了一惊,忙传令:"鸣金收军! 倘延迟一会,刘将军性命休矣!"众将闻言说声:"元帅,你看差了。刘将军与女将对敌,正在取胜之时,因何反要收军,放走了敌人?"元帅说:"你等可看女将前锋这支人马,黑雾腾腾,一派妖气冲霄。此女将定然有邪术伤人,若不急早收军,刘将军性命难保了!"当时令一出,鸣金喧震,惊动了飞山虎,把眼一瞧:看见元帅与众弟兄一班战将同在营门外掠阵,忽又听鸣金收军,暗想:"早间元帅不许我开兵,如今见我将胜,生了疑忌之心。我且不理他,擒了这丫头,回营塞了他口罢了。"主意定了,手中双斧恶狠狠越发不住。

原来段红玉虽用双刀,武艺不弱,到底蛮力不及这莽夫。刘庆此刻奋发冲锋,杀得小姐两臂酸麻,浑身香汗,骂一声:"狗强盗! 营中既然鸣金,你还不退回! 今若饶你,誓不为人!"即时虚架一刀,败走下去。此时刘庆见他败走,大喝道:"贱丫头! 你还想败走,万不能了!"拍马追去。又道:"你乃是未出闺门幼女,哪有什么邪术伤人? 有回马兵器胜我刘庆? 况在军伍跑马抢刀,我刘庆大敌危机见尽多少! 若不将这丫头擒了,誓不称为好汉大丈夫! 既畏妖术丧身,就不该自称武将临阵,与朝廷出力了。"说罢,越发将马加鞭。有营前狄元帅看见,速催收军。刘庆决意不肯罢战,偏反追赶上去,众将大惊失色说:"不好了!"元帅说:"刘兄弟此番不听军令,追赶女将,定然有失!"即差张忠、李义二将赶上接迎。有段龙在旗门下看见妹子败走了,又见刘庆在后紧紧追赶,宋营中又飞跑出两员大将随后同赶,吃了一惊,连忙拍马一催,跑上拦住张、李二将,三人战作一堆。按下慢表。

再说刘庆一路飞马追赶段红玉,恨不能赶上拿他过马,在后面大声喊叫如雷。小姐只作不知,一边败走,回头看见刘庆赶上,即带转马头,向怀中取出一条红线套索,抛在空中,喝声:"着!"忽然,空中呼呼响亮,向着刘庆顶上落下来,便喝道:"宋将,看看法宝取你。"刘庆正追赶之间,忽然见段红玉带回马头,仔细一看,只见半空中霞光灿烂,索子千条已向他顶上落下来。此时方才惊慌说:"不好了! 果然中了元帅之言。如今不走,必遭其害!"即带转马,如飞而走。红玉看他逃走,冷笑一声说:"你休想活命了!"用手往上一指,其疾速如同闪电样的一声响亮,索子千条向刘庆落下来。这刘庆带马走时,正在囊中取出席云帕,要走已来不及,红光一冒,即被索子绑缚,跌于马下,身压尘埃。见女将恶狠狠赶来,自知性命不保,嗟叹一声:"我当初悔不听元帅之言,至伤残性命。想大丈夫临战场之地,生何欢,死而何悲? 舍命一死,以报朝廷罢了!"此时段小姐已赶至跟前,下来正要割首级,忽然想起:"师父云中子有言嘱咐,说若初次交兵,不可仗法力伤了敌人性命。若违背师父之言,难免五雷轰顶。若然今日仗此法力伤了宋将一命,岂不是违了师言? 何如将他拿进城中,听凭爹爹发落罢了。"想完上了战驹,招呼神兵拿捉刘庆。

小姐一路跑马而回,来到关前,只见兄长段龙还在此与两员宋将交锋,将要败下来。段小姐一看,即忙掐诀念起真言,日月刀往空一指,喝令三千神兵发喊如雷,一齐冲杀于宋营中。狄元帅忙令三军急退,岂知三千神兵已杀到跟前。张忠、李义只得抛了段龙,两下罢战,保护元帅。各兵丁舍命相争,又有南兵二千一齐动手,两边战鼓之声不绝。此时宋军只顾奋力冲杀,段小姐又用剑作法,念咒语一回,忽飞沙大作,蔽日乌天,宋兵在顺风之下,二目睁展不开。段小姐又喝令神兵把宋兵乱砍乱杀一阵,伤了宋兵不计其数。狄元帅与众将急急带了残兵败回,退到本营,呼令射弓守辕,一齐发射放箭,犹如飞蝗骤雨一般。

段小姐见了蛮兵被箭所伤大多,方才把葫芦抛起,收去神兵。与兄段龙领回军兵,将刘庆绑在关外,兄妹二人一同下马,进入帅府,交了令。段龙将妹子擒拿宋将刘庆得胜缘由一一禀知父亲,段洪听了大喜,说:"女儿,我当初说你一个闺中幼女,年方二八,有何本领。如今既能上阵交锋,又加无边法力。我儿既有此神通,岂畏大宋将兵之能? 必要杀他片甲不留。原来我主洪福。如今宋将在于何处?"段小姐说:"他现有兵丁押绑于辕门外,候爹爹发落。"段洪闻言,吩咐刀斧手:"将宋将与本帅推进!"一声令下,两边刀斧手忙出帅府,将刘庆押至,推上帐前,站于丹墀之下,怒目圆睁,英气勃勃。段洪看见刘庆身高八尺,腰圆膀大,黑脸金睛,圆睁虎目,倒竖浓眉看着。段洪骂声:

"大胆宋将！你既被拿，见了本帅，为何不下跪？还敢立着，死在目前尚然藐视本帅么？"刘庆大怒，喝声："蛮将！我乃堂堂上将，误被你贱丫头擒来，惟甘一死，焉肯屈膝于你乌合叛逆之流！"段洪怒声："好强盗，既被擒拿，还敢擅发大言！"喝令刀斧手，推出辕门斩首。两边刀斧手领令，将刘庆推出，刘庆回头骂声："叛贼，我乃一条堂堂汉子，难道畏刀避箭不成？我死犹生，为国身亡，名留后世；不似你等叛逆之徒，万年遗臭！乌合之众，鼠窃之流，灭于旦夕，还敢施威，擅杀朝廷将士！我狄元帅闻知怎肯甘休？必领大兵前来打破城池，将你这逆贼，同党一班狗畜类个个不留，杀得尽绝，悔之晚矣！"

段洪闻言大怒，大喝："快快押出斩讫！"那些刀斧手即忙推出，有段小姐喝住："刀下留人！"这段洪正在盛怒之下，见女儿拦住，有些不悦，便说："女儿，你言差矣！你难道早间不闻宋将大胆辱骂之言？是以为父将他斩首。你即来拦住，是何缘故？"小姐呼声："爹爹啊，女儿有一法术，善能迷人真性，摄去原魂。这刘庆乃宋营中一员上将，待女儿书灵符一道，封贴他顶脑发际之上，彼真性迷了，魂魄不全，以往之事全然不晓。与他五百兵丁，返去宋营讨战，他的斧法沉重，走马如飞，一定斩却几员宋将，岂不是一举两得的事？"段洪闻言笑道："我儿，这刘庆本乃宋将，反教他往宋营讨战，岂不是放虎归山的？"小姐说道："女儿有此灵符，书于他脑顶乃百发百中的。将他真性迷去，魂魄离本体，女儿呼唤他往东，他就不敢向西，此乃灵符镇压之妙。休说宋营中将士他相认不出，就是生身父母也认不得了。除非将顶脑灵符揭去，真性真魂复还本体，方能醒悟如前。此乃借刀杀人，宋将弄他心如乱麻了，自己不费一弓一箭之力，且消前日段虎哥哥大败之耻，如何不可？"段洪闻言大悦说："既然我儿有此法术之妙，也不宜迟。即便可为。"但不知段小姐施演此法术，飞山虎性命如何，且看下回分解。

第六回　被迷符宋将留神　遭大难刘庆得救

诗曰：

南蛮少女法高强，拒宋开兵斗战场。

异术灵符迷将士，英雄一命险遭亡。

当下段小姐说毕，段洪闻言大喜说："女儿既有法力，即可施行了。"当下命刀斧手把宋将押回关内，仍在丹墀之下，这刘庆还是怒目圆睁。此时段小姐吩咐手下兵丁取到净水，沐手拈香告禀已毕，取出朱砂灵符一道拿在手，口中念真言，命人安放在刘庆顶脑之内。这刘庆的魂魄一时间离了位舍，邪符恶气归心，两眼见人的相貌，个个多是狰狞凶恶，认不出一人，又呼唤不出话来。此时段小姐令左右松他绳索，另与他装扮，改换盔甲，还他原马兵器。复又念咒一回，呷水一口，向刘庆面上一喷，口念真言："真火速降！刘庆还不快往宋营讨战，烈火烧你！"此时刘庆在马上只见两边烈火飞腾，不知往哪里走，心中恍惚，只得拍马加鞭，飞跑而出。五百蛮兵连忙随后出关，排开阵势，来至宋营中喊杀如雷。按下慢表。

且说狄元帅败回营，查点众兵丁，伤了千余人，幸得众将保全。独有刘庆被擒，心中纳闷，便对众将弟兄说道："刘将军乃心粗真性的硬汉，今日被擒，必然骂贼而死。思量当日结拜一场，不异同胞，想来也觉令人伤感。"张忠、李义说："元帅，刘将军虽被擒，此时还不见号令，或者苍天怜悯他是忠君之汉，逢凶化吉也未可知。"元帅说："众位将军啊，这刘将军直性之人，定然有死无生了。想忆从前布衣起首，行伍出身；今日立下汗马功劳，才得玉带横腰。如此结局，看来富贵如同春梦浮云耳。"正在言谈之间，有军士报上说："刘将军投降于南蛮,领兵前来讨战。"元帅与众弟兄闻报,俱吃了一惊。元帅说:"刘庆与我几人在火光山结义,直至今日,甘苦同乐,义重情长,焉肯投顺叛党?分明是你这狗才报事不明!"吩咐左右拿出营前斩首。刀斧手一声答应,正要上前绑拿,军兵大呼冤屈。元帅大喝:"奴才,你报事不真,妄哄本帅,还敢呼冤叫屈!"这报军急呼:"元帅爷,小的报事并无差错!这刘将军果然带领南兵数百,在营前喧哗讨战。元帅若还不信,可差人出营一看,小人若有一字虚词,甘当军令,死而无怨!"

元帅听了,正要开言,又见来报刘庆讨战,一连几次,把元帅气得目瞪喉塞,叹声:"刘庆,我与你自相交义结金兰,情同手足,甘苦与共,行伍内刀枪中不知见尽多少英雄,才挣得玉带横腰。岂知你今日改变心肠,投降了叛逆!贪生畏死,背主忘恩,结交之情,今付于流水。真乃是画虎画皮难画骨,知人知面不知心!背反了又来讨战,本帅若不亲自出马,真假尚然狐疑。"想罢,吩咐放了报军,盔甲军装已毕,正坐下军中大帐,忽有下面一将声如巨雷,呼声:"元帅,只须小将出马,包管将刘庆拿来!"狄元帅抬头一看,原乃张忠也,便说:"张贤弟,你此去观看他真假,生擒回营,还是伤他的性命?"张将军高声说:"元帅,如今刘庆既降了敌人,即是仇敌。他背反了朝廷,丢了家乡妻子,全然不念圣上之恩、朋友之义,这等奸险小人,古今少有。小将出营,只须走马抡刀,碎砍其尸,方消我恨!"狄元帅闻言说:"张贤弟,你休逞一时之气!想这刘庆平生为人性刚质鲁,乃硬直无私,焉肯背反投顺敌人?其中必有缘故。今贤弟逞一时之忿,不思彼平日为人,倘然万一错误,伤残了他性命,岂不有误了大事么?你且退后,待本帅亲自出营看过明白,果然他背反了,然后擒拿回营,定罪斩首未迟。"

此乃狄青细心,体谅刘庆平日为人乃一硬直汉子,况日久见人心,古言不错。这狄青不为众将之言所惑,细察参详,犹恐屈陷了将士。智量深高,搜求仔细,非人可及。当时不独张忠忿忿不平,就是李义、石玉与一班偏将、焦、孟二将,见元帅如此说来,俱各敢怒不敢言。张忠也不敢多说,便说:"元帅不用小将出马,我等前去观看如何?"元帅点头应允。

此时与众将兄弟领了三军,俱各上马提刀,三声炮响,大队军马

477

冲出营前。狄元帅远远在旗门下把眼一瞧,对面数百南兵中,果然刘庆也。元帅便大呼:"刘兄弟,大宋天子待你不薄,你因贪生畏死便甘心降敌,姓名遗臭。本帅与你结义一场,也觉面上无光了。"一连说了几次,刘庆只不回言,在马上瞪着双眼看着元帅。当时元帅看他如此光景,想一会又对众将说:"好生奇了。刘庆既投顺南蛮,领兵来讨战,为何本帅问他数次,一言不答?令人可疑。"张忠冷笑说:"元帅,你看刘庆头戴雉尾,领着南兵,耀武扬威前来挑战,分明投降了南人,元帅何必多疑?小将不才,自愿出马,立刻擒拿。何必与他再讲?"李义说:"元帅,你看刘庆,羞脸变成怒容,元帅问他的话一言不语。不如我们上前擒了这无义之人吧。"众兵也是纷纷谈论,亦要出马。狄元帅细想:"刘庆如此痴呆模样,必有蹊跷了。若从众将出马对敌,抑或伤了他性命,如何是好?"想了一番,又见众将人人愤怒,个个摩拳擦掌,俱要出马擒拿。元帅一想,呼声:"众弟兄将军等听着!"手提金刀向地下画了一条刀界,说:"你等若无将令,出了本帅此条刀界之外,立刻斩首,决不姑宽!"说罢,一拍现月龙驹,与刘庆仅隔二丈之遥,细呼:"刘兄弟,你实因何意投降了南蛮,须说知本帅。"岂知刘庆全然不理,双目看着元帅,手舞双斧,劈面砍来。元帅把金刀拨开,又大叫:"刘庆,你因何反了?见了我们弟兄等,如同陌路之人,倘若你中了敌人之毒计,捉弄于你,故而如此……"他也不回言,又把双斧砍来,又不发一言。元帅此时发怒,还刀急架相迎。二人刀斧交加地大战,此刻一班宋将在刀界之内勒马观瞻,见二人战杀一堆,众人纷纷讲论说:"刘庆为人一生硬直,谁知今日其心改变,投降南蛮。竟与元帅对敌,真乃狼心狗肺之徒了。只恨元帅画此刀界,不然,我们上前擒了他,碎尸万段,方得消恨也。"不表众人之言。

当时元帅与刘庆来往冲锋三十多合,只管把刀虚架于他,见双斧一慢,即赶上一步,将近马头,伸开猿臂,将他肋下甲带一扯,即拿过马来,往本阵而走。众南兵见刘庆被擒,一齐奔走回关去了。众将见元帅拿了刘庆,俱已大喜,一同回营。元帅将刘庆放下,众将把他捆绑了。元帅上了虎帐中一看,刘庆面上血色全无,照前二目圆睁,呆呆立着。元帅开言呼声:"刘庆,你食朝廷俸禄,就应该尽忠报国,因何贪生怕死,投降了敌人?你有何面目立于人世?"一连问了数次,刘庆只是二眼睁着,并无一言。元帅复又细看,只见他如凶神附体,乱跳乱舞,忽然高身跳跃,或呆呆立着。元帅细看,疑心不定说:"莫非此女用什么妖法,乱了他的灵性不成?"说完忙下了帐,至刘庆跟前,将他浑身上下一看,只见他盔头上露出一点黄纸角来,心中早已明白。即伸手除了他头盔,揭开发际,果然有朱砂书成符一道。元帅看罢,不觉点头嗟叹一声:"将军啊,你果然中了妖贱婢之毒计,险些伤了性命!"吩咐左右用火将妖符焚化了。忽闻半空中有巨雷之声,众将惊异不已。

又见刘庆此时大气喘了一声,真魂回归本体,又倒在地下,把身子一翻,二目一开一闭,往周围一看,只见众将与元帅弟兄俱在两旁,即开言说:"奇怪了,莫非我刘庆在梦中不成?分明早间被女将擒回关内,我在他帅堂骂贼一场,甘心一死,以报圣上之恩。岂知如今仍在本营,此事好不明不白也。莫非我做了无头之鬼,身入黄泉,游魂至此?"说罢,立而不言,停息一会,呼声:"元帅,望乞将情由说知小将!"元帅点头叹声:"刘贤弟,若不亏得本帅知你平日忠硬,为人必不贪生畏死,就中了丫头的毒计!今日托上苍庇佑,天子洪福,全了你性命。"刘庆闻言一想,又见身上却被绑了,不悦说:"元帅,小将犯了甚军令,把我捆缚?"元帅冷笑说:"原来刘兄弟你被妖术所迷,所行的事全然不晓。"吩咐手下军兵放了绑,然后细将前事一一说明。刘庆闻言,说:"元帅,我早间所行之事全然不知,这贱丫头真好厉害也!倘非元帅如此留心细察,小将性命休矣。我刘庆若不拿得这丫头,报了此辱,恨断难消也!"说罢,即将南人的戎装盔甲拿来扯得粉碎,重新装束。

元帅又吩咐军中大排酒宴,与刘将军压惊。此日众弟兄将士俱各开怀畅饮,另有一番言语谈论,原乃是交锋对垒之事。刘庆得全性命,皆由元帅察看,却说起来,众将弟兄深服其能,大赞其智,闲话不多题。不知来日交兵何人胜败,欲知详细,下回分解。

第七回　斗法宝大败红玉
施异术诈陷宋将

诗曰：

> 天生虎将护天朝，奋斗沙场各不饶。
>
> 败却法高言少女，威名赫赫镇南辽。

是日宋营内之事不表。且说南兵二百逃回城中，报知主帅段洪，这小姐在旁闻报，说道："我本想借刀杀人，岂知反被宋将擒他回去，倘然识破了迷符，将来除去，一定他平宁如旧了。就便宜这贼将。"段洪闻言，叹声说道："这也算他命不该绝，我儿不必说了。你有此仙术法力，何愁宋兵不退？"此日父女商议退兵之策，不觉天色已晚。

再到次日，段洪升了中军帐，众兵将排立两旁，有段小姐上前参见，叫声："爹爹，女儿今日出关，要擒回那宋将！"段洪说："我儿，进退须要小心才好。"小姐领命下帐，挑选了一千健卒，出关而去。来至宋营，命军兵前往喊战。又说宋营狄元帅闻报有女将讨战，心中大怒，骂声："好贱婢，焉敢如此轻战，藐视本帅！前日擒了刘兄弟，今日又来逞强。如若再容你，誓不为人！你虽有妖术伤人，本帅必要拼个你死我活便了。"说完，拔令一支说："刘将军，今日本帅出马与丫头交锋，你可领兵一千在于要路埋伏，拦截于他，待本帅擒拿。"飞山虎得令去讫。又令石玉、张忠二将左右掠阵，焦廷贵、孟定国后队接应，李义守营。此时元帅披挂上马，提刀带领三千常胜军，大开营门，列开阵势，元帅一马当先。

段小姐正在讨战，只听得宋营中一声炮响，营前冲出一支军马，队伍齐整，旗下飞出一员大将，随后两员压住阵脚。但见来将年三十余，生得威威烈烈，手提大刀，旗门后面两张绣旗，身高马骏。段小姐看罢,喝声:"来将住马!我段小姐候战多时,可通名来!"元帅抬头一看,一员女将倒也生得如花似玉,武艺必然平常,不过全仗邪术伤人耳。也不计量了,即喝道:"吾乃大宋天子驾下平西王征南主帅狄青也。只因你等叛逆朝廷,擅敢投递战书于天子,尔等叛逆化外顽民,本帅今日奉旨征剿。你等若知天命者,早早投降献关;不然本帅打破城池,可惜满城生灵了。"段小姐闻言不答,双刀便砍;狄元帅大刀一架,震得小姐两臂酸麻,马上乱晃。只得急架相迎,战不二十合,招架不住,只得虚砍一刀,即飞马逃走,要想败中取胜,向西而逃。

狄元帅说:"这段红玉不是本帅对手,他既败了阵,因何不走本营队伍中,竟向西逃去?定然要用妖魔邪术了。自古道,打人强不过先下手,何不将我的法宝先施?"即向怀中取出一物,名为血结玉鸳鸯。此宝狄青在云梦山水帘洞王禅鬼谷先师所赐,凡敌人用什么妖术,祭起放了此宝在盔上,便有霞光灼灼,将妖物打下;倘若祭起空中,金光一冒到敌人身上,即要翻下马来了。此时元帅祭起此宝,红玉仍在前跑走,听得后面铃銮声响,知是狄青赶来,暗暗大喜。在豹皮囊中取出金狮一只,不过四两重,乃云中子久炼的一件活宝,若念起真言,便长大成有二丈身躯,跑走急速,吼声如雷,喷出半天烈火,了不可挡。幸得狄元帅先抛起玉鸳鸯,不逢此难,大小将兵之幸也。

此时段红玉正要发金狮子,不料半空中金光一冒,即落下来,红玉不意被金光坠下马,吓得大惊,三魂七魄不知去在何方,还用得什么法宝伤人?前面看见狄青飞马赶来,此时顾不得手下一千兵将,双足在地一蹬,即驾上云头而走。狄元帅见他走上云端去了,喝令众军杀上前去。众南兵一阵惊慌,被杀得如瓜切落,血流成渠。段红玉在前看见,复下来厮杀。忽闻炮响,一支军马突出,拦截去路,当先一员大将,立马横刀,喝声:"贱婢休走!"小姐一看,说:"已恩赦你,因何今又领兵拦阻?是恩将仇报了!"飞山虎大怒不言,双斧便砍,小姐急架相迎。战不数合,这段红玉虽然战斗,到底难抵刘庆。这狄青后面赶来,又闻喊杀之声已近,心慌意乱,把坐骑一催,念动真言。那马啸叫一声,四足一纵,腾云去了。飞山虎一见,连忙取出席云帕,遂即飞赶上云头而来,向红玉脑后一枪,小姐吓了一惊,将身一闪说:"原来宋营中有此能人，我今休矣!"口中再念催云咒向前奔走，刘庆只顾追赶，但见他快如闪电，直向关中落下去，只得下落尘埃中，与狄元帅众将领着兵追杀蛮兵一阵，一千兵杀得四散奔走。鸣金收兵，众将得胜回营。刘庆又将段红玉败了，驾云回关禀知元帅。

慢表宋营大赏三军。且说段红玉败回关，落下帅府。段洪看见女儿喘息不定，就猜测几分不好，连忙问："女儿收兵回来，胜败如何?"小姐见了父亲，只得将战败缘由一一禀知。段洪闻言吃了一惊，仰天长叹曰："此乃天命，缘有归，非可强也。"说罢，闷沉沉坐下无言。小姐说："爹爹啊，女儿今日虽然败了一阵，如今还要商议一个万全计策，以退宋师，方为正理。爹爹不可以一败灰心。"段洪闻言说："女儿之言有理。"即问众将军有何良策，以退大宋之师。原来段洪手下还有十余员将，并无人答应。段洪怒曰："你等皆是一国臣子，今日兵临境界，众人并无一策一言，倘若城破之日，难道你等独生么?"段小姐说："爹爹放心，不要烦恼，孩儿蒙师父传授一桩妙法，名挪营绝虎计。若使这一桩法力施出来，休说狄青几员宋将，若是有道术的人，不是高强，难逃性命。师父有言在先，再三吩咐，叫我不可轻易施为。但今有恐城破家亡，危于旦夕，不得已要用此绝计耳。"段洪闻言大悦，说："我儿，你既有如此手段之妙，何不早说出来? 今日为父尽把帅令交付于你，手下兵将任凭你差遣，如有不遵者，即时斩首!"段小姐听了说："爹爹，此法将兵不用过多，只须一员大将领五百兵丁，可以困得住宋兵百万。此地离关十五里之遥有一岭，名曰黑风岭，高接云霄，岭下四面无处可上，只有一条万丈涧在于西，倘若山水发流，赛过汪洋大海，用船可渡上此山。如今秋尽冬初，涧水低下，纵有船不能渡;瞭望下来，高低相隔有万千丈。涧边有山凹，可容一人一马行走，故女儿只用一员将、五百军兵可守了。将兵不用战斗，只要往来巡查。女儿今夜仗着师父法力，将大宋营寨连人马移挪至此山，只须待他粮尽，将兵俱要饿死了。如若要脱此难，除非俱会腾云驾雾，纵有救兵到来，也难救出的。"

段洪听了女儿之言，喜盈于色，说："我儿才智过人，为父不及也。我今日父女忠诚保主，虽然伤害了多人，但忠于君国，却是不妨。今日天色已晚,各将士用了夜膳。"是晚,段洪将帅印、令旗交与女儿。小姐坐了帅帐,拔令一支,差哥哥段龙带兵二十名,悄悄出关,打探宋营。夜深了,人声一静,前来报知。又差段虎领兵五百,暗暗出关,往西涧边山凹把守,不许放出宋兵一人,须要往来紧紧巡查。宋兵一知此处有路,必然舍命杀出,然谅他一马之险路,杀出却也费力。如违将令,定按军法,决不姑宽。二人领令,分头去讫。

时交初鼓,父女谈论宋将之能,狄青善于用兵。段洪又说:"女儿,此关无你一人善于法术,倘以兵力交攻,此关破之久矣。大宋狄青果然名不虚传也。"谈一会,时交三鼓,段龙回报:"宋营中已静了,必然众将安息。"小姐闻报,即吩咐左右摆开香案,小姐上前拈香跪下,祷告一番。礼毕起来,披发仗剑在手,念动咒语真言,烧了符章,喷了四方法水。忽闻狂风大作,走石飞砂,满山落叶呼呼响亮,又似走马飞奔一般。不知此术如何厉害,宋营中大小三军如何落难,且看下回,便知分解。

第八回　困高山宋将惊惶
　　　　　越险地刘张讨战

诗曰：

　　驱邪作法女英雄，峻岭高山困宋戎。

　　越险刘张求取救，勤劳王室见精忠。

再言段红玉是夜三更时候出关，对着宋营仗剑施法，忽然半空中犹如天翻地覆，山中木叶尽落，狂风大作，走石飞砂。原来段红玉烧了灵符，念动真言，就有那山精野怪到来候旨，趁着大风势力，不一时将一座宋营与十五万兵丁将士一齐搬运至两峡高山，轻轻放下。是夜宋营中大小三军将士耳边只闻狂风呼呼响亮，开不得眼，不觉身体浮浮荡荡，身不由主。不一会，不觉五鼓了，直至黎明，这狂风方止。大众二目睁开，细看四围是一座万丈高山，不知何故这座营盘移至此处了。大小三军将士见了，胆战心惊，魂飞魄散。狄元帅见此光景，也觉惊骇，只不敢说出惊慌之言。

此时众兵丁人人慌乱之际，喊声大振，多说："不好了！我们被灾风乱吹到此，只怕有死无生了！"元帅一见三军慌张，大声喧哗，连忙出令禁止说："你等不用惊慌，昨晚吹此狂风，乃是南蛮女将施的邪术，移我营盘至此。待等一息，本帅命人探路，自然可出此山。若再喧嚷惑乱军心，一同斩首！"一声令下，大小军兵俱不敢喧哗。

当下狄元帅细看，此山一望无涯，不知有多少宽广，但见云雾漫空，连天接引，亦不知何地何山。细想："山洞之中，山势高耸，无路可上，定然有路可通的，不如命人前去探路。"想罢，传令三军："且下了连营，不许妄动。"令一下，众军兵在山洞中拣下不受风雨之所下了营寨。元帅说："张、李二弟，你二人各带几名善能爬山越岭之人，分头

484

前去探路,打听此山此地是什么所在,地土何名,有多少路途。倘有出路,快来报知。"众将领命,即便挑选二十名健卒,各带了短刀,分头而去。只见两旁高山,并无去路,一连跑了二三十里,尽是黄沙。人不能行走,足踏重些,沙陷数尺,不能前进。张忠、李义长吁短叹,只得依原路而回,将前事一一禀知。

元帅闻言大惊,仰天长叹说:"苍天,我狄青乃一心为国,提兵至此,满望扫平叛党,以报君恩。岂知此关有此能人,黑夜中连大营人马移于此地,天顶高山,四围又无出路,入了天罗地网。本帅一人丧在此地也罢了,只可惜手下军兵十余万的性命!难道天子的洪福将尽不成?当初我妻曾有谏言,说贼星冲犯太阴,出师不利于兵将。今日看此光景,正中了公主之言。想来本帅命该死于此地,不如一死以报圣上之恩便了!"说罢,拔出宝剑要自刎,有四弟、孟、焦抱住,众将大惊,大呼:"元帅不要动手!"焦廷贵早已跑上,抢了宝剑。众将说:"元帅何必如此!众人商议,或别有良谋可出此高山,亦未可知。纵然元帅身首分开,也无益于事,望乞元帅参详。"

有刘庆说:"元帅,我们幸得十万粮草也蒙他运进上山,不然势越急了。今暂守候在此,待小将席云前去探路,回朝取救兵,何愁不出此高山?"元帅见众将苦劝,便说:"刘将军,你有席云帕,会腾云,难道这十五万人马也会腾云不成?"焦廷贵说:"刘将军,你有席云帕可能回朝,我也愿去的,可否借我用用?强如困在此山,甘作饿鬼的么?"元帅一听大怒,喝道:"蠢才!众人多已困在此,目前你尚然说此无根之话,触恼本帅么?"四虎将也忍笑不住,焦廷贵又说:"刘兄弟,你有席云帕可回到汴京,但恐救兵到来也难得到此高山,如何是好?"飞山虎说:"只管放心,天波无佞府杨家众将,不论男女,俱是出类拔萃之人,岂无一法力高强的来相救?何愁不出此牢笼?"

元帅应允,即修了求救本章一道,交于刘庆接了,装束带了些干粮。有焦廷贵大呼:"刘将军,你切记不可私自走回家乡安享,若然没有救兵到来,我们困死在这里,我焦廷贵决不与你甘休!"元帅大喝道:"好胆大狗头!本帅不用你多言,你还敢违令么?吩咐刀斧手,与本帅绑去砍了!"两旁答应一声,焦廷贵跪下说:"元帅,小将以后不敢

第八回

多言了，望元帅开恩一线。"只是叩头，狄元帅不言，众将忍笑不住，一同讨饶，元帅方才喝退刀斧手。焦廷贵叩首起来说道："险些这吃饭的东西就难保了，以后我哑口不言罢了。"

此时飞山虎正要动身，有张忠说："刘兄，小弟也要同去。"刘庆说："我此去不过仗着席云帕，这样险峻高山，你步行如何去得？倘足踏不住，岂不送了性命？"张忠说："昨天探路，近西角深涧，下望到底，隐隐奇奇怪怪，好似有人声音。必有南兵把守，此路必然相通的。只是山凹狭隘，可容一人一马。或者南兵不在意，小弟出得此路就不妨了。况我步走快速，与你席云差不多些。二人作伴，岂不胜于独自寂寞寥寥？"刘庆听罢，只得应允。二人带了干粮，别过元帅与众将弟兄而去。焦廷贵说："张将军，便宜你了，今走出阎王关去。"张忠微笑不言。

当下二人向西方行走了半日，但见好厉害的险峻高山！二人寻路不着，刘庆说："待我上云头看此山在何处可通，再跑走吧。"张忠应允，住了足。刘庆驾起云，四方观望，果见山凹间有南兵几人带了短刀，往来巡逻。刘庆也不去惊他，悄悄下来，对张忠说知。张忠说："刘兄，你驾云下去一刻，出其不意将他打死，我就能爬下山凹了。"刘庆说："贤弟之言不差。"即驾云落下，照定一兵，双斧砍下，已活不得了。有二人见了，双棍打去，刘庆一闪，一斧一个，又倒二人。一个拿短刀的要走，被刘庆上前一飞脚打倒，踏在地上，大喝："你还要命么？"那军慌忙大呼："好汉饶我！"刘庆喝声："你是何人，在此巡查？此山可再有别路易于出入否？离蒙云关有多少的路途？可一一实说，如有一字虚词，即照前三人一例，分为两段！"这小军慌忙说声："好汉，小人说明吧，我乃蒙云关军兵，奉命把守巡查，困守宋兵的。尚有二公子段虎带领一百五十名兵丁日夜巡查紧守，今日二公子循山打猎去了，众兵丁一同前往，单剩得我四人，今被好汉打杀三个。望祈饶我。"刘庆说："此外隔蒙云关多少路途？"小军说："离关不过十五里，但此处下山路途崎岖，难以行走，今值冬初，涧水尽涸，船只不能渡上，仅有此山凹，只容一人一马上山的。小人并无一字虚言。"刘庆听得明明白白，手中拔出利刀，将他首级割下，然后席云上山，一一

486

说知,张忠说:"这女将倒果厉害,困我师在山,又无出路,单有此山凹,又用兵把守住,只容得一人一马上山。今天幸他打猎去了,只留四个小军,又被刘兄打死了。不然,小弟回去不成,只得与元帅同困守了。"

此时刘庆也不驾云,偕着张忠,扳住奇峰怪石,一步步落此山凹深涧。落到半中,黑黑暗暗,二人也觉惊骇,又恐扒扳不住,倘一失足,便跌下去,必碎尸了。扳扒了两个时辰,方才落到山下。出了山凹,天色已晚。此时乃十月初旬,月色微亮,二人又行数里,初旬月光已落低了,山路渐渐黑暗,二人踌躇一会,只管往前走路,不觉又走数里,见有些灯光。二人望着灯光而来,行近,树林内有茅庵一所,二人进内借宿求见。里面有一道士,童颜鹤发,道骨仙姿。二人上前施礼,说明来由。道人说:"二位贵人到此,贫道已备下茶汤、铺盖,请里面坐。"二人称谢,进内吃茶,用过干粮,二人只因跑走山路辛苦,遂睡于庵中。

不觉忽已天明,二人醒来。哪里是庵中,原是一间古庙,见有书束一个遗下,二人惊骇不已。二人拾起一看,不知如何,且看下回分解。

第九回　孙总兵有心陷将
　　　　　杨文广不意拿奸

诗曰：

　　背主忘恩孙总兵，困将宿怨叛朝廷。

　　欺君误国奸臣事，千载臭名洗不清。

　　当下张忠、刘庆见此处不是茅庵，乃一间无香无火的古庙，上面旧牌匾隐隐有"星君庙"三字。又见神案上面有一束，二人拾起一看，上写着：

　　人情杯酒休贪恋，太白星君赠偈言。

二人看罢，方知昨夜道士乃太白星君，就是此神像。二人倒身下拜，谢神圣指示。出了庙门首，乃平街大道、居民、店铺稠密，但不知此是何方。一问士民，方知此处乃湖广地面辰州府，近襄阳城，与河南汴京交界，回朝十余天可到。二人欢喜不尽，皆得星君庇护之力。

　　二人一路行走，谈谈说说，不觉到了襄阳城。城中有一总兵把守，此人姓孙名振，乃兵部尚书孙秀之侄，借叔父势力做了总兵武职，圣上调他镇守襄阳城。自狄青取了珍珠旗，回朝参倒了庞国丈，拿了孙秀一同斩首。这孙振借着朝内一权臣冯拯之势，他官居吏部，赫赫有权，人人遵仰。孙振是他女婿，故孙秀被诛，他亏得丈人在内扶持，幸而漏网，不曾被参。但是他贼心不改，狠毒为人，一心恨着狄青，屡思报仇。料想他如今势大封王，不能下手。

　　此日正在关中安逸无事，忽有守兵报知刘、张二人回朝取救兵之事，孙振听了一想，说道："我日夜思量与叔父、太师报仇，今日既有此机会，何不将他二人用酒灌醉，囚禁住了。狄青困于山洞之中，粮草一断，岂不饿死了他？如此方消我恨也。"说罢，吩咐大开关门，出来迎接。二人一同进了关中帅堂，分宾主坐下，孙振故问来意缘由道："二位将军奉旨征南，到此何事？莫不是得胜班师么？"二人见问，将回朝取救之事一一说知，孙振听了说："原来如此。二位将军如此劳苦，肚中必然饥饿了。"吩咐家丁摆上酒席，说："二位将军，淡酒粗肴，休嫌简慢，请用数杯如何？"二人说："总兵大人，哪里话，我兄弟叨扰，实不该当。但我二人公务在身，酒不敢用的。"孙振说："二位将军一路回来，关山跋涉，劳苦不堪。略饮几杯，以消闷怀，安息一宵，明早起程，岂不为美？况今在于下官处吃酒，也何妨？莫不是嫌下官恭敬不周么？"

原来二人也是好酒之徒，刘庆为最，只因太白星君嘱咐他不要贪酒，有些灵异，是以初时推却。今见摆上香喷喷的佳馔，扑鼻香的美酒，此时二人又见孙振如此谦恭，蜜语甜言，便说："总兵大人，你言重了，我兄弟二人哪敢当。"刘庆又说："既承美意，吃数杯吧。"张忠见刘庆早已允了，也不阻拦，随即坐下。这张、刘二人不听星君指示，贪着杯中之趣，狄青众将兵多受五六个月之难，后来十五万人马死了一半在山洞中。这是劫数难逃，深属可悯。

当时这奸臣只竭意奉敬，杯杯殷勤敬劝，二人只因一日爬山越岭，身体劳倦，见酒岂有不贪的？孙振劝上一杯吃一杯，二人饮开胃肠，哪里还记着星君偈言？初时略忍，待孙振相劝，后来吃了多少数杯，大呼小叫："拿酒来。"孙振只命人更换大杯，二人不分好歹，只吃得大醉，人事不知。孙振大悦，吩咐众家丁将二人捆绑起来，家丁领命，上前把二人捆得紧固。二人因酒大醉，全然不知。孙振又令家丁把二人本章搜出来，拆开在灯下观看，洋洋喜色。看毕了，又恐怕二人气力狠大，即加铁索监禁牢狱。是夜又修本一道，劾奏狄青自提兵到边廷将已一载，按兵不动，妄差人回朝奏捷。今刘庆、张忠私自逃回，已经被拿收禁，候旨发落。另写密书一封，托岳丈冯太尉在圣上前如此如此，两路夹攻，方雪得胸中之恨。是晚，将本章一道封书，外加密书一封，差心腹家将二名，连夜赶上汴京，不表。

又言刘庆、张忠二人睡到五更天，酒醉已醒，方觉浑身被捆了。又见四面阴风惨惨，垣上一灯，半明半灭，耳边只闻铁链声。定睛细看,两旁都是犯罪之人,二人大惊。张忠说:"不好了! 我们昨夜在关中吃酒,今日捆绑到牢狱中,眼见得上当了。"刘庆说:"张贤弟,孙振这贼要陷害我二人,如今不能回朝取救,元帅与众人性命休矣。皆因我二人违背了太白星君所赠偈言,吃醉了酒,故有此祸耳。"当下弟兄恼悔,怀愤大骂:"孙振奸贼! 我二人无罪被你囚禁,陷害无辜,有误军机大事,倘朝廷一知,只怕诛戮你全家。"

不表二人痛骂。再说孙振的家人领了本章密书,前往汴京,不分日夜行程,十数天方到。经过开封府,进了大城,跑走不远,只见前面远远鸣锣呼喝之声喧振不绝,金瓜月斧多少金牌,文武棍不断而来。八对看马,数道清旗,行道之人俱闪避一旁。孙振家丁二人只得跳下马,立在一旁。只见马旗完后,尚有许多兵丁护拥着一位年少小将军,生得眉清目秀,威仪堂堂,十分威武,戎装武扮。二人看罢,说:"好一员小将,果然生得威武! 看来武职不小,一定是王侯家的小将军了。"

当下二人因要上本,听候他耐久了。只因街道宽阔,不让马在街旁而走,只见护随小将一人拿着一根枪,刚刚与两个家丁对撞。枪头打着马头,这马咆哮一声就惊跳起来,四蹄跑开数尺。也是该当奸谋败露,这马向着杨文广的马前一撞,拥护之人呼喝狂骂。杨文广见有人撞他马道,也觉大怒,喝道:"好胆大的人,闯道么?"两个家人慌张着急,双膝跪下,说:"小人乃襄阳城总爷孙振的家将,奉了主命到京中上本章。只因坐马不熟,一时错撞,误犯虎威,小人罪该万死! 望乞宽恕。"杨文广说:"你既是孙振家人,上什么本,因何如此鲁莽? 说得明白,饶你便了;倘含糊一字,活活打死。你家总爷奈何本官不得!"两个家人听了,呆想一会,便解口道:"小的奉命来不是上本,乃送总爷与冯大尉的家书。"此家人上前慌张错说上本二字,不知临行时孙振嘱咐千祈,不可与别人知道上本。今见小将盘诘,故改口说与冯太尉家书。

杨将军听了,冷笑说道:"你初说上本,今见复问,因何说投送家书? 一时间两样言词,分明胡说可疑。"吩咐左右:"搜他身上,可有什么夹带东西否?"原来杨文广叫人搜他身上是虚吓二人,看他如何光景。二人听说要搜他身上，犹恐泄出本章密书的机关，十分着急，面目失色，将头叩不住，口呼："王爷，小人岂敢大胆说谎？果是奉命寄书的，不是上本。一时错说了，望乞饶恕小人之罪！"杨将军听他言语慌张，面上失色，听说搜他，手贴胸膛，其中必有诈弊，再喝手下快搜来。家将十余名答应，一齐上前将二人扭住。两个家丁惊得面如土色，两手紧抱胸膛，大呼："你倚王侯势力欺凌下属，胡行打抢，难道朝廷就无律法，由人乱抢的？"众家人不由分说，众家将大喝："快搜，休要听他！"众人拨开衣服，怀内果有本章密书，一齐呈上。杨将军接上，冷笑一声说："原来是孙振与冯太尉的密书，我想这个奸险小人做出什么好事来？不是私通南蛮，定是陷害大臣。我有个道理，此私书信又不可独自开看，不若将二人带到开封府，当着包公拆开此书，一同观看便了。"原来孙振二个家人，一名李四，一名王受，二人分辩不脱，实带惊慌，只随着众人同走。一路行来，已到了包爷门首，令人通报。

　　这包爷正上朝回来，在书房观看各处的文书，见众将报说无佞府的杨将军在外相见，包爷听了，起位吩咐开中门，请进后堂相见。杨文广却不从中门进，却往角门而入进内，只见包爷双手拱立。而这杨文广因何不从中门而进，却从角门而来？他虽是功臣之后，因袭封王，不过一位将军之职，况且年少晚辈，是以在角门而进，乃是尊敬前辈之礼。但不知这杨文广见包公，将二人如何发落，且看下回分解。

第十回　露机谋传书得祸
　　　　　　明陷阱奏本伸冤

诗曰：

　　天机文曲佐君王，大宋称忠万古扬。

　　铁面无私奸佞长，丹心报国重纲常。

　　当时杨文广与包爷见礼毕，坐下。包爷呼声："杨将军，今日到来，有何见谕？"文广说："晚生辈今日到来，因有一件机密事与包大人商量。"说罢，在袖中将孙振的私书递与包爷。这包爷接过一看，说："杨将军，此书乃孙振与冯太尉的家书，如何算得机密事情？"杨将军就将前事说知。两个家人已经带到，包爷一想，说道："孙振家人寄书，内里夹着本章与冯拯，上面封皮写着机密大事，不可与别人观看。其中定有些原由，怪不得杨将军起疑。若然你我拆开同看，果有奸谋不轨之事，就不相干了；倘是他家闲言，不关国事，恐冯太尉见怪了。若不追究此书，又怕误了国家大事。"左思右量，又对文广说道："如今孙振这封书皮上虽如此写的，但不知内里何词，倘果是他家书，不关国事，你我也不相干；若不拆看，也是不稳。今有一计，将军暂退后堂，又将孙振两个家人藏过，待老夫打发家人去请冯拯来，将书拿出，强要他当面拆看。如果是他家书便罢了，若有关朝廷，即时拿了这封书，你我上朝启奏圣上，岂不公私两全？"杨将军说："包大人高见不差。"即时传命出府，门首杨府家人不必伺候。俱已回去。

　　此时包公差人将王受、李四带入后堂，又命家将拿上名帖相请冯太尉。这家丁一直来到冯府，投递名柬，传说："我家老爷在府立候太尉，商量一大事，即可起驾，勿延为妙。"冯拯一见家丁传递此柬与传述包公之言，便吃了一惊，说："这包拯素不与人交接，如今邀我何事？"不好推辞，只得吩咐家丁备了大轿，带家将数十员拥护而来。此日太尉一路思量，摸不着缘由，不觉到了。早有家丁通报，包公吩咐："大开中门，迎接进大堂相见。"礼毕，家丁递茶，冯太尉开言呼声："包大人，多蒙见召，有何见教？"包爷见问，冷笑呼声："太尉，只因你的令婿孙振在边廷外寄有一封书回来，这寄书之人今日到下官衙门来叩首，告说太尉私通外国，为不忠于君，是以奉请前来判明此事。"说罢，将书拿出递与太尉。

冯拯闻言大惊失色。原来此话乃包公试探他的，当时冯太尉连忙接书一看，封皮上面写着："此书谨投往冯太尉府中，与岳丈亲拆。其中乃万机密大事，不可与别人观看。"太尉看罢，暗暗着惊，抱怨于女婿。包爷见他惊骇，拿着书只管沉吟不语，便呼声："太尉，因何手拿此书，紧紧无言？你女婿在边关通了外国，与着太尉一党勾连，已有出首之人。今日事已败露，明早我与你上朝面圣，任凭圣上主意如何？"太尉闻言，呼声："包大人，下官的小婿镇守边关，蒙天子洪福，焉敢行此灭门之事？就是下官，身受王恩如海，怎肯与婿勾连？这事一定是仇家诬赖，假造此书来陷害于我翁婿的，望包大人详察，如何？"包爷说："下官也是疑心难定，故请太尉前来一同开拆此书，两家观看，便知真假了。"太尉闻言，低头一想，说："这黑子好不厉害！丝毫作不得人情。若不拆此书同观，定然不允，倘拆开内里真有私通外国谋反之言怎推卸得脱？罢了！如有谋反之言，不若如此，方始可以保全性命了。"主意已定，只得将此书展开，一同观看。上写着：

　　书奉太尉岳丈大人尊前：向日小婿叔父被诛，仇为狄青，祖父身亡，冤由狄广，三世仇冤，深如渊海，岳丈不述尽知。小婿屡思图报，奈彼势大封王，实成妄想。今被女将施法移营，被困高山，料已危急。兹差刘、张二将回朝取救，到关却被小婿用酒灌醉，囚禁南牢。今上本奏他按兵不举，将降南蛮；刘、张二将私自回朝，现已被获。恳求岳丈将本上达天颜。顶力夹攻，除却狄青，得雪三世仇冤，则存亡感德汪洋矣。难逢机会，伏乞留神，密书投达，并候佳音。

包公看罢大怒说:"原来太尉竟与令婿勾连,陷害忠良,要误国家大事!"太尉此时吓得面如土色,说:"包大人休得胡疑!下官翁婿实无此事。必然仇家憎恶,故设此毒计暗害的。"包爷冷笑说:"现今人赃两获,太尉你还强辩,明早在驾前便见明白。"太尉听了,将密书、本章收入袖中,说:"既然大人要面圣,老夫明早在朝房伺候吧。"吩咐家丁,正要上轿起身了。包公怒道:"老冯,你想拿回书去,明日在天子驾前糊涂抵赖么?我包拯只有头可断,奸不可留。慢说你是太尉权臣,我要作对,就是王亲御戚,且多不容情。"吩咐关了府门,不许放走了误国奸臣。家丁即把府门关上几重。

太尉见此光景,料得难以挽回,必要天子驾前奏知,不如将此事推卸在孙振身上,我自身洗清,再作商量。只得放下笑脸,呼声:"大人何必动怒。孙振这奴才虽然是我的女婿,做此不忠之事,我岂肯随他?明日面见天子,差人前去扭解回京!"言罢,在袖中取出书本,交还包公,便说:"包大人将这书做个凭据,明朝上本,你我出头。"包公接回说:"太尉,虽然如此。你还未必全信,今已将令婿的家人带至了,须要审问明白,方知不是仇家陷害的。"吩咐:"传三班衙役,排堂伺候!"一言未了,杨文广又到。包公一见,呼声:"杨将军来得正好,你与太尉一同到大堂上审问这孙振家人,免得明日面见天子,两个含糊抵赖。"文广说:"我也不明何事,但奉陪二位大人吧。"太尉无奈,只得随行到大堂。

一声云板响,包公升堂,府门大开,三班衙役侍立,像活阎王殿一般。又命带出孙振家人两个,那王受、李四一见,胆战心惊,跪下说:"襄阳李四、王受叩见大人!"包爷喝声:"胆大的奴才!焉敢私传密书,陷害忠良!快把实情供上,免受重刑。"二人呼声:"大人在上,小的奉命所差,不是自主。内里原由,小人如何得知?求大人参详。"包爷发怒说:"你是奉命所差,不知情由,孙总兵将刘、张二将用酒灌醉,收在囚牢,你难道亦不知?吩咐拿头号夹棍来!"左右一声答应,正要动手,二人忙呼:"大人息怒听禀!小人一日听得来了刘、张二将军,称说狄王爷困在高山,差二人上汴京讨救。是晚孙老爷与他吃酒,次日听说拿下南牢,说是临阵私逃之犯,即时打发小人寄书与太尉,岂知到此冲犯着杨将军马道,被拿下搜出密书,送到大人公堂上。此非我二人私事,望乞大人开恩。"包爷听禀,即命书吏将二人口供录明,已毕。吩咐仍将他二人押下临禁了,听旨发落。此时包爷离位,呼声:"太尉与杨将军且暂各回府,明早上朝相会如何?"二人无语,相辞去了。太尉回到府中,一夜思量,此事只好推在孙振身上,就可抵赖了。

到次日,五鼓上朝,早有文武在朝房等候,不一会,天子临朝,文武同参已毕。只见包爷俯伏,天子传旨平身赐座,包爷谢恩坐下。仁宗天子说:"包卿有何本奏与寡人?"包爷离座奏说:"襄阳孙振总兵,差人上本,事关重大,老臣不敢隐讳。有本求陛下龙目观看。"将本呈上,仁宗接本,看罢大怒,说:"谁知狄青往边关按兵不动,妄差人奏捷,虚耗军粮,纵众三军奸淫妇女,军民受害,将已叛降。刘庆、张忠临阵私回到襄阳城,幸亏得孙振拿获,不知作何究竟。如此欺君误国之臣,若不早除,终为后患!"包爷闻言,又呼:"这本不足为奇,还有一书,更见相反之奇。"说罢,又将书呈上。仁宗看罢大惊说:"包卿,孙振本上说狄青按兵不动,将投降敌人,因何这书又说被困高山,女将施法,特差二将回朝取救?孙振要报仇,用酒灌醉二人,已收禁了,托冯卿奏朕?好生不明,卿且奏来。"

包公就将杨将军拿到孙家人审问的口供呈上,天子大怒说:"此贼焉敢蒙君作弊,暗害忠良,若不是杨卿拿获,包卿稽查,险些屈害功臣,误了军国大事。"传旨:"立拿冯老贼,再着兵部差人到襄阳拿孙贼举家进京,一同治罪。"旨下,即将太尉去了衣冠。冯拯大呼冤屈,仁宗大骂:"老奸贼,你翁婿勾连,蒙君作弊,罪重如山,该灭满门,还敢在朕前叫屈!"太尉呼声:"陛下开恩!容臣细奏,死也甘心。"天子闻言传旨,放他转来。跪下奏说:"臣婿孙振,素日为官不仁,心歪意毒,臣几番训劝,不但不听,反因谏成仇,至今音问不通。谁料他今又心怀不善,差人上书,暗寄私书,未到臣门,已被杨将军拿下,累及老臣,皆由此贼。老臣身居阁府,深沐皇恩,焉敢欺君误国?今日我主盛怒之下,岂不屈了老臣么?臣一死何足惜,只是冤屈无伸,遗臭万年,痛奏不已!"仁宗是仁慈之君,听他言词恳切,向包卿说:"朕想他未必知情,一时犹恐屈错于他。不如待解到孙振审明,然后正罪吧。"即时传旨,暂发天牢。太尉欲要强辩,惟恐包爷在驾前,想出不好计来,反性命不保。不如暂下天牢,差人通知孙振投了南蛮,无人对证,可全性命。不知后事若何,下回分解。

第十一回　闻被困议将解围
忆离情专心训子

诗曰：

　　忧国忧民是帝王，盐梅辅弼赖忠良。

　　调和鼎鼐赓扬治，君圣臣贤化万民。

　　却言冯太尉押往天牢而去，仁宗主又说："包卿，今御弟困在高山，不知差何人领兵解围才好？"包爷奏道："南蛮困我师于高山，所怕的是妖术邪法耳。据臣主见，除非是无佞府杨家的人马方能解此重围。二者，襄阳孙振，不用差兵部前往擒拿，有刘庆、张忠被他囚禁，即降旨调二人扭解这孙振回朝对证。不然，迟缓时日，恐这逆贼生变了。"天子说："卿言不差，今差卿到无佞府调杨家能将领兵便了。"包公领旨，辞驾往无佞府而来。一到杨家，命家人通报，佘太君闻知，与杨文广接旨。包爷到了中堂，将圣旨宣读。诏曰：

　　奉天承运大宋帝诏曰：自朕为君，四海颇宁，全赖文武忠勇，以安天下。向日，宋太祖恩赐天波无佞府第，可见卿门忠勇。兹南蛮反叛，御弟狄青领兵征剿，已被困于高山，朝中虽有武将，然精于法力者，惟尔杨家，舍尔杨家众将，孰能敢当此任？旨到日，望太君挑选奇能者，总领三军，以解边关围困。危急甚于燃眉，莫虚朕意，方睹杨门忠勇尚存。

包爷宣罢，佘太君与杨文广叩头谢恩，站起请过圣旨。

　　包爷开言说："太君，圣上要你们选能将一员，领兵解围，立此一段功劳。"太君闻言呼声："大人，老身家中自从丈夫老令公辞世，八子为国相继而亡，至今孤儿寡妇，单剩杨文广。大人尽知，哪里还有能将英雄？恳求大人转奏当今，免误了国家大事才好。"包爷说："老太君,圣上不是必要你们领兵,皆因敌人女将法术高强,满朝文武无精于法术者,故圣上特谕旨尊府挑一员上将,破除邪术,包管成功。为国分劳,太君何必推辞?你家数位夫人,个个精于法力,圣上所知,教下官如何复旨?"太君说:"包大人,非是老身推辞,只为我杨家自从别山后归投大宋,辅太祖立下血战之功。岂知后来父子被奸臣所害,相同归世,提起令人下泪。你心想来,忠义之士受此恶报,如何不心灰意冷?如今南蛮反叛,狄王亲遭困,倘不依旨领兵,断乎不能。既如此,大人暂且请回,明朝老身上朝,面圣奏闻,我家便教媳妇带领文广孙儿领兵便了。"包公大喜,即时辞别太君,文广送出府门,去了。按下慢说。

再说狄千岁家中,公主娘娘二子,一名狄龙,一名狄虎。弟兄二人乃一胎双生,身体相貌一般无二,年方十六岁,天上左辅、右弼临凡。弟兄二人生得仪容俊美,骨骼清奇,日在书馆勤习诗书,闲操武艺。公主用意教导,二子操练兵马纯熟,刀枪精通,不用多表。这公主娘娘自从丈夫提兵征南,一别光阴一载,前者星犯太阴,果然兵动于南,终朝挂念,惟望早日得胜班师。但星犯太阴,出师必不利于主帅,究不知如何,吉凶未卜,想来不觉潸然泪下。又有狄龙、狄虎弟兄进宫房向母请安,公主一见说:"我儿,为娘倒也是安。但你兄弟二人好在书房习学诗书,闲时操演弓马,休要生疏了。犹恐你父得胜回朝,归家就要考校的。"弟兄二人说:"为儿谨依母命。"起来要出宫房,抬头看见母亲眼中含着珠泪,二人一齐跪下说:"母亲为何不乐起来?"公主见问,便说:"我儿,为娘思量你父起兵征南,至今将已一载,音信不闻,未知胜败,未卜吉凶,为娘日日担忧。倘有疏失,如何是好?故以伤心。"二子闻言说:"母亲,我父奉旨提兵,此乃藉天子洪福,定是旗开得胜,母亲何须过虑?"公主娘娘听了说:"我儿,你二人但知其一,不知其二。你父与娘上年一夕在于西楼设宴,有南方贼星直犯太阴南角,有兵刀之患,出师不利于主帅。今日你父提兵去了,是以为娘过于思虑。"二人同说:"母亲,古云吉人自有天相。吾父王今日提兵,为征南主帅;大宋天子乃有道之君,藉圣上福庇,自然逢凶化吉,转祸成祥,请母亲放心。前两月打发家人狄成上汴京探听父王消息,也该回来了。"

母子三人正说之间,只见庭前来了老家人狄成,往汴京回来,说:"有要话达禀娘娘。"公主听罢,教他快来禀达。不一会,狄成进来跪下,呼声:"娘娘,小人叩禀:前时奉命到京打听数天,一桩大事好不怕人! 只因我家千岁兵到南方,连战连捷得胜。后被一员女将用邪法连人带马将大营移困在高山上了,差张忠、刘庆回朝取救,路经襄阳,却被总兵孙振用酒灌醉,毁了求救本章,拿囚了二位将军入南牢,反说他临阵私回,我家千岁按兵不动,日费斗金,纵兵害民,将降南蛮。与密书嘱冯太尉传本。幸得杨文广将军擒他家人,搜出私书,在包大人府中审出原由,奏知圣上。天子大怒,将太尉囚禁了,又差人到襄阳捉拿孙振。又闻挑选杨家将出兵解围。故小人不分星夜赶回来报知娘娘、世子。"母子三人听了,吓得魂不附体。公主骂声:"奸贼! 我夫困于山涧中,二将爬山越岭回来取救,你倒欺心,要报私仇,不顾十余万人生命,耽误军机! 幸得上天怜念,泄漏奸谋。如今圣上虽然调遣杨家将前去解围,算来已有两月多,只不知千岁死生存亡。"说罢,放声而哭,珠泪纷纷。

二子见母痛哭,忙呼:"娘亲,父王被困边廷,但粮草丰足,如今不过两月余;今包公究出奸由,父王无罪,母亲不必伤怀。孩儿明日上京,面见天子,合同杨文广一齐兴师,前去解围,父王无害了。拿了孙振,方消我恨!"公主闻言怒道:"你二人满口胡言! 乳臭孩儿,又未经阵伍,如何出敌交锋? 你父乃英雄名将,行伍之中身经百战,今日尚然遭困,未卜存亡。何况你弟兄初习武艺的孩童!"二子闻言不乐,呼声:"母亲,孩儿虽然年少,颇晓君父之恩。为子尽孝,为臣尽忠。岂有父困在边廷遭难,子在家中坐视,可谓孝乎? 况儿年轻弱冠,文可略达,武已精通。岂有坐享家中,不去救父之理?"公主闻二子之言,心中着急起来,说:"儿啊,非是为娘拦阻你救父。但你弟兄从小不曾远离膝下,况千里程途,远征南地,为娘好不心忧! 今圣上已降旨着杨家将帅提调兵马,此去定然救出你父。只须差家将回京打听此事如何,方为正理。"

此是公主无可奈何之说,劝阻二子,乃父母爱子之心,将夫妻情分丢在一边，反说宽心，来劝弟兄二人，恐他当真要去随征之意耳。二人又呼："母后，父王困于山峡之中，至今两月有余，未知生死。母亲反说此宽泛之言，乃为孩儿年少，前去打仗冲锋，惟恐有失。这也请母亲放心，有志不论年轻，无谋空长百岁。昔日周瑜年方十八岁，他就执掌大权，退曹兵百万于赤壁；甘罗十二之年为相于秦廷；即唐之罗通，年少十四挂帅平定北夷，英名冠世；唐末史建唐年交十五，大破王彦章于宝鸡山，英雄出于少年。历观少年幼将，多少建立奇勋，与国家出力！孩儿虽不及古之人，但君父之难，孩儿断不忍坐视安享，而为天地间之罪人也！"说罢，不住地叩头哀告。

公主见二子参透其中意见，暗暗心头喜悦，喜他敏慧智高。但二子自小娇生惯养，犹如掌上明珠，又再无三兄四弟，如今要远去驰马抡刀，沙场险阻，倘有疏虞，悔之不及。想来二子智慧明白，难以言语恐吓于他。罢了，不若如此可能吓退二人的。遂喝声："好两个逆子！我养育你一场，做尽多少劳心事，才得你兄弟长大成人，尽些孝道。岂知你年今十六，就不依母命，再三劝谕还是执拗。可惜我数载勋劳已成乌有，但命该招此忤逆之儿！"说罢，悲泣不止。弟兄二人一见，惊慌起来，呼声："母亲，孩儿焉敢逆娘之命！不过是出于无奈，既是娘亲不欲孩儿前往，就罢了。何须动怒？"公主闻言止泪说："我儿，非是为娘懊恼，只因你弟兄不遵训诲，是以伤心起来。"说罢，弟兄起身又说："今孩儿不去也罢，但于心放不下。要到汴梁，一来探听实信；二来相谢包公，以见厚情。未知娘亲意下如何？"公主听了，沉吟一会说："既然如此，老家人狄成随你二人前去吧。"当时又唤至狄成，公主开言说："如今两个小主要到汴梁城探听信息，拜谢包大人。你须小心服事，须要早日回来，免使我心中怀念。"狄成叩首说："娘娘放心，小人自然小心侍奉，速催早回。"说罢，狄成去了。是日天色已晚，母子三人用过晚膳，安歇一宵。

次日早晨，弟兄二人起来，梳洗已毕，进宫内拜辞母亲。公主叮咛一番，不用多述。无非速去速回，涉水登山须要小心，弟兄一一应允，与狄成一同出了王府，上马登程。不知他弟兄到汴梁之后再得如何，且看下回分解。

第十二回　到汴梁弟兄同忠
　　　　　　当金殿太君陈兵

诗曰：

　　忠臣孝子两相同，救父兴师立大功。

　　年少英雄谁可及，平蛮指日位封隆。

　　却说狄龙、狄虎弟兄二人带了老家人狄成随后，出了王府，一程向汴京而去。狄龙在马上一路行来，向狄虎说："贤弟，如今父王困在高山中，未知生死，至今将已三个月，还未动救兵，父王在山上盼望。圣上虽已调点人马，但不知何日兴兵。母亲又不许我弟兄同去随征，我心甚觉不安。"狄虎说："哥哥，我想到一入京，见景生情。先拜探过包公相，求他保举我二人前去平蛮救父。圣旨准了，一定金殿封官，奉旨征南。命狄成先回家报知母亲，有了旨命，他也拦阻不得了。你我速到边廷，奋勇当先，救出父王，岂不忠孝两全的？"狄龙说："言之有理。此去见包公，诉说心肠，他定然应允。"

　　一路上你言我语，这狄成一一听得明白，吃惊不小，慌忙称说："二位公子，你说随征去，岂不害了小人？主母娘娘临行再三嘱咐二位公子早去速回。你说上京相谢包公，到了京时又求包公荐举随征。倘若朝廷准了本，叫小人回归，怎生上复主母娘娘？倘二位公子要去，须要回家说明白。若是娘娘从你去的，免得小人受责，说我不谏阻你们，公子意下如何？"这公子二人闻言大怒，骂声："大胆奴才，敢来擅自拦阻我！何难把你这牛筋打断。专将主母来欺压于我！如今不用你同往，快回家去吧！"狄成大惊，忙呼："公子不必动怒。老奴就是浑身是胆，也不敢拦阻二位公子。因主母临行吩咐多少言词于老奴，一到汴京，叩谢了包爷，不可耽搁，须早去早回。将二位公子交于小人。你今反往边关去了，岂不违背了母亲之命？乃为不孝。又教小人难复主母娘娘之命，是以难怪小人拦阻。"

弟兄二人听了，一齐住马说："胆大的奴才，你敢说我二人违背母命，身属不孝！这样言词也说出来，我弟兄不打杀你这狗奴，誓不为人！"狄虎生来秉性刚烈，上前便将马鞭照狄成头脑几下。不知他力强手重，脑后打破，流出血来。打得这老家人哀哀叫喊，说："公子息怒，饶了小人吧！"狄虎不听他讨饶，又要打。狄龙阻住说："贤弟不必与他生气，把他赶回家去，不要他跟随便了。"狄虎住鞭大喝："奴才，快些回去！我弟兄不用你跟随！"狄成说："公子，这也使不得！若是回去，倘主母娘娘一怒，只怕性命难保了。不如跟随公子才好。"狄龙开言说："你不肯回去，只忧主母生气；若要跟随我们，以后不须你多言管事。再要违背，定然打死！"狄成说："小人下回不敢多言了。"兄弟方才催马扬鞭而去。

数十天水陆，一日，到了汴京城，进酸枣门，过了数十条大街，有狄家旧宅子。王府里面还有家人看守，弟兄二人进内到了书房，狄成把行李搬运收好。早有家人捧水与公子洗浴毕，狄成打开衣箱，与公子更换了。又有家人摆上夜膳，弟兄二人用过，不觉天色已晚。弟兄商量，灯下修本一道，明日见包公进朝上本。不表。

有狄成在途中脑袋被狄虎打破，用绿绢扎包了。有守王府的家人，一名陈青，一名何进，一见说："老管家因何用绢包头？莫非骑马不牢，跌下来打破的么？"狄成说："列位兄弟，迟些慢慢说你们知之。"是夜，公子睡了。有何进打了一壶烧酒，摆上肴馔，邀了狄成，到角厅一同坐下，三人吃酒。陈青说："老管家，你一路跟随公子到来，关山跋涉，劳苦不堪，原何头上着了伤？"狄成见问，就将前事一一说知。陈青、何进二人说："原来如此。老管家受了一番屈气，须看老主人之面。况二人年少，无分好歹，论来劝你休违母命，这话也不是伤犯于你，为何就将管家头打破？"狄成说："我也如此想，又不是强词冲撞于他，下此毒手！但我有一事，烦李二兄与我写个禀帖，明日打发人送回家去。禀知主母娘娘，方止得他随征势头，我亦安心回去。"何进说："要得。"陈青说："此见不差，待我去叫管账李二写个禀帖，明早差人赶回山西便了。"三人吃酒一会,又谈老主人待下以恩,安慰狄成一番,不用烦言。次日五更,陈青、何进与李二取了禀帖,命人带了盘费、干粮,赶回山西。不表。

再说杨府佘太君,一日五更黎明,穿了冠带,拿了龙头拐杖,坐上鸾车,出了府门,到了朝天门外候旨。一到景阳钟一撞,龙凤鼓重鸣,文武各官纷纷进朝。有包公执笏,步履金阶奏道:"今有故臣杨业之妻佘氏,要上殿谒见天颜,现于午门下候旨。"天子闻奏,传旨宣太君进见。佘太君闻召,手执龙头拐杖,到了金阶俯伏。天子一见,命侍臣扶起,赐坐。佘太君谢恩坐下。仁宗开言说:"老太君今日亲身上殿,不知有何本奏?昨天寡人差包卿到你杨门,劳太君选法力高者领兵挂帅解围。不知老太君挑选哪一位前往?"佘太君奏道:"臣妾昨天也曾接旨,但臣妾家中并无可任的良将。有臣之媳妇们今近衰老,难以当其大事。望乞我主另挑择良材领兵,庶不有误国家人事。"仁宗说道:"只因南蛮女将善用妖术,将狄御弟困于高山。朝中将士虽有,但已年老力衰,只剩下些世袭少年。故朕特调你杨家精于法力者提兵。如若太君推却,无人可用,就以杨文广为帅便了。"佘太君奏道:"臣妾孙儿方十余,如何执掌得兵权?军机重任,非同小可,还求我主参详。"仁宗说:"文广虽然年轻,智勇双全,心灵智慧,实乃国家之梁栋。待寡人诏回三关昔日杨延昭手下小英雄相助,随军攻战,无有不克。"

太君想来推却不得了,即奏道:"臣妾孙儿文广虽然年少,尚谙武略,不是粗蠢之徒。即三关众小英雄俱乃将门之后。但一众俱是年少之人,倘内有争权心,各不相让,必然自生矛盾,岂不误了军机?不如命臣媳王怀女执掌中军,带领众英雄前往,不知我主龙意如何?"仁宗天子大悦,传旨:"众卿哪个愿往三关调众小英雄回朝?"言之未了,有枢密史范仲淹步下金阶,口呼:"陛下,老臣愿往!"天子一见说:"卿乃身居宰辅,燮理阴阳,与君宣治之臣,怎好远离劳顿?待朕另选别臣吧。"范爷呼声:"陛下,臣之荣列三公,躬膺厚禄,俱托圣上洪福。事君致身,臣子之职,何辞些小跋涉之劳?不须圣虑,乞吾王准奏。"天子龙颜大悦说:"足见贤卿忠君爱国之心!"说罢,即书圣旨与范爷,这范爷接旨谢恩。天子又呼太君说:"王怀女前为征西元帅,今朕再加封征南元帅,赐以宫袍、宫带,千两黄金,回朝另加封赏。杨文广征南副元帅,赐赠蟒袍、玉带、黄金五千两。"佘太君叩首谢恩而回。次日杨文广与王怀女进朝谢了天子隆恩,出朝挑选军马,专候三关众将到来发兵。按下不表。

先说狄龙、狄虎是日一路到了包府,令家丁通报。只见包爷家人传命出府:"请二位往书房相见,我家老爷在此伺候。"弟兄二人一同举步,到了书房,见包爷一同下礼,呼声:"包大人,家父遭困边廷,被奸臣计害,幸蒙包大人与杨将军破彼奸谋,救了父亲。小侄奉家母之命,特来叩谢大人。"包公说:"老夫哪里敢当。此乃国家公事,非为私情,何劳二位公子相谢?"连挽起说:"请坐吧。"弟兄行礼坐下,二弟兄又呼:"大人,家父屡被奸臣算害,多劳搭救,感德无涯。但今父困于边廷,为子焉能放心? 今我弟兄实欲恳求大人与侄上本,自愿随征救父,未知大人意下如何?"包爷听了说:"二位贤侄有此武艺,正当施展之日,一来救解父亲之危,二者与国家出力。此乃忠孝两全美事,老夫何不成人之美? 明日与你荐本便了。"弟兄称谢,登时告别。包公送至外堂,因他长辈朝臣,弟兄力请他回驾。

次日,包公将他弟兄之本呈上,天子大悦,封狄龙、狄虎为行军指挥之职,二人随征有功,回朝厚加官爵。旨意一下,弟兄谢恩。又往参见过正副元帅,然后进南清宫谒见太后娘娘、潞花王千岁,兄弟请安,另有一番言语相叙。是日,在此留宴,不用烦言。次日,狄龙兄弟见圣上准了本,封他指挥之职,是晚写下家书一封,交狄成明日赶回山西西安府去,回家报知母亲,免他悬望。这老家人狄成因前日路途中被他弟兄打过,所以不敢多言,凭他所为。此日一接家书,即别了公子,赶回山西去了。是时弟兄只等候三关众将到来,即与元帅动身。不知如何发兵征剿,且看下回便知端的。

第十三回 平西后杨府托儿
范枢密三关调将

诗曰：

> 杨家嘱咐两娇儿，爱子情深不忍离。
> 善体亲心虽尽报，昊天罔极见恩深。

却说狄成领了二位公子的家书，只因心头太急，意欲早日回归，报知公主娘娘，禁止二位公子，不去随征提兵，故日夜不惜辛劳地赶路，是他一心为主的忠诚处。先说狄府家人李四领了禀帖，非止一日，到了王府，将禀帖传进，公主厚赏他而去。拆开禀帖，吃了一惊，叫声："不好！这两个小冤家一时又改变心肠，违背了嘱咐之言，求包公上本随征。狄成劝谏，反被打伤。倘若圣上准了本，这两个嫩骨头去冲锋当阵，如有差池，怎生是好？"想来想去，心如麻乱，说："罢了。丈夫被困高山，未知生死，如今两个儿子又要同征。岂非是念夫又是忆子？正是心悬两地，令我愁烦！"

不想过了两天，丫鬟报进："狄成回来，有话禀知娘娘。"公主闻言，即命传进。狄成跪下说："小人奉了娘娘之命，随二位公子到京拜谢包公。谁知他弟兄俱改变心肠，反求恳包大人荐本，二人封为指挥之职，随营效用。今着老奴顺带家书回来。"说罢，将书呈上。丫鬟接了，公主开书观看，长叹一声，说："果然圣上准了本，二人封为行军指挥之职，不日就要起程。这两个小冤家去了，叫我如何放得心下？罢了。不若明日亲上汴京，面见天子，领兵亲到边廷，一来带了两个孩儿，免得心悬两地；二来救了丈夫之困，岂不为美？"又呼："狄成，你可知杨府大兵几时动身？"狄成说："天子许准了佘太君之奏，王怀女为总兵元帅，只等候三关众小将到来，方才发兵。大约还有一个月余。"

公主听了喜悦,说:"今圣上差王怀女为总领元帅,我想这位夫人有鬼神莫测之机,百战百胜之勇,此去一定成功。二子托他照管,彼与妾家有通家之谊。明日到京,当面言明嘱托,便不用哀家亲领兵了。"说罢,叫狄成:"你赶路劳苦,快去安歇!"狄成叩谢去了。公主娘娘又吩咐宫娥打点预备行装。是夜休表。

到了次日,公主起来,梳洗已毕,带了八个宫娥、侍女、家将五十名,一路催速行程,向河南汴梁而去。忽一日,来到了旧宅府门,早有家人飞报入内。狄龙、狄虎闻得母亲到来,吃了一惊。狄虎说:"不好了,母亲一定为着我们上本随征,不依他吩咐之言,必然恼我们,是以星夜赶来拦阻弟兄。如何是好?"狄龙说:"贤弟,不必着忙,事到其间,说不得了,也是枉然。且去迎接母亲便了。"说完,弟兄即出仪门外。公主方才下了大轿,弟兄一齐迎接,一见,口称:"母亲,孩儿们迎接。"公主娘娘见了二子也不回言,往内去了。弟兄二人已知母亲不悦,只得跟随进内。公主娘娘坐下,弟兄请安已毕。公主看看弟兄,带怒骂声:"小逆畜!我在家中临起程之日怎生嘱咐于你?岂知你二人不听教训,来到反托包公上本随征,反自违逆母言,好生胆大!犹与母一般作对,老家人狄成好言劝你,何必将他妄打?是何道理?彼乃临行受我重托,不得不言的。"兄弟二人听罢,即下跪说:"娘啊,父亲边廷遭困,现有儿子两人正在血气方刚之际,况我弟兄已学全武艺,岂有坐视父亡,不去解救之理!今日违背母亲,实出于万不得已。母亲不欲孩儿前往,乃是爱子之心,未详大节。今我弟兄二人违了母命,获罪非轻,任凭母亲如何责罚。"

公主听了二子一番驳论,句句言词合理,及说到身获重罪,任凭责罚之言,就动起爱子之心,不觉反心酸起来,呼声:"小冤家!既前去救父,须依娘三件要事,为娘方得放心。"弟兄说:"母亲慈命,为儿焉敢不遵!请娘吩咐。"公主娘娘说:"我儿,此去边关,首记小心仔细为本,军令森严,须防有犯;与敌冲锋,如若得胜,穷寇勿追,还防回马兵器,不可私劫贼营,私自开兵;爱惜手下兵丁,勿生暴虐之心,倘遭急难之时,他必舍命为援。此乃行军保命之大略也。领兵元帅王夫人,彼与我们有通家之谊,今娘将你弟兄面托于他,无有不照管之理。

你二人须要听他之言，你弟兄万不可违背了娘今日之言。"二人连声应诺。公主又唤他起来，同往杨府。

弟兄二人当日随娘摆驾，望着杨府而来。早有家丁传报府中，佘太君连忙令人大开中堂府门，有王怀女、杜金娥、穆桂英、杨公主、马赛英、耿金花、董月娥、杨金花、杨七姐、杨秋菊、它龙女、八姐、九妹等前来迎接公主，连佘太君也来到银安殿。公主娘娘一见，叹声："妾有何德能，敢劳太君与列位夫人远迎？"佘太君笑道："平西王后非是别人，乃国家诰命。况有通家密谊，老身与媳妇们不敢不出来迎接。"当下一同上中堂见礼毕，坐下。佘太君说："自从娘娘奉旨回乡，至今几载，暌违远地。今日回朝光降，莫非为着狄王亲遭困，知我媳领兵，有言见教否？"公主说道："一来敬请老太君金安，二来有事相托与王氏夫人。丈夫已被困了，但二子又要随征救父，妾再三劝训，只是不依，私自托包大人荐本，随行南征。他二人年少，娇生惯养，未涉风霜，是以妾放心不下。今闻王氏夫人奉旨领兵，但这两个小冤家全仗夫人指点，临深蹈险，伏乞扶持。妾之恩感无尽矣。"佘太君闻言道："你二位公子，年方十五六就有孝心救父，吾媳自然照管，公主无须过虑。"王氏接言呼声："公主娘娘，杨、狄两门世交亲谊，你二位令公子即妾之侄儿一般，何分彼此？况我孙儿文广一般年少，就是三关调回众将全是年少之人。两位公子乃将门之种，他焉肯坐守家中，不去随征之理？公主且请放心，所有阵内历险临深，妾自留心指点。"公主闻言称谢。佘太君早已命家人摆上酒宴，公主不好却意推辞。分宾主坐下，外堂二位公子进内谢了太君与众夫人，然后与杨文广三人一同坐下。堂中内外一片歌乐之声，袅袅不绝。

慢表母子在杨门宴乐。说到枢密使范仲淹领了圣旨，一路饥食渴饮，历尽风霜，登山涉水，数十天方至三关，乃六使杨延昭的老营。杨延昭殁后，真宗天子命杨宗保镇守，北夷屡犯，皆被杨宗保杀败。后来西辽犯界，杨元帅出敌，被辽将薛德礼化血金钟所伤。杨宗保殁后，杨文广年幼，未能受职。前时，狄元帅领守数年，征西收录得二位英雄，一名萧天凤，一名苗显，二人随同狄元帅征西，立下战功。班师回朝之日，天子命他二人镇守此关，俱为总兵之职，代了狄元帅之劳。

又有杨延昭帐下后代小英雄同守此关：一名岳纲，岳胜之子；一名高明，高怀德之后；一名杨唐，杨青之后。焦廷贵，焦赞之后；孟定国，孟良之子，但二人已随征了。三关五员小将皆是武艺超群。

是日闻报范爷到来，大开正门，众英雄出关迎接，排开香案，接了圣旨。五位英雄请范爷坐下，要行参见之礼。范爷一见说："列位将军，这是老夫不敢当的。我们俱是一殿之臣，何必行此大礼？众将军此去立功，即王侯之位可至。请坐吧。"众小将见范爷如此谦让，俱各大悦。是晚，吩咐设宴伺候，与范大人洗尘。众位英雄请他上坐，各人然后依次坐下。萧天风手执金杯呼声："大人，薄酒不堪恭敬，聊且请用数杯。亵渎之罪，乞祈宽宥。"范爷说："各位将军，哪里话来！老夫深领厚情，铭于五内。但军情紧迫，甚于燃眉，明朝众位即可登程回朝了。"众人说："大人吩咐，小将焉有不遵？"范爷喜悦，与英雄开怀吃酒，言谈一番。更将二鼓，用过晚膳，收去残宴。是夜范大人就在帅堂歇一宵。次日，五位英雄请安毕，萧天风、岳纲、高明、杨唐四将一同起程，单剩苗显总守三关。此日四人一起与范大人出关，苗总兵送至关外数里，范大人请他数次，方才住马拜别范爷，相辞萧、岳、高、杨四位英雄，殷勤而别。不知众将何日回到汴梁兴兵，且看下回分解。

第十四回 王夫人奉旨兴师 孙总兵背君投敌

诗曰：

> 杨门女将有雄名，救解重围领大兵。
>
> 背主总兵投敌国，忠奸异路各分明。

却说范仲淹与三关众将，涉水登山，赶趱路途，数十天到了汴京。范爷进朝奏知天子，仁宗宣到众位英雄，四人即拜见天子，一同俯伏金阶。天子一见大悦，降旨加封萧天凤为正先锋，岳纲为副先锋，高明、杨唐为左、右翼威武将军。众英雄谢过天子洪恩，出朝一同来到天波无佞府，参见过正副元帅。是时，王元帅见众将俱已齐集，即挑选了五万精兵，三关众将调来五万，共成十万。择了吉期，拜辞天子、大臣，带领众将。是日公主娘娘唤至二子，亲自叮咛一番，然后辞别太君与众夫人小姐，又往南清宫拜别狄太后娘娘，回归山西而去。按下不表。

当下王元帅动身，三声炮响，大兵起程。十万人马，一千众将，浩浩荡荡向南进发，日夜行程，一路催赶。有二位先锋岳纲、萧天凤带领一万人马为前队，逢山开路，遇水搭桥。一连走了十余天，过了荆州，将到襄阳城。王元帅忽然想起："刘庆、张忠爬山取救，被孙振所擒，收下南牢。前日圣上已差官去拿孙振回朝，并放回二将随征。想圣旨行程未必有行军赶路之速，不若命人到襄阳，放了二将同征，免他回朝跋涉，二将又早日心安，路途且又惯熟，有何不可？"即唤副先锋岳纲、行军都统高明二将领令一支，速往襄阳而去，限期三天要到，违令者斩首。二将得令，带了健卒五十名，不分日夜行程，这且慢表。

先说孙振自从把刘庆、张忠二人囚禁了,毁他求救本章,差了心腹家人上汴梁约岳丈行事。他日日听候回音,岂知一去两个多月,并不见家人回来。正在十分纳闷,忽一天只见家人报说外面有一人,只称从汴梁而来,乃冯太尉家人,说有机密事要见老爷。孙振闻言,不见自己家人回来,反是岳丈差人有话,心下猜疑,不觉着忙,令他进来。不一会,只见家人带到一人,一见即下跪叩头。孙振说:"起来,你家老爷有何机密事要见?"那人说:"小人奉了太尉之命,日夜赶路到来,有书一封,上呈观览。求老爷照书行事,即速可为,不然钦差大人一到,悔恨已迟。"孙振听了,意乱心麻,急拆书一看,吓得魂飞天外,说:"不好了!我只望报前仇,岂知反害了自己!已累及岳丈,如何是好?可恨杨文广这小贼并及包黑子如此厉害。岳丈已被禁天牢,若非他有书通知,本官险些落于虎口。如今若不投南蛮,再无别处可存身了。罢了!定然要依岳丈来书投降了南蛮,保了家口,前去逃脱此难。事不宜迟,我也不回书了,拜上你家老爷说,本官照书行事,倘脱逃出,必设计救脱岳丈牢笼。"冯家人领命,即时叩别去了。

孙振吩咐家丁,即速备马应用。急进内房中对妻子说知,打点金宝细物之类。正要上马,忽然想起一事,说:"我仇未报,反害得有家难保,有国难存。如今现囚禁着张忠、刘庆二人,不若杀了他,带着他首级去南蛮王处献功,一见自然收录,以雪心头之恨。"想罢,吩咐家丁排着车轮往城外伺候,即忙升帐,传刀斧手提刘庆、张忠二人,捆绑在辕门斩首。正在押出二将,只见府门外来了数十个军兵,飞跑着撞入帅府,呼喝而来,犹如凶神恶煞。孙振吓得面如土色,暗说:"不好了!朝廷差人来拿我的。"即连忙离了位,往内而走。随后出城,早见人备了马匹,孙振一见马匹,犹如得了珍宝一般,连忙跨上,离了城厢,一程跑出西城赶上家口,保护飞奔而去。

先说这数十闯入帅府的人,乃是岳纲、高明带了五十名军兵,奉了王元帅之命,前来调取张忠、刘庆同去随征。只因二位小将军限期三日,要紧回复军令,二人年少英雄,性子急,奔到了帅府,不着人通知,直闯进大堂。孙振心虚,只道朝廷来拿他,吓得魂不附体,哪里还顾杀害别人?只往后城逃走。岳纲二人来得快速,不然,迟些刘庆、张忠二人头已落下。此乃二人未曾被害，天子福庇，不该失此二员忠勇之将。岳纲、高明一进了帅堂，喝声："你等快些唤孙振出来，有紧要语与他说！"这些衙役等早间孙振已命他提出刘、张二人，所以刀斧手俱在帅堂伺候。此时孙振往后西门逃去，众人尚然不知，只道老爷退进后堂去，众衙役便说："二位老爷是哪里来的？有甚公事，请说明白，好进去回话。"岳纲、高明喝声："胡说！我们军情紧急，焉有长篇话说！快快唤出你们狗官出来，问他有多大官儿，误了我军情？"众衙役见二人口出大言，必是有些来历，不敢言论，连忙进内。只见后堂悄悄肃静，并无一人。楼外房中找寻了一会，不独老爷不见，连夫人、侍女俱无。这差人只得出来向二人说："老爷方才进内，此刻不知往何处去了。"二人闻言大怒，喝声："胡说！你本官出门，难道你们不知？"

正说间，只见辕门口远远捆绑着二人，有四个刽子手守着在此。忙问："这是何人？"差人回说："这是狄元帅手下二将刘庆、张忠，只因临阵私逃到此，被我家老爷拿住，今日奉令开刀。"岳纲、高明听了嗟叹一声，大骂："狠心孙贼！我们来迟一步，二人性命休矣。"忙命兵丁解了绳索，但这些刀斧手、衙役见二位相貌凶恶，口出大言，又见本官逃去，不知为着何故，谁敢拦阻？正是蛇无头而不行，鸟无翅难飞，众人竟一个个走尽了。当时张忠、刘庆在辕门得放了绑，一程来至大堂，欲寻孙振厮闹。一见了岳纲、高明二人，方知他们来搭救，但不知其详。二人见问，一一说明，刘、张大喜，叩谢道："不是二位早来一刻，已被奸臣所害。我亦不待钦差到来拿他，且扭锁这奸臣回朝，亲自杀剐，方消此恨。"岳纲说："二位将军不必了。早间众衙役说他已逃去，但朝廷钦差不日就到，他焉能逃脱？况我二人奉令来取二位同去随征，因你路途惯熟，如若二位一去朝中，往返二十多天，行军救困急于燃眉，如何是好？不如我们不理这奸臣。待钦差去拿。我等同去，快快催兵，解了狄千岁之围，有何不妙？"

二人应允，一程不分昼夜赶回，一同下马，进来见了元帅。岳纲、高明将前事一一禀明，王元帅与杨将军众将且惊且喜，背后骂奸臣恶毒，若待朝廷钦差到来拿这奸臣，放二位将军，已是不及，不然被害了。刘庆、张忠二人说："若非元帅差人搭救,我二人必做刀头之鬼。今得全性命,皆赖元帅之力与二位小将军行程之速。恩同再造,不可有忘!"王元帅与二将说："此乃将军二人造化,圣上洪福,不应失此忠义之臣。"二人称谢不已。言谈一会,不觉天色已晚,元帅吩咐摆下酒宴,与二位将军压惊。是晚排开酒宴,元帅与众位小英雄各依官职高低而坐,一同尽欢吃酒,至更深方散。

　　到了次日,王元帅问张忠、刘庆二人路程如何阻险,狄元帅如何被困,二将说:"元帅,我们一到边关,在蒙云关安营,此关高耸,十分坚固,雄兵猛将不是为多。头一阵小将出马,已杀败了南将,伤兵千余;第二阵张贤弟出敌,斩他大将先锋,也伤他兵千五百余。我兵非不精,将非不勇,但此关主将姓段名洪,有女名唤红玉,神通广大,法力高强。第三次讨战,元帅不许人出敌,欲挂免战牌,小将心头不服,恃勇开兵,被他妖术擒拿,回关用邪符迷了真性,反奔宋营讨战。若非元帅细心体查,小将一命难存。后来移营至高山,也是女将法力。此关贱婢甚是厉害的。"王元帅听了点头说:"南蛮乃一乌合之众,叛逆之徒也,有女将如此之能。倘此女降顺,何愁不指日成功?"说完,吩咐拔寨登程。一路赶兵兼程进发,已有月余,进至南蛮之地。初入广南,一路俱有武将把守关隘,地土还属大宋。王元帅是日正在催兵进发,忽有探子报道:"我军慢进!"不知如何,下回分解。

第十五回　杨文广奉命探山
　　　　　段红玉施法取胜

诗曰：

　　英雄小将到边关，救解重围破敌蛮。

　　为国为亲诚两尽，他朝奏绩凯歌还。

　　却说大宋师一路行程，催促进发，忽有探子报道："前面有兵一支，打着大宋旗号，不知哪方军马，请令定夺。"元帅闻报，吩咐暂驻征兵，三军住足，看其哪一方救兵。住师一会，果见前面旗幡招展，打着云南总兵旗号。原来这支军马乃云南总兵陈沔、余靖二人。前时狄元帅初进兵，已知会他同征，只因南蛮王早已取了昆仑关，邕州尽下，至此狄元帅吩咐陈、余二总兵把守住广南，待他大兵征进，方无后顾之忧，此及狄元帅行军慎重之处。至此二人奉命紧守广南一府，前时屡屡差人打听，只闻元帅大胜，正副二位总兵大悦。是以安心把守广南，待等狄元帅大兵攻破他数关，复进交趾，破巢穴，便见成功。然后移兵复回昆仑关，擒拿南蛮王，早日班师。

　　后数月，探听元帅，不独不闻胜败，连营盘人马也不知去向。至此二人心实惊慌，是以尽兴人马三万，亲往蒙云关看元帅下落。此时两军互遇，陈沔、余靖二总兵见了正副元帅、众位将军，各自说了起兵之由，合兵一处。二总兵闻元帅困在高山，算来已有五月，实觉惊骇。

　　大兵又是行程半月，已至蒙云关，离城五十里，元帅吩咐择地安营。二位元帅升帐，众将坐于两旁。王元帅说："哪位将军往探其山穴，然后进兵？"有狄龙、狄虎应声愿往。王元帅说："二位虽然英勇，但初至边庭，路道不熟，待本帅另点别人吧。"狄龙正要开言，有杨文广愿与他弟兄同往。元帅许之。有张忠、刘庆亦愿随副元帅与狄龙、狄虎二侄前往。王元帅见是张忠、刘庆,心下喜之,说:"二位将军同去甚善,只因你路途已跑熟。须要小心。"众将应诺,领兵三千而去。王怀女又放心不下,仍差岳纲、高明带兵一千,分进峡山接应副元帅,不得有违。二人领兵而去。慢表。

又说南蛮探子报进府堂:大宋救兵已到。段洪闻报缘由,对女儿说:"今大宋已有救兵到来,扎营关外,杨家将领兵也是有名的,我儿倒要小心。"小姐说:"父亲放心,他纵然本事高强,自有女儿抵敌。他既先差人到山凹,纵使杀散守山的兵,狄青远隔高山万丈,焉得知之?除非生翅能飞。他兵既至,待女儿先挫他锐气,教他救兵不敢藐视我们。"段洪说:"但凭我女儿主意,须要小心。"女儿应诺,即时上马提刀,领兵一千出关而去。

再说杨文广与四将带了三千兵一路来到两峡山凹。虽有南兵把守,不过数百名。杨文广喝令杀敌上前,众南兵见宋兵大队杀来,早惊慌吓得四散,不剩一人。刘庆、张忠细观这个山凹,吓了一惊,说:"不好了!我们前时回朝取救,山凹上下俱是崖地,今水势奔腾,汪洋上下。不如杀散守山兵将,席云回山上报知元帅,但无船筏渡下众人,也是枉然!"只是长嗟短叹,杨文广听了,默默无言,二位公子仰天惨切呼声:"上天!我父王困于山涧之中,未知生死,今救兵到来,又遇水灌山凹,不能上去,必然凶多吉少了。"哀哀痛哭。刘庆、张忠见他弟兄二人痛哭,心头不忍,不觉虎目圆睁,忍不住泪流,呼声:"元帅,今日看来,果然难以搭救你了!"兄弟二人倍加凄惨,恰似平西王当真死了一般的痛哭。弟兄悲恸之际,狄龙将手中长枪抛于地下,跳下马来说:"不能救父,为子焉能苟全性命,不如跳下山凹涧中与父同死吧!"说未完,狄虎也跳下马,一同趱前数步。

杨文广看来不对,连忙下马拦住说:"不要走!"早已左手挽着狄虎,右手挽着狄龙,张忠、刘庆亦忙来拦住二弟兄,大呼:"二位贤侄,今你父虽然遭困,今日王元帅奉旨解围。回营商议,自然有个主意,可使你父脱离此难的。二位贤侄何须性急?"杨文广也来劝他回营。狄龙、狄虎见三人力劝他回营,带泪含悲说:"蒙列位相劝,乃一场盛心。只是古云君有难,为臣死节;父有难,子岂独生?乞三位放手,全我兄弟鄙念吧!"说完大哭,三人此时十分着忙,杨文广说:"二位贤弟,我且问你:君父有难,应臣子死节;但今你父困在山中,手下现有将兵十五、六万,不过是没有出路,目下不能即脱此难。我今回营,见了元帅商量,自有计策解救你父。倘你一时气愤,跳下涧凹中死了,岂不枉送了性命?且身负不孝之名,有何益处?你父实乃未死,你们如此执迷,岂不作他当真死了?不孝孰大于此?即使你父果死,还有母亲在,何至一刻轻生!贤弟,你二人可想愚兄之言是否。"当时狄龙、狄虎听了杨文广之言,忽然醒悟,忙向三人深深打拱:"蒙兄金石良言,敢不如命!"说完,众人上马。

忽见前面来了一支南兵,摆开队伍,拦阻去路。杨文广一见,吩咐列开阵势以待。队伍中来了一位女将,刘庆对杨文广说:"这位女将便是会用邪法的段红玉,他今来拦阻,我们倒要小心。"杨将军听了,催马上前,大喝:"贱丫头,通名来!"段小姐看见来了一员小将,十分威武,想来早间探马报道杨家女将王怀女领兵,如今看这员小将打扮模样,又有四人保护,极似个领兵主帅一般,遂大呼:"来将何名?"杨将军说:"小丫头,你听着:我祖乃山后寨威震石关金刀杨令公,我父杨宗保,本帅乃副帅杨文广。若知我的大名,早早下马献关投降,放出天兵将士,共拿叛逆,不失加俸禄位。如若仍然执迷不悟,难免玉石俱焚!"段小姐闻言怒起,指着杨将军喝声:"你这年少匹夫,我且问你通名,就说出瞒天大话,许多妄言。看刀!"言未了,双刀挥来,杨文广金枪急架相迎。

一连战了三十余合,段红玉看看抵挡不住:"不好了! 这小贼本事厉害,再战只忧性命难保,不如用法擒捉他吧。"杨文广喝声:"小贼婢,交锋未有十合之勇,就来拦截我师,本帅来取你命!"正要催马追赶,一想:"不好赶他,防他用妖法。我且勒马,看他怎样,再作道理!"登时停马不追。段红玉见杨文广一时住马不赶,暗骂一声:"好个伶利的小贼! 知我有法术伤他,是以勒马不追。罢了,虽然你乖巧,如若单单容你回去,不独便宜你了,也不知我法术高低!"即口念真言,向北方用剑一指,霎时间飞砂走石,日色无光,其沙尘竟向宋军队里打来。宋兵登时大乱,队伍不整,四下奔逃。小姐喝令一千兵杀上,宋军大败。小姐正在催马喝兵追杀宋师，又见两峡山一队军马，打着大宋旗号，十分严整，方才不敢穷追，收军回关而去。

且言宋兵见飞沙走石住了，见后没有追兵，方得聚会一处。当下岳纲、杨唐见了副元帅说："奉王元帅之命，惟恐有失，特差我二人来接应。"杨文广五人清点人马，折去七、八百。即时回营，进了帐中，将探山战败一一说知。

王元帅说："胜败初次，何足挂怀！败此一阵，乃本帅之过也。明日待本帅临阵，拼个高低便了。"有狄龙、狄虎上前，口称："元帅，我父困在高山之中，未知生死，望乞元帅早定良谋，救出我父，恩如山海，自当犬马效劳。"王元帅说："贤侄，你休得性急。这小丫头用法移营于高山，时值三春，山水灌发在山凹。昨刘庆将军所说，秋冬时山凹干涸，俱是旱地，止容一人一马，山凹下有兵丁把守，上面虽有英雄好汉数十万雄兵，不能得下。为今之计，必然众军往山伐木为渡，杀散守山兵，刘将军席云上山报知，狄元帅一渡可下。但瞒不过这贱婢，必然本帅明日出阵，一者看其山势，在何方可乘木筏；二者看他这蒙云关如何险阻。然后众军上山伐木，十天方能足用。二位贤侄，性急不得的。"弟兄闻言，打拱称谢。但不知来日交锋，何人胜败，如何救出狄元帅众人，下回分解。

第十六回　沙场地阵困英雄
锋镝中婚思小将

诗曰：

年少英雄肯让谁，沙场对垒勇为先。

阵中被困缘谋寡，方信六韬三略奇。

再说次日王元帅带领一万军马与众将杀奔至蒙云关下，投寨讨战，只闻一声炮响，关门大开，段小姐一马冲出，三军随后。王元帅一看，这女将果然生得姿容绝色，美貌娉婷，细看：

皓齿莹眸柳叶眉，神为秋水玉为肌。

恰如仙女临凡界，秀色堪餐足解饥。

王怀女看罢此员女将，暗暗赞道：“这丫头果然有沉鱼落雁之容。”杨文广见了说：“待我出马，好报昨天折兵之仇！”元帅吩咐小心，杨文广应允，一马飞出，大喝：“贱婢！休得逞强，本帅来也！”段小姐一看，笑道：“杨文广你这小畜生，昨日容你败去，今日还敢临阵？”杨文广怒道：“本帅昨天误中你妖术，今日特来斩你，休想要活命！”提起金枪便刺。段红玉双刀急架相迎，男女二人战不上三十合，段红玉实是招架不住，只得把马退了数步，口念真言，忽一阵狂风大作，半空中落下许多豺狼虎豹，向宋营阵中扑来，吓得宋兵惊慌逃走。王元帅看见，急拔宝剑，喝声：“住！”即念动真言，半空中只闻雷声霹雳一响，这些兽物纷纷化成纸剪的，落下地中。

段红玉见了大惊，不知何人破法，又见杨文广持枪刺来，小姐双刀架住，想下一个主意，便呼：“杨文广，我闻你杨家大小男女俱称无敌，据我看来，不过仗着血气之勇，演习得几路枪刀之法耳。我今与你斗阵，摆个小小阵式，你若打破，我便献关投顺；若打不破，你的性

517

命难逃,枉你杨家名望。"杨将军冷笑说:"丫头,你小小女子,有何本领,由你摆什么阵图,只需我一人一骑就来破了你的。"段小姐见他答应打阵,暗暗欣悦,便呼:"杨文广,且待片时,看我摆来。"言罢往本营而去。

杨文广勒马观看,只见布兵一千,东西南北,幡旗动绕,不一刻摆成一阵。杨文广笑声:"丫头,我只道你什么奇难惊人之阵,原来如此平常也。"说未了,只见段红玉到来,呼道:"杨文广,你会打这阵图么?"杨文广说:"本帅只道你摆得什么奇难怪异之阵,岂知乃一字长蛇阵也。这十座古阵,本帅自十一二岁时已熟悉了。何必再来卖弄?"小姐冷笑说:"杨文广,你夸此大言!我摆的虽乃长蛇阵,你敢来打的,方算你是英雄。"杨将军喝声:"丫头不必多言,看本帅打破你的阵。"说罢,飞马冲入阵头。王怀女一见杨文广冲入阵中,吓了一惊,说:"不好了!孙儿此去,必中这丫头之计!"众将忙问道:"元帅,据末将看来,段红玉摆来只是一字长蛇阵,只得用兵一千。副元帅向阵头冲入,只打乱蛇头,此阵即破。元帅何须着急?"王元帅说:"列位将军有所不知,他摆的虽然一字长蛇阵,容易攻破。只防这丫头用起妖法,孙儿受他牢笼了。"岳纲及萧天凤说:"元帅,既然如此,待末将前去接应!"王元帅说:"如此,萧将军打阵尾,岳将军打阵腹。倘阵一破,不可恋战追赶这丫头。"二将领令,拍马向前。

先说文广冲入阵中,勇不可挡。段红玉见杨文广闯进阵中央,暗暗欣悦,呼声:"小贼中计了!"连忙念咒一会,仗剑一指,只见阵中天昏地暗,不分东西。这杨文广正冲杀进阵中,忽见一时黑暗,伸手不见五指,耳边但闻喊杀如雷,犹如千军万马之声,心中慌乱,喊声:"不好!中了贱婢之计,此番性命休矣!"此时,萧天凤、岳纲二人也冲进阵中,只见乌天黑地,不见人形,只认得声音。三人只得勒马,暂聚于一处停住。慢言。

且言王怀女观三人进阵中,不一刻,见阵内起了一朵乌云,将长蛇阵罩住了,大惊说:"不好了!必然这丫头用些妖法,三人中了他计。"正要抽身,又见阵内跑出一支人马,乃段红玉用撒豆成兵之术变化的。当时他又来喊战,恼了狄龙公子,怒道:"可恶贱婢,我来也!

不斩你下马,誓不回营!"提枪飞马而出。段红玉看见来了一员小将,
甚是齐整:

> 金冠鸡尾两边分,粉脸朱唇体貌新。
>
> 直竖秀眉多耀彩,横排美目有奇神。
>
> 征衣合衬黄金甲,章袋联装白羽筠。
>
> 摆弄银枪风雅样,哪吒相似下凡尘。

　　当下段红玉看见狄龙恰似潘安再世,宛如卫玠重生,暗暗想来:
"好一个风流小将,美貌郎君! 倘若得我配匹了此人,风流一世! 但
今两为仇敌,岂非妄想枉思的?"思量一会,自言:"我好不知羞耻! 我
乃一闺中幼女,难道终不知礼节的? 婚姻大事,当有父母之命,媒妁
之言。如何一见这美少年就胡思妄想? 况与为敌国,一面未交,不知
姓名,何不向他说一声?"便喝声:"那位少年宋将,休得逞强! 我段小
姐在此! 快通上名来!"狄龙早上,已饱看这段红玉一会。但见他生
得果然绝色无双,恰似昭君再世,又如月里嫦娥。三寸金莲,令人可
爱;手拿双刀,娇声滴滴。狄龙看罢,想来:"此女生得美貌如花,古言
昭君之美,至今所传,比之这红玉,不知又何如也? 但我中国目睹者
未有一人及他之美。这样嫩躯弱质,想彼怎样与人对敌冲锋? 不过
仗着邪法厉害伤人,困我父王人马于高山,至今未知生死。若不拿得
这丫头,焉能救得我父!"想罢,催马上前,喝声:"段红玉,你问我的大
名,须要洗耳恭听! 我乃大宋世代簪缨之臣,我父平西王,我乃应袭
大世子狄龙也。我父身居王位,奉旨征南,误中你妖术,困于山涧中
至此。目今本公子领兵前来救父,特来先拿你这小贱婢,雪了此恨,
再来剿灭你们! 若知事者,急急下马投降,倘然执迷,尚敢抗拒天兵,
一同灭尽,悔之晚矣。"

　　段红玉一闻他是狄青之子,怪不得生来如此之美,即开呼声:"狄
公子,你青春多少,家中几位令夫人?"狄龙见他忽然问起此言,也觉
十分稀奇,便呼声:"贱丫头,我与你两军对敌,因何动问起家中事
情?"提起枪,喝道:"我与你非亲非故,既不愿投降,休说闲言。看
枪!"对面刺来,小姐双刀架住,叫声:"小将军休得发怒,待奴奉告一
言,未知公子意下如何?"狄龙说声:"你有何言语,快快说来!"段红玉

满面笑容道："奴家久仰公子令尊大人如雷贯耳，乃大宋朝一条擎天玉柱，保守江山社稷倚重之臣。前者一时错了主意，冒犯了虎威，困他于高山，至今劳动公子众人前来，奴家多多有罪。今我实告一衷肠之言，望祈公子猜测。若然猜得出，救父何难？我且回关劝父投降，与你们一同南征。奴之心事尽在于此，公子你乃聪慧之人，定然猜透奴家心中之事。"当下，狄龙闻段红玉之言，心说："这丫头叫我猜他的心事。倘若猜透，救出我父，且回关劝父归降。这话十分奇了，莫非此女如此柔和光景，思量与我订结良缘？"正是：

> 欲知闺内意，尽在不言中。

当时段红玉看见狄龙不作声，便呼声："公子，枉你堂堂一表，只道你聪明过人，岂知你如此懵懂！莫非你明知其故，哄着奴家不言么？"狄龙诈作不知其意，喝声："贱婢不必多言，看枪！"段红玉用刀架住呼声："益冤家，奴这一段衷肠心腹之事，你何故推开，只作不知？你本是一个王侯的公子，知书达礼，岂有这样事情不知之理？自古有言说得好，月老做定姻缘簿，千里合婚天配成，系足红丝偕到老……"此时段小姐一时间说出婚姻配合数言，不觉脸上泛出桃红，一时实见羞愧。当下，狄龙闻他说出此言，暗说："丫头既有心与我配合，不该亲自明言，实乃不知羞愧之女。罢了，待我诈作不会其意，耍他一耍，看这贱婢如何回答于我。"便唤声："小姐，我狄龙生来愚蠢，不知你有什么衷肠心事，何不明言？不必这样半吞半吐。既肯投降，即速献关救出我父王，任凭你有甚天大事情，我无有不依的。快快明讲吧！"此时小姐不知如何答话，姻缘订结否，另有下回分解。

第十七回　段小姐暗问心口
　　　　　　狄公子假订姻缘

诗曰：

　　　　天定良缘不可强，赤绳系足是前生。

　　　　虽然假定终身事，月老神祇已鉴盟。

　　当时段红玉听了狄龙之言，暗骂一声："小冤家，你分明知我为着姻缘之言，你故意推作不知，叫我说明。我乃未出闺门的少女，这话如何叫人说得出口！"想了一刻，心说："这小畜生倒也老辣，心中明白，反难我明言。若不说明，他假推不知，岂不将此段良缘当面错过？罢了，我也忍着，不如与他当面言明便了。"唤声："公子，奴实乃未出闺门的少女，今年十六。幼年十岁间在后花园玩耍，偶遇终南山云中子仙师传授与我兵书仙术，件件法力俱齐，前时我主进了反表于中国，天子震怒，差你令尊提兵南征。初到我关，几场得胜，后来奴家施法，困在高山中。今虽受困，幸喜他军中有粮。若要令尊脱离此困，有何难处？只要公子依我一事，除非你我订约了姻缘，两下许成佳偶。"狄公子闻言笑道："好个无耻的贱丫头，自古婚姻须待父母之命，须凭媒妁之言。哪里有男女亲自对言婚姻之理？你实不知羞耻而败人伦，我堂堂一男子，生长天朝，岂肯匹配你化外不知廉耻之女？如若久后人知你我于阵上自订为婚，岂不羞惭的么？我劝你休要胡思妄想，收拾此念吧。"

　　狄龙几句言词，说得段红玉恼羞成怒，说："狄龙，你这不识好歹的蠢东西！焉敢出口伤人？你说是个堂堂男子，生长天朝，不肯匹配我蛮方之女，只怕你久后求救兵时，踏破铁鞋无用处。我虽乃生于南方，父为伪官，但南方一角，九溪十八洞俱已闻名，他是豪杰英雄之汉。我虽年方十六,女子之工何所不晓?诗文刺绣何所不精?兼能隐遁变化、腾云妙术,善于袖课六壬,你国纵有雄兵猛将,哪里在我挂怀?就是奴的容貌,虽不敢称为尽美,也不是败陋之姿。我虽一少弱之女,法术精通,文武两全,你敢胆大狂言,藐视我么?早知你如此轻薄,奴家错于吐露真情。今日不斩你头颅,难雪胸中愤怒!"拍马抡刀,照头砍下。狄公子长枪急架挑开,二人冲杀了二十余合,两边战鼓如雷。

有王怀女在旗门下看见狄龙与段红玉杀得难解难分,说:"这二人果乃将门子女!"当时这狄龙小将想道:"我称将门之子,武艺家传,难道反不如一个油头粉面的少女?今日不胜了他,誓不为人!"即抖擞精神,长枪一紧,上下飞腾快刺,刺得段小姐有招架之功,无还兵之力,口中发喘,遍体生津。段红玉说:"这小畜生的枪法厉害,真乃少年英雄。怪不得他眼横四海,旁若无人!少年出众,人物轩昂,超群儒雅!观他是定然福禄齐全。我段红玉若得匹配这员小将,就死瞑目。此非我私心淫行,但是终身大事,百年之会,必求相当,岂可草草为伍?"正想之时,狄龙枪已飞至面门,小姐一惊,拍马逃走。狄龙催开坐骑赶去。

段红玉回头看见狄龙赶来,便取出一宝贝名落魂幡,正要插起,又恐惊受不起,伤了他的性命。虽然还有解救,但爱惜这员小将紧切,不忍他受苦楚。"但恨他不肯依从我,还来多言羞耻,奴家何不取红纸索擒他下马?"即念动真言,只见一道毫光,飞起仙索,小姐呼声:"狄龙,看我的宝贝来取你!"公子听他宝贝二字,忙将马勒住,但见半空中毫光闪闪,正是:

> 红光透起日无明,飞舞空中烁罩情。
>
> 不啻天罗兼地网,纷纷滚下到天灵。

当下狄龙不知这件是何东西,吓了一惊,说声:"不好了!果然这丫头以妖术弄人。想这件东西落下来,只怕性命难保了。"连忙拍马而逃。段小姐冷笑说:"你思逃脱,休想的。"用手往上一指,只闻一声响亮,红光忽落,狄龙身上忽被捆绑住,跌于马下。小姐催马上前,手举双刀喝声:"狄龙,我来取你性命!"狄龙此时料不能逃脱,说声:"罢了！再不想我狄龙今日死在阴人之手。"说罢，闭目待死。段小姐喝声："狄龙，你今被擒，我刀一下就身首分开。你只管打算来：若还应允婚事，我就饶你；如有半个'不'字，枉送你性命！"狄公子想道："这无耻贱人，痴心妄想要我许婚，我若允了，久后人知，岂不耻笑于我？我宁可死在他手，此事断不可依他！"又一想："身已被擒，若一言不允，他刀一下，我死在目前。我死也不打紧，但父亲困在山中未曾救出，母亲尚在，我若死了，好不凄惨！不若我诈哄了贱人，放我起来，谅他的武艺不是我的对手，此时出其不意刺死于他，岂不为美？"想罢，呼声："小姐，我一时愚昧，不依从于你，今已悔过，伏望涵容。我今允你婚姻之事，快些放我起来，待小将回营告知元帅，才是正理。"小姐闻言大悦，呼声："狄公子，你此话真的么？"狄龙说："小姐，我并不虚言的。"小姐说："既然如此，奴焉肯得罪？放你起来吧。"口中念念有词，登时仙索解下。

狄龙翻身上马，提起银枪，瞪起目，看着段红玉大骂："无耻贱婢！依仗邪法、邪术拿我，好不羞耻！还要强逼为婚。我狄龙本是个顶天立地奇男子，焉肯匹配你化外之人！"说罢，提起长枪便刺。段小姐怒道："好负心小贼！"双刀架住，战不几合，又照前捆他下马。段小姐提起双刀，不过是恐吓于他的，哪里当真舍得斩下。勒住马喝声："好失信的冤家！你既不肯允婚姻之事，当面食言，我也不擒你。但你不该假言谎说哄我，辱骂于我。本该即时杀你，但今果若真心许我婚姻之约，奴即回关劝父归降，然后放出你父亲，你意下如何？倘若允肯，快快说来，待奴打发你去路！"

狄龙此番思来想去："这贱婢三番两次不忍伤害，不过欲结订婚姻。何不哄骗他，解了目下父王之困，岂不胜于自设机谋，又要上山伐木，许多辛劳？今他许我放回父王，不用吹毛之力，有何不妙？倘若见了父王之面，反说未允，也由我。"主意想罢，唤声："小姐，我今当真许了此事，成就了百年之好。你就要收兵回去，救出我父王，献关投降，万不可失了信约的。"段小姐呼声："小冤家，奴说了半日话，你难道不闻知么？"狄龙冷笑说："小姐，如此何难依你？倘救出我父，乃我的恩人；献关投降，乃弃暗投明，均属一殿之臣，与我就好成为夫妻。如今再不失信哄你的。"小姐听了,呼声:"公子,你的言词实难真信的。若是真情,可对苍天发下一誓!"狄公子闻言,踌躇一会,便说:"岂有此理! 我男子汉一言既出,难道反悔的么?"小姐说:"公子,你早间已骗我一次,焉可再骗二次? 倘反复起来,一时之怒,伤害了你,奴心何忍? 若不对天盟了誓来,谅你有反复的。"公子听了,暗暗骂声:"好厉害贱人,追我盟誓方信为真! 我如今既瞒不过他,何不盟誓这不痛不痒咒言,哄骗于他?"即呼声:"小姐既要凭信,我就对天盟誓:倘我狄龙反悔失信,辜负了小姐之约,自身遭其兵难。"

此时狄公子对天发誓,只道无心乱说之言,岂知成了谶偈,日后却也应验了。他后来要抛弃了段小姐,困于敌阵中,险些丧了性命,幸亏得小姐前来搭救,性命方能保全。如此盟验,却也奇的。当下,小姐见他发了咒言,心花大开,呼声:"公子,奴今收兵回去,等到晚间,将狄千岁众人放回,待你父子叙会了。三日后奴便劝父归降,你道如何?"公子应允。又想:"这丫头果然投降的。且哄他收了长蛇阵,救出杨元帅三人,再作道理。"便呼:"小姐,如今话已说完,你何不回去收了此阵?"段小姐说:"公子之言有理。你且慢些回营,待奴先收兵回去,准三日后便来投降。"说完上马加鞭去了。有狄龙公子方才上马提枪,垂头丧气而回。一路思量这段红玉的痴心,觉得好笑:"若非仇敌,他生得如此美貌,为我之妻不是辱没的。"

又说王元帅见狄龙去赶段红玉,不见回来,心头挂念,正在差人前去探听,见狄公子远远回来,心头放下。想起实为奇了:"段红玉法力多端,狄公子因何逃奔而回?"想未完,狄公子已到,即开言呼声:"公子,你追这段红玉,胜负如何?"狄公子见问,反觉得羞惭起来,将早间之事一一说明缘由。王元帅听了,不胜大喜,说道:"既然这段小姐一心归降我朝,与公子结为夫妇,真乃一双美对夫妻,亦由当今天子洪福。这员女将,法力高强,得他为助,南方何愁不灭? 等狄元帅明日脱离此难,老身自然与令尊细细说明,成全你二人的美事。想来真乃万里程途的姻缘也。"狄公子闻言,满面发红说:"元帅啊,此事休得提起了。我狄龙既以英雄自许,岂肯屈于这丫头之下？今日不过权词暂哄骗于他,即日救出我父,强如自己劳师动将,设施谋计。我父倘脱离此山,与他拼个死活,纵然身死,亦无所恨的。断然不要这贱婢为妻!"不知王元帅如何答话,且看下回分解。

第十八回 段小姐谎词哄母 终南山真偈规徒

诗曰：

一心订就好姻缘，谎哄双亲结凤鸾。

下降祖师相赠柬，他年破敌理方连。

却说王怀女当下闻狄龙一番负约失信之言，便说："公子，你言差矣。你既英雄自许，一言既出，驷马难追。此乃婚姻大事，岂可乱于出口？对天盟誓，难道天神地祇皆不灵验的么？我不与你争论，待狄千岁身离虎穴，段小姐前来投降，老身必然执柯的。"再说杨文广、萧天凤、岳纲等在阵中，只因暗如黑夜，不敢放马。守候多时，忽然光亮，其阵纷纷自解。三人不知其缘故，不敢追杀这些南军，一同拍马向宋军队伍而回。来到王元帅跟前，各言因于阵中暗黑之由。王元帅说："此乃段红玉用法掩了阵中光明，今幸狄龙与红玉私缔姻缘，收阵回去，汝等得出。"传令三军回营。慢表。

且说段红玉收神兵，领了一千兵回关，一路思量婚姻之事，不觉进关来。想起十分难言，只忧父母不允，不若先探父亲之言，随机应变，此事方妥。当时来到滴水檐前，下了马，拜见父亲交令，段洪一见道："女儿今日出阵，胜败如何？"段小姐说："今日与王怀女斗法，他果然厉害，手下战将甚多，皆是骁勇之汉。女儿对敌一场，未得其利，是以收兵回来。"段洪说："胜败乃兵家常事，今日虽然未胜，明日为父尽令城中众将与他见个雌雄！倘退了大宋人马，为父方得安心与你订个良缘，乃公事、私事两毕。"段小姐闻言，默然不语，别过父亲，往后堂而去，见过母亲。老夫人正在后堂，一见女儿进来，忙问："女儿，你连日军务事情十分劳苦，今日开兵，胜负如何？"段红玉见母亲问他，谎说:"女儿今日出兵,遇了杨家女将王怀女,他的法术精奇,女儿的法术施去总不灵验,不知何故。"夫人听了说:"我儿,你平日说过,倘遇疑难之事,可以请得师父到来。今女儿何不焚香请师父前来,细问缘故?"此时段小姐忽然醒觉过来,心中暗喜:"何不如此将计就计,说去看娘亲如何?"

此时小姐将眼一揉,双眼流泪,口中嗟叹。夫人一见大惊,说:"女儿,你因何忽然伤怀起来? 快说知为娘!"小姐见夫人追问得紧切,不但不说,反大哭起来。夫人越觉惊慌,连忙近前扯女儿玉腕,与他拭泪,说:"女儿,你有甚事情? 不必如此,快说与娘知!"小姐呼声:"母亲啊,只因你提起师父仙师来,为儿不觉心中凄惨,以至悲伤。"夫人说:"女儿,为娘提起你师父来,因何就触起你心事? 到底是何原由?"段小姐说道:"此事论理孩儿不能说出口,事到其间,无可奈何,只得禀明吧。当日我师父传授女儿的法术时,临别之日,吩咐女儿:有某年某月大宋兴师前来,领兵主帅乃王怀女,他的武艺高强,法力精通。他提兵至此,立刻就好前去投降。况南天王我主乃一叛逆之流,终为狄青所灭。我们拒敌,就算逆天行事,传我法术,自然不灵验的。果然今日交兵,法宝全然不应,若不早降,举家还有性命之祸;倘降了大宋,世代身受国恩。还有一言不好出孩儿之口,但母亲要我说明,女儿也顾不得羞惭了。仙师说女儿的姻缘该是宋营中狄龙,若违背了师言,就有滔天大祸,再三叮咛而去。女儿谨记在心,直至今日早上交兵,果有狄龙其人出阵,与女儿战斗了二十合。他的武艺高强,女儿非他对手,只望施法得胜,奈王怀女更高于女儿,只得收兵回城。方才母亲说起师父,倘女儿欲待不言,诚恐祸有不测,说出来实见羞愧。"当下夫人听了,吓得目定口呆,叫声:"女儿啊,幸得你对我说明此事! 若竟含羞不说,险些误了大事! 娘且请你父进来,与他商议。"忙唤丫鬟传请。

不一时,段洪进来坐下,说声:"夫人,有何事情?"夫人见问,就将女儿的话一一述之。段洪闻言,默默不语,想了一会,唤声:"夫人,我想此话甚是荒唐,况且终南山云中子仙师怎肯忽离仙界,来管这俗间之事? 我段洪虽生蛮地,身受主恩,岂肯低头受降? 夫人休信女儿之言!"段红玉初时假造虚言,谎哄双亲,满拟可遂他心愿。岂知今日父亲不准信,心内暗惊,粉面通红,暗说:"不好了! 这事休矣。如何是好? 且看母亲如何答话。"原来这夫人乃是妇人之见,把女儿之言认定为真。今听得丈夫不信其事,心中暗怕,呼声:"老爷,我想云中子仙师乃道德深高,能知过去、未来之事,既是预留下此事此言,老爷何不准信的? 只忧逆天悖理,大祸临身,悔之晚矣!"段洪闻言,喝声:"妇人家听信谗言,随口乱道,陷我行此不义之事,我断不背主求荣的!"夫人见丈夫大怒,不敢再言。小姐当下说:"不好了。父亲决然不信的,姻事不成了!"想一会,呼声:"爹爹,女儿焉敢在父母跟前说谎,若还是不信,待女儿今夜焚香请祷师父下凡,便知明白了。"段洪说:"我从来不信鬼神的,你说法术乃云中子仙翁授你,我亦不信。如若你请他到来,为父亲口问明,方才准信的。"小姐满口应承,一心思量师父偏庇于他。是夜命了丫鬟排开香烛,深深拜祷,暗祝仙师助赞姻缘。

却说云中子仙师正在洞中坐,忽闻一阵信香风过,屈指一算,已知其意,笑道:"徒弟啊,你虽与左辅星有姻缘之分,怎奈机缘未到。况你以法力擒他,这小将心中不服,口虽应允,不过哄骗你的。只等候到黄花洞狄门父子被王铁头和尚困住,该你前去相救,那时才是你姻缘会合之日。右弼星姻缘乃王兰英,二人还未会面。今他叩祝,要贫道助力,却奈何你姻缘未至。若然不至,又失信于你。不如前去赠他数言指点。"即时提笔将柬书了几句,吩咐道童洞中谨守,袖一束驾云而来。不一时到了。按下云头,呼声:"贤徒,为师到了。"小姐当晚祷告完,正在盼望之际,见仙师到来,大悦,跪伏于地。仙师唤声:"贤徒,你事为师已尽知明白。今日授你柬帖一纸,观看柬中之言,便知你终身大事。"说完,云中落下一柬,仍驾云而去。

那段洪一生不信鬼神,见女儿焚香叩请,一时果然来了一位仙翁,吩咐一番,云头落下一柬,忙上前拾起。小姐叩首起来,见父亲已拾起柬帖,一齐在灯下观看,上有七言律诗一首云:

　　千里为婚一线牵,也须待命达时权。

　　左辅红玉成当配,右弼兰英也共联。

其中变幻真难测,若里机关岂预言?

询问和谐花烛夜,黄花洞口结良缘。

八句之后又有字数行列后,上写着:

贫道言词须当谨记,倘违背师言,轻举妄动,必遭天谴。凡事随缘安分,自有一定之数,岂可强为? 此八句诗是你终身大事,尽在于此,切嘱。

段洪看罢此柬,霎然大怒,说道:"好个狡猾丫头! 险些被你哄弄,误了忠臣名节! 你为着婚事就要父投降大宋,陷我于不忠之地,若非仙师来指示,轻举妄为,祸不远矣。我养你这不肖女儿,败坏家门,要你何用!"说罢,拔剑走到红玉跟前。正要动手,夫人连忙上前扯住,夫人含泪急呼:"老爷且息怒,听我一言。想起来女儿请师到来,亲赐一柬,上面言词隐而不发,未有显言,如何要杀他? 你且说个明白! 若还屈死了他,妾身与你决不甘休的!"段洪说:"你言我无故杀女,你难道未曾听见仙师柬上言词? 先八句诗其中深奥,一时难明;后面书明白分清,不许轻举妄动,凡事随缘,不可勉强而为。他早间对你之言,皆乃谎说。明是阵上遇着少年宋将,私许了婚姻,所以回来谎哄欺瞒。若不斩了这不肖之女,难雪心恨!"夫人说:"纵有此事,求老爷暂且容了他,妾身自有主意。"有段龙、段虎闻知,也来解劝父亲,段洪只得收回剑。小姐满面羞惭,啼哭起来。夫人说声:"老爷,我想女儿自幼儿端正,岂有一时改换心肠? 于阵上遇了宋将,这婚姻之事如何说得出口? 况仙师柬上言词含糊不明,细细参详出内里情由。或者女儿该配合这宋将,也未可知。"段洪说:"夫人,你要见个明白也不难,那贱人谎称应配这狄龙,但宋营中必有其人,明日教贱人出马,若将狄龙擒来,或阵前伤他,就罢了;如若不然,定是难容!"夫人说:"老爷之言不差,明日叫他出敌便了。"段龙兄弟又劝父出园而去。

有夫人劝解女儿说:"你父一时气怒,认错机关,要来伤你,明日又要你出敌擒宋将。但娘心明白,不用悲伤。"小姐只是含悲不语,夫人吩咐丫鬟换小姐回房安歇,小心服侍。此时小姐坐于房中,心中羞怒恼恨,师父下了此柬,出丑一场。越思越恼忿,怒中欲寻自尽。又想:"在阵上与狄公子许下婚姻,又许他放回狄元帅。我死不足惜,一来未曾放出狄元帅,二来未见公子一面,诉我被屈一场。对他说明,我死了,使他知我不是失信负心女子。"想罢,纷纷珠泪滚流,有侍女上前,再三解劝。小姐不知如何,且看下回分解。

第十九回　段小姐移回宋营
　　　　　　狄公子羞惭女将

诗曰:

> 姻缘订就小英雄,许救天朝众将戎。
>
> 施法移营离险地,狄家父子得重逢。

　　当下侍女几人劝解:"小姐不必伤心,我家老爷性如烈火,不过一时之气怒。古言狼虎不食儿,老爷后来醒悟,必悔过的。小姐若然恼恨坏了玉体,老夫人受惊,小姐心也不安。生身父母,不比外人,虽然错怪了小姐,还须忍耐才是。"小姐见众丫鬟不住解劝,方止了泪。时交三鼓,吩咐众丫鬟安睡去了,单剩四个心腹侍女,一同伴着小姐来到后园待月亭上。只见得皓月当空,不禁触动愁肠,嗟叹一声,丫鬟已排开香烛,小姐当中下拜,披发仗剑,步斗踏罡,仰天叩祷:"过往神祇,今日奴施法移营,救回狄青,非因摈主求荣,实因许下狄公子姻缘,方存我的信行。"祷告已毕,烧了符,但闻半空中一声霹雳,走石飞砂,狂风大作,月色阴阴,乌云四起。两峡高山这些山神妖怪,遵着法旨,将一座大宋营乘风连带人马吹起半空中,移回沙场地原处。小姐收回了法术,回归房中安寝。按下休题。

　　再说狄元帅自从打发刘庆、张忠回朝取救,已经半载,粮草将尽,十五万军兵内中有胆小者,日夜惊惶,死者数万,元帅众人日日悬望救兵。忽一夜中旬天,月色光辉,霎时间天乌月暗,狂风大作,鬼叫神嚎,这些人马吓得战战兢兢,不觉身体浮起,飘飘荡荡,黑暗中飞砂走石,不辨东西,渐渐落下平阳大地。大风止息,众将兵方才定了神,二目方得睁开。风已息了,黑雾未散,不分东西。迟一刻,黑雾一散,方才现出一轮明月。

初时,众人多说,被此大风又不知吹到哪一处,各各称奇,不觉你言我语。许久,天色光亮,狄元帅传令齐整三军,各归队伍,令人探路,方知大营一座仍归原处。得脱岩穴,心头大喜,一同叩谢苍天。元帅说:"圣上洪福,有此神力扶助。"正说之间,探子回报说:"启上元帅爷,我营隔三十里,又有一座大营。小人前去打听,原来是我朝大宋的救兵。领兵主帅乃无佞府杨门王夫人,副元帅大将军杨文广,统兵十万,在蒙云关左边屯扎。请令定夺。"狄元帅闻报大悦,说:"好了,定然刘、张二人请得救兵回来!怪不得昨夜狂风大起,将大营人马移回原处!"忙令:"众将兵,快随本帅前往叩谢王元帅!"此时,众将、大小三军拔寨起行,随着狄元帅,按下慢表。

再说蒙云关段洪,次早逼令女儿出马擒拿狄龙,小姐无奈何,只得带人马来到宋营中,令人讨战。有宋军飞报进营中:"启上元帅爷,有段红玉在营外讨战,请狄大公子出马。"王怀女说:"这段红玉昨与公子交锋,已约订婚姻,放出被困人马,为何今日又来讨战?真乃外国蛮人,反复无定。"正说着,帐前一人上前呼声:"元帅,小将愿领兵出马,擒此贱婢!"元帅一看,乃是狄虎。王元帅说:"二公子,昨天段红玉将你哥哥连擒二次,要结婚姻,你兄虽然应允,不过是诈哄于他。原许放出被困人马,今天不见放出,又来讨战,指明要你哥哥出马。本帅想来,这南蛮化外之人,反复无常。二公子休得出马,还叫你哥哥出营,问明于他为是。"有狄龙说:"元帅之言有理。贤弟且慢出敌。"狄虎说:"哥哥,何得拦阻我的?你昨日交兵,被他三擒三纵,弱尽亲祖威名。弟今出马,定与这贱婢拼个生死,岂畏他妖法高强!"王元帅闻言暗暗说道:"真乃将门之子,果然智量包天!"便说:"公子既要出敌,须要小心,杀败了他,切记不可追赶。"狄虎应诺下帐,提了八耳九环大刀,领了一千精兵,一声炮响,冲出营前。

段小姐远远见宋营中一队军兵涌出一员少年将,只见:

头戴紫金冠,上插雉尾翎。

手提九环刀,年少有英名。

段小姐看他,只作他是狄龙,便呼声:"狄公子休得逞强,奴家在此。"狄虎抬头一看,只见女将生得十分齐整,手持双刀,坐下一匹胭脂马。

狄虎看罢,喝声:"贱婢,你莫非就是段红玉么?我今特来擒你,快放马见个高低!"小姐闻言,不解其意,呼声:"公子,奴昨日与你订结婚姻,为何今日反面无情,又来与奴作仇敌?怪不得人说中原男子反复无常!此话不为虚语也。昨日已对天盟誓,今日就丧尽前言。王魁无义,比你倍加。只忧你后日多要犯誓的。"原来狄虎弟兄两人乃公主双生,所以一般面貌,一样身体,若大意之时,就认不出哪个是兄,哪个是弟。故公主一生产之时,因他相貌、声音无异,恐后来难以分辨,故将狄虎耳上带上一个金圈,以为认记。当时,段红玉昨日初遇狄龙一面,今日狄虎出马,一时哪里认得出来。是以责怪他昨天盟誓,今日负约之言。

狄虎闻言,想来哥哥果然与这丫头私订了婚姻,怪不得指明要他出马,原有此段缘由。他误认我作哥哥,可笑之甚!原来狄龙公子乃年少英雄,正直无私,假哄段红玉共订姻缘,实欲他放出父亲,并非真意留心于彼。岂知段红玉一心认以为真,错认狄虎作狄龙,说了一席私订婚姻之言。狄虎听了,暗想:"哥哥好没志量!一心贪恋着他颜色,不愿放我出马。对你同胞手足因何不以诚心相待?罢了!待我擒了这丫头回营,看他有何着落的!"正思动手,忽又想到:"既然这段红玉错认我为哥哥,不如哄引他真话吐说出来,看他有何言语。"呼声:"小姐,昨天小将与你约订之言,焉敢有负。只因今日出阵,一时忘记,只道交兵,望祈恕怪。小姐今日出城,呼唤小将,有何商议,望小姐说明内里情由,待我回营与王元帅酌量,对父王说明,早晚共成亲事,同心协力,共灭南蛮,那时一家完叙,岂不为美?"小姐听得公子动问,尽将昨日回关劝父归降受屈一段情节一一说完,眼中落泪,伸颈提刀正要自刎。狄虎一见竟忍笑不住,呼声:"无耻贱人,你当我是何人?我名狄虎,狄龙是我哥哥,共母同胞,相貌相同。我有耳上金环为证。你不明时,看我手中兵刃使用不同,他使的是点钢枪,我用九耳八环刀。错认我为夫,将这些丑陋事对我说尽,不顾一些羞耻,好一个未出闺门的女子!自己寻婚觅配,不从父母,听命月老传书,岂不羞煞人也!还敢临阵见人,真乃可羞可耻!"

狄虎一席之言,说得红玉粉脸尽放桃花。细细看他,果然与狄龙无异,但耳上多了一只金圈,手用九环大刀,坐下浑红马。举止各别,打扮略不相同,认真方知不是狄龙。看罢,羞愧难当,众兵在于左右,十分羞辱,把马一催而去,即腾云而起。南兵见小姐去了,一同跑走。狄虎见段红玉驾云去了,催动兵丁追杀,南兵四散而逃,方才收兵回营。

却说段红玉在云头往下观看,只见南兵被宋军杀尽,心里带怒,又羞又恼。又骂一声:"狄虎套出我的私约之言,当面羞辱于我。是我一时失于检点,真乃令人羞死。如今虽然走了,但难以回关,如何是好?"欲要自尽,又未逢公子狄龙一面,心下实在难熬,忽然想起:"我不如往芦台关去,王兰英贤妹与我一师之传,情同骨肉。我今去投他,尽诉心头之恨。他乃一女中豪杰,智勇双全,宝贝、法力不让于奴。父亲王允,官封王位,手下雄兵数万,战将百员。明日与他来,拿了狄虎,以报羞辱之忿,岂不为美?"想罢,推云向芦台关而去。

先说狄元帅带了三军众将来到王元帅营前,令人通报,王元帅大悦,狄龙、狄虎喜之不胜。王元帅吩咐大开营寨,与众将出营一同迎接。狄元帅一见,连忙下马,踏步上前,深深打了一拱,说:"下官多亏搭救,已是感恩,又敢劳二位元帅远迎!"王元帅、杨将军说:"我等接驾来迟,休得见怪。"遂揖让进营中,一齐上了中军大帐。礼毕坐下,有狄龙、狄虎上前拜见父王,狄爷大喜,命他起来。不知说出什么话,且看下回分解。

第二十回　出高山宋帅责儿
　　　　　　逢劲敌段洪忆女

诗曰：

> 掌扼三军法度昭，亲情父子不轻饶。
>
> 如违将令难私庇，立绑辕门把首枭。

当时狄元帅满面春容，说声："我儿休要见礼。父今得重生，乃蒙二位元帅与众位将军之力，我儿代为父叩谢吧。"弟兄二人领命，正要叩谢，元帅众人哪里肯依？只得一同答拜。又有刘庆、张忠、萧天凤、岳纲、高明一众偏将十员一同上前拜见，狄元帅又与众将见礼。狄元帅呼声："列位将军，休行大礼。本帅已蒙列位相助，脱解困围，实在感恩，没世难忘。"当下王怀女呼声："狄千岁，我王氏蒙圣恩旨命，领兵前来救解重围，只为山高险峻，一时无计可施，正要上山伐木为渡，不知元帅一时到来，未知如何脱出了此山？"狄元帅闻言着惊说："元帅，我师被这丫头移营于高山，将近有六月，不知刘、张二位贤弟爬山讨救，得到汴京；不知如何军兵不服水土死去数万，粮草将尽，正待自毙。偶然昨夜一阵狂风，比前更加猛烈，将大营与被困人马吹到了原处。早间令人四下打听，方知二位元帅救兵到来，只道托仗虎威，我众人得离大难，因此前来叩谢。为何元帅推辞不受，莫非怪着我等来迟不成？"王元帅听罢道："千岁，哪里话来？老身果然不会移营之术，但必有一人也。"此时王怀女已知段红玉了，不即明言。

有狄虎上前说："父王与王元帅不必猜疑，移营者必段红玉也。"他将今早间出战，羞走了段小姐之事一一说明。王元帅笑而不言，狄元帅唤声："狄龙，你前日交锋，与段红玉果然私约了婚姻么？"狄龙道："父王在上，孩儿昨天与这丫头大战，他再三求恳婚姻，孩儿不允，他用法擒拿我两次,只要孩儿许婚姻,他就投降,定然救出父王。孩儿只得假意应允,哄骗了他。今日放出被困人马,必然是这丫头。"狄元帅闻言怒道:"好愚蠢之子!被女将擒拿,贪生畏死,暗许婚姻,贪其美色,辱我清名,弱尽锐气。先斩你这不肖之子,后擒这丫头!"拔剑抽身,众将上前拦住。王元帅便呼声:"元帅且息怒,听禀一言。令父子本是英雄之汉,在战场上三合两挡就败了南蛮女将,论彼武艺,怎敌你们!奈今所用邪法,是公子无奈,假许联婚,并非有意贪图美色。他用了妖法,你堂堂大将尚且被他困了,何况公子少年之人?"

狄爷听了王元帅之言,说他堂堂大将,已被围困,也觉羞愧。说声:"罢了。你二人年轻,谁要你领兵前来!"王元帅说:"弟兄二人为君救父,忠孝两全。"狄元帅收回剑坐下,又问张忠、刘庆爬山取救如何,二将就将孙振陷害一一说明。狄元帅嗟叹一声说:"若非上苍庇佑,众人多死在此山中!"王怀女又说:"千岁,想来段红玉有意投降,实欲招婚。不若招安了他,与世子完婚,取却蒙云关。得此咽喉之地,谅他九溪十八洞不济矣。"众将多言有理,狄元帅点头称是。又说:"刘兄弟,且将军马一同调聚扎营。"刘庆领命出营去了。王元帅吩咐备酒宴与千岁、众将压惊。一时酒筵排开,众人欢叙,酒至更深,各往营寨。

次日,元帅三人升帐,众将参见已毕。狄元帅说:"本帅昨夜思量,段红玉既要联婚,本帅就准他投降,若得了蒙云关,得他为助,一路势如破竹矣。"王元帅闻言说:"千岁之言足见审权达变,但必元帅亲往招安方妥。"狄元帅允诺,戎装披挂,带了三军,三声炮响,与杨元帅一同向蒙云关而来。这且慢表。

却说段洪只因一时之气,逼女儿出关去擒狄龙,不一时败兵来报,说小姐驾云逃去,众兵俱被狄龙战败,小姐不知走往何方。段洪闻报大惊,盼望了一夜,不见女儿回来,夫妻二人心中方慌乱,老夫人含着一包珠泪说:"我好好一个女儿,被你逼得他不敢回来,定然自刎在沙场。城中若没了他,焉能抵挡大宋人雄马壮之师?倘一朝攻破城池,你我一死倒罢,又连累了满城百姓。"说完哀哀痛哭。段洪听了夫人抱怨,心下十分不安,低头不语,只得到帅堂。

忽见军兵来报宋将讨战,要小姐出马。段洪闻报说声:"不好了!宋将要女儿出敌,不知他往何方,又无能将,谁人退敌?这便如何是好?"想罢,即传众将计议。帅堂坐下,众将参见已毕,段洪呼声:"列位将军,宋将讨战,谁人出敌?"众将闻言,面面相看,不敢应令。段洪怒道:"你等无能匹夫,食君之禄,当为君之忧。今日宋师临城,因何个个畏死贪生?"骂了多时,即令备马,披挂上马,离了府堂,众将随后,上了城头。只见宋军队中,远远望去,杀气连天,旗幡密密。段洪父子看了,实觉心寒。众将观此,哪里还敢出战,忙令人挂出免战牌而止。那狄元帅、杨元帅在关下闻知挂出免战牌,狄元帅说:"他挂出免战牌,料他城内决少能人。但段红玉不出关答话,不知何故?"杨文广说:"他既挂出免战牌,又不见段红玉,且回营再议吧。"狄元帅点头,即传令回营而去。

当时,段洪落下城头,吩咐军兵小心防守巡视,不许擅离。即退出后堂,坐下思想:"宋兵势大,难与争锋,不如上本一道,到主驾前取救便了。"即写本一道,差段龙前往。段龙领命,带了本章离关,催马急行十余天,已是临安地面。遇着一队人马,男女共数十人,极似官家模样,看来不是民家,心中着惊:这些人莫非是宋朝奸细?遂催马向前,喝声:"你等往何处去的?"原来这些人乃孙振带了家兵,要投奔南蛮,跑了数月,方才到此。见喝之声,来人似南蛮装扮,即口称:"将军,我姓孙名振,祖居中原,官封总兵,镇守襄阳有十余载。只为与狄青仇敌,结下深冤。天子偏爱于他,况他羽党太多,倚着王亲势力欺压文武。提兵征南,在我关前经过,纵兵掳掠,乱得鸡犬不宁。因此,下官一怒反出襄阳,要投南天国王驾下,以效犬马之劳。"

段龙听了孙振之言,便说:"你今果有真心来降我主,有何良谋以退宋师?"当时孙振见他问起退兵之言,便呼声:"将军,你高姓大名,官居何职?"段龙说道:"吾乃蒙云关总帅段洪长子段龙也。奉了父命到昆仑关来取救兵,以退大宋人马。"孙振闻言连忙下马,深深打拱说声:"原来乃大公子。久仰英名,如雷贯耳,何幸此地相逢!"段龙见他如此谦恭,也下马施礼。孙振乃势利之人,最会趋奉迎人,上前手拉段龙,呼声:"小将军,你今日邕城求救,何不带了小弟同行?荐我见国王,自有退兵之策,当取宋室的江山。"段龙见说,允许同行,即时一齐上马赶路。

二十多天到了昆仑关,有令传上,军兵进内报知:有蒙云关差人有本奏知大王。南天王闻报,即传旨宣进。不一时,段公子进关中,于阶下参见已毕,呈上求救本章一道。南天王将封皮拆开,上写:

> 蒙云关主将臣段洪领命镇守边关,自我主战书一达中国,宋王即命狄青带兵到来征伐。与臣交锋数次,胜败未分。今彼又添兵益将,臣之城内缺少英雄,却被攻击,有泰山压卵之势。倘吾主稍缓救兵,则关非吾有矣。况蒙云关乃我国归家退守之道,咽喉扼要之地,倘若有失,进退无依矣。

南天国王看罢,传递于混元长老、刘雄、鲁达,三人看罢,南天王呼声:"国师与二位王兄不知有何高见,可退大宋雄师,以救蒙云关之危?"有混元长老说:"大王啊,臣思蒙云关果然我咽喉之地,即问带本之人何名,与大宋救兵主帅何人,细细奏来。"段龙奏道:"臣乃蒙云关段洪之子,奉父命前来求取救兵。初时狄青大兵一到关时,交兵失利,他手下几员战将英雄无敌。二阵花先锋被伤后,得臣妹子用法力困他于高山,已有半载,只待他粮草一尽,自然饿死山中。不料宋天子又差杨府王怀女、杨文广领兵前来,救出狄青,杀败吾妹,未卜存亡。目下此关危急,伏望吾主即日发兵,方保无误。"混元长老说:"怪不得段元帅着急,此关之危!"当下不知长老说出何言,且看下回分解。

第二十一回　南蛮王收录逃臣　王禅师开兵捉将

诗曰：

> 背主奸臣投敌邦，蛮王不察妄收藏。
>
> 罪行满贯难逃日，天眼昭昭报应扬。

却说混元长老对南王说："怪不得段元帅失机。狄青乃大宋有名之将，智勇双全。王怀女，杨家有名法力。我主若要退大宋人马，除非差黄花洞驻云溪铁头王禅师方可。"南天王说："国师之言有理。"即于案前书敕旨一道，付交段龙。段龙又言孙振来投，一一达知。南王正要使孙振进见，混元国师说声："不可。安知不是敌人诈乎？须要我主如此如此作用方可。"当时，南王依了国师之言，然后命兵丁拿孙振进见。

孙振至阶下，见有二三百人分列两旁，手持利刃，居中设一滚油锅，上面南天王怒目圆睁，孙振看了大惊。又见兵丁狰狞阶下，南天王喝声："武士，将大宋的奸细与孤家拿下油锅去。"武士答应上前，吓得孙振胆战心惊，叫喊哀求，呼声："大王，容臣说明，死也甘心。"南王命放他来，喝声："你乃大宋奸细，敢骗孤家！"孙振叩头，一一说明来投之意。南王又问："你既来投奔，家口何在？"孙振说："大王，臣家口现在关外。"南王命人出看，回果果有家口随来，南王便呼孙振："这是孤家心疑了。但你今来投奔孤家，一定忠心为国，你可将大宋朝的底细一一说个明白，孤自当因材重用，若有妙计退得宋师，再加官爵。"孙振听了，口称："大王，臣弃宋来投，只为狄青不仁，依势欺凌下属，臣心实有不甘，定然一心竭力图报。宋朝文臣所依者，孔道辅、文彦博、包拯，武将不过范仲淹、狄青、杨家几名寡妇。今狄青被困高山，未知生死，但王怀女救兵曾到否，臣实出不知。句句实言，望大王鉴察真情。"南王见他句句真情，即封为参谋之职，共议国事。孙振叩首谢恩，退出安顿家口不表。

再说段龙领命来到黄花洞调兵，一日到了洞中。王和尚本有两徒弟，一名青松，一名卜贵，师徒三人神通广大。手下雄兵二十万，个个秃发，名为和尚兵。段龙一到，命人通知，王禅师吩咐二徒一同接旨。段龙读罢，和尚师徒谢恩毕，与段龙见礼。是日即刻登程，王禅师吩咐二徒看守山洞，自己带领十万军马与段公子向蒙云关一路而来。跑走十余天，已至关下，早有兵丁报知，段洪即时出关迎接，按下慢题。

先说段红玉那日被狄虎羞辱一场，在云头中竟投芦台关而来。正走之间，只见一座大山，名回雁山，离芦台关只有十五里之遥。段小姐见山坳之中旗幡招展，呐喊惊天，一员女将带了无数女兵在山中打围。原来这员女将就是芦台关王兰英公主。红玉一见，心中大悦，连忙按下云头来到公主跟前，叫声："贤妹，愚姐在此。"公主听了细看，笑道："原来段姐姐到此。因何单人匹马而来？"段小姐见问，即将前事一一说知，只瞒了私约狄龙姻事不言。王兰英听了，说声："姐姐既然失机败阵，奴家一定去相助。如今且请姐姐回关歇息一宵，待奴禀过父王，然后与你同往兴兵。"说罢，二人并马进关不表。

且言段洪开关迎接进王禅师，分宾主坐下。段洪说道："未能退敌宋兵，今敢劳佛驾相助，何幸如之。"王和尚呼声："元帅且请放心，贫僧不独杀退宋兵，我还要攻汴梁，夺了大位，方显我法力高低。"段洪闻言大悦，吩咐将免战牌收回。是晚备酒与国师接风。

又说宋军看见蒙云关收去免战牌，连忙进至帅府，报知三位元帅。狄元帅闻报，说："这蒙云关高挑'免战'月余，今日收去，定然救兵到了。"杨元帅："既然如此，我们何不差人去讨战，看他领兵者何人。"狄元帅点头称是，便问："何人出敌？"有岳纲应声愿往。元帅说："岳将军须要小心。"岳纲得令出营。

到了关前，令兵骂战。南兵报进元帅府，禅师大怒，即时告别段洪，吩咐放炮开关，冲过吊桥。岳纲看见乃一和尚，大喝："何处妖僧敢来对阵？快些通名上来。"王和尚勒马一看，见来了一员少年宋将，便喝声："要问俺法师之名，吾乃黄花洞驻云溪铁头王禅师，法号静池。你师侵我南界，今奉南王命前来擒你，快快通名受绑。"岳纲呼声："妖僧，吾乃大宋天子驾下威武将军狄元帅帐前副先锋岳纲也，不必多言。"提起大刀就砍，禅师铁头急迎，杀了三十多合。王和尚想："此将虽然年少，果然骁勇，不若用法宝拿他罢。"转马逃走。岳纲大喝："妖僧休走。"催马赶上。王和尚暗暗喜悦，向囊中取出金铃一个，口念真言将铃摇了，一声轰响，岳纲追近，一闻铃响，登时人事昏迷，跌于马下，有和尚兵上前捆绑拿了，命人带回关中，又来喊战。

有宋军败兵入报，狄元帅大惊，忙问："何人出马？"有张忠说："小将愿往。"元帅说："须要小心。岳将军被拿，皆由轻进。"张忠应允，领兵上马提刀冲出营前，王和尚一见来将猛勇，不敢恋战，杀不上十余合，摆铃如前，拿去捆绑进营。又有宋兵见主将被擒，个个慌张奔回营内，走到中军帐前跪下，口称："元帅爷，不好了。张将军出马与妖僧交战，战不上二十合，妖僧败走，张将军追去，妖僧怀中挂一皮囊，登时取出一铃，向张将军一摇，就跌于马下，被和尚拿去。我等舍命往救不及，只得败回禀知。"狄元帅怒道："原来妖僧用妖物伤人，连擒去两员大将，这还了得，本帅出营，擒此妖僧，方消此恨。"吩咐备马出敌。有刘将军呼声："元帅不可亲临险地，你乃三军之主，万一有差，如何是好？不若待小将去擒他罢。"元帅说声："刘将军，妖僧有术伤人，但不能擒他就罢了，若败逃去，不可再追的。"刘庆说："元帅放心，小将特拿席云帕与战，倘他用着妖物，小将即驾云逃走。"李义说："刘将军，小弟也愿同去。他止擒得一人，焉能拿得两个！"刘庆应允。元帅说："须要小心本帅之言。"

二将领命，登时上马，持了枪斧，飞跑出营，一见妖僧，不问名姓，枪斧一齐砍刺。这王和尚见二员宋将来得凶勇，铁杖架不住，心头带怒说道："怪不得元帅屡败，如此危急，所来对敌宋将个个骁勇英雄，如今二人凶勇齐战，倘不用宝贝，必反遭其害。"说罢，跑开数步取金铃，向李义一摇，早已跌于马下。又提起向刘庆一摇。刘庆看见拿了李义，看来不好，早已席云逃去，反把王和尚吓了一惊，说道："不意宋营之中,有此异术之人,果然狄青行军不可轻敌。"此日一连拿三将,王禅师得意扬扬,又吩咐众兵将李义捆绑了,推进关中而去。

有刘庆驾云逃脱回到营中,一见元帅,说声不好,李贤弟亦被拿去。元帅闻言,气怒得五内生烟,双眉直竖,骂声:"妖僧连擒拿三员大将,若不出营与他拼个死生,难消此愤。"喝声:"快些备马!"王怀女说:"元帅既要出马,我等相随。"当时带领众将一同出马。元帅顶盔贯甲,带领一万精兵众将杀奔而来,到战场中,见妖僧生得虎头怪眼十分雄壮,胸中挂着一皮囊。王元帅想:"这和尚用法术除非待元帅与他交战之间,如此算计,方能取胜。"

当时,王和尚喊战之间不见有人出营,正要收兵,忽闻炮声响亮,营中冲出一支军马,队伍分排,旗幡密布,两杆大旗高悬"帅"字,就是主将出马。心中暗喜,大呼:"宋将何人出马? 我禅师在此候战多时。"狄元帅听了,一马飞出,大喝:"何处妖僧敢逞猖狂! 吾乃平南主帅狄青也。"这王和尚一看狄爷,果然好一位平南王,生得气宇轩昂,人品出众,与前出敌四将大不相同,暗暗称赞。狄元帅大喝:"妖僧,你国化外顽民,依仗邪术,哄动侬智高逆贼背叛朝廷,百姓被害。今日本帅奉旨擒拿,还敢率兵抗拒! 况乃佛门弟子,理当深藏古寺,炼性修真,因何贪恋红尘,扶反助逆! 今日本帅出马,还不献上秃头来,免本帅动手。"王和尚听了大怒,喝声:"狄青,你纵有擎天架海之能,我禅师道高法广,哪里在心!"不知二人斗战胜败如何,下回分解。

第二十二回　王怀女助战得胜　王和尚布阵逞能

诗曰：

　　精通法力女英雄，破敌沙场建大功。

　　不愧杨家前烈辈，兴师相助狄元戎。

再说王和尚说完，手中铁杖打来，狄元帅金刀架住，二人对敌。当时，王怀女见这和尚生得形容古怪，坐下独角兽，胸挂皮囊，想来，这僧战斗原弱，全仗妖术伤人的。又考王怀女何云精于仙法？他父王令公乃北汉王之臣，这王怀女乃金刀圣母之徒，宋太祖平定河东时，王令公与杨业订了儿女姻缘，匹配六郎。后来王怀女别师下山，带了雄兵侵宋，前来认夫，杀得三关众将无人拒敌，六郎却被他擒拿，无奈只得成了亲。是以王怀女屡次开兵，仗着圣母的法力到处成功。此日想："这王和尚必然战敌元帅不过，又用起邪法。不如先下手为强，出其不意暗助元帅一阵便了。"即向怀中取出一面小黄旗，口念真言，往空中招摇，忽然间半空中一阵狂风，涌出一群虎豹、豺狼、巨蟒，平地又起一个霹雳，向南兵队伍冲来。这三千和尚哪里站得住，杀得四散奔逃。这王和尚与狄元帅战不上二十合，抵挡不住，正要败下施法，一见狂风大作，又见满山怪物猛兽乘着狂风飞奔撞来，大惊败走。狄元帅拍马赶去，王元帅呼声："狄千岁不必追赶，恐他有妖物伤人。"狄元帅听了，住马不追。杨文广早已喝令众军追杀，王和尚兵被他杀得四散奔逃。王怀女收回法宝，狄元帅吩咐收兵回营，坐下短叹长吁，口言："罢了，我弟兄五人自布衣起手，立下战功，才得身荣。如今失去二人，万一有伤，如何是好？"众将用好言安慰。按下慢表宋营。

再说王禅师败回关中，段洪迎接坐下，呼声："禅师，你连擒宋将，使他丧胆了。"王和尚说："元帅，虽然擒他三将，但不知他用何法术败我们一阵。贫僧若不泄此恨，不算手段高强。"段洪呼声："长老何须着急。今日胜中得败，皆因宋将本是能人。若非长老法力，焉能擒他勇将。"王禅师说："待贫道明日摆下一阵，若不拿尽宋师，誓不称雄。"段洪闻言大喜，吩咐置酒，与禅师贺功。次日早晨，禅师与段元帅升帐。禅师又差人往洞中，命卜贵徒弟来起法台一座，有三丈高，离城十里，台中挖一个深坑。一日，卜贵到了，领命去摆弄停当，回来交令。是日禅师与段元帅带兵三万出了蒙云关，登上台。原来此座法台有三层：中央立起一支大旗幡，立一"帅"字，下面一杆中旗，二十四面，按先天二十四煞；二层首立十二杆小旗，应十二支，下面周围排着六十四座大炮，以应八八六十四卦之数；台外选战将一百零八员，合着三十六天罡七十二地煞，两行侍立。王禅师左手执令，右手持着宝剑，一时间布成一阵。再更法衣，顶礼祷告一回，起来仗剑焚香。登时请了二十八宿下凡，镇守阵中央；登程驾云去了一刻，请得两位法师，一名王麻礼，一名王麻成，他二人乃王和尚之兄，同一师学法，用他二人守阵正门。然后下台，备了战书，命段虎前往通报。

段虎领命来到宋营，命人通报。狄元帅二人听了，命段虎进营中。一见二帅，打拱，将战书呈上。狄元帅接看，言词不逊，带怒递与王元帅看过，冷笑一声说："可恼！你这秃贼口出大言，有多大本领？前日与萧后幽州对敌，我杨门曾破天门七十二阵。难道你摆此阵就可倾尽我师？狂言可恼！"喝令："将投书之人推出斩首。"左右将段虎拿下。这段虎全然不惧，反冷笑道："段虎不是贪生畏死之人，倘然畏死，我亦不来了。"狄元帅一见赞叹，对王元帅说："你看这少年南将，果然胆略非凡，恐吓他不得，要知三将下落，除非用着重刑拷问与他。"王元帅点头说有理，命左右放他回来。狄元帅大喝一声："南蛮，本帅今日开恩宽恕。我且问你，前天王和尚拿我们三将，至今如何，快将情由实说，放你回去。"段虎说："元帅，你宁可斩我，军机断不可泄漏的。"元帅怒道："好大胆狗才，本帅问你，你因何不说？左右，与我拿下重打四十。"军士上前将他扭下就打。

这段虎虽然性硬，但少年未曾受过这苦，被文武御棍打至二十，早已禁受不起:"我愿说了……"军士住手,这段虎不言又怕再打,只得上前说:"元帅,王禅师拿了你三将,如今已监禁城中,并未加害的。"元帅听见他吐出真情,三将未曾被害,心中暗喜,即于他战书后批回第三日打阵,与段虎带回去了。

当下狄元帅说:"王元帅,这妖僧下此战书,要我破阵,不知他阵势如何,狂言不逊?"王怀女说声:"千岁放心。明日整顿人马,我们先去观看阵式何名,然后见机而作,调人前往破他。"狄帅应允。到了次日,三位元帅装束停当,带领三军众将,炮响出营。来到阵前不远,元帅传令扎营,也布了一个五方阵势,中央设立一道云梯。二位元帅登上云梯观看。只见南蛮阵内齐齐整整,有冲天之势,一座大阵,人如金光映日,马如怪蟒追风,旌旗乱摆,变化无穷,明显杀气,暗藏玄机,看来此阵十分厉害。王怀女看罢,知是先天纯阳阵,便呼:"元帅,此阵何名?"狄元帅说:"此乃先天纯阳阵是也。"只见满四方毫光透起,中顶黑气冲霄。王元帅说:"阵是纯阳阵式无差了,只是阵中定有神人把守,只要五遁俱全腾云暗隐之人方可进阵。他有二个正门杀入,今我只进一门,手下战将临阵,如以卵投石,送尽性命;此阵要两个会腾云穿遁,有法保身才可。看来除非上汴京请了穆桂英来,让他进阵,以阴破阳顶方得成功。"狄元帅说:"昨日约妖僧以三日打阵,如今回汴京来往三月余,如何使得? 如若出了战,不往打阵,妖僧越得藐视猖狂。"王元帅说:"千岁,令刘将军席云,六、七天已到汴京,穆桂英一日一夜可至此了,不如今日遣两员将前去探试他阵虚实,然后差刘将军回朝,好全了我方打阵的话。"

狄元帅说声有理,便问:"何人愿往?"只见二将应声愿往,狄元帅一看,见是焦廷贵、狄龙来前应令,吓了一惊,暗骂道:"好不肖之子,你是未逢大敌少年,焦廷贵是个鲁莽之人,进阵必然有失。"只因众将跟前,又不能退他不往,带怒一声:"你二人要去探阵么?"狄龙说:"父王,孩儿愿往。"焦廷贵亦言愿往。元帅喝道:"你二人诚非大将,此阵厉害非常,莫言年少无知,不能进阵,即超群宿将尚不知机,亦是有去无回的。"此语乃元帅暗点二人不可前往之意。焦廷贵是个莽夫之徒,狄龙亦是年轻,只道父王说他年少力弱,不会父王之意,二人说:

"若不取胜,甘当军法。"王元帅说:"你二人既要去,须依我将令方可:第一,须立下军令状,违令者斩;第二,在阵外略探信息,不得轻进内阵;第三,一闻大营鸣金,立刻回营,违者斩首。"

二人领令,立下军令状。双马冲到阵前,焦廷贵说:"公子,怪不得我们二位元帅再三叮嘱,看此阵果然厉害。"见阵前毫光昭昭、杀气腾腾,狄龙说:"须带兵一同杀入罢。"焦廷贵说:"公子之言不差。"正是二人皆有此难,带兵飞马打入阵中去了。王怀女大惊,说:"不好了,你看此阵门不冲自开,他进头座即回乃可,若不知利害攻进中央,必然休矣。"忙令鸣金。此时,焦廷贵、狄龙杀阵头二门,并无拦阻,二人初进此阵,南兵偏将哪里在心,一同枪挑棍打不计其数;二人杀入阵,定要打破妖阵,一听本营鸣金只作不闻,催兵杀进阵中央。离法台上不远,一片锣声响亮,雷音大作,只见四方八面俱是旌旗,天兵一派飞动。二人早已不辨东西南北,只得勒马观看,又见四方大将杀来,台上俱是奇形怪状神将,二人才觉心惊。此时又无出路,王和尚仗剑作法,将后路化为洋海,二人无奈,杀上前法台,又见妖僧仗剑挥指天兵杀下。狄龙对焦廷贵说道:"你看这妖僧,在法台上指引天兵来围困我们,今日看来死在目前。我二人是要束手待毙了。"说完不知二人性命如何,且看下回分解。

第二十三回　纯阳阵拿提宋将
　　　　　　报异梦明传武曲

诗曰：

　　妖僧排阵困英雄，助逆违天强立功。

　　哄动蛮王开杀戮，生灵百万丧场中。

　　却说狄龙、焦廷贵在阵中央，王和尚喝令神兵来拿他，狄龙说："如今料不能逃脱，我与你跑上法台将妖僧杀死，我们纵死在阵中也得瞑目。"焦廷贵说："公子之言有理。"二马一拍，抢上法台。王和尚一见二将来得凶勇，飞枪上台，急忙取出落魂铃，口念真言，摇了两摇，二将在马上已昏昏迷迷跌落马下。王禅师吩咐手下兵丁："将二人收入囚车，待拿了狄青，一同解上我主大王发落。"歇一会，焦廷贵、狄龙苏醒了，睁眼一看，见身陷入囚车，方知被妖僧法术擒了，此时心中十分懊恼，不该强领帅令到此打阵。焦廷贵愤恨难消，将秃贼呼骂不绝口。

　　又说众天兵把宋军一千五百，齐困到中央戊巳土陷坑中。宋兵心慌意乱，踏着此处，"喤"的一声响处，一千五百人马俱下坑中。王和尚用旗一挥，天兵各归本位，令人到蒙云关，将张忠、李义、岳纲俱上了囚车，推入阵中，连焦廷贵、狄龙共是五架囚车，齐放法台之下不表。

　　再说王元帅与狄元帅见狄龙、焦廷贵二人带兵直进阵中，只望鸣金，二将便回，岂知彼二人自逞英雄，闻金不退，进阵不回。二位元帅吓得大惊失色，连说："不好了，二人杀入阵中，定然性命不保。"心头着急。又见阵内杀气冲天，旗幡变动，有半个时辰，阵中方才不见杀气，动静收藏。二位元帅就知，不是被擒，定必伤残了性命。王元帅口中嗟叹不已。狄元帅思起父子亲情，犹如万箭穿心，暗暗垂泪，呼声："逆子！你未出马就嘱咐你浅进阵中，略探消息。你就满口应承，与王元帅立令，鸣金即回。岂知你闻金不退，硬进阵中，如今生死未卜。这焦廷贵，虽然一鲁莽之夫，也是忠义之人，随着本帅多年，也深可惜。"王夫人劝言，呼："元帅，何必烦恼，死死生生自有数分。公子打阵虽然凶吉未分，料这妖道伤人，俱用落魂铃生擒，身安也未可知。"狄元帅说："他二人自取其祸，也言不得了，只忧这妖道摆下恶阵，何日方能破他，如何打算方可？"王夫人说："你放心，虽然妖道有此法术，摆下此恶阵，困了我师将士，也是众将该有此灾，非干兵将之弱，我们且紧闭营门，不许懈惰。"

当夜，狄元帅为思儿子被陷阵中，无情无趣，闷坐帐中，不觉隐几而卧。忽闻外厢有脚步声响，一刻，只见二位青衣童子至帐前笑言，呼："武曲星君，吾主武侯差吾等来相请，现在洞中相见。"狄元帅也不问他姓名，即随着二青衣而去，耳边只闻风响，身如入云中。不一时，到了一座宫殿，甚觉幽雅。元帅进了中门而入，侧耳又闻音乐之声，无数仙官两旁坐定，一尊神圣在中央，纶巾羽扇，身披鹤衣，色分八卦，腰束九股丝绦，面如冠玉，目似流星，一见即离位恭身，揖至大殿中见礼坐下。尊神呼："狄元戎，你今日奉召征南，蒙云关上遇了妖僧摆下恶阵，若破此阵，除非是段红玉，他乃千年狐狸转世。他有一宝，名曰阴沙，若用此沙一撒，其阵立破。令公子狄龙，乃左辅星下凡，他两人乃千里姻缘，必然请到女将军方能破此阵。吾曾算过，若是甲子之日错过，这段良缘再没处寻了。若汴京人至，也不能破此阵，这是天数，非人力所强为，但令公子良姻为要。吾乃后汉诸葛也。"言罢，吩咐二青衣："速送狄元帅回营。"

狄帅正要开言，只见青衣将他一推，忽然苏醒，四下一看，方知作一大梦，开言便问左右："此时候有几鼓？"有巡逻更军入禀上："正三更了。"狄元帅闻言，细想梦中之事，实奇哉。不信此事有此奇验，有此神灵。果有此事，乃天助成功也。再思一番，还是历历可说他言。如此，狄龙二人未曾被害。

思思量量，不觉天色已亮。命左右出营外，唤一、二处土民速带进来。左右领命,去了半刻,带了两个年老土民来到帐前下跪。狄元帅吩咐他起来,询问:"你此处可有诸葛武侯庙否?"二老民禀说:"此地有名山,曰富春山,在西南角,离此一百八十里,果然山上有一武侯庙。前时,蜀汉得他征平孟获,不伤害一个黎民。百姓沾感他恩,是以建立庙宇祀享。"狄帅大悦,厚赏老民而去,带喜色说道:"这是天子的洪福,感动神明前来托梦。这武侯乃后汉一忠臣也,他指示说,要破此阵除非段红玉。前者,他已有意投降,思我儿为婚,但今不知他在于何处,实难寻见。"又想,神圣吩咐,不可不信,何不前去进香谢谢神明,求签再探消息便了。五指推算来,今日壬戌,明日癸亥,后日甲子又到。

次日,狄帅说与王元帅知之,王元帅说道:"此乃南蛮之地,若去,必改换戎装悄悄而行才好。"狄帅说:"本帅此去,只带大将一员,暗藏兵刃假扮商人,在客店一宵,暗中密访。"言罢,狄元帅即令石玉换过衣装,暗藏兵器,别过众人而去。王元帅放心不下,又差孟定国、高明、杨唐三将,带领精兵二千在半途埋伏,以防不测;又差五十名小军,在富春山四方打围打听,若有急事,即速奔回,以便救应。

且言狄元帅与石玉一路言谈,不觉天色已晚。二人进了饭店后,用过晚膳寄宿一宵。次日,备了香烛,一程跑了二十里方才到了山前,果然好一派山景。二人也无心看玩,一程上到山中进庙慢表。

先说王兰英公主说起富春山武侯灵验,呼姐姐去叩谒同往。段小姐大喜,呼声:"贤妹,愚姐屡闻父亲说,武侯神圣灵感,祸福无差,乃一尊正直之神。离此不过五十里之路,明早去烧香许愿,与狄公子婚姻之事,果然神圣准我奴家心愿,即死亦甘心。"王兰英听了笑道:"姐姐,你我一闺中之女,焉能自择婚姻自寻佳偶。我想,这员小将虽然生得美貌,他乃中原大国的贵公子,犹恐他从小有了亲事。姐姐一心念他,只怕后来懊悔不及,做大反小,不遂你心愿的。倘姐姐听我所谏良言,且将狄龙公子丢在一边,免得你日日怀思,苦念坏了身体,你道如何?"段小姐听了无言可答,满面通红。王兰英看见他长吁不语,便呼:"姐姐,奴先间之言多多有罪。只因你我交结情深胜如骨肉,是以倾肝吐胆尽忠告之言,望姐姐休得见怪。"段红玉说:"贤妹何出此言！你我姐妹情深，有善相助，有过相规，正当如是。但奴前生欠下牵连债，故以此段姻缘蹉跎不就，但奴今生不得与狄公子相配，自愿终身守贞，誓不适人。"王公主见他心如铁石，不觉好笑，说："姐姐，你伶俐一世懵懂一时，岂不闻姻缘前生所定，人事焉得强为？姐姐今坚守无二，可谓钟于情也。"段小姐说："贤妹可为知奴肺腑。"说完，命丫鬟备香烛，带家丁数十人，二人乘轿登程而去。

先说狄元帅、石将军二人到山顶一程，进了庙门。头座乃是后汉五虎将关、张、赵云、马超、黄忠五位尊神。过了头进，穿下丹墀就到大殿。只见香烟霭瑞，灯烛辉煌，几个道士在大殿一旁并立，殿中端坐此尊神，上有牌匾，书云：后汉诸葛武侯。狄帅看罢，顶礼祝完，石将军答叩毕，下阶与道士见礼。这些道人见那两个人打扮不同，相貌不俗，连忙下阶顶礼相迎，说："二位居士贵处何方，哪里人士，尊姓大名？乞道其详。"狄元帅说："承老师们下问，吾乃远处湖广人氏，贱姓王，名青，此位舍弟。因为置办货物路经此山，闻得武侯灵感，是以虔心来前进香。"众道士说："原来二位乃中国之人，小道失敬了。"连忙请他上客堂上坐待茶。

忽有本庙侍者来报："老师来了。"众道士听了慌忙起位，吩咐侍者："款待尊客，小道少刻再来奉陪。"说完，个个奔去了。狄帅见此心疑，忙问侍者："这老师父来了，因何你们如此慌张跑去的？"不知侍者如何答应，且看下回便知。

第二十四回　诉神祇翁媳相逢 因情义金兰助力

诗曰：

神明指示狄元戎，翁媳富春山上逢。

大破纯阳归降日，姻缘得遂两情浓。

当下这侍者闻狄帅动问，便说："二位上客乃远方中国人，不知来历。这位老师父乃本庙中一尊活佛，道行非常，能知过去未来之事，在本山南角小蓬莱回光洞居住，但凡本庙有祸福与有缘的贵人降临，老师父方才下山到来，今日不知何故又下山的，所以合庙道士前去迎接，如今怠慢二位，休得见怪。"狄帅听了大喜，说道："这老师有多大年纪，道号何名？"侍者道："闻人说，老师父乃残唐时郭威的军师王朴也，后出家访道至此，道号静云，见本山幽雅清静，在此修行，后来见本庙人多，故迁往小蓬莱闭户不出……"侍者说未完，有先时见过的二位道士进来，呼声："二位贵人，小道奉老师父之命，前来请相见。"狄爷、石将军听了，心下惊疑，只随同道士一路，到了一间静室，只见一道士红颜白发，已在室堂外恭迎。狄爷二人见这道人仙姿古貌，上前迎接，老道连忙答礼。

到了室中坐下，老道说："狄王爷、石将军今日驾临，故贫道下山相迎，莫道无因却有因，且喜今日甲子期，令公子良缘有机会了。"狄爷闻言，实见惊怪，说："老师能知过去未来之事，果不虚也。今日弟子心事难以相瞒，后事还望老师指点一二。"老道人微笑曰："不劳千岁吩咐，小道此来，一者为大宋天子平定南方，二来助成令公子一段万里姻缘，是以贫道特来饶舌。"狄爷大悦，道："弟子何幸，得逢老师！"当时道人呼声："千岁，歇一刻间，仍到武侯庙后坐坐，等待段小姐二位到来进香。你不可见面无情，只待他叩赞完神明，然后千岁在后堂诉说情由，痛哭令公子，小姐一闻知，即来与千岁会面。但令公子与小姐尚有一债未完，小贫道不敢预泄天机，破阵之后便知分晓。"狄元帅呼声："老师，弟子多蒙指点之恩，得胜班师回朝，奏闻天子，请旨宣召加封，以报老师。"老道人说："贫道山野之人，弃红尘已久，那功名富贵视之如浮云，只知闭户念经，不管凡间世事。"狄爷闻知，自知失言，忙上前打拱，呼声："老师，弟子一时失言，望祈宽恕。"老道者起位陪礼，说："千岁承蒙过爱，贫道福薄耳。"狄爷又说："吾今奉旨征南未分胜败，我终身之事若何，望祈指示。"老道人说："千岁，你乃大宋保国名臣，忠心贯日，天道岂无报之以福禄位！王侯子孙历荫，永无灾殃，何须过虑。"狄爷点头称是："人生只要忠孝两全，祸福机关何暇计及。"老道人又呼："千岁，段小姐将至了，你到庙中等待方好。"狄爷、石将军听了，一同谢了道人，辞别他回到庙中。

只闻众道士说："芦台关二位小姐到来进香。"狄爷二人隐于殿后，只见兵丁数十人拥护，使女排开礼物，焚起香烛。只见二位小姐进上大殿中，一同恭身下跪，吩咐屏退从人去了。二人各有禀祝。狄爷早听段小姐祝言："弟子段红玉，只因大宋来征伐，奴用法困了大宋将兵已有五月余，后至杨门王怀女带来小将军狄龙，与奴许下婚姻之约。但两为敌国，父亲不允投降，至婚姻蹉跎未遂。今藉汉相威灵扶持得遂，情愿重修庙宇，再塑金躯。"此时，狄爷一一听得明白，暗暗大悦，登时想起老道之言。

小姐正参神已毕，忽闻内厢咨叹之声，静听口口声声哭叫"狄龙儿子"，心想："莫非是宋元戎狄青到来此山进香？他的言辞正是中国之音，莫非狄公子困于阵中，是以前来叩诉神明保护？"正想之间，又闻呼声："元帅不必心忧，死生皆由天命，公子虽然困入阵中，倘杨家穆桂英一到，可破此阵了。"又闻："虽然如此，但父子天性，我怎能放心？穆桂英不知何日到来破阵。"又闻说："昔日蒙云关段小姐与公子两下订了婚姻，因何至今不见回音？这事小弟不明。"只闻说道："这是我狄青没有造化。被不肖子狄虎在战场之上羞惭了他数言，将小姐气走了，是以姻缘不就。苦当时错了这个机会，方才有妖僧布阵之厄,困了我儿与众将,至今不知生死,无奈前来望救于神圣的。"此时段小姐听了又惊又喜,说:"此人原乃宋元帅也。我何不面见他,救了狄公子,成就婚事。贤妹,你道如何?"王兰英说:"姐姐,既言此人乃狄青,正是机会不可失的。"小姐遂进后厢,呼声:"千岁,段红玉在此。若肯施恩,愿即归降,同心协力征南,先去破了纯阳阵搭救公子,后劝父一同归宋建立奇功,不知千岁意下如何?"狄爷大喜,说:"小姐既是真心归降,离却叛党,实为可喜。本帅成功回朝,奏知圣上,你父兄一门受封。但今小姐破了此阵救出众将为要。"小姐说:"千岁放心。奴一到王和尚那里,此阵必破的。"狄爷带喜悦:"如此甚好。请小姐与本帅回营,好去破阵。"小姐说:"千岁请先回营。外面奴同来参神的乃结义妹子——芦台关公主。奴在此关有月余,如今与他回去,辞别他父母,然后再来破阵。"狄爷说:"众将与小儿陷于阵中,度日如年,万勿迟回方好。小姐既去,不知几日回营?"小姐说:"奴计芦台关、蒙云关一百五十里相隔,奴不过三天赶回破阵。千岁不必吩咐,奴自然速至的。"说完,拜别狄爷,转出外厢,与王兰英说知,一同坐轿而去。

有狄爷对石玉说:"贤弟,今得神圣灵感,蛮女投降,你我且谢神圣罢。"二人转出拜毕,又向小蓬莱辞别老道人下山。次日,方同回营。

王元帅调回各路去的孟定国、高明、杨唐二千兵与五十名巡山小军,续接而回。狄爷将进香得遇老道人指点、段红玉允降情由说知。王元帅说:"他既投降,何不与他同回营?"狄元帅说:"虽允降,只要回至芦台关辞别王兰英父母,是以不得同来,大约三天他就到了。"王元帅大喜:"小姐既降了,不待穆桂英到来,此阵可破。但他进阵必要两人的。"

不表宋营议论。再说段红玉在庙祈神,遇见狄元帅当面许他归降,满心欣悦,二人说说笑笑已回至芦台关。小姐忽然想起一事:"想这王兰英已然与我结拜姐妹,但要这三颗阴沙方能破阵。但此乃他随身至宝,此宝神通广大,祭起神鬼不能近,岂肯容易与我去破阵?"又思需两人进阵方得照应。思思量量不觉回关。进至宫房,二人更衣坐下,宫女奉上香茗。段小姐开言说:"破阵法宝首用阴沙,不知贤妹肯借与愚姐一用否?"公主说:"姐姐,你一心要去救出狄公子借此宝贝,但此颗宝沙,镇守芦台关全凭此宝。虽然借你一用即可,倘一失去非同小可,奴实放心不下。但与你姊妹之情,焉能不成全姐姐姻缘之事? 不若与你同去,又得助姐姐一臂之力,又免奴担心,岂不为妙?"段小姐听了大悦,说道:"若得贤妹如此用情,真乃厚交过于同胞。"公主说:"虽然如此,但不可泄露风声,倘被父王闻知,其罪不小。只要如今想一个脱身之计,方为稳当。"小姐说:"此何意也。"公主说:"明日必须禀知父王,只说蒙云关失机,姐姐前来特为请救,要我同往退敌。父王若允,那时与你同去,不说借宝沙与你用罢。"段小姐说声:"有理。"不觉天色已晚,各自安歇。次日五更,天尚未明,二人梳妆一同上殿。

又说这王凡,生得身材魁伟,颏下一把胡须,使一柄九环大刀一百二十斤,坐了一匹獭象,有万夫莫敌之勇。自从依智高反叛,他未曾挫折一阵,实为头功,是以蛮王封他为常胜王,命他镇守芦台关。此日在殿前商议军情,忽左右报说:"公主到来。"言未了,公主、小姐一同上前行礼。王凡见女儿与一青年女子在阶下见礼,便问:"吾儿与那位姑娘免礼。此位是何人?"王兰英说:"父王,这女子乃蒙云关段小姐,昨天前来求救。他关被宋人攻打甚急,要女儿同往相助。儿念着金兰之谊,实欲前往相助,但不敢自专,特来禀知父王。"不知王凡允否,下回分解。

第二十五回 议破阵金兰同志
计劫营段洪失机

诗曰：

金兰契合义相投，大破纯阳用计谋。

降宋弃蛮归圣主，姻缘得遂乐同侪。

当下王凡说："我儿，段小姐与你姐妹之情，你当相助。此去若退了大宋军马，即要回来。但是我久闻人说，杨家人马个个善于法术，狄青善于用兵，你前去且要小心，勿倚恃法力，轻敌必然有失。"公主领命，二人拜别王凡去了。公主又进宫辞过母亲，也是一番叮咛。出宫门挑选了一万精兵，二人并马起程，向蒙云关而来。

自辰刻催兵赶路，至二更天方到关下，立下营来，用过晚膳。公主呼："姐姐，你我前去破阵，反去助了敌人，与反叛何异？须要偃旗息鼓做得机密，休使外人知道的。"小姐说声："不差。昨日我看兵书上面写的明白，说此阵有二正门可进，台上面有天兵神将把守；中军凝结纯阳之气者，是这和尚炼就阳气发胜，日则难攻，夜则易破，只因阳衰而阴旺也。用五千军马冲进一门杀入黑夜中，和尚纵有法不敢用，恐伤了自家人马，一阵成功救出狄公子。夜来神鬼不知，与贤妹各各回关去，你道如何？"公主说："姐姐之言有理。"二人商议已定，公主又呼："姐姐，不知王和尚之阵到底摆于何处，今不过二更余，何不先去探他，看其如何？"段小姐说："你我前去探阵，诚恐爹爹或王和尚看破行藏反为不美。不如命精细军人前去探听为稳当。"公主称言："有理。"即差人去了，也且慢表。

却说王和尚自从困了宋将几人，连日出阵到宋营外挑战，并无一人出马，心中不悦，与段洪商议："宋将不敢前来打阵，如何是好？"段洪说："宋将畏惧此阵厉害,不敢来前,定然另有设施。依我愚见,今夜带领人马前去劫他的营,禅师在后接应,一阵可以杀他片甲不回了。"王和尚大喜,说:"老将军高见不差。"说完,时交三鼓,段元帅即差二子段龙、段虎,各带三千军马,副将各五员,为左、右翼;自为中军;王禅师随后接应。令下,各去打点。禅师令卜贵守住法台,自己带了随身法宝而去。

先说王兰英的探子来报,说:"此阵在西南方,离关十五里,阵式周围四十余丈方圆,有门有户,一派毫光,其中奥妙小人不知。"小姐二人见探子报明白,公主说:"今已知阵在西南,不用带兵杀入。我向南门杀入,你向东门杀入。退了天兵,你于台下放火,乘乱可用法门脱出宋将了。"此时,公主驾起云头;段小姐带兵一万,卷旗息鼓,一程到了离阵不远,埋伏于茂林,待阵一动然后杀入。

先说王兰英驾云来到阵前,看见阵内黑气冲天,四角毫光闪闪,暗说:"此阵果然厉害。我若无此颗神沙,焉能破得此阵,自然立定不住的。"言未了,台上旗幡一动,众天兵天将杀来。公主葫芦内放出宝沙,咒念真言,一撒,只听得一声雷响,犹如天崩地裂,神沙光亮将黑暗冲散了,阵中旗幡自乱,阵内鬼哭神愁。众蛮兵只当作宋人来打阵,黑暗中不分真假,刀斧交加,自相残杀殆尽。天兵神将回避神沙,俱升天而去。卜贵不知何故,吓得目定口呆,有法不能施展。公主见天兵走散,法台上只剩一僧发振腾腾,公主飞跑上台,一刀斩于台下。南兵众将大乱。

段小姐一见阵乱即杀进中央放火。看见法台里五架囚车,就知被擒宋将乃岳纲、张忠、李义、焦廷贵、狄龙。小姐看看公子,目中下泪,暗呼:"公子,可怜你年轻体贵,焉能受得如此辛苦!"吩咐众兵:"将囚车打开放了宋将。要慢些放手,犹恐着伤。"南兵领命,即时打开。

五位将军看见段红玉令人放他,心下惊疑。焦廷贵大呼:"这妖妇与我仇敌,须防他来算账。"岳纲说:"这妖妇虽然放我们出来,决无好意,何不趁此上前,将他拿住除了大害罢。"早有焦廷贵大喊一声,飞奔上前,四人一齐拥着,将小姐拿住。众兵正欲动手,反防伤了小姐。这小姐看来不好,念咒对焦廷贵吹一口气,焦廷贵反变化作一个段红玉,这段红玉却化作焦廷贵。五人正拥着段红玉要擒拿,岂知是焦廷贵,段红玉在旁逃去,他众人惊疑不定,却放开段红玉反将焦廷贵拿住。小姐趁势一纵,跑上云头而去。当时众人拿住,只见是焦廷贵,吓了一惊,多说:"奇了,反被妖妇走了,拿的又是焦廷贵!"张忠道:"他走了,不可再追,且回营罢。"五人即出了纯阳阵。此时已四更天,路途黑暗,只得随步慢行。

又说段小姐跑上云头,怒骂一声:"好匹夫! 奴好意救你,谁知你恩将仇报,反将我擒拿。幸然奴有此法力,不然一命难逃。"又说王兰英见段红玉带兵杀入阵中,不见动静,忙下了法台,见是带来的兵马。众兵执火,照辉光亮,认得公主,遂将小姐救出宋将反被他擒拿说了一遍。公主听了大怒,说:"姐姐,你既脱了此危,还不来寻我!"想了一会,说:"必然救出他五人,不想宋将恩将仇报,见劳而无功,所以羞愧不来见我。待奴前往找他。"说完,遁光而去。寻见段红玉,呼声:"姐姐,因何独自一人在此?"段小姐说:"贤妹不消提起,只望破了阵,救出公子,降宋自有好处,岂知宋人险恶,一离大难就反面无情来拿我,若非有些法术,险遭毒手。料想婚事不成,枉费贤妹与我一番的跋涉,用尽机谋,空成画饼充饥。"言罢,泪珠盈盈。公主说:"姐姐不用心烦,且听我一言,教你忧中变喜。"段小姐说:"贤妹有何良谋?"公主说:"你当日在富春山,与狄元帅许下投降与公子结婚,教你破阵搭救五人。想五将困于阵中已有半月,焉能得知你投降了? 因何你一人放出五人之时,又不说明其故? 倒是你失于检点,如何怨恨他人。"小姐听了,方才醒悟,说:"贤妹,若非你言,愚姐错怪于他人了。但想众兵还困住五人,前事说明五将得知,以便回营报知狄千岁,如何?"公主说:"姐姐,你见差矣。这五人乃堂堂好汉,众兵哪个是他对手?他们早已杀出回营去了。你我何不回去,命众兵多持火把,追赶上他五人,同到宋营报知狄元帅,以成就姐姐的良缘。你道如何?"段红玉大悦,说:"贤妹高见不差。"即按下云头。一刻,阵中已到,冰消瓦解,和尚的尸首满地,实为可悯。二人咨惜一番,招回众军,传令随同走路不表。

再说王禅师与段洪带来兵马,前去劫取宋营,人马肃静衔枚。此时仍复四更未残,将到宋营,段洪对王和尚:"今夜劫营,又遇大雾迷空、云封月色,乃天助成此功也。倘退了大宋之师,皆得禅师之力。"正说之间,只见探马如飞来报说:"不好了,纯阳阵被敌人打破,一万和尚已被他杀尽。"段洪大惊,和尚大怒,即令:"回营!必然宋人知觉。"行不上二里,只见远远来了一支人马,灯笼火把照耀如同白日。王和尚将军马排开,等候敌人。

又说段红玉、王兰英正催兵追赶众人,只见前面扎定一队兵马,只说是大宋之师。行近灯光细看,见是南蛮旗号。王兰英见是段洪与王和尚,便对段红玉说:"姐姐既见他面,只须如此如此答应,方才不露出机关来。须将令尊大人哄诓过。所惧者那王和尚,须要算计倒了他,方保得无事。若被他看破行藏,投顺大宋,就连累非轻,再难设计了。"段红玉闻言,说:"贤妹果然妙算无遗,非人所及。"三人于是催马上前。

段小姐呼声:"父亲,孩儿红玉在此。"段洪听言,在灯光之下抬头一看,见一员女将金甲全披,戎装威武,手拿双刀在那里呼"父亲"。看真原来是女儿,也思量:"这贱人一去两月,并无行踪,在于何处居止,莫非已投大宋不成?"遂开言大喝一声:"你这不肖之女,不从父训,流离失所。好个未出闺门的幼女!你又因何黑夜领兵至此,是何缘故?一定有心反叛了。若不斩你这不肖之女,岂不被人耻笑,被人谈论,说我不忠!"言罢拍马,数步跑到段红玉跟前,提刀斩去。段小姐闪开躲过,呼声:"父亲息怒,待儿细细禀明。"此时,不知小姐如何说出,下回分解。

第二十六回　施巧计兰英斩僧
　　　　　　中计谋段洪降宋

诗曰：

> 天网恢恢焉可逃，助逆强僧杀戮遭。
>
> 国运当兴归大宋，被诛失计女英豪。

　　当下，段小姐见父亲发怒要斩，即便说："父亲不必动怒，待女儿禀明。"段洪说："有话快些讲来。"小姐说："女儿自那日出敌，只望取胜，岂知反败了，无面回关见父至此。一程走到芦台关，多蒙兰英贤妹相留两月，今日起兵相助，日夜催师行程，只赶至此处。但黑夜之中闻人说出风声：打破阵图放走了宋人，打开五架囚车。又闻父亲与王长老前去劫取大宋之营。是以女儿一闻，与公主前来接应，并无反意，望乞父亲鉴察参详。倘因一时之怒，伤害了女儿，岂不有屈难伸，且臭名难免，爹爹于心何忍？"当时，段洪听了女儿一番言词，料必不是谎说，正在沉吟思想。有王和尚闻段小姐之言，看见段洪疑惑，喊声："元帅，令媛句句忠诚实说，有何虚言，元帅何必执性生疑！"段洪听了便说："你既请得公主前来，如今在于何处？"小姐说："现在中军队伍中。"段洪说："他既在中军，何不请来相见。"

　　公主闻请，催马上前，称声："元帅、王法师，奴兰英甲胄在身不能全礼，休得见怪。"说完，打拱。段洪与王禅师忙答礼，同说："有劳公主起兵相助，感谢不尽。"王和尚又呼："公主与小姐，你二人一路而来谅必知情，不知贫道的阵法何人打破，可对我说知。"二人听了一惊，公主忙唤："法师，若问你阵法谁人打破，我们不知。但带兵来到阵，隔二、三里但闻败残和尚说阵被宋人打破了，我二人一闻此说，正赶上阵前，意欲除杀宋师。未到阵前，只远远见灯光照耀，一派红光，喊杀如雷,料想此阵已破,只得回兵,意欲进蒙云关。又闻耳风,元帅、法师去劫宋营,特回兵前来帮助。"王和尚闻言,信以为真,吓惊不小,说道:"此阵虽厉害,已被他打破,想来天命有归,中原天子洪福非轻,自有神明相助。看来,贫僧虽有法力,终于无用,只恐有败无赢,枉用心神,徒开杀戒耳。"王和尚想到此处,把刚强杀伐之心性冷灰了。

公主、小姐见他信以为真,方才安心。公主想:"这秃贼往日攻取各城,依仗法力,哄动南主作叛。即将所取地方妄加杀戮,今日强狠在哪里?我何不哄他?如此,出其不意杀了他,然后劝段伯伯投降大宋,有何不妙,姐姐姻缘又就了。"想罢,呼声:"禅师,不但大宋神圣佑助他,还有一句稀奇的话,只众军前不可说,恐乱了军心。"王和尚说:"不妨。"公主道:"不可,不可。须要法师行近,细细说的方好。"王和尚听了,心中疑惑一会:"公主有何稀奇之事,且请说来。"将坐骑跑上数步,只望王兰英说什么机密大事。公主暗暗睨着王和尚,手起刀落早已挥为两段。

有段洪吓一大惊,喝声:"王兰英,你将长老杀死,定然要反了投顺宋朝!"公主呼声:"老伯父你还不知么?"将段小姐的事情一一说知。段洪闻说,大怒,气得三绺长须根根直竖,喝声:"你等不由我做主,私降敌人,此玷辱门风之女,我今不杀你这个丫头誓不为人!"说罢,拍马抢上,双手持刀照段红玉砍去,公主双手驾住。段洪见他架住大刀,复又横刀斩去,公主又横刀挡过,呼声:"老伯父,且暂请息怒,听奴奉告一言。大宋天子乃受命之君,中原之主,运会当兴。我南天王乃一叛逆布衣,初起时,尽是匪贼亡命之徒,僭夺了交趾,妄自称孤道寡。所行非义,所做非仁,焉有甚福荫成其大事?纵使他再攻僭得一、二省,亦不济事。中原大国兵多将广,文忠武勇,天命所归。审世度时,南蛮不久必为所灭。即我父王,久有降宋之心,但未得线引耳,苟有机会,必然降顺天朝。但今老伯父不降,必有大祸临身。"

段洪说:"不降宋何得有祸?你且说来。"公主说:"这王和尚乃奉南王之命来助阵,不是死于敌人之手,乃在你关自杀死他。倘他手下一泄出言,言你陷害于他,南王岂不动怒?况达摩军师又与他是道友,在南王跟前劾奏你私杀命官。那时,一家性命不能逃脱,不是大祸临身么？倘老伯父不听我谏言，奴即赶往昆仑关，奏你私杀法师，脱了我的干系。"段洪道："你杀他，反诬我的。"公主说："奴只脱了干系，何分你我？"段洪想："这丫头果然厉害，倘他当真诬奏起来，一家性命休矣。"说："罢了，今从你二人陷我于不义的。"段小姐、公主大喜，合兵一处，吩咐埋葬了王和尚尸首，一同回关。

段洪命段虎查点府库，预备来日投降。是夜，父、子、兄、弟、公主五人议论投降。这一番言语不必细述。

又说狄龙五人杀出重围，天色黑暗，辨不出路途，况地头广杂，五人只管慢行。走到天明一看，众人惊疑勒马，说："我昨夜天暗，只管跑走，如今走错了，不知此是什么地方？"张忠说："南蛮地广人稀，又无村民一问去路，又无人指引，如何是好？"廷贵说："我们何不跑上前面高山，看着找了出路。"众人于是走上山头，只见山侧松林下，有两人在此抬头张望。五人一见，说道："有了，那山上有人在此。"狄龙说："待我去询问路途。"催马去了。张忠对李义说道："公子年轻，此去问路，山上人装束不同，不知是好人是歹人？倘有失足，上他们的当了。"二人即拍马追上。狄龙在前，张、李在后，三人只往松林中走，相隔不远。

山上两人见三骑来近了。一回身，往松林中就跑走。狄龙带怒拍马，已赶入树林内。忽听得一声响锣，就地上拉起绊马索来，将狄龙连人带马绊倒在地下。两旁跑出若干人，手持铙钩将狄龙拿去。张忠、李义一见狄龙拿住，心中着急，拍马大喝。众人看看赶近，只闻锣声震耳，松林内涌出一队兵，当中一员蛮将，生得丑陋奇形。二人大喝一声："野奴，你是何人，擅敢无故拿人？快快送回，下礼赔罪，就饶你不死。"这员丑将喝声："你等莫非是宋人差来问道的？自到吾此山大胆横行，还想要回被擒人，休想了。"二将听了大怒，枪刀齐刺，南将提刀相架，三人杀起来。张忠、李义不是本事低微，皆因放出囚车，止得小军短刀，所以敌不过此将，又被拿住了。

焦廷贵与岳纲二人在山下看见，忙跑上来追。南将见山侧又有二人杀奔上来，只得勒马以待。二将看见这丑汉十分威武，怪不得他三人被擒，原来这贼凶恶武勇，遂大喊："贼寇，一连擒我三将是何缘故?"南将闻言不答,长枪又戳来。二将短刀架开。三人战了一回,二将抵挡不住,亦为刀马不堪使用。岳纲想想三人被拿去,原因刀马不合,如今再战,难保不输,即拍马败走。焦廷贵看见岳纲先走了,他亦拍马跟随。南将不来追赶,收兵回山而去。岳纲道:"吾五人出阵,只道脱离虎口回营,谁知黑夜错行,误入此山,遇着蛮将擒去三人,未知生死,怎能回营见元帅?"焦廷贵说:"依着我言,找路回营禀明元帅,兴兵前来,踏破此山,可救出三人。"岳纲无奈,依允寻路。已交巳时,肚中饥饿,路上又无住家人,只得忍饥而走。不表。

又说蒙云关段洪,此日打点开关投降,心中忽然想起:"兵法云:'以虚为实,以实为虚。'又未曾与狄元帅面订,若开关出投,宋兵杀入城来不准投降,那时一家性命难保。不若命女儿前去,先献了降书,果然应允,然后开关未迟。"即时写了降书,交与红玉说:"女儿可到宋营献了降书,倘宋师准降,即可回来。"小姐领命正要动身,有王兰英思量:"这段红玉去献降书,又想他不顾生死,一心要匹配着狄龙,必然此位小将军生得相貌非凡,人才出众,何不跟随他前去,看看这狄公子?"说声:"姐姐慢行,愚妹陪你走走。"段小姐说:"如此甚好。"二人上马,带了数十名家丁,辞过段洪与段龙二位,徐徐而去。

走了二十多里,已到了宋营。遂令家丁通报进营中。狄元帅闻知,又惊又喜,说:"蒙云关既愿投降,因何不放五将回来?"低头一想,问军士:"此员女将有何人同来献降书?"不知如何投降,段小姐有何答话,下回分解。

第二十七回 老南将真诚降宋 少蛮女私订良缘

诗曰:

南蛮老将降天邦,大宋当年气运昌。

择木而栖名鸟德,拣君以事是臣良。

当下狄元帅见段小姐来投降,有降书款纳,不见被擒五将回营。又见军士回禀,只同一员女将同来,兵丁数十人。狄元帅听了,低头不语,王元帅便呼:"千岁不言,莫非疑着段红玉有什么诈处?"狄元帅说:"然也。段红玉既破了此阵,缘何不放五将回来?莫非段洪不降,他女儿私降的?"王元帅说道:"不如命人出营问他明白,然后准他投降相见。倘若含糊有诈,抢关便了。"狄元帅便问:"何人出去?"狄虎说:"孩儿愿往。"元帅说:"你去恐失。盘诘敌人,须要随机应变之事,你年轻智浅,哪里参得他人面情虚实,岂不误了大事。"狄虎满面羞惭而退,想道:"父王不叫我去,只言我作事不牢,待我暗暗出营,埋伏在蒙云关大路旁,候段红玉回时,截住这丫头,将他生擒了,问他爹爹的消息,岂不是好!"意思打定了,悄悄走到帐后,唤了七、八个家人,吩咐一番:"不要走漏风声。"说罢,提刀上马而去。

当时,狄爷见狄虎退去,又问:"谁人前去?"有杨文广上前说:"小将愿往。"狄爷说:"杨将军前去更妙,须要谨细诘问他。"杨文广领命出营,带了人马一字排开,看见二员女将。王兰英便问红玉说:"姐姐,宋营这员小将莫非是狄龙?"小姐说:"非也。乃山后杨业的后裔杨文广也。他是一员骁勇小将,奴与他交锋,险些丧在他手。幸然有些法力。但不知他因何带兵出营?狄元帅如何主意?"王兰英说:"何不前去问个明白。"小姐说:"贤妹之言不差。"即拍马上前,呼声:"杨将军,今日领兵出营,不知何故?"杨文广早已看见两员女将,生得美貌超群,一人是段红玉,一个不知何人。开言说:"我元帅闻你前来投降献降书,特差本将军问你:既然破了阵,因何不放我们五将回来?"段小姐说:"自从在富春山别了元帅,次夜即领兵攻打,破了阵,杀死一万和尚兵,救出五将,正要诉说前情,岂知这五人反将奴拿住,幸得我有法力脱身,不然性命不保。"杨文广说:"既然放出众将,因何不见回营?明明你害了他们性命,如今又来诈降,幸得我元帅参破机关,差我前来擒你。"抢枪就刺。

小姐大怒,说道:"奴好意来投降你,只为破此恶阵,费尽许多心神,杀了王和尚,劝谏父亲多少,方肯归宋。谁知你难信我的,反面无情,救了五人,反说我诈降。早知你们失信,奴枉为极力辛劳,今叫我如何回关见父,岂不被他人耻笑?你是不知其原由的,快请狄元帅出营,待奴问他,在武侯庙的言词至今何在?"杨将军说:"据你言词,亦是真情归降,但我五将不见回来,难以准信。"小姐说:"黑夜中五人杀出阵,一定迷失路途。既然将军不信,且收了降书,限我二日,探听五人消息,再来回报如何?"杨文广说:"小姐言之有理,待我回去与你转达元帅。"说完,接了降书回营去了。

小姐见杨文广回营,长叹一声:"只说前来献了降书,即姻缘两合,岂知又是吉内成凶。五将不见回营,狄元帅心疑不定,岂不活活将奴急杀。"兰英在后,见姐姐呆呆不语,虽不耻笑于他,却也忍耐不住,跑到跟前呼声:"姐姐不必如此的着急。此处不是望夫台,如何站立不动?古言:万般皆是命,半点不由人。姻缘乃前世所定,赤绳系足,岂能逃脱?若听我言,必去寻狄龙,他既与你无缘就罢了,倘若勉强而为,恐有关于性命,又防与你父兄伤了和气,反为不雅。"小姐闻言又羞又愧,低头不语。

王兰英见他进退两难,当时只得又劝道:"姐姐不必忧愁,如今事已至此,须要寻个计策方是。"小姐说:"望求赐教,开奴茅塞。"兰英说:"依奴愚见,那五将走失了路途,必然在竹枝山。此山离此不远,其中路径丛杂,想必误走此山。姐姐可速到彼招寻,奴今回关见段伯父,将前事说知,使他放心,就在关中等候。"小姐应允,二人别了。

按下段红玉不表。有兰英公主带回众兵向大道而行，一道暗笑段红玉痴心。正想间，忽听得前面人喝声："妖妇休走。"公主一看，见来了一员小将，生得眉清目秀，俊雅风流："想必此将乃狄龙，怪不得段红玉如此痴心于他。"看罢便问："小将何名，因何阻吾去路？"狄虎看见此员女将，生得一貌如花，世所罕有，三寸金莲，令人可爱，丰姿艳冶，倾国倾城。狄虎暗赞道："好一个齐整蛮女，看他弱质柔柔有何本领，俱是仗着邪术伤人。"仔细一看，又不是段红玉，乃另一员女将也。想："段红玉吾父王不准他投降，被我兵杀败，未知走往何处？"正在思量，见女将问他姓名，便答言："吾乃平西王次子狄虎也。若知我二公子刀法厉害，快快下马投降，饶你一死。"

王兰英听了一想："段姐姐言平西王公子狄龙生得一美非俗，我只道此人是狄龙，如何又唤作狄虎？想必是他手足。"便说："吾乃芦台关王兰英，乃王凡之女。请问小将军，既是狄元帅公子，今年青春几何？狄龙是你何人？"狄虎闻言冷笑，想："此女问长问短，此是何故？"遂答言："狄龙乃吾之胞兄也。你问他，是何缘故？"王兰英说声："将军，你既然是狄龙的令弟，岂知蒙云关的段小姐与他订结了姻缘，今日亲到宋营献纳降书，因何狄公子阻于半途？"狄虎听了，想道："我父王既好好约许了段红玉为婚，今日他是随行来归降于我们，若半途阻截他，于理不合。不若哄激于彼，看此女有何关节之言。"便说："我兄虽许段红玉为婚，不过诓哄于他。方才小姐被我们埋伏擒回营了，今又奉父令来拿你，快快下马受缚。"公主闻言怒道："匹夫！你们俱是忘恩负义之人。谁敢来拦我？你想擒拿万不能了。"说罢双刀斩去，狄虎大刀相迎，一连杀了二十合。

公主抵敌不住，暗暗喝采："真乃将门之子，话不虚传。料难取胜，又不可用法宝伤他。既是狄元帅之子，姐姐既匹配狄龙，又何妨订约于狄虎？不如与他面言罢。"架住大刀，喝声："公子且住，奴有言相告。"狄虎听了说："你有何言，快快说来。"公主说："令兄既匹配了段小姐，你我不若联了婚姻，同心协力以灭南蛮，不知公子意下如何？"狄虎闻言想："此女好不顾羞惭。我且耍他一会，看他如何。"笑说："公主既有此美意，却不难。我今实奉命来擒段洪，在元帅跟前夸了大口,倘公主成全我此段功劳,我是无有不依。"兰英听罢,心下十分难处,想:"此事如何是好?若依了他,姐姐怪我不义;若不依他,这婚事难成。事在两难。想来段红玉去寻招五将,奴不若与狄虎进关,只说宋帅差二公子前来请去,待他拿绑了段洪,请宋将进关,岂不两全其美?"即对狄虎说:"此事即在奴身上。只是不要失了前言。"狄虎心中暗喜,呼声:"公主既然应允,但不知有何良谋,乞道其详。"公主说:"奴哄了段洪出关,说公子奉命相请,即将他绑了,你道如何?"狄虎大悦,说道:"公主且回关做作,我在此等候。"

公主辞去,进关见了段洪。他问:"事体如何?"公主说:"狄元帅虽然收了降书,他心中疑惑五员将士不见回营,段小姐许他找寻五人去了。狄元帅实疑我们有诈,传言要我请老伯父到他大营,与狄元帅面订一言,方为真实。是我不知老伯父意见如何,未敢应允,不知他内里有什么机谋。今狄元帅又差二公子在后面相请,老伯父,你意见去否?"段洪说:"既如此,本帅就亲到宋营,与狄元帅一会何妨。"公主又说:"老伯父既去,不必带人马,诚恐宋将疑心。"段洪应允,即时上马与公主出关而去。

行了一程,只见狄虎匹马横刀立于大道,王兰英诈作不见。段洪勒马向公主说:"我看来将不怀好意,莫非不准投降,差人前来迎敌?"王兰英说:"伯父放心,这员小将乃狄元帅次子,名狄虎。想是狄元帅差他来迎接。"段洪听了,只得前进,与狄虎答话。不知段洪如何被擒,且看下回分解。

第二十八回
王兰英背义夺关
狄元帅正军斩子

诗曰：

> 契结金兰意味长，缘何日久竟相戕。

> 夺关背义恩情失，且看交深是虎狼。

当下段洪只言狄虎奉了元帅之命来迎接于他，连忙上前，口称："小将军，老夫乃无能降将，何劳远迎。"狄虎见他来近，起手横刀刺去，刀尖刺中咽喉，段洪一命呜呼，跌于马下。王兰英一见，面如土色，忙呼："公子，你说擒拿他，因何伤了他性命？"狄虎说："公主，我意欲大刀挑他下马，不意误刺中咽喉，悔已不及。"王兰英听了，心如麻乱，只忧段红玉知他杀死父亲，焉肯甘休？叫我如何回答？想了一会，对狄虎说："你今误杀了段洪，皆因我错了主意。一不做，二不休，如今不若与你同去取了此关，差人回营报知狄元帅，请他前来进关。倘若段红玉回来，慢慢与你调停劝解于他。若有不依，即时拿住，挟他投降，方为妥当。"

又谓，这王兰英为人，前后极似分为两截。初时，待红玉情深意厚，为设计周全，算无遗策，智量堪嘉，无如今日为着狄虎结婚，误伤了段洪，毫无怜惜之心。他虽非骨肉，但念与红玉结契深情，于心不忍。何也？

> 只要我躬连理偶，哪管他人不戴冤！

当下，狄虎听了，便呼："公主，蒙你美意相助，我岂相忘！事妥日，与你永结百年之好。"于是二人进关。此时，段龙、段虎只道宋师势大，爹爹已死，即时与母亲奔往芦台关去了。狄虎收殓了段洪，差人回营报行。

狄元帅大惊，说："这畜生好大胆！不奉令，前去杀了段洪，骗抢他关，如何是好？"王元帅说："我想，段洪既来投降，又去取了他关，伤他性命，如此不仁归于我们。公子虽然有功，难逃违令之罪。如此，悔亦不及。且去安了民罢。"元帅留下高明、杨唐、孟定国三员战将，副元帅杨文广同守营盘；其余战将随往，又带兵五万，一路来到蒙云关。兰英公主乃投降之人，只得与狄虎出迎。二位元帅进了帅府大堂，一同下坐。狄元帅令探子四路追赶盘诘段氏家口奔逃何处，打听明白即来报知；又命将段洪棺柩运入关内，出榜安民；然后吩咐兰英公主进见。

公主进内，只见众将威严与本国不同，心中惊恐，含羞说声："芦台关王兰英叩见。"狄元帅起位，拱手说："公主请起。"王怀女早早离位挽起，说："公主，你乃南蛮之女，我乃中国之臣，以此并无管辖，何必行此大礼。"公主见此，心中方安，说："奴本蛮女，久仰千岁与夫人威德，军民感仰，所以蛮女献关归降，望乞收留。"说完，又要下礼，王元帅扶住，请他坐了旁首。王元帅说声："公主，这段小姐不知往哪方找寻五将去？"公主："只因元帅不准投降，小姐今已往竹枝山找寻五人未回，是以奴一人前来献关。"王元帅说："狄虎差人说攻打关城，这算不得是公主献城归顺。狄虎又不该杀了段洪，此事反复不明，望公主细说其详，免本帅疑惑。"

王兰英低头不语，暗想："此事叫我如何回答？欲将前事说出，狄虎危矣；欲要说诓，又怕哄他不过，反为不美。倒不如含糊说了便罢。"即呼声："元帅，你未知其详。此日段红玉往竹枝山后，奴独自回关与段洪商酌。只有军士说，宋营有将一员叫关，段洪只道好意，元帅差人来关打探虚实，段洪出关迎接，狄公子以为他出城迎敌，并不答话，大刀略举，实为误伤。段氏一门闻知，俱逃走了。奴家献了城池，公子以为夺关。"王元帅心中明白，想来此女言语支吾，必有难讲的话，休要诘破他，待后来问明便了。即说道："原来有此缘由，难得公主见机投顺，真乃审势达权。"狄元帅说道："此中必有委曲，只须问那逆子便知明白。传令狄虎进来！"

不多时，狄虎到帐前来了，说："父王，孩儿破了此城，特来请功。"

狄元帅大喝："逆子一派胡言！不遵将令，私出妄伤降将，乱我军规，还不知罪，反来冒功。姑从实言说来，免得动刑！"狄虎听了，心下惊慌，只得跪下，诉声："父王与元帅听禀：只是孩儿单刀独马往河边饮马，刚到河边，不提防草丛中跳出一虎扑面走来，惊我马直到城下，遇见段洪带了几个小军出城，孩儿误伤了他。登时，关内军民大乱，段氏家口逃去无踪，芦台关王兰英只得投降了。至此，孩儿来请功。"狄元帅大喝一声："好逆子，满口胡言！此处离山甚远，焉有猛虎？纵然马失惊，不过一箭之路，何得一连跑到十余里，到他城下？况且，自己战马，如何降它不住？既然沿河饮马，何用带刀？眼见诓言欺哄，乱我军规！"吩咐："刀斧手拿出正法！"两边刀斧手答应一声，上前将二公子正捆绑，王兰英见了着急，心慌意乱，自己又不敢开言劝解，眼看没有解救，只是暗中下泪。忽有探子来说："段氏家口俱逃往芦台关去了，特来交令。"细细禀上。

又说王怀女，当日出兵之日，狄家公主将二子叮嘱，托他照管。难道今日二公子犯了军令，死在目前，袖手旁观，不来劝救之理？只因狄青为人性刚硬直无私，军令严肃，不受人情。若于先前细问二公子之时，若即劝阻，不但狄青不依，只怕狄公子死得更切。所以，心中虽急，仍不敢开言，只思量寻个机会，待他怒略减，方好劝解。此时，探子回报，段洪一家奔往某处，他又盘诘一番，交回令，厚赏探子。

此时怒气已过，正好承机劝解，遂呼："元帅，妾奉告一言，不知尊意若何？"狄元帅说："有何见教？"王元帅说："二公子实属年轻，幼小生长王侯门，不知法律，一时误犯军规。如若杀了公子，一来伤了父子天性，二来正在用人之际，不如命公子带罪立功，差他招降段氏兄弟回关，将功折罪。若不能招降，正法未迟。"狄爷说："元帅说情，本当依允，惟有两件事不能从命：一来，狄虎乃我亲生之子，今日犯罪，若是轻饶，岂不被人谈论，众将若是效尤，这数十万人马不能管了。"王元帅说："带罪立功也是常情，谁敢不服。"狄爷说："第二者，段洪乃南蛮老将，一心归顺，不曾沾中国点水之恩，反被逆子伤了性命。若不将他斩了，倘段红玉找寻五将回来，闻知此事，问起缘由，你叫本帅何言以答？"王怀女说："元帅放心，段洪既死不能复生，如今与他盖造庙宇,请旨封他,春秋祭祀。倘段小姐回来,妾另有设施,管叫无事,且看妾薄面饶他。"狄元帅说:"罢了,且看元帅之命放了这逆子。"吩咐左右放了。狄虎上前叩谢父王、王元帅不斩之恩。狄爷喝声:"逆子,今看在王元帅面情,权且饶你。如今且领兵五百,带罪招安段龙兄弟,限你五日功夫便要招降回来,将功抵罪。倘若不能,治罪不免。"说完,拔令一支掷于地下,狄虎连忙拾起,说声:"得令。"领兵而去。

王兰英见狄虎去了,心中挂念,不如同狄虎去招安,指点他方为妥当。正欲开言,又想,与公子同往,只恐元帅不依;纵然依了,又怕名声不好,岂不被众人谈论?想了一回,对王元帅说:"二位元帅,奴虽投顺天朝,并无寸箭之功,心中甚是惭愧。这芦台关系奴父镇守,手下雄兵三十万,粮草丰如丘山,奴意欲回关,说了父母前来归降,不知二位元帅意下何如?"元帅大喜,说道:"但得公主一段美意,倘诉得老将军投降了,此段功劳非小,焉有不依公主之理?本帅在此专候佳音。"当时王兰英拜辞二位元帅,即刻上马出营而去,按下慢表。

再说段红玉,自别了王兰英,一路往竹枝山而来,独自赶路行程,越岭登山找寻五位宋将。

先说焦廷贵、岳纲二人,失去狄公子与张忠、李义三人,只因腹饥,寻路回营,无神无气向前而走。忽远远见段红玉对面而来,焦廷贵说:"岳将军,你看对面来的不是段红玉这丫头?"岳纲一看,说道:"不差。昨日被他走脱,今日又在此处,为何?"焦廷贵早已拍马,提起铁鞭大喝:"贱婢休走,焦廷贵在此,快快下马受缚。"段小姐急架相迎。不知他访着五将消息,如何着落,且看下回便知端的。

第二十九回 宋将军脱难回营
段小姐单身探穴

诗曰：

> 强伤危地古英雄，轻进无谋定丧身。
>
> 兵法两施虚实变，三军司命见材人。

当下，段小姐见焦廷贵铁鞭打来，即将双刀架住，呼声："将军，奴特来找寻你。"焦廷贵闻言大怒，喝声："好贱婢，你既来寻找我，不要走，吃我一鞭。"手提铁鞭打去。段小姐将身一闪，双足一蹬，连人带马起在空中。焦廷贵大骂："贱婢不要使邪术逃走，你若好汉，可下来拼个死活。"段小姐在云端呼声："将军，我如今不是与你敌手，何必动怒！奴只问你，狄公子今在何处？"焦廷贵说："狄公子与你有甚相干，你要寻他么？"岳纲听他言语，忙上前说："焦廷贵将军不必性急，且听他说来。"段小姐说："二位将军听禀，自从奴在武侯庙遇见了狄千岁在此参山神圣，只为众英雄被困于阵中，许为狄公子结为姻缘……"小姐言到"姻缘"二字，就不觉羞惭起来，不说下去。焦廷贵大呼："因何不说？"段小姐无奈，只得说："奴与狄公子先在阵上许了姻缘，后在富春山狄千岁面允。公子既困于阵中，哪有不怜惜之理？是以不惜辛苦，与芦台关王兰英一同破了恶阵，放出众将军。忙中有错，如今将缘故说明，谁知你五人疑心，忙中将奴拿住，奴家用法忙逃脱，不然，遭你毒手。昨夜回关，今朝奉父命前来投降，岂知狄千岁见阵虽破，不见五将回营，心中疑我不是真心归降，限三日找寻公子等回营，然后方准投降完婚，故奴到此地找寻。你们五人被困，缘何只剩二人，公子往哪里去的？"

岳纲二人听了，回嗔作喜，请小姐落下了云头。岳纲口称："小姐,我五人自从出了阵,有劳搭救,意欲归营,不想迷失路途,错进此山。早间,张忠、李义与狄公子往问道路,遇了山寇擒去,我二人舍命去夺,无奈兵器、马匹不合,是以不能取胜。如今,赶回营中,欲破此山救取公子。"小姐说:"你们战败于何处?"岳纲说:"倒也不远,直向西去,一转,山左树林内就是。"小姐说:"如此说来,此地乃竹枝山也。二位将军何不与奴同到此处,救出三人,一同回营,岂不为美?"焦廷贵说:"使不得的。我们饿了一日一夜,回营食个饱顿,睡觉养神。"岳纲说:"休讲闲言。我想,公子与二将被擒,未知生死,事关不小,倘你救不得,岂不误了我事?"小姐说:"既然二位要回去,奴不敢相强。二位见了千岁时,须替奴禀上,说我舍命前去找寻,救回三将,随后就到了。"说完,将身一晃,连人带马随风而去。

二人同声称他法力高强,今得他投降,实乃圣上之福,南蛮当灭。赞叹之间,无奈人困马乏,只得缓缓而走,又走了半个时辰方回到营前。进内,有小军早已通报,杨文广大喜。二人已至中军大帐,又不见了二位元帅。有杨文广说:"二位将军因何今日方到,昨天在于何处,又不见张忠、李义、公子三人,是何缘故?"岳纲将三人失路在竹枝山,他二人特回取救说明。杨元帅说:"失去狄公子与二将非同小可,快些到蒙云关取救方好。"岳纲闻言,呼声:"杨元帅,休要戏言。我营中雄兵猛将不少,因何反到蒙云关敌人取救?"杨文广听了,将得关缘由说知。岳纲二人说:"原来如此。但此事缓不得,肚中饥饿难当。"二人往后营中过膳,岳纲辞别众人,飞马向蒙云关而来。

又说,狄元帅见王兰英去后,一心牵挂狄龙与四将,见交午后尚不见回来,放心不下,纳闷沉沉。王怀女劝慰说:"段小姐已去找寻,定有消息,元帅何须过虑。"正言间,忽探子报说:"岳先锋现于关外求见。"元帅忙令进来,岳将军来到帅堂,参见已毕。元帅一问前事,岳纲将脱离敌阵并失去三人一一说明。元帅说:"你二人回来,因何不见焦廷贵到来?"岳纲说:"他已在杨元帅营中,小将一人来报知。但段红玉一人去救公子三人,犹恐未必胜,如元帅发兵去帮助,力保无虞。"此时,元帅听了说:"既然如此,你且退去歇息,本帅自有商量。"岳纲谢了元帅,往后堂安歇。当下,狄爷对王元帅说:"本帅自提兵,将有二载,方得一关,如此迟延岁月,不知何日奏凯班师? 况三人被擒,不知生死。段红玉女子一人,虽然厉害,胜败未知。"王元帅呼声:"元帅,天命有归,但杀运已起,忧不来的。段红玉法力高强,何虑不能救回三将? 慢些等待,自有回音。"言谈不表。

却说段小姐别了焦、岳二人,驾云即刻落下山坡一看,前面好派树木荫林,十分幽静。小姐一步步纵马上山来到,走入林中,不提防,扑通一声响亮,连人带马落在陷坑中,吓惊不小。急忙将身一晃,腾空而起,往下一看,只见山林内走出三、四百军兵,手执铙钩赶到坑边,不见一人。望上一看,见一女将身骑红马,手执双刀,唬吓得小军四散奔逃。段小姐说道:"怪不得三人被捉。但不知守山将何人? 不免拿个小军问个明白,方好讨战。"将身飞下,将一军人横拖于马上。这小军吓得魂不附体,大呼饶命。小姐喝声:"你快说明白,此山何名? 守山将何人? 一一说知,饶你一命,倘有半字虚词,只挥为两段。"小军慌忙说:"此地是竹枝山,守山副元帅大金环,山寨中结下五个大营,每营有万兵、战将十余。原因为大宋南征,是以主帅设此陷人坑,等待宋师过山,一鼓而擒。今早来五将,被我元帅拿了三人,走了两个。如今不知仙姑下降于此,小人一时冒犯,望乞恩宽。"小姐想来,三人虽被捉去,但不知吾的狄龙性命如何,倘若伤了我小将军,虽斩金环,不足消奴之恨,不免再问明白,免得挂怀,又喝道:"你今主帅拿了三员宋将,今在哪里? 快快说来。"小军说:"今早拿了三将,如今现囚在山中,明日起解往邕州昆仑关,待南王发落。"小姐喝声:"我饶你性命,你快去报知主将,叫他即刻放出三员宋将,万事皆休,倘若延迟,奴乃蒙云关段小姐,奉了狄元帅将令,杀进山中,寸草不留。饶你去罢。"小军慌忙鼠窜而去。

段小姐想道:"山中顶尽是陷坑,我虽不惧,倘若踏翻了药箭、架刀,躲之不及就不妙了。不若低驾起祥云,离地数尺,四个马蹄不沾尘土,如此方好。"于是,驾云扬鞭,乘马竟奔山寨而来。

先说这小军跑回山中,到府堂禀上主帅,说:"山下来了一员女将,口称蒙云关段小姐,奉狄元帅之命,前来救取三员宋将,若早早放出便罢,若稍迟延,杀进来寸草不留。"当时,金环已将三人装入囚车,

573

方要起解去。一闻呼言,喝声:"胡说。蒙云关主段洪与我无仇无怨,焉得差人犯我?况狄青提兵到他关对敌年余,两为仇敌,他女儿焉能替狄青来救三人之理?"有通臂猿众将说:"莫非段家敌不过宋将,投降了也不可知,何不出山一看,便知明白。"正言间,又报:"女将在山前讨战。"大金环只得带兵一千、八员战将,出寨而来,列成阵势。

段红玉一见,将刀一指,喝声:"来将莫不是大金环?好好放出三员宋将,饶你一命,若有半个不字,即叫你尸横于野。"大金环听了,怒目圆睁,大喝:"贱人休得妄语! 本帅正是竹枝山管辖五营头领大金环也。你既是段洪之女,我主待你父子不薄,不能尽忠,反替宋人出力,讨他三将,如此卖国反叛之人,不如畜类也。"段小姐喝声:"你乃山禽野鸟,焉知鸿鹄之志! 岂不闻,良禽择木而栖,贤臣择主而事?南天王侬智高乃一叛逆之民,妄自称尊,不久亡灭,故我父子弃暗投明。今奉狄元帅之命,前来讨取三将,你不早献出,妄自逞舌,要你死在目前!"金环喝声:"小小丫头,死期至矣。左右,与我拿来!"早有先锋王仁答应一声:"待小将擒来。"说罢,拍马舞锤砍去。段小姐双刀架开,喝声:"留下名来!"王仁说:"吾乃协定山先锋王仁也。你这个丫头快快下马受缚。"段小姐听了,怒道:"你乃无名下将,敢逞狂言。"双刀直下,王仁铁锤架开。二人战斗,不知胜败如何,且听下回分解。

第三十回 大金环中术被诛
段红玉夺山救将

诗曰：

行军首重是关机，有勇无谋不是奇。

轻敌定然遭败失，小心为胜古规辞。

当时，男女二将杀了二十多合，胜败未分。这南将王仁想来诈败，待他往陷坑跌下，方可取胜，即纵马向陷坑边地而逃。小姐乘云，离地数寸，往坑中而追，早已赶近，抢上喝声：“奴才看刀。”照定脑后双刀一下，王仁跑闪不及，已砍于马下。副先锋吴智看见王仁被杀，推开战马挺枪刺去，小姐双刀架迎，战有三十合，又被小姐杀于马下。

大金环见段红玉一连杀他二将，大怒，持铁叉刺来。小姐急架相迎，刀枪各碰得叮当响亮，火粒飞扬。小姐见他恶狠的叉乱戳，看来抵挡不住，将刀虚砍一下，往下跑走。大金环拍马追赶。小姐用法，使个借影移形之术，向王仁尸骸念咒几句，刀一挑，尸骸变作一个段红玉，他原身一闪，借影已不见了。这尸骸跨上小姐战马，飞跑而逃。大金环正在追赶段红玉，一到陷坑边，只见段红玉连人带马跌于坑中。大金环心中大喜，哪里认得出马上人是尸骸化的，不敢从坑中跑走，只绕道边，赶近段红玉陷坑，双手一叉，将尸体切为两段。只用力太猛，将尸骸截断，铁叉还刺入泥土二尺多深，定睛一看，乃王仁尸首，方知被段红玉摆弄，急急转用力拔了，未及拔出泥土，段小姐已在后面双刀砍下，早已分为两段。

他手下将一员，名叶惠，浑号开山豹，抢大刀拍马杀来，与段小姐不分高下的大战。他的妻刁氏，又名母大虫，一见，拍马追来。段小姐想来，战一人尚且费力，何况又添一人相助，不如用仙索擒他罢。

急向怀中取出捆仙索,向空中一抛,往这叶惠落下来,捆跌马下。母大虫一见大怒,飞马抢来,并不答话,大锤劈头砍来。段小姐双刀一架,红玉两手震得疼痛,马退几步,说:"不好了,这泼妇力狠锤重,力战反遭其害的。"即忙退后,双刀急挂于马鞍上,取出葫芦,放出豆子,撒起空中,口中念念有词。好仙家,妙用非比寻常,只化成千军万马,纷纷从空中而下,喊杀如雷,向母大虫杀来。刁氏见空中落下许多人马,个个盔甲鲜明,摇旗喊杀,就堆涌来,心中大怒,骂声:"贱人,你使妖术拿老娘,只怕万不能了。"也住了大锤,向袖中取出一条绿绫帕,口念真言往空中一丢,登时之间,就滚长有十余丈,好不厉害,变化作一条大蟒龙,眼睛圆睁,竟向神兵阵直闯去,冲得些神兵纷纷自乱。

此时,段小姐见母大虫用帕化成蟒怪,冲乱他神兵,喝声:"泼妇,你要耍弄法力么?"即念真言,把五指一放,半空中响亮一声大雷,大喝:"逆畜,还不回头!"五雷齐震。果然,邪不胜正,这蟒怪被小姐五雷正法降它,就不敢向前,竟奔回,向刁氏扑来。刁氏心中慌乱,即念咒收回绿绫帕。段小姐见他收回绿帕,挥动神兵一齐杀去。小姐又拿出红绒套丢起,万丈红光冒落刁氏身中,即时绑于马下。

只剩二员南将,一名关奇,一名云海,看见主帅已死,母大虫如此厉害也被他擒了,我二人如何迎敌,只得愿降。小姐说:"既然你们投降了,这三员宋将在于何处?"关奇说:"现在山寨中。"小姐说:"你们既降顺,须回山传谕众将兵知之,奴然后进山。"二将与众兵人人领命去讫。小姐见他投顺了,即收回神兵,来到叶惠夫妇跟前,说:"你合山人马俱已投降了,你二人,今要生或还死?"叶惠夫妻说:"段小姐,如今我主将已死,众人既已投降,何独于我夫妻二人?况小姐法力武艺非凡,我夫妇一时冒犯,但求宽恕,足见大恩。"小姐见他愿降,大悦,忙收回法宝。夫妇得放,起来拜谢。山中又有两将,一名梅聘,一名贾青,一同二十万军,内有一半自愿回家去的,小姐也不勉强。

当时,众人引进他山寨中,升了大堂,众兵参见。当时,小姐早已命人带至三员宋将。小姐一看,只见三人被捆坚牢,人人闭目。段小姐离座,呼声:"三位将军,奴段红玉来迟,有累三位多受磨难,幸今得脱虎口,此地相逢,真乃得幸也。"三人听得"段红玉"三字,一齐二目睁开，一看，果见段红玉立在跟前，便喝："丫头，昨天被你逃脱，今日反来拿我们么？"小姐说："你三人不知缘由，只因奴在武侯庙遇见狄千岁，说明铁头王和尚摆下一阵，将五位英雄困于阵中，奴即许投顺千岁，与芦台关王兰英带领人马大破此阵，救出众将军，只因仓忙，未曾说明详细，反被众位疑心，将奴拿住，幸奴用法逃走了。不料，众位将军错走路途，却被此处陷坑拿了。千岁不见众将回营，限奴三日，命我找寻。幸得途中遇着焦、岳二位将军，说三位被擒，故奴找寻到此，杀了本山守将，合山人马投降了。搭救来迟，奴多有罪。"吩咐："快将三位放了。"叶惠众人将绳索割去。

三位听了小姐之言，如梦初觉。李义、张忠说："原来小姐投降了我元帅，今又蒙搭救，活命深恩，不敢有忘。"三人深深打拱相谢。段小姐回礼说："均皆一殿之臣，何必言谢。"张忠说："昨夜得蒙搭救，实出不知，反将小姐捉拿，乞祈恕怪。"小姐说："不知不罪，焉有恨心。"三人大喜。小姐又吩咐备办酒筵。与三人起来，早已排开盛宴。小姐情意殷殷，与公子眼角传情，但见着众人，不敢说秘情，只言："奴不奉陪了。"移步进去了。三将饿了几天，一见此佳肴美酒，好不甘甜，如龙取水，似虎争餐，吃个尽饱大醉方休。

三人用膳已毕，即要告别回营。当时，日已晡了。小姐允说："想必千岁在营中指望，正该早些回去。"又吩咐小军牵着马匹候着三人，命二小军引路。小姐说："奴本该与三位同往，但合山人马恐有不愿投宋，听其自便。奴今夜点过名，来日必到。有烦众位上达元帅。"三人连诺。起程，小姐送出山门外，作别而去。

这三位将军出山，顺平川大路而走。时已日落西山，得到营中。有军士报知，杨将军接进，一同坐下言谈，又说："狄元帅众人已在蒙云关。"是夜歇了一夜。次日，三将拜辞杨将军，往蒙云关而来。

先说狄爷与王夫人说："狄龙三人被山贼擒去，今早不见段小姐回来，定然凶多吉少，不若即发兵去灭焚此山，助着小姐，方知下落。"王元帅说："千岁放心。我思段红玉为着令公子的姻缘，他舍命也夺回来。况此女法力高强，有胜无败，千岁何须过虑？"正在言谈，有小军进禀："三位将军回来。"二位元帅大喜，即令传进。不一时，三将直

577

至帅堂,一同参见元帅毕,狄爷说:"昨天焦廷贵二人回来说,你三人被擒,今日怎得回来?"张忠说:"元帅,只因出阵,我众人迷失路途,误落虎口。后得段小姐寻到,杀了守山将,救我们回来,皆得此女不惜辛劳之力也。昨夜,末将等回营,杨将军说明,方知元帅得了蒙云关。段小姐临别时,多多致意,明日到来。"张忠说完,三人退出。

狄元帅思量,段小姐到来,如何调停? 自觉闷闷不悦。王元帅一见千岁不乐,说:"如今众将已回,又得段红玉平了竹枝山,不用我们吹毛之力,岂不是大喜之事,因何不乐起来?"狄爷说:"元帅,吾所忧者,这段红玉即与我儿有婚姻之约,若得成就姻缘,又愿献关投降。当时五将又被擒困于阵中,不能解救,又得武侯梦中指示,往富春山,有老道人指点,得遇于他,面许为婚。所以他破了阵,却不惜辛劳救出五将,是有功于我大宋。况此女虽然生长蛮地,却也美貌超群,吾儿虽也不才,乃一王侯之子,才貌不弱,岂不是相配佳偶? 又有救将一段功劳。所悔者,本帅不该错疑于他投降,不应该令他寻找五人,才有狄虎小畜生安杀他父亲之祸。本帅思量,过意不去,段小姐到来,如何调停,倘若一闻父亲被戮无辜,他怎肯甘休,本帅如何答他? 此事难于算账,如何不闷的。"不知王夫人如何答话,怎生设计;段小姐到来,姻缘得就如何。且看下回分解。

第三十一回　庆洞房恩成虚愿
　　　　　　露缘故爱反为仇

诗曰：

> 洞房花烛本姻缘，何故初谐反结冤。
>
> 一丝未系因前定，谋事人为成在天。

当下，王夫人呼声："元帅，事已至此，说不得了。依妾愚见，即日与大公子完了婚，趁他初时不知其缘由，权且瞒过于他，不然迟缓了数日，一旦回关知二公子之事，必然要报仇雪恨了。他的神通广大，法力多端，我营中谁是他的对手？一反起来就不妙了。趁他不知，与大公子两下成了亲，既知此事，不过是叔嫂争斗一场，到底看着手足份上，不至十分反面，又着旁人劝解，自然停安。千岁意见若何？"狄元帅听了，点头说："多蒙指教。"即拔令一支，唤到旗牌："吩咐众将与大小三军，有段小姐问杀段洪之事，俱言不知，若有漏泄半言，即斩首。"又令中军："在城外搭起一座鼓乐亭，俟候着二人洞房花烛。"二事已毕，旗牌、中军回来交令。二位元帅商议已毕，退入后堂，将诸事停当，只待段小姐一到，迎接完婚，好瞒其杀父之仇。慢表。

又说刘庆，用席云帕回汴京，求请穆桂英来破阵。是日，一同驾云到了南方，一齐落下云头，进宋营中。杨文广见母亲到来，大喜。母子言谈一回，刘庆方知得了蒙云关，阵又破了。他要到元帅交令，穆夫人也要同见元帅，二人起程，杨文广送出营外方回。二人进蒙云关，见了元帅，言谈一会，又知会了段小姐婚事，也且慢表。

再说段小姐送别三将，到了次日，梳妆了，吩咐众将兵守住山寨，带领了叶惠夫妇、一千小军，提刀上马，往蒙云关而来。行了一会，已过宋营，杨将军出营会他。小姐一见，拱手请杨元帅通报："奴已救出三将,今日回关投降。"杨将军说:"原来小姐不知狄元帅众人俱在蒙云关了?"小姐说:"原来千岁准我父投顺,兵俱扎屯于关内么?"杨元帅说:"然也。"说罢带转马,说:"小姐请往,某不陪了。"拍马回营去了。这也是狄爷预先吩咐杨文广的,犹恐他多问询情由。

当时,小姐一程来到关前,只见城闭,外搭起一座鼓乐亭,小姐看罢,只要进城。只见外面来了一人,高叫:"小姐住马。"小姐一看,认得飞山虎刘庆,便呼:"刘将军,因何阻奴进城?"刘庆说:"小姐有所不知,某奉了元帅将令,在此专候着小姐到来。"小姐说:"不知元帅主意若何?"刘庆说:"今日乃良辰吉日,元帅吩咐,小姐到来不可进城,暂扎屯于城外,等候帅府之中鼓乐三通,王夫人亲迎接小姐入城,与狄公子完婚。"段小姐说:"因何如此急速也? 本该让奴见过父母,为何不许进城,反要在城外安扎?"刘将军说:"这是阴阳官选日辰说,本月本日乃吉,其余多有冲犯不美。但此日仍有碍父母,成亲三日后方可相见,这亦是日辰所忌。是以,元帅吩咐安扎此亭,于城外完婚。"段小姐听了,又要询问,只见城中来一旗牌,手执令箭,呼声:"刘将军,元帅有令,唤你急速回关,有急事差你。"刘庆听了,明知元帅之计,心中会意,便呼:"小姐,快到鼓乐亭侧安屯人马,某今回关听令,不得奉陪了。"小姐听了刘庆之言,半疑半信,只得吩咐听众兵,离城二里之地安屯下。

当时,段小姐坐于中营,思量说道:"既是完婚,出自真诚相待,因何狄元帅不许我入城,又不许我见双亲之面? 据刘庆所说,是选择日辰所忌,也未可知。难道父母亦不差人来看看我么,此是何故?"正想象之间,远远只闻音乐悠扬之声。又有小军入报:"狄元帅命人来俟候小姐。"言未了,音乐已至,营外早有四个妇女,一见了小姐,一齐跪下,口称:"小姐在上,奴等奉了狄千岁、王夫人之命,前来俟候小姐的。"小姐听了,即吩咐他起来,厚赏四人。众妇女喜悦,言言语语也不烦叙。当日,四名妇女又带来宫妆之物,这公子乃四品之职,诰命小姐的凤冠、霞佩、玉带定然是四品的。梳妆各物俱已齐备,专候着吉辰。

歇一会,时已交酉刻,四个妇女拜上小姐:"请小姐早些梳妆起

来。"段小姐说:"暂且停一刻,待奴家中人一到,问个详细,梳妆未
迟。"众妇女说:"小姐,你家中只恐没有人来了,等候多久,岂不误了
良辰?"段小姐听了,心中就有些不喜悦,说道:"你们这些妇女,说话
全无道理,难道老爷、夫人不知今日成亲的日期?见不得他面,定然
差我两位哥哥来的,因何你们知道我家中就没有人来的?"小妇女见
小姐怪责,自知失言,不敢再说。

当时,小姐猛然看见内中有一个妇女暗暗下泪,小姐一见大怒,
细看此妇女,有些认得他,喝声:"你这妇人,莫非我家夏连女么?"这
妇人见小姐呼他的名,一发悲哭起来,当时跪下说:"正是奴婢。"小姐
听了,骂声:"好贱人,你一向来去在何处?今日随到于此,难道不知
奴喜事,因何两泪汪汪,顿我势头?快快说来何故,免得动刑。"夏连
女闻言,呼声:"小姐,如今事到其间,奴婢不得不说了。奴自初笄,蒙
夫人育长成人,老爷将我嫁军兵王成为妻。自从出了帅府,不上两
年,丈夫死了,孤身苦恼,日食难敷,时常思念夫人、小姐,未得见面。
因奴一个下流婢女,不敢进见夫人、小姐一面的。"小姐说:"你这几年
既在民间苦挨,今日奉宋元帅前来是何缘故?"夏连呼声"小姐",即将
昨天段洪被杀缘由一一说知。

小姐闻言,不禁悲啼大怒,即命叶惠速即回山,立行快点人马杀
往芦台关,擒拿狄虎与老爷报仇,叶惠领命即时拔寨。三个妇女哭
声:"小姐,你们既去,我三人回关俱是死的。"小姐说:"不必啼哭,一
同随我去罢。"说完一齐上马而去。吓得同来俟候兵丁,急忙回关报
信。是夜,段小姐回到竹枝山,再点起三千人马,恨不得赶到芦台关
来。慢表。

话分两头。再说狄虎奉了帅令到芦台关招安段氏兄弟,人马正
在行程,后面王兰英领了五百兵赶来,已到狄虎跟前,说明奉令回关
劝父归降。狄虎闻知大悦,合兵一处,二人一路并驾而行。公主闻
言,呼二子:"你今去招安段氏兄弟,如何主意,乞道其详。"狄虎说:
"公主,我去招安段氏,少不得说明误伤了段洪,带罪前来,倘若段氏
不允,自然与他交锋。今求公主帮助,如何?"公主冷笑说:"你言差
矣。芦台关非同小可,我父王凡有万人之勇,手下雄兵二十万,九溪

十八洞有名,段氏兄弟与你有杀父之仇,焉肯投降?定然以死相拼,尚且不知鹿死谁手。"狄虎闻言大惊说:"不好了,你父骁勇还是小事,段氏与我乃杀父之仇,果然焉肯投降!定有一场恶战的,但我兵微将寡,收兵回去父王必不容情,这便如何是好?"想一会,不觉长叹一声。王兰英说:"公子,你若果有真心许我婚姻,奴自有妙计,何愁段氏兄弟不降?"不知公子如何答话,且看下回分解。

第三十二回　王兰英劝父归宋
段红玉兴兵讨仇

诗曰：

　　劝父归投大宋朝，只为姻缘配合调。

　　赤丝系足非今定，五百年前宿愿招。

　　当下，狄公子听了王兰英之言，便说："公主，你却多心，前日已蒙公主不弃，订了姻盟，我一男子之汉，岂有失信之理？你休得起疑。"兰英呼声："公子，若果诚心许为夫妇，少不得将计就计：与你进关见过父王，只说军前被你擒拿，狄千岁不杀，反与二公子匹配成亲，已有三日，特要送回关见父母。但我父平生性烈，定然不依，幸他原有降宋之心，又值母亲慈善，从小溺爱于我，在旁必然庇护的，奴再申理劝谏父王，无有不允。我想，父王既已归顺，何愁段家兄弟？"狄虎听了大喜，说声："公主果然妙计。"二人一路并马言谈，不觉已到芦台关。公主勒马叫关，有守城军士看见公主回关，连忙报与主帅。

　　王凡与夫人言谈，只见小军跪下，口称："千岁，如今公主回关了。"王凡听了，吩咐军士退出，说："前日段龙说，这贱人投降了大宋，暗引敌人杀夺了蒙云关，今日回来是何主意？"夫人听了大喜，说："女儿去后，妾日日忧心，今幸回来，大王有甚狐疑之处？"王凡闻言，冷笑说："夫人，自从女儿去救蒙云关，已有一月，只道他与段红玉去退宋师，岂知，前数天段氏带来家口，逃进关中，说这贱婢投降了大宋，勾引敌人杀了段洪，抢了蒙云关，与段红玉同谋。我想，他乃幼年之女，与敌人为伍，败坏我声名不小，岂不被人谈论？"夫人听了，呼声："大王，这是耳闻之言，未为凭信，不如命他进来询明，便知内中详细。"王凡听了，即令："传公主进来！"

不一时,只见女儿与一位少年宋将并步而来,并无愧色。王凡一见大怒,即拔出剑来。夫人一见大惊,暗呼:"女儿啊,只怕你今日性命难保了。岂不闻,男女授受不亲,你如今竟同这少将并首而行,但不思你父向日为人性刚,今日怎肯容你?"又不好明言,暗暗着急。只见丈夫抢上几步,手起剑落。公主将手托住手腕,呼声:"父亲息怒,且听女儿告禀一言。"王凡只气得三尸神暴跳,七内火生烟,喝声:"贱人,任你巧语花言,不过多活半刻,总难逃一死。"公主说:"父王,君要臣死,必死;父要子亡,必亡。但内有原由,女儿说明,父王且放下此刀,待自己受用罢。"王凡听了,顶上生烟,喝声:"贱人,你敢恶语伤父!我的宝剑杀你不成,你反要为父留着自用,好生胆大。快快说明!"公主说:"不是女儿言词伤父,待女儿明白禀了,虽死亦甘心。"王凡被他苦苦哀求,接托住手,砍不下;夫人共扯住袍袖,两泪汪汪,无奈,只得放了手。宝剑落于地下,夫人连忙拾起,命侍女拿去了,劝丈夫坐下。

公主跪于地中,眼含泪珠说:"自那日起兵去救蒙云关,岂知大宋能人不少,女儿出敌,被他擒去。不想狄元帅不加杀害,将女儿匹配于二公子,王夫人为媒,已与公子成亲数日。如今,奉命前来劝父归降。叮咛吩咐,倘父允降,奏明大宋天子,许以永封王爵,强如父王做此伪官。"王凡听了,喝声:"贱人,你贪生畏死,投降了敌人,又匹配了宋将,已将名节丧尽,还敢前来劝说我的?你不思,食君之禄,报君之恩。不思为父平昔为人,岂效此寻常下等之辈!"公主说:"父王,你言差矣。古云:'君不正,臣逃外国。'如今,南王乃一反叛伪王,所行残忍好杀,陷害了多少良民,上天必然不佑,焉能成得大业?目击南天王大势,犹如风前之烛,釜中之鱼耳,倘若父王不及早知机,只恐临时悔之晚矣。"王凡喝声:"小贱人且住口!只要心无二向,尽君之忠,岂忧之祸。"公主又呼:"父王,女儿已匹配了狄虎,蒙云关又失,我国人人尽知,父王纵有忠心自许,南王一生疑忌,那时祸及满门,反为不美者所笑也,况他所任之人,俱是邪说妖言害民之贼,定是奸佞亡命之徒。今大宋差千岁狄青,统领堂堂正大之师,手下是个个英雄豪杰,南蛮王灭在眼前,父王与之俱亡,甘作亡命之徒。莫若及早降宋:一者,或得封王之位;二来,脱了叛贼之名。识时务者为俊杰,父王,请自参详。"

王凡平日见南王无故常夺民妻女,种种不仁,原有退步之心。今听女儿言词,句句合理,他心原乃明白的。夫人此时见他不语,料他有投顺之心,便呼声:"大王,妾想,女儿匹配敌人也是万分无奈的,况狄元帅身居王位,狄公子乃玉叶金枝,女儿配了他,也不辱没你的。据女儿言来,降宋实乃高见不差。"王凡说:"此言虽是,但降了大宋,有知道者,说我女儿被擒,出于无奈的;有不知者,说我畏死贪生,献女与敌人为妻,只贪荣华,不顾耻辱也。"夫人说:"这事不然。在前被擒,谁人不知女儿已失身于宋将? 今事已至此,悔已不及,不如趁早归降,方为万全之策。"王凡听了,只得应允。公主见父王允降,心中暗喜,起跪。狄虎又上前施礼。王凡看见公子,果然一表人才,少年美貌,大悦,令人摆宴。他虽是外国伪官,已封王位,家宴比之别官不同,美看琼浆,说不尽的丰厚,阶下音乐齐鸣。

畅叙之间,有小军来报,说:"蒙云关段小姐领兵前来,要狄公子出马。"王凡吓了一惊,便问女儿冤恨缘由,公主回言误伤他父。王凡说:"你二人一师之徒,异姓骨肉之谊,公子不该伤他父亲,其不是处,归于你的。他与你夫妻有杀父之仇,即领兵前来,怎肯甘休。况他武艺高强,我儿非他敌手。"公主说:"父王放心,女儿自有退他之兵。"王凡说:"不可粗莽的。"公主允诺,戎装已毕,上马提刀,出关去了。

先说段小姐正在讨战,忽见关门一开,涌出一支人马,乃过了吊桥,兵阵排开。小姐一看乃王兰英,心中大怒,喝言:"贱人少歇,红玉在此。"公主见了,呼声:"姐姐,你到竹枝山找寻五将,得胜回关,与狄公子成亲,正在新婚燕尔,不去享受,因何领兵到此,有何缘故,莫非怪着奴不曾贺喜么?"小姐听了大怒,骂声:"贱人,你还敢巧语花言。从小至长,与你义结金兰,情胜同胞。你今忘恩负义,勾引狄虎,杀我父亲,谋抢关城,以至奴父死母逃,一家离散。今日与你有一天二地之仇。你若将狄虎献出,万事皆休,如若不然,誓不与你同生。"王兰英冷笑说:"姐姐休得错怪他人,不想你自身不正,反来怨我。大宋与你敌国仇人,因何见了狄公子就起淫心,忘了君父之恩,父母、手足全然不顾,谎言欺哄妄想成亲? 一家骨肉分散,皆是你自己招来,今日兴兵到此,姊妹相攻,不知是何主意?"段小姐大怒,抢刀砍去,公主将刀架住,呼声:"姐姐息怒。奴与你一师姐妹,倘有不是之处,还望你海涵。"段小姐喝声:"贱人,难道我杀父之仇忘了,来念什么私爱?"说完,双刀又落,公主架开,又呼:"姐姐,你休要使尽势头,望宽一线,后日还有相逢,若认真反面无情,只恐你往日英名从此尽矣。"小姐听罢,气得咬着银牙,喝声:"我与你,仇如渊海,日后还有什么相逢,今日不斩你,誓不为人!"提起双刀当头就砍,公主亦怒,急刀相迎;二人在阵中四刀交加,杀在一方。

又说王凡坐在中堂专候女儿消息,忽想起一事,说:"不好了。"夫人与狄虎忙问其故,王凡说:"孤想起段龙兄弟带来家眷在此,倘若闻知贤婿在此,二人岂肯容情? 况段红玉兴兵关外,不知与我儿打仗否? 这事到有些难为,这段洪与我有一拜之盟,岂有心陷害? 他弟兄若留在关外不妨,今居关内,必然生祸端,如何是好?"狄虎说:"愚见却也不难,将他兄弟并带来家口,哄差到一所僻静房屋,把他关锁此处,用人看守,进城不容出入,待退了段红玉人马,大王亲自去劝他归降,共为一殿之臣,岂不两全礼义?"王凡听了大悦:"贤婿妙算不差。"即差人将段氏家口关锁了门,令人看守去了。

王凡说:"不知女儿与段红玉对敌否? 不若孤与公子出关去看看罢。"二人披挂,领兵一千出关,向前一看,只见他二人杀得如同猛虎下山蛟龙出海。王凡看见女儿与段红玉交锋多时不分胜负,暗暗称赞,向狄虎说:"你看他二人杀得难解难分,真乃女中豪杰也。"狄虎说:"据我看来,段红玉双刀上下飞腾,真乃厉害,令嫒只有抵敌之功,没有还兵之力,若再走上几合,只恐有失,就不妙了。待我前去相助,共擒于他便了。"王凡说:"须要小心,不可伤害于他。这也原是你夫妻不是的。"狄虎应允,即飞马跑去冲杀。

段红玉正与王兰英杀个平交,一见狄虎冲来,犹如火上添油,不胜愤怒。不知三人争战哪人胜败,且看下回分解。

第三十三回　红玉败走竹枝山　王凡归降狄元帅

诗曰：

> 金兰雅谊已成仇，只为姻缘各自谋。
>
> 恩义两乖从此日，当初何必结绸缪。

却说段红玉正与王兰英大战，只见狄虎冲到阵前来帮助，心中忿起，正是：仇人相见，分外眼红。咬牙切齿大喝一声："小畜生，你我有不共戴天之仇，今日来得甚好。"即撇了王兰英来杀狄虎。二人动手，杀得翻江搅海，刀斧交加，公主又跑来助战，三人又战了二十合。段小姐想来抵挡不住两般兵刃，欲用法伤他，王兰英俱已晓得，不如用红绒索擒他罢。想完，将双刀虚砍，飞马败走，狄虎拍马赶来，小姐取出红绒索祭起，当空犹如天罗地网一般，将公子捆于马下。王兰英飞马来救，段红玉看见说："奴的法宝拿他，被贼人救去，岂不枉用力的？"连忙把索用力一收。狄虎此时被索缠住，心中慌乱，只望挣脱，又被小姐收紧。王兰英转马向段红玉背后一刀，谁知刀短，落在马后腿上，这马负痛，后足一掀，把段红玉已掀于马下。王兰英一把双刀尽力一下，段红玉大惊，魂不附体，忙借地云起在空中，兰英只因用力太猛，亦跌于马下，砍地略深有数寸。

段小姐见他跌下，亦思回手，只因下马时失去双刀，手无兵刃。想道："趁众人在此，关内无人，将母亲、哥哥放出，同到竹枝山，再点人马来报仇。"即驾云落下城中，找寻一遍，只见一所屋宇有兵数百看守住，小姐就知是王凡的主意，说："奴在城外战，不道王凡这老贼放心前去掠阵，原来将我的家口困住。如今，且去看母亲、哥哥，一同杀出城来，再作道理。"即时腾空跑下，只看母亲、哥哥闲坐于一处。小姐来近,夫人一见吃了一惊,母女相逢不觉下泪。小姐又将前事说知,吓得夫人、哥哥目瞪口呆。小姐说:"母亲,哥哥,如今不必慌忙,可与我保着家口杀出关去,到竹枝山点起军马再来报仇。"段龙应允,即时披挂,保了家口出来。数百看守兵抵挡不住,由他杀出。

又说王兰英跌于马下,见段红玉驾云走了,连忙爬起来,与狄虎松去索子,奔回到王凡跟前,说:"段红玉败走了。"王凡说:"他既逃走了,我们回关罢。"公主正在催兵回关,只见城内冲出一队人马,当先乃是段龙兄弟,后面红玉保着夫人、家小。王凡一见,手持大刀一柄,将人马分开,拦住去路,喝声:"你往何处走,快快下马受缚。"段小姐见手下兵少,只得取出葫芦揭开,倒出豆子,念动真言,撒起空中。登时,迎风化出数千军马,手持兵刃,呐喊摇旗。小姐用刀一挥,只见众兵上前冲杀,段龙、段虎也趁势动手。众兵抵挡不住,被他冲杀出阵。小姐保着家口,断后而去。

王兰英与狄虎见红玉走了,又要追赶,王凡即令收军,带领人马一同回城。三人回进内堂,卸下盔甲。王凡向夫人细将交锋之事说知。夫人早已命人备酒宴,再坐花烛,与儿联婚。席间,夫妻、父女言谈,酒至三巡,时交二鼓,用过晚膳,夫人命侍女掌了灯烛,送公子夫妻归洞房。丫鬟领命,提了银灯。公子夫妻拜辞父母,携手归房。此夜正在成婚之期,夫妇二人股肱恩爱,万种风流,一夜欢娱,成了百年姻眷,春风一度,倍觉情浓。

慢言此夜之欢,到次日黎明,夫妇二人起来,梳洗已毕,王凡要前往宋营投降。是日同了狄虎,上马出关,一路往蒙云关来。此时正逢季夏佳景,只见山花满目,荷沼凝珠,绿荫交衢,青莲径道,真堪注目,足驻行人。王凡对狄虎说:"贤婿,如今又是夏残秋至了,真乃光阴迅速的,令尊大人自起兵南征,不觉已有二载多。"狄公子点头称是。二人一路言谈许久,不觉到了关前。

狄公子问守城军士,通告狄元帅传进。当时,狄公子引了王凡,直进关来。王凡进去,见大宋一旗一旗的军马,真乃人雄马壮,粮积如山,不觉喟然长叹曰:"行军在于主将,信不诬也,怪不得西辽败降,只有我南王妄图天位,强侵疆土,自取灭门之祸耳,纵使他再攻下一、二省,亦非久远。如今他得了邕州西粤地,安坐昆仑关,与几个佞臣日夕行此不仁之事,命将把守关地,以为安然万全之固。岂知今日段洪已死,妖僧既诛,蒙云关已失。吾初时以彼为豪杰,激一时之忿,见酷吏剥民,随了他攻下了许多疆土。后来见他残暴伤民,劫夺妇女,洵无远大之谋,实思退步,趁今随儿降宋,脱了此祸,正就了机谋。"言罢,不觉已到了帅堂,看见左右众将状貌十分威武,但见:

　　凛凛神威众杰豪,岩岩气象把枪刀。

　　鲜明盔甲多骁勇,个个忠心为国劳。

　　王凡看罢众将英勇,说:"果然中国将士非凡,狄青用兵井井有条,诚不及的。"行至滴水檐前,只见左边狄千岁、右边王夫人,早已站起坐位。王凡连忙上前拱手,呼声:"二位元帅,我王凡乃边地反逆之人,昨天蒙元帅差二公子与小女到关招安,今日奉命前来,情愿投降,献上芦台关,今时请元帅前去安民。"二位元帅大喜,连忙离位,下来还礼:"见老将军,皆坐罢。"三人告坐。狄元帅说:"将军,本帅虽然奉旨征战,但非好杀之辈,是以破了蒙云关,不肯兴兵到你边域,故差人前来招安,果然将军从顺见机,待本帅奏闻圣上,恩封官爵。"王凡拜谢。

　　又有狄虎跪下交令,禀上:"父王,孩儿奉命招安,遇着段红玉,与他交锋一阵,他施法逃去,与段龙、段虎保了家眷奔往竹枝山去了。请令定夺。"狄元帅听得段红玉又反上竹枝山,便说道:"这丫头反复异常,待本帅亲自提兵拿他便了。"王元帅说声:"千岁,段红玉虽然反去,其势已孤,蛮王又疑忌于他,虽有法力也无用处,元帅何必着急兴兵,不若先差人去芦台关招安百姓,此乃要紧,后到竹枝山罢。"狄爷说:"言之有理,谅段红玉虽反回竹枝山,然已计穷力竭,走不远矣。"令军中设酒庆贺王凡,然后,差使杨将军往芦台关安民去讫。

　　当日,二位元帅与王凡吃酒间说起狄虎与兰英匹配成亲,狄爷允诺。到次日,狄爷留下五万精兵、三员大将孟定国、萧天凤、高明守蒙云关,然后带领大兵往芦台关挂榜,树起大宋旗号不表。

　　却说南天王在昆仑关,是日,只与达摩军师言及蒙云关已失,王禅师阵亡,段氏不知逃走何处。正言间,探子又报:"芦台关王凡投降了，与狄青之子联为婚姻，归属大宋，请令定夺。"蛮王听了大怒，骂声："王凡老贼，孤家见你立功多次，封你王位，谁知你忘恩降敌。"正在大怒，有达摩道人呼："我主息怒。王凡降了大宋，乃癣疥之疾，何足为忧？待贫道提一支兵，兴师前往，杀他片甲不回。"蛮王大悦，说："若得国师前去，何愁宋师厉害。"即令设酒饯行。次日，道人带领雄兵十万，往芦台关进发，非止一日。

原来，这达摩乃冒名的，他本是大蟒蛇，神通广大，千年得道，修炼功夫，变化无穷，冒了达摩名字，前来哄动侬智高作叛。他果有法力无边，反叛之日屡次藉他得胜，妄言数年后大宋江山必得。当时伤了许多性命，交趾王的地方，乃粤西全省，与攻至云南，伤了百万生灵。天生之物，尚且惜养，何况妖道伤害多人，上天如何不怒！后来，不免刀下而亡，倾了千年道行，皆因自作之孽，后话不题。

当日，道人一路带领人马来至关前，屯扎下寨。有探子报进，狄元帅闻报大惊，说："僧道领兵，只忧众将兵难星到了。"王夫人点头说："果然。这些人出阵倒要提防。"

却说达摩次日升帐，便令飞将军孟浩出马。此人乃毒水溪寨主，姓孟，名浩，自称孤朵王，南天王命他领兵为后队。此人乃后汉孟获苗种，生得身躯雄壮，力大无穷，额下根根短须，一柄钢叉一百五十斤。宋军飞报，狄元帅便问："何人愿往。"焦廷贵上前说："小将愿往。"元帅说："你出敌且不可莽为，须要小心。"焦廷贵领命，带兵出阵。孟浩看见来了一员宋将，十分凶恶，便喝："通名！"不知胜败如何，且听下回分解。

第三十四回　狄元帅计斩孟浩
达摩祖毒陷宋军

诗曰：

> 南蛮孟浩也称能，逞勇沙场赛斗争。
>
> 无奈天时归大宋，夸强轻敌必伤生。

当下焦孟二将会阵。焦廷贵见来将生得面如锅煤，马壮人雄，高喝"通名"，便喝："贼奴，吾祖乃焦赞，拜兴国公之职，六国闻名，幽州菡石闻他丧胆，只因盗取尸骨，死于昊天塔下。吾乃焦廷贵，大宋天子驾下狄元帅麾下官封威烈将军。你老子鞭下不死无名之卒，快快报名。"孟浩说："吾乃毒水溪孤朵王孟浩也。南王命吾为后军主帅，统兵前来灭你大宋。你非本帅对手，急唤狄青出马受死。"说罢，拍马抢叉，当胸刺来，焦廷贵铁鞭急架相迎，大战三十多合。孟浩本事高强，杀得焦廷贵抵挡不住。孟浩将钢叉横旁一捣，使个乌龙伸爪过去，焦廷贵说声"不好"，将身一闪，在左肘下早已中了一叉，刺进征衣透甲，鲜血流出。焦廷贵喊叫一声，负痛拍马逃走回营。

孟浩又来讨战。狄元帅见焦廷贵被伤，怒道："谁人出马擒他？"张忠说："小将愿往。"即领人马杀出关前，大喝："贼奴休得逞狂，我来也。"孟浩喝声："来将何人？"张忠道："吾大宋天子驾下官封五虎上将，本将军乃元帅麾下扒山虎张忠也。若知厉害，快快下马受缚，免得动手。"孟浩听了大怒，喝声："休得多言，看叉。"张忠大刀一架，二将飞开战马，杀得刀斧交加。一连冲锋四十多合，张忠觉得招架不住，虚斩一刀，拍马便走，回归本阵。

孟浩正要追赶，有长沙小将石玉一马飞抢来，大喝："贼将休来。"孟浩见他来得凶狂，提叉指到，道："本帅刀下留情，不斩你无名小卒，快唤狄青出来受死。"石玉怒道:"吾乃五虎名内将军,难道斩不得你这奴才么?"孟浩笑道:"本帅尝知人言,大宋五虎将英雄无敌,却原来乃狐假虎威的伎俩。"石玉闻言大怒,喝声:"不必多言,看枪。"孟浩钢叉又急架迎,冲锋到五、六十合,石将军看看抵敌不住,想来难以取胜,只得拍马回来。

狄元帅早已闻报,即时披挂上马,带上众军,出到关前。孟浩催马正追赶石玉,只见关前来了一支军马,旗下一员大将,手持大板刀。他忙勒马看,见宋将来得威风凛凛,相貌非凡,把马退后几步,喝声:"来将何名?"狄爷大喝:"奴才听着,吾乃大宋天子驾前征南主帅、平西王狄青也。本帅威名四方畏服,扬名宇宙,谁人不知?你们依智高乃一无赖小民,妄敢倡首为乱,据陷五土,本帅今日奉旨征剿,还不献上首级,尚敢抗拒么?"孟浩听了大怒,放马过来,一叉直刺,狄爷大刀架开,二将一来一往,杀得征云遍野,雾气腾空,正是棋逢敌手,将遇良才。杀过平交,一连争持百十合,两边战鼓如雷,三军呐喊。

狄爷想道,若与他力战,便费了力,不如用拖刀计斩他罢。即虚砍一刀,诈败而走。孟浩冷笑道:"谅你走到哪里?"拍马追来。狄爷故意把马一催,见孟浩来得切近,狄元帅即带转马,大喝:"贼将休赶,看刀!"孟浩已退后不及,砍于马下。元帅见孟浩已死,他手下众兵逃回营去,狄爷也不追赶,即令回兵。王元帅出关迎接。设酒贺功不表。

又说南兵回报知这道人。此时,道人大怒,正要出马报仇,一班众将劝息说:"天色已晚,难以交兵,况宋将已回关去,我兵又是初到,正在劳动,国师且息一宵,明日出马如何?"道人说:"列位将军之言有理。"言罢,退去。

次日用了战饭,即时拿了铁铲,三声炮响,大开营门,向关骂战。早有小军报知帅堂。狄元帅闻报,怒道:"本帅明知这妖道有异术伤人,我何惧怕?事君致身,何忧利害机关?必要与你拼个雌雄的!"传令:"抬进金刀、盔甲,马匹俟候。"王夫人说:"千岁息怒,今日切不可亲临敌地。你乃一军中主帅,倘有差池就不妙了,不若命别将出关吧。我想,僧道出军临阵,定然恃用妖术的。"言未了,只见帐前恼了穆桂英，大呼："元帅之言也差了。妾想，邪不胜正，堂堂大国岂惧一妖僧？如若是迟延不即出敌，由他辱骂，岂不被妖道耻笑我大宋无人，惧怕于他？"

此位穆夫人乃：

　　天门阵破惊夷狄，杨家女将是名员。

当时这位穆夫人，头一位英雄，怪不得他一团豪气，不肯任敌人施威。这王夫人见他定要出马，便呼："贤媳，你出关迎敌倒也使得，只是要小心为主，千祈勿恃法力穷追妖道。"穆桂英应诺，即时戎装上马，带领女兵三千，放炮出城，来到沙场。妖道一看，只见宋营中队伍内冲出一员女将，但见妆扮得：

　　头挽青丝用勒箍，外披铠甲内征袍。

　　猬头兽面腰间绕，锦翠貂裙脚下符。

　　金莲斜踏葵花蹬，玉腕手持雪片刀。

　　虽然半老佳人质，四海闻名女丈夫。

道人看罢，喝声："妖妇通名受死。"穆夫人一看这道人，生得面如朱砂，一面杀气，颌下一派红须。夫人道："吾乃天波无佞府杨府穆桂英也，你这妖道不必言语支吾，看刀。"言未了，大刀夹头砍来。道人大怒，铁铲急架相迎，杀将起来，不分胜败。

却说狄元帅在关，只闻远远战鼓之声，狄爷对王夫人说："穆夫人出关与妖道交锋，本帅也放心不下，不若与元帅同出关视敌如何？"王夫人说："妾也有此意。"二人各各戎装披挂，带领三军众将，炮响出城。

又说这道人与穆桂英杀有三十多合，耳边又闻炮响之声，就知道有救兵出城，远远见关内果然涌出大队人马，中央两柱龙杆帅旗，左右分开男女二员大将，后面数十将拥护。道人心中暗喜，料得二将乃大宋的中军主帅，倘若伤他，宋师何愁不退。当时与穆桂英斗杀，料难取胜，只得混成一口毒气喷将过去，形如黑烟，腥气难禁。穆夫人按捺不住，毒气归心，自知不好，忙借土遁走回关去，不表。

场中二位元帅大惊，连忙喝令众将冲杀过去，将妖道围在中央厮杀。当时道人依仗法力赛斗。这穆夫人与他法力本差不多，现有王夫人为助。所厉害者,他未脱蟒形,千年毒气,凡体故不能禁受,即练成仙道,亦要避他。此时来将刀斧交加,杀得道人前后受敌,蛮兵一万已被杀散。道人大怒,即混口毒气向王凡喷去,王凡立时跌于马下,道人伸手一铲,王凡脑浆迸出。王兰英大惊,抢回尸首。道人一连四喷,四员偏将落马,他一铲四下,已分为八段,他趁势杀出重围。

狄元帅见他伤了许多大将,心中愤怒,舍命拍马追去。王元帅大惊,早已驾云跟随狄爷,刘庆也飞来随后。道人当时见一大将随后追来,心中带怒,把马兜回,也不动手,将毒气喷出。狄爷打个寒噤,又跌于马下。道人正要动铲,王夫人跑上一枪,向他面门刺来,他吃了一惊,收回铲。刘庆将元帅抢回,道人毒气又向王夫人喷来,不意,王夫人驾云走了。道人得胜回营。

当时,王夫人进回关中,见穆桂英似死了,吩咐将王凡与四员偏将尸骸收殓了。但狄元帅、穆夫人面如黑漆,七窍流血,然心头尚暖,身体未被伤。狄家兄弟下泪纷纷,王兰英放声痛哭,众将均为伤感,王夫人与杨文广十分悲痛。王元帅含泪呼声:"孙儿众人,不必过哀,已死不能再活,一来狄元帅已死,军心恍惚,二来妖道得胜,今日一阵,将我大宋军威挫尽。这妖道如此厉害,毒气伤人,看来三军之众危矣。"

王兰英带泪说道:"妖道,南地屡闻他这口毒气厉害,伤人无药可救。依妾愚见,一面紧守城池,埋了元帅丧事,安养三军,然后差刘将军回朝奏知圣上,元帅归天,待天子知道,再选能人。速令公子往竹枝山,招安了段红玉来投降,可以抵敌这妖道。"王夫人说:"公主之言有理。"即拔令与狄龙,命他往竹枝山去招安段红玉,公子含泪领令去讫。王夫人又拔令,正要差刘庆回朝,他忽然想起一事,大呼:"元帅与夫人有救了。"不知如何有救,且看下回分解。

第三十五回　鬼谷师遗丹救将
　　　　　　狄公子奉令招安

诗曰：

　　托形蟒怪法高强，助逆违天拒宋邦。

　　毒气纵伤中国将，难逃罪恶过刀亡。

　　当下，刘庆想起一事在心，满怀大悦，说："众位不必心烦了，元帅、夫人有救星的。"王夫人与众位问何故，刘将军说道："前时，末将奉令回朝，请穆夫人至此破阵，席云于空中，王禅鬼谷仙师相遇于半途，他有言嘱咐小将说，取了芦台关之后，有一场恶战，伤将甚多，只恐主帅凶多吉少，有性命之忧。付下丹丸二颗，倘有元帅不测，服此丹可救了，一颗可活一人，我当时求恳仙师下降破阵，他说，阵有人破的，但元帅服丹之后，南蛮渐渐当灭，吩咐收藏好。我回来亦未泄知众人。今日元帅、夫人被害，正应了机会。"说完，王夫人、众将大悦。刘庆怀中取纸包，拆开，上有二丹一束帖：

　　二命难逃丧毒中，丹丸二颗见奇功。

　　回生起死非凡妙，一服还阳化尽凶。

　　众人看罢大喜。王夫人叹声说道："死生自有天命，非人力可强逃。今日仙师来救他徒弟，连我们穆媳妇亦可救了。刘将军，事不宜迟，快些开化金丹，与二人服罢。"刘庆即忙用水化开，拨开他牙关，每人灌了一丸。不上一刻，只见穆夫人口中吐出许多恶水，大气喘息。狄元帅也吐恶水，身体转动，俱各二目睁开。穆夫人先爬起来，见了杨文广、王怀女，长叹一声："奴只道今日一阵，中了妖法、毒气，必然永别婆婆，丢抛孩儿了，何以又得还阳？只恨我自幼空学了神仙之术，却不免轮回之苦。何必为人中争利夺名，思量果是回头是岸为高。"王夫人与杨文广泪下,只说:"今得余生,多亏王禅仙师之力,因他救元帅,及于母亲的。"穆夫人说:"原来多蒙鬼谷仙师赠赐灵丹,这再造之恩,何日图报?"正言间,狄元帅亦苏醒起来,狄虎兄弟一齐上前扶住,放声呼叫:"父王!"狄爷也长叹一声,说:"本帅早上遇这妖道,被他毒气伤亡,只道父子今朝永别,岂知又得相逢,不知如何复活?"狄龙含泪说:"得刘庆遇着仙师。"细细说明。狄爷听了,道:"又得师父赐丹相救,深感活命之恩。"当时,王夫人与众将多说道:"千岁与穆夫人,辛劳过极且精神未复,且请回帐内调养精神,再作商量。"众人扶归穆夫人,扶往后堂去了。

到了次日,狄龙与杨文广,别了父王、王夫人,前往竹枝山而来。杨文广见近了山下,吩咐军中住营立下寨。狄公子上马提枪冲出营来,呼军喊杀。

段小姐正在山中,忽见军人入报:"宋将带兵来讨战。"段小姐一闻报语,即戎装上马,冲下山来。只见一员小将,看来不是别人,乃狄龙公子也。暗内叫声:"小冤家,奴为你弄得家破人亡,做下弥天大罪,忍耻含羞,不逢你一面诉说。你今又来军前出马,眼目众多,何不擒他回去,问个明白缘故,死在九泉也甘心。"想到此处,不觉下泪。狄龙一马飞近,连忙扣住,唤声:"小姐,如今到来非为别事,只因你言而无信,反复不常,实见不明,特来请教。"小姐听了,呼声:"公子,非是奴心不定,你们既是中国大臣,也该存立信行。我父忠诚投降,因何你父命狄虎杀奴之父?奴实有不忍之心,定拿狄虎报仇的。"公子听了微笑,呼:"小姐,你平日素称伶俐,达理通情,如何今日就不明白了。吾弟伤害你令尊,原有缘故,他不是奉令,不意在关外遇着了老将军。此时乃仇敌之人,各为其主,一动手时误伤你令尊,夺了关城。回营时,吾父王大怒,说小姐已经投降,责他擅自伤了你令尊之命,一怒将他斩首。幸得王夫人、众将解劝多少,至此带罪招安王凡。实乃如此,请小姐上裁。况我父身为主帅,全凭信义以服三军,焉有暗害降将之理,于外邦落下不美之名?但令尊已死,倘日后班师回朝,奏明圣上,墓顶封王,以报降将子孙,世昌荣华。小姐,若依我良言,且自释忿心罢。"小姐听了,呼:"公子,你弟误伤我父既属不知缘由,令尊与公子,奴家全无恼恨,可恨王兰英贱婢无义,要配狄虎,就暗算奸谋。夺了蒙云关也罢了,就不该哄骗我父,于半途截杀了。我段红玉绝不饶他,誓不与贱婢俱生。"公子说:"小姐息怒,我还有一言相告。兰英与你结拜,自小密谊之交,情同骨肉,焉肯背义负心如此不仁?此乃旁人谗说,你休信为真,实乃吾弟误伤令尊,他此时有口难辩,只求小姐谅情,姑置勿论。小将将来与你重会花烛,但丝萝已经缔结,纵有一切恼恨之事,只求俱看我面情解释。小姐若然果要认真,只说不得了,由得尊意,从此水流花谢,各自东西。"小姐说:"公子,你言虽是,只是我父仇人不共戴天,岂得轻舍? 若是我不依公子之言,必然见怪了,若然依你,只恐旁人言我为着婚姻忘了父仇,只恨自己错在当初罢了。奴今日既去了父仇不报,想来难处,已不愿居于阳世了,公子不必以奴为念……"

说到此言,不觉目中纷纷滴泪,苦切伤心,拔剑正要自刎。公子一见,惊骇上前,扯住小姐手腕,含泪呼:"小姐啊,劝你勿要性急,若小姐寻了短见,我狄龙也愿相从于地下矣。我奉命前来招安小姐,救解破敌,倘小姐寻了短见,无人退敌,数十万人马危矣,也是难处之事,我也不愿留生了。"说罢,泪珠沾襟。

小姐到底心肠慈软,见公子伤心,即收回剑,扯着公子袍袖说:"公子,你何必伤心,且你言差矣。奴报不得父仇,枉生于人世,情愿自刎于九泉。因何你要说不留于生,此乃何解?"公子说道:"只因吾父已得芦台关,南王又差来达摩妖道,十分厉害,口吐毒烟,伤我大将无数。我父得灵丹救活,敌兵屯于关外,目击此关已难驻扎,还防众人不免妖道之难,已经差人回京,奏知圣上速救,但远水难救近火。小姐若怜惜我狄龙,拔刀相助,擒了妖道,则我父子感恩不浅,如此我何虑哉?"小姐听了达摩领兵,不觉惊唬了,说:"公子,这妖道兴兵来战非同小可,他妖术无边,向日闻他之名,头一件毒气伤人。还有一事,他乃妖怪修炼成形,若与敌人战到深处,一转形,张开大口连人带马吞陷肚中,未知是否。但此人到来,你大宋将士遭劫了,奴虽有法力,只恐擒拿不得他。"狄龙听了大惊,说:"小姐,据你言来,妖道的法术就无人破了? 难道大宋反让于反叛之徒?"小姐看见狄龙不悦,呼声:"公子不必着忙,奴今且把父仇权放下,今与公子到关会会妖道罢。"公子闻此言大喜,说:"小姐如此用情,乃是我的恩人了,何其幸也。"小姐说:"既为夫妇,何必言谢。公子且请回营,待我禀明母亲、哥哥,然后与公子一同前往便了。"说完,二人分手。

小姐回山,向母亲、哥哥说知,夫人允了。小姐即时带了随伴使女来到宋营。杨文广与狄龙接进中军。见礼,言谈一刻。只为军情紧急,不敢迟缓,连夜拔营起马,是夜五更到关。狄龙先进内禀知,狄爷大悦,传令进帅堂相会,不一时,小姐与杨文广进来参见二位元帅。王夫人呼声:"小姐请坐,休行见礼。老身久仰你贤良,又是弃暗投明,真乃女中豪杰,实乃令人可敬。"小姐说:"元帅过奖。奴乃一无知弱女,焉敢当此重赞之言。"王夫人说:"小姐休得过谦,今日既来相助,足见忠诚,但退得妖道时,功劳簿上算你头功,奏知圣上。"小姐说:"奴乃南方蛮女,胸中有何经略,全仗二位元帅天威与妖道会敌,倘若侥幸得胜,也尽奴一点义气之心。但这妖道厉害,倘有不测,只要二位元帅看顾我母与哥嫂,奴就感恩不浅矣。"狄元帅听了大喜,吩咐置酒款待。当时摆上酒宴,狄爷见不便相陪,着王夫人与小姐对酌,与穆夫人三人共是一席。原来,狄爷进至后堂,唤到狄虎、王兰英夫妻二人,说:"段红玉到帅堂上吃酒,王夫人一刻必然情面之说,你二人趁此席间之言前去请罪,必然他有回心的。"夫妻领命出来。

先说王夫人起位,双手执起金杯,呼声:"小姐,今日老身奉敬一杯,一来替狄虎、王兰英二人请罪,二来贺喜小姐投降我邦,请饮此杯。"段小姐一见,也起位一双玉手接了,说:"蒙夫人一点见爱之心,又蒙指示,奴家自然从命。"一饮而尽。王夫人十分欢悦,又是一连奉劝三杯,小姐饮下。穆夫人也来劝敬。但不知狄虎、王兰英二人出堂请罪,不知段小姐允否和好,且看下回分解。

第三十六回　再投宋红玉完婚
　　　　　　施毒泉道人伤将

诗曰：

　　二次归投大宋朝，天生女将定蛮辽。

　　洞房佳偶惟今夕，琴瑟从今两合调。

　　上回，王怀女、穆桂英与段红玉开怀乐饮，你酬我劝之际，忽见王兰英、狄虎二人来到席前，双膝跪下，一呼"小姐"，一呼"姐姐"。狄虎说："小姐，我前时误伤了令尊，实因不知小姐已投降了。当时即是各为其主，乃仇敌也，望小姐谅情鉴察，看王夫人与我父之面，消了前恨不怪，足见小姐大德。"王兰英呼："姐姐，愚妹也要说明缘故，然后请罪，免你怪我不义薄情。当日，令尊老伯父出城，原因狄千岁疑心投降不真，姐姐既然寻不得五将回来，城内还有老将军段洪，既愿投顺，也该前来营中一会，是以小妹回关说于老伯父。他闻言，即刻与我出城。行不上数里，遇着狄虎，小妹与老伯父只道他奉令前来迎接，谁知他也不知是投顺来由，一时动手，误伤了令尊，引兵抢了城。姐姐的家口早已逃散，奴见势孤，只得投降了。但我二人自幼交深，情投意合，岂有不仁，故伤你父？今非小妹谬言遮饰，现有元帅差小妹往请伯父来的，伏乞小姐参详。念当日姊妹情浓，拨开海量，恕小妹误却令尊之过。今日说明屈情，若然姐姐仍深怪责，由得姐姐处裁。"

　　段红玉听了二人之言，觉得醒悟，忿恨减了一半，只因先间狄龙之言，两下相符，此时方信旁言之误。即忙离位，扶起二人，呼："公子、贤妹既然说明原故，此乃误伤，就难深怪。待奴有日回山，禀明母亲便了。"狄虎、兰英大喜。王夫人又请兰英上席相陪。狄虎退去。四人又是一场畅饮交劝。吃至更深方才散去残馔，各去安睡。自此和好如初。

次日,王元帅命人请到狄爷商议,说:"元帅,妾想段红玉原为公子的婚姻,是以投降于我国。今日伤了他父,虽然解释,到底心有不平。不若趁明日吉曜之期,与公子完了婚,他定然专心竭力,助灭南蛮。况二公子已匹配了,弟不可先兄,早日与大公子完婚,又合于节度。元帅意下如何?"狄爷听了喜悦,道:"先时吾命狄虎夫妻前去陪罪时,已想出这意来。夫人之言,足见同心。明日即行此事。但要通知他母亲、兄长到来,令别将把守竹枝山便了。"二人细谈一会去了。

次早,命张忠前往竹枝山知会段龙、段虎。元帅又吩咐备办婚姻之礼。张忠到了山中,说明来意,老夫人打发段龙兄弟一路来到关中。张忠引见,元帅言谈一会。

是日城中,笙歌鼓乐,结彩张灯,好生兴闹。到了黄昏后,诸事停当,众将士大排筵宴,大小三军俱有赏赐喜酒。是夜,音乐齐鸣,请出小姐夫妻交拜,送入洞房。二人交杯合卺,携手共进纱帐,云兴雨布,遂其旧识知心,自此,段小姐遂了痴心之愿。狄龙思量,弄假成真,实乃万里良缘,此夜恩幸,真如鱼得水,快乐不啻登仙。好事之中,实难尽述。

不觉欢娱夜短,寂寞更长,已交五鼓,狄爷升帐,夫妻叩见。狄爷对王夫人说:"前日命刘庆回朝,圣上必然火速差兵前来,至快有两月方到,但灭得妖道,不用差兵来的。"有小姐开言说:"元帅,奴家今日出敌试试妖道法力,以定胜败如何。"王夫人说:"小姐,这妖道毒气厉害,须要小心。"小姐应诺,上马提刀,领兵三千出关讨战。

达摩闻报,带兵出营,只见一员女将在此耀武扬威,生得千娇百媚,绝色无双。妖道喜得手舞足蹈,连声赞美:"好个美貌佳人,不若贫道拿回营中受用,岂可当面错过的!"拍马上前,带笑呼:"女将何名?"小姐见道人问他之名,喝声:"我非别人,乃蒙云关段洪之女红玉也。只思南王乃反叛之贼,近日残民好杀,成不得大事,故奴父子投降于大宋朝,脱了叛名,有功于国。奴今奉狄元帅之命来擒你,倘若知事者,退归隐于山林,方免杀身之祸,是你之知机,速急回头。"道人冷笑一声:"美人,你原来是段洪之女,焉肯投降天朝?我想,中国之人，狡猾之辈，忠厚原算我南方，小姐若依贫道劝，依然投南蛮王。贫道爱你天姿国色，随我回营，保得南王赦你，匹配吾国师，富贵荣华，凭你受用。"小姐听了大怒，一刀砍去，道人用铲架住，微笑呼："小姐不必发怒，你难道不知本国师的法力？本国师官职不小，你若与贫道成了夫妻，可谓佳偶相配的。"小姐骂声："妖道休得胡言！"双刀又砍，道人又架过，说："小姐，因何如此气忿？方才贫道与你订婚之言，千万不可辜负了吾的美意。但吾法力厉害，一动时，犹恐伤了你，贫道舍不得你花容。"小姐听了，怒从心上起，恶向胆边生，大骂："妖道，奴若饶过你，誓不为人！"说罢，双刀乱砍。道人看此光景，谅这女子如此强横，以言语劝他焉肯听从，全没有一点惧怕之心，反恃勇杀来，不若暗施法力，将他拿回营时，由吾快活，岂不妙哉！想罢，提铲急架相迎，二人杀将起来，一阵斗杀，杀了二、三十合，胜负未分。

　　道人想来，这段红玉刀法精熟，武艺不低，倘用毒气喷去，又怕这个丫头禁受不起。不如诱他到无人之处，现了原形，拿他回去取乐，有何不可？即时放马败走，喝声："红玉，你国师今日回营有事，不与你恋战，明日再决定雌雄。"说罢，拍马逃走。段红玉心说："这妖道逃去，必定是诈败了诱我，要使法来伤害奴，岂惧怕你！不若先下手为强。"按下刀，取出小小一枝神箭，拍马赶去。道人一见大喜，暗骂声："贱人，你今赶我，休想回营了。"即时口念真言，向东南巽位吹一口气，不时狂风卷面，黑雾迷空，暗中现出一个怪物，口大如脚盆，长有三、四丈，遍体合鳞，张牙扒爪，像个东海龙神，口吐黄烟，远远竟往小姐扑来。小姐一见冷笑："你这大蟒怪修炼成人形，怪不得口生毒气，厉害伤人，一沾染即亡。"当时，见大蟒来近，拾起神箭对准怪物一放，弦一响时，早射出小箭，正中在大蟒怪右目。那妖道大叫一声，疼痛不止，连忙打了一滚，现出人形，跑上马，痛叫难忍，怒声如雷，说："贱人啊，我倒有慈悲之心于你，不使毒气，不过欲拿你回营，想与你结为夫妇。岂知你无情无义下此毒手，用小箭伤吾右目，今日贫道若饶过你这贱婢，誓不为人。"即运满口中毒气对段红玉喷射过来。小姐说声："不好！"双足一蹬，腾起空中。这阵毒气一沾着战马身上，一跤跌下地中死了。小姐在云头看见好惊慌，说："好不厉害妖道，若非奴走得急快,只怕性命难保。"

当时,这妖道毒气指望要喷红玉,岂知被他驾云走了,气得怒发冲天。忍痛拔出眼中小箭,血流不止。收兵回营,用药搽洗,越思越恼,至晚,施出一条毒计,在月下焚香,当空拜礼,禀告一番,书符念咒,仗剑作法。忽见半空中来了一怪神,说:"大力鬼奉命前来,不知法师有何使唤?"道人说:"无事不敢烦大王。今夜有劳带鬼兵十万,将毒水溪之水,连夜运进宋关中井泉下,不得有违。"大力鬼王领法旨去了,连夜召集齐数十万鬼兵,往毒水溪一齐挑运了数十万担,大力鬼王到营来复法师之旨,也且慢表。

次日天明,大宋将兵大小三军,哪晓得此弊,天早饮食了此水,未到午昼,人人染病,只有王怀女、穆桂英、段红玉、王兰英皆有半仙之体,病不沾染。王夫人见众将、士卒忽然如此,心中十分着急,仰天叹曰:"莫非吾大宋江山已尽,忽然众三军将士人人得此暴病,上天降此灾殃?倘敌人来讨战,谁人出敌、守城?观看此关,难以保守。"段红玉说:"三军一时得此暴疾,或妖道施毒计来陷害也未可知。"王夫人道:"你言不差,定然是妖道被你射伤,因而暗施毒计。今小姐生长此地方,平日妖道惯用何术伤人?"小姐说:"昨日妖道被我射伤右目,今观众疾,恰似误食了汉溪毒水一般。"小姐猜疑,不知下回如何分解。

第三十七回　救三军女将求泉
活生灵龙神运水

诗曰:

> 妖道毒泉陷宋军,逆天拒敌助蛮君。
>
> 无如运会归真主,难免他年杀戮身。

当下,段红玉说:"众将兵的暴病,实系吃了汉溪毒水之状,定然是妖道夜施邪术,运来恶毒水,要陷害我们。若真有此事,众将兵不过三天日期,五脏六腑皆腐烂而死。"王夫人说:"这便如何是好?"小姐说:"若要救众军,除非到飞云洞去求威灵圣母。"王夫人道:"这飞云洞今在哪里?"小姐说:"离此不过三百之遥,只因圣母从不与相见,居于接天山飞云洞修真。他洞中有井水,名曰救命宝泉,时常有外方人误饮此水命在旦夕,吃了泉水,吐出恶毒,立刻痊愈。夫人要救众人,除非往求宝泉方可救,他又不受人礼物,只要虔诚顶礼前往,无有不见之理。"王夫人听罢大喜,说:"果然如此,即要与小姐前去,留下穆桂英、王兰英看守城池。"

二人出关驾云,不满一个时辰,已到山脚,二人按下云头,一路上山,无心观玩景物。但这仙山,比之别山大不同,其词赞曰:

> 接天万古山,细看色斑斑。顶上云飘渺,岩前树影翻。飞鸟争枝立,走兽夺争餐。凛凛松梢干,大大竹嫩竿。野猿啸聚玄,鲜果麋鹿板。枝上翠岚岚,泠泠水漫漫。暗闻幽鸟语间关,几处藤萝扯又牵,怪石集香兰。磷磷怪石,磊磊峰崖,狐鹿成群走,猿猴作队行,行客正愁多险峻,奈何古道步艰难。

王怀女看罢此山,二人加鞭并上,又对小姐说:"这座高山峻广,但不知可是接天山否?"段小姐说:"元帅,这座就是接天山了,圣母的飞云洞,附近西北一座奇峰之下便是了。"王夫人听了大悦。

二人又拍马向西角而走,方才到了一派松荫之下,时已日落西山,又走了一会,只见远远有些灯光,洞口外只闻猿啼鹤唳,异草奇花,忽又闻琴声嘹亮。王夫人与段小姐侧耳而听,音韵悠扬,如怨,如慕,如泣,如诉,静听之间,令悲者倍悲,乐者倍乐。二人听见七弦瑶配五音,按宫、商、角、徵、羽其调韵操,其词曰:

> 人生在世如春梦,夺利争名枉费神。身过百,终须散,名入凌烟不算能。世人枉作千年计,大梦回头两手分。不信但看郊野外,无分贵贱尽旧坟。古今兴废无休歇,有福兴来无福灭。江山转眼姓名更,疆场尽是英雄血。得放手,且放手,光阴近速无长久。百年三万六千日,劝君何不早回首。当年英烈秦始王,并吞六国逞豪强。只望子孙传万世,岂知不久属他邦。楚汉争锋韩信至,九里山前战霸王。埋兵十面一场战,刚强项羽刎乌江。汉朝被篡因王莽,光武中兴汉运昌。懦柔献帝分三国,英雄并起各逞强。晋兴一统群雄灭,五国纷争起战场。天命归隋文帝出,炀帝荒淫属大唐。一统山河三百载,残唐五代动刀枪。梁唐晋汉周连灭,一统江山炎宋当。陈桥兵变成休命,执掌乾坤坐汴梁。烛影摇红龙入海,仁宗天子继为皇。四海升平民共乐,只有南蛮叛逆强。领旨剿灭推武曲,王师一怒奋膺扬,妖蟒夸狠施毒水,违逆天心不久亡。贵人今夜来求水,可活三军将士伤。

王夫人与段小姐听罢,惊骇道:"圣母果然灵验,他未逢吾二人,就知我军被害,并知吾二人已到了来求水,众人称他是一地仙,果不虚传也。既知吾到此,定然肯赏宝泉与吾的,且下马进洞罢。"

二人下了马,正思起步,只见洞门里来了一仙女前来引路。一起到了头门,只闻香风阵阵吹来,又行到大丹墀,左右许多麋、鹤、獐、鹿,上了丹墀,当中座下一位圣母,刚刚放下瑶琴,起位来迎接。王夫人细看,这圣母头戴七星冠,身穿八卦氅衣,飘飘然,真有神仙气象。二人看罢,连忙上前施礼,称言:"圣母,弟子王怀女、段红玉,虔心前来朝见圣母,乞恕吾二人不恭之罪。"圣母一见,连忙挽扶着二人呼:"院君与小姐免礼。贫道乃山野鄙贱之辈,敢劳中国二位贵人以礼相见,贫道哪敢当! 如今鼓琴佣性,未得远迎耳。"言罢,手携上堂,见过礼,三人坐下。只见旁边一桌上横放一架瑶琴,中央焚起一炉香,扑鼻直透五心。

当下,二人道其来意毕,圣母说:"院君、小姐请放心,你二人未来之先,贫道早已得知。这妖道乃千年蟒怪,修行得道,日久炼成人形,心毒意狠,哄骗侬智高叛乱,妄想谋占宋室江山,倡首反叛,伤害了百万生民。上天震怒,他性命只在早晚之间,还是永不超生作人伦,深为可悯,因害命太多的。待杨家人一会集,就是南蛮授首之期,但侬氏之罪,按亦与妖道不相等的。"王夫人说:"圣母方才所言,妖道乃是蟒怪精修炼成形,怪不得毒气伤人,如此厉害。"圣母说:"他果然蟒怪也,但今时交三鼓,夫人、小姐且请先回关去,待贫道命龙神作雨运泉到关,方得多来,只因大小三军将士有三十多万之众。"王夫人、段小姐听了大悦,抽身拜谢了,仍复驾云而回。

当时,圣母仗剑作诀,喝声:"井泉龙神听旨。"一言未了,只见半空中红光缭绕,瑞气分翻,现出一位神圣,落下云头,上前施礼。圣母一见,便说:"有大宋将兵,被蟒怪使起毒气,逆天害人。龙神今夜可将解毒泉运进芦台关去,救活了宋将兵,是你的功劳不小,玉帝必有封赠你了。"龙神领命去了,即施展神通,到解毒泉中运取宝泉,一刻,乘云驾雾,雷电交加,遮住了一天星斗。

是夜,王怀女、段红玉回至关中,令人接水,丹墀之中,排列了数个瓦缸。一时,只见雷电大作,猛烈狂风一阵,骤雨倾盆,龙神显圣,关外半点俱无,关内地水有一尺,下至天明而止。小姐、王夫人乃传令众将兵取水分服,数十缸已满。众人饮下圣水,吐出恶泉水,个个精神恢复如常,一齐顶礼,当空拜谢。王夫人对狄爷说知,大喜。按下不表宋营。龙神回山,上复圣母法旨,也不烦表。

却说南蛮营中道人,只因箭疮未愈,二来仗着宋兵中毒,待他人人自死,一连静养营中几日,方才令人前来探听。但见关中四门,城门紧闭,城楼上旗幡招展,剑戟如林,腾腾杀气。有探子报回,道人惊疑,只得带领人马向关讨战。城中无一人出马,道人无计可施,只得收兵回营,不表。

孙振自从在襄阳城逃出投降了,南王封他为参谋之职,他得苟存了性命,在南王跟前百般奉承。知南王好美色,就命了家丁往民间四下找寻,遇着有美貌的青年,不论民妻或女,立刻抢了就走,献于南王。依智高乃好色之徒,定然喜悦。至此,君臣相得,孙振之言,无有不依,加封为大夫之职。伪臣中有正直的,心中不悦,又难与争衡。谏止南王,反冲其怒,或被诛,或赶逐。剩下这些奸党佞人,多来奉承孙振,相助逢迎南王。须乃反叛当灭,实乃万民遭殃,收了这奸臣,受着万民嗟怨。

他在此做了高官,有冯氏夫人时常埋怨,说他因害狄青,反害他父亲:"你今在此为官享乐,岳丈在天牢囚禁,其心何安?况且,当日逃出之时,也亏得我父有书到来,通告逃脱,不然,一家已作刀头之鬼,今日得安,你亦不记前恩了。"日中埋怨于丈夫。孙振说:"夫人不必烦恼,下官于岳丈的恩德岂敢有忘,时常在心,他陷于大宋天牢中,恨无机会可救,今日已想出一计来,可以救脱他,到此同享荣华了。"夫人说:"相公有何妙计救得妾父到来?请言其故。"孙振说:"夫人,要救脱岳丈,只须差精细有胆识的家人数名,暗到汴梁交结这狱官,说是你家老夫人差来服侍太尉的,多与金银送他。且先到你母亲处通知此事,待下官传书与岳丈观看,知会其意。待十天、八天不定,寻些机会,黑夜中将狱官杀了,暗中放出岳丈,带了岳母一同逃出,到来共享荣华有何不可?"孙振此计可救脱太尉与否?下回分解。

第三十八回　获私书奸谋尽露
　　　　　　　拜战本旨意参详

诗曰：

　　叛臣狡猾曲肠多，欲救同谋出网罗。

　　奈何天眼昭昭显，败露行藏计反疏。

　　当下，夫人听了丈夫之言大喜，说："相公果然妙计，在于何日行事的？"孙振说："下官即日修书，明日可往了。"是夜，夫妻商议，修了密书。到次日，挑选十名能言家丁，带藏密书信，叮嘱一番，出了昆仑关而去。

　　却说，狄元帅只因妖道厉害，毒气伤人，不许众将出敌。妖道只因眼目被伤不愈，亦不前来讨战。狄爷一日思量，依智高攻下粤西邕州，得了昆仑关，前月已差李义探听他虚实，已有一月余，打听明白正在回来。他带小军五十名扮作京差模样，只见前面远远来了十多人，一见数十名京差，即闪闪缩缩跑在树林里面。众兵丁见此蹊跷，大喝一声："你是什么人？在此埋伏，不是行刺客定是盗贼了。"说未完，早有一人应声呼："将爷不必见疑，我们十人乃是近处小民，只因探亲吃酒，是以夜晚回来。"言未了，此人身上一把刀脱下地，众小军见了越觉思疑，有一军人禀知李将军。李义听了即前来喝道："黑夜行走，身上又有腰刀，必非良善之人，何须与他急论，且拿住搜他身上，看他人人可有刀斧否？"众兵上前要搜。原来，孙振的家丁，十人内有一人藏书的，心中着急。这十人原是孙振挑选的，有些武艺，他仗着本事，初时只道以言说就罢了。今见众人要搜，怕什么数十个官差？大怒，骂声："贼囚，朝廷养你是巡查敌国奸细，不是叫你欺压小民，若要搜时，只怕你有性命之忧。"李将军听了大怒，喝众军擒拿，十人早已拔出腰

607

刀,众人一齐动手杀将起来,黑夜中刀斧交加。原来十人果有些本事,斗了多时不能拿获。李将军大怒,提出双鞭冲入中央,左一鞭,死一个,右一鞭,跌一人,不一刻打死五、六人,剩下几个思量逃走,也脱不得,被众人乱刀砍于地下。

时已天明了,李义吩咐:"既杀十名强盗,未曾搜他身上,可有什么夹带否?"众军将十个尸骸搜完,内有一人身上一封书,并众人有些干粮之类。李义接书一看,书套上面写着"此书岳丈大人亲收披览",下面"愚婿孙振拜"。李义看了,原来系孙奸贼反投敌国了。若非奉命到此打听蛮王,焉得知之?想他又有密书与冯老贼,又有自说委曲在内,不免待回关时与元帅观看,便知他有何奸谋了。即时,军士埋了十人尸首。李义等一路跑走七、八天,方才回关中交令,说:"元帅,小将奉命前往粤西探听,蛮王十分不仁,抢夺民家妇女,灭亡不远。又于半途中截杀得一伙奸细,原来是孙振奸臣的家将。搜出一书,是与冯太尉的。"元帅说:"有这等事?"李义将书呈上,元帅看过封皮,即时拆开此书,展披案上。书上写着:

愚婿振书奉上岳丈大人座前:自上年小婿有书到来,捉拿刘庆、张忠,只望扳倒了狄青,报了大仇,消心中之恨。岂料,被杨文广搜出来书,带累岳丈陷入网罗,小婿昼夜不安。又蒙岳父有书通知,逃得性命,合家得脱虎口,依命走往南蛮。兹南王收录,现为上大夫之职,十分信用。小婿挂念岳丈羁绁天牢,特差至家将十名,着他暗投狱中,见机行事,改扮衣装逃出汴城,到此一家完叙,共享荣华,免受囚禁之苦。恭候早日脱难成祥,并请金安。

狄元帅看罢此书,心中带怒,骂声:"奸臣投降敌国,乃真生成人面兽心也,又有书回朝劫狱,要救太尉,幸得李贤弟前往探听蛮王消息,又拿得他私书。待等平伏了南蛮,捉回叛贼回朝正罪便是了。"王夫人接书看过,便说:"元帅之言有理,可密收下此书,以待班师奏闻圣上,好屏逐奸臣党羽,方得国固邦安。"狄爷称是。

又有岳纲上前说:"元帅,小将前时与高将军奉命到襄阳救取张将军、刘将军时,他便逃走,小将一向未曾说知。当时若要捉他转回,易如反掌矣。"狄元帅说:"岳纲,你有所不知,如若此时拿捉他,就便宜了此贼,不投降敌人,罪也轻了,如今他又有书来暗救冯太尉,背面欺君,又扳倒了冯拯的,待等班师回朝,拿他正罪,焉能得活!"正是:奸臣机深祸亦深,天眼恢恢岂能逃遁?岳纲说:"此言不差。"按下慢表众言。

却说刘庆奉命,持了本章回朝,席上云,不至三日,已赶回汴梁。天色将晚,就在金亭驿歇一日。次日枢密院上朝,特他启奏天子即宣。刘将军俯伏金阶之下,将本呈上,御前侍卫接上,展开龙案,仁宗皇一看:

> 征南总帅臣狄青奉旨征南,已逾三载,败胜参差,后蒙圣上添兵益将,兹已蒙云关、芦台关得取。收录女将二员,已匹臣子。但二人所立战功颇多,意擒灭南王,在于旦夕。不料他差来妖道,异术非常,毒伤将士甚多。头阵,穆桂英与臣及降将王凡、数员偏将具已中毒被伤,所活者,臣与穆桂英耳。余皆救已不及。当时军心破乱,无人出敌,敢撄妖道毒气之风。臣兵非不众,将非不广,奈妖道拒阻,大军不能进取,倘得法力高强、不畏妖毒者一人,收除妖道,奏凯班师,指日可待也。临表不胜迫切惶恐之至。

仁宗天子看罢大惊,说道:"南蛮叛逆如此厉害,有妖道毒气伤人,阻挡大军不能征进,如何得灭南王?御弟本上,只要一人收得妖道毒气,不用救兵多少。"言罢,正思量之间,只见文班中闪出一位大臣,执笏上前,天子已看见是包拯丞相。天子说:"包卿,边关人马被妖道阻住,不得进取,只恐刀兵没有收场了。御弟有本来,只要一人抵挡得妖道毒气,就易于剿灭。朕思朝中文武众人,哪个有此法力之士?"包爷奏道:"妖道有毒气伤人,必然妖怪修炼成人形,纵有英雄好汉,也不能抵挡妖法。臣想,无佞府十二寡妇中,去了穆桂英一人,尚有十一人,俱有法力的。旨命下去,着佘太君挑选其人前去,必有可往之人。"仁宗天子听了,点头说:"包卿所言不差。"即书旨一道,着包爷前往,包爷领旨,辞朝而往。

包爷一程来到杨府。早有家丁报进,佘太君吩咐大开中堂门迎接。包公下了大轿,到了大堂中,开读圣旨。诏曰:

奉天承运大宋帝诏曰：兹平南主帅奏本回朝，已近得胜班师，不料蛮王差来妖道，毒气厉害，伤将甚多。朕思朝中将士虽有，但非精明法力者，无可任其职，故着包卿赍诏前来。旨到之日，太君可于十二寡妇中有能抵敌妖道者，即进朝领旨，以慰朕望。钦哉。

包公读罢，佘太君着惊，说声："思想自从吾夫老令公撞死于李陵碑下，八子相继而亡，只有杨文广一点骨肉，今已奉旨南征。十二寡妇中，俱已年迈，哪有什么英雄领兵？有烦大人回朝代为转答当今。"包公听了说："老太君，朝廷岂不知你府没有英雄！只为南蛮用了妖道，用毒气伤人，一触着即死，非以战斗为强，要精于法力者，方拿得妖道。所以，圣上命佘太君于十二寡妇之中挑选一人进朝足矣，望太君以朝廷江山为重，勿要推辞。"太君听了，呼声："大人，难道你不知老拙家中之事？自从吾夫山后归宋以来，祖孙父子西征北伐，俱丧没了沙场，只剩下的重孙文广，已随了媳妇南征，现在十二寡妇奈俱年老不中用了。今日大人想我家中，还有何人法力广大的？"包爷说声："老太君，圣上旨意又不是诏你亲身领兵，你何必如此力却？不过求你于众人中间，察明可以抵挡得妖道法力，破他毒害耳。老夫看你们大小妇女，老少丫头、家将，有法力武艺之人居多，老太君声声言无有，倒有欺君逆旨之罪也。"不知老太君如何答话，包公选得何人领兵，且看下回分解。

第三十九回　包龙图登台选将
　　　　　　杨金花夺帅逞能

诗曰：

　　叛逆南蛮太怒凶，生灵百万丧场中。

　　干戈不息民遭害，势尽难逃入网凶。

　　却说，佘太君见包公不信他家没有能人，推却不下，忙说："大人既不确信老身之言，何不劳步到点将台，传鼓点问，便知有人否。不知大人意下如何？"包爷说："太君之言有理。"佘太君吩咐擂鼓点将，家丁领命。

　　当时，佘太君、包公同上了将台坐下，只见杨府中家将，男分于左，女分于右。包公在将台上，两边一看，这些男将，个个虎背熊腰，身材凛凛，果像武夫；只见右边女将十二寡妇，皆是年老，下些是小姐们、丫头辈，短衣窄袖，竟非妇女气象，倒像个勇战将军。包公见了众将男女英雄，不知哪个是出类拔萃之人。

　　佘太君见包公沉吟思想，呼声："大人，何不传圣旨所命，或有奇能者可擒妖道，去领旨，也未可知。"包爷点头，便大呼："你等男女众将兵听着，老夫奉旨前来选将，因为狄千岁征南，蛮王差来了一妖道，神通广大，妖法高强，还有毒气喷人，受毒即死，是以无人抵挡。你今众中男女将士，如有破得妖道才能，快些前来应旨，待老夫启奏知天子，加官爵重赏，领兵前往……"言未了，只见女班中有一人应声愿往，包公抬头一看，但见这女子生得：

　　身材短小方三尺，天眼浓眉粉面凶。

　　跑走如飞来往急，声音响亮似铜钟。

　　包公看见，说道："好个奇丑女子也。"便问那女子："若肯领旨，可通名上来。你胸中有什么韬略，法力如何？"它龙女开言口称："丞相，奴家乳名它龙女，只因生得身材短小，面貌奇形，行事粗鲁，合府中人三百余，吾独任厨中炊饮之职。我虽一丫头，且喜武艺，闲来后园演习，合府中人哪里是吾对手！我用一对火叉，又重有一百四十斤。有一日在厨中打睡，梦见灶君老爷说，我后来有大贵之命，只要去随征南蛮立功，方有出头之日。他传我一腾云土遁之法，教吾将双叉咒念真言飞起，即化大龙，说数年之后可擒敌人。"

包公听了大喜，说："你言虽如此，未见你法力，不敢准信，万一虚词，有误国家大事，非同小可。"它龙女说："包黑子，你何必以言捉弄我？小丫头平日为人一片老实，并无一句谎言。果然灶君老爷教吾许多法力，虽然身材矮小，力量高强、武艺不弱，必要去随征南蛮的。"佘太君听了喝声："好胆大的贱丫头，无些的礼律，得罪包大人！"吩咐："与我拿下，重打数十。"包爷忙呼："太君且息怒。此女言来若实，口出大言必有奇术的，且试验他罢。"太君说："虽然如此，他言语不逊得罪大人，乞祈恕怪海涵。"包公说："这也老夫不介怀。"当时，太君喝声："你的法术何来？哪有此事？快快拿兵器来看。"它龙女说："太君不信，待奴婢取兵器来，只由太君挑个好汉，来与奴婢比拼五、六合。倘若数合之中不能取胜，奴依旧回厨中炊火煮饭。"言未了，身子一扭已不见了，借土遁去取兵器。太君、包公大悦。包公叹息道："海水既不可量，人亦不可量，此女必然可用的。"

不一时，它龙女飞跑而来，手持两把叉，又有五、六尺长。众男女将士一见哂笑。它龙女见众人笑他，心头带怒，说："众位，有本事可来比武。"有杨金花喝声："贱人出言无状，欺压众人，吾来也。"包公把金花小姐一看，生得：

　　头戴垂金凤，娇花一朵新。

　　腰细如春柳，步走似云飞。

　　心慧知韬略，材高达武文。

　　天降凌霄女，扶助圣明君。

佘太君见是金花小姐，便说："孙儿，你今来与它龙女比武，只恐吾儿手重伤了他，不若在众人中选一将来与他比试便了。"佘太君言尚未了,见男部中飞出一家将,出马喝声:"吾来与你比试。"二人上前禀明,太君吩咐:"只许你比武,不许你伤残性命,如有伤了性命,即比胜了,亦重处逐出,永不再用。"二人领命。此将乃陈洪先也。二人动手,战有三十多合,陈洪先打败,走了。

有金花小姐拍马上前要比武。它龙女一见,说:"奴婢不敢与小姐比手段,情愿小姐出师,奴婢为先锋。"金花说:"这不相干,奴只要比拼武艺、法力高低的。"一枪刺去,它龙女双叉架过,金花又是一枪,他仍用双叉架过,不回手。包公与佘太君一见,喝住说:"你二人不必动手,上前听吩咐。"二人下马,走到将台前。包爷说:"老夫看来,你二人皆有可用之材,不必相斗争雄。明日奏知天子,金花封为主帅,它龙女为先锋,往擒妖道回朝,其功不小。"

二人拜谢起来,只见下首一人大呼:"留下先锋印与我来。"众将一看,乃是魏化也。包爷一闻此将声如巨雷,果然生得勇猛:

身高九尺貌凶狠,两目如珠闪射光。

英勇杨门为领袖,飞腾神术最称强。

当下,它龙女一见着惊,想道:"我素知杨府中只有此人,名魏化,合府中称他第一条好汉,力能推山。今来夺先锋印就不妙了。罢了,他以鲁力为强,奴以法术胜他。"此时,佘太君喝声:"魏化,你也来比试?料它龙女不是你对手,依吾主意,你也跟小姐前往随征,与朝廷出力,均同一体,何必争夺此印?"魏化听了冷笑说:"太君,非是小人前来逞勇,只因他眼横四海,目底无人,藐视一府中人,若带了头夸了口,岂不羞杀了杨府中男子英雄?小人一定与他比武见高低。"佘太君尚未回言,它龙女大怒,喝声:"匹夫敢来与奴比武么?"魏化说:"然也。"

二人放开坐骑大战,斗杀二回,它龙女到底敌不住,忙跑下几步,口念真言,咒起左手火叉,它龙女跨上,腾云而起,上九霄云而去。魏化见了,把金头鸟一拍,只见神禽二翅展开,起在空中赶来。它龙女见了,又抛起右叉,化作一条火龙,口吐乌云、张牙舞爪追来。魏化一见,惊骇而走,它龙女赶去,魏化喝声:"它龙女,吾本欲取胜,不想我法力低微,让你为先锋罢。我无颜回府,烦你转达包公,上本说我魏化要随小姐去平南,明日我在教场俟候小姐。"它龙女大喜应诺。见魏化既说明了,忙收回火叉落下,拍马来至将台下马,将魏化之言达知,包公、太君大悦。当时,包公下了将台,出了杨府,回朝复旨不题。

当日,刘庆上了求救的本章,即又席云到山西。是日。进了小杨村,直至狄王府,下了席云,将狄爷家书传进王府内。有这位夫人,自丈夫被困,二子随征,时常放心不下,终日忧怀,前时,差人到汴京打听,屡闻奏捷回朝,其心略安。是日,只见丫鬟进来禀上:"千岁爷边关有家书回来。"即时递上。平西夫人忙拆开书一看,云:

> 愚夫奉旨南征,别母抛妻,不觉光阴三载。自兵进南方,屡已得胜,连取二关,收录降将二员:女将段红玉、王兰英已匹配二子,二女将俱有战功于宋,正乃才貌相当,毋庸为念。近目下,蛮方妖道抗阻大兵,愚夫临阵中毒而亡,后得恩师灵丹活命。今拜本回朝,顺附家书,倘朝内觅取不得破妖之人,未知何日班师,哪军胜负。如贤妻优于法力,可除妖道,望祈领旨兴师,倘得其人,不劳跋涉,代力奉侍年老萱亲,足感愚夫远离膝下之罪,便见贤妻恩德。但愿早日得胜还朝,夫妻再叙。

公主看罢,说:"上书虽望他父子无灾无咎了,但今又来此妖道,如何是好?俺想自家贪利图名,焉得埋名自乐!有日得胜回朝,劝解丈夫弃职归林下,以度天年,免得担惊受恐,尘雾中没有收场。况二子年少,随征倘有不测,追悔已迟,幸他书上传言平安。想来朝中未知差哪人前往除妖道。倘若无人,俺家必要领旨的。"命丫鬟:"问明刘将军,圣上差何人去收除妖道?"不一时,丫鬟到来,说:"刘将军言,圣上旨到杨家,着老太君挑选众将。今已定夺了,乃是杨金花为元帅领兵,他府中人它龙女为先锋,魏化为后军统制,领兵倒也有限——不过一万五千人。只为狄千岁并不是求请救兵,只拜本回朝寻觅法力高强者,不畏喷毒之害,就进兵,指日可破灭南蛮了,是以不用多领军马。但他兵定于本月数日后动身了。"公主听了点头说:"俺家久闻杨金花小姐法力高强,深明图阵战策,吾师父说他乃桃花山圣母传他的兵书、武艺,如今领兵去,一定得胜回朝了。但愿丈夫、二子早日得胜班师方好。"

　　当日,刘庆辞别去了,回朝奏知天子:"席云回去南蛮地,以安元帅之心。"天子允奏,即日,驾云先走了。不知大兵何日动身,且看下回分解。

第四十回 当金殿三杰领兵
施法宝群英献技

诗曰：

顺逆存亡是古言，如何妖道强为天。

比奔势尽难逃日，身首分开孰可怜？

当日，包公复了圣旨，奏知天子："已有了杨金花深明韬略，武艺超群，堪为主帅；有丫鬟它龙女法术精奇，可为先锋；家将魏化义勇无双，可为后军总管。"是日，仁宗天子见选了三将，说道："救兵如救火，实是迟延不得。"即时传宣："旨诏三人上殿。"不一会，杨小姐三人进朝，伏俯金阶朝见。天子闻言，说："赐卿等平身。"三人口呼"万岁"起来。仁宗一看杨金花，果然人材出众，生得气宇岩岩，不像个妇女之态，反似个年少将军；又看它龙女，身材不满四尺，体貌不扬；一看魏化，身体高大，颔下无须，圆眼大珠，浩气扬扬。天子看罢，疑惑说："它龙女生得如此，焉得有甚奇能？"因为包卿说他法力精强，保为先锋。包爷见天子疑惑，忙奏道："陛下不必多疑，此女虽然生得丑陋不扬，臣在杨府中已经试验他，果然有法力之人。他为先锋，实称其职，臣保他断不误事的。"天子大喜，即封杨金花为元帅，它龙女为先锋，魏化为后军都统。当殿赐御酒三杯。三人谢恩出朝。

它龙女、魏化在教场俟候杨小姐，点起一万二千五百一军人马，即日登程。拜别老太君与众夫人，三声炮响，拔寨起程。一路上旗幡招展，杀气连天，向南面进发，日夜追赶，非止一日，水陆程途，已有一月多方才得到。

却说刘庆这一日回到芦台关，细细达禀元帅，狄爷听了，安心紧守城池。当时，已有一月外，妖道被伤右目已经痊愈，日日领兵到关前来讨战,宋军并无一人出马。天天如此,妖道激得十分懊恼。一日,带齐十万大军,将城池围困得水泄不通,狄元帅吩咐:"多加滚木、灰石,督兵严守。"妖道之兵亦不敢近城池,只因守城之具齐备,箭炮甚多,蛮兵一攻近城池,不是被滚木、灰石所伤,定遭箭炮所害。道人一连攻了三天,不独未攻得城破,反伤了兵千余。

不言道人气怒攻城。却说杨金花小姐三人,领了三军兵马一路进了云南,行程数天,已至蒙云关。知会过萧天凤、孟定国,然后起行,二将送出关外。又走三天,到了芦台关。但见蛮兵远远围困住此关,喊杀之声喧闹如雷,刀枪密密,剑戟森森,不见城中大宋旗号。杨小姐当时领了众军,一马当先,大兵随后杀进阵中央。如蛟龙取水,长枪一摆,众蛮纷纷坠马,个个受伤。它龙女、魏化一杀入阵,将蛮兵狠杀一阵,伤了数百,众兵逃散甚多,自相残杀。

有小军急急报知国师,说道:"宋军将蛮兵杀得七零八落。"道人大怒,说:"大宋救兵到来冲杀,贫道有何惧哉!"即跨上神兽,来到南城。只见一员女将,遂大喝一声:"贱妇休得逞强,你法师在此。"一铲打来。杨小姐一见,知是妖道,将长枪架开,大喝:"妖道慢来,今日天兵到此,还不下马受缚!且你修炼有年,若还归于正教,再续得一、二百年功力,身入仙班;因何逆天妄为,不思修行之苦,一日倾尽前功,原形立现了?"道人听罢说他始末根由,心中大怒,喝声:"贱婢,你有多大前程,敢出狂妄之言?拿你碎尸万段,方见国师手段。"言罢,恶狠狠一铲打来,金花小姐亦怒,将长枪急架相迎,只杀得沙尘四起,战鼓喧天。魏化、它龙女二人,只带了万余军马,以一当百,只管四边透杀。

慢言关外战杀喧哗。狄元帅此日在关中,正与王夫人议论军机,静听,只闻远远金鼓之声不绝,喊杀喧天。二人正在惊疑,方欲令探听,早有小军报知:"启上元帅爷,今有我邦旗号人马到来,已在关外战杀了,请令定夺。"元帅闻报,即下令大小三军,一齐出敌,以接应救兵。军令一下,各将领兵,放炮开关。四虎将军、陈平、余靖二位总兵,各带兵马杀到阵中,将蛮兵大杀一阵,尸首堆积如山,血流遍地。妖道手下亦有百员偏将,哪里抵得大宋众位英雄,差不多他十万兵去其大半。

　　当下,道人与杨金花杀个平交,又见众兵被杀得大败了,四散奔逃,心中大怒,退后几步,口中念动真言,怀中取出一巾,名曰掩日云,丢起在空中,一时间,乌天暗地,伸手不见五指,手中拂尘向宋军队伍中一指,只见一团烈火乘风卷去。宋兵个个心惊,只因地方乌暗,又不能脱逃。金花小姐见了,即射出一弹子,明曰开阳石,丢起空中,一道毫光,已是天明日色了,烈火俱无。道人见破了他的法,大喝:"你敢破贫道的法宝,罢了,看你再有什么神通来与贫道斗赛的。"言罢,即抛掷起手中铁铲,在空中旋舞不止,忽然间变作千千万万,向军阵中飞打来。金花小姐连忙拔出桃木剑,一丢在空中,也化作万万千千,满天交加响亮,在空中赛斗。拼一会,小姐一剑已将铁铲打下来。道人看见大怒,即收回铲;小姐向空中一招,又收回宝剑。

　　当时,道人说:"看不出这丫头有此法力,真乃不可轻敌也。想来,不若如此,拿他回营便了。"将身一摇,忽然变一怪物,长有一、二丈,遍体生鳞,金光射目,张开血口,舞爪撩牙向杨金花扑来。小姐一见,冷笑一声喝道:"好怪物,敢来作弄么?"正要用五雷正法击他,有它龙女一见,丢了蛮兵不去追杀,呼声:"小姐,待奴婢拿他。"即发起一火叉。又左右旋转,化作一条火龙,比那怪物更加十倍,向着蟒怪便扑去。原来妖道原形见火龙来得凶恶,要拿他,不觉大惊,急忙滚回原形,运满一口毒气喷来,向对着来军众人。狄元帅与王夫人一见大惊,说:"不好了,毒气来伤人,须要提防……"话未完,只见火龙口吐赤气一团,狂风大作,向着毒气打回。道人见了,心更着忙,口又咒念真言,一阵狂风四起,飞沙走石向宋兵打来。金花小姐用桃木剑一指,念动真言,此一会,狂风大息,飞砂走石不起,又破了法。

　　当时,王兰英说道:"此时不下手擒妖道,更待何时!"即发混元锤,段红玉抛起红绒索。王大人见众蛮兵尚不少,即取出小黑旗一面,即向太阳摆了数下,忽见半空中纷纷落下来许多虎豹豺狼、山精野兽,向着南兵队中纷纷冲去,吓得众将兵魂魄俱无,俱已逃散。单剩下道人一个,又见众女将发起许多宝贝来拿,心中大怒,谅来斗不过,大呼一声:"不好了,如今不走,性命忧矣。"向着神兽喝声:"畜生,快些向地下走罢,不然性命不保了。"此兽大吼,一蹬,向地钻进去了。众人一见大惊失色,说:"这妖道逃走去了,如何是好?"金花小姐说:"妖道此坐骑十分厉害,既会腾云又能遁地。但腾空不足为奇,他遁地,必要指地成铜的法术方才擒拿得他。"狄元帅听了大喜:"既然妖道走去,且收兵回关再作道理。"令一下,众兵队队得胜回城。

狄元帅众将回至关中,帅堂一同见礼坐下。它龙女与魏化来参见元帅,又与众位将军见礼,通了姓名。狄元帅开言说:"多蒙小姐不辞跋涉之劳,领兵前来,破了妖道,果然法力高强。从此,料南蛮能人有限了,灭剿叛逆在于早晚,皆赖二位小姐之力也。但不知为先锋此女是何人,有此仙法的?"金花小姐见问,细细说知。狄元帅与众人多有羡慕,倒看不出,此女身材如此短小,外貌不扬,有此法力伎俩。众人暗暗说笑他,且不表。

当下,金花小姐谦逊已毕,又说:"这妖道虽然败去,其心必然忿怒不平,不甘屈于人下的,未必醒悟回头。他再来时,这妖道亦是劲敌,法力原不弱,由场中一时难以捉获收除,他隐遁飞腾,乘风变化,五行中妙术俱已通晓,除非摆下一阵,待他前来攻打,困他于阵中,方才可以剪灭的。"王怀女听了说道:"孙儿之言不差,他将已千年道行,若非用阵困住,难以擒拿。"狄元帅听了大喜。

是夜,大排酒席庆贺,大小三军俱有犒赏。众位英雄见今日将已成功,也觉心欢,开怀饮酒不题。且看下回分解。

第四十一回　排八卦收除蟒怪
度昆仑剿灭蛮王

诗曰：

> 力微休负重千斤，兵弱如何斗勇军。
>
> 气运不归功枉用，逆天必败古来云。

是晚，宋营大小三军犒赏，欢乐吃酒，按下不表。又说道人驾了土遁，大败回营，只得召集回败残军马。十万兵止招回二万余，内有受伤者不少；偏将百员，逃生者不满二十人。败进营中，气喘嘘嘘，坐下思量，越觉忿怒不消，说道："今日就输却大宋女丫头，我的数百年功力及不得他众贱妇！贫道明日斗过一会法术，倘若再不得胜，必要前往阴山求道兄，请他下山帮助。他法术比吾高强数倍，他如不肯下山来，待贫道亲往，想借他混天囊，将大宋这些一众狗党收入囊中，以定雌雄。但前日有本回南王，要他发大兵来围困他城，要早夺回二关，方显吾国手段。但今兵微将寡难与他争锋。今大宋兵雄将勇，贫道有此手段也难取胜……"他正在思虑之间，有小军禀道："启上国师爷，今有吾大王差彭虎领兵五万前来助战，已至营外了。"道人闻言大喜，正要抽身迎接，不觉彭虎已到帐中，二人见礼，一同告坐。彭虎问起交兵情由，道人将昨天败下一一说知。彭虎听了大怒，说："宋将英雄哪在吾心！待小将开兵，擒拿宋将，消昨天之耻。"道人应允。

彭虎出营喊战，宋将焦廷贵出马，与彭虎斗了三十多合，焦廷贵抵敌不住，正要逃走，却被彭虎架开铁棍，伸手擒拿过马掷地，喝令军士绑入营去了。狄爷闻报大惊。刘庆大怒，出关，不问姓名双斧乱劈。彭虎本事高强，刘庆又败走了。后来，魏化出敌，与彭虎杀百余合，胜负不分，天色已晚，各自收兵。彭虎回营，道人大悦，摆酒贺功。

　　次日，狄元帅说："南蛮也有此勇将，擒去焦廷贵如何是好？"金花小姐说："元帅，虽廷贵被擒，必然生禁的。但今摆阵，除了妖道，打破他营，何愁焦廷贵救不出来？"元帅称言有理，即将帅印令交与小姐。当时，小姐领了印令，挑选了一万壮勇精兵、二百八十四员偏将、二十八名大将；另选会腾云土遁有法的八人，乃王怀女、穆桂英、段红玉、王兰英、刘庆、它龙女、魏化，自守一门，共成八人，守八个门。小姐执令一摆，只见一队兵，尽执黄旗，驻于中央戊己土；小姐令一摆，又见青旗青甲兵一队，驻于东方甲乙木；令一摆，又见红旗红甲兵一队，驻于南方丙丁火；令一摆，又见白旗白甲兵一队，驻于北方辛庚金；又令一摆，又见黑旗黑甲兵一队，驻于北方壬癸水。阵初门八个，八员将把守，二十八将排以二十八宿，八门合于八卦方位，八门三百八十四爻，按以周天三百八十四数。阵排停当，远远离关三里，好不厉害，变化多端，祥瑞冲天。穆夫人一看，知女儿摆的乃先天八卦阵也。狄爷与众将称赞小姐，狄龙、段红玉、王兰英也为深服。

　　当日，小姐差人下战书，激说妖道，待叫他前来打阵。是日，道人看过战书，内言十分欺藐不逊，果然大怒，领兵二万余出兵，令彭虎守营。出马果看见八卦阵，十分厉害，说："贫道法宝甚多，何惧于他！"看见乾、坤、艮、震、巽、离、兑、坎八位地，即向乾门领兵杀入，杨小姐看见道人向乾门杀进，此门乃王怀女把守也。一惊动，中央戊己土，黄旗一展，四方沙起，黄烟滚滚，众兵不见东西，被二十八将杀了一阵，道人带了伤兵败卒向南方而走。守阵坤门乃穆桂英也，红旗一展，只见烈火烧来，蛮兵好不慌张，道人领兵即退，已烧了千八百军人。进东门意欲逃出，此门乃段红玉把守，只见青烟云雾迷途，道人不敢向东门而走。不分南北门进三重阵中，三百八十四员将大杀一阵，折兵万余，只剩数千军马。

　　道人此时心慌意乱，不知跑走哪方有路。不分东西南北，哪能寻觅得出路？八卦之门跑乱了。路途又生出八八六十四卦门。此时，道人方知不好，不顾数千兵，发开神兽，四方骤驰，无奈杀不出八卦门，东、南、西、北跑过，折兵已尽。杨金花看见只剩妖道一人冲杀，排令一展，八门法力将士合以为一，将道人八方截住。杨小姐大喝一声:"妖道休走,今日已罪盈满贯,还思逃脱,枉妄思量了。"道人一见杨金花,实觉怒从心上起,喝声:"贱丫头出此狂言,你料贫道无能,小小阵式逃不出么?"言罢,一铲打来,小姐长枪急架大战。守八卦门七人王怀女等看见杨金花与妖道战杀,即是一齐动手,将道人团团围住。

道人八方受敌,哪里抵挡得住!思量今日不逃走,必遭他毒手,且跑出阵中去才好。今又无军马回营,实觉羞见彭将军,不若借势腾云,前往阴山求请道友来破阵罢。遂将神兽一拍,向空而起。八人连忙腾云围住他厮杀。道人又见逃走不去,心中大怒,将神兽打了三鞭,此兽口吐黑烟,满天乌暗,忽不见了妖道。它龙女即飞火叉化作火龙,将黑烟吞尽,只见道人已离,向南坤位逃走,乃穆桂英守的。他见妖道从此门逃走,口念真言,掌中五指一放,一声雷响,已将道人打回阵中,八人又赶回阵内。道人见他用五雷法打他回阵,心中慌乱,又喝神兽向地而遁,不想,金花小姐早已用法,周围阵内指地成铜,此兽钻遁不入。道人大惊说:"不好了,今番性命休矣!"只恨错了主意,不想大宋有此能人,不该下山护助南王的。正懊悔,王兰英发起阴砂,一声响亮,将他打下神兽来,思量现形逃走,穆夫人仍用雷击他,变回原形不能复现人形,乃一大蟒蛇也。刘庆飞跑上前,大斧一下,已挥作两段。

杨小姐见诛了妖道,令旗一招,收散八卦阵,带兵直攻踏他大营。彭虎闻报,领兵数万前来对敌,正遇刘庆,两下交锋。刘庆正在招架不住,有魏化上前帮助,彭虎抵挡不得两般兵器,却被二将斩于马下。当时军中无主,各自逃窜。宋兵大杀一阵,散于四方。王怀女吩咐攻入他营,救出焦廷贵,早已众兵逃散。宋军众将回营,狄爷大悦,吩咐养兵三日,拔寨起行,前往邕州,要复回昆仑关。

当日,狄元帅思算早定计谋,如此乃妥。当日即吩咐众军,偃旗息鼓,不许喧哗,一路只声言"班师回朝";当时又留下焦廷贵、石玉、李义,与兵一万,同守芦台关,然后登程。一连涉水登山,疾速催兵,发兵大进,一路过去,不许惊扰居民,百姓感恩,不用多谈。一连走了一月,进了西粤邕地,离昆仑关五十里安扎下大营。

　　此日，关内侬智高探子报进，方知大宋有兵驻于城南，吓得三魂六魄俱无。只道国师去领兵，必胜得大宋，灭得狄青。不期今日宋师临于城下，方知国师败亡。"以他如此法力高强，尚且丧于狄青之手，再有何人与孤抵敌宋师？此乃天亡我也！"心中忧闷，况近日左右之人皆是谄媚奸臣，无能之辈，只因宠孙振而来。当时，蛮王便问一班文武："何人与孤家对敌，破得大宋之师？"两行文武，面面相看，不敢答应。蛮王大怒，骂了一回，又忽然不见孙振，小将报知："孙振一闻宋师到了，连家一齐逃走，不知去向哪方。"蛮王闻知大怒，今日方知他乃一大奸臣也，十分切齿，进内去了。

　　当日何以狄元帅不许声张兵势而来？只待敌人不介意，一时束手无策也，此乃兵贵神速之意。即日，大兵五十多万将昆仑关围困了。军士报知。侬智高看来不好，上城头一看，好不怕人，杀气连天，炮响不绝。下了城头，无计可施，几次命将领兵杀出，不能抵敌，伤了数万，料得此城难以保守。还防逃走不出，是夜思想了一计。到了三更时候，在南门放起火来，登时，火焰冲天。遂大开关门向南逃去，带兵数万。

　　是夜，大宋师进了城，城中大乱，众兵杀入，砍得尸首堆积如山，直杀至天明。狄元帅命人救息了火，埋了尸首不下十万，实是伤心；又命即将侬智高锁来，有军士报知元帅："后堂有尸，身覆龙衣。"众人多言侬智高自缢，狄爷微笑不言。不知何故，且听下回分解。

第四十二回　获叛臣奏凯班师
诛佞贼荣封众将

诗曰：

> 害人反害自身亡，善恶分明报应扬。
>
> 且看今朝孙佞贼，高飞远走也难藏。

当下，狄元帅一闻众人之言，谓这覆龙衣之尸骸乃侬智高尸首，说他自尽了。狄爷说："不然，岂非他之奸计欺诈也？今若草草不实察，不特有诬朝廷，且招了后日之患矣。"众将闻言，俱已拜服，齐呼："元帅智虑深远，非吾等所及也。"狄爷又说："本帅想，这侬智高被围困时，已计穷力竭，吾料他又不舍命自杀的，必自纵火作乱逃走了，用此金蝉退壳之计也。"即呼："余靖、孙沔二总兵，这贼必然由此邕州西城走回云南地方，但尔二人身在此处多年，熟习地理，你即可领回本部军马，回云南细细缉查，必获叛首，回朝之日，其功不小。"二将领命，带回本部兵三万，拜辞元帅众人，登程而去，按下慢表。

当日，狄元帅出榜安民，出令众军："不得藉势残民、惊扰百姓；倘有违令，百姓出首者，定斩不宽恕。"所以狄爷大兵一到，不满三天，万民安乐，十分感狄元帅之恩。只为前被孙振陷害太多，奉承叛主，抢劫民财，虏掠民间妇女以献于蛮王……种种为非作歹，非止一端，万民嗟怨。今日大兵一进了城，反安靖如此，百姓如何不感狄元帅的恩德！

闲话休题。再说孙振奸臣，只道南蛮兵势甚大，不防大宋胜他，况有道人法力厉害，谅不至败的。今日一闻大宋师临城，自知不好，心下忧惊，又不顾蛮王了，即日带领了家口奔逃了，但不敢十分露迹，只因在本处陷着人民不少，如今势尽奔逃，好不胆怯！是日，原欲跑逃离关远些，不想家小人众，走路烦难，逃不得四十里，天色将晚了，只得投了饭店。是晚，店家看见投宿客人许多家眷，初时他也思疑。后来，又察他乃汴京人氏，又见他行为非民家气象，所用器乃官家物。只因狄元帅安民出榜之后，就出示晓谕军民人等：若将侬智高送到关前者，赏给白金一千五百两；知其埋伏何处来报明者，赏白金五百两；倘有收留藏匿者，罪与他同等，全家诛戮；近处知而不报者，永定充发；又有投来伪官孙振，倘若拿到关者，赏给白金一千两；来禀报藏在哪方者，亦赏白金二百两；收藏于家不献出者，重处不饶。是以各各寓于客店，多方盘诘，方才宿歇一人。当日店主见孙振如此光景，猜度七、八分是孙贼。

正是奸臣该当败露，这店主一则思量领赏此银，二来这奸臣与他是仇人，这店主乃本处人士，承父业开此旅店，生理家道颇足。父已弃世，有妹子一人，已许字了，年方十七、八，尚未出门，姿容有七、八分美貌。一日乘轿去参神，被孙振抢回去献与叛王。后来，此女不从，自缢而死。但他这女子许字了人，弄得这店主赔补百两银子与人，才罢了。如今这孙振来投他店，岂不是自投罗网的？是夜，这店主思量："若拿他去见狄元帅，倘若不是此人，岂不罪大如天？但今猜得七、八分，不若明早五更天速跑去昆仑关，禀知狄元帅，依直言我不认得此人面貌，若捉形影，倒有几分，若不来禀知，犹恐走脱奸臣，待他差人来认他，捉拿领赏这二百两银子，岂不稳当的？"这店主是夜定了主意，果也识见高明。

次日，天色尚未黎明，即时飞奔走至昆仑关，用了十二银子叩求中军，将言禀进狄元帅。狄爷一闻此言，即差张忠、刘庆二人与店主人飞跑而来。不上已刻，已到门首。这孙振用完早膳，正要起行奔走。张忠、刘庆一到店中，正要引二人入后阁来认他，不想这奸臣领了十余家口出店来。刘、张二人一见，上前扭住奸臣，吩咐手下数十兵丁一齐将他捆住，连押家口起程。这店主跪下呼："将军，千岁出赏的银子，求给与小人。"二将说："千岁出示没有虚的，你且随来领赏。"店主大喜，拜谢起来，大骂："奸贼，抢吾妹子，谄媚叛王，只望永图富贵，岂知今日大理昭昭？你往日恃势凌人之威，今日何在？"当时人民愈众,有人骂抢去妻,有人骂夺去女,一刻间何下百十余人,痛骂十恶的奸臣。张、刘二人叹道:"奸臣害人太多,何苦结此重冤的!"当时,张、刘二将押了他,连家口十余人,一程回关,见了狄爷,吩咐打入囚车;赏给二百银子,店主大喜,谢赏而去。

是日,狄爷一点仓库,比别城多于数倍,乃依贼掠民聚敛所得。当时,狄爷吩咐:"银子数百万,带回圣上处分。"是日班师,留将数员,兵一万,渐行守关。传令大小三军拔寨登程。三声炮响,众义士喜气洋洋,鞭敲金鞍响,人唱凯歌声,一路威威武武出了西粤。行路一月又到湖广省,出了襄阳、荆州外,又走了十余天,方进汴京城。

仁宗闻报,传旨众文武,出城十里外迎接一程。大兵到了教场,吩咐三军不许放炮惊动。当下,众人在午朝门候旨。

天子传召,众将随着元帅步进金阶,一同俯伏。天子和蔼龙颜,传旨众卿平身,众将三呼,谢恩起来,天子赐坐。五人谨敬陈明南征一路事情,又将昆仑关被侬智高动劫民财,带回白金三百余万奏上。天子闻奏大悦:"今日平南,复回西粤、云南,皆御弟与杨门众将之力。这些银两系民之财,不必收归国库,且赏与众将三军。"狄爷奏道:"我等得胜还朝,皆藉陛下洪福。"言罢,又将孙振要救太尉的密书呈上,仁宗大怒,说:"这奸贼死有余辜,险些误了国家大事,屈了有功之臣。如今该贼投降敌人,须碎剐其尸,不足以伸朕恨。如今此贼何在?"狄爷奏道:"臣已拿下囚车了。"天子传旨取出他,又往南牢提出冯拯,跪于阶下,口称:"罪臣见驾。"天子不开言,武士打碎囚车,拿孙振伏于阶下,不敢做声。

仁宗一见大怒,喝声:"可恼你这狼心狗肺之徒,朕有何事负于你,你以私仇宿怨要害有功之臣,暗施毒计,心向外邦,险使朕君臣永别,江山送与敌人。如此大奸大恶误国叛臣是朕的仇人。"传旨:"拿出西郊,碎剐其尸,妻子虽无罪,但是谋反大逆背国之臣,罪及妻小,一同斩首。"当时,武士献过三颗首级交旨。其家人、小使不罪,俱已放去。当时冯太尉魂飞魄散,战战兢兢。仁宗大骂:"你这老贼,位极人臣,不思报国,与奸臣为党,图害忠良。前者,虽然包卿未曾审断,如今孙振又有书暗传,显见你平日为人不端,罪死不为过,拟念你先朝老臣，恶迹未能证，拟开你一线之恩，削职赶逐，不许再言。"吩咐除官逐出。当时天子杀、逐奸臣，怒气已消，传旨与孙、余二总兵："获了贼首回朝之日，加封官爵。"各各谢恩。

是日退朝，狄爷奉旨将三百余万银子分给了众兵，众人欣悦沾恩。是日，各各回家见过父母妻兄，脱了征役劳苦，好不欣欢。

不上半月，孙沔、余靖二人回朝，奏知圣上："侬贼果逃往云南大理府，已捉获。恐他逃脱，至即斩他，将首级解京。"天子见了今日已获贼首，传旨南征将士受封。当时，天子说："狄御弟虽然功劳浩大，已加封王位，极品无加。前者二次平西，已有旨意。但有功无报，朕心不安，恩赐金花金牌三十六道，每月加俸银一万两。"杨府六将，除了金花、魏化未曾受封，王怀女、六郎在日也受一品诰封之职，如今年迈，加封一品太君，御赐龙杖。杨文广，封为御前太尉。杨金花只因年少，未曾配婚，封英烈少女，一品服色。封刘庆为耀武公。张忠封保国公。李义封安国公。石玉封定国公。狄龙封护宋侯，狄虎封卫宋侯，段红玉、王兰英俱受一品诰命之荣。孟定国封英武侯。焦廷贵封烈武侯。萧天凤封安宋大将军。杨唐封定宋大将军。岳纲封保宋大将军。高明封护宋大将军。魏化封异勇将军，与它龙女赐婚，封安国夫人。降将段龙封震南将军，段虎封平南将军。阵亡降将段洪阴封忠烈侯。王凡封英烈侯。阵亡三偏将各封靖忠侯。俱以春秋祭祀。"

封赠毕，天子令户部各头去建祠，又传旨于金銮殿大排筵宴，随征各大小三军，俱有赏赐。君臣欢叙，酒至三巡，齐鸣音乐。值殿官见至午时，酒宴已撤，酉刻酒阑更浓，犹恐失了君臣之礼，跪下请奏："酒宴当散。"除去残宴，众臣谢恩，各回府中。

次日，天子加封孙沔、余靖二位总兵为虎卫将军，命他镇守昆仑关，二人去讫。萧天凤四将也辞圣驾，回守三关。辞别狄爷众人去讫。圣上又命魏化夫妻到襄阳，补了孙振之缺。夫妻又到杨府拜辞老太君、众夫人等，上任去讫。段龙、段虎即命他回去分守芦台、蒙云二关，二人领旨，进狄王府拜别千岁、辞过妹子夫妻而去。

当时，天子又命狄爷五将仍回家三载，以平西向时未及二年，又召回征南,见众人劳苦,此乃仁慈之君,体谅臣心。

当日,狄爷不免进南清宫,拜见太后娘娘。姑侄相逢,弟兄相会,不胜喜悦。两位公子夫妻同日参谒,当晚酒宴相待,不用烦言。

前时得胜,狄爷已命刘庆席云回山西报知,公主领了婆婆家小又到京来,岂不是一家完叙,乐莫大焉。狄爷请过母安,然后夫妻相见。礼毕,二位公子夫妻礼拜祖母,后叩见翁姑,公主扶起,命儿媳坐下。一见二个媳妇一貌如花,与公子匹配,可称四美,暗暗大悦。

当日,四虎、焦、孟也在狄王府中,一闻太君、公主到了,俱来拜见。他四人乃狄爷结义兄弟,焦、孟随狄爷多年,七人实乃义气相投,故不住别处,只在王府安歇。狄爷说:"众位弟兄,本藩母亲一家已至,不用回旋了。昨数天,圣上已降旨,你们何不回旋? 待限满回朝,叙会日久。"六人说:"千岁,我们不回旋,只因老太君与娘娘未到,今日见过老太君,自然旋归。"狄爷称谢:"难得众位情深见爱也。"次日,各各回旋去了,不表。

当日老太君到了,又进南清宫与太后相逢,少不得公主娘娘随行,拜见狄太后,相会言谈,也无非别后衷肠之语。是夜,老太君就在南清宫内安歇,只因年老,妯娌情深,久别了,今日相见,不忍即分,故老太君就在宫中安歇。公主拜别二尊年,回归王府,不表。

如今五虎平南成功,奏凯回朝,上书已有《平西初传》载录,此是续集。宋仁宗自西夷一乱,赵元昊一反,侬智高一叛,以后方得国家平宁无事。史言仁宗之世,西域扰攘,范仲淹、韩琦战功居多,而侬智高之叛而全收功绩者,狄武襄也。而后言"文有包,武有狄",引七绝诗为结。侬智高乃叛逆之民,乃欲谋图天位,后来不得善终,身首异处,思量免不得利心看得太重,世人苟能将利字说得明白,世间无争论之端矣。其诗曰:

富贵焉能分外求,愿君自知早回头。
乐天由命何常损,放利而行众疾仇。